相生

上

山本杜紫樹
Toshiki Yamamoto

幻冬舎MC

相生　上

相生　上　目次

第一部

第二部

相生　上　登場人物

檍原橘子《あわきはらきっこ》　20歳。地方の短大を出て就職で上京。
檍原清躬《きよみ》　20歳。橘子の幼馴染。特殊な絵の才能の持ち主。
清躬の父
清躬の母
棟方紀理子《むなかたきりこ》　20歳。大学生。清躬の戀人《こいびと》だが、別離した。
津島さん　棟方家のメイド。
小鳥井和華子　橘子、清躬の小学校時代の憬《あこが》れのおねえさん。
和歌木先生　清躬の小学校四年生の時の担任の先生。
杵島紗依里《きしまさより》　一時期、清躬の親がわりとなった女性。
鳥上海祢子《とりかみみねこ》　橘子の職場の先輩（教育指導係）。
緋之川鐵仁《ひのかわてつひと》　橘子の職場の先輩。
松柏《まつかえ》さん　緋之川の戀人。
寮監さん夫妻　橘子の住む寮の管理人夫妻。
会社の健康管理室の看護師
小稲羽鳴海《おとわなるみ》（ナルちゃん）　9歳。清躬となかよしの利発な子。
小稲羽梓紗《あづさ》　鳴海の母。同居はしていないが、神麗守の母でもある。
和邇《わに》青年の想い人　梓紗の母。和邇の青年時代に戀い憬れたひと。
神麗守《かりす》（小稲羽神陽農《かやの》）　15歳。和邇家で養育されている。
紅麗緒《くりお》　15歳。神麗守と一緒にくらしている。
和邇のおじさん　資産家。東京に大きな屋敷を構えている。
根雨詩真音《ねうしまね》（ネマ）　20歳。大学生。彪のグループメンバー。
詩真音の母　和邇家の家政を担当。
隠綺椰藝佐《おきなぎさ》　23歳。和邇家で、神麗守、紅麗緒の養育を担当。
椰藝佐の姉　医大を出て、病院勤務。和邇家の主治医。
和多のおじさん、おばさん　和邇の元部下。建設会社などを経営。
楠石のおじさん、おばさん　和邇家の車まわりや庭の手入れを担当。
稲倉のおじさん、おばさん　和邇家の賄を担当。
香納美《かのみ》（ノカ）　20歳。稲倉夫妻の子。大学生。彪のグループメンバー。
柘植《つげ》くん　香納美の戀人。彪のグループメンバー。
神上彪《かがみひょう》　詩真音から「にいさん」と呼ばれている。
桁木紡羽《けたきつむは》　彪のグループメンバー。伝説の武道家の娘。
烏栖埜美箏《うすのみこと》　彪のグループメンバー。扮装の名人。

第一部

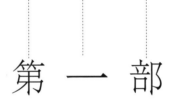

1　訪問者

橘子《きっこ》は「えっ?」とかえすだけで、とまどいの表情をうかべるしかなかった。

チャイムの音で玄関の戸を開けると、そこに現われた女性は、笑顔がとても素敵で感じがよかった。最初の「こんにちは」も爽《さわ》やかな声で、礼儀正しいお辞儀にかしこまるくらい、きちんとして見えた。ところが、お辞儀から顔を上げてこちらを見る女性の眼は、見開いたままかたまった。そのおおきく美しい眼に橘子は引き込まれそうになるのを感じつつ、自分も挨拶をかわそうとする間《ま》もなく、相手の発した言葉――

「あ、あの、妹さん?」

――えっ?

橘子のとまどいの色は、相手の女性にも伝染する。まるで鏡にうつされたかのように、その口が小さくぽかんと開いた。それを見て、自分もおなじ口の開き方をしているとおもったほどに。続けて、相手からも「えっ?」というのが見えた。声ではなく視覚的に。その「?」をくるむ空気のかたまりが二つ宙にぷかりと浮かび、そのくるりとした曲面が空気全体に波を広げて、時間も一緒にくねらせているかのよう。もう一度「えっ?」ときこえたが、それが相手の言ったことなのか、それともさっき自分が言った言葉がくねった時間の所為《せい》でまたきこえたのか、さてはまた、自分が二度言ったのか、いずれとも判然としない。

なんだろう?

自分がそうおもうと、おなじおもいが相手からも吹き出しで出ているのが見えるようだった。

このひとはなにもの?

その内心の問いもまた、鏡のように反射されてかえってくる。私は何者?という問いになり、橘子はとまどう。眼の前の女性は自分くらいの年頃で、相手が鏡に見えてもおかしくない。かの女の表情がかわらないのは、自分がずっとおなじ表情だからか。

橘子は口許《くちもと》を緩《ゆる》めた。とまどった時によくする癖。ぽかんとしていてもしようがない。

やっぱり鏡だわ。

相手の女性も口許が綻《ほころ》ぶ。かの女は、それから、眼《め》許《もと》も和《やわ》らげる。幾分相好《そうごう》がくずれたが、柔らかい表情になる。緊張が解けて、このひと綺麗だわと素直にそう感じた。第一印象からそうとらえていたのは確かだが、笑顔によって魅力が解放されて一層光るようだ。

鏡にうつる自分はこんなに綺麗だろうか。馬鹿ね。鏡のように感じても、顔がそっくりなわけじゃない。

そんなことをおもいながら、橘子は口許の緩みが眼許にもおよんで、笑顔が生まれているのを感じた。あら、今度は自分が鏡をなぞっている。そして、おもわずくすっとわらった。その反応に、はっとする。なに自分がわらったの？　わからないわ。わからないからわらっちゃう。おかしいわ、私は。

おかしい。

自分のことをおかしく感じるのはよくある——だから相手に「御免なさい」という場面がよくあって自分でも困る——けど、今おかしいのは私ばかりじゃない。抑々《そもそも》、わからないのは挨拶のあとの「妹さん？」という質問。その謎《なぞ》を放っておいて、似た相手との間で鏡ごっこ（という言葉あるのかしら？）のようなことをやって、ぽかんと口を開けたり、緩めたり、とかとか、まるで意味がない。

もう一度、相手の女性を誰なの？とおもって注視する。相手の女性は、さっきの笑顔から今度は様子を探るような眼の表情にかわっている。それを見て、あ、また自分もおなじ顔なんだろうとおもえば、また鏡の再現。鏡のなかの鏡になったら、もうきりがないわ。

終《つい》に橘子は、自分から鏡の反映を断ち切ろうと、「あなたは？」という声を放った。

すると、相手の女性が軽く会釈《えしゃく》しながら、ちょっと緊張したような声で静かに言った。

「いきなりお訪ねして、申しわけありません」

漸《ようや》くだった。型どおりの挨拶であるけれども、ここから普通に用件が話されて、ちゃんとした会話ができるだろう。ともかくまずはあなたからお話ししてくれなくちゃ。

「わたくし、棟方《むなかた》と申します」

相手が名前を言った。本当に当たり前のことだけれども、ともかくもほっとする。

「おにいさまと、あのー、……」

おにいさま——

なに、それ、と橘子は呆気《あっけ》にとられた。初めとおなじようなわけのわからない言葉をまた——妹さんに、おにいさま、って。誰よ、おにいさまって。一体、なに言ってるの？

相手の女性もそこで言い淀んで、つぎの言葉がすぐには続かなかった。続いたところで意味があるはずはない。かの女の勘違いは明白だった。

「あ、ちょっと待ってください」

橘子は相手を止めた。

「すみませんけど、あの、おにいさま――て、どなたのことです？」

少なくとも自分に向かって、おにいさまとはありえない。一人っ子だもの。だから、妹さんと言われることだってありえないのだった。

「どなた？」

棟方さんはおおきな眼を一層丸くしながら復唱した。

「まあ、もう、あなた、勘違いしていらっしゃるわ」

橘子ははっきり告げようとした。

「勘違い？」

「ええ。勘違いか人違い。だって――」

「人違いって、こちら檍原《あわきはら》さん――」

棟方さんはゆっくり橘子の苗字《みょうじ》を口に出した。

「ええ、檍原です。表札も出ていますから」

尤《もっと》も、「檍原」という字だけで「あわきはら」と読むのは普通の人には困難だ。やっぱりうちを訪ねてきたのかしら。人違いではない。でも、この家に、兄も妹もない。

「ですから、こちら、檍原さんのおうちで――」

棟方さんはもう一度確認するように、でも不安そうな様子で言った。

何度もおなじようにくりかえすばかりなのに、橘子はうんざりしかけていた。が、その後に続いた言葉はききのがせなかった。

「あの、清躬《きよみ》さんの御実家では……」

相手はまたそこで言い淀んだ。しかし、橘子はこの短いフレーズにいま初めて耳になじみのある名前をきいた。

「きよみ、さん？」

今きいた名前をくりかえしながら、なつかしい想い出が胸に蘇《よみがえ》るのをおぼえる。きょう突然訪ねてきた見知らぬ人からその名前をきくとは、おもってもみなかった。しかも、意味のわからない言葉の連続で、突然そんな昔なじみの名前が出てくるなんて。檍原の表札で清躬さんとは……橘子にとってその名前は、「かれ」しかなかった。

「え、ひょっとして、まさか、あの清躬くん？」

「清躬、くん？」

棟方さんは橘子の言葉尻が気になるようにくりかえした。

「くんて、あの――」

それから先はまた言葉が続かなかった。唯、おおきな眼を見開いて橘子のほうを見るばかりだ。

橘子も負けじとおおきく眼を瞠《みは》る。まだ鏡の作用が続いているようだ。表情はそうなってしまうが、言葉は違う。

「念のためにききますけど、檍原清躬くんのことを言ってるんですよね？」

今度は苗字もつけて、はっきりさせる。この名前の組み合わせは本人以外にはまずないはず。

「え、ええ、檍原清躬さんです」

棟方さんがゆっくりうなづきながら、はっきり言う。

「やっぱり、清躬くん！」

橘子はおもわず叫んだ。一気に時を遡《さかのぼ》って十年近い昔の清躬少年の姿が眼前にきた。切ないくらいのなつかしさに胸が衝《つ》かれる。

「清躬くん――」

名前をくりかえし呟《つぶや》かずにいない。今、眼の前にしたから、呼びかけるように。

「え、あの――」

橘子の反応はおもいもかけなかったことのようで、相手を一層混乱させたようだ。

「清躬くんと呼んでいらっしゃいますけれど――」

棟方さんが少しおどおどした様子できく。


「あの、私、とんだ失礼をしていたら大變《たいへん》申しわけないですけど――あなたは清躬さんのお身内ではないんでしょうか？」

あらたまった調子で棟方さんが尋ねた。

「妹でも姉でもないし、身内でもないわ」

橘子ははっきり言った。

「清躬くんは私の小学校時代のお友達」

「お友達？」

橘子の答えは相手にとって声を裏がえらせる程に意想外のようだった。そういう反応こそ橘子には意外だ。

「あの、苗字はおなじだけど、私と清躬くんとはまったく他人ですよ。第一、私、一人っ子で、きょうだいなんていませんし」

橘子は念のため断わった。

「で、まさか清躬くんの家《うち》だとおもって、ここを訪ねてこられたの？」

「まさか、って――」

そんなことあるはずないでしょう、という橘子の質問に、棟方さんこそ不可解におもっている様子に見えた。急に持っていた大きめのかばんのなかを探って、かの女はなにかを出してきた。一枚の紙切れのようだった。

「でも、これ、こちらの住所ではないんですか?」

「あ、これは」

橘子は紙を手にとって、それがまったくおもいもよらぬものだったので、おもわず声が出た。

棟方さんが差し出してきた紙切れは絵葉書《えはがき》の宛名面の拡大コピーだった。そこには檍原清躬様という宛名とともに、橘子の家の隣の番地の住所――数年前まで清躬がおかあさんと一緒にくらしていた家の住所が書かれていた。かれは小学校五年生の途中でここに引っ越してきて、六年生の夏休みが終わる頃に出て行った。おない歳で、とても仲の良い友達だった。短い間だったが、橘子には一番楽しくかけがえのないひとときだった。差出人は、小鳥井和華子とある。小鳥井和華子さん――なんてなつかしいお名前。とても美しく整った筆跡が、本当に感動するほどにきれいだった和華子さんのことを想い出させる。

「えっ、どうかしました?」

「どうしてこれをあなたが?」

「清躬さんが持っていらした絵葉書をコピーしたんです」

棟方さんはちょっと場都合《バツ》がわるそうに小声で言った。答えとしては不充分だったが、それ以上訊《き》き糺《ただ》す動機はまだ橘子にもなかった。

切手の消印の日付は、と見ると、九年前の八月になっていた。小学校六年生の時だ。ぎりぎり清躬が引っ越す前のタイミングだ。こんなに昔のものをとおもいながら、橘子はなつかしさに浸った。宛名の欄の下には和華子さんが書いた文章があるはずだ(そこはコピーされていなかった)。橘子もおなじような絵葉書を和華子さんから貰《もら》った。橘子は確認すると、そのまま相手にかえした。

「消印が九年前ですよ」

「そうですね」

棟方さんはあっさり返答した。そして、かばんを開けて、紙を戻した。

「棟方さんとおっしゃいました?」

「ええ」

「あの、すみませんけど、あなたこそ清躬くんとどういう御関係?」

今度は、橘子から「関係」をきく。

「それはあのー、あの、」

「清躬くんの戀人《こいびと》?」

初対面の相手にストレートには言いにくいことだけれども、橘子はおもいきって尋ねてみた。清躬さん、清躬さんと、その名前ばかり言うし、年格好《としかっこう》もおなじくらいだから。

いきなり直截的《ちょくせつてき》な言葉が飛んできたためか、相手の女性は少し気圧《けお》されたように一瞬言い淀んだ。

「えっ、いえ、その――」

言いにくそうにそう言った後で、こう続いた。

「そんなふうに言っていいかどうか……」

やっぱりはっきりしない言い方だ。橘子はむずむずした。「言っていいか」って、そういう人任せみたいな態度は清躬くんに失礼じゃないの。

「――いえ、なんでもありません」

棟方さんは小声でつぶやきながら、眼を逸《そ》らせた。

橘子はおもわず腕を拱《こまね》いてしまう。

つくづく變《へん》な人だとおもった。一見容姿身なりがとても整っていて、凄《すご》くまともそうだから余計に調子が狂う。

清躬の戀人と想定すると、棟方さんは極めてお似合いという感じがした。

橘子からみると、清躬はおとなになってもあまりかわらないでいてほしいとおもう程、本当に素敵な少年だった。実は、かれが引っ越した後、高校一年生の時に一度会ったことがある。その時は、随分背が伸びていてびっくりした。小学生の頃、橘子は背が高いほうで、清躬より大きいくらいだったが、それが逆転して清躬のほうが高くなっていた。小学生時代のおもかげがまだ充分に残っていたから、背丈だけ意外に感じたのだ。

あれから更に四年の時が経ち、もう二十歳《はたち》も過ぎた今、完全におとなになったかれがどんなふうにかわったか、知るのが少しどきどきするのだが、しかしきょうここに棟方さんのような綺麗な女性を眼にし、かの女が実際に清躬の戀人だとすると、本当に二人はお似合いだと感じられる。そして、そのことはとりもなおさず、清躬が今も昔のイメージとかわらずにいて、棟方さんとつりあうようなりっぱな青年になっている証《あかし》であるようだ。橘子は心から喜ばしくおもった。世の中一般によくきくのは、子供の頃のイメージがよい程、おとなになるとすっかり變貌《へんぼう》して昔の印象が裏切られるという話。そのように、身近に感じていた人がすっかりかわって、昔のよいおもかげがなくなってしまったりしたら、淋《さみ》しいものだとおもう。だから、棟方さんを知って、そこから今の清躬が昔とおおきくはかわっていないのだろうと推察できるのはよかった。

しかし、今度は二人の間の関係に焦点を当ててみると、今の棟方さんの言動から考えて、戀人の間柄と素直に言いきれないような、なかなか難しそうな事情が二人にはあるようだった。その難しい事情の原因をつくって今のかの女を困惑させているのが清躬の所為《せい》だとしたら、人間的な面で昔とかわってしまったのかもしれない。見かけの印象がかわらなくても、内面的なものがすっかりかわっているとしたら、そのほうが残念だ。だって、昔の清躬は本当に素直で優しく温かい子だった。好きなひとにこういう複雑なおもいをさせるはずはないのだった。勿論《もちろん》、原因はもっとほかのことにあるのかもしれないから、あまり勝手な想像はいけないけれども、いずれにしても、清躬が今どうなっているのか、橘子にも非常に気にかかってくる。

「ちょっときいていいですか？」

話に整理をつけるために、橘子からきりだした。

「はい？」

顔を逸らせていた棟方さんが元になおって、橘子のほうを見た。

「あの、その前に言っておきますと、さっき見せていただいた紙に書いてあった住所の番地は私の家の隣です」

「隣？」

「ええ。つまりね、清躬くんは昔、私の家の隣に住んでいて、」

そこで橘子は手で隣の方向を示した。

「それがそこの住所なの」

「え、じゃあ、私、家をまちがえて――」

「ええ。でも、今から隣に行っても意味ありませんよ。だって、清躬くんのおうちはとっくに引っ越しされてるんですから。小学校六年の時だから、もう十年近く経ちます」

棟方さんの様子を見ると、まだぴんときていないようだった。

「そんなことより、あなたが実家を訪ねてきたというのは、清躬くんて今、御両親と住んでいないということ？」

橘子はふと疑問に感じて、尋ねた。

「ええ、一人でくらされてます」

ふーん、そうなんだ。

「でも、訪ねてきたところがまるで見当違いじゃや。まさか、清躬くん本人がこの絵葉書の住所だと教えたわけじゃないでしょ？」

「ええ、そんなことは」

「そりゃ、そうでしょう。というより、清躬くんに住所を教えてもらわずに来たということ?」

棟方さんは黙ってうなづいた。橘子は拍子《ひょうし》抜けした。

「本人からきかずに、何年も前の葉書きの住所を目当てに訪ねてくるなんて、結構無謀じゃありません?」

「ええ、でも……」

棟方さんは小声になった。ちょっときつい言い方をしたかな。

「清躬くんに内緒で来たの?」

「ええ」

「それにしたって。その葉書き見せてもらえるなら、今もそこに御両親がおられるかどうか本人に確認できたんじゃないですか? ――いえ、御免なさい。あなたを責めてるわけではないのよ」

清躬くんのかの女なら――あなたはそれに相応《ふさわ》しく見える――もっとしっかりしているはずでしょうに。そうした歯がゆい気持ちが知らず知らず相手にきついことを言う口調になっていることに途中で気づいて、橘子は反省した。

「清躬くんに、家のこととかなにかきいたことないんですか?」

橘子は問いかけた。

「いいえ。私も遠慮があって、清躬さんにはあまりきけなかったんですけれども」

「遠慮?」

「御自分で話されないのをいろいろきくのも辛くて」

どうしてそうなるのだろう。橘子は疑問におもった。それに清躬は気をつかわないといけないような人になったんだろうか。容姿は子供の時のおもかげがかわらなかったとしても、性格はがらりと一變《いっぺん》することがあり得る。思春期というむつかしい年頃を経過し、子供時代と訣別するのだから。それでもまだ清躬を信じたい気持ちが橘子にはある。

「私が知る清躬くんはもっと親切で、ひとのことをおもう、心の優しい子だったけれども――御免なさい。私が言うことじゃないわね」

「いえ、清躬さんは今もそうです。きっと誰より優しいひとです。優しいんです、優しいから、気をつかって、話がしにくくなってるんです」

今までになく強い調子で棟方さんが言った。かれのことを愛し、信じている。そのことが伝わる言い方だった。いいひとだと橘子はおもった。清躬にもいいひとだ。初めて橘子は棟方さんに親しみをおぼえた。

清躬は今も優しいと今の戀人(だろう)が言う。橘子は昔の清躬のことを想い出す。二人でよく二階のベランダに出て話をした。かれが隣に越してきた時、二人とももう小学校五年生になっていたから、最初はお互い照れあっていたけれども、気がつくとそれぞれがきまった時刻にベランダに顔を出すようになっていた。ベランダ越しだと二人の間に程よい距離があり、清躬の声の温かみや表情のかがやきを膚《はだ》で感受するようで心地《ここち》よかった。

それにしても、優しいかれに対して、どうして気をつかって話しにくくなるんだろう。よく考えると、意味がも一つわからない、と橘子はふと疑問に感じた。気をつかう要素はほかにあるのでは？　尤も、立ち入ったことはきけない。

「清躬さんは昔から優しいひとだったんですね」

棟方さんが微笑みながら言った。

橘子は、「ええ」と答えた。もっと具体的に答えたかったが、清躬のことにおもいを馳《は》せているうちにおもわず呟《つぶや》きが出た。

「なつかしいなあ、清躬くん」

言ってしまってから、戀人の前でそんなことを口に出したのが恥ずかしくなった。

「御免なさい」

「え？」

「いえ、なんでもありません」

橘子は惚《とぼ》けた。しかし、迂闊《うかつ》な物言いはなかったことにはならなかった。

「いいですね。昔の清躬さんを御存じなんて羨《うらや》ましい」

戀人から羨ましいと言われてしまって、橘子は困惑した。

「羨ましいなんて――私、唯の小学校時代の友達で……」

かれと今つきあっているあなたのほうがずっと羨ましいじゃないですか――そんなことを後には続けられなかった。自分も羨ましがったら、かの女のライバルになってしまう。

「小学校も五年生の時と六年生の途中までだけ。ほんの一年くらいよ」

橘子は自己弁護するように言った。

「でも、なかよしだったんでしょう？」

まさか嫉妬《しっと》？　私に？　子供の時のなかよしになぜ今の戀人が嫉妬するの？

突っ込まれて、答えをかえさないのはまずいとおもいながらも、いつのまに自分が当事者に入れられてしまったのか納得がゆかず、橘子は言葉を失った。そして唯、怪訝《けげん》な眼で相手を見上げるだけだった。

「清躬くん、ていいですね」

棟方さんがぽつりと言った。その言い方はとても素直にきこえた。そして、その言葉は、橘子が妙な感情をまじえてとらえた先の発言とあまり間をおいていなかったので、自分が意味を取り違えしていたことに気づいた。棟方さんは別に橘子にねたみの感情を懐《いだ》いているのではなく、未だに親しく呼べる清躬との距離感を純粋に羨ましく感じているだけなのだろうとおもえた。變《へん》に意識しているのはもしかして自分のほうではないかと、恥ずかしくなる。そうだ、それに、「なかよし」とはついさっき自分から口に出していることではないか。

「私、清躬さんのこと、ほとんど知らないんです。おつきあいはしているけれども、清躬さんのことがちっともわかっていないんです。つきあう程にわからないことがおおくなります。きいて確かめたいとおもうけれども、なかなかきけないんです。少しわかってもわからないことがもっと増えてくるので、ますますきけなくなって――」

橘子は、棟方さんが清躬のことで淋しいおもいをしているのを感じた。小学校時代の友達にすぎない自分が「清躬くん」と親しげに呼ぶから、余計にそう感じられるのだろうとおもった。といって、今更呼び方をかえるわけにはゆかないけれども。それにしても、部外者の自分が二人の現在の仲をきかされたって、どうしようがあるだろうとおもうのだったが、「なつかしいなあ」発言で自分からかかわりをつくってしまったことになるのかもしれない。

「かれの写真とかあります？　携帯のでもいいですけれど」

橘子は今の清躬がどんな感じなのか、確かめてみたくなった。戀人だったら写真を携帯に入れているだろう。

「それが……」

棟方さんは逡巡《しゅんじゅん》した。なにごともすんなりゆかないひとだと、橘子は残念におもいつつ相手の対応を待った。少しして、棟方さんは小声で言いにくそうに言った。

「入れてないんです、清躬さんの写真、スマホには」

「あ、そうなの」

拍子抜けした。そういうものかしら、とおもいつつ、戀人なのに、と考えると妙なことのように感じる。戀人の写真を撮《と》っていないはずはないし、携帯とかスマホに入れてないなんておかしい。携帯自体持っていない自分が言うのもなんだけど。

「あなたとツーショットの写真はあるでしょう？」

念のためにきく。本人がいくら写真嫌いでも、デートしたらカップルは普通写真を撮るものだ。

「いえ、御免なさい、そういうのもないんです」

申しわけなさそうに答える。

「ないものはしようがないわね。あれば、とおもったんだけど」

期待したのに当てがはずれて残念だ。戀人と言いつつ（といって、かの女の口から言ったことではないが）、二人の間に難しそうな事情があるのは察しがついているけれども、写真もないなんてどういうことなんだろう。變《へん》すぎない？

橘子ははっとした。變すぎるとおもって、ストーカーが連想されたからだ。清躬は受け容《い》れていないのに、かの女が一方的におっかけてる？　ストーカーなら清躬の写真は撮っているだろうけど、隠し撮りだから、見せられる写真がない。

橘子は警戒しながら、相手の女性を見た。最初は感じのよい女性に見えたけど……いま警戒心を持って見ても、やっぱりわるい女性には感じられない。そう見えるひと程、人を欺《あざむ》くことに長《た》けているかもしれないから注意は必要だが、橘子の本心としてもそういう女性に見たくなかった。

嫌《いや》なことを考える自分も嫌になる。かの女が本当に清躬くんとつきあっている証據《しょうこ》みたいなのがあれば安心できるんだけど。

「あ、実は――」

棟方さんが不意に言葉を挟んだ。沈黙の空白は橘子によくない想像と臆測を広げさせるばかりであったので、相手の発言で橘子はちょっとほっとした。

「スリーショットなら、あるんです」

見ると、スマホを手にしている。

「スリーショット？」

橘子は声のトーンが高くなった。棟方さんはスマホに指を当てて操作している。

「え、ええ。あの、これ」

そう言って、スマホを橘子の前に差し出す。

「あ、はい」

受け取ってディスプレイを見ると、写真の画像だった。

人物が三人いる。

慥《たし》かにスリーショットだ。一人が男で、二人は女性だ。女性に挟まれているまんなかの男性は――清躬くんだ。

念のため、画像を拡大する。

清躬の顔がはっきりわかった。

これは慥かに、清躬くんだ。笑顔でいい表情。流石《さすが》に二十歳を過ぎてりっぱな成人男性になったという感じだ。高校一年の時に会った清躬は、自分より年少の感じがするくらいまだ小学校時代のおもかげを残していたが、それは同級生と比較してそう感じたのだ。それに写真で見るからおとなっぽくおもうので、実際に会うと、昔とあまりかわっていないと感じるかもしれない。そうおもう程意外にかわっていなかったのがおどろきでもあり、安堵《あんど》もした。残念なことになっていなくて、よかった。裏切られなかった。本当によかった。

清躬の右横の女性が棟方さんであることもすぐにわかった。穏やかな笑顔だ。整ったきれいな顔で、やっぱり清躬とつりあっている。

問題は左の女性だ。このひともきれいでわかいが、棟方さんよりは年長に見える。

「あの、この左のおんなのひとは？　――あなたのおねえさん、ですか？」

橘子は尋ねた。棟方さんは心持ち眉《まゆ》に皺《しわ》を寄せて、小さな声で「いいえ」とかぶりを振った。

「あ、じゃあ――」

きょうだいでなかったら友達かと感じてそう言いかけたが、今の棟方さんの微妙な表情に、そういう単純な関係でもないような気がして、橘子は口を閉じた。そして、棟方さんが自分から答えてくれるのを待った。

かの女が答えをかえしてくれるのに少し時間がかかったようにおもわれた。

「あの、この方は東京で、あの、清躬さんの、お世話をされていた――」

棟方さんは考え、考え、ゆっくりゆっくり言葉を発したため、完全に言いきるのを待てず、橘子は言葉を挟んだ。

「清躬くんのお世話って？」

お世話って、變な言い方をする。橘子は少し引っかかった。

「ちょっと清躬さんに事情が――」

棟方さんはそのまま言い止《さ》した。

事情という言葉が橘子にはますます引っかかる。清躬の顔を確認したら終わりのはずだったが、新たな人物が登場して、話が終わらなくなった。それでも、知り合いとか友達とか言っていたら、それで済んだ話なのに、世話していたとか、事情とか言うから、こちらも気になってしまう。それにしても、一体どうしてこんな謎の写真を出してきたんだろう。ややこしくてしかたがない。

「あの、清躬くんの写真を見られてうれしかったんだけど――これ、わけありの写真？　わざと？」

　橘子はおもいきって突っ込んだ。「事情」という言葉だけで止まってしまうのが嫌だったから。「わけ」をちゃんとききたい。言いにくいことかもしれないが、かの女は「事情」のある写真を自分に見せてしまったのだ。

「御免なさい。わけありと言うと、清躬さんに傷があるような感じにきこえますけど、決してそんな写真ではないんです。でも、そういう誤解を生むのは、私がちゃんと説明できていないからですね」

「言葉の使い方が私こそ適切でなかったわ。御免なさい。でも、普通写真を見せるなら、清躬くん一人の写真か、あなたと二人で撮った写真かじゃないですか。でも、ほかにもう一人写っている写真だし、それにおんなのひとだし」

「その写真しかないんです、清躬さんの写真は。本当に、ほかにはないんです。だから、お見せできるのはその写真だけなんです」

　棟方さんはきっぱり言った。

　でも、戀人の写真がないなんて、信じられない――と、やっぱり橘子はおもった。戀人だったら写真があるはず。なんで隠す必要があるだろう。写真が本当にないんだったら、清躬は別に関係を意識していなくて、一方的に棟方さんがおもっているだけ？　ストーカーは言い過ぎにしても。

「この写真のことをお話しするためには、この左の方と清躬さんのつながりについてお話ししなくてはなりません。それをちゃんと言おうとおもうと、少し長いお話になります」

　少し間をおいて、棟方さんが続けた。

「私のほうは構わないわ、長くったって。赤の他人の私なんかがあまり立ち入ってきいちゃいけないのかもしれないけど、清躬くんは私の幼馴染《おさななじみ》でとってもなかよくしていたから、正直なところ、かれのこと気になってるの。勿論、無理にとは言わないけど。でも、あなたのほうでもよければ、ちゃんと話をきかせてほしいわ」

　橘子は自分の気持ちを言った。

「私は差し支《つか》えありません。実は、あなたは清躬さんのことにとっても理解がおありなようですから、きちんときいていただきたいくらいです」

「じゃあ、いいのね」

棟方さんがちゃんと話してくれるというので、これで少しはもやもやがとれたらいいと橘子は期待した。

「あ、こんな玄関で立ち話もなんですから、ちょっとお上がりになりません？　荷物もコートも重そうだし、立たせっ放しじゃ申しわけないわ」

棟方さんがコートを手に持ったまま、大きめのかばんに紙袋まで持って、結構大變《たいへん》そうなのが、さっきから橘子の気にかかっていた。

「え、でも、そんなお邪魔は――」

棟方さんは固辞した。

「遠慮されることはないですよ。それに、たまたま両親とも外出していて、私一人だから、気をつかう必要もありませんし」

「え、でも……」

「どうぞ上がってください。ほら、コートお持ちしますよ」

橘子は手を差し伸べ、コートを受け取る仕種《しぐさ》をした。

「さあ、さあ、」

橘子はなおも強く勧めて、とうとう棟方さんも折れた。

2　なつかしい写真

橘子《きっこ》は棟方《むなかた》さんを居間にとおした。部屋に入ったところで、「あの、これをどうぞ」と棟方さんから紙袋をわたされた。手土産《てみやげ》に持って来られたものだろうが、自分が貰《もら》うのは筋違いだった。

「え、そんな。だって、これ、清躬《きよみ》くんの御実家のために用意されたものでしょ？」

「でも、もうきょうはそちらへ行けませんし。使いまわしで本当に失礼だとおもうんですけれども、御挨拶《ごあいさつ》のしるしにはなるとおもいますので」

そう言われても、自分が呼び込んでお土産まで戴いたら、暗に催促したようなかたちになってきまりがわるい。でも、お互い立ったままここでおしあいっこしているのもぐあいがよくない。今度は橘子が折れて、それを受け取った。紙袋に書かれてあった店の住所表記を見ると、東京だった。棟方さんをテーブルにつかせ、紙袋を示しながら尋ねた。

「東京からいらっしゃったのね？」

想像はしていたことだったが、橘子は念のため尋ねた。

「ええ」

「まあ、随分遠くから」

「はあ」

「ひょっとして、清躬くんも東京？」

そう言ってから、ひょっとしてとは變《へん》な言い方をしたと感じた。

「ええ」

「あ、そう」

橘子はおもわず口許《くちもと》が綻《ほころ》んだ。今も東京にいるんだ。まあ、当たり前か。

「あの、私、短大卒業したら、四月から就職で東京に出るんです」

「就職？　あ、東京に？　そうなんですか？」

初めは橘子の言葉の意味が掴《つか》みかねたようだが、すぐ棟方さんから珍しく燥《はしゃ》ぐような声が出た。自分が東京に来ようがどうしようが、初対面の相手にとってはどうでもいいことで、寧《むし》ろ余計なことであるかもしれないのに、かの女の声には本当にうれしそうな響きがあった。

橘子は棟方さんにお茶を出そうと飲み物の希望をきいて、結局温かいインスタントのココアを出すことになった。また、お持たせではあるが、棟方さんの手土産のお菓子を幾つかかごに盛って出した。

「あの、すみません。檍原《あわきはら》さん——の下のお名前はなんとおっしゃるのですか？　私、棟方と名乗りましたが、下の名前は紀理子《きりこ》と言います。紀伊國屋《きのくにや》の紀に、理科の理に、子供の子です」

　棟方さんが自分から名前を名乗った。

「紀理子さんですか。私は橘子と言います」

　橘子も返答し、おなじように字を説明した。

「木扁《きへん》一字の橘《たちばな》に子です。私、今まで自分の名前も言ってなかったんですね？」

「橘子さんですか。かわいいお名前ですね」

「そうですか？　ありがとうございます。でも、きっこって響きがニックネームみたいだから、私、滅多に苗字《みょうじ》で呼ばれることはなく、いつも、橘子、橘子と言われちゃって」

　誉《ほ》めてもらって機嫌《きげん》がよくなったというわけではないが、名前のことを話題にするだけで打ち解けた気分になったように感じる。

「私も今から橘子さんと呼ばせていただいていいですか？」

「いいもなにも、それが私の名前ですから」

　当たり前のことを言いつつ、なぜかおかしくなって、橘子はわらった。棟方さんも一緒にわらう。

「私も、紀理子さんと呼ばせていただきます」

「ええ、是非おねがいします」

「じゃあ、紀理子さん」

「はい」

「ああ、改まらないで。あ、その前に、紀理子さんと私、漢字で書くと全然違うけど、『き』で始まって『こ』で終わる名前で共通していますね」

「清躬さんの縁で繋《つな》がりを持ってるんでしょうか？」

「縁？」

　紀理子さんの言い方がおおげさにきこえて、橘子はおもわずわらった。橘子がわらうと、紀理子さんもわらう。

「あの、不躾《ぶしつけ》で厚かましいかもしれないですけど、私のお友達になっていただけます？」と紀理子さんがきいた。

「えっ？」

「東京に出てこられるんだったら、これからも会ってお話ししてゆきたいとおもいますし」

　棟方さんの物言いが唐突なことに橘子はおどろいた。かの女には、なかなか要領を得ないところがおおく、はっきりしない物言いが橘子をとまどわせるが、礼儀正しいし、ソフトだし、人間的な感じでは好感をおぼえる。それに、ちょっと疑わしさは残るが、清躬くんの戀人《こいびと》だということでとても興味深く感じる。もし本当に清躬が好きになったひとだったら、根底的に信頼したい気持ちがある。しかし、まだ会ったばかりでまともな会話もできていないというのに、もういきなり友達なんて、流石《さすが》に飛躍しすぎだという感じもする。私のこと、無条件に受け容《い》れるというのだろうか？

「ええ」

曖昧《あいまい》な返事で一旦受けながら、きちんと言いなおす。

「それは勿論《もちろん》私としてもありがたいので、是非そうしていただきたいです」

「あ、どうもありがとうございます」

「で、お友達の権利、早速《さっそく》行使しますけど、」

橘子はちゃっかり言った。

「さっきのスマホの写真見せてもらっていいですか？」

「はい」

橘子はさっきのスマホの写真を見ながら、あらためて尋ねた。

「この左の方のこと、ちゃんと話していただけるということだったけど、いま話していただいていいかしら」

「ええ。なにからお話ししたらいいか、要領を得ないかもしれませんけれども……あの、そうですね、」

紀理子さんは本当に、どう話せばよいか言葉を探しているふうだった。

「あの、橘子さん、小学校六年生の時に清躬さんが引っ越しされたということでしたけど、清躬さんとはその後それっきりですか？」

「うん、それっきり」

橘子は答えた。話を単純にするため、高校一年生に会った時のことは敢えて言わなかった。

「その写真の清躬さん、小学校の時とかわっておられますか？」

「ううん。清躬くん、全然かわってないわ。そりゃ小学校の時は背丈《せたけ》が違うし、子供っぽさはあったけど、勿論それは当たり前のことだから」

橘子は或ることをおもいついて、

「その当時の清躬くんの写真、あるんだけど、見る？」

小学校の時の清躬は、自分の家族と写っている写真以外は二枚しかないが、それらの写真はとてもいい写真だ。

「清躬さんが小学校の時の写真ですか？　ええ、是非」

紀理子さんが弾《はず》むような声で言うので、清躬のことが本当に好きなんだなあと橘子は感じた。

「わかった。いま持ってくるので、ちょっと待っててね」

そう言うと、橘子は飛び出すように部屋を出て、階段をかけあがり、二階の自分の部屋に行った。

昔のアルバムを取り出す。目的のものはすぐ見つかった。

あ、これもスリーショットだ。小学校の時の清躬、橘子、それに、和華子《わかこ》さんが写っている。清躬と二人で和華子さんのおうちに遊びに行った時、和華子さんがカメラをセルフタイマーにして撮影してくれたものだ。和華子さんが写っている唯一の貴重な写真。和華子さんの美しさに眼を留めてしまうと時間が止まってしまう。もう一枚の写真——こちらはツーショット、和華子さんが清躬と橘子を二人ならばせて撮ってくれたもの——と合わせてアルバムから引き抜いて、橘子は再び居間に戻った。

そして、テーブルをくるっとまわって紀理子さんの隣にきて座った。

「はい、これ、小学六年生の頃の清躬くん」

橘子がまず見せたのは、橘子と二人で写っている写真。和華子さんと三人で写っている写真は、和華子さんに眼を惹《ひ》きつけられて言葉も失ってしまうから、あとにしよう。

「本当、清躬さん。——かわいらしい」

燥ぐように叫んだ紀理子さんを見て、橘子も満足した。

「私の場合、小学生の時の清躬くんを知ってるから、今の清躬くんの写真を見ると、おとなになったなとおもうけど、紀理子さんの場合は逆よね。子供の清躬くんもいいでしょ」

「ええ、本当に。小さい時のおもかげ、今もちゃんとありますね」

それから、写真をちょっと橘子のほうに寄せて、紀理子さんが言った。

「此方《こちら》は——あの、橘子さん？」

「ええ、そうよ」

「昔から美人さんだったんですね」

紀理子さんがちょっとにこっとして言った。けれども、いきなりそんな言われ方をするとはおもっていなかったので、橘子は慌《あわ》てて両手を顔の前で振った。

「わあ、美人さんだなんて止《よ》して」

「言い方失礼でした？」

「想像もしてなかった。第一、私、この頃、同級生の男子からブスと言われてたもの」

「まあ、どうして？」

紀理子さんが理解できないような表情をした。

「どうしてって、言った子にきかなきゃわからないけれども」

橘子は、小学校の頃は体《からだ》がかなり大きいほうだった。先生にきいたら、女子のほうが男子より体格がいい時期だから、特に体が大きい女子に対して男子がブス呼ばわりするのはよくあることで、気にする必要はない、と言われた。

「橘子さんにそんなことを言う男の子、本当ひどいですよね。でも、その子、実は橘子さんが好きで、注意を惹きたいからわざとそんな意地悪なことを言ったのかも」

「人の嫌《いや》がることを言って、それで好きだなんて通用するもんですか」

「おこってますね」

「おこるわよ。その子が言ったのがきっかけで、ほかの子も言うようになったんだから」

男子に腹が立つのは、なんでも「ブス」というレッテルを貼ればかたづくとおしとおしたからだ。じゃんけんで勝負しながら、負けた時に、おまえはブスだからこんな勝負は意味がない、と後で言い張る男子がいた。自分の負けを認めない卑怯《ひきょう》さに腹が立つ。それに、そんな卑怯な男子に加勢して、「ブス」と囃《はや》し立てる男子たちもいる。一人では言えないくせに大勢だと強い気になって言い立てる卑怯さ。

「本当は、最初に言った子よりも、その尻馬に乗っておもしろがって言うまわりの男の子たちのほうがもっといけないいんだけどね。でも、そういう子がおおいんだ」

「尻馬に乗っちゃう男の子が？」

「私よくおもうんだけど、一人で馬を乗りこなせない弱い人が、誰かの馬のお尻にひょいと乗っかって、自分も馬に乗れるがわの人間だと威張ったように振る舞おうとする。そのように見えてしかたがない」

「尻馬に乗れば落ちるって、言いますよね」

橘子はその言いまわしを知らなかったので、「そう言うの？」とききかえした。

「たしかそういう言い方があったとおもいます」

紀理子さんが答えた。

「自分でちゃんと手綱《たづな》を持って乗っているわけじゃないから、お尻に乗っているだけだったら落ちますよね」

「そうなんだけど、私の感じだと、集団で尻馬に乗る人がおおい。まわりに大勢いると、自分の乗ってるのがお尻だとも気づかないよね」

「みんなが乗れるほど大きなお尻ってあるでしょうか？」

「お尻どころか、大勢が乗れる馬なんてないわ。馬に乗れるのは手綱を持ってる人だけ」

「そうですね。お尻の問題じゃない」

わらいながら紀理子さんが言う。橘子もわらう。

「馬の問題でもない。本当は、馬に乗ってない人ばかり。自分も、まわりの大勢も」

「じゃあ、なにに乗ってるのかしら？」

「うーん、なんだろう？　エアの馬？　エア・ホース」

橘子も「はて？」とおもうが、実体がないからエアかとおもった。

「エア・ホース――空気？」

「空気かな？　なんかそんな感じもする。馬に大勢乗ることはできないんだけど、みんなは乗ってるとおもってる。そうして、馬に乗ったみたいに、みんなで動いてるんだよね。空気におされてるのかな。空気に背中をおされて歩かされてるんだけど、馬が動いてるとおもってる。そんな感じのような気がする」

橘子は言いながら、自分でもわかったような、わかっていないような感じだったので、「エアの馬――空気ウマ」と独り言のように言いかえてみた。

「空気馬――おもしろい響きね、橘子さん」

紀理子さんは壺に嵌《はま》ったようにくすくすわらった。かけあいみたいな会話で、打ち解けてきた。さっき友達になってくださいと言われたことが、今の会話でもう実現している感じ。紀理子さんが声を出して素《す》でわらうのがきけたことも素敵に感じる。

少ししてから、「この写真、どこで撮られたんですか？」と紀理子さんが写真を橘子のほうに寄せて、きいた。

「その写真、もう一枚あるの。それを見たらわかるわ」

そして、橘子は手に持っていたもう一枚の写真――和華子さんも写っている――を相手に差し出した。

「こっちはスリーショットよ」

紀理子さんはそれを手にとると、吸い寄せられるようにゆっくりゆっくり顔を近づけていった。

「どう？」

橘子は問いかけたが、紀理子さんはおし黙ったまま
じっと写真に見入っていた。写真を見て沈黙するのは、予《あらかじ》め想像がついていた。和華子さんのあまりの美しさに魅入られずにいない人はいないから。

「ねえ、これ、誰だとおもう？」

続く沈黙に黙っておられなくなって、橘子が尋ねる。

「本当に――」

ずっと息を呑んでいて、いま溜息をもらして漸《ようや》く息を継げたような感じで紀理子さんから言葉が発された。

「本当に綺麗な方ですね」

もっと感動一杯の言葉をきけるとおもっていたが、あっさりした感想で意外だった。

「でも、眼をつむっていらっしゃって、どうして撮りなおしされなかったのかしら」

「眼をつむって？」

橘子は不意を突かれたようにびくっとした。そして、おもわず写真を引き寄せた。

見ると、本当に和華子さんが眼をつむっている。

そんな記憶はなかった。

それでも、和華子さんは物凄く美しい。言いようがないくらい。この写真はこれで完璧《かんぺき》だ。でも、眼を閉じてちゃ勿体《もったい》ない。普通の人でもそうだけど和華子さんならなおさら。

自分の記憶にある和華子さんは眼がいつもきらきらかがやいていた。当然写真もそのとおり写っていたはず。

美しいひとが美しいまま撮られるのに、眼をつむるはずがない。美しいひとは撮られ方も綺麗だ。

けれども、この写真で和華子さんは眼を閉じておられる。まるでねむっているように、しっかり眼をつむっている。瞬《まばた》きで眼を閉じた束《つか》の間《ま》という感じはしない。まったく静止している。

眼に惹きつけられない分、この写真は和華子さんの顔だちの本当の美しさをあらわしている。美そのものであり、誰もかないようがない。でも、眼をあけておられたら、美以上の美がかがやく。その極限の美、神秘の美がこの写真に写っていたはず。

「橘子さん」

「あ、御免なさい」

呼びかけられて、橘子はふとわれにかえった。

「私も今見て、びっくりした。どうしてだろう。私にもわからない」

橘子はまだ混乱していた。

何度見てもおなじだが、また写真を手にとって、眼を皿のようにして凝視する。

あ、自分がいる。清躬くんも。スリーショットだから当たり前だけど。

小学生の時、自分は充分大きかったけど、それでもおとなの和華子さんに対して子供の自分は小さいともっていた。おとなより小さいのは当たり前だから。でも、この写真で見ると、和華子さんと顔の位置がそんなにおおきくはかわらない。和華子さんはとてもスタイルがよくて脚が長かったから、座高はかなり低かったとしても、意外だった。自分も痩《や》せっぽちだが、和華子さんも尋常でなく細いし、顔が小さいので、顔だちの美しさの圧倒的な違いを除くと、少し年上のおねえさんくらいの違いしかないようだった。顔だちはくらべようもない。唯、和華子さんが眼をつむってくれているおかげで、まだ自分の顔がおんなの子の顔として見られるように感じた。

「この写真はどなたが撮られたんですか？」

また言葉を失っている橘子に、紀理子さんが問いかけてきた。

「和華子さんよ。和華子さんがセルフタイマーをしかけて撮ってくださったのよ」

「この方が――小鳥井和華子さん」

紀理子さんがフルネームで反復した。かの女は和華子さんの名前を充分頭に刷り込んでいるような感じだった。

「そう。さっき見せてくれた清躬くん宛の葉書きの差出人のひと。あ、あのコピー、もう一度出してくれない？」

「はい」

紀理子さんはかばんからもう一度その紙切れを出して、橘子にわたした。

「こんなにも綺麗な方、お目にかかったことありません。眼をつむっていらっしゃっても、引き込まれますね。本当にこんなにまで綺麗な方がいらっしゃるんですね」

「そうでしょ？　子供の眼から見ても、本当に綺麗で見惚《みと》れちゃってたもの」

そう言いながら、橘子は昔のことをおもいだしていた。和華子さんから絵葉書を貰ったというので、お互いに報告しあった。本文の内容はほぼおなじだった。それでよかった。和華子さんは二人に公平だったのだ。

ふと気がつくと、紀理子さんはじっと眼を閉じていた。それからゆっくりうなづくような仕種《しぐさ》をした。そのうなづきがどういう意味なのか、橘子にはわからなかった。暫《しばら》くして、小さく声の出ない溜息をついて言った。

「清躬さんは本当にこんなに綺麗な女性と出会われていたんですね」

その言葉をきいて、橘子は少しどきっとした。紀理子さんが自分はとてもかなわないと感じてしまったら大變《たいへん》だ。唯でさえ戀人としての自信が揺らぎがちにおもえるのに。橘子は慌ててフォローした。

「あ、でも、ずっと年上だし」

「えっ、でも二十歳《はたち》くらいでしょ、この頃？」

「あ、うん、大学生と言われてたから」

あの頃の和華子さんと今の自分で比較対象としてまた考えてしまわれたらと、橘子は気を揉《も》んだ。フォローしたつもりが、かえってぐあいがわるくなったかもしれない。和華子さんの写真を持ってきたことは逆効果だったろうか。和華子さんのことはずっと昔のことではあるけれども、清躬くんには今も和華子さんの存在が大きくて、紀理子さんがその影を感じているとしたら……

「この、和華子さんという方のこと、もう少し教えてくださいますか？」

紀理子さんの催促に、橘子はどういう話をしたものかと少し考えた。下手《へた》な物言いをしたら、かの女は一層自信をなくして、清躬くんとの関係での苦しみを深くしてしまうかもしれない。でも、あまり考えても不自然になる。橘子は素直に話を始めた。

「あ、そうね、実は、和華子さんのおばあさんがちょうど私の家の裏にお一人で住んでいらっしゃったの。そのおばあさんが入院されることになったんで、お孫さんの和華子さんがそのお世話をしに京都から来られて、暫くそのおばあさんの家で泊まられていたのよ。それが私たちが小学校六年生の時で、和華子さんとの出会いのきっかけ」

橘子が話しだすと、紀理子さんも興味深そうな眼になった。

「この葉書きにもおばあさんのことちょっと書いてあったはずよ。あ、言っとくけど、私もほとんどおなじ内容の絵葉書を和華子さんから貰ってるの」

「え、橘子さんも？」

紀理子さんは少しおどろいた。

「だって、二人ともおなじように和華子さんとなかよくしていたもの。絵葉書が届いた時、お互いに見せっこしたから、内容も知ってる。もう九年も前だけど、和華子さんからのだから今もよくおぼえてるわ。和華子さんが来られて一ヵ月程して、結局おばあさん転院することになって、娘さん——和華子さんのおかあさんなんだけど——が京都におられるから、そこのおきな病院に移られたの。その後にこの葉書きをくださったの。ちょうど京都は五山の送り火の季節だったから、その絵柄の絵葉書だったんじゃないかしら。和華子さんもその時一緒に京都へかえられた。私はそうおぼえてるけど、清躬くんのも送り火の絵柄だったでしょ？」

紀理子さんは「ええ」と小さくうなづいた。

「和華子さんがこちらにおられたのは大体一か月程度にすぎないんだけど、私たちのこと——あ、私と清躬くんね、本当に弟や妹のようにかわいがってくださったの。昼間は病院に行かれていることがおおかったので、今からおもうとそんなに遊ぶ時間はなかったはずだけれども。きっと和華子さんといる時間がとても充実していて、記憶に鮮明に残っているからにちがいないわ。いつもうちのなかでだったけれども、トランプなんかいろいろ知らない遊び方も教えてもらった——一人占いも教えてもらったり。三人だし、トランプでできる遊びはかぎられてたけど、でも一杯遊んで楽しかったなあ。私のうちからボードゲームを持ってきて、それでも一緒に遊んだこともあったけど、和華子さんが教えてくれたトランプ遊びのほうが印象に残っている。それから絵本もよく見せてもらったわ。和華子さん、珍しい絵本を持っていらっしゃって、おもしろかった。たまには自分たちで絵を描《か》きあったりとかもした」

「絵も描かれていたんですか？　橘子さんもスケッチを？」

「私？　まあ。でも遊び程度ね。それに、私は下手だったの。清躬くんのほうがずっと上手で」

「清躬さんが？」

「ええ。本当に上手よ、清躬くん」

続く紀理子さんからの質問がなかったので、少し沈黙になった。

「あ、」

二人の声が重なった。

「あ、御免なさい」

二人同時に謝った。

「どうぞ、お先に」と紀理子さんが譲る。

「いえ、いいの。紀理子さんこそなにを言おうとしていたの？」

橘子に促されて、紀理子さんが言う。

「あ、すみません、大したことではないんですけど、どんなものを描いていらしたのかとおもいまして」

「うん、なに描いてたかなあ。たしか初めは、絵本にあった絵をもとに、自分たちでいろいろ想像もまじえて描いてた。動物、植物、森や湖の景色など、いろいろ。そのうち、清躬くんが自分のうちから花瓶を持ってきて、それに活《い》けてあった花をスケッチしたこともある」

「清躬さん、お花が好きだったんでしょうか？」

紀理子さんが問うた。

「男の子のわりに優しい心を持ってたから、お花も好きだったんじゃないかしら」

橘子が答えた。

「人物は？」

紀理子さんが続きの質問をする。

「人物？」

「人物の絵です。人の顔とか描かなかったんですか？」

「絵本にある人物は描かなかったな。あ、でも、」

脳裡《のうり》に或る映像が浮かんで、つけくわえた。

「清躬くんは、」

「清躬さんが？」

「ええ、和華子さんと私とがお花を一所懸命スケッチしてる時、清躬くんたら――」

「清躬くんたら？」

紀理子さんがつられて「清躬くん」と言ったのは気がついた。が、スルーして、

「和華子さんを描いてたことがあったわ」

「和華子さん？」

「そう。三人みんな少しづつ離れてスケッチしてたんだけど、清躬くん、どんなぐあいに描いてるかなあと見に行ったら、お花を描かないで和華子さんを描いてたの。私が傍《そば》にきたのも全然気づかないくらい熱心に。私が、あ、と声をあげて初めて、かれ気づいて、そしたらスケッチブックを胸に当てて隠すと同時に顔がみるみる赤くなって、あんな清躬くん見たの初めて。で、私もなんかどきどきして、いけないもの見てしまった気持ちになっちゃった」

紀理子さんが顔を少し伏せがちにするのを見て、昔の出来事でも清躬くんのことはとても気になるのだなあと感じた。これ以上あまり踏み込んで言わないほうがよいとおもう。

「それで清躬さん、どうされたんですか？」

紀理子さんが食いついてくるので、どこまで話した

ものかとおもいつつも、間をあけると勘繰られてぐあいがわるい、とりあえず素直に答えようとおもった。

「清躬くんの様子が變《へん》で和華子さんも来られたものだから、清躬くんも隠しきれないで和華子さんを描いていたこと白状した」

「白状って」

「清躬くんに対してきつい言葉つかってるわね。でも、その時はそうおもった。だから、清躬くん、すぐ、御免なさいって言うと、逃げ出しちゃった」

「逃げ出した？」

おどろいた顔で紀理子さんが叫んだ。また表現がわるかっただろうか。

「本当よ。あっという間にいなくなって。私もびっくりした。和華子さんに断わって、あとをおいかけたわ。私、かけっこ速かったからおいつく気でいたんだけど、玄関の戸を閉められたところだった。声をかけたら、きょうはもう御免、て小さな細い声で言うから、もうそっとしておいてあげることにした」

「へえ、そんなことがあったんですね」

「うん。ああいう取り乱した清躬くんて、それまで見たことがなかったから、私もよくおぼえてる。あ、こんな昔話、紀理子さんにしたのを知ったら、清躬くんおこるかな」

「清躬さんは決しておこることないとおもいます」

「そうよね」

橘子も同意する。と、「あの、」とまた紀理子さんが話をつなごうとする。

「なに？」

「清躬さん、自分の家から花瓶を持ってきて、それなのにそのお花を描かずにおんなのひとを描こうとしたんですか？」

「あ、違う違う。その時とはまた違う時なの。いくらなんでも、自分からこの花を描きましょうと言っておいて、違うことするなんてしないわ。清躬くんはそんな子じゃない」

紀理子さんは、「そうですよね。よかった」と言って、安堵《あんど》したような顔をした。その表情を見て、かの女に味方されている清躬に悔しさをおぼえ、「あら、よかったって言うけど、」と言い、続けて反論した。

「私はまじめにお花を描いていたのよ、下手なのに一所懸命。そんな私をおいてきぼりにして自分は和華子さんを描いてさ、挙句《あげく》に逃げ出しちゃうんだから、ちょっとそれ失礼じゃない？」

「あ、そうですね、それだったら橘子さんに失礼ですよね」

「いいのよ、無理に調子合わせないで」

いいえ、そんなこと、と紀理子さんは慌てて顔の前で手を振る。

「そんなことがあってからも、その和華子さんのところへは行かれていたんですか？」

「ええ、そりゃ勿論。だって、和華子さんはとっても素敵で、私たちに優しくしてくださるから、行くのがとっても楽しみでならなかったくらいだもの」

「清躬さんは？　清躬さんはどうだったんですか、そんな恥ずかしいことがあった後？」

　ききたいことをストレートにきくようになってきたなと、初めは遠慮がちに見えていた紀理子さんについておもった。

「そりゃ、清躬くんだって。二人ともおなじ気持ちだわ」

「じゃあ、清躬さんが描いていらっしゃった和華子さんのスケッチはその後続けて描かれたんですか？」

「えっ？」

　橘子は一瞬とまどった。清躬がその後また和華子さんのスケッチを描いたという記憶はないのだ。おぼえていないから、きっとそういうことはなかったのだ。あの頃の私たちの間に秘密はなかった。和華子さんの絵に続きがあったら、私が知らないはずがない。勿論、あの美しい和華子さんにかかわることをわすれるわけがない。

　そうおもったものの、和華子さんのスケッチを途中でやめてしまうなんて、そんなことがあり得るだろうかという疑問がわき起こる。和華子さんの絵を描きかけのままにしておくなんて、あまりに勿体なさすぎる。

「あまりおぼえていないんだけど、きっと描いてないとおもう。絵を完成させていたら、おぼえてるはずだから」

　橘子は、わき起こった疑問にとらわれるといつまでも答えられなくなるから、初めに考えたことを言った。

「もしかしたら、清躬さんが一人で和華子さんのところに行かれた時に、続きを描かれたかもしれませんね。こんなに綺麗な方の絵を途中で止《や》めてしまうなんて、勿体ないですもの」

　紀理子さんのほうは橘子が感じた疑問のほうを答えとして選んだみたいだ。自分のなかでは疑問だが、自分が答えとして採らなかったことを言われると、打ち消したくなる。

「うん、勿体ないね。でも、清躬くん一人で和華子さんのところに行くなんてことはないわ」

「そうなんですか？」と、おどろいたように紀理子さんがきく。

「ええ。行く時はかならず二人よ。だって、私たちまだ子供で、おとなのひとのところへ行くのとても勇気が要《い》ることだったし、特に和華子さんて、あんまり綺麗すぎて、別世界にいらっしゃるような感じでしょう？　お友達のように接してくださったけれども、私たちからしたら、高貴なお姫様のお城に行くみたいで、——勿論、門番はいない普通のおうちなんだけど、なんといっても最高のお姫様が住んでいらっしゃるから——一人だったらあまりに敷居が高すぎて。二人して気合入れて力を合わせればなんとか行けるかなあって。おおげさにきこえるかもしれないけど」

「いえ、慥《たし》かにそんなふうにおもえるくらい綺麗な方ですよね」

　紀理子さんが和華子さんの写っている写真に眼を遣《や》りながら言った。

「清躬くんたら、ぼく一人だったら和華子さんの前できっと失神してしまうかもしれないって、言ってたことあった」

「あら、そんなことを？」

　紀理子さんがびっくりしたような眼をしてきく。

「私、クラスの友達と前もって約束があって、和華子さんのところをどうしても訪ねられない日があった時、清躬くん一人でも行けばと言ったら、そんなこと言ってね。ふふ」

　いつもしっかり者に見えていた清躬が和華子さんのことでは意気地《いくじ》なしだったのをおもいだして、橘子はつい微笑《ほほえ》ましく一人わらいが零《こぼ》れてしまった。

「まあ、橘子さんたら、清躬さんの弱みを幾つもにぎっていらっしゃるんでしょうね」

「弱みっておおげさな。今でもちょっとはからかえるかもしれないけど、子供時代の話だから」

「でも、清躬さんにしたら、和華子さんとの想い出は本当に素晴らしい財産なんでしょうね、今でも」

「ええ、それはまちがいないとおもう。私だってそうだもん」

「本当、素敵ですね。唯、ちょっと妬《や》けます」

「妬ける？」

　紀理子さんの一言に橘子は少しどきっとした。

「だって、和華子さんとの想い出って、いつも橘子さんと清躬さんと一緒じゃないですか。和華子さんとの素晴らしい時間をおもいだす時って、橘子さんはかならず清躬さんも一緒におもいだすし、清躬さんも橘子さんと一緒にいる想い出になってるんですもの」

「妬けるって、私に対して言ってるの？」

橘子は噴き出しそうになった。和華子さんに対して言っているとおもったのが、相手が自分だったたから。

「それだったら大丈夫。和華子さんのこと想い出すのに、私のことなんてこれっぽっちも入る隙間《すきま》はないわ。抑々《そもそも》比較にならないもん。月と鼈《すっぽん》か、それ以上だわ。神々《こうごう》しくて綺麗なお月様が光りかがやいているのに、誰も鼈に眼を留めないわよ」

「そんなことない、橘子さん」

紀理子さんが首を振りながら否定してくれるが、和華子さんとくらぶべくもないのは自己卑下でなく正直なおもいだ。

「それに私だって、和華子さんのことをおもうのにいつも清躬くんと一緒なわけじゃない。清躬くんなしの和華子さんとの想い出もあるし」

「えっ、でも……」

「さっき、和華子さんのところに行くの、いつも清躬くんと一緒と言ったけれども、実は清躬くんね、」

「清躬さん？」

「うん、清躬くん、八月に入るあたりの頃から、東京のほうに何日間か泊りがけで行って、此方《こちら》の家にいなくなることがおおくなったの。だから、和華子さんのおられた後のほうは、私一人で訪ねることもあったの」

「なにかあったのですか、清躬さんに」

「清躬くんのおとうさん、海外で仕事されてたの、きいてる？」

「ええ」

「海外には清躬くんのおとうさん一人で行かれてたの。その間、清躬くんとおかあさんがうちの隣に越してきて住んでたんだけど、ちょうどその頃海外駐在からかえってこられることになって、清躬くんたち、また東京にかえることになったの」

「じゃあ、此方にいらっしゃる時は清躬さんはおかあさまと二人だけで？」

「此方におかあさんがわの親戚《しんせき》があるとかで、一時的にここに住むことにしたんだって。清躬くんがそう言っていた」

「おかあさまの御親戚が？」

「ええ。そうきいただけで、あとはなんにも知らないんだけど」

「清躬さんのおかあさまって、どういう方ですか？」

紀理子さんがきく。この機会に少しでも清躬のことで情報を得たいという気持ちはわかる。清躬が家族の話をまったくしないというのは、納得ゆかないことではあるが、実は橘子もかれの家族とは打ち解けていなかったので、わからないでもない感じもする。

「そうね、清躬くんのおかあさんも美人よ。いかにも清躬くんのおかあさんだなあという感じがする、優しくて素敵なおかあさん」

「そうでしょうねえ」

「唯、」

橘子は一呼吸おいた。紀理子さんの表情に少し不安げな影が差す。

「ちょっとね、繊細で病弱な感じがするひとだった。それで、海外のくらしは多分難しくて、おとうさんの海外赴任《ふにん》についてゆかれなかったんだとおもう。御主人がいないなかで東京にいるより、親戚のいるこの町のほうがおかあさんにとってよかったのかもしれないけれども、でもこっちでもあまり人前に出られることがないみたいで、私も実はほとんどお顔は見なかった。ちょっとお見かけしても、いつも静かでほとんど話をされなかった。そういうこともあってか、清躬くんはうちの家にきて、私の家族ともお喋《しゃべ》りしたことは何度かあるけれども、私が清躬くんの家を訪ねることはなかったの。清躬くんからも誘われなかったし、私もどうしたって遠慮してしまうの。でも、私たち二人はね、お隣どうしだし、同学年だし、いつの頃からか、夜のきまった時間になると、二階のベランダにお互い出るようになって、二人でよく話をしたものだわ。清躬くんておとなしいほうだから、自分からはあまり話はしないんだけれどもね」

「ベランダで、ですか？」

「ええ」

「とってもいい雰囲気《ふんいき》ですよね」

ロマンティックな感情がわき起こっているのだろう、ちょっと甘い声で紀理子さんが言う。

「雰囲気って、毎日のようにそうしてたし、別に普通に話をしてただけだから。私たちまだ小学生だったしね」

橘子はあっさりと言った。内心では、あの頃は清躬と一杯お喋りができて楽しかったなと、昔のことがなつかしまれ、おもいに浸《ひた》っていた。橘子は昔のことをおもいだして気分よくなっているが、当時清躬と自分がお互いに屈託なくなかよくしていたことが、今、清躬との間が微妙な関係になっている情況と対比されて、かの女の気持ちを沈ませることにもなりかねないことに気がついて、あまり調子に乗らないよう自省した。

「和華子さんも一緒にくわわられることはあったんですか?」

少しだけ間をおいて、紀理子さんが尋ねた。

「あ、それはなかったの、大体、和華子さんが滞在されてたのは一か月程にすぎなかったから。和華子さんは八月の途中で京都にかえられるし、その後暫くして清躬くんも引っ越しちゃったのよね。とってもなかよくしてた和華子さんと清躬くんが二人とも続けていなくなって、私、とても淋しくて辛かったわ」

おもわず気持ちが籠もってしまったので、橘子はそのあとに言葉を続けられなかった。沈黙の時間がながれる。まずいなとおもっていたら、紀理子さんが尋ねた。

「それで、その後、和華子さんとはそれっきりですか?」

「ええ。絵葉書いただいただけで。和華子さんのほう、住所書いてくださってないから、返事もかえせなくて、それきり」

「清躬さんとも?」

「清躬くんとは高校一年の時に一度だけ会った。でも、その一回だけで、あとはなし」

橘子が答えながら、初めのやりとりで、小学校時代だけしか会ってないという言い方をしてなかっただろうかと気になった。その場その場で無責任に適当なことを言う人間におもわれたら嫌だ。

「高校一年生の時にもお会いされてるんですね?」

「うん、その時だけ。その時だって、うちの近所でばったり出会って、あれ、清躬くん、とおもってるうち、立ち話だけで終わっちゃった。おかあさんのほうでなにか御用があって、清躬くんも一緒に帰ってきたとはきいたんだけど。それ以来清躬くんとは会ってない。音沙汰《おとさた》をきくこともなくて。もう高校生だったから、私がちょっとでもしっかりしてたら、清躬くんの連絡先とか電話番号とかきいて、また連絡しあうようにしただろうけど、その時は本当に偶然道で出会ったことにおどろいてるばかりで、肝心なことはなに一つ話できず終《じま》いだった」

今からおもうと、あの時にちゃんと話をしていればと残念な気持ちが募《つの》る。

「お互い外見《そとみ》だけはおとなに近づいていて、でも、なかみはまだ未熟で子供っぽいところも沢山あったから、照れてばっかりであんまり話できないんだよね。情けないったらない。で、もうそれっきりだもん。だけど正直、今になって清躬くんとまた繋《つな》がりができるとはおもわなかった。あなたにお会いできて、本当によかった。あれ、私、なにからこんな話したんだっけ。なんか話が逸《そ》れて関係ないこと随分言っちゃったようだけど」

「いいえ。とても興味深くて、おききできてよかったです。今のお話でも、どれもこれも私が知らないことばかりで」

「紀理子さんももうちょっとちゃんとききかなきゃ」

「そうなんですけど……」

戀人なのになんで?とあらためて疑問に感じる。

「でも、清躬くんだってもう少し自分の話をしていいよね。なんで話してくれないのかなあ。どうしたんだろう、清躬くん」

おもわずそう言って、自分は今の清躬を少しも知らないのに、勝手な感想を洩《も》らしたら、ますます紀理子さんが心細くなってしまうように感じ、安易な物言いをしたことを反省した。

自分に呆《あき》れながらも、清躬のことがやっぱり気にかかった。もう自分が知っている昔の清躬ではなくなったのかなあ。自分の時は、なんでも話してくれた。もともと自分から喋るタイプではないが、こちらがきいたことに答えないということはなかった。今は紀理子さんのことを親しくおもっているから、かの女に同情してしまう。

今からおもうと、高校一年で再会した時にはもう既に、清躬は橘子が知らないかれになっていたのかもしれない。道で偶然に出会って話をしたけれども、小学生の頃は隣どうしいつも顔をあわせてあんなに仲が良かったのに、あの時はお互いぎこちない話し方になっていた。それは二人とも思春期で、からだつきも顔だちもすっかりかわって、照れや異性への微妙な意識があったのかもしれない。いや、それは橘子の感覚であって、清躬のほうは違っていたかもしれない。つまり、あの時橘子の家の近くでかれと会ったというのは、それはかならずしも橘子自身に会う目的でそこまできたのではなかったのではないか、そういう疑いがふと浮かんだ。いつまでも能天気な自分と違って、清躬はあの時既に昔のかれとはかわっていたのだ。

おもいだしてみると、ああ、あの時清躬は、橘子の家とは反対がわの道で一人で佇《たたず》んでいたのだ。あれは、かつて和華子さんがいた家を見るためではなかったろうか。もし清躬が橘子に会うつもりで、或いは、会えればとおもって近所まできてくれていたのだったら、少なくともかれのほうはもっときちんと話の準備ができていたはずだ。いきなり顔をあわせた橘子のほうはびっくりして、どんな話をしたらよいかとまどう理由があるが、清躬がはっとした顔をしたのは妙だし、その後の会話も橘子からの質問が中心になっていたのはおかしいことだ。清躬から橘子のことでなにか尋ねてくれたかというと、記憶は最早《もはや》定かでないとはいうものの、ほとんどなかったのではないかとおもえる。あの時たまたま橘子がかれを見つけて声をかけていなければ、自分の家も素通りしていたかもしれない。会うなら会ったでよいだろうが、会わなくても別によかったのだ。そうおもうと、橘子自身も淋しい気持ちになった。紀理子さんと違って自分にはまだいろいろと話してくれたとおもうのは、とんだ誤解で、自惚《うぬぼ》れにすぎないようにおもえてきた。

橘子自身が淋しい気持ちに同化してしまってはいけないと気をとりなおすなかで、テーブルの上のスマホが眼に入った。そうだ、初めは紀理子さんのスマホの写真について説明してもらうはずだったのだ。今現在の清躬について、ちゃんと教えてもらわないと。

「あ、紀理子さん、今度は、そのスマホの写真に写っていた方について教えてもらっていいかしら」

3　生まれかわりの子

紀理子《きりこ》さんは黙ったままスマホを手にとって、写真を表示しなおしてから、橘子《きっこ》の前においた。

「説明がおそくなってすみません」

「ううん。よく考えたら、清躬《きよみ》くんの昔の写真を持ってきて、話を脱線させたのは私のほうだから」

「いいえ、小学校の頃の清躬さんのお話、とてもよかったです。橘子さんから素敵なお話一杯きけて、本当に――」

「で、今度は、紀理子さんのお話よ」

橘子は催促した。

「御免なさい。その左の女性の方は、名前を杵島《きしま》さんとおっしゃるんですけれど、」

「きしま、さん？」

「ええ」

「さっき、東京で清躬くんの世話をしていたとか言っていたようにおもうけど――」

世話ってなんのことか、この女性が清躬とどういうかかわりを持っていたか、どうして三人でこの写真が撮られたのか、気になってしかたがない。

「杵島さんは去年まで清躬さんと一緒にくらされていました」

「くらされてた？」

「ええ」

紀理子さんがあっさりと言った一文には、幾つもひっかかる言葉があった。「一緒にくらす」とは同棲《どうせい》のことか。それが過去形で、「去年まで」というのは、今はそうではないということだろうけど、かの女との関係は去年で終わっているということかしら。紀理子さんが「ええ」と答えたきり、言葉を補わないので、橘子には謎《なぞ》が渦巻《うずま》くままになる。

「え、ちょっと待って、まさか清躬くん同棲してたというの⁉」

あらためて紀理子さんの言ったことの意味を考えて、おもわず橘子は興奮して、ストレートな物言いになった。

「あ、あの、」

「あの、じゃないわ。紀理子さん、まさかそのひと、清躬くんの前の戀人《こいびと》？」

橘子の語気に紀理子さんがとまどっている様子だったが、返答の間は待てなかった。

「紀理子さんて、どこまで御人好《おひとよ》しなの。前の戀人と写真を一緒に撮るなんて」

そう言ったそばから、ひとりでに腹が立ってくる。

「清躬くんも清躬くんね。なに考えてるのかしら。一体どうしちゃったんだろう」

「あの、杵島さんは――」

橘子の勢いにおされつつも、紀理子さんが答えようとしたが、そののっけの一言からまた橘子の気に障《さわ》り、

「杵島さんは、って、そのひとの名前なんかどうでもいいわ。もう昔のひとなんだから、どうでもいいじゃない。て言うか、慥《たし》かにそのひとのこと教えてと言ったのは私だけど、もういいの。もう充分だわ」

話をきけば、清躬に対する幻滅が大きくなりそうだ。折角小学校の頃の美しい想い出のなかの清躬と対話しかけていたところなのに。

「いえ、橘子さん」

「御免ね。折角話してくれようとしていたのに。でも、もういい。私、三角関係の話、苦手なの」

早い話が、清躬が戀人をその女性から紀理子さんに乗り換えたということだろう。或《ある》いは、その女性も清躬への熱が冷めたのかもしれない。それにしたって、清躬が一時的にも二股《ふたまた》をかけていたことにかわりない。

そうおもうと、不愉快でならなくなる。なにしてんのよ、清躬くんたら。おとなになって、嫌《いや》な男になっちゃったの？

「あの、橘子さん、ちょっときいてください」

今度は橘子におしきられずに紀理子さんが言葉をかえした。

「三角関係とか戀人とか、そういうのではないんです、杵島さんは。橘子さん、誤解されてます」

「誤解？」

一人興奮を募《つの》らせて言葉を速射する一方だった橘子は、紀理子さんがきっぱりと言いかえしたのにうまく対応できなかった。

「杵島さん――杵島さんは慥かに清躬さんと一緒にくらされていましたが、お歳は私たちより二十歳以上年上で、清躬さんのことをわが子のように面倒を見られていたんです」

「二十歳年上？　わが子？」

信じられないおもいで、あらためてスマホの写真を見なおしてみる。小さい画面を拡大して、顔をしっかり確認する。紀理子さんより上に見えるが、どう見ても、二十歳代にしか見えない。清躬のおかあさんもわかかったが、でも二十代とまで見えることはない。

「嘘《うそ》でしょ」

「いいえ、本当なんです」

「四十歳超えてるって言うの？」

「ええ」

「信じられない」

「私も最初信じられなかったです」

「芸能界か美容業界の人？」

「いいえ、一般の女性です」

「あまりにわかすぎ」

「おどろかれるのはしかたありません。私も、杵島さん御本人とお話をして初めて納得したくらいです」

「うーん」

橘子は終《つい》に唸《うな》ってしまった。

「清躬さんのことをお話ししようとおもうと、どうしても杵島さんのことをお話ししないといけません」

紀理子さんがあらためて話を始める。

「というのは、清躬さんが今あるのはひとえに杵島さんのおかげなんです。杵島さんがいらっしゃらなければ、私は清躬さんに出会うことさえなかったはずです。でも、その話をするのに——橘子さん、清躬さんが中学・高校と熊本の全寮制の進学校にかよわれていたのは御存じですか？」

「え、熊本の中学、高校？」

いきなりびっくりだ。そんなこと、想像もしていなかった。

「ええ、中学受験されたんです」

「中学受験ということ自体、初耳。しかも、熊本？」

「ええ、そのようにききました」

「清躬くん、まじめだから、勉強もできそうだし、中学受験するのは考えられないではないけど、でも、こちらにいる時は塾にもかよっていなかったし、中学受験の準備はしてなかったはずよ。東京に行ってから、おとうさんがきめたのかしら。でも、なんで東京の学校じゃなく、熊本？」

橘子は腑《ふ》におちなくて、もやもやした。

「敢えて全寮制の学校を選んだということ？」

「さあ、それはきいてなくて」

清躬のおとうさんの考えだ。紀理子さんも知らないだろう。清躬だって、きかされていたかわからない。

「だけど、とっても強引ね。六年生の夏休みに入る頃までは、清躬くん、なにも知らなかったはずよ。おとうさんも急にかえってきて、東京に連れてかえったとおもったら、家族と一緒にというわけじゃなく、清躬くん一人だけ熊本の学校に放り込まれて」

橘子はとても腹が立ってきた。

「こんなこと言うとどうかとおもうけれども、私、清躬くんのおとうさんのこと、あまり好きじゃないの。熊本の中学校に入れたのだって、清躬くんの意思と関係なくおとうさんが強引にきめたんじゃないかって気がする」

紀理子さんを前にして言ってもしようがないとわかっているが、橘子は本音を口に出すのをおさえられなかった。

「おとうさんて、怖い方なんですか?」

「実は、私は清躬くんのおとうさんと会ったことはないの。勿論、清躬くんの家が引っ越す時には此方《こちら》に来られていたけど、私は会わなかった。というのも、清躬くん、引っ越す予定ときいていた日より前に東京に行っちゃって、私、お見送りできなかったんだけど、それ、まちがいなくおとうさんの所為《せい》よ。だって、見送るのは清躬くんと約束してたし、かれが行く前の日にもベランダに出て二人お喋りしてたのに、そこで清躬くんが次の日におわかれすると言わないはずないのに言ってくれなかったのは、清躬くん自身も当日まできかされてなかったのよ。だから、私が知らない間に清躬くん、いなくなってしまった。ひどい話でしょ?おとうさんが邪魔したんだとおもって、今も恨みが残ってる」

恨みなんて言葉を紀理子さんにきかせたくなかったけれども、気持ちがコントロールできない。

「子供にも子供の都合があるし、それを尊重してくれてもいいじゃない。おとうさんが海外からかえってこられたからといっても、すぐ東京に住むんじゃなくて、清躬くんは夏休みのぎりぎりまでこっちにいたっていいでしょ? まあ、それはかなわなくても、せめて出発する前の日に伝えて、清躬くんの親しい友達が見送りできるよう配慮するのが普通とおもう。本当に、ひどい」

橘子はまた怒りを吐き出した。

「御免なさい。清躬くんのおとうさんの悪口言って。たった一日の出来事によって一方的にわるい印象を形成するのは行き過ぎだとおもうけど、でも、今おもいだしても悔しくて、つい。ああ、もうやめる、おとうさんの話。御免なさい。勝手な話をして」

やっぱり悪口は言っている本人自身いい感じがしない。空気もわるくする。橘子は紀理子さんに申しわけない気がした。

「いいえ、大丈夫です」

「清躬くんの学校の話、きかないといけないわね。熊本の学校に行ってからのこと。すみませんけど、お話おねがいします」

　橘子は恐縮しながらおねがいした。

「そうですね。学校の話といっても、いきなり清躬さんが高校三年生の時に飛んでしまうんですけれど」

「それは随分飛びますね。私、話しすぎたのがいけなかったかしら」

「いえ、それは関係ありません。これからお話しすることは総て杵島さんからおききしたことです。杵島さんとは清躬さんが高校三年生の時に接点ができたんです。事の起こりは――」

　一旦言いかけて、紀理子さんが少し間をおいた。

「事の起こり」と切り出したのは少し大仰《おおぎょう》にきこえたが、それでも橘子をちょっと身構えさせた。

「清躬さんのクラスメイトが重大な校則違反をしたとかで、卒業をもう間近に控えた高校三年生というのに退学になるという事件があったようなんです」

　いきなり事件の話。不穏な空気が漂《ただよ》うような。

「清躬さん、そのお友達に対する学校のきびしい処分《しょぶん》の決定に納得できなくて、先生方に寛大な計らいを陳情されたそうなんです。けれども、学校がきめたことに不服申し立てをしているみたいなことになって問題となって」

　清躬が事件に巻き込まれている。清躬にしてはとても勇気のある行動におもえるけれども、学校から問題視されるというのは、とてもきびしい。橘子は心が騒いだ。

「ま、まさか、清躬くんも退学？」

「あ、あの、その前に、学校から清躬さんのおとうさんに連絡が入って、学校としては、本人が反省すると一言言いさえすれば、卒業も近いことだから処分を寛大にすると伝えられたらしいです」

「おとうさんに？」

　橘子からすると歓迎しない人が登場した。最初から色をつけて見てはいけないとおもいながらも。学校との間のことについては、反省の一言がありさえすれば、清躬の処分については大目に見ると言ってくれているわけだから、これでおさまったのだなと感じた。それは橘子を安堵させたが、他方できっと父親との間にややこしいことが生じたのではと想像が働いた。

「ええ。だけど、おとうさんに説得されても、清躬さんは反省するということが言えなかったようなんです」

「え、言えなかったの？」

橘子はおどろいた。それでは、とことん学校に逆らってしまうことになる。そしたら、どうなるの？心配が募る。

「学校が求めている反省の一言が言えないと、収拾をつけることができなくなります。そうなると、本当に大變《たいへん》なことになって、清躬さんも学校から處分を言いわたされる可能性が出てきます。退学ということはないにしても、下手をすると卒業時期がおくれてしまうことになるかもしれません。そこで、おとうさんは清躬さんを神経の病ということにして、入院させることで、病気を理由に学校がわに處分を見合わせてもらったんだそうです」

「入院？」

スキャンダルが起こった時に政治家が使う常套《じょうとう》手段だが、学校としても大目に見る理由がつけられればいいのだから、父親の策はなかなかいいアイデアに感じる。そこは好き嫌いとは別に評価しなければならない。それに入院はきっとお金がかかるものだろう。息子のためにお金を出すのを厭《いと》わないというのは、おとうさんのことを見なおすべきかもしれない。海外でも仕事をされていたわけで、それなりに稼いでおられるにしても。

「でも…」

「でも？」

「でも、それが結果的にはよくなかったんです」

よくなかった——そうきいて、橘子は落膽《らくたん》した。

「清躬さんにはそうしたことが、自分だけ處罰《しょばつ》を逃れたことになり、お友達に対する裏切りをしたようにもえたんです。それから、おとうさんの言いなりになって、病気という嘘の理由をつくってそこに逃げた自分の心の弱さにもおおきく傷ついたようなんです」

「うーん、まじめね」

清躬は優しいところがなによりの美点だが、ナイーブさにも通じる。高校一年に会った時にも遠慮がちで、おとなに近づきながら、まだ年少に見えるひ弱さを感じた。きまじめに物事を受けとめたら、二進《にっち》も三進《さっち》も行かなくなってしまう。ひとのことで自分を責めてしまう性格では、つぶれてしまいかねない不安がある。

「でも、その入院はもともとかたちだけのものだったので、二週間くらいで退院し、おとうさんに付き添われて再び学校に戻ることになったんですけど、その間にお友達はもう退学されていて、それを知った清躬さんは非常に強いショックを受けられたみたいです」

「あら」

「結局、そのお友達がいなくなって、自分だけそのクラスに残っていることに居《い》た堪《たま》れない気持ちになって……。一方で、ちゃんと学校に行ってほしいという御両親の気持ちも理解されてたはずです。それで、その御両親のおもいに応えようとすると、お友達を裏切ったことを肯定してしまうことになる。自分の心も誤魔《ごま》化《か》してしまう。お友達への気持ちと御両親への気持ちの両方に真剣に向かい合おうとすればするほど、清躬さんの心は引き裂かれてしまうんです。それはとっても辛いこと――清躬さんの気持ちを言葉で言い表わすことは到底できることではありませんが」

話す紀理子さんも辛そうだったが、清躬についてのこういうことを初めてきいた橘子もとても辛い気持ちになった。

紀理子さんは暫くおし黙った。橘子は気になって尋ねた。

「杵島さんは、そういうことを清躬くん本人からきいたって？」

きまりきったことだろうに、紀理子さんが答えをかえすまで少し間があった。

「ええ。実は、清躬さんが入院されていた病院に杵島さんも患者としておられたんです」

「患者？」

まったく想像もしていないことをきいて、橘子はおどろいた。

「杵島さんもずっと重いものを心にかかえられていて、入退院をくりかえされていたようです」

心の病。重い話だ。

でも、二十代にも見えるわかさと美しさはとても心の病気に苦しめられていたひとにはおもえない。

ともあれ、清躬も心を病み、杵島さんも病院生活という話では、病気と無縁に生きてきた橘子は口を差し挟むことができかねて、紀理子さんがしてくれる話を神妙にきくよりなかった。

紀理子さんの話ではこうだった。

清躬は一度は学校に戻ったが、友達がその間に退学してしまったのを知った。そのことがかれを精神的においこんで、再び入院を余儀なくされた。最初の入院は謹慎のかたちをかえたもので、清躬は苦悩しながらも自分を保っていたが、今度は本当に心が折れてしまった。杵島さんは清躬の最初の入院時から、病院の庭で静養しているかれの姿や様子を見て、気にかかる存在として意識に刷り込まれたと言うが、清躬が再入院してきたことがわかって、かの女は霊感のようなものを感じてしまった。そうなると、自分から清躬に接触するのを躊躇《ためら》わなかった。

杵島さんにはそうする理由があった。

「杵島さんは清躬さんのことを、なくなられた息子さんの生まれかわりと信じられたんです」

「生まれかわり――って？」

突然非現実的な話が出てきて、橘子はびっくりしてききなおした。

「杵島さんには一人息子さんがいらっしゃったんですけど、その時から十八年前に、そのお子さんが川におちて、ながされてしまったことがあるというんです。四歳の男の子だったそうです」

橘子はおもわず「えー」と唸った。

「お子さんが川におちたのを目撃されたという人がいて、すぐ通報されたらしいです。でも、その頃ずっと雨続きで、川も増水して、ながれも急だったため、お子さんはすぐ川の水に呑《の》まれて見えなくなったという話です」

「じゃあ――」

橘子はわるい想像をした。話のながれからそうおもうしかなかった。

「ええ」

紀理子さんも察してうなづいた。

「その後、見つかっていないそうです」

少し間をおいて、紀理子さんが続けた。

「川の捜索も随分されたようですが、遺体は発見されていないとのことです。目撃証言からも不幸な事故にちがいなかったのでしょうけれども、杵島さんは突然お子さんが失われてしまったことを受け容《い》れることができなくて、川におちたのがわが子かどうかはわからない、それは別のお子さんかもしれない、ひょっとすると、自分の子がかえってこないのは、誰かに誘拐《ゆうかい》されたということだってあり得る、だからそちらの線でも捜索してほしいとおねがいされたらしいです。だけど、その地域でその日に行方不明になった子供は杵島さんのお子さん以外はなく、目撃証言もあるので、やっぱり川におちてながされてしまったというのはまちがいないんじゃないかと。でも、もしそうだとしたって、お子さんがどこかで助かっていないとはいえない。わが子はかならず生きていると、杵島さんの信念はかわらなかったようです。あの子がこの世からいなくなるはずがない、絶対そんなことはない、と。私が生きているのに、どうしてわが子が先に逝《い》ってしまうなんてことがあるのだろう。杵島さんにとって、自分がこの世に生まれてきたこと自体、あの子を生み、育てるためであって、それ以外に自分が存在する理由などないのだから、その命がなくなるなんてことはあり得ないわけなんです。遺体は出ていないんだから、あの子が死んだように言うなんてことは絶対に許容できない。あの子は今もどこかでかならず生きているんだ、杵島さんはそのことをずっとずっと信じ続けられ、だから、いつかきっと戻ってくる、私のもとにかえってくると、毎日それればかりおもっておられたらしいです」

紀理子さんはつとめて冷静に感情をおさえて話をした。それでも橘子には充分心にぐっとくるものがあった。

「そしてその時から、杵島さんにとって時間が止まってしまったようなんです。つまり、お子さんは四歳のかわいい男の子で、杵島さんは二十二歳のわかいおかあさん。世の中の時間がどのように過ぎようが、それはかわらない。かなしみで窶《やつ》れて老《ふ》けてしまったら、駄目だ。どれだけ年月が経《た》っても、お子さんが家にかえってきた時におかあさんとわかるように、いつまでも二十二歳のわかいおかあさんのままでいないといけない、身も心もあの子が家にいた時と少しもかわってはいけないんだ、と強い信念を持ち続けられたようです。実際に杵島さんは本当に二十代の女性にしか見えないんです。勿論《もちろん》、私なんかよりずっとおとなっぽいですけれど。でも杵島さんのお話をきいて、いくらわが子といっても、ここまで強く愛し得るものだろうかと、私も胸が熱くなりました」

子供をなくした親のおもいがどれほどのものか橘子には想像もつかないが、加齢でのからだの變化《へんか》を止め得るほどの信念とはどういうものだろう。それにしても、そこまで強いおもいでお子さんがかえってくることを信じきっている杵島さんというひとは一体どんなひとなのだろうと強く感じ入る。

「え、でも、」

時を止めたのを受け容れるにしても、また疑問が生じる。

「杵島さんのお子さんが川にながされたのって、十八年前と言ったでしょ？」

「ええ」

「でも、その時、お子さんは四歳だったのよね？」

「ええ」

「じゃあ、清躬くんがそのお子さんの生まれかわりといっても、年齢が合わないじゃない？」

杵島さんのお子さんは二十二歳のはずだ。高校三年の清躬と歳が違う。

「だから、生まれかわりなんです」

「え、どういうこと?」

橘子はまだ意味がつかめない。

「清躬さんの生年月日は、そのお子さんの事故のおよそ十か月後だったようなんです」

年齢が合わない答えにはまだなっていない。

「杵島さんはこう考えられたんです。かなしいことだが、お子さんはやはり事故に遭《あ》ってしまった。そして、一度はこの世の命が断《た》ち切れてしまった。しかし、直ちにお子さんの魂はほかの女性の胎内《たいない》に入り、もう一度この世に生まれなおした。それが清躬さんだと」

橘子は「うーん」と唸りながら、まだ腑におちなかった。

「でも、それじゃあ、お子さんがなくなったことを認めてしまうことになってるじゃない。お子さんが生きていて、いつかえってくるかわからないからと、二十二歳の姿に自分を留めおいているんでしょ、その理由がなくなってしまうじゃない」

「私もおなじ疑問を持ちました。杵島さんはそれに答えて、こうおっしゃいました。本当の息子が十八年経って戻ってくるというなら、もう少し前に戻ってきてもいい。そういう意味でお子さんの実年齢が二十歳になったあたりで、いくら杵島さんにしても待つ限界にそろそろ来ていたみたいです。実際、待っている杵島さんは二十二歳で止まっていて、戻ってくるお子さんがその年齢以上であったなら、親子の年齢が逆転してしまいますから」

非現実的な設定をつくっていながら、親子の年齢の逆転という論理矛盾を入れているのは手前勝手な理屈じゃないかしらと、橘子は引っかかる。

「それに、清躬さんは御自分から息子さんだと名乗り出られたわけではなくて、杵島さんが勝手に直感されたんです。息子さんは四歳で事故に遭われているのだから、まだおかあさんである杵島さんのことをおぼえているはずで、顔を合わせていたら、おかあさんとわかるはずですが、勿論、清躬さんからそのような反応はない。唯、生年月日を尋ねてみると、息子さんの事故のおよそ十か月後だという。それだったら、一度命をおとした息子さんがまだこの世におもいを残し、いつかおかあさんに会うために、別の女性のおなかに宿りなおし、もう一度赤ちゃんに生まれかわった――そのようにおもうほうが杵島さんにとって無理がなかったんです」

その話をきいて、橘子はダライ・ラマの後継選びみたいな感じにおもった。ダライ・ラマのほうは、先代の没後に生まれかわりの子供が探され、童子のうちに即位するのだが。

「無理がないって、自分の都合ででしょ？」

「ええ。別に本人にその自覚がなくっても全然構わないんですから。唯、新しい命に宿りなおすというのでは、タイミングがぴったり合ってるし、また、清躬さんの顔立ちになくなった息子さんのおもかげがあるようで、偶然と言えばそれまでですが、杵島さんにそうおもわせる理由はあったようなんです。お子さんがなくなったということは認めなければならないわけで、それはとても辛いことだけれども、事故からもう二十年近く経っていることを受けとめると、生まれかわりと再会するという運命のほうが杵島さんには現実性が高いものになっていたんだとおもいます」

杵島さんも美人だから、息子さんが成長されていたら、清躬に似ていたかもしれないという感じはする。もともと息子さんを事故で失われても、まだどこかで生きていると信じ込もうとした人だから、生まれかわりのおもいこみもかの女にとっては特別妙なことではなかったかもしれない。

「その杵島さんに檀那《だんな》さまは？」

「シングル・マザーでおられたようです。もともとお独りなのか死別とかでいらっしゃらなくなったのかはきいていませんけど。どちらにしても、杵島さんにとってお子さんは生きる支えであったにちがいありません」

わが子をなくし、しかしそのことを受け容れることができないまま二十年近くその子がかえってくるのを一人待ちくらしていた杵島さんの身の上には心痛むが、といって、清躬の立場からすると、なんの縁もゆかりもないひとから生まれかわりとおもいこまれ、勝手に親のおもいを寄せられても、困った話だとおもう。

「杵島さんの大變《たいへん》な事情はわかるけれども、まるで関係のないひとからあなたは私の子供の生まれかわりですなんて言われるのは、私だったら、そんな勝手な、とおもうにちがいないわ。いくら人の好い清躬くんだって随分な迷惑だったんじゃないかしら」

橘子は率直に感じたままを言った。

「それは杵島さんだって、本人にそんなこと言われませんよ」

「そうよね」

それでも、橘子の不安は拭《ぬぐ》い去れなかった。精神的なダメージを受けている高校生の清躬はそっとしておいてあげるのが一番なのに、かれがわが子の生まれかわりなのだという妄想を持った杵島さんがかかわってきて、それがよい影響をおよぼすとはおもえない。まして一緒にくらすとなったら、杵島さんの子に対するおもいはどんどん深くなったりしないのかしら。それより、清躬の両親、とりわけ父親がそんなおんなのひとと清躬がくらすのを認めるかしら。

「で、杵島さんは清躬くんと一緒にくらすんでしょ？でも、清躬くんの御両親はそれをすんなりお認めになったのかしら」

「そのお話ですけれど、まずは清躬さんの退院に至るところから順をおって」

紀理子さんが語るところではこうだった——

杵島さんにとってわが子の生まれかわりのように感じる清躬がこのように心の傷をかかえて入院している事態というのは、かの女にとっても心痛むことで、なんとか助けてあげないといけないと考えた。その頃杵島さん自身はその病院に通院していて、入院しているわけではなかったけれども、それでも自分が心を病んでいる状態から立ちなおらないと清躬を助けてあげることもできないということで、そのように自覚すると、なにかをおそれたり不安に感じたりする心もきえたようだった。それからは、清躬を救う計画を立て、実行に移すことに専念した。

杵島さんが感じるところでは、清躬の親は今の清躬を救ってくれる存在ではないと確信された。寧《むし》ろかれの病気のおおきな要因になっているのにちがいない。学校からの處分を避けるために病気を名目としたことがかえって清躬を本当の病気にしてしまった。そうした清躬の親の考えや行動は、決して本人のためになっておらず、清躬を救うというより逆に苦しめるばかりになっている。清躬のことを本当に理解できるのは自分であり、自分が清躬の心の親なのだ。だから、清躬を救うためには自分が清躬の面倒をみてあげるしかない。清躬の親からすると、赤の他人の自分が清躬の面倒をみるというのはとても承服できることではないのは明らかであるから、そのために杵島さんはできるかぎりの算段をしようとした。

幸いなことに、杵島さんは地元の有力な政治家とコネを持っていた。そのコネを使って清躬の同級生の親で学校の役員をしているひととつながりをつくり、自分の計画に協力をとりつけた。その上で、そのひとからの委任を受けたという立場で、清躬の親のところに出向いていった。

　とにかく杵島さん自身が世間的に信用のある人間とおもわせないと会ってくれさえしないので、地元の政治家や同級生の親の保証をつけてもらうなど、最大限に対策をとり、入念に話をして、ともかくも説得に成功したという。そして、親の承認のもと、学校からも許可を得て、清躬は退院すると、杵島さんの家に寄宿し、そこから高校にかようことになった。杵島さんの支えがおおきく、清躬は休むことなくかよえるようになったという。

　一緒にくらし、会話も親密にかわすようになって、杵島さんはますます清躬の心を取り込んだ。そして、病院にいる時から察知したが、清躬の優しい性格は権威主義的な父親と相容《あいい》れず、清躬は父親の支配力に抑圧されているのがよくわかった。それは実際に対面して話をすることによって、確信へと深まった。清躬の父親がかれに求めることは、一流大学に入って、世の中の闘《たたか》いに勝ち抜く人生の成功者となってもらいたいということだ。そして、その道しか選択肢を認めない。父親自身もそのように生き抜いてきた人のようだった。仕事で成功するためには、家庭をふりかえれないことも致し方ない。杵島さん自身は清躬の母親とは会っていないが、清躬からきく話によれば、優しい性格のひとのようだが、病弱なこともあってか、夫に対して従順で、ものをあまり言わないひとのようでもある。杵島さんがおもうには、清躬は母親と一緒の時間が長いが、そうであり、父親は仕事に明け暮れて留守がちであり、清躬は母親と一緒の時間が長いが、そういう母親では清躬も柔弱になってしまう、そのように考えて、中学校から全寮制の進学校に入れたのではないか。

　その話をきいて、ああ、やっぱりだと橘子はおもった。父親がどういうものの考え方をする人かについては清躬にきいたことがなかったが、いま紀理子さんからきいて、自分が感じていたとおりとうなづけた。父親の専制は清躬の素敵なところを理解しないで強引に鋳型《いがた》にはめてしまうようなもので、清躬にはきついだろうと想像できる。逆に、ここで隣どうしでくらしていた頃は清躬にはとても幸福な時代であったのにちがいない。

　ここでまた橘子が清躬の父親について一言すると、また空気がわるくなるので、口を挟まず、紀理子さんに先を話してもらうことにした。

　杵島さんは、人生を勝ち抜き戦のようにとらえ、つねに他人をライバルと考えて自身の成功を追い求める生き方を強いる父親のもとでは、清躬の安寧や幸福はないと感じていた。それより清躬の個性を活かし、才能を開花させることが清躬の将来のためになる。

「杵島さんは、清躬さんに絵の才能があることを知っておられたんです」

「絵？」

ふと、和華子さんのおうちで三人してスケッチブックに絵を描きあった時のことを橘子はおもいだした。でも、あれはスケッチ。

「ええ。杵島さんは清躬さんが描き溜めておられた絵を見られて、こんなに綺麗で丁寧に絵を描ける清躬さんの技術と感性、優しさに感心され、ここに清躬さんの才能がある、是非とも花開かせないといけないとおもわれたというんです。さっき橘子さんから、清躬さんのスケッチ事始《ことはじめ》のようなことをおききして、実は内心とっても感動したのですけれども、その時からずっと続けられていたのでしょうね」

「でも、あれは遊びみたいな。しかも、夏休みの一時期だけだったし」

橘子はそう言いながら、あの時の清躬の一所懸命な表情を想い起こした。和華子さんと一緒に絵を描いた経験が清躬の喜びにつながっただけでなく、和華子さんの美しさを写しとりたいという願望がその時にわきおこって、それを絵に表現しようとする情熱がそこに芽生《めば》えた。清躬がどれだけ美しいものに惹かれていたか、当時は意識しなかったが、今はよくわかる。総ては和華子さんへの憬《あこが》れに通じるのだろう。

「いえ、だけど」と、橘子は言いなおした。

「慥《たし》かにあれがきっかけで絵を始めたのかもしれない」

きっと清躬には、絵を描くことは、今はもう遠くに行かれたあの美しい和華子さんを今に引き寄せる縁《よすが》だったかもしれない。

「で、そっちの道に？　だけど、そっちのほうはもっと大變《たいへん》じゃないの？　だって、それだけで生活できるひとってごく一握りでしょ？」

清躬にとって好きな道を歩むに越したことはないが、現実は甘くはない。誰だってそうおもう。ましてや
「というより、そんなこと、清躬くんのおとうさんが承知されるわけはない」

橘子は一番の問題点を指摘した。

「けれども、杵島さんはおとうさんを説得し、清躬さ

んが高校卒業した後は御自分が面倒をみることを認めてもらったそうです」

「あのおとうさんを説得するなんて、一体どういう話をしたのかしら」

清躬をあの父親の勢力圏から引き剥《は》がすのに成功するとは、杵島さんも尋常ではない。

「私もくわしいことはきいていないですけど、杵島さんには清躬さんは自分が守ってあげないとという、実の親にも勝《まさ》る強いおもいがあったのでしょうね」

「御自分の子供の生まれかわりと信じている母親としての力が杵島さんにはあるのかもしれないけれども、それでも感心してしまう」

「私もそうおもいます。唯、」

紀理子さんは一旦間をおいた。

「おとうさんは清躬さんのことをそれでもう諦めてしまったというか、大学進学を断念して別の道に歩むという清躬は裏切り息子だ、そのように将来を自分勝手に放棄してしまう息子はもう自分の子ではない、もう縁を切る、これからは私の家とは関係がない、あなたが勝手にしたいならそうすればいい、というようなことを言われたようなんです」

「え、そんな言い方って――」

橘子はそう言ったきり絶句した。清躬の父親の言葉が信じられない。紀理子さんの言った、清躬の父親の言葉が信じられない。紀理子さんも言いながら辛そうで、声を震わせていた。どちらも言葉の継ぎようがなくて、暫《しばら》くおし黙った。

「それで、その後清躬くんはずっと杵島さんと一緒にくらすことになって、おとうさんの干渉を受けなかったってこと？」

「ええ、そのようです」

「それはそれで清躬くんにはよかったのかもしれないけど」

橘子には引っかかることがあった。清躬の父親は息子を勘当扱いにして自分の気は済んだかもしれないが、清躬のおかあさんの気持ちからすれば、わが子はわが子で、縁を切るなんて到底できないのではないか。あのおかあさんなら夫の言葉に口を差し挟めないにしても、杵島さんとなんらかの交渉を持つ余地はなかったのだろうか。けれども、橘子はそれをきくことはやめた。あの優しい、でも弱々しいおかあさんではおとうさんの意に反した行動はとれなかったようにおもわれ、きいてもしかたがない気がした。もし、今も交渉が続いているとしたら、この後の紀理子さんの話でも出てくる可能性はあるし、自分から後で質問してもいいことだ。

「そうして杵島さんは清躬さんが高校卒業後に一緒に東京へやってきて、そこで部屋を借りて二人で住むようになったらしいです」

紀理子さんの説明がまた続いた。絵の勉強をするためには地方よりやはり東京のほうがいいのだろう。

「で、清躬くんの学校は？　美大とか受けたの？」

橘子の気持ちとしては、美大であれ、清躬が大学に入っていてほしいとおもった。藝術系《げいじゅつけい》の大学なんて憬《あこが》れる。進学校に入って、一流大学に行かないのは、別におちこぼれたわけではない。清躬に合った進路ならば、どこでも素敵だ。

「いいえ、結局美大は受けられずに通信教育で勉強されることになったようです」

「え、そうなの？」

橘子は残念そうに呟《つぶや》いた。

「清躬さんは専門的訓練を受けられてはいないし、受験の準備もまったくできてなかったので、現役での受験は無理だったみたいです。美術の専門学校に行って、そこから翌年に美大受験に挑戦するという選択肢も考えられたようですが、清躬さんと相談して結局働きながら勉強は通信教育でということになったようです」

「清躬くん、まじめだから。でも、学校は行ける時に行っておかないと」

清躬が学生時代をおくれることの喜びを味わわないのは残念だ。そういうおもいとともに、ふと別の心配がよぎった。

「まさか学校がトラウマになっちゃったのかなあ、病院に入っちゃったりしたことで」

だとしたら、高校三年生の途中で急に人生のコースがかわってしまった清躬がかわいそうになる。

紀理子さんは暫く黙ってしまった。自分が気安く感想を洩らしたことが原因だと、橘子は反省した。学校にかよえなかった（かよわないと選択せざるをえなかった）清躬のことを紀理子さんもきっと残念におもっている。

「御免ね」

橘子は一言わびて、話の続きを促した。

「で、清躬くんはなにか仕事してるの？」

「最初に就いた仕事とかはきいてないですが、今は挿絵《さしえ》やイラストの仕事をされてます」

「あ、やっぱり絵の関係の仕事ね」

具体的な仕事をきいて少し安心した。

「フリーでやってるの？　それともデザイン事務所み

たいなところに入ってるの？」

「フリーですね。もともとは杵島さんが出版社とかいろいろまわって仕事をとってこられたんですけど、そこからつながって、今は出版社の編集者の方が仕事を依頼してくれるようです」

「へえ、出版社」

橘子は出版社ということに興味をそそられた。

「実は、私たちがしりあったのも、そこの出版社なんです」

「え、紀理子さんも？」

おまけに二人のなれそめにかかわる重大事実。

「いえ、私は普通のライターで」

「ライター？」

「ええ、実は私、学生のライターをしていて」

「え、それって、」

ライターって凄いとおもいながら、橘子は尋ねた。

「雑誌とかに記事を載せるの？」

「ええ」

紀理子さんは軽くうなづいた。

「へえ、どんなものを書いているの？」

「そうですね、いろんな街の珍しいところとかお店とかを紹介するような感じです」

「本名で書いてるの？」

「名前を出すほどの文章じゃないですよ、大体は」

「え、でも、凄い」

「唯好きなとこ行って、好きに文章を書いているだけです」

本人は謙遜《けんそん》しているけれども、出版物に自分の文章が印刷されるだけでもりっぱだと橘子はおもう。照れている様子からも、結構沢山書いてきているように感じられた。これだけ美人で文章も書けたら、また書いてくださいと何度も依頼がくるのではないだろうか。

「じゃあ、紀理子さんが書いた文章のイラストの担当が清躬くんだったの？」

なんかドラマみたいだなあとおもって、きく。

「いえ。私のは取材して文章にするので、写真がほとんどです」

「あ、そうなの？」

いい話を期待しただけに、ちょっと肩透かしを食った感じ。

「じゃあ、どうやってしりあったの？」

「私、その出版社に私を担当されていた編集者の方を訪ねた時、たまたま清躬さんが近くにいて——」

「へえ、偶然？」

橘子が問いかえすと、紀理子さんも「偶然です」と応じた。

「近くにいてという情況でどうなったの？」

橘子は興味を募《つの》らせて更にきいた。

「その時清躬さんが別の編集者の方を前にして広げていた絵があまりに綺麗で、びっくりしたんです。しかもほとんど私とおない歳な感じのわかい男のひとがそれを描いたことにもおどろきで」

「それで？」

「いきなりそこではちょっと声をかけづらかったので、清躬さんが出版社を出るのを待って、そこで声をかけて、もう一度絵を見せてもらったんです。それが清躬さんとの出会いでした」

二人の出会いを少し声を上《うわ》ずらせながら紀理子さんが語るところを、橘子もいくらか興奮するおもいできいた。紀理子さんからアプローチしたのか。

「その絵は本当に素晴らしくて。それから、もっとほかの清躬さんの絵も見せてほしいですとおねがいしたら、清躬さん、つぎの機会をつくってくださいました。そうやって二人会うようになりました」

二人のデート、いいなあ。おもわず溜息をもらしそうになる。

「立ち入ったことをきくけど、紀理子さんはその当時彼氏は？」

興味序《つい》でに橘子はおもいきって尋ねた。これだけ美人で感じがよいひとを男性が放っておくはずないとおもいながら、彼氏がいる状態で清躬とつきあおうとしていたとしたら、それはそれで問題が出てくる。

「男のひとで親しいお友達は何人かいましたけど、このひととおもえるような人とまだ出会ってはいませんでした」

「本当？」

ちょっと意地わるくきく。

「本当です」

多分つきあった人はいるんだろうなと橘子は感じた。けれども、清躬に対してのようなおもいを持ったひとはいなかったのではないか。なかよくはしても、紀理子さんがこのひととおもえるような人はきっといなかったんだろう。

「じゃあ、清躬くんが初めての彼氏？」

「嫌です、言わせないでください」

紀理子さんが照れた。

「言ってるのもおんなじだから、赦《ゆる》してあげる」

「橘子さんて意外に意地悪なんですね」

橘子は「あら、そうかしら」と惚《とぼ》けた。

「で、紀理子さんは、清躬くんが杵島さんというひとと一緒にくらしているのをいつ知ったの？」

「そのつぎに会った時に話してもらいました」

そして、紀理子さんはつぎのように話した。

二人が出会ったその日に、清躬は紀理子のことを杵島さんに話していた。そして、二回目に会った時にほかの絵を見せて、更にもっと清躬の絵を見たいと紀理子が言ったなら、つぎは家でゆっくり絵を見てもらっていいと言いなさいと、杵島さんに言われたという。清躬はそのまま紀理子に伝え、杵島さんのことも話をした。

正直なところ、紀理子は出会ったその日から、清躬に特別なものを感じていた。ほかの誰も持っていない純粋なものが清躬にあった。描いた絵もとても綺麗で優しくて素敵なのだが、それは清躬自身の人柄そのものを映しているようにおもった。二度目の出会いでいろいろ話をして、そのようにして知れば知るほど、紀理子は清躬に惹《ひ》かれた。清躬もかの女に率直に心を開いてくれたから、お互いにいいお友達になりあえると信じた。

杵島さんと会ったのは日曜日で、それが初めての清躬の自宅訪問にもなった。玄関先で対面すると、杵島さんは想像していたよりずっとわかく、美人だった。清躬は二十歳も上だと言っていたけど、そんなはずはない。実際の年齢が二十歳より上と、ききまちがえたのだろうか。それなら慥《たし》かにおねえさんだ。ところが、杵島さんは会ってすぐの自己紹介のなかで早々に自分の年齢を明かした。四十二歳という。そうきいて、紀理子は仰天し、眼を疑った。此頃《このごろ》は年配の女性でも随分わかく見える人がいるし、出版社に出入りしている紀理子は比較的そういう情報に接しているほうだが、それでも杵島さんを眼の前にして、見た目の容貌と年齢のギャップはにわかに信じがたかった。

今回の訪問の趣旨は、清躬の家でよりおおくの作品を見せてもらうことであり、その間は絵を楽しむことに集中できたが、リヴィングで杵島さんもまじえて話す場では、どうしても杵島さんのことが気にならずにいられなかった。

しかし、杵島さんは初対面にもかかわらず、清躬との経緯について、また二十年近く前に事故に遭った実のお子さんのことも含めて総て話してくれた。結構重い内容ではあったが、そこまで内内のことを初対面の自分に話してくれるのは、信頼の証《あかし》とおもわれるし、杵島さんがそう信頼してもいいと感じるように、清躬が紀理子の話を伝えてくれていたのにちがいないとおもうと、とてもうれしかった。そうして、紀理子の不安は解消された。杵島さんは見かけは清躬のおねえさんだが、今の自分の年齢をちゃんと意識しており、実際は母親がわりであった。清躬のこれまでのことを総て話してくれた後で、あらためて紀理子のことを非常に歓迎していると言ってくれた。杵島さんが言うには、清躬にはしっかりしたパートナーが早くできてほしいと常々ねがっていたという。これからも清躬のことをよろしく頼むと言われ、それは勿論紀理子にはうれしいことであった。

「お墨付きを貰《もら》ったということね、二人の交際に？」

「ええ。それから清躬さんと正式に交際を始めることになりました」

紀理子さんが答えた。

「そうして、お互い仕事のスケジュールが入っている中で機会を見つけて、デートを重ねるようになりました。で、半年ほど経ったところで、杵島さんからお話ししたいことがあると呼ばれました」

二人のデートの話をくわしくききたいのに、杵島さんがわりこんできて、なんだろうと橘子は心の内で首をかしげた。

「喫茶店で会ったんですけど、のっけから、清躬さんと今後どうしてゆくつもりかと杵島さんにきかれました」

「えっ？」

「急な質問で、一体どういう趣旨できかれているのか、よくわかりませんでした」

「それ、清躬くんもそこにいたの？」

「いいえ、杵島さんと私だけです」

「でも、その質問て、親がするような感じね」

実質的に親がわりのように生活していても、本当の親ではないのにと、橘子は違和感を感じた。

「私、経緯《いきさつ》はきいていましたが、二人で生活されているし、杵島さんは親として言われているようにおもいました」

そうおもわないと、美しい女性が同居していることに心騒ぐことになる。

「ですからその質問は、結婚を考えているか、答えなさいという意味かしらとおもいました」

「結婚か。でも、ちょっと早すぎるかも。清躬くんだってまだ二十歳でしょ」

「ええ。年齢もそうですし、まだおつきあいして、半年程しか経っていません。それに私はまだ学生です。ですから、呼び出された話がその質問というのは、とてもとまどいました」

「そりゃ、そうよね」

橘子も同感した。

「勿論、清躬さんのこと大好きですし、もし清躬さんからプロポーズされたとしたら、とってもうれしかったとおもうんです」

「う、もしかして、清躬くん、引っ込み思案で自分から言えず、杵島さんからきいてもらったとか？」

その可能性が頭をよぎって、橘子は尋ねた。そんなことあってはいけない。

「いいえ、清躬さんはそんな意気地《いくじ》なしではありませんし、実際にそんなことではなかったんです」

意気地なしではないときき、橘子はほっとした。紀理子さんの話をきいていて、清躬が優しいのを通り越して弱々しくなっている感じがして、つい妙な連想が働いてしまった。

「でも私、ともかく清躬さんのことを本気で愛している、その心は確たるものでしたから、杵島さんの意図がなんだろうとおしはかって、なにも言えず時間を引き延ばしてしまうより、もし質問の意図と食い違っていたとしても、自分がまちがいなくおもっていることだけはっきり言おう、そうおもいました。正直なおもいはちゃんと受けとめてもらえるはずだと信じました」

「で、なんて？」

「私、清躬さんのことを心から愛しています。ずっとなかよく一緒にいて、行く行くは結婚できたらとおもっています――そう答えました」

「素敵。紀理子さん、かっこいい」

橘子は拍手をおくりたいくらいの気持ちになった。

「唯、清躬さんの真意はどうなのか、まだ半年の交際で結婚のことまで考えられているのか確かめていないので、私が先走ったことを言ってしまって大丈夫だったのか、不安は残りました。清躬さんは私の両親ともまだ会っていませんでしたし」

「まだ半年だったらそうかもしれないわね。それに紀理子さんも学生だしね」

もし自分の場合だったら、交際半年で結婚のことまで意識できないだろうなと、橘子はおもった。

「でも、まだ半年とか、まだ学生とかに関係なく、清躬くんへの愛が本物で、そういう自分の気持ちをきっぱりと、先んじて言ったことがりっぱだとおもうわ、紀理子さん。で、そう答えて、杵島さんはどういう反応だったの？」

「私が本気でそう言ったことは信じてくださいました。唯、あわせてこうきかれました。清躬はあなたに愛してると言ってくれたかと」

不思議な質問だとおもいながら、橘子は「で？」と答えを促した。

「いいえと答えました」

「いいえって」

当然のことに肯定的な答えを考えていた橘子は肩透かしをくった感じになる。

「杵島さんには案の定《じょう》の答えでした」

「どういうこと？」

「杵島さんはこう言われたんです、清躬はおもいやりがあり、あなたのことを大事にしているだろう、そしてあなたがあの子を愛するように、あの子もあなたを愛している、そのことにまちがいはない、けれども、あなたに『愛している』という言葉は使わないだろうと」

「なに、意味わかんないわ」

「私も意味がわからず、ききなおしました、どういうことですかと」


当然だわ。

「あの子は胸に理想を持っている。あの子の一番の愛はそこに向けられている。あなたのことを愛しているのは疑いないが、一番の愛が別にあるのに、あの子は『愛している』と言わないだろう、いえ、言えないのだ」

理想って和華子さんのことだわ、と橘子は直感した。和華子さんは慥《たし》かに理想だけれども、現実に愛しているのは紀理子さんじゃない。まさか和華子さんに今も戀をして、一緒になりたいとおもってるわけじゃないだろう。

「理想と現実の愛を混同してるわ。なに言ってるんだろう、清躬くん」

少し腹を立てながら、橘子が言った。

「杵島さんもおなじことをおっしゃいました。あの子は、理想と現実の愛を混同していると。現実の愛――あなたへの愛こそちゃんととらえて、抱擁しないといけない。だけど、あの子は理想への愛が胸から離れない。理想への愛は抱擁できないのに。現実の愛ではあなたが一番でも、理想への愛があり、それにとらわれてしまっているゆえに、あなたのことを『愛している』と言えない」

わかったような、わからないような。だけど、「愛している」と言えないと言われるなんて、あまりにかなしい。橘子は唇《くちびる》をかみたい気持ちになる。

「そういう考え方はおかしい、理想と現実をちゃんとわけなさい、理想は抱擁できないのよと、あの子に対して何度も言った、と杵島さんはおっしゃいました。だけど、どう言っても、あの子にはできない。普通の人ならちゃんとわかるんだろうけど、あの子は感覚が違う。あの子は胸に理想を抱擁している。そういう感覚でいる。だから、あなたのことを抱擁できないだろう。あなたに『愛している』と言って、ちゃんとあなたを抱き締めることは、今のあの子にはできない」

「その理想ってなんなの？　清躬くんが抱擁する理想って」

橘子は反射的に声をあげた。言ってしまってから後悔した。紀理子さんに指摘させるのは酷だ。

「和華子さんなのでしょうね」

紀理子さんはテーブルにおかれた写真に眼を遣《や》って、言った。その声には諦《あきら》めがまじっていた。橘子はその写真をかの女に見せた無神経さに自責の念にかられた。

「理想って、清躬さんの場合、言葉の上のものではないんです。ちゃんとこういうふうに絵というかたちにあらわせる、つまり具象化できるものなんです。私、そのことがわかって、杵島さんに言いました。清躬さんの絵を見たら、わかります。清躬さんはこの絵を描いている最中に理想を抱擁していらっしゃるのが。そう言うと、そこまでわかってくれているあなたは、あの子に本当に相応《ふさわ》しいひとだと、杵島さんが言ってくださいました」

「素晴らしいこと言ってもらったわね」

橘子はちょっと感動した。紀理子さんの話は続いた。

「だけど、こうも言われました。あの子は慥《たし》かに絵を描くことによって理想を抱擁しているんでしょうけど、その理想に肉体はないわ。人間という命を持った現実の肉体よ。自分の肉体でもう一人の現実の肉体を抱擁しなければ、あの子は別世界にくらしているのとおなじ。いつまでも一人だけ違う世界にいることはできないわ。あの子はあなたを愛しているのだから、あなたを抱擁しなくてはいけない」

まるで紀理子さんの声を借りて杵島さん自身が語っているように、橘子にはきこえた。

「そして、おねがいをされました」

「おねがい？」

橘子は一層耳に神経を集めた。

「あなたはあの子のことを愛しているし、それが本物の愛だと信じている。全然普通でなくて、一般の人には理解できないあの子のことを理解するのはあなたしかいない。いくらいま理想の美にとらわれていようと、あなたが本気で愛し続け、いつも傍にいてあげるなら、きっとあの子も、現実の本当の愛の大切さ、かけがえのなさに目覚めて、いずれあなたに一番の愛を振り向けてくれる。そして、あなたに『愛している』と言って、あなたを抱いてくれる。あなたは清躬の愛をものにできるだけの美しさを具《そな》えている。きっと清躬を愛することによってもっと美しさが磨かれ、あなたはもっと綺麗になるわ。そうして、清躬の理想の美しさを現実のあなたが身をもって示してくれるのよ、と。杵島さんは身に余る最高の誉《ほ》め言葉を私にくださいました」

最後のほうは紀理子さんの言葉が震えた。橘子も感動して、眼が潤《うる》みそうになった。

4　美しいことにかかわる絵の仕事

「重い言葉でした」

紀理子《きりこ》さんが少し間をおいて、ぽつりと言った。言葉自体が重いかのように、声も低かった。橘子《きっこ》はちょっと反応できなかった。

少し間があった。

「その後《あと》でした――」

静かに紀理子さんが口を開いた。

「私は一人熊本に戻る、此方《こちら》には清躬《きよみ》一人になるから、あとはあなたにおねがいねと、杵島《きしま》さんに告げられました」

「え、どういうこと？」

橘子はすぐに意味を把握しかね、紀理子さんに問うた。

「これまで清躬さんと一緒にくらされていたのを、杵島さん一人だけ熊本の元の家に帰って、清躬さんはここにそのまま残るというんです」

「清躬くんが一人きりになるということ？」

「ええ」

「ええ、って」

橘子は呆気《あっけ》にとられた。

まさかそういう展開になるとはまったく予想していなかった。杵島さんは、清躬を両親から切り離して、親がわりになったのではなかったか。杵島さん自身、行方《ゆくえ》不明になったお子さんの生まれかわりとして清躬と一緒にくらすようになって、それからは一生離れられない仲となったのではないか。どうしてそんな決断をされたのかまったくわからないが、唯、紀理子さんに対して、清躬と今後どうしていくかときかれたのは、既にそういう覚悟は持っておられたのだろう。

「あまりに突然のことで、私は言葉を失いました。杵島さんは清躬さんにとってなくてはならない方です。私にかわりは務まりません」

「かわりって、抑々《そもそも》役割というか、関係が違うし。戀《こい》人《びと》が親も兼ねるなんておかしいわ。清躬くんは成人していても、病気もあったのだから、保護するひとが必要じゃないの」

「そうですね。でも、杵島さんによると、清躬さんはもう一人で大丈夫というのです。ちゃんと仕事を持っているし、出版社の人から認められて注文が貰《もら》えるようになっている。私がいなくても当面心配なことはないと、杵島さんはおっしゃるんです」

「でも、心配なのは病気のほうよ。ちゃんとなおってるのかしら、清躬くん」

杵島さんという保護者がいなくなったら、心の安定を保っていられるかしら。人とうまく話ができない感じだったら、また調子をくずしてしまうかも。心配してしまう。

「清躬さんは、愛を振り向ける理想をいつも胸に抱きとっているので、もう安定されてるんです」

「理想って現実のものじゃないのに、そんなものに頼っていて大丈夫なはずないじゃないの。あなたがそれを言ってどうするの」

橘子はおもわず強い口調で言いかえした。理想を抱きとらせるのを認めてしまったら、紀理子さんを抱きとる余地がなくなってしまうのに、なんて御人好《おひとよ》しなことを言うんだろう。

「それは杵島さんの言葉です」

「でも、杵島さんは――」

なんで杵島さんが言うんだろう――橘子は疑問に感じた。理想との抱擁じゃなく、紀理子さんを抱擁するようにならないと駄目と言ったひとではないか。

「杵島さんは、清躬さんの理想への愛の強さにもう驚嘆されてたんです。勿論《もちろん》、それではあまりにバランスを欠くのを危虞《きぐ》されてましたけれど」

「そうよ。理想への愛を持っていてもいいかもしれないけれど、現実の話として、紀理子さんの愛が絶対必要なのよ」

「ありがとうございます。私との間の愛が強まることによって、清躬さんに理想と現実のバランスをとらせるようにしないとというのは、杵島さんも期待されているし、私も自分の使命のように考えています」

「逆に、紀理子さんという、清躬くんがちゃんと愛を振り向けられる戀人ができたから、杵島さんとしては、あとは紀理子さんに委ねていい、紀理子さんとの間の愛が強まれば清躬くんも大丈夫とおもわれたのよ。そうでしょ？」

「そこまで期待をかけてくださるほど私を信じてくださって、申しわけないくらいです」

どうして「申しわけない」なんて言葉を使うんだろう。ちゃんと評価をもらっているのだから、もっと堂々としたらいいのに、と橘子はおもう。

「あとのことを私に託していただいたという部分はあるんですけれど、それより、もう清躬さんに対する自分の役割は終わったのだと、杵島さんは言われました」

「役割が終わった？」

「杵島さんは、自分の一人勝手なおもいこみで、清躬さんを息子の生まれかわりにしてしまった。清躬さんが理想に心をとらわれているというが、自分こそそうした非現実の夢想に心を奪われている。しかも、清躬さんをそこに巻き込んでしまっている。それは本当にいけないことだ。清躬さんが自分の仕事を持って、しっかり自活されるようになって、あらためてそのことに気づくようになったと言われました」

　そのことは本当にそうだわ、杵島さんの勝手なおもいこみというのはたしかにある、と橘子はおもった。杵島さんもわれにかえられたような感じかしら。

「そして、あなたがいてくれたら清躬さんにはもう充分だと確信したと言われたんです。もう自分の影響なしにわかい二人で支えあって生きてゆくほうがいいと。それに、自分がいると、清躬さんを実の親から遠ざけてしまうとも言われました。あの時は清躬さんを危機から脱させるためにしかたがなかったけれども、いつまでも自分がいては、あの子は両親と離れたままになってしまう。あなたがあの子のことを愛し続け、あの子もあなたに対して『愛している』とちゃんと言い、あなたをしっかり抱いてくれるようになったら、現実の世界をきちんと受けとめられるようになる、そうしたら、両親とも和解できるだろう」

「へえ、そんなことをおっしゃったの」

　橘子は感心した。凄《すご》い信念と覚悟を持って清躬の父親と対峙《たいじ》し、その影響を排除することに成功した杵島さんだが、やはり親はかけがえのない存在で、両親とのつながりを回復したほうがいいと考えられたのは、本当に清躬のことをおもわれているのだとおもう。

「それに、私にはやらなければならないことがあると、杵島さんは言われました」

「やらなければならないこと？」

「ええ。私はやはり元の熊本の家で息子を待ち続けなければならないと。あまりに長く待ちくたびれて、清躬に息子のおもかげを見出《みいだ》し、十八年ぶりの親子の擬似体験に走ってしまったけれども、結局それは自分の内面だけの自己満足にすぎなかった。そして、それはまやかしなのだ。私は清躬と親子のつもりで世話を焼いたが、清躬は私を姉のような存在で受けとめていることからいってもまやかしなのだ。しかし、もう止《や》めにしなくてはならない。清躬は自分の仕事を持ち、またここにちゃんとしたパートナーもできた。もう自分がいる理由も役目もない。私は自分の存在があるかぎり、本当の息子とのつながりは切れない。その子は、行方不明の時とかわることなく今も四歳の幼児で、ずっと一人でいる。私はその子に待たれているのだ。もう眼に見えない世界にいるのだろうけど、だから私もしっかり待って、そうして響き合わせないといけない——その子を見出すまで。それこそが私の役割なのだ。杵島さんはそうおっしゃられました。そうして、その話から一月《ひとつき》も経《た》たないうちに東京を離れられたんです」

紀理子さんは、その時に杵島さんが言ったことを一言も洩らさず、再現するように語った。橘子は凄いなとおもい、口を挟めなかった。紀理子さんの話はまだ途切れず、続いた。

「杵島さんが去られたことはとっても淋しいことでした。私にとっても素敵なおねえさんでしたし、なにより清躬さんにとって総てを包み込むようなおおきな存在でしたから。でも、いずれ清躬さんも杵島さんから独り立ちしないといけないわけですし、これがよいきっかけにもなるとおもうことにしました」

「清躬くんはどうだったの？　なにか變化《へんか》があったの？」

「杵島さんがおられなくなっても、あまりかわられないようでした。もともときっかけを自分でつくるのはあまりできないんでしょうけど、まわりがどういうふうになっても、そんなにかわりなくやっていけるひとのようです。なにがあってもかわらない大事なものをしっかり持っていらっしゃるからでしょう」

「でも、紀理子さんとの関係はやっぱり變化するでしょう？　だって、杵島さんがおられなくなった以上、清躬くんはあなただけは絶対いなくなっては困るはずだもの」

「私もそう期待しました。そして、なるべく清躬さんと接する機会を持とうとおもいました。とはいっても、私も学業以外にお仕事も戴きますし、清躬さんのお仕事もあまり邪魔してはいけないということもあって、結局週に二度程度になっちゃうんですけど。清躬さん、お掃除《そうじ》や洗濯《せんたく》は自分でされるんで、私の出番てそんなにないんです。本当は夜の静かな時間に、少しでもおおく一緒にいたいんですけど、私、家に門限があって——」

門限て、いいとこのお嬢さんなんだな。半分感心しつつ、紀理子さんに時間の制約がおおいというのは少し危虞もおぼえる。

「唯、私、信じてたんです。杵島さんも清躬さんを愛されてましたから、その杵島さんが遠くに去られて、身近にかれを愛せるのはもう私だけになる、私しかいない。ですから、私の愛の影響力は強くなるし、清躬さんだって愛を振り向けるのが私に集中する、そうなれば、杵島さんがおっしゃったように、理想よりも現実の私のほうをよりおおく愛してくれる、いつか私のことを抱擁してくれる、と」

「そう信じることが正しいとおもう。でも、結果は？」

「さっきも言いましたように、あまりかわられなかったんです。私も私なりにより親しく交わろうとしたんですけれど、それで清躬さんと前より深く濃く会話できるようになったわけでもありませんでした」

「週に二回とかだから駄目なんじゃない？」

橘子は加勢したい気持ちで言う。

「だって、杵島さんは一緒にくらされてたんでしょう。毎日おなじ家で。泊まることはできなくたって、できるだけ清躬くんの家に行って、仕事の邪魔はしないけど、いつも傍にいて、いつだって会話できるようにしないと。唯でさえ理想はかれの胸にいつも宿っているんだから、週に二度くらいじゃあとても太刀《たち》打《う》ちできないわ」

「私も途中でそうおもうようになりました。私の愛は本物で、清躬さんも私を愛してくれている、それは杵島さんもそう言っていたからと、そうおもって、じゃあ、自信を持ってそうしたらいいとおもいました」

「いいわ、紀理子さん」

紀理子さんが強気に進めようとしているのはいい。

「で、清躬くんはちゃんと受け容《い》れてくれた？」

「私がアパートのなかに入るのは全然大丈夫でした。すぐ合鍵をつくるのも認めてくれましたし」

「よかったじゃない」

「だけど、やっぱりいけないんです」

「なにがいけないの。清躬くん、あなたの愛に応えてくれないの？」

橘子は焦《じ》れったくなった。

「ずっと普通なんです。優しいし、私が喜んでほしいことはちゃんと喜びをわかちあってくれるんですけど、それはいつものとおり、清躬さんとして普通なんです」

「じゃ、心配させてみたら？　ま、無理にしなくてもいいでしょうけど、でも、紀理子さんがピンチの時になにをおいても助けてくれるかどうか、そこであなたをしっかり抱いてくれるかどうか、そういう時に清躬くんの愛が見えるわ」

「清躬さんの愛を疑ってはいません。清躬さん自身が大變《たいへん》な目に遭うとしても、私を助ける行動をとってくれることもまちがいありません。でも、そういうことは相手が私でなくても清躬さんは普通にされるんです。誰かが困っていたら、力のおよぶ範囲を超えてでも、清躬さんは助けようとされるんです。私が特別ってことではないんです」

「そりゃ、清躬くんの根っこがそういう優しさやおもいやりだから、そういうことになるかもしれないけれども。――でも、清躬くんとなかよくやっているんでしょう？」

「なかよくしていますよ。周りの人から見たら、戀人どうしのようになかよく見えるくらいに。べたべたはしていませんけれども」

「でしょ？　清躬くんにとってあなたが一番なわけじゃないの？」

「どうでしょう。よくピアノとかバイオリンのコンクールで、優勝者なしで二位がトップというのがあるでしょ、私はそういう感じです。ほかの誰より私は清躬さんとなかよくしています。でも、絶対の一位じゃない。私がいなくても、清躬さんは普通にしているでしょう、誰にも優しく、困った人は助けてあげて」

「紀理子さん、それは御自分を過小評価しすぎよ。そんなことないわ。清躬くんの愛は誰よりあなたに振り向けられているはずだわ」

「さっきも言ったことですが、杵島さんはこう言われました、いずれ清躬さんは一番の愛を私に振り向けてくれるだろうと。でも、いずれって、いつでしょう。清躬さんの一番の愛はずっとかわらないんです。私なんかがとってかわることはできない」

「どうしてそうきめつけるの？　杵島さんだって予言してくれたじゃない」

「杵島さんはこうも言われました。清躬さんは自分の肉体で現実の肉体を抱擁しなければならないと。私を愛するなら、愛する現実の私という肉体を抱かなければならないのだと。杵島さんはそう言われましたが、でもやっぱり、清躬さんに現実の肉体はいらないんです」

「それはどういうこと？　紀理子さん、拒まれたの？」

「拒まれたって、私まだなにもしてません。誤解しないで、橘子さん」

　紀理子さんは頰《ほほ》を赤らめながら、困惑したように言った。

「私は待つほうで、私のほうから求めるなんてことは――。もう、いいでしょ？」

「御免なさい。ちょっと變《へん》なこと言っちゃったかも」

妙な空気をつくったのは自分かなとおもって、橘子から謝った。紀理子さんは眼を伏せてしまったので、喋りだしそうな雰囲気が見えない。

「私、今の清躬くんを知らないし、二人の関係も想像の域を超えることはできない。だから、私なんかがきいてもしかたがないのかもしれないけれども、紀理子さんは今なやんでいるのよね？　なやんでいるのをなんとかしたくて、清躬くんの実家を訪ねてみようとおもった、そうじゃない？」

橘子は重苦しくなってきた空気をなんとかしたいとおもった。二人の関係がどうかという問題には、結局のところ橘子は部外者であって入り込めないが、訪問されたということではかかわりができた。縱令《たとい》それがかの女の勘違いだったとしても。この点では自分もきく権利は持っている。

「でも、その前に杵島さんには相談したの？」

「御免なさい、沈黙におちいってしまって」

漸く紀理子さんが口を開いた。

「あの、杵島さんとはそういう相談はできていません。杵島さんに心配させたくないし、杵島さんだってきっぱりけじめをつけられたことなんです。私を信用してくださって、私に清躬さんのことを託していただいたんです。それなのに、やっぱり杵島さんにいていただかないと、とは言えません」

紀理子さんの逡巡《しゅんじゅん》にはおんなの意地もあるのかなと橘子は感じた。清躬のことを一人で独占できることになったのに、杵島さんに主導権をかえさないといけないこともおそれているのかもしれない。或る意味、先代から社長の座を譲り受けた早々、経営がおもわしくゆかず、先代に再登場をねがうか追い込まれている若手経営者のような心理的抵抗感もあるのだろう。

「御免なさい」

紀理子さんの声が震えていた。橘子はどきっとした。

「えっ？」

橘子はかの女がなにを謝ったのか、見当がつかなかった。

「私、言うべきことを言っていないですね」

紀理子さんがかわいた声で抑揚なく言った。紀理子さんは顔を上げ、橘子に向き合った。声とは逆に、眼が潤《うる》んでいる。橘子は緊張した。

「私、清躬さんが描いた和華子さんの絵を見せていただいています」

紀理子さんは言った。

「なに？　和華子さんのお顔、清躬くんの絵で見てたのね？」

そういうことか。和華子さんの写真を前にして、衝撃的な美しさにぽーっとなるかとおもったら、随分おちついている様子に見えた。既にお顔を見ているなら、納得できる。

「ええ。御免なさい、さっきはそれを言わずにいて。実は、和華子さんのことは杵島さんからおききしていて、清躬さんが描いた絵も見せてくださったんです」

「いえ、いいわよ。でも、清躬くん、和華子さんの絵、ちゃんと描いてたんだ」

その事実だけで、橘子は感動した。

「初めて和華子さんの絵を見て、あまりの綺麗さに衝撃と感動が同時に私を襲いました。経験したことがない程に心が熱くなって、われをわすれる程でした。こんなに綺麗なお顔のひとがいるんだろうか。こんなに綺麗なお顔を絵に再現できていることにも信じられないおもいでした。奇蹟を眼の前にした感じでした」

実際に和華子さんに会ったら、そういうおもいをするだろう。絵でも、充分に奇蹟だ。

「今お写真を見せていただきましたが、和華子さんの絵、写真とそっくりのお顔でした。勿論、絵のほうはお眼めを開いていらっしゃいましたが。でも、本当にこんなに綺麗なお顔の方、いらっしゃるんですね。実際にいらっしゃるから、清躬さんも描けるわけですね。だからといって、この上ない美しさを絵にうつしとることができるなんて、可能でしょうか。清躬さんに対して失礼でしたが、おもわずそういう感想を言ってしまいました。すると、清躬さん、和華子さんを前にすると、神様が自分の手を使って、描かせてくれたと言われました」

「神様が？」

普通なら、神様を持ち出されても嘘《うそ》らしいとおもうところだが、和華子さんのあの美しさをあらわすのに、人間業《にんげんわざ》ではない霊妙不可思議な働きが作用したのだと言われれば、そうかもしれないとおもわせる。

私も清躬くんが描いた和華子さんの絵が見たい。東京に出たら、紀理子さんにおねがいして清躬くんに会わせてもらうけれども、是非和華子さんの絵を見せてもらおう。橘子は期待に胸が膨《ふく》らんだ。

「ところが、この間、清躬さんの部屋で、私、」

紀理子さんの声に悲愴感があった。幸福感に浸っていた橘子は冷や水を浴びたように、ぞくっとした。

「新しい和華子さんの絵をみつけたんです。描きかけですけれど」

「新しい絵？」

和華子さんの絵なのに、この悲哀のトーンがまじるのはどうしてだろう。

「描きかけでも和華子さんの綺麗なお顔が完全に描かれていました。見た瞬間、全身が電気に打たれました」

自分もそうなるだろうと、橘子は想像だけで心を揺さぶられる。

「杵島さんは、理想と現実は違っていて、清躬さんを理想への愛から現実の愛に引き寄せないといけないとおっしゃられました。でも、清躬さんにはもう理想こそ現実になっていました」

「絵でしょ、それ？　いくら美しくて心を打つ絵でも、現実のあなたと比較できない。絵は絵でいいけど、清躬くんの愛を独占できるものじゃない。いくら絵を愛したって、あなたとの愛はなくてはならないわ」

橘子は言葉に力を籠めた。

「絵だけではないんです。和華子さん御自身が清躬さんの前に現われて、絵を描かせておられるんです」

「和華子さんが！」

非常な衝撃に橘子はからだがかたまった。

「本当なの、それ？」

一息つけるようになって、橘子は尋ねた。

「秋の終わりくらいから、清躬さん、出版社とは違う新しいお仕事が入るようになりました。車でお迎えが来るんです。きちんとした身なりの年配の運転手がいて、車も目立ちすぎないけどりっぱな車です」

その車が和華子さんと関係があるのだろうか。ストーリー的には和華子さんのイメージと結びつかない。

「その車で行かれる時、絵の道具と一緒に、和華子さんの新しい絵も持って行かれるんです。いけないことですけれど、そのあと清躬さんの部屋に入って、それを確かめました」

「まさか、実際に和華子さんをモデルにして、清躬くんが絵を描きに行ってるってこと？」

信じられないけれども、そういうストーリーになる。

「そうです。そうとしか考えられません」

紀理子さんは断言した。

「待って。考えられないって、事実で確認できてるわけじゃないの？」

「和華子さんの絵を持って行ってるでしょとは、清躬さんにきくことはできませんから」

「まあ、それはそうでも、でも、なにしに行ってるの？ときくぐらいはしないと」

紀理子さんもちゃんときかないといけない。清躬くんになに遠慮しているのだろう。

「清躬さんは、美しいことにかかわる絵のお仕事だと言われました。でも、それ以外は、向こう様の御事情で秘密にしないといけないそうで、私にもなにも言えないということでした」

「なにも言えないといっても、どうにかして和華子さんのことを確かめないと」

「いいえ、ききません。向こう様が秘密とおっしゃってるんです。どうしようもありません」

紀理子さんはきくことを諦めている。きかなくても、答えはきまっている。

けれども、橘子は信じがたかった。相手の振る舞い方が和華子さんのイメージに合わない。紀理子さんのニュアンスだと、自分の戀人を誘惑している年上の女性のようだ。和華子さんに対抗のしようがないから、無力感から被害妄想に結びつくのかもしれないけれども、一方的な誤解だ。

本当に、相手の方は和華子さんなのだろうか。和華子さんの描きかけの絵を持って行くということは、やっぱり和華子さんがモデルなのだろうか。でも、和華子さん程に綺麗なひとがこの世に二人といるとはおもわれないけれども、ありえないことはないかもしれない。

「やっぱり、ちゃんと清躬くんにきかないといけないんじゃない？　相手が和華子さんかどうかだけでも。それ以上のことは秘密かもしれないけれども、イエスかノーかの質問だから、和華子さんのことで嘘は言わないわ、清躬くん」

橘子は紀理子さんに忠告した。

「こんなに綺麗な方、和華子さん以外にいらっしゃるでしょうか？」

それは橘子もおなじようにおもう。

「それに、清躬さんはまだ無名です。その方を指名して絵を描いてもらうというのは、前から清躬さんのことを御存じの方しかいないのではないでしょうか？」

「その疑問はわかる。だからこそ、きいたらいいとおもう。清躬くんは、その答えを誤魔化しはしないわ。かれを信じて、きくのよ」

「その答えが、やっぱり和華子さんだとしたら。その先はもう秘密、ということだったら、なにもかわりません。きいた分だけ、苦しいおもいが続きます」

紀理子さんの返答をきいて、橘子はなにも言えなくなった。和華子さんかどうか確かめたいのは、自分の立場だ。戀人である紀理子さんは、それだけではなにもかたづかない。

「ああ、もう一つ、言っておかないといけないことがあります」

また新しいことを提示するように紀理子さんが言った。

「実は、清躬さん、顔にひどい痣《あざ》ができてしまって」

「顔に、痣？」

今度は事故だろうか。

「強い酸か薬品のようなものを顔に浴びられたようで、處置《しょち》はされたようですが、きつい痣がお顔に」

「清躬くん、入院したの？」

「入院するまでのことはなかったようですが、でも、それも、相手の方に行かれている時に。私、なにがあったのか説明して、と清躬さんに求めました。けれども、これはアクシデントで心配はいらないよとだけ言って、結局、それも秘密にひっくるめられてしまいました」

「ああ、それは清躬くん、いけないわね。心配するんだから、そこはちゃんと話をしないと」

紀理子さんの心情をおしはかれば当然だ。

「このお仕事がなければ、顔になにか浴びるということはなかったでしょう。事故かなにかしりませんが、例えば清躬さんに家族がいたら、そういうことを秘密におしこめないで、きちんと説明しないといけないんじゃないでしょうか。清躬さんが秘密ということに気をつかっても、この事故についてはきちんと説明しなさいと促すべきでしょう。それも話せない秘密というのは、おかしいし、怖い気がします」

「紀理子さんが言うのも尤《もっと》もね。あなたをこんなに心配させているのに、きちんと話をしない清躬くんはいけない。相手との秘密、相手との約束より、紀理子さんの不安を和《やわ》らげることを優先しないとね。でも、今の清躬くん、それができないの？　病気のかげんもあるのかな」

「清躬さんにはあまり求められません。繊細な方ですし、まさかとはおもいますけど、もし御病気が再発したらとおもいますと」

その懸念は橘子も感じる。心配だ。

「私、お話をきいておもったんだけど、清躬くんは私も繊細だと感じるし、メンタルの病気にもなっているんだったら、気をつけてあげるひとが必要だとおもう。

それができるのは、かれに愛情を懐《いだ》いている紀理子さんだとおもうし、優しいあなたならかれを温かく包んで、幸せにやってゆけるとおもう。でも、もうちょっと清躬くんにきびしくしてもいいんじゃないかしら。もっと強くかれに求めたら、どちらを大事にすべきか、それがわからないはずないんだから、あなたに話してくれるようにおもう。それでも、かたくなだったら、無理はできないけど、四月になったら私も東京に出るから、紀理子さんの味方となって清躬くんに私からも話ができるかもしれない。あと二か月もないから、それくらい時を待ってもいいでしょう。ひょっとしたら、美しいことにかかわる絵の仕事というのも、一時的な仕事だったら、その頃には終わっているかもしれないし」

橘子はかの女を勇気づけたいおもいで話した。杵島さんがいなくなった影響を感じるが、紀理子さんにそのことは指摘できない。

「あ、もう一言言わせて。あの、いま清躬くんが描いているという和華子さんの絵、それ、実際のモデルを前に描いているんだったら、相手は和華子さんじゃないとおもう。和華子さんのお人柄を考えたら、そんな隠微な秘密を持とうとする方じゃないし、まして清躬くんを誘惑することなんて考えられない。だから、絶対、違うひと。紀理子さんが御覧になったのは絵だけでしょ？　それも描きかけの。そりゃ凄い美人のひとであるかもしれないけど、実際の和華子さんには到底およばないわ。だから、紀理子さんが打ち勝てない相手じゃないわよ。だけど、もし、ひょっとして本当に和華子さんだったら、逆に安心できる。今かぎられたことしか見えていないから、あなたを心配させるようなことがいろいろ見えてくるのでしょうけど、和華子さんは本当にお心も美しく優しいひとだから、全部がわかったら、なんていい方に出会ったんだろうと、紀理子さんもわかるようになる。そのことについては保証できる」

橘子は確信を持って言った。

清躬くんはどうでも、和華子さんは確かな方だ。その言葉に、紀理子さんは少し頭を下げ、「ありがとう、橘子さん」と言った。

「今のアドバイス、きちんと胸に受けとめておきます」

「四月になったら、またお話ししましょう。私なんか社会人デビューしたばかりのひよっこで、なんの力もないけれども、紀理子さんに寄り添ってお話をきくことはできる。それに、清躬くんに対しては多少は影響力を行使できるとおもう」

「そうですね。相談事でわずらわせてしまうかもしれませんが、よろしくおねがいいたします。きょう、お友達になれてよかったし、とてもうれしいです」

「私もよ。いいお友達ができて」

その言葉が述べられて、橘子はほっとした。途中で一杯気を揉《も》んだけれども、今は安らかになった。

「あ、あの、スマホか携帯電話、ありますか？」

不意に紀理子さんがきいた。

「携帯電話？　あ、私、持ってないの。スマホも」

「え、そうなんですか？」

紀理子さんはかなりおどろいたようだった。今時《いまどき》持っていないなんて、奇妙におもわれてしまうが、実際、持っていないのだから、しかたがない。

「私、ずっと地元だし、友達は古くからのつきあいの人がおおいので、昔ながらに電話かパソコンのメールぐらいで充分なの。持て、持て、って言われるけど、私自身必要を感じないのに無理に持つ気はないの」

「凄いですね」

唯持っていないだけだから、なにも凄くない。

「びっくりした」の言い換えのようにきこえる。

「私ね、リアルには自分が今実際に身をおいていて呼吸しているこの世界とだけ向き合っていたいの。そこで見るもの、きくもの、触れるもの、感じるもの——実体験するのはそういう世界でいいの。勿論、実体験ではとても狭い世界にしか出会わないから、勉強するとか本を読むとかニュースに触れるとかしないといけないんだろうけど、そういう追体験というか擬似体験みたいなものと実体験との両方で、私が生きる世界の全体験をすることになるとおもうし、人って昔からずっとそうしてきたんじゃないかしら。私が実体験するのは、今呼吸して、この眼で見、この耳でき、五感で接する世界。それで充分。でもね、スマホとか携帯電話とかがあると、その小さな手のひらに乗る機械は、宇宙全体が入っていて、そこでいろんな人と交信したり、様々な情報に接したりすることができる。ゲームしたいとか音楽をききたいとかいう時もすぐ楽しめるし、ほとんどの体験をその小さな画面やスピーカーによっておきかえができるでしょ。勿論、大抵の人はそれでいいからみんな使うんだけれども、私は違う感覚。自分の体験する世界をそちらにおきかえたくないの」

橘子は自分なりの理由で納得できているのだが、それが人に伝わるかというと、自信はない。だけど、自分のなかでは整理をつけておかないと、大勢の人の感覚と自分が違っていることに対して、不安になる。

「でも、就職で東京に出たら、こっちの友達とも離れるし、東京でも新しい知り合いができたりするから、その時は年貢《ねんぐ》の納め時になるとおもう。どんな機械でも所詮は使い方次第でしょうから」

「その時はメールアドレスと電話番号を教えてくださいね。私の番号とアドレスは書いときますね」

紀理子さんはかばんをごそごそして、二つ折りにした紙を出すと、そこにペンで書きこんだ。

「あの、これ、清躬さんのアパートの地図と住所です。私のアドレスとかも書いときました」

「清躬くんの、アパートの、地図？」

そういうものが出てくるとはおもわなかったので、橘子はおどろきの声をあげながら、紙を受け取った。紙を机に広げて、見ると、それは手書きの地図だった。手書きでも、紀理子さんのきちょうめんさを表わすように、とても丁寧《ていねい》にきっちり書かれていて、わかりやすそうだった。

最寄駅からの道順が示されていた。赤い印で清躬のアパートがマークしてある。前に公園がある。実際に行ってみないとわからないが、公園があるのだったら、ごみごみした感じではないだろう。

余白には、住所が綺麗な字で書いてあった。東京の住所だ。唯、電話番号は書かれていない。清躬に内緒でここに来て、この住所を知らせたのも内緒だ。後で清躬に話すにしても、その前にこっちが電話をかけたとしたら、ぐあいがわるいことになる。そのおそれがないようにだろう。

清躬くんが、この場所に住んでいる。どきどきするわけではないが、なにか惹きつけられて、眼を動かせない。尤も、地名が書いてあっても、地方に住んでいて東京には就職の関係で一度きりしか行ったことのない橘子には、そこが東京のどの辺《あた》りかまったく見当がつかなかった。

「これ、戴いていいの？」

紀理子さんの連絡先も書いて寄越したから、そういうことなのだろうとおもいながらも、橘子は念のためにきいた。

「ええ、どうぞ。もともとは、御実家を訪ね当てることができて、おかあさまにお会いできたなら、この地図をおわたししようとおもっていたんです」

「ああ、それで用意されてたのね？」

丁寧に地図が書かれてあるのも、清躬のおかあさんのために用意したものだったからだ。

「ええ。槙原さんという表札を見て、もう御実家にまちがいないとおもっていましたから、清躬さんによく似た顔立ちのあなたが出てこられたら、清躬さんには妹さんがいらっしゃったのかとおもってしまったんです。本当に、失礼しました」

「よく似た顔立ち、清躬くんに、私が？」

清躬のすっきりした顔に自分が似ているなんて、橘子はおもったこともなかった。

「ええ。本当にごきょうだいかとおもってしまうくらい」

「紀理子さんは本当にそうおもっちゃったというのね、清躬くんの妹と。そんなに似ているかなあ。ピンとこないんだけど。和華子さんからもそう言われたことないから」

清躬の顔は好きだが、自分の顔については微妙だ。だから、違和感を感じる。

「似ていらっしゃるとおもいます。でも私も、御実家とおもいこんで、そこで橘子さんにも御家族の印象を持ってしまいましたから」

「そうね。どっちにしたって、私、おとなになった清躬くんと会ってないから、東京に出たら、清躬くんに会いに行くわ。この地図、本当にありがたい」

「ええ、そうしてあげてください。私からも清躬さんに、きょうお会いしたことの報告はしておきますから」

橘子は清躬と本当に会えるのだとおもうと、わくわくした。

「もうそろそろ時間ですわ。どうも御馳走様《ごちそうさま》でした」

紀理子さんがスマホに眼を遣《や》って言った。橘子が家の柱時計を見ると、もうすぐ四時半になろうとしていた。

「随分と長居してしまって、本当に御免なさい。私、かえります」

「あ、私こそ、時間のことなにも見ていなくって。かえりって、電車？　時間、大丈夫です？」

紀理子さんによると、時間の方は大丈夫だという。

橘子はすぐ電話でタクシーに家まで来てもらうよう依頼した。十五分程待ってくれということだった。紀理子さんはその間に隣の家――九年前の一時期に清躬が住んでいた家――を見たいと言った。勿論、表札は違う名前になっていた。紀理子さんはスマホでその家を撮影した。その様子を興味深そうにながめて、橘子がきいた。

「取材の時は自分で撮影するの？」

「本や雑誌に掲載する写真は勿論カメラマンの人が撮《と》るけれども、文章を書くのに後で確かめてみたいこともあるから、ちょっとしたものは自分で撮ったりしますよ」

　そう答えた後、紀理子さんは橘子に向けてスマホを構えて、言った。

「橘子さんも撮らせて」

「えっ？」

　と言っている間にシャッター音がした。スマホを構えた手をおろして、紀理子さんがにこやかにしていた。

「駄目よ、こら。撮っていいと言ってからにしてよ」

　橘子もわらいながら抗議した。

「今のはテスト。ねえ、玄関に立ってみて。表札も入れて、橘子さんを撮っておきたいから」

　橘子は言うとおりに自宅の玄関前に立った。紀理子さんは一回ごとに橘子の立ち位置やポーズなどを指示して、三回シャッターを押した。

　紀理子さんはすぐカメラを再生して、今撮った写真を橘子にも見せてくれた。

「絵になるわ、橘子さん」

　紀理子さんは橘子のことを誉《ほ》めるように言った。取材して文章を書く人は言葉も上手だとおもった。

　ああ、こうやって気軽に写真を撮るひとが、戀人の清躬の写真は撮れないのか。どうしてそんなことがあるのだろう。それは、清躬に問題があるのか。紀理子さん自身が不必要に意識してしまっているだけのことだろうか。最後まですっきりしないことが残る。

　そのうちタクシーが到着し、紀理子さんが乗り込んだ。

　見送りを済ませて家のなかに戻ると、テーブルの上に、清躬のアパートの地図の紙、橘子が古いアルバムからとってきた小学生の頃の清躬と自分が写った写真、そして和華子さんと三人で写っている写真が残っていた。

　紀理子さんのスマホで今の清躬くんの写真を見せてもらったが、あまりかわりないことがわかって、とてもよかったと心からおもう。性格的にも、基本優しくて、かわっていないようだ。それは本当に素晴らしいことだが、しかし、実家から縁を切られたというのは、深刻な問題だ。あまりに重い問題で、考えることもできない。（尤も、それは杵島さんが言っていることで、いくらあのおとうさんでも、そこまでひどいことを実際に言ったかどうか、疑問はあるとおもうけれども。）

その実家との問題よりもっとショックだったのは、学校で処分《しょぶん》の対象になり、心の病気になって、非常に辛い時期を清躬が経験したことだ。なかよしだった清躬がそんなハードな体験をしていることは、想像するだけでとても辛くかなしい。

橘子はふと、高校生の時に読んだ、ヘルマン・ヘッセの『車輪の下』の主人公を連想した。主人公ハンスは、まじめだが神経の細やかな子供で、厳格な父親の期待を担ってエリート養成の神学校に入学する。だが、そこで自由奔放で無軌道な友達とつきあうようになって、自身もおちこぼれてゆく。その友達が退学処分を受けて以降、ハンスは神経を病んだ。長期休暇の名目で故郷にかえらされるが、そこでも傷つく体験をし、最後は自らわかい命を散らせてしまう。この悲劇的な主人公ほど悲惨ではなく、今はちゃんと仕事を持ち、自分を愛してくれる美しい戀人もいるけれども、一つまちがえば——もし杵島さんという方がいなかったら——、清躬もハンスと似たような運命を辿《たど》ったかもしれない。

そうおもうとぞっとする。今だってまだ危うさがつきまとっているのではないか。紀理子さんにとって気がかりな、清躬がかかえている秘密は、一体どのようなものなのだろうか。

紀理子さんは、秘密の相手が和華子さんかもしれないと確信に近い疑念を持っているようだが、おそらくそういうことはないだろう。話をきくかぎりは、およそ和華子さんとは考えられない。とはいえ、向こう様というのが隠微な秘密があって怪しそうだから、かかわっている清躬のことが心配だ。四月になったら、清躬と話をして、紀理子さんと協力してかれを引き戻すようにしてみよう。

偖《さ》て、その日橘子は帰ってきた両親に、きょう清躬のガールフレンドが、古い葉書きを手掛かりに早とちりでうちをかれの実家と勘違いして訪ねてきたという報告をした。すると、二年前の今の季節もわかいおんなのひとを家に入れたことがあったねと、母親が言った。そうそう、あの時は道端で差し込みみたいな症状でわかいおんなのひとが苦しんでいたのを、家のなかに入れて休ませてあげた。薬を飲まれたらすぐおちつかれたけど、ちょっといろんなお話をした。そのおんなのひとはそれだけだったたし、紀理子さんはこれからお友達としてずっとつきあってゆくのだろうけど、偶然の出来事が自分の身に起こったということでは、似たような季節柄だとおもった。

清躬のことは両親ともしっかりおぼえていて、なつかしがった。今は絵とかイラストの関係の仕事をしていると言ったら、優等生に見えた清躬が大学に行っていないのは意外そうだったが、消息が知れたのはよいことだと喜んだ。清躬の両親は今どこにいるか知っているかときいたら、父も母も知らなかった。ところで、清躬の苗字《みようじ》も檍原だったが、もしかして遠い親類かなにかかと橘子は両親に尋ねてみた。話をきくと、おなじ檍原姓だから遠縁なのかもしれないが、という程度の答えしかなかった。昔もそのようにきいたことをあらためて確認できただけのことだった。それはともかく、両親と清躬のことで話ができて、橘子はうれしかった。

5　絶交宣言

　三月の終わりになって、橘子《きっこ》は愈々《いよいよ》東京に出て、会社の女子寮に引っ越した。

　初めての一人ぐらしでもあり、あれやこれやと慌《あわただ》しい時間をおくるなか、東京に出たら紀理子《きりこ》さんに連絡しよう、清躬《きよみ》との再会を楽しみにしようとおもっていたのが少し後まわしになった。だが、それは単に身辺が多忙であったという事情だけのことではない。

　橘子の心は複雑であった。東京に知り合いも友達もいないかの女にとって、棟方紀理子という友達がいるのは心強かったし、魅力的なかの女ともっとなかよくなりたかった。かの女のために清躬との間をとりなして、その深いなやみを取り除いてあげたかった。そして、お似合いの二人の仲睦まじい様子を見たいとおもった。勿論《もちろん》、昔なじみの清躬とも会いたい。小学生の頃は清躬のことが大好きだったし、高校一年での唐突な再会は思春期の気恥ずかしさが先に立って、ほとんどまともに会話をかわせなくて心残りだったから、今度こそちゃんと話がしたいとおもった。けれども、そうおもってなつかしい感懐に浸《ひた》りながら小学生の清躬の写真を見るのだったが、すると段々に今の清躬と会うのが怖くなってくる。今と昔の時の間の隔たりが途轍《とてつ》もなくおおきなものにおもえて、清躬が今どうなっているか知るのが不安だった。紀理子の話では優しい昔のままの清躬のようでもあるが、でもそういう清躬がどうして紀理子を苦しませるのか、理解できなかった。清躬が清躬のままなら、幼友達《おさななともだち》として今でも友達になれる確信があった。でも、心の病気もしているし、秘密に閉じ籠もった心が幼馴染の自分にも心を開かないとしたら——。自分にも理解できない清躬になっていて、会話が弾《はず》まない場合、お互い場都合《バツ》のわるいおもいをしてしまうかもしれない。最早《もはや》小学生の頃の二人ではないという認識が決定的になって、気安く会話できる幼友達の関係が終わってしまうとしたら、かなしすぎる。

　尤《もっと》も、あの時から少し時間が経過しているから、もう紀理子と清躬の間は持ちなおしているかもしれない。そうだったらとてもうれしいし、そのハッピーな状態の二人なら、どちらとも親友の仲間入りをさせてもらえるようにおもう。唯、紀理子からそういう報《しら》せは届いていない。かの女からは、初めての訪問の後すぐにメールがあったが、挨拶《あいさつ》程度の内容で、清躬のことに特に言及したものではなく、橘子の返信も、東京に住むようになったら連絡するとつけくわえただけだった。そして、その後一ヵ月半程の間ではお互いのやりとりはなかった。橘子としては、紀理子からのメールや連絡を待ち望んでいたのだが、来ることはなかったので、橘子も探りを入れるようなメールをおくりにくく、またその返事がおもわしいものでない場合の不安もあるので、なんのアクションもできなかった。かの女からメールがくるまではそのままでいようとおもった。そのうち、橘子の心は、社会人になる日、そして東京の寮で一人ぐらしする日が近づいて、そのための準備におわれるようになり、二人のことにおもいを向ける時間もなくなった。

　そうして、入社日の四月一日を迎え、橘子は社会人としてのスタートを切った。

　事務職の同期たちとなじむようになったが、今どき珍しくスマホどころか携帯電話《ガラケー》さえ持っていないのは、みんなから違和感を持たれたようだった。たった数日でそれがおおきなハンディになって交友関係から取り残されているのを、橘子は感じるようになった。

　スマホで連絡をとりあったり、ＬＩＮＥを使ったりするのは、仲間どうしのコミュニケーションの常識のように言われるが、常識というのは万人に共通するものであって、多数の意見できまるものではないだろう。でも、常識は明文化されたものではないから、多数の人はこうおもっているということで、常識として通用されるのかもしれない。ルールはもっと力づくのところがあって、少数は多数に従えがルールだと言われるかもしれない。そうしないと、少数は少数のままだとおどされる。自分は少数のままでいいから、それは堪《こた》えない。でも、少数者は排除する、排除されたくないなら、多数者がきめるルールに従いなさい、というのは横暴だ。ＬＩＮＥの仲間になれないのはしようがないけれども、ＬＩＮＥを使いあう人が多数で、その人たちがほかのことでもルールをきめて、いろんなことでも仲間はずれにしていくのは納得がゆかない。

　よく考えてみると、多数者は「みんな」ではないんだ。多数者といくつもの少数者で、みんなが構成されている。少数者が抹殺されて、多数者イコールみんなというのだったら、多数者はもう多数者というのではなくなる。多数も少数もなく、みんなおなじであったら、意見もないということだ。考えることもなくなるということだ。そんなことはない。人間であるかぎり考えるし、考えた結果、自分の意見を持つ。みんなおなじ意見になるということはない。意見を出し合う時は、みんな平等だ。いろんな意見が出て、それが纏《まと》められてゆく時、多数者の意見と少数者の意見になり、そこで話し合って多数者の意見をルールにしようというのは同意できる。でも、その時でも、多数者と少数者は存在においては平等だ。どちらも、意見を言う自由がある存在者だ。だから、少数者は排除されない。排除しようとするのは、多数者がわの感情の問題だ。感情で支配されたら、正義も平等もない、おそろしい世界になる。

自分は学生時代も携帯電話なしで友達とつきあってきた。あったほうが便利だと感じる時もあったが、ないほうが楽だと感じることもおおかった。ひとに言われてスマホを持って、その人たちのルールに参加しても、自分が主体性をなくしてしまうのだったら意味がない。東京に出て会社に入ったら、世界もかわって、スマホかガラケーのどちらかは持たないといけないだろうと入社する前までは普通におもっていたが、同期のひとたちに同調して持つのは嫌だと感じた。本当に必要だとおもう時まで持たなくていい、仲間からなんと言われようと、自分から本当にそういう気持ちになるまで今のままでいよう、そう橘子はおもった。

紀理子さんにはどう言ったかな？

紀理子さんは、自分がスマホどころか携帯電話も持っていないのを「凄い」と感心してくれた。だから、持っていなくても構わないのだ。いずれ持つにしても、今すぐでなくてもいいのだ。

唯、連絡はとりあわないといけない。だって、友達になったのだから。暫《しばら》くはパソコンのメールでしょうがないけど。

橘子は紀理子のことを考えて、かの女の年齢や学校のことをなにもきいていないと今更ながらおもう自分に呆《あき》れた。学生のライターをやっていると言っていたから、大学生だろうとおもう。おない歳かどうかはわからないけれども、短大出の自分とは違って、まだ大学があるだろうから、四月一日といっても学年が進級したくらいで、大した意味があるわけでもないかもしれない。自分にとってきょうは人生の節目の非常に大きな意味がある一日だが、かの女には特別でもないとしたら、自分から大層にメールすることは気が引けた。

橘子が四月に就職のために東京に出てくることはかの女も承知している。当然、どこでも四月一日が入社式で、私も社会人のスタートを切ったのはわかっているはず。それについてなにかメッセージを寄せてくれるか、どうだった？ときいてくるか、友達だったらなにかメールを貰《もら》えるだろうと橘子はおもった。

そうおもって、橘子は寮の自室でパソコンを立ち上げ、メールをチェックした。

残念なことに、紀理子からのメールはきていなかった。

そして、ねむるまぎわまで確認したが、かの女からのメールはその日のうちにはとうとう届かなかった。

つぎの日も待ち、そのつぎの日も待った。

かの女からのメールは入っていなかった。

待つばかりでなく、自分からも書かないといけないじゃないとおもいながらも、橘子も紀理子にメールを書かなかった。書きあぐねたまま、書かずに終わった。

地元の親友には入社日の夜にもうメールを書いておくっているのだけれど、紀理子に対してはメールを書ききれなかった。

正直なところ、どういう態度で紀理子に向かえばいいかわからなかった。友達になったといいながら、実際には唐突な訪問を受けたその日の一度しか会っていない相手とどれくらいの近しさで接すればいいのだろうか、距離感を測りかねた。

会ったのは一度だけ。メールもその直後にかんたんなものだけ。普通の友達ならもう少しやりとりしていいようなものだけど、その後にはなにもないので、橘子としても、どうなっているのかなとおもうし、そうやって応答のない日が続くと、その分だけ心理的な距離感が開いてしまう。

橘子が紀理子に気をつかってしまうのは、清躬との仲を持ちなおしたかどうかの問題にかかわってくるからだ。よい情況に行っているのなら、遠慮なくコンタクトをとっていいけれども、なやみの渦中《かちゅう》にまだいるとしたら、安易にメールすることは憚《はばか》られる。二人の間で清躬のことに触れないのも不自然だが、それが紀理子の心に障《さわ》るのなら、やっぱり避けなければならない。

それでも、社会人としての生活がスタートするというのは人生にとって特別なことで、縦令《たとい》自分はまだ学生だったとしても、何日もメールをくれないというのは、友達関係としておかしなことだ。初体験の会社生活で感じたことは一杯あって、いろんなことを伝えたいけれども、まだ学生のかの女にはピンとこなくて、読んでもつまらないと感じられるだろうか。とりあえず最初だから、あまり重たくせずに、あっさりと挨拶程度にして、相手の反応をまず見てみることにしたほうがよいのか。それなら、清躬のことも最初はなにも書かないでもいい。友達の気安さを自分からリードするのなら、清躬のことだってさりげなくきいてみるべきだともおもう。――そうしたことにおもいまようことでもう疲れてしまう。

やっぱりきょうは書かない。なにも書けない。そうしてつぎの日、メールをチェックして、相手からきていないことを確認すると、相手も書かないのに自分が苦労して書こうとしたってとおもう。自分勝手だけど、きょう書くのはやめ。そういう毎日が続く。

ひょっとして紀理子さんもおなじおもいでいたりして。睨《にら》みあいみたい。いつまで続ける？

そうこうして、入社後最初の休みとなる土曜日がきた。

休みの日でも、休みだからやらないといけないこともいろいろあり、それに気忙《きぜわ》しさが拍車をかけて、少しもゆっくりできないのだったが、それを言いわけにしちゃ駄目だ、流石《さすが》にきょうは自分からメールを書かないと、とおもう。いつまでも引き延ばせない。どう書こうかまたなやみながらも、それでもなんとか文章をまとめて、漸《ようや》く紀理子宛にメールの送信をしたのは、既に夜の十一時をまわっていた。

棟方紀理子さんへ

檍原橘子です。御無沙汰しています。

お元気ですか？

私もこの春から東京都民になりました。

今は会社の女子寮にいます。

早速ですが、住所と電話番号を書いておきます。

（橘子は、二行にわけて、寮の住所と呼び出しの電話番号を記した。会社のことを紹介しておこうかと迷ったが、寮の名前の頭に会社名が入っていて、どこに就職したか相手にわかるから、それだけでいいとおもった。）

ちなみに、スマホはまだ買っていません。

新入社員生活はなれないことばかりなので、もっとおちついてからスマホのことも考えようとおもっています。

いつでも会える距離になったので、

また会ってお話ししたいですね。

紀理子さんの御都合のいい日を言ってくださったら、それに合わせられるとおもいます。

桜が見頃になっていますね。
東京の桜は初めてですが、
東京の桜もきれいですね。

まだ少しはだ寒いので、
かぜなどひかないよう気をつけてくださいね。
御返事待ってます。

橘子

結局、清躬のことには触れなかった。自分から触れなくても、紀理子のほうから言ってくるにちがいない。なんといっても、かの女が一番心配しているのは清躬のことだし、力になるならないは別にしても、自分に話をきいてもらいたいはずだから。そして、その時は自分も話をきかなくちゃならない。友達だったらちゃんときいてあげなくちゃ。

橘子はすぐに返事をもらえるかとおもっていたが、少し待たされることになった。結局、その紀理子からの返信が届いたのは、橘子がメールをおくってから三日経《た》った火曜日だった。

橘子さん

棟方紀理子です。

メールを戴いて、どうもありがとう御座いました。
私のほうこそ御無沙汰してしまって、申しわけありません。

いきなりで心苦しいのですが、
実は残念なおしらせをしなければなりません。
私、清躬さんとわかれたのです。
清躬さんとの間でなにかあったわけではありません。
私が一方的に決断したことです。
清躬さんとなかよしの橘子さんには本当に申しわけない気持ちです。
私がいることが清躬さんを縛りつけて苦しめているのです。
それに私の愛も、報われないことに失望と焦燥を感じる、結局は、見かえりを求める虚飾の愛にすぎないことがわかったのです。
そのにせものの愛を押し売りして、
清躬さんの心を開く鍵を手に入れようとしたけれど、
それで毎日あのひとを傷つけていた――
そう、清躬さんの顔に残る傷痕がなかなかきえないのは、実は
私が、傷をひどくしていたんです。
清躬さんのきれいな顔についた痣を毎日眼にしては気に病んでいたのですが、
私の内面にこそもっと醜い痣があって、
清躬さんはただ鏡で、
自分の醜さが痣に映っているようなものだったんです。
なんてひどいおんなだろうとおもいます。
私はあなたのお友達でいる資格はありません。
御免なさい。
本当に御免なさい。
一方的にあなたのおうちを訪ねて、
一方的にお友達になっていただくようおねがいして、
今もまた、一方的に私のことを見切っていただくようおねがいする。
身勝手ですけれども、
そうしていただくよりほかないのです。
清躬さんは、とても純粋で、美しい方です。
心がこんなに清みきっているひとをしりません。
私は不遜にも清躬さんの心を覗き込もうとして、
清んだ清躬さんの心が鏡になって自分がそのまま映しかえされているのを知りました。
それで初めて自分の本当の醜さに気がついたのです。
清躬さんは純粋すぎて、
この無垢なひとが世間をわたってゆくのは、
なみたいていのことではない、
誰か助けてあげるひとがいなければとおもっていたのは、私のおもいあがりでした。
逆に、清躬さんほど強いひとはいないかもしれないのです。
世の中のひとは、自分の欲望を実現するために、
様々な知恵を身につけて、
沢山の人とつきあい、お金を稼ぎ、
ほしいものを手に入れ、愛欲も満たしています。
それができる力がそのひとの強さだとおもっています。
でも、
おおくを手に入れながら、同時に、

おおくを失ってもいるように私にはおもえます。
両手を一杯にしながら、
まだなにか手に入れようとしたら、
少なくとも片方の手に持っているものを手放さなければなりません。
人間は欲が深くて、ものを一杯持つと、蔵も持って、
そこに貯えるから、
一度手に入れたものは絶対手放さない気でいますが、
本当はこの手にしっかりつかんでいるものだけが、
本当に自分が大切にできるもので、
蔵に入れているものは
いつなくなったってしかたがないものなのです。
だから、ほしいものばかりに目が行って、
それをつかもうと今手に握っているものを蔵に移すと、
蔵に入れたそれはいつのまにか行方がわからなくなるのですが、
それが大事な自分の心であったりするのです。
そして、ひとは本当に大事なものを見失って、
膨れ上がる欲望に執着して、
時間とお金とエネルギーを注ぎ込んでいます。
でも、清躬さんはほとんど欲を持たないひとで、
そして、自分の大事なものをしっかりと自分の手に握っていて、
それを失うことのないひとです。
だから、本当に強いひとだとおもいます。
私がいなくったって、一人でやっていけるのです。

こんな浅ましい、心のからっぽな人間が
なにを言ったってたわごとにすぎません。
清躬さんのレベルには到底おいつくものではありませんが、
それでもなんとかおつきあいを続けてゆけるほど、
多少でもまだ自分になかみがあるのだったら、
橘子さんとこれからお友達づきあいもしたかったところですけれども、
清躬さんの鏡をとおして初めて自分の素顔が見えて、
それがこんなに醜かったとわかった今では、
橘子さんに御迷惑をおかけするだけです。
本当に勝手なことばかりして、
橘子さんには申しわけありませんでした。
私のような者は清躬さんの傍にいてはなりませんが、
橘子さんなら清躬さんのことが心から理解できるとおもうし、

清躬さんにとっても橘子さんは心が結び合えるお友達になるでしょう。

清躬さんは昔の少年時代と少しもかわっておられないはずです。

その頃のことを今も生き生きとお話しできる橘子さんも、

かわいくて素敵な心をお持ちで、

お互いにすぐ打ち解けあえるとおもいます。

だから、是非清躬さんと会ってあげてください。

そして、また仲のよいお友達どうしになってください。

このことだけは、なかみのない私の心のなかでも、わずかばかりは残っている誠実な気持ちで申していまず。

それから最後の誠意をこめて――ありがとう。そして、御免なさい。

きりこ

橘子は項垂《うなだ》れ、読んでいる最中から手にしていたハンカチで額《ひたい》と両眼をおさえた。

初めのうちは怒りが、そのうちかなしみとおそれと虚《むな》しさと悔しさ、そして息苦しさと喪失感と無力感が橘子を襲った。

「嘘《うそ》でしょ。こんなの嘘でしょ。出鱈目でしょ」

橘子はそう言い捨てると、席を立って、ベッドの前に膝《ひざ》まづいてそのまま突っ伏して泣いた。

紀理子さん、どうして自分をここまでおいこんで、醜く仕立ててしまうの？　欲望を持って生きて、そして自分に自信を持てないで生き方を探しているのは誰もがおなじじゃない。私だって、あなたのなかまだわ。いいえ、私のほうがもっと醜いのよ。あなたと清躬くんの問題に面倒をかけられたくないと、自分からの連絡をできるだけ避けていたのだから。私だって清躬くんのことが怖いのよ。あなたがおっしゃるとおりだとしたら、私こそ清躬くんと会ったら自分の醜さ、弱さをおもいしらされることになるじゃない。一体、なんなの？　清躬くんて聖人？　聖人がどうしてこんなにもあなたを痛めつけるの？　私まで痛い気持ちで堪《たま》らない。あまりに残酷な聖人だわ。

橘子は拳《こぶし》をつくって、ベッドの縁《へり》を敲《たた》いた。拳が痛かった。それ以上に、頭ががんがんした。まるで時間差で異次元から自分がなぐりかえされているようにおもった。もう一度ベッドを敲く。ややおくれて、頭へ鈍い衝撃が続くように感じた。

こういうこと?

自分がしたことが自分にかえされる。

誰よ！　正体を見せなよ。おまえは異次元にいて、見えない世界から私を攻撃する。自分のやったことのおかえしさ、と言って。なんでもかんでも見せつければいいってもんじゃないわ。誰の心のなかにも、襞《ひだ》や皺《しわ》や溝や裂け目が一杯あるのよ。そういうものを全部引き伸ばして、奥に隠れたものを表に曝《さら》して、なんて醜いものを持ってるんだと責め立てたって、なんになるのよ。つるんとして襞も溝もなにもない心がりっぱなの？　そんなの、人間の心って言えるの？

　橘子は立ち上がった。そして、再びパソコンに向かい合った。返信ボタンをクリックし、キーボードを連続して敲いた。

紀理子さん
なんてかなしいメールをくださったのでしょう。
でも、このメールを書くのに、
どれだけあなたが精魂果てるまで力を振り絞って
一所懸命おもいを私に書きおくってくださったことかとおもうと、
私は胸が熱くなりました。
心が爆ぜそうなくらいです。
こんなに真剣なおもいのメールは初めてです。
だけど、どうしてここまで御自分を悪者にされるのか、
私はそれが残念でなりません。——だって、
あなたは私の大事なお友達ですから。
清躬くんがどれだけりっぱかしりませんが、
あなたをこんなに苦しめるのなら、
かれは残酷な天使——
それは悪魔の別名
（一旦打ち込んだが、清躬を責めることは更に紀理子をおいつめることになると感じて、橘子はこの三行を削除した。）
おねがいです。是非あなたと会って、お話がしたい。
ねえ、今度の土曜日か日曜日に時間をつくっていただけませんか。
いつならお話ができるか、返信してください。
私はあなたというお友達を失いたくないのです。
かならず返信してください。
心から、心からのおねがいです。

橘子

返信はつぎの日に届いた。

橘子はどきどきしながら、メールを開いた。一目で全文が見えるほど短いものだった。その長さを見ただけで、希望を失った。

橘子さん
ありがとう。
本当に、ありがとう。
その言葉だけお伝えしたい。
私からのメールはこれが最後です。
スマートフォンをかえるので、御連絡いただこうとしても私には届きません。
私のことはもうおわすれになってください。
もう、これっきり。
さようなら。御免なさい。

きりこ

最後の「きりこ」というひらがなの名前が「これっきり」という言葉と響きが重なって、反響するように橘子の頭のなかに残った。

橘子はおもわず「いけない」と叫んだ。

そして、机の抽斗《ひきだし》から紀理子の連絡先が書かれたメモを掴むや否《いな》や部屋を飛び出した。

橘子は寮の公衆電話に直行し、メモに書かれた番号を押した。だが、受話器の奥からは、ききなれた女性の声で、その番号は使われていないとのアナウンスがかえってくるのみであった。

「馬鹿」――橘子は呟《つぶや》いた。

虚しい足どりで部屋に戻って、パソコンの画面に向かって、もう一度「馬鹿」と呟いた。眼からなみだが溢《あふ》れ、視界が滲《にじ》んだ。

6　信頼する先輩

「橘子《きっこ》ちゃん、夕べ、なにか怖《こわ》い梦《ゆめ》でも見たの？」

お昼に誘われ、会社近くの地下街を歩いている時に、おなじ課の先輩の緋之川《ひのかわ》さんからそうきかれた。瞬間的に橘子は首を振った。

その日は朝から眼のまわりが少し腫《は》れぼったく感じるのが気になっていた。前の日だってその前の晩に紀《き》理子《りこ》からのメールを見て泣いたが、まだ怒りなどほかの感情に発散できていたのだろう。負けるものかというエネルギーがわきおこっていた。けれども、紀理子からの二度目のメールは最後通告のようだった。それは救いがなく、橘子のかなしみは鬱屈して、出口がなかった。勿論《もちろん》、朝になれば、気持ちはきりかえなければならなかった。それが社会人のつとめだ。だが、からだはすぐにかわってはくれない。寮の化粧室《けしょうしつ》の鏡でチェックして、いつもと違う顔になっているのにまずいなあとおもったが、なかなか修復しない。妙にやりすぎると、かえって顔が變《へん》になる。なんとかみんな気づかないでいてくれればいいけれどなあと、当てのない期待をするほかない。

橘子は三日間の新人集合研修を終え、その週明けから配属され、現場でオン・ザ・ジョブ・トレーニングに移っていた。かの女の教育指導を担当したのは、三期上の女性の先輩で、鳥上《とりかみ》さんといった。歳は一つ上だが、結婚されていた。鳥上さんはおちついた物腰ながら仕事は手早く、職場の誰からも信頼を集めているのがすぐにわかった。橘子にも、教えるだけでなく、ちゃんと話もきいてくれ、なんでも相談できるおねえさんのようだった。

実はその日の朝、その鳥上さんからもひととき休憩を入れている時におなじ指摘をされた。その時は「ちょっと怖い梦を見てしまって」と咄嗟《とっさ》につくりごとを言ったが、それは自販機コーナーでドリンクを飲みながら話したことで、ほかに人はいなかった。そのあと自分と鳥上さんとはずっと隣で一緒に仕事をしていて、二人とも一度も席を立たなかった。プリンタに出力した紙を取りに行くくらいはあったが、行ってすぐかえってくるだけだから、誰と話す間もない。だから、自分が話した出まかせが緋之川さんの口からくりかえされるとはおもってもみなかった。テレパシー？　念をおくった？　一瞬そのような超能力の世界を頭にうかべたが、そんなことがあるはずはない。尤《もっと》も、緋之川さんと鳥上さんは同期入社で、もし鳥上さんが結婚していないとしたら、仲の良い美男美女のカップルになってよいくらいお似合いに見えたので、お互いの間でメールでやりとりしたのかもしれない。けれども、鳥上さんはそんなことをしそうな女性ではない。まだ四日目だけれども、鳥上さんはとても冷静沈着でしっかりしていて、その一方で細やかな気づかいやおもいやりを感じる、非常に信頼できる素晴らしい先輩だと感じていた。仕事中に関係のないことをしたり、かげでこそこそ誰かに告げ口するようなことは決してされないひとだ。だから、橘子はすぐさまその考えを否定した。偶然なのだ。自分でもおもわず口に出てしまうくらいのことだから、おなじ言葉が誰の口から出てもおかしくない。

尤も、一度自分の口から出しておきながら、おなじことをひとから言われて、咄嗟に首を振ってしまったのは、少なくともどちらかに対しては偽《いつわ》っていることになる。なんて浅はかなんだろう、後で緋之川さんと鳥上さんが話をして、私には怖い梦を見たと言ったわ、いや、おれがきいたら打ち消したぞ、とやりとりされたら、今度の新人はなんて不正直なんだろうと愛想を尽かされるのではないか。そんな考えが一瞬に頭をめぐって、橘子はおもわず身震いした。

「大丈夫？」

緋之川さんはびっくりして叫び、そしてかの女の肩をおさえた。肩をつかまれた橘子こそおどろいて、一層身をかたくし、肩が縮こまった。その反応に緋之川さんは手を離したが、橘子の動悸《どうき》はおさまらず、顔を上げられなくなった。

緋之川さんが立ち止まって言った。

「なにか心配事があるんだったら言ってよ。遠慮しないでいいから」

橘子は小声で言った。

「御免なさい」

「なにも謝ることはないよ。ともかく早く店に入っておちつこう」

レストランに入って席に着いても、橘子はなかなか心休まらなかった。

どうしてこうなっちゃったんだろう。

お昼休みになったところで緋之川さんが席の近くにやってきて、「きょう橘子ちゃん借りていい？」と鳥上さんに断わってから、「どう、一緒に飯行かない？」と橘子に直接声をかけた。その時、急なことで「あ、はい」とだけしか返事できなかったが、内心は誘ってもらってうれしかった。緋之川さんにつきしたがって歩いている時、咄嗟にかれからの気づかいの言葉に首を振り、またその考えのない自分の行動に身震いしたのが更に緋之川さんの心配を招く結果となった。しかし、そこで緋之川さんが自分のからだをつかむとはまったく予想もしていなかったのだった。強い男性の力でがっちりつかまえられた。男のひとのおおきな手によって、心臓まで鷲づかみされたかのように感じた。それから急に緊張感が高まり、からだが強張《こわば》ってしまった。眼の前に緋之川さんが座って、自分のことを見ている。気ばかり焦《あせ》って、ますます普通の状態ではいられなくなる。スカートの縁《へり》や膝《ひざ》のあたりに指をもじもじ動かすばかりだ。

きのうのショックはきょうに持ち越さないつもりでいた。実際、配属されて日が浅い今は、まだまだおぼえなければならない仕事が一杯で、個人的な悩みにかまけている余裕はない。もう社会人だし、公私のけじめを自覚していなければならない。そうでなければ、給料を貰《もら》える仕事ができるはずがない。実際朝の仕事にきのうのショックは影響していないはずだ。鳥上さんも、顔のことで心配はされたが、仕事中になにか問題があるようなことは言われなかった。なのに、いま緋之川さんの前でこんな混乱が起きてしまって、どうしていいかわからないでいる。このままではこれからもずっと引き摺《ず》ってゆきそうで、不安になる。

「橘子ちゃん、一体なにがあったんだい？　よかったら、話してくれないかな」

橘子は緋之川さんに申しわけなくて眼を合わせられない。まだからだが強張っていて、口を開くのも容易ではない。

「いや、無理に話しすることはないけれども、自分のなかにかかえこんでいるよりは吐き出した方がすっきりするからとおもってさ。ぼくに遠慮は要《い》らないんだからね」

「御免なさい」

漸《ようや》くその言葉だけ言う。

「なにも謝るようなことはないよ。まあ、しんどいことがあるんだったら、ここでちょっとゆっくりしていったらいいさ。鳥上さんにはぼくのほうからちゃんと言っておいてあげるから」

「い、いえ、それは――」

橘子は顔を上げて、首を振った。

「いいさ。大丈夫だよ。ぼくのこと信頼して」

緋之川さんがにっこり微笑んだ。優しい笑顔だとおもった。正直、少し癒《いや》される気分になった。

「鳥上さん、怖い？」

「えっ？」

「あ、」

「えっ？」

緋之川さんがわざとのように声を出すが、橘子は波の上の小舟のように頼りなく揺れて相手の的にかえすことができない。

「おお、その表情はひょっとして――」

「えっ？　いやだ、そんな、全然、そんな怖いことなんか」

橘子は眼を丸くして、首を振った。

「本当に？　えっ？」

「本当にって、そんな。だって、鳥上さん、本当に優しい先輩とおもっているのに――」

「ほう。それはそれは」

「え、なんなんですか」

「いや、橘子ちゃんがいい先輩とおもってるんで、よかったとおもって」

「え、それって――」

「え、なんだい？」

「い、いえ、あの、緋之川さんこそ鳥上さんのこと、どうおもってらっしゃるんですか？」

「えっ、今度はぼく？」

「鳥上さんと同期で、よく御存じなんじゃないんですか？」

「まあ、勿論知ってるけど、でもかの女なかなか隙《すき》を見せないから」

「隙？」

「ああ、欠点が見えないから。たまにきついこと言われても、言いかえせないよ」

「もしかして、苦手なんですか？」

「え、なに言ってるんだい。別にいつもやりこめられてるわけじゃないよ。え、まさかそんなふうに見えちゃってるの、橘子ちゃんに？」

緋之川さんと攻守交替し、いつのまにか自分のほうがシュートを放っているみたいに感じた。なにか緋之川さんが蹴りやすいように優しくボールを転がしてくれたようで、とりあえず自分もボールを蹴りかえせるようになっている。

「ありがとうございます」

橘子は頭を下げた。

「えっ？　えっ、いきなりどうしたの？」

「なにも喋《しゃべ》れなかった私を」

「ああ、少しほぐれてきた？」

「みたいです」

橘子はちょっとにこっと口許《くちもと》を緩《ゆる》められた。

「ああ、そう？　よかった。にこっとしてくれるのがなにより似合うよ、橘子ちゃんは」

ちょうどその時に二人の注文した料理が届いた。食事を始めてから、自分のことで心配させたことをあらためてわびた。

「いや、もう元気になってくれているようだから、いいんだよ」

緋之川さんの優しさが感じられて、橘子は正直うれしかった。相手の言葉に礼を述べてから、気にかかっていたことを尋ねた。

「私の顔って、そんなにひどいですか？」

「ひどいって？　えっ？」

「鳥上さんにも心配されました」

「ああ、そうだね。なにか泣き腫らしたような眼をしてたから」

「やっぱりみなさんにわかるんですよね」

橘子は残念そうに言った。

「いや、そんなにひどくはないよ。唯、いつもはもっとぱっちりしてかがやくような眼をしてるからさ、橘子ちゃんは」

「かがやくような眼？」

「うん、そうだよ。今年新人の子が入ってくるときいていて楽しみにはしてたんだけど、一目見た時から素晴らしい子がきたなあとおもった。眼がとりわけ綺麗だよ、きみは」

橘子は「あ、ありがとうございます」と応答したが、過度に誉めそやされている感じがして、とまどいもおぼえた。

「だからさ、今朝の眼はいつもとまるで違うから、なにがあったんだろうと気にかかったんだよね」

「本当に御心配かけて」

「それでさ、きみ、鳥上さんと少し席をはずしたじゃない。戻ってきたところを鳥上さんにメールしたんだよ、橘子ちゃんになにかあったのって？」

「え、メールされたんですか？」

やっぱり二人の間でやりとりがあったのか。

「ああ。鳥上さんのことだから、ちゃんと橘子ちゃんの話をきいてあげたんだろうなとおもってさ。それで、話きいてどうだったの？ってメールしたんだ。でも、かの女からは、なにを御心配されているのでしょうか、檍原《あわきはら》さんのことでしたらきょうもかわりなく、しっかりやってくれています、って返事でさ、まいっちゃったよ。同期なのにこんな調子なんだ、大体。直《じか》に話す時はもう少し愛想があるんだけれどもね」

「鳥上さんて、本当にきっちりされてますよね」

自分から告げ口するどころか、緋之川さんからきかれてもなにも話をしていないとわかって、橘子は鳥上さんに対して信頼する気持ちが高まるだけでなく、尊敬すらおぼえるようだ。

「まあね。だけど、ぼくら同期なんだから、もうちょっとお手柔らかにねがいたい。ともかく、かの女についていれば安心だよ」

「はい」

「安心なんだけど、でもなんといってもきみは新人じゃない。歓迎会でも話したけどさあ、ぼくも課の先輩男性としてきみのこと放っておくわけにはゆかないからねえ。話くらいはきいておいたってとおもったんだ」

「ありがとうございます」

「それで結局どうなの、なにか泣くようなことがあったの？」

「ええ、それはあのう――」

「鳥上さんには話したんだろ？」

「い、いいえ」

「あ、そうなの」

「あ、あの、」

「いや、言いにくいことは無理に言う必要はないよ。またきみから笑顔がきえたら、残念だ」

「いえ、別に言えなくはないんです」

橘子はがんばってそう言った。一時はどうなるかとおもったが、今普通に話せるようにしてくれた緋之川さんには誤魔化《ごまか》しはしたくなかった。

「大丈夫？」

「ええ」

もう決心がついた。

「だいぶ込み入ったこと？」

「いえ、多分」

「あ、もしゆっくり話をきいたほうがいいんだったら――」

緋之川さんはちらっと時計を見た。

「仕事帰りでも、そう、ぼく時間都合するよ」

「いえ、いいんです、そんな大層なことでも――」

「ぼくはいいんだよ。第一、そのほうがゆっくり話しできるよ。勿論、今でもお昼時間延びること鳥上さんに連絡してあげられるけどさ」

　橘子も時間が気になって時計を見た。

「いえ、おくれるのはよくないです。実は、最近友達になった子からちょっとかなしいメールがきたので、それでちょっと泣いちゃったんです」

　意外にきのうのことがさらっと言えたので、橘子は少しほっとした。

「え、それが泣いた原因？」

「ええ。御免なさい、大したことじゃなくて」

「い、いや、そんなことおもわないけど。その友達って、おんなの子？」

「ええ」

「あ、そう。でも、泣いちゃうくらいかなしいメールって、ま、」

「いえ、私、大丈夫です。きょうも引き摺ってる気は全然なかったんですけど。でも、顔には残っちゃって」

「顔なんか気にすることないよ。橘子ちゃんはもとから素で美人なんだから、眼が腫れぼったくてもおかしな顔になっちゃうわけじゃない。でもさ、そんな話だったら、鳥上さんにはなぜ言えなかったの？」

「そうですよね。今言っちゃうと楽だったんですけど、初めはなんかうまく言えそうにない気がしたんです」

「鳥上さんだから、緊張したんじゃないの？」

「いえ、そんなこと」

　橘子は否定した。だけど、鳥上さんには變《へん》なことは言えない気になるから、その意味では緊張はしているのだろうとおもう。でも、最初は緋之川さんのほうが異性ということでもっと緊張した。おまけに、肩をつかまれた時は。

「鳥上さん、まじめすぎるから、しらないうちにかたくるしくなっちゃうんだよ」

「私、鳥上さんには、怖い梦《ゆめ》見ちゃって、って言っちゃったんです」

「え、それ、ぼくの科白《せりふ》。あ、言ったのはきみのほうが先だね」

「いえ。でも、鳥上さんには咄嗟《とっさ》に嘘《うそ》言っちゃって」

「嘘という程のものでもないよ」

「でも、緋之川さんにはちゃんと言えたのに、鳥上さんには嘘言っちゃったんです」

「あ、そんなことで気にしちゃいけない。ぼくには本当のこと言ったんだ。きみは嘘つきじゃない。第一、ぼくと鳥上さんの順番が逆だったら、ぼくに対して怖い梦見たと言い、鳥上さんには本当のことを言ったかもしれないよ」

「緋之川さんて、とってもお優しいんですね」

橘子は本心からそうおもった。橘子の言葉に緋之川さんは照れ、場の空気は一層優しくなった。緋之川さんにはなんでも話せそうな気がした。

橘子は昼休みをおくらせて鳥上さんに迷惑をかけたくなかったし、またそのことで緋之川さんを巻き込みたくなかったので、昼休みの終わる一時までに職場に戻るようにしたいと話し、急いで食事をした。緋之川さんも協力してくれ、さっさと食事をかたづけてくれた。

会社にはなんとか一時までにかえることができ、午後は前日までとかわりなく仕事ができた。午後の最初の休憩の時に鳥上さんに対して、昼休みに緋之川さんに食事をおごってもらったことを報告し、その時に顔が腫れぼったいことを気にされていたので、前日にひどく泣いたこととその正直な理由を話したことを伝えた。そして、鳥上さんにはおなじことをきかれたのに咄嗟に嘘を答えてしまったことを謝った。鳥上さんは全然気にしなかった。寧《むし》ろ、すぐこうして本当のことを言ってくれたのがうれしいと言って、笑顔をうかべてくれた。橘子もうれしかった。橘子は席に戻って、メモにきょうのお礼と鳥上さんに正直に話をした報告を書いた。そして、緋之川さんが席を立とうとした時、一足先《ひとあし》に廊下に出て、待ってそのメモをわたした。緋之川さんはおどろいたが、すぐにメモを見て喜んだ。緋之川さんは、メールでよかったのに、と言ったが、私用ですので、と橘子は答えた。鳥上さん直伝《じきでん》だね、と緋之川さんは言い、でもメールより手書きのメモのほうがずっとうれしい、とつけくわえた。

緋之川さんと最初に話をしたのは、橘子の配属初日、その週の月曜日の夜の歓迎会においてだった。緋之川さんはその日は朝からずっと取引先をまわっていて、午後も五時くらいまで会議だったので、挨拶《あいさつ》さえできなかったのだ。課の若手のホープときいただけあって、いつも非常に忙しい人なのだろうとおもったが、歓迎会の幹事も緋之川さんが引き請けていて、会をおおいに盛り上げてくれたので、本当になんでもできる人なんだろうなと感心した。橘子は初め、鳥上さんを頼ってずっとその横で一緒におとなしくしていたのだが、緋之川さんが巧《たく》みに話題を振って、橘子をみんなとなじませるように取り仕切ってくれ、その時から親しみも感じていた。家庭がある鳥上さんは一次会でかえったが、二次会でも緋之川さんがいてくれたので、最後まで楽しく過ごすことができた。

次の日からは職場で緋之川さんの仕事ぶりに直に触れて、課のなかで一番光る存在だと感じとれた。勿論、鳥上さんが橘子には誰より頼りになる先輩社員で、まだわかいのになんでも心得ていて手ぎわもよかったし、教育係としてもいつも優しく懇切丁寧に、また意識面ではきびしく指導してくれて感謝するのだったが、本人はとてもおとなしい人で、プライベートな話をすることはほとんどなかった。もう既に結婚し、家のことをするため特別なことがないかぎり定時になれば退社するので、自由な話をする時間もお昼休みくらいで、橘子もおとなしいほうだし、特に新人でまだ遠慮があるから、話はあまり弾まない。だから、木曜日のお昼に緋之川さんに誘ってもらって、初めは物凄《ものすご》い緊張をしたけれども、程なく打ち解けて、かなり楽な感じで話ができたのは本当によかったと橘子はおもった。

つぎの日の金曜日、緋之川さんに頼まれ、橘子は定時後も残って、かれの仕事の手伝いをした。翌週の月曜日に会議があり、そこで使う複数の資料を準備しておきたいのだが、手伝ってもらえないかと言われたのだ。残業させて申しわけないが、とつけくわえられたのが、必要以上に気をつかってもらっているようで、橘子のほうこそ恐縮してしまった。頼まれた仕事は複数の資料を必要部数コピーして仕分けし、配付できるよう体裁《ていさい》を整えて準備するだけのことだったが、先輩社員の仕事のお手伝いをしてお役に立てるのがとてもうれしかった。一時間半程でその仕事が終わると、一緒に食事に行かないかと誘われた。お礼という意味でも、とつけくわえられた。橘子は、寮の食事を予約してあり、つくってもらっていて食べないのは申しわけないからと最初は断わったのだが、緋之川さんにはそんな理由で断わるなどとはおどろきで、本気の理由かと懸念するも、橘子に確認するとまさにそれだけの理由だったので、こうすれば問題ないからとアドバイスを受けた上で、易々《やすやす》と説得された。

橘子がまずおどろいたのは、食事の場所までタクシーを使って行ったことだ。会社の近くにも一杯食事ができる店があるので、えっ？とおもった。そして、タクシーをおり、連れて行ってもらったお店が高級そうな雰囲気を漾《ただよ》わせているのにまたおどろいた。おごってくれるというがこんなお店でいいのかとおもって、もっと普通のお店でいいんですけれどと橘子は逡《しゅん》巡《じゅん》したが、緋之川さんは「雰囲気はいいけれども、そうかしこまるほどの店でもないよ」と言って、席を案内するウェイトレスについて先へ進んでゆくので、もう従うしかなかった。メニューを見てもほとんどなにもわからなかったので、総《すべ》て緋之川さんにまかせた。食事中、緋之川さんは本当に機嫌《きげん》がよさそうで、楽しい話も一杯してくれた。

最初は少し気がねしていた橘子も、打ち解けた会話とおいしい料理とお酒にとても心地よい気分になって、食事が終わってからパブに誘われたのには二つ返事でついていった。おとなの世界を教えてもらうのが興味深くもあったのだ。カクテルが沢山あって、ほとんどがどういうお酒か知らなかったけれども、名前だけで興味を惹《ひ》かれ、飲んでみたくなる。橘子はアルコールにはあまり抵抗がなかった。普段はほとんど口にしないが、人といる時は飲みたくなる。尤も、かの女を誘いながら緋之川さん自身はそんなに飲まなかった。そこで橘子としては、男のひとを上まわるペースで飲むのはどうかとおもって程々に控えようとした。ところが、それでも橘子の様子を見て、橘子ちゃんてお酒いけるんだねえ、と緋之川さんに感心され、もっと頼むといいと言われてしまった。そこでも代金は総て緋之川さんが支払った。食事もお酒も随分戴いたから橘子自身も幾らか払おうとしたが、「ここは先輩の顔を立ててくれ。まだ初任給も貰ってないきみに払わせられないよ」と言われ、財布《さいふ》をしまわされる。それではあまりに申しわけない気がして、橘子は翌日の土曜日にデパートに寄り、御馳走《ごちそう》になったお礼にネクタイを買って、月曜日に緋之川さんにわたした。値段がまるでつりあっていないからほんの申しわけ程度にすぎない気がしたが、緋之川さんはかの女がこんなことをするとはまったく想像もしていなかったようで、非常に感激してくれた。橘子もその様子を見て、心からうれしかった。

そのつぎの週も、橘子は会社の帰りに緋之川さんに食事に誘われた。

かの女が結構お酒が飲めるとわかったためか、おいしいお酒が種類も豊富に一杯取り揃えられている店を選んだと緋之川さんが言った。店に入ると小さな個室がいくつもあるようで、そのうちの一つに案内された。個室に二人きりなので初めは緊張したが、もう三度目で緋之川さんの人柄もわかってきたので、程なく打ち解ける。緋之川さんからは、ここはいろんなお酒があるんだから飲んだことがないお酒も試してみたらいいと、頻《しき》りに奨《すす》められた。きみ全然酔わないねえ、じゃあもっと飲まなくちゃ、と橘子には言うくせに、本人はそんなには飲まない。緋之川さんこそ飲んでくださいと橘子から言うと、うん、と応じるが、後半になってゆくと歯切れがわるくなった。このひとは一通りは飲めるがあまり強くないなとわかった。橘子は最後までしっかりしていたから、橘子ちゃんはいくら飲んでも平気なんだねえ、本当にお酒が強いんだ、凄いよ、と随分感心された。緋之川さんにそういうところだけ印象に残るとしたら、とても心外だ。緋之川さんがもう少しお酒が強かったら、もっと楽におつきあいできるのにと橘子はおもった。

かえりぎわ、立ち上がって個室の戸を開けようとした途端に緋之川さんの足元がふらついた。橘子のほうに仆《たお》れかかられたので、咄嗟に身をかわしたら、もともと狭い部屋だから、ごつんと戸口の柱にかれが頭をぶつけてしまった。危ないとおもいながら、一瞬襲われそうな感覚を持って、自分のからだのほうが逃げていた。

「ひどいよ、もう」

緋之川さんが抗議するように言った。

「御免なさい。本当にすみません」

支えてあげようともせず自分だけ逃げたのを橘子は本当に申しわけなく感じ、今更ながらに緋之川さんのからだに寄り添ったが、間近にかれの顔をあおいで、その額《ひたい》から血が出ているのを見た。橘子はおもわず叫び声をあげそうになり、かれの額を指さした。その様子にかれも異常に気づいた。

「血？　えっ？」

額にやった手を見て一瞬どきりとしたようだが、すぐ、

「あ、ああ、大丈夫。アルコール入ったから、上気して血が出易《でやす》くなってるんだよ。心配ないさ」

なんでもないことのように言ったので、橘子もちょっとほっとした。それでも、かれがずっと額を手でおさえているので、かの女はハンカチを差し出した。緋之川さんは「ありがとう」と言って、そのハンカチを額に宛てがった。やっぱり酔って気分がわるくなっているようで、それからトイレに行き、戻って来た時は、お店の人にしてもらったのか、そこに絆創膏《ばんそうこう》が貼ってあった。

かえりはお店にタクシーを呼んでもらうことになった。緋之川さんはおくってゆくと言って、橘子を同乗させた。橘子の寮に着いた時、かれはすっかり寝入っていた。起こしたものかと思案したが、運転手さんが行き先はちゃんときいているから心配しないでいいと言われ、申しわけないとおもいながら声もかけずに一

人先におりた。

つぎの日の緋之川さんは場都合《バツ》がわるそうで、橘子も恐縮しないではいられなかった。額はきれいなガーゼに貼りかえられていて、かえって目立ち、みんなからどうしたのときかれていた。かれは橘子とのことは話をせず、寝起きで転んだのだと説明していた。そう言いながら橘子のほうをちらっと見て、ウィンクした。共犯意識というのだろうか、よくわからないけれども、橘子としても二人だけの秘密を持ったような、ちょっとうれしい気持ちになった。しかし、やっぱり怪我《けが》は怪我であるし、酔うと自分のからだのコントロールがきかなくなるのはとても危ないことだ。その日以来、橘子は緋之川さんがあまりお酒を飲まないよう、より気をつけていかなければならなかった。

ところで、橘子がその日の仕事中パソコンのメールを確認すると、緋之川さんからのメールが届いていた。最近は毎日かれから挨拶がわりの短いメールを貰っており、今回も「きょうもファイティング・モードだ！」とあったので、いつものエールかとおもって、内容を読んだ。


おはよう、橘子ちゃん。ヒノカワはきょうも燃えているよ。

さあ、きょう一日はりきって仕事に熱血を燃やそう。ファイティング・モードとはおおげさにきこえるかもしれないが、
きのうちょっと血を見たから、きょうのヒノカワは一層血が滾っているというわけさ。

さて、きのうは心配かけて御免。面目ない。

しかし、きみはえらい。並じゃない。

あれだけしっかりしてるんだから、本当に大したものだよ。

充実した時間が持てて、感謝している。今後もよろしく。

P．S．
きみに借りたハンカチだけど、新品を買ってかえすよ。
毎日残業があるから、つぎの休みまで待ってね。
それから、おなじ柄は無理かもしれないけど、それも大目に見て。
洗ってかえそうとおもったが、きれいにしようとごしごし擦りすぎて、
生地を傷めてしまったんだ。不器用だね。

だから、わるいけど、それで勘弁して。
会社は私的なメールを禁じているし、社員がやりとりするメールは会社の管理下におかれていて、内容は総て知られているくらいにおもっていたほうがよい。緋之川さんは橘子にそう忠告を与え、自身が出すメールも、読まれても咎《とが》め立てされることがないよう、具体的なことには触れないような書き方をしてきた。先輩が後輩にアドバイスしたり、激励するメールなら、毎日習慣化しても問題視されることはない。きょうきたメールでも、橘子と一緒に食事をし、アルコールに酔い潰《つぶ》れたことを意味するような言葉は避けられていた。

しかし、きのう行動を共にした橘子には、緋之川さんがきのうの失態をわびつつ、つきあってくれたお礼を言ってきたのは明らかだった。お礼とおわびをすべきなのはそれこそ自分のほうなのに、直接対面して言葉で伝えようと機会をうかがっているうちに先にかれからメッセージを伝えてきた。朝きた時真っ先に言えばよかったのに、かれの額のガーゼに職場のみんながわあわあ言い出したので、時機を逸してしまった。だが、それは言いわけにすぎず、かれのほうから先に言葉を頂戴したことに、橘子は申しわけなく、また恥ずかしい気がした。ともかく早く返信して、誠実にお礼とおわびをきちんと伝えないとおもったが、なかなかよい言葉がうかばなかった。すぐ隣にいる鳥上さんに気取《けど》られないようにもしないといけないから、余計に焦った。漸くつぎのように書いて送信したのは、お昼前だった。

緋之川さん、
メールありがとうございました。
私こそきのうは本当にお世話になりました。
いつもお世話になりっぱなしですが、きのうは特にありがとうございました。
それから、私のほうこそ失礼があったのに、充分気をつかうことができず、
本当に申しわけありませんでした。
(メールをすぐ返信しなくて、御免なさい。)

P.S.
ハンカチの件ですが、新品なんてとんでもないです。
もともとわるいのは私のほうなのに、新しいのを買っていただいたら、

とても心苦しくて耐えられません。どうかなにもしないでください。

檍原橘子

結局これだけのことしか書けないなら、すぐ返信を出せばよかったとおもうが、それがかんたんに書けないのが自分の未熟さだった。

一日の仕事を終え、挨拶をしてかえるところで、緋之川さんが橘子を追ってきた。「ハンカチの件」と言った。「あ」と橘子は叫んで、お辞儀をしながら、「あれはどうか気にしないでください」と言い、まだ言葉を続けて、「私こそいけなかったのですから」と言おうとするところ、「いや、まあ、それはそれとして」と緋之川さんが遮《さえぎ》った。

「きのうは最後後輩のきみに気を揉《も》ませるようなことになっちゃって、本当面目ないよ。このままじゃあ申しわけなくて気がおさまらない。今度の土曜日にさ、時間をあけられるようになったので、罪滅ぼしに東京案内させてくれないかな」

話がハンカチどころではなくなって、橘子は本当にびっくりした。なんと言っていいのか言葉を失っていると、「どうせきみ、東京の中まだほとんど出かけたことないんだろ？ あまり深く考えずとも、先輩の好意に素直に甘えておけばいいんじゃないの」と肩を扣《たた》かれた。「それとも、おれ、もう信用なくしちゃったかな」とまで言われるので、橘子としても、「いいえ、そんなとんでもない。じゃあ、お言葉に甘えさせていただきます」と答えるしかなかった。尤も、正直言えば、緋之川さんが休日までつきあってくれるなんてとてもうれしいことだった。しかも、東京を案内してもらえることも本当に楽しみで、ありがたいことだった。

世の中には仕事や上下関係がきびしく、働き詰めでストレスを強《し》いる会社もあるようだが、でもおおくの日本の会社では、職場の先輩男性と若手女子社員の関係は大体こんなふうで、優しいおにいさんのように接してくれるのが普通なんだろうと、橘子はいつのまにか勝手にそうおもうようになった。また、緋之川さんのことにしても、かれは特別に優しいにちがいないが、それはかれの人間的魅力の故《ゆえ》であり、人を楽しませる心得を持っているから自然にそうなるだけであって、なにも自分に対してだけ特別にそうしていることではないと考えた。

そして、橘子は同期で特になかよくなれる友達に出会わなかったが、しかし鳥上さんや緋之川さんと仕事ができて、別に友達を欲しないほど職場に満足していた。課長は万事鳥上さんを信頼し、橘子の指導も任せきっているようで、あまり接触はなかったが、それでも橘子の席辺《あた》りを通りかかった時には励ましやねぎらいの言葉をかけてくれることがあり、それがとてもありがたかった。ほかの先輩社員の方からもかわいがっていただいていると感じたし、自分自身うまく職場に溶け込めている気がした。ともかくもそんなふうに、ひとまず順調に橘子の会社生活はスタートを切ったようにおもえた。

7　ナルちゃんの話

紀理子《きりこ》と音信が途絶えたことは当初は非常にかなしく憂鬱だったが、配属された職場で仕事をおぼえるのに無我夢中で過ごしたことと、鳥上《とりかみ》さんや緋之川《ひのかわ》さんといった優しい先輩に囲まれ、人間関係にも満足できるようになったこともあり、橘子《きっこ》は紀理子のことで心なやませる必要をあまり感じなくなった。同年代の友人はまだ東京でできていないから、紀理子が大切な友達になってくれるとしたら、それは非常にうれしいことだが、その関係をかの女のほうから断ち切ってきたのだ。勝手にスマホの電話番号やメールアドレスをかえて、私から連絡をとる手段もない。一方的に通告され、なすすべもないのだ。これっぽっちも私の所為《せい》じゃない。それに、ひとのことを心配できる程の余裕は自分にはまだないはずだ。ともかく職場でいい先輩に恵まれて、とりあえず会社生活を安心しておくれそうだとわかったのだから、友達をつくるのはそのうちでいいかもしれない。

紀理子のことが後ろに退くと、かわって清躬《きよみ》が前面に出てくる。寧《むし》ろ気にかかるのは清躬のほうだ——橘子はそう感じた。紀理子からあんな唐突な内容のメールが届いた時は、かの女をそこまでおいこんだのが清躬の責任であるような気がして、悪感情を懐《いだ》いたが、今は総《すべ》て紀理子に問題があるように感じられてならない。会った時は感じよくおもえたけれども、もともとがおもいこみが劇《はげ》しく、随分勝手で無責任なひとなんじゃないかしらとおもった。

第一、清躬の実家を訪ねることにしても、清躬に対してなんの相談もしていないし、住所も確認していない。十年近く昔の絵葉書を当てにしてはるばる遠距離を旅してくるなんて、結局無駄足になるのは目に見えていたことだ。元々それでもよかったというが、実のところお気楽じゃないのかな。全部無駄にしちゃ虚《むな》しいから、せめて私と友達になっておこうとしたのかもしれない。そんな一時的なおもいつきで友達にされて、御免なさい、友達というのはなかったことにして、とあっさり言われて、はい、そうですかと承知できるものではない。虚仮《こけ》にされたようなものだ。

橘子は最早《もはや》、もう一度紀理子からのメールを読みかえそうという気はほとんど失《う》せていた。

逆に、紀理子からわかれを切り出された清躬のほうが心配になる。杵島さんというひとが去って、後を引き請けたはずのかの女に、一方的にわかれを宣告されてしまったのだ。清躬がどれだけ紀理子のことをおもっていたかわからないけれども、つきあっていたひとから勝手にわかれを告げられて、途方にくれるのではないだろうか。清躬こそかわいそうだ、被害者だ、と橘子は感じる。なんて罪なひとなんだろうと紀理子のことをおもう。

つい三日前と全然違う感情になっている自分のことも結構いいかげんなんじゃないかと感じないわけでもなかったが、でもやっぱり私は清躬くんのほうが大事だ、清躬くんのほうを信頼する、とあらためて橘子は自覚するのだった。一度会っただけの紀理子のほうを昔なじみの清躬より信用するなんてあり得ないことだわとおもった。

このようにおもうと、橘子は是非とも清躬と会ってみたくなった。清躬が住んでいるという東京に折角やってきているのだもの、紀理子から地図も貰《もら》ってどこにかれがいるかわかっている、だったら是非清躬を訪ねて旧交を温《あたた》め、また仲のよい友達になりたいとおもうのだった。高校一年の頃に会った時はお互いぎこちなかったけれども、思春期真っ最中だったからしかたがない、でも、もう二人ともおとなになって、「どう、元気にしてる？　昔とかわらないわね」、「きみこそ」とか、さっぱりと言い合えるのではないだろうか。紀理子さんの話では、心優しい点は本当に小学生の頃の清躬くんとかわっていないようだし。

橘子はその日の土曜日はまず緋之川さんへのきのうのお礼を買いに行くこととし、清躬を訪ねるのは明くる日に実行に移すことになった。

当の日曜日、橘子は一時半頃に寮を出た。

前日の土曜日に、明日はどういうルートで行ったらいいんだろうとおもって、寮の玄関に貼られているおおきな鉄道路線図から目当ての駅名を探していると、ちょうどそこに寮監さんの奥さんがとおりがかって、「どの駅を探しているの？」ときかれた。橘子は一瞬はっとしたが、正直に伝えると、「ああ、それだったら〇〇線ね」と、奥さんはすぐ察しをつけ、こう行けばよいというルートを丁寧に指でなぞって示してくれた。東京の人ならなんでもなさそうなことに随分苦労している自分の田舎者さかげんをあらためておもいしった。

「お友達か御親戚《ごしんせき》のおうちがあるの？」ときかれて、橘子は「ええ」と一旦返事をした後、「幼馴染《おさななじみ》の友達を訪ねてみようとおもってまして」とまた正直に答えた。ちょっとはばかりがあったが、親切に教えてもらったのに誤魔化《ごまか》しや嘘《うそ》を言うのは嫌《いや》だった。

「東京に出てきていらっしゃるのね？」

「ええ」

「どれくらい会っていないの？」

「十年ぶりくらいです」

橘子がそう答えると、「まあ、十年」と奥さんがおどろいた声を出した。

「そんなに昔のお友達を訪ねようというんだったら、とっても仲がいいお友達だったのね？」

「はい」

「じゃあ、とても楽しみね」

奥さんはあっさりした人で、それ以上立ち入ったことをきかれなかったのは橘子としてありがたかった。

偖《さ》て、奥さんに教えてもらったおかげもあって、目的の駅まではスムーズに行けた。駅からは徒歩で七、八分程の距離で、すぐ傍《そば》に小さな公園があった。地図が非常に丁寧で正確に描かれていたので、初めての土地にもかかわらず、目的のアパートに迷うことなく行き着いた。こういうところは紀理子さんはしっかりしていると感心した。


清躬が住むというアパートは、小ぢんまりしてシンプルなつくりだったが、小綺麗《こぎれい》な感じで、わりといいところに住んでるじゃないとおもった。橘子は、男の子の一人ぐらしだからもっと安っぽい建物かと勝手に想像していた。尤も、杵島《きしま》さんという女性が選んだところだと考えなおして得心した。

清躬の部屋は二階だった。橘子は階段を上がって、表札を見てまわりながら、清躬の部屋を見つけた。檍《あわき》原《はら》清躬の名前を見つけた時、橘子はあまりのなつかしさになみだが出てきた。ここに清躬くんが住んでいる。もうすぐ会える。橘子の胸はときめいた。

かの女はもう一度表札を見た。表札といっても、フレームに紙に名前を書いたものが差し込まれているだけだったが、きれいな楷書《かいしょ》の字体で「檍原《あわきはら》清躬」と書かれている。苗字に振り仮名がつけられている。慥《たし》かに振り仮名がないと一般の人には読めないだろう。郵便や宅配便なら宛先の漢字だけ照合すれば間に合うけれども、訪ねてきた人が呼びかける時には振り仮名があると助かる。清躬くんて今も親切で優しい心を持っているんだなあと感心し、橘子は幼馴染に再会するのが一層楽しみになった。ところで、この字は清躬くんが書いたのだろうか。男性にしてはきれいで優しそうな字を書くなあとおもい、中性的な感じがした小学生の頃の清躬のことを想い出して、橘子は感懐にとらわれた。

ともかくこのドアの向こうに清躬がいるかもしれないとおもうと、橘子は今更ながら緊張した。挿絵《さしえ》とかを描いてくらしているんだったら、家にいる可能性が高い。尤も、きょうは日曜日だけれども。橘子は、なんと挨拶《あいさつ》したらよいのだろうと一瞬考えたが、顔を見れば自然と言葉が出てくるはずだ。どんな言葉だろうと、昔の二人に戻ってお互いのことがわかりあえるにちがいない。私たちはなによりの友達だったんだもの。

唯、心配なのはやっぱり清躬の顔のことだ。痣《あざ》がどの程度酷《ひど》いのか。想像がつかないだけに怖《こわ》い。顔を見るのが怖いというより、自分が瞬間的にどんな反応をするかが怖い。折角のなつかしい再会だというのに、それで清躬の心を傷つけてしまったら申しわけがたたない。

意を決して橘子はチャイムをおした。ピンポンと部屋のなかで鳴っているのがドア越しにきこえる。愈々《いよいよ》だとおもって、どきどきした。

しかし、反応がなかった。橘子はもう一度チャイムをおした。おなじだった。三度目もおした。やはりなかからの反応はなかった。

留守《るす》なのだ。しかたがない。

橘子は非常に残念な気がした。もうすぐ会えるという期待が高まっただけに、その分がっかりした。清躬のことを活動的なタイプではないからきっと在宅しているものとかの女が一人勝手にきめこんでいただけで、わかい男性が日曜日のお昼にどこかへ出かけていたって、実のところちっともおかしなことではない。

ともかく、橘子は自分が訪ねてきたことをメモに残して、ドアの下から差し込んでおこうかと考えた。手帳を出して、なにを書こうかと頤《おとがい》に手を当てた。

清躬くん、お久しぶり。

橘子です。おぼえてる?

私のことは紀理子さんからきいているかしら?

私たち二月に会って、その時に清躬くんがここに住んでいることを教えてもらったの。

私、四月から就職して、今東京に住んでいるのよ。

それできょう訪ねてみたんだけど、お留守だったからかえります。

そこまで一気に書いて、自分の連絡先を書いたものかと考えたところで、小さな手帳の紙がほとんど文字で一杯になって余白が少なくなっていることに気がついた。橘子は、書きすぎたかな、とおもった。もう少しかんたんに書きなおそう、そうおもった時――

「こんにちは」

急に声をかけられて、見ると、かわいらしいおんなの子がかたわらに微笑《ほほえ》んで立っていた。十歳にもなっていないようにおもえる。

「こんにちは」

おんなの子の声がとても元気がよかったので、橘子も率直に挨拶をかえした。

「おねえさん」

「はい？」

「お客様？」

予期しない言葉に橘子は不意を突かれ、とまどってもう一度「えっ？」と言った。

「おにいちゃん、おるすですか？」

その呼び方に橘子はちょっと興味を持って、「あなた、御近所のお子さん？」と尋ねた。

「家は遠くはないけど、おなじ町内じゃありません」

その答え方に、しっかりした物言いをする子だと橘子は感心した。

「ここのおにいちゃんと親しいの？」

橘子は重ねて質問した。

「うん、おねえちゃんたちがなかよしで」

「おねえちゃんたち？」

橘子はおうむがえしに反応した。この子のおねえちゃんたちだったら、おそらくまだ小学生か中学生。清躬くんは子供に慕われているのかな。

「あ、その前に、はじめまして。あたし、小稲羽鳴海《おとわなるみ》と言います」

少女はあらたまって挨拶し、名乗りをした。

本当にしっかりしてることと、橘子はあらためて感心した。自己紹介するということは、私に好感を持ってくれてるということかな、きっと。橘子自身も、挨拶した後の笑顔がとてもかわいらしく、そのことだけで少女のことが好きになる。

「ナルミちゃん、て言うの？」

「はい。でも、ナルとよんでください」

少女は潑溂《はつらつ》と返事をする。どこまでも笑顔を絶やさない。

「ナルちゃんね？　オーケーよ。――あ、私は、」

自分の名乗りは随分後まわしになった。橘子が続けて、「檍原橘子。はじめまして」と言うと、ほとんど間をおかず、少女が「まあ」と叫んだ。

「おねえさん、ここのおにいちゃんの妹さん？」

妹さんと言われて、橘子も一瞬、えっ？とおもったが、檍原と名乗ったのだから、当然の反応だとすぐ納得した。

「ううん。おなじ名前だけれども、きょうだいじゃないの。親戚でもなくて、唯偶然におなじ苗字《みょうじ》なだけ」

「え、でも、きょうだいみたいににてる」

「え、よして、またきょうだいなんて言って」

紀理子とおなじように、きょうだいじゃないと言っているのにまたまたきょうだいと言われて、橘子はとまどった。

「にてるひとって、いろいろいるのね」

まるで広く世間を知っているかのように少女が言った。橘子は似ている人がそんなにいるとはおもわないので、不思議な感じがした。すると、「じゃあ、おともだち？」と、少女がききなおした。

「え、まあ、そうね。実は私たち、小学校時代の幼馴染なの」

「おさななじみ？」

少女はすぐにはピンとこないふうだったが、小さい子がその言葉になじみがないのもしかたがない。

「そうよ。小学校時代はとても仲がよかったんだけど、でも、もうそれ以来、長く会ってないの」

「久しぶり？」

「うん。で、この春から私、東京の会社に就職したので、是非会いたいなとおもって」

「おねえさん、会社員なのね？」

「え、まあ」

会社員と言われても、橘子はまだ自分がしっくりこないのを感じた。

「今月から会社に入ったばかりで、会社員といってもまだひよっこなの。まだ一週間とちょっとしか経《た》ってないし。会社員の小学校一年生みたいな感じかな」

橘子は少女に合わせて喩《たと》えをしてみた。

「会社員の小学校一年生？」

「變《へん》な言い方だけど、学校って、ナルちゃんも将来、中学、高校と進学していくでしょうけど、学校のスタートは小学校一年生でしょ？　私もこれから何年会社生活するかわからないけど、まだ会社に入りたてで、まわりは先輩ばかりで、本当、会社員の小学校一年生みたいな気持ちよ」

「そか。きょうは、おにいちゃんとお約束されてたの？」

そうきかれて初めて橘子は、久しぶりに会おうというのだから、前もって約束をとっておくのが普通だったなあとおもった。子供に教えられてる。

「あ、約束は、してなかったの。いくら幼馴染でも、いきなり来て、ちょっと乱暴だったかな」

「がっかりですね、せっかく来られたのに」

少女は声のトーンをおとして言った。

「うん、でも、まあ、約束してないからしようがないわ。一往私が来たことだけはメモをおいておこうとおもってたところなの」

橘子はそう説明すると、「ちょっと待ってね。書きかけたメモを書いてしまうから」と断わった。もう一度メモを見かえすと、余白がほとんど残っていないのに気がついた。おんなの子を待たせてはいられないから、「よかったら、連絡くださいね。待ってます。」とだけ追記し、「連絡」の前に「裏へ」と挿入した。そして、紙を半分に折って、裏面に自分の名前と寮の呼び出し電話の番号とパソコンのメールアドレスを書き添えた。そのまま郵便受けにおしこもうとしたら、手から滑って、紙がおちた。ナルちゃんが素早く拾って、橘子にわたしてくれた。橘子はお礼を言って、今度は確実に郵便受けの中に入れた。

「お待たせして御免ね」

橘子はそう言うと、「ナルちゃんも御用で来たのに残念ね」と少女に声をかけた。

「ううん。あたし、通りがかりに、おにいちゃんのアパートの前でわかいおんなのひとが立ち止まっているのを見て、上がってきただけですから」

少女が説明した。

「あ、そうだったの」

橘子は少女がどういう事情で清躬のアパートにきたのかわかって得心した。それにしても、清躬のアパートを訪ねてきた人間がいるのを見てわざわざやってくる程に、少女は清躬と親しいのだろうか？

「ナルちゃんは清躬くんのところ、よく来るの？」

今度は橘子から尋ねた。

『きよみくん』て言うんだ」

少女はにこにこして言った。

「え、だって、小学校時代の――」

「すごく仲がよかったんですね」

「えっ？」

清躬との関係をきかれているようで、一瞬言葉に詰まった。

「でも、実際は小学校六年生までしか一緒にいなかったのよ、私たち」

「それでも、今でも『くん』でよばれるんだもの。それにおねえさんの顔見てたら、本当になかよしだったんだとおもう」

「ナルちゃんて、なんでもわかってるのね」

少女はにこっとしながら特に返事をしなかったが、橘子は的を射た少女の返答に感心した。橘子は少女からもっと話をききたいとおもった。

「ナルちゃん、おねえさんとお話しする時間、あるかしら？　ちょっとの時間でいいんだけど」

橘子は言った。

少女が清躬とどういうかかわりを持っているのか、どうしても気になるところだ。清躬について少しでも情報をおさえておきたいと橘子はおもった。少女自身、人なつこさもあるし、とても好感が持てるので、気楽に話ができそうな気がした。

「おにいちゃんのことききたいんでしょ？　うん、大丈夫よ」

少女は気持ちよく応諾した。橘子は少女からいろんな話がきけると期待に心がおどった。

「じゃあ、ちょっと行きましょう」

橘子が合図すると、少女がうなづいた。


二人はとりあえず一階までおりた。前の公園にベンチがあり、空いているのが目にとまったので、まず自動販売機で二人の飲み物を買ってから、そのベンチにおちついた。

橘子はきのうデパートで清躬への手土産《てみやげ》に買ったチョコレートの焼き菓子の包装を解き、箱を開いて「どうぞ」と少女に差し出した。少女はすぐに手を出さなかった。「チョコレートは苦手？」ときけば、にこっとして首を振るので、橘子は一個つまんで、少女に持たせた。

「遠慮は駄目よ。一緒に食べたいんだから」

橘子は自分の分を一つとって包みを開け、口に運ぶと、眼で少女を促した。ナルちゃんもお礼を言っておなじようにした。「とってもおいしいです」とちゃんと感想を述べるのもきちんとしている。でも、小さな口で食べる様子はとてもかわいらしい。

「あらためて自己紹介するわね。私、檍原橘子。この春短大を出て、就職したばかりの二十歳」

「あたしは小稲羽鳴海です」

「小稲羽さんが苗字？」

「はい。小学校四年生になったところで、九歳です」

「まだ九歳！」

そんな年格好《としかっこう》だろうとはおもっていたけど、あらためて九歳ときくと、まだ随分小さいのに本当にしっかりしているなあと橘子は感心した。

それから橘子は、まず自分から自己紹介の続きをし、そこで、自分の出身と、小学校時代の一時期に清躬が隣に住んでいて、とてもなかよしだった話をした。

「考えてみると、その時ナルちゃんはまだ一歳だったんだ」

ナルちゃんはこくりとうなづいた。

「ナルちゃんには大昔の話よね」

「あたしの歴史がまだ始まったのとあまりかわらないですね」

「歴史なんて、よくそんな言葉知ってるわね」

橘子は感心したように言った。

「て言うか、自分について歴史という言葉を使うなんて、おねえさんおどろいたわ」

「むかしって言うんだもの、歴史じゃないんですか？」

「そのとおりよ。私の歴史で言っても、半分近いわ。でもそれくらい昔話でも、私の心のなかではそんなに昔って感じがしないの。だけど、やっぱりそれだけ月日が経ってるんだなあっておもうとちょっと怖い」

少女の年とほぼおなじとおもうと、本当に長い月日だとおもいしらされる。

「清躬くんとは実は高校生の時に一度顔をあわせたことがあるんだけど、その時は短い挨拶だけに終わってしまってまともに話をしていないの。だから、私にとってはきのうのことのようでも、清躬くんがどう感じているか、ちゃんと歓迎してもらえるか、ちょっとどきどきなの」

「おにいちゃんはいい人だし、なかよしだったおねえさんと会えばうれしいとおもう」

「そう？　そう言われると、ほっとする。ありがとう」

正直そうおもうが、十歳にもならない少女の言葉からなに安心を得ているのだろうとも感じる。

「ナルちゃんて、清躬くんとはどうやってしりあったの？」

「初め、おにいちゃんはおねえちゃんたちのお友達で、それからあたしがなかよくなったの」

「ナルちゃんにはおねえさんがいるのね？」

新しい人物の登場は橘子の興味を惹《ひ》いた。

「うん。とっても大好きよ」

少女が声を弾ませるように言った。

「おねえちゃんたちって言ったけど、ナルちゃんは三人姉妹《きょうだい》？」

「ううん」

少女は首を振った。

「じゃあ、もっと？」

「ううん」

また首を振る。

「ナルの本当のおねえちゃんは一人だけ。だから、二人きょうだい」

「本当のおねえちゃん？」

修飾語をつけた意味が不明で、橘子はききかえした。

「御免なさい。おねえちゃんの一人は本当のきょうだいじゃないんだけど、あたしにはおねえちゃんなの」

「もう一人のおねえちゃんも仲のよいおねえさんなのね？」

いくら仲がよいといっても、血がつながっている本当の姉と特に区別しないで一括《くく》りにおねえちゃんと呼んでいる意味がそれでもはっきりしないが、鷹揚《おうよう》な少女はそういう区別に頓着しないのかもしれない。

「おねえちゃんたち、ずっと一緒にくらしていて、ふたごみたいに仲いいの」

「ふたごみたいに」

感じはつかめるが、血がつながらないおねえさんのことがもう一つわからない。

「おかし、もう一個いいですか？」

話の続きをどのようにきこうか考えていたところ、ナルちゃんが言った。

「一個と言わず、もっと食べていいのよ。サイズも小さいから、おなかの負担にはならないとおもうわ」

遠慮がちの少女に気をつかわせまいと、一個を少女にわたしてから、「おねえさんも食べちゃおう」と自分も一個とって口に放り込んだ。

お菓子を口に入れている間、ナルちゃんのおねえちゃんたちが清躬と親しくなった経緯《いきさつ》と、ナルちゃんを含めて今はどのように交流しているのかをどうやってきいていこうか、橘子は考えていた。唯、本当のおねえちゃんではないもう一人のおねえちゃんのことは事情がありそうで、ききにくい。本当のおねえちゃんと清躬との関係に焦点を当てて話をきければいいだろう。

「お菓子ね、まだ数があるから、遠慮なくつまんでちょうだいね。食べてもらえるほうがおねえさんもうれしいの」

橘子はお茶を一口飲んで、少女にそう言った。

「おねえちゃんたちのことはちゃんと説明しないとわかりにくいとおもうので、ちょっと説明しますけど、いいですか？」

「え、ええ、勿論いい、と言うか、是非おねがいしたいけど」

橘子がききたかったことを少女のほうから説明すると言う。なんて察しがいいんだろう。自分からそう言ってくれるのはありがたい。

「あの、おにいちゃんの話は少しあとになりますけど、いいですか？」

「ええ、御丁寧にありがとう。大丈夫よ、おねえちゃんのお話が先で」

少女の気のまわりように感心しながら、橘子は答えた。

「あたし、おねえちゃんたちとはずっと別々にくらしていて、実際に会ったのも、こないだの二月なの」

「別々にくらしてた？」

橘子は軽いおどろきの声をあげた。

「ええ」

「ということは？」

「あたしが生まれる前に、本当のおねえちゃんはお金持ちのおじさんのところでくらすことになって、そこでもう一人のおねえちゃんと一緒になったの」

「えーと、御免なさい、まちがって理解しちゃいけないとおもうからくりかえしてみるけど、ナルちゃんとおねえさんとは別々に住んでいて、本当のおねえさんともう一人のおねえさんはずっと一緒にお金持ちのおうちでくらしてきたのね？」

「ええ、そう」

「ちょっときいていいかしら。もう一人のおねえちゃんはそのお金持ちのところのお嬢さんなの？」

橘子の問いにナルちゃんは首を振って「いいえ」と答えた。単純にそう考えて確認したつもりの橘子には意外だった。

「お金持ちのおじさんにはお子さんはいないってきいてる」

「ふうん。でも、二人のおねえさんたちはそのお金持ちのおじさんのところでくらしていて、そこで清躬くんとなかよくなった？」

橘子は一つの仮定をおいて、少女にきいてみた。

「ええ。おにいちゃん、おねえちゃんの絵をかきにきてたの」

「えっ？　おねえちゃんの絵？」

いきなりストレートに的に中《あた》った感じで、橘子はおどろいた。

「クリオちゃんの絵。血がつながってないおねえちゃん。私の本当のおねえちゃんはカリスちゃん」

少女は名前まで教えてくれた。

「今、清躬くんがそのおねえさんの絵を描きにきてた、お金持ちのおじさんのところに、ときいたけど」

「クリオちゃん、とってもとってもきれいだから、お金持ちのおじさんがおにいちゃんにおねえさんの絵をかいてくださいってたのまれたの」

橘子が質問の続きを考えている途中で、少女が答えた。

「え、じゃあ――」

まさか、と橘子はあることが頭をよぎった。紀理子が話していた清躬の『美しいことにかかわる絵の仕事』というのは、このことじゃないのかしら。

「そのおねえさん、年齢はいくつくらいなの？」

少女が九歳なら、血がつながったおねえさんは小学校高学年か中学生くらい。その子と孿《ふたご》みたいというもう一人のおねえさん――清躬が絵を描いているという子もおなじくらいとしたら、いくらきれいといっても幼すぎる気はするけれども。だけど、確認してみないと。

「クリオちゃんのお歳はきいたことないけど、カリスちゃんとおなじだったら、十五歳くらい」

「十五歳か」

ちょっと歳の離れたおねえさんだ。十五歳。少し微妙だが、もう子供ではない。高校生になるところだから、おとなもびっくりするくらい顔立ちが整った美少女がいても不思議ではない。和華子さんに匹敵するまでの美少女かどうかはともかく、紀理子さんが言っていた『美しいことにかかわる絵の仕事』というのは、このクリオちゃんのことなのはまちがいない。そして、清躬はお金持ちのおじさんのところに行っていたのだ。秘密がどうこうと怪しい感じで紀理子さんは言っていたが、ナルちゃんでも知っていることだったら、なにも隠微でも怪しくもない。それも、清躬がはっきり言わないでいただけ。それも、あのひとが気をまわしすぎるいんだろうけど。

それがわかっただけでも、ナルちゃんと会った意味がある。

「あのね、おにいちゃん、あたしたち家族の絵をかいてくれたよ」

ナルちゃんがうれしそうに言った。

「家族の絵？」

「うん。おねえちゃん二人と、おかあさんとナルの四人がそろった絵」

「あら？　おんなだけ？　おとうさんはなかまはずれ？」

橘子はそう言いながら、この女性たちのなかに男のひとは入りづらいだろうと感じた。

「おとうさんはいないの」

橘子の疑問に少女は即座に答えた。

「えっ？」

「ナルが生まれた時からいない」

少女は淡々と答えた。

ややこしいことをきいてしまった。生まれた時からおねえさんがよその家に行っていたという話にくわえて、おとうさんもいないなんて。ひょっとして、おかあさんはシングル・マザー？　でも、おねえちゃんがいるのだから、離別なのか、死別なのか。ともかくも問題は複雑で、子供と話す事柄ではない。「え、ええ」と受けるのが精々だった。家族関係の話をきくのは避けるようにしなければならない。

「あ、ナルちゃんもモデルなのね」

とまどうばかりでは沈黙してしまうので、橘子はおもいついたことを口に出して、話を続けた。

「みんなモデルよ」

「そうね、みんなモデルね。素晴らしいわ」

少女が言ったとおりに言いなおす。

「お金持ちのおじさんが、ナルちゃんの家族みんなの絵を描いてもらうよう、清躬くんに頼んでくれたの？」

「ううん。あたしがおにいちゃんにおねがいしたの」

「ナルちゃんが？」

「そう。だって、クリオちゃんも入った家族写真がとれないんだもの」

「どうして撮れないの？」

「クリオちゃん、写真にうつらないんだもん」

「写らない？」

「光でまっしろになるんですって。クリオちゃん、きれいすぎて、かがやきがまぶしいくらいだから、きっとそうなるの、わかる」

少女の言葉をきいて、橘子はおどろいた。和華子さんに当てはまる表現だ。和華子さんは写真に写られたが、でも、眼を開いておられたら、あのようには撮れなかったかもしれない。

「だから、おじさん、おにいちゃんに絵をたのまれたのよ。クリオちゃんもいっしょの家族写真がとれないから、ナルも、おにいちゃんにかいてって、おねがいした」

「清躬くんて、すごい絵が上手なのね」

和華子さんを描けるのだから、まちがいない。

「あ、そうそう、清躬くん本人のことをもうちょっと教えてもらわなくちゃ」

折角の機会だから、情報を入手しておこうとおもった。

「清躬くんに会うの久しぶりだから、会った時びっくりしたらいけないからきくんだけど、清躬くんのからだって、どんな感じ？　例えば、大きいとか、背が高いとか」

「うーん、おとなだから。男のひとだし」

空振《からぶ》りした。子供のナルちゃんにはおとなの男のひとはみんな大きく見えるだろうから、適切な質問でなかった。

「あ、そうよね。御尤《ごもっと》もだわ。じゃあ、やせてる？　がっしりしてる？」

「裸見たことないから。おすもうさんのようじゃないっていうのは言えるけど。おねえさん、そういうのって気になるの？」

少女からまたかわされた。逆にききかえされて、橘子はまた違う意味で恥ずかしくなった。

「えっ？　いえ、やせてても太ってても普通でも、気になることはないわ。でも、久しぶりに会おうとするのに、昔とあんまり感じが違っているとしたら、とってもとまどってしまうじゃない。だから、会う前にちょっと情報を仕入れておきたいとおもって。或る程度きいていたら、安心じゃない」

橘子は補足する必要があるとおもって、説明しなおした。

「本当？」

「えっ、本当って？」

橘子はおもわず声が上擦《うわず》った。上擦る自分の声をきいて、心も上《うわ》ついている自覚を持った。

「だって、そんなのだけで本当に昔と感じがかわらないかわかんないんじゃないかなっておもう」

「え、それは――」

少女の突っ込みに橘子は二の句が継げない。

「おねえさんが太っている人にはとてもアレルギーがあって、それだけは確認しておかないというなら話は別だけど」

「あ、ああ」

なおも少女が押してくるので、橘子は白旗を揚げそうになった。

「おねえさん、かわいい」

少女が燥《はしゃ》ぐように言った。

「もうなによ、ナルちゃんたら」

まるで少女に手玉に取られているような心持ちで、橘子は不平を鳴らした。でも、憎くはならない。少女はかわいらしい。自分がだらしないだけだ。

「おにいちゃん、本当にいいひとよ。やさしくて、親切。おねえさんの言ってたこと、そのままよ。それから、おひげもはやしてないわよ」

「おひげ?」

「おひげがあったら、子供の時と感じがかわるでしょ。でも、おにいちゃんにおひげはないのよ」

「あ、そうか。おひげがあったら、印象が全然かわるわね」

今の特徴を知るとしたら、髭《ひげ》のあるなしや髪型などでおおきくかわるのだということにおもいあたった。確認すべきなのはそういうことだったかもしれない。絵を描いたりデザインしたり、藝術系《げいじゅつけい》のひとには髭があったり髪を伸ばしていたりするひとがおおかったりするから、そうした風貌になっていないか確かめることがあってもよかったのだ。これも少女に教えられている。紀理子さんからスマホで清躬の写真を既に見せてもらっているので、それらの特徴はもとから除外してしまっていた。

「おにいちゃん、そんなかわったこととか目立つことはしないひとだとおもう。きっと、おねえさんがおぼえてるおにいちゃんとそんなにかわらないとおもうわ」

「え、もう、なに、ナルちゃん、なんでもわかったふうに言って」

「だって、おにいちゃん、子供の時とあまりかわらないひとというのがわかるもの。たいていのおとなのひとは子供とちがっているけど、おにいちゃんはそんなことないの」

少女は的確に観察し、的確に伝えているようにおもった。橘子は清躬の写真でかれが昔と印象がかわっていないのを知ったが、少女の話をきいて、人柄や性質もかわっていないのを知り、うれしく感じた。

「昔とかわらないのね。ああ、とってもいいことをきいたわ。ありがとう、ナルちゃん。早く会いたくなってくる」

橘子はわくわくするおもいで言った。

「お手紙入れたから、つぎの約束だいじょうぶですよね」

「え、ええ。きっと清躬くん、連絡くれるだろうし、つぎの土曜か日曜に会うことができるとおもう。本当に楽しみ」

「おねえさん、うれしそう。おにいちゃんもきっとうれしいにちがいないわ、おねえさんと会えたら」

「もう、ナルちゃん」

なんでも少女は見透《みす》かしているようで、橘子は少し恥ずかしかった。

話はもう切り上げてもいいかとおもったが、実際に清躬に会う時のことを考えると、顔の痣のことがやっぱり気にかかる。万事《ばんじ》素直に話してくれる少女だから、前もってはっきりきいておいたほうがいい。

「あ、あの、実はちょっと気になることをね、きいてるんだけど、なんか清躬くん、最近、事故かなんかに遭《あ》って、顔に痣みたいなのができちゃったとか。それって、本当？」

橘子はききながら、内心どきどきした。

「うん、おにいちゃんのお顔にあざがあるのは本当よ」

少女はあっさり証言した。あまりにあっさり肯定するので、橘子は非常に落膽した。紀理子さんにきいてから二ヵ月程経過するのに、まだなおっていないのか。

「痣はどんな状態なのかしら？」

「どんな状態って、なんて言えばいいのかな。あたしが初めて会った時から、おにいちゃんの顔にあざはあったから」

ナルちゃんは事もなげに言う。

「でも、その時からだいぶなおってきてるんでしょ？」

「そんなにかわらないかな」

「かわらないって、駄目じゃない。お医者さんにも行ってるんでしょ？」

「お医者さんのことはしらないけど、痛いことはないって言うし、おにいちゃん気にしてないし」

「気にしてないといっても――。おねえちゃんたちも心配してるでしょ、おねえちゃんたちのほうが清躬くんとながくなかよしなんだから」

「おねえちゃんたち、眼が見えないから、あざの様子はわからないわ」

「え、眼が見えないって？　まさか二人とも？」

「ええ、そうなの。だから、おねえちゃんたちはとってもきれいなのに、自分のお顔を見られたことがないの。あの、言いそびれていたけど、クリオちゃんだけでなく、カリスちゃんもとってもとってもきれいなおねえちゃんよ。お写真にはうつるけど」

少女はまた気にならないわけにゆかない話を持ち出した。なんということだろう、少女たちにそんな障害があるなんて。これ以上大變《たいへん》な情報は受けとれない。頭がパニックになる。

橘子は時計を見た。もう潮時だ。

「清躬くんに今度会ったら、痣のことどんなぐあいかきいてみる。勿論、あまり大層にはしないようにあっさり尋ねようとおもうけど——あ、長い時間、御免ね。それじゃあ、また今度にしようか」

「はい」

橘子が打ち切ろうとしているのに少女は素直に応じた。

「ナルちゃんには予定外で寄り道させちゃって申しわけなかったわ。御用事とか大丈夫だったかしら」

「いいえ。だいじょうぶです。それより、ナル、おにいちゃんのなかよしのひとに会えてうれしかった」

「そう？　私もナルちゃんとお話ができて、とても楽しかったわ。きょうつきあってくれて、本当にありがとう」

「こちらこそありがとうございました」

少女は礼儀正しくお辞儀をした。

「おねえさん、きょう会ったこと、おにいちゃんにはだまってましょうか？」

「えっ？　どうして？」

少女がわざわざそんなことを言ってくる意図が橘子にはにわかにつかめなかった。

「だって、そのほうが新鮮じゃない？　おにいちゃんと最初にお話しする時に、あたしの話がまじってないほうがたくさんお話しできるでしょ？」

「え、ナルちゃん、そんなことまで考えてくれてんの？」

橘子は感心しながら言った。いろいろ話をしていると、私のおとなの立場がなくなりそうだ。でも、嫌味のない子だ。

「おねえさんがおにいちゃんと会った時、きょうあたしと話したことを言ってくれたらいいとおもう。そしたら、おにいちゃんからもあたしにおねえさんのこと話してくれる。その順番がいい、きっと」

「そう？　じゃ、そうしようかな。それじゃあ、行こうか」

橘子は立ち上がった。少女も応じて、最後に「お菓子ごちそうさまでした」と御礼を言うことをわすれない。

お互いの方角を確かめあい、双方「バイバイ」と言って、手を振りあった。にこにこしながら歩き出す少女の様子がかわいかった。その笑顔の反射を受けたように、橘子も顔が綻《ほころ》んだ。

8　ぼくたちはもう　おとなになったんだ

月曜日以降、橘子《きっこ》は清躬《きよみ》からの連絡を楽しみに待った。

ナルちゃんに対しても言ったように、清躬からかならず連絡をくれるものと確信していた。紀理子《きりこ》がいなくなって一人閉じ籠《こ》もった生活をしているかとおもったが、ちゃんとナルちゃんらと友達になっているから、自分から行動を起こすこともできると感じた。

しかし、水曜日を迎えてもまだ連絡がないと、橘子も気持ちが焦《あせ》った。東京にやってきて、入社日まで迎えたのに、紀理子から一向にメールが飛んでこないのと似たような焦りをおぼえた。紀理子にはメールを出しにくい事情があったようだが、清躬はどうしたんだろう。まさか自分のことをなつかしんでくれてないことはないだろう。清躬は、頭のいいナルちゃんからも慕《した》われる、昔とかわらない好青年になっているはずなのに。

考えられることは、清躬がパソコンも携帯電話も持っていないことか。それではメールはかえせない。いや、一人で仕事をしているのだから、携帯電話かスマホくらいないとやっていけないのではないか。それに、電話くらいはできるはず。なぜしてくれないのだろう。

もう暫《しばら》く辛抱強く待たないといけないだろうか。久しぶりすぎて、なんと話していいか、本人もとまどっているかもしれない。それでも来なかったら、もう一度日曜日に訪ねてみよう。また留守《るす》だったら、ナルちゃんのところを訪ねて、清躬くんの様子をきき、伝言を言付《ことづ》けよう。マンションはどこかわかったのだから、お宅はすぐ見つかるはずだ。

次の日、仕事を終えて寮にかえると、寮監さんの奥さんが橘子を呼びとめて言った。

「きょう、キヨミという男のひとから電話がありましたよ。ここに電話ください、ですって」

一緒にわたされたメモには、携帯電話の番号が書いてあった。

終《つい》に、きた！

橘子は早速礼を述べて、部屋まで小走りして駆け込んだ。とりあえずベッドに腰をおろしてみると、ここまで胸が弾《はず》むものかとおもうほど心がわきたっている自分におどろいた。そわそわしておちつかなかった。

早く電話したいとおもうが、寮の電話ではぐあいがわるい。誰かが傍《そば》を通る。心の儘《まま》に話したいとおもうのに、電話しながら始終周囲に気をまわしていないといけない。とてもおちついて電話できるどころではない。橘子は、やっぱり携帯電話が必要だわとおもう。清躬くんでも携帯電話なんだから。実は、橘子は緋之川さんから携帯電話を持つよう盛んに奨《すす》められ、ショップにもつきあってあげるよと言われており、もう暫く様子を見てからと固辞していたのだが、明日にでも相談してみよう。

　ともかく橘子は着がえをしてから、一度寮を出て自転車で駅に向かった。公衆電話は駅しかおもいつかなかったからだ。呼吸を整えた上で、テレフォンカードを入れてメモの番号にダイヤルすると、生憎《あいにく》留守番電話になっていた。録音に吹き込むのは苦手だったが、ここは避けて通るわけにはゆかなかった。

「あ、あのう、橘子、檍原《あわきはら》、橘子です。あ、きょう、えーと、電話くれて、ありがとう。……久しぶり。あ、久しぶりに、清躬くんとお話しできるんだとおもうと、うれしくって。本当に、ありがとう。……あ、あの、私、携帯まだ持ってないんで、わるいけどまた寮のほうに電話かけてくれますか。きょうはずっといますから。えーと、もし、きょう駄目だったら、明日、夜七時以降でおねがいします。電話かけさせて御免ね。じゃあ、おねがいね。電話、楽しみに待ってます。バイバイ」

　電話し終わって、橘子はふうと大きく溜息《ためいき》をついた。そして、そのまま寮に直行した。

　奥さんが「電話よ」と呼んでくれたのは、九時を少しまわった時間だった。受話器を受け取る時に、「キヨミさんから」と言われた。

——あ、橘子です、あ、檍原橘子です。

——はい、橘子さん？

　応答があった。橘子はとてもうれしかった。あ、清躬くん。清躬くんと話ができてる。

——清躬です。久しぶり。

　清躬の声だ。電話をとおしてだけど、清躬の生の声だ。

——清躬くん——清躬くん。

　橘子はなつかしさに相手の名前をくりかえした。

——久しぶり。本当に、久しぶりね。

——橘子さん、東京に出てきたんだね。

——うん。出てきたわ。東京の会社に就職したから。

——就職か。

清躬が「か」という言葉をつけて反復した。その語尾に橘子はちょっと反応が止まった。

――何年ぶりかな、ぼくたち？

――そうねえ、もう四年、ううん、五年近くになるわ。高校一年生の時だったから。

橘子はおもいかえして言った。

――あ、でも、あの時はちょっと会って、ちょっと話しただけだから、私のなかにある清躬くんは小学生の印象だわ。

――なんだ、酷《ひど》いなあ、小学生の印象だなんて。

――あ、御免なさい。

――ぼくはちゃんとおぼえてるよ、高校生の時会った橘子さんを。

清躬からの「橘子さん」という呼ばれ方に違和感を感じながらも、橘子は「え、本当？」と応じた。

――勿論《もちろん》。

清躬が即答した。

――本当に？　わあ、うれしいなあ。本当にうれしい。

本当におぼえてくれていることの喜び。橘子は率直に表現する。

――だって、小学校の頃のきみが高校生になって、本当に綺麗になっていたから。

えっ？　なに、清躬くん――

――綺麗に？　えっ？

――どうしたの、きこえなかった？

――え、そうじゃなく、清躬くんからまさかそんなこと、言われるとはおもってなかったから。

――そんなことって？

――私のこと――あ、もういい。あの、それより、清躬くん。

調子が合うような合わないような感じ。人がかわるのはしかたがないから、とおもうけど、だけど、どうしてもひっかかるのは――。

――なに？

――あの、さっきから私のこと、橘子さんて『さん』づけしてるけど、なんか――

――他人行儀みたいにきこえる？

――うん、そう。そりゃ時間経《た》ってるから、昔のように呼びにくいかもしれないけど。

――ぼくもそうおもったんだけど、やっぱり会ってない時間がながいんだもの、いくら幼馴染《おさななじみ》でもあまり気楽な呼び方はしにくいよ。

――そりゃそうかもしれないけど、でも、昔のように、橘子ちゃんて言ってくれたほうがいいな。

橘子ははっきり要請した。何度も呼ばれる呼び名だから、そこだけは昔のようであってほしい。

——じゃあ、橘子ちゃん。

——ありがとう。

清躬がちゃんと応じてくれて、橘子はうれしかった。

——橘子ちゃんはぼくに対してはきっと昔とかわらないね。

——そうおもう？

——そうおもうもなにも、小学生の印象だってぼくのこと言ったからね。

——あ、でも、謝ったじゃない。

——わるいわけじゃないさ。それだけ小学生の時が——

——本当よ。あの時って、私にとって今までで一番……

橘子は言いかけて、胸に詰まった。心のなかにあることを言いきると、わきあがる感情が沸騰《ふっとう》する勢いになるような気がして、話を少しきりかえた。

——ああ、でも、あれから八年も経ったなんて信じられない。

——いや、九年だ、年度で言えば。物心《ものごころ》ついてからの人生だとその半分が過ぎ去った。

——わあ、そんなこと言わないで。物凄《ものすご》い昔のようにきこえるじゃない。

——もう昔になっちゃったんだ。でも、想い出としてはきのうのことのよう。

——不思議ね。どうしてなのかしら。短大に入った頃や高校生の時にくらべても、小学校の時の日常の方が心に残っている感じがする。清躬くんが傍にいたからかな。

——そう言ってもらえると、ぼくもうれしい。

二人でおなじ感情を共にできることの喜びをしみじみおもう。

——橘子ちゃん、これ、寮の電話なんでしょ？

——ええ、そう。

——寮の電話じゃ、あんまりゆっくり話できないでしょ。

——ええ、まあ、そうね。

——一度ゆっくり話をしたいな。

——会って？

——勿論。

橘子は期待をこめて尋ねた。

期待どおりの返答だった。

――橘子ちゃんの顔も見たいし。

――そりゃ、私も。

橘子も声を弾ませる。

――唯、今のぼくの顔は小学校の頃のぼくの顔じゃないからね。会った時、あらっ、とか言わないでよ。

――言うわけないでしょ。

そう言いながら、橘子はどきっとした。清躬は痣《あざ》のことを言っているのではないか。でも、今その話はできない。

――でも、高一の時に会ってるし。唯、あの時はお互い照れて、あんまり会話できなかったわね。高校生っていってもまだ――

まともに会話できなかったのは、橘子には苦い想い出だ。

――そういう年頃なんだよ。きっかけがつくれない。はっきり言えばいいのに、おもうことを口に出せないんだ。

――小学校の頃は違ったのにね。

――そりゃ、子供だから。

――でも、子供でも清躬くんはおちつきがあったわ。小学校五年生でも子供子供してなくて、私からしたら、ちょっとおとなびたというか。

自分は子供でも、清躬は違った。

――そう？

――ええ。あの時は私のほうが背が高かったから、からだでは私のほうがおとなに近かったかもしれないけれども、頭や心は――

――でも、子供は子供さ。お互いにね。

――まあね。でも、あの頃がなつかしい。お隣どうしで毎日のように夜ベランダに出て、なかよくお話ししあったわね。またあの頃に戻れたらいいなあとおもう。

なつかしいあの時代におもいを馳《は》せれば、記憶はついこの前のことのように鮮明に蘇《よみがえ》る。

――うん、でもね、それはもう想い出の世界さ。

――想い出の世界？

――今生きてるぼくたちの世界じゃないってこと。

――それはそうだけど――

なぜか清躬はあの時の記憶にかえってくれないようだ。

――想い出の世界はね、或《あ》る意味不滅だよ。瞼《まぶた》を閉じて静かにしていれば、いつでも蘇ってくる。脳のなかにそういう部屋があって、扉を開けるといつでも中に入れる。

——部屋？

——そうだね、想い出ごとに部屋になってるんだ。そして、小学校の頃のぼくたちの想い出の世界は、幾つもある想い出の世界のなかでも一番部屋が広くて、豊かなんだ。

——清躬くんにとっても、そう？

——そうだよ。想い出の部屋は、それがどれだけ豊かで広くても、閉じた部屋だから、いつまでもそこにいられるわけじゃない。映画がどれだけ素敵だろうと、一定の時間が経てば、スクリーンはきえる。観客は映画館から出ないといけない。一生そこでくらすなんてことはできない。想い出の部屋もおなじだよ。何回でもくりかえし入れるけれども、そこは生活の場じゃないし、新たな創造もない。充分なつかしがったら、出口が用意されてる。

——清躬くんってイメージが豊かね。

素敵だなとおもうと同時に、難しいことばかり言うことにも感心する。

——そうおもった？

——今の話きくと、誰でもおもうわ。絵画的な説明で。あ、清躬くん、絵を描いてるんでしょ？　やっぱり違うわ。

——きいてるんだ。

橘子は、はっとした。ちょっと反応できず、間があいた。

——紀理子さんからきいたんだろ？

——え、ええ。

橘子は言葉を濁すような感じで肯定した。

——いいよ、気にしないでも。

——あっ、でも——

——紀理子さんの名前はタブーじゃない。唯、なるべく話題にしないでほしいけど。

——わかったわ。

一方的にわかれられたのだから、当然だ。もっと気をつかわなくては。

——で、もう一度言うけど、想い出の世界は、そこでどれだけとどまっていたいとおもっても、いつか終了時間が来て、出口を出ないといけない。そして、ぼくたちはもうおとなになったんだ。昔のことをふりかえるのはそこそこにして、今の自分たちのことにもっとしっかり気持ちを向けていかないといけない。

——そうね。そうよね。清躬くんも今は仕事持ってるし、私だって社会人になった。

——それに、東京でくらしはじめた。

——ええ。

——ぼくにとって橘子ちゃんは小学校時代の大事な友達だったけれども、今のぼくにとっても大切な友達にしたい。

——私も清躬くんのことそうおもってるわ。おとなどうしでも大事なお友達でいたい、いてほしい。

橘子は熱をこめて言った。

——だったら、本当に一度会って、ゆっくり話をしよう。さっきも言ったけど。

——私からもおねがいしたいわ。

——今度土曜日とか空《あ》いてる？

——土曜日？

緋之川さんとの約束を入れてしまった。

——あ、土曜日は——ちょっと予定が。

——誰かと？

——えっ？　あ、ああ、ちょっと先輩が東京案内してあげるからって。

突っ込まれて、橘子はどきっとしたが、素直に答えた。

——先輩？

——あの、会社の。

——親切だね。きみだけ？

——えっ？

——一対一か。

——え、なに、だって、職場に新人、私だけだもん。おかしい？

——ううん。

答えながら、顔が火照《ほて》ってくるのをおぼえる。もうこれ以上押してくるのは止《よ》して、と橘子はねがった。

——なんか、清躬くんがそんな言い方するなんて意外。

——そんな言い方って、なに？

——清躬くん口下手《くちべた》で、もっと素《そ》っ気《け》なくしか言わないのかとおもってたから。意外に細かく突っ込んでくるんだなあとおもって。

——そりゃ昔と違うよ。ぼくもおとなだし、いろいろ経験してきているんだから。

——そうよね。御免。別にそれがわるいって言ってるんじゃないからね。

かわって当たり前なんだ。子供時代から遠くなっているようで残念だけど、しかたがないことだ。

——わかってる。橘子ちゃんの言うこと、誤解はしないよ。

——ありがとう。

——あ、ぼくからも、ありがとうって言わなくちゃいけないことがある。

清躬があらたまるように言った。

——え、なに？

——本当は一番初めに言っておくべきことだったんだけど、橘子ちゃんが就職で東京にきて、わざわざぼくを訪ねてくれたことがとってもありがたかったんだ。

——え、だって、会いたかったんだもの。

——紀理子さんがきみに会って、ぼくの住所も教えてたことは知ってたんだけど、でも本当に橘子ちゃんが訪ねてくれるなんて——本当に、橘子ちゃんのメモを見た時凄く感激したよ。

——そんなに言ってもらえると、私もとってもうれしい。でも、紀理子さんからちゃんときいてたんだね、私のこと。

やっぱり紀理子さんも友達甲斐《がい》のある優しいひとだったんだ。紀理子さんが伝えてくれたおかげで、自分の突然の訪問も安心して受け容《い》れられる心づもりが清躬にできたのだ。それはありがたかった。

——きいた時はびっくりしたけどね。まさか紀理子さんが橘子ちゃんと会ったなんて。

——そりゃびっくりよね。私だって清躬くんの戀《こい》び——

橘子は自分が言いかけた言葉にはっとして、言い止めた。

——もう終わってるからいいんだ。

いいんだ、と言われると、余計申しわけない気になる。

——御免なさい。

——気にすることないよ。橘子ちゃんは関係ないんだから。

——でも……

戀が終わる。戀人とわかれる。橘子には経験はないが、どれだけ心が痛いことか、察すると辛い。

——それより会う日をきめたい。日曜日はいけるの？

橘子が重い気持ちを引き摺《ず》る前に、清躬が話をかえた。

——ええ、日曜日は大丈夫よ。全然なにもない。一日ＯＫ。

——そう。じゃあ、日曜日にしよう。

——うん、是非。

橘子は心のうちで快哉《かいさい》を叫ぶおもいだった。

——そしたら、私、また清躬くんの家訪ねるから、何時がいい？

──えっ、いきなり家に来るの？

それはないだろうという調子に、橘子のほうが意表をつかれた。

──え、でも、此間《こないだ》も──

──別に家に来てわるいわけじゃないんだけど、おとなになって初めて会うのにさ。

──おとなになって、て？

橘子は意味がわからなかった。

──だから、男どうしの友達ならいきなり家に来いよでもわるくはないだろうけど、おんなの子を最初から家に呼ぶっていうのは──

──気にする、私でも？

──そりゃ常識的に言って──

──私は全然いいのよ。だって、清躬くんだもん。

──それでも一回目はけじめをつけておこう。

なぜ駄目なんだろう。清躬の言う理屈はわからないでもなかった。潔癖だなと、あらためて清躬のことをおもう。

──わかるわ。だけど……

外で会うより家の中のほうが安心できる。

──だけど、なに？ そんなにぼくの家に来たいの？

──うーん、私だって男のひとが一人で住む家を訪ねるなんてしたことないから、いくら清躬くんのところでもどきどきするし、遠慮だってないわけじゃない。でも、気にしてるのはそういうことじゃなくて──

清躬くんのことが心配なの。

──なにさ？

なにが心配かというと、一人でくらしているし、紀理子さんとわかれた後だし、秘密を持っているようだし、それに──

──なに、どうしたの？

橘子が少し黙っていたので、清躬がくりかえし尋ねた。

──あの、清躬くんさ、紀理子さんからきいたんだけど、顔、大丈夫なの？

橘子はおもいきって言った。

──ああ、そのこと。

なんだ、という口調で清躬が反応する。

──そのこと、じゃないわよ。

──それなら心配いらない。

──心配いらないはずないわよ。どうしてそんなことになっちゃったのよ。

橘子はつっかかった。

——それはまた後のことにしよう。今ここでかんたんに話はできないよ。

——話してくれるの？

——話には順番がある。それを待ってくれたら。

——私は待つわ。ちゃんと話してもらえるなら、それでいい。

橘子は応諾した。

——でも、そのこと、紀理子さんには話せなかったんでしょう？

——紀理子さんか。紀理子さんの話もややこしいから、後でおねがいしたい。

——そうね。紀理子さんの話はやめましょう。かの女のことで清躬を責めたくはない。かれも被害者におもえるから。

——それはともかく、つぎに会う時間と場所をきめよう。

——わかった。

——じゃあ、今度の日曜日、待ち合わせの場所は＊＊駅の改札を出たところ、時間は昼の二時でいい？

——二時ね？

——本当はもっと早い時間でゆっくり話をしたいけど、ぼくは日曜日とかいっても休みと関係ないから、或《あ》る程度仕事もしとかないといけなくて。

そうきくと、暢気《のんき》な自分が申しわけない。

——清躬くん、お仕事あるもんね。邪魔してしまって御免ね。

——いや、いいよ。都合はつけられるんだから。

——短い時間でもいいの。会って、ちょっとでも話ができれば。本当、それくらいでいいんだから。できるだけ気をつかわないで頂戴ね。

橘子は気がねしつつもおねがいした。

——橘子ちゃんこそ気をつかいすぎないで。

——うん。

——で、橘子ちゃんはどんな格好で来るの？

——どんな格好って？

——だって、橘子ちゃんはぼくのこと紀理子さんから写真を見せてもらって承知しているんだろうけど、ぼくは五年ぶりなんだよ。きっとわかるとおもうんだけど、でももし人違いしたら、申しわけないし、安心して声をかけたいし。

——わかった。私の特徴を言えばいいのね？

——教えてもらえるとうれしい。たとえば、髪型は？

――あ、髪はまっすぐ伸ばしていて、肩より長くしているわ。

――染めてる？

――ううん。

――緑の黒髪だね？

――普通の黒髪よ。

――わかってるけど、誉《ほ》めて言ってるんだよ。

――誉めなくっていいわよ。でも、どうして黒髪なのに、緑の、っていう言い方するのかしら？

橘子は不思議におもって、疑問を口にした。

――緑の、というのは、新芽や新緑のように瑞々《みずみず》しいってことだよ。中国の詩に、『一夕《いっせき》　緑髪《りょくはつ》　秋霜《しゅうそう》と成る』とあって、春の新緑のようなつややかで瑞々しい髪が、一夜で秋の霜のようにまっ白になる、という表現があるようだよ。人生の春と秋の対比みたいな表現で、緑が使われているような感じだけど、中国の人も髪の毛の色は黒だから、緑髪はわかわかしくつややかな黒髪ってことになるだろうね。

――え、なに、すっごい物知りね、清躬くん。

――ぼく、絵を描くからさ、色の言葉の表現もくわしくなっているだけさ。

橘子は驚嘆しているのに、清躬はあっさりと言う。

――それにしても、凄いわ。

――でさ、その緑の黒髪に、リボンとかカチューシャしてるの？

――えっ、そんなのしないわ、もう社会人になったんだもの。

社会人になる、ならない、という話でなくても、橘子は髪にそういうものをしたことはほとんどなかった。ぶりっ子みたいに映るのも嫌《いや》だったし、もともとそういうことにあまり気をつかわない。

――眼鏡《めがね》は？

――してない。

――コンタクト？

――なにもしてない。眼はいいの。

――眼がいいのはいいね。

――清躬くんは？

――ぼくも、眼鏡もコンタクトも、なんのお世話にもなっていない。

――お互い、昔のままね。

――そうだね。橘子ちゃんはアクセサリーとかつけないの？

――うーん、あんまり関心なくて。

――おしゃれに？

——うん、そう。おしゃれして自分をかえるのに、少し抵抗があるというか——

——女性にしては珍しい考え方だね？

——そうかも。でも、私はそうなの。私、スマホとか携帯電話も持ってないし。そういう点でも、世の中からずれてるかもしれない。

そう言いながら、まわりの子はみんなかわっていくのに自分はいつまでもかわらない、おとなになりきれてなくて子供のままなのかな、と感じた。

——電話嫌いならともかく、スマホか携帯電話のどっちかは持ったほうがいいとおもうよ。ぼくとしても連絡がつけやすいし。

——うん。今まで田舎にいて狭い範囲の生活圏だったから不足を感じなかったけれども、私ももうそろそろ持ったほうがいいとおもってる。

——そうだね。持ったら、そっちの電話番号やアドレスも教えてね。

——それは勿論。

橘子は、緋之川さんに早速相談しようとおもった。

——あと、まさか体型はかわってないよね？

——残念ながら、がりがりのままよ。

——スリムとかスレンダーとか言えばいいのに。

清躬が諭《さと》してくれるが、きれいな言葉でかざっても実質はかわらないと橘子はおもう。

——スリムとかスレンダーとか、スタイルがいい言い方でしょ？　私、胸もないから、偉《えら》そうなこといえないの。

——随分過小評価するんだね、自分のこと。

——でも、本当にそうおもうもの。

——かりに胸がなくて中性的な感じでも、スタイルがいいひとは一杯いるよ。

——なんでもいいように言ってくれるのね、清躬くん。

ふと橘子は、「あ、そうだ。紀理子さん、私の写真撮《と》ってくれたわ」と言い、「まさかそれも見てないの？」ときいた。

——写真？　いや、見せてもらってない。

——え、なに？　なんで清躬くんに見せないんだろう。

橘子は呆れた。私と会ったことを清躬に報告する際、写真も見せるのが普通だろうに。なにかとても屈折したものを紀理子に感じて、そういうひとなのかとがっかりした。

——なんでだろうね。ま、いいや。橘子ちゃんのこと、きっとまちがえはしないよ。とは言いながら、あとどんな服装で来るかわかったら、ばっちりだよ。

――そう言われても、当日の気分でなに着ていくか、かわるわ。いくらおしゃれに気をつかわない私でも。

――でも、スカートかパンツかくらいは。

――普通はスカートだわ、私。運動目的以外はパンツは滅多に穿かない。

――わかった。それだけでも目当てはつけやすくなる。

どのスカートを穿いてゆこうか、頭のなかでクローゼットを見てみる。

――念のためにさ、出かける前に、こういう服装で行くからと、電話くれるとありがたいな。

――なあんだ。結局それをきくんだったら、絶対わかるじゃない。

――わかるに越したことないでしょ？　なんだったらいいよ、ぼくはわからないふりをしてるから、橘子ちゃんがぼくを当てれば。

――なによ、それ。だったら、清躬くんの服装も教えてよ。

――橘子ちゃんが教えないんだったら、ぼくも教えないよ。

――清躬くんて、そんなに意地悪だった？

――意地悪でもなんでもないよ。お相子《あいこ》なんだから。

――まあ、いいわ。

――じゃあ、日曜日に電話、待ってる。

――うん。

会話のやりとりで途中清躬にからかわれているような感じがしたが、結局、丸め込まれた感じだ。でも、話していて楽しかった。清躬がそれだけ会話を楽しめる人間になっているのはうれしいことだ。

――橘子ちゃん。

――え、なに？

なにかおもいついたように急に清躬が呼びかけたので、橘子はいい意味で少しどきっとした。

――やっぱりね、ぼくのアパートに来てくれたらいいよ、つぎの日曜日。

――え、いいの？

――だって、来たいんでしょ？

ストレートに「来たい」と表現されても、ちょっと恥ずかしい。

――あの、私、清躬くんの顔の痣のことが心配で。

――その痣があるから、ぼくが外に出るのが辛いとおもってるの？　なにもぼくは、それでコンプレックスを感じて一日中アパートに閉じ籠もっているわけじゃないよ。

——そりゃそうだとおもうけど。でも、なるべく——

——わかるよ、橘子ちゃんが気をつかってくれる気持ち。

——ええ。

——ぼく自身は本当に気にしないけれど、でも外で会う時に、橘子ちゃん自身がぼくの顔の痣のことでとても気をつかってしまうとしたら、おちついて話ができないことになっちゃうだろうね。それだったら、ぼくのアパートでのほうが気がねしなくていいとおもったんだ。

本心から言うと、かれの顔の痣の問題はなくても、橘子はやっぱり清躬のアパートで話をしたかった。お互いにもう二十歳を過ぎている男女になっているが、二人の関係は小学校六年生の頃とかわらない。清躬が自分をアパートに案内してくれることで、そのことが確認できるようにおもう。

——そうしてくれるといいな。絶対外のほうが気をつかってしまう。あ、なにも清躬くんの痣がというんじゃないわよ。それもちょっぴりあるけど、清躬くんが心配してないのに私のほうが気を揉《も》むというのは失礼だし。そういうことより、外だと他人行儀感が出て、ちょっと嫌なの。何年経っても、小学校の時のお隣どうしの間柄でいたいとおもう。

——ぼくもおなじ気持ちだよ。

——本当？

橘子は燥《はしゃ》ぐように叫んで、満面の笑《え》みになった。

——それじゃあ、時間はそのまま二時で、ぼくのアパートに来てもらうことに。

——わかった。とっても楽しみにしてる。あ、念のために言っとくけど、私をお客様扱いしないでね、絶対。

——勿論。じゃ、そろそろ。

——えっ、もう？

橘子はちょっと不意をつかれた気になり、なごりおしい気持ちで一杯になった。

——寮の電話で長電話はまずいでしょ。と言いながら、随分してしまっているけど。

——うん、まあ、そうなんだけど。

——日曜日にゆっくり話できればいいから。

——そうね。わかった。

——じゃ、日曜日、楽しみにしてる。

——私こそ。きょうは本当に電話ありがとう。どれだけ私がうれしかったか、わかるかしら。といって、その気持ちをおしつけるわけじゃないけど。

——わかってる。ぼくだって本当に楽しかったよ。じゃ、元気で。今度また。バイバイ。

——バイバイ。

清躬が通話を切っても、橘子は暫く受話器を持ったままでいた。バイバイと手を振ってわかれた後も、清躬の後ろ姿がまだ見えているうちは見送っているのとおなじように、もう見えなくなったとおもうところまで受話器を持っていた。そうして、充分余韻を味わって、橘子は受話器をおいた。そして、橘子は大きく息を吐いた。それは、駅の公衆電話で留守電に吹き込んだ後の溜息とはまるで違っていた。大きく息を吐いた後、橘子の口許《くちもと》には自然に笑みが広がった。

9　まどろむひと

橘子《きっこ》自身こんなに話し込むとはおもわなかった。清躬《きよみ》との間でこんなに楽に楽しく話ができるともおもっていなかった。なにより清躬自身がこんなにテンポよくすらすらと受け答えしてくれるとはおもってもみないことだった。まるで別人のようだ。

小学校の頃はまだ話してくれたが、それでも喋《しゃべ》る量は橘子のほうが圧倒的におおかったし、高一で会った時なんてほとんどまともなお喋りができなかった。紀理子《きりこ》からきいた話でも、かの女に非常に淋しいおもいをさせているようにうかがわれた。おとなになるほどに、清躬は一人閉じ籠もる傾向が強まっているかのように感じられた。

尤《もっと》も、紀理子の話については、今の橘子はかの女の被害妄想も強かったのではと疑いを持っている。最早《もはや》かの女には同情は持てないのだ。ひょっとして、二人の関係において被害者は清躬のほうだったのではないかしら。紀理子と一緒にいる間は、かの女から非常に束縛を受けていて、清躬にはかなりストレスがかかっていたかもしれない。だとすると、それがかの女とわかれることで解放されたのだ。今はのびのびできるようになって、きょうのような会話も自然にできた。私との間ではストレスを感じるわけはないし。はて、二人は本当に戀人《こいびと》どうしだったのだろうか。そういう疑問さえ生じる。

ともかく橘子としては、清躬が元気そうでなによりだった。自分のことをよくおぼえてくれていて、親しく話しかけてくれたのもうれしかった。こんなに気分が晴れ晴れして、うきうきするのを感じるのは滅多にないことだ。これまで離れ離れになっていた時間のあまりの長さと紀理子からきかされていた清躬の閉鎖的性格から臆病になっていた橘子だが、直接本人と話ができて、その懸念《けねん》はなくなった。日曜日に清躬と会って話ができるのが待ち遠しくてならなくなった。

翌日の金曜日、橘子は朝早速《さっそく》、緋之川《ひのかわ》さんに携帯電話を持つ決心をしたことを告げ、土曜日にショップにつきあってほしいとおねがいをした。緋之川さんは非常に喜んで快諾してくれた。心がわりの理由はきかれなかった。唯、緋之川さんは今時《いまどき》ガラケーはない、スマホにしなさいと強く推《お》した。けれども、橘子は普通の携帯電話で充分という考えにかわりなく、それでおしきった。

土曜日になった。初めは車で案内しようと緋之川さんから言われていたのだが、男のひとの車に一人で乗る経験はこれまでなかったし、この後も自分単独で出かけられるところがよかったので、橘子は電車で行けるところを希望した。緋之川さんも承知して、橘子の寮に近い駅で待ち合わせし、一番に携帯電話のショップに行った。だが、そこで本人確認書類が健康保険証だけでは不足していて、ほかに住民票が必要なことがわかった。橘子は運転免許証もパスポートも持っていなかった。緋之川さんは自分の調査不足をわびた。しかし、それは橘子自身も先輩を当てにして、自分でなにも準備していないのがわるいのだった。

それから夕方まで緋之川さんが東京を案内してくれた。

橘子はまだお上《のぼ》りさん気分があって、希望をきかれて一等最初に東京タワーを挙げた。先端的な東京スカイツリーより年季を経ている東京タワーのほうが、橘子には東京のイメージだった。その後は緋之川さんに時間的制約があったので、お台場で過ごした。食事を御馳走になっただけでなく、服まで買ってくれて、これってデート？とおもわないでもなかった。勿論《もちろん》、つきあっている仲でもないのにそこまでしてもらっていいとは考えなかったから、橘子は都度《つど》辞退したのだが、緋之川さんが言葉上手で、最後は言いくるめられてしまった。それに緋之川さんの親切をそう度々《たびたび》突っ撥《ぱ》ねるわけにもゆかなかった。

これまでのことを考えて、緋之川さんに対してどこまで礼儀を尽くせているだろうかとおもった。この前の居酒屋で、酒に酔って転倒しそうになった先輩を支えようとせず、逃げて、軽い怪我《けが》を負わせるという――本人は気にするなと言ったが――、身勝手なおんなと印象づけられても文句は言えない行為をしてしまったのが、まだ気にかかっている。第一、先輩よりお酒が飲めるなんてかわいくないだろう。橘子自身はかわいくなんかなくてもいいとおもっているけれども、緋之川さんが後輩にかわいさを期待しておられるとしたら、無神経だったにちがいない。それで橘子は、やっぱり後輩らしく先輩の言葉に甘え、言われることに素直に従っておいたほうがいいかもしれないと段々に考えるようになった。そのようにしていると、緋之川さんの機嫌《きげん》もとてもよく、居心地《いごこち》がいいのも確かだった。新人の間は、仕事の指導はきびしくしてもらって、かわりに仕事を離れたら精々かわいがってもらったらいい、それも勉強になるんだよ——緋之川さんもそう言った。

緋之川さんにはもともと夜の約束があったので、なごりおしかったが夕方の五時でわかれた。その日に予定が入っているのに、朝から忙しい時間を都合して自分のために東京案内をしてくれたことに申しわけなさを感じた。おまけに服まで買ってもらって。御礼の言いようもない。

日曜日はまず区役所に行って、携帯電話の手続きのための住民票の交付を受け、つぎに緋之川さんへのお礼の品と清躬への手土産《てみやげ》を買いにデパートに行った。早めに出かけたので、清躬のアパートの最寄駅《もよりえき》には随分余裕を持って着いた。ちょっと時間的に早い分、アパートの前の公園で休憩して調整すればいい。

駅から清躬のアパートや公園の方に行くには、駅前の通りから二筋目で右折し、そこで坂を少しおりてゆくことになる。この道は何度も行きかうことになるんだろうなと、坂をのんびり歩いていると、林檎《りんご》がころころと足許《あしもと》を過ぎて前に転がってゆくのが見えた。坂の所為《せい》か、結構勢いよく転がっている。反射的に転がる林檎を拾わなくちゃと、橘子は小走りした。林檎においつき、前かがみに林檎を拾った。いや、拾おうとした瞬間、なにか劇《はげ》しい力で後ろからぶち当たられた。前に飛ばされるように、からだが宙に浮いた。

わっ、とおもわず声が出た。同時に、橘子のからだは前方右側へ飛ばされ、石塀《いしべい》に当たって撥《は》ねかえり、少し回転するように横ざまに仆《たお》れた。

仆れたままはっとおもって顔を起こし、前方を見た。当たられる瞬間、自転車の後方の車輪が視界に入ったので、自転車に乗った誰かが乱暴に自分を突き飛ばした——林檎を拾おうとした自分が通行の邪魔になった？——のかもしれないとおもいはしたが、もうなんの影も見えず、暫《しば》し茫然《ぼうぜん》とした。ブレーキの音どころか、自転車のチェーンの音もしなかった。

石塀にまともにぶちつけた腰が痛い。地面に仆れる時に膝《ひざ》も打ったし、手も痛い。からだに痛さをおぼえながら前を見ると、眼の前に手土産の袋が飛んでいる。ポーチは手にしていた。

「痛っ」

上体を持ち上げようとした時、手にひりっとする痛みをおぼえた。見ると、右の手のひらが少し擦《す》り剝《む》けて、血も出ている。まくれたスカートから直に見えている膝も赤く擦り剝けていた。

「痛いー、もう」

橘子は悔し紛《まぎ》れに呻《うめ》いた。

「大丈夫ですか？」

背後から誰か来る気配がし、声が届いた。男性の声だ。

橘子はその声に後ろを振り向くと、男性がしゃがんで、橘子の肩に手を添えようとしていた。顔を見上げると、わかい男性だった。なにか直感で閃《ひらめ》くものがあって心もどきっとしたが、確信はなかった。

「橘子ちゃん？」

相手から先に声をかけられた。

「清躬くん？」

橘子も自然に反応していた。

清躬の顔だった。左の頬《ほお》にガーゼを当てているが、紀理子のスマホで見た顔だった。実際に見て、高一の時よりも更におとなっぽくしっかりした顔になっているが、小学生の頃のおもかげもちゃんと残っていて、紛れもなく清躬だとおもった。

するとすぐさまなみだが溢《あふ》れてきた。同時に、「清躬くーん」と叫んで、かれのからだに取り縋《すが》った。

今どうして泣くのか橘子にも理由がわからなかった。また、どうして無遠慮にかれのからだに抱きつくのか、それもわからない。再会の感動をお互いにかわしあう場面であるはずなのに、自分だけが泣いて、かれの胸に顔を埋《うず》めている。なんて一方的で自分勝手なのか。それがわかっていながら、泣き止《や》むことができない。泣くばかりで、清躬に向かってなにも言葉を出せない、挨拶《あいさつ》すらしないままでいる自分が情けなく感じるばかりだった。

いつのまにか橘子は清躬の背中におぶわれていた。えっ？とおもったが、おぶわれてから気づくなんてどうしたんだろう。でも、清躬の肩につかまっていると、非常に安心をおぼえ、正直なところこのままでいたいと感じる。ポーチと手土産の袋もしっかり清躬が持ってくれていた。安心できるようになったからか、なみだはおさまっていた。けれども、眼にはまだなみだが溜まっている。顔も濡れている。といっても、肩につかまっていないといけないから、顔を拭《ぬぐ》えないし、やっぱりおんぶされているのはみっともない気がするので、橘子は眼をつむって、顔が見えないよう意識して清躬の肩に埋めた。

「もうちょっとだよ。一度きてくれたから、知ってるだろうけど」

清躬の優しい言葉が耳に入る。橘子はうれしいし、返事がしたかった。ありがとうとも言いたかった。でも、顔を埋めていて、声を出せない。出したら、變《へん》な声になって洩《も》れそうだった。ねたふり――清躬には「ふり」だとわかるだろうな――でも、みっともない声を出すよりふりをとおすほうがよいとおもった。

清躬の背中。清躬の肩。清躬の髪。清躬の首筋。太《ふと》腿《もも》をかかえてくれている清躬の手。清躬のからだ。おとなになった清躬のからだにこんなに直接触れている

――

とおもっていると、遠い昔のまちがいがない記憶が蘇《よみがえ》ってきた。小学校の時にもほとんどおなじ経験をしていたのを橘子はおもいだした。

なにをしていて転んだのかおぼえていないが、橘子が足に怪我をして歩けなくなった時、清躬が背中におぶさるよう言ってくれたことがある。初めは遠慮したが、かといって動くことも儘《まま》ならないので、結局清躬におんぶしてもらうしかなかった。当時の橘子はクラスのなかでも背が高く、がりがりでも清躬より大柄《おおがら》だったので、嘸《さぞ》清躬が自分のことを重く感じていることだろうと申しわけないおもいがしたし、こんな怪我をした自分自身も情けなくて、わけもわからず泣いてしまった。清躬が心配して何度も声をかけてくれた。時々は立ち止まって、大丈夫かい？ときいてくれたりして、そのために余計時間がかかってしまったが、それでも清躬は一度もかの女をおろすことなく家までおんぶしてくれた。

橘子はあの時の清躬の優しさをおもいだして、更になみだにくれることになった。今は清躬のほうがおおきく、足どりもまったくしっかりしていて、頼もしいくらいだ。しがみついているだけで、かれの筋肉質のからだの力強さがわかる。子供の時と違う。でも、おぶさっている私もおとなだ。華奢《きゃしゃ》な女性のからだとはいえ、おとなの体重を背負ってもらっている。しかも自分の荷物も持ってもらっている。ずっとおんぶされるのは、清躬に負担をかける。

そうであっても、清躬は淡々とした足の運びで、橘子も自分のからだが固定されているかのように安心感があった。清躬の背中にからだをくっつけながら、かれのからだと一つになっているみたいだ。ここまで安心感を与えてくれることそのものが、100％優しさのあらわれであるのを橘子は強く感じた。自分がどんなにみっともなくて、面倒をかけたとしても、清躬は全部優しさで包み込んでくれていることにまちがいない。そう感じた時、自分をおんぶしてくれた小学校時代の優しい清躬と少しもかわっていないんだと、橘子

はとてもうれしくおもった。

常識的に言えば、いくら顔見知りであっても、おとなの女性をおんぶするなんてことを、いくら心優しい清躬だって普通はしないだろう。子供の時とおなじ関係に戻っているからこそ、躊躇なくそうしてくれたのだ。清躬にとって、自分と対するなかで、九年という時間はまるでないに等しいのだ。そうおもうと、橘子自身も、九年の歳月の距離が一気に縮まって、清躬との関係が小学校時代に戻っていることを確信した。そうでなければ、自分だっておんぶをされていて、こんなに安心を感じることはない。心理的な距離感を感じないのは、おんぶによってからだが密着していることで、物理的な距離感もほとんどなくなっていることの効果もあるかもしれない。こんなにお互いのからだが近くなって、その距離のなさを受け容《い》れ、許しあえている。そのこととともに、二人の関係において、小学校時代と今との隔たりも完全になくなったのだ。ついさっきまで、清躬をおとなの男性とおもうところがあり、おんぶされて脚に触られているのが気になってどきどきしたり、転んだ時のはしたない情況に気まずくおもったりもしたが、清躬は小学校時代とおなじように自分のことを見ているのだし、自分も清躬のことをそのようにおもえば、他人の眼はどうあれ、二人の仲でなにも恥ずかしくおもうことはない。

そんなことをあれこれ考えているうち、不意に自分のからだが持ち上がったとおもったら、清躬がアパートの階段を上りかけているのに気がついた。流石にもうねたふりはできない、というよりおんぶしたまま階段を上がるなんて負担がきついとおもって、橘子は自分から「おりる、おりる」と言った。そう言っているうちに清躬は二階まで上りきった。「階段を上っている途中で言ったっておそいよ」と清躬から窘《たしな》められた。

「御免。かえって危なかったね」と橘子はわびた。本当は起きていたのに、肝心なところを気づかない。

部屋の前まできても、清躬は橘子をおろさずにおんぶしたまま器用にズボンのポケットから鍵を出してドアを開け、部屋のなかに入れてくれた。なかに入った時は、男性の部屋というだけでどきどきした。

「あ、靴、脱がなきゃ」

玄関でおりるものとおもっていたら、スリッパだけ取ってそのままなかの部屋に入ってゆこうとするので、橘子は慌てて言った。

「いいよ、部屋のなかで。ともかくまず、ソファーに座らせてあげるよ」

清躬は事もなげに答えた。もうリヴィングに入ってしまっている。ソファーの前へ来て、清躬は腰をかがめた。靴を履《は》いたままなので、橘子は足を床につけてはいけないとおもい、太腿から脚を上へ持ち上げるようにした。清躬がかがんだところで重心を下げるような行為をしたことがまずかったのだろう、清躬もバランスをくずして仰《の》け反《ぞ》るようになった。

その拍子に橘子のからだがずりおちた。「あらっ」と洩れた声が、「痛っ」という叫びにかわった。ソファーの縁《へり》をかすって滑りおち、おしりを床に打ちつけたのだ。

「御免」

そう言ってすぐに向きなおった清躬の顔が間近になり、橘子は突然でびっくりしたが、まじまじとかれの顔を見てしまった。頬に当てたガーゼがおおきく見える。

橘子はまた「あっ」と声を出した。からだが清躬とソファーの間に挟まれ、両脚が上がった状態なのに気がついた。スカートのなかが丸見えだとおもうが、どうしようもない。とおもうまもなく、橘子のからだは脚を揃えられて腰から持ち上げられ、ソファーの上におちついた。それから手際よく橘子の靴は両足とも脱がされて、スリッパに履きかえさせられた。清躬は橘子の靴を玄関に持って行った。戻ってくると、橘子の前に片膝をついて、「橘子ちゃんのからだ、おとしちゃって痛い目をさせた。申しわけなかったね」とわびた。

橘子はちょっとはにかみながら、「いいえ、私がわるかったんだわ」と言った。

「わるかったって？　おとしちゃったのはぼくなのに？」

「バランスをくずしたのは私だもの。自業自得《じごうじとく》」

「痛い目に遭《あ》ったのは橘子ちゃんだし、非はぼくにある。けれども、橘子ちゃんにも二分くらい非があったとしようか。階段でもそうだったけど、おんぶされてる時に動くのは危ないね」

清躬は優しくそう言ってくれた。橘子が「気をつけます」と言うと、「もうおんぶすることはないとおもうよ」と言われ、「そりゃそうね」と照れわらいした。

ああ、これが清躬くんとの関係なんだわ。ほかのひとの前でおなじことをしてしまったら、どうしようもない恥ずかしさに気が動転したのはまちがいない。清躬はもうりっぱなおとなで、自分も少なくとも見た目はおとなだが、小学校の頃とかわらないとおもった。

あの頃の橘子は短いスカートを穿《は》いていて、清躬の前で下着が見えても気にかけなかった。今もそんな感じで、格好わるく間抜けなおもいの気恥ずかしさはあるが、清躬に対しては子供の頃によくあったことみたいに羞恥心《しゅうちしん》が起こらないのだった。清躬も、まるでそれが眼に留まっていないみたいに、平然として遣《や》り過ごしてくれた。

「きれいなお部屋ね。男の子のお部屋だから、もっとごちゃごちゃしてるのかとおもってたわ」

橘子はもうすっかり気安くなって、部屋をざっと見わたして言った。

部屋のなかはテーブル以外はテレビとチェストとかがあるくらいで、非常にあっさりしている。絵の仕事をしているというのでそれらしいものがあるかとおもったが、そういうものは見えず、おそらく奥の部屋にあるのだろう。これといった装飾や置物も見えない。紀理子さんもいたのだから、もう少しおしゃれなものがあってもいいとおもったが、きっと清躬がかたづけたのだろう。

「これらの家具は、杵島《きしま》さんが残していったものなの？」

橘子が尋ねた。

「ああ、そうだけど。昔の話はもういいじゃない」

「あ、御免」

橘子ははっとした。杵島さんも清躬にとってデリケートなことの部類なのか。清躬を助けてくれた人ではあるが、結局一人勝手に九州に帰って、清躬をおきざりにしたような感じもある。親との間を引き裂いたわだかまりもあるかもしれない。清躬にはいろいろなことがあったのだ。それをおもいやってあげなければ。不用意な物言いは禁物《きんもつ》だ。清躬と再会したばかりの今、なにも他人の話をしなくったっていい。

「そんな話より、傷のぐあいを確かめよう」

清躬はしゃがんで、まず橘子の手をとった。清躬の指の感触。自分は怪我をしているし、手をにぎりあうわけにはゆかないが、指と指、指と手のひらが触れ合う感覚だけでも、充分に手をつないでいる気分になる。それに清躬の頭が間近《まぢか》だ。やっぱり直接からだが触れ合うと、小学校時代の感覚とは違う。お互いにおとなだというのが意識される。いくら小学校時代の二人に戻っている、なかよしどうしという感覚でも、これだけ接近すると、生身《なまみ》の肉体的感覚が前面に立ちあがってくる。

清躬の顔をしっかり見たいという気持ちがあるが、

視線を橘子の手に向けているので、まともに向き合えず残念な感じがする。直接手をとられている清躬の指の感触に神経を向かわせる。指の柔らかさに清躬の優しさを感じる。けれども、アスファルトで擦《す》った自分の手の傷の痛みがより強く神経に障《さわ》るため、清躬の柔らかさ、優しさ、温もりの感じを充分に受容することができにくいのは残念だ。

「どれくらい痛い？」

清躬が尋ねた。

「少し。でも、平気よ」

さっきとおなじように、橘子は平気と答えた。実際にも、清躬が傍にいてくれるだけで癒《いや》されて、痛みも和《やわ》らげられている気持ちになっている。

「ちょっと擦り剥いているね」

清躬が膝頭《ひざがしら》に顔を近づけた。今度は両脚をくっつけ、手もスカートの上においている。何度も清躬に注意させることになっては申しわけない。

右の膝頭には纔《わず》かだが血が出ている。おそらく後ろから来た自転車の進路の邪魔になって、腰を強くおされたのだろう、石塀に当たった腰はちょっと痛いが、その分地面についた膝や右手、肘《ひじ》は衝撃がましになったかもしれない。それでも、膚《はだ》が露出している手のひらや向《む》う脛《ずね》などは擦り傷が残っている。

「まず傷口を洗って消毒だ。立って。此方《こっち》来られるかい」

橘子は清躬に誘導されて、洗面所に行った。清躬がからだを貸してくれようとしたが、大丈夫と言って、自分で歩いた。一人で充分歩けるのに世話になるのは気が引ける。清躬の優しさに寄りかかりすぎてはいけない。

指示されて、洗面所で靴下を脱いで、浴室に入り、橘子はバスタブの縁《へり》に腰かけた。清躬も素足になって浴室に入り、シャワーヘッドをはずして水を出した。少ししてから橘子に右手を出させ、手のひらを軽く洗浄した。続いて、右肘を洗った。橘子は少しスカートを持ち上げて、膝と向う脛にも水をかけてもらった。傷口は痛かったが、水はちょうどいいかげんの温度で気持ちがよかった。清躬の優しいしぐさと心づかいが気持ちよさの大きな原因であることもわかっていた。

「もし太腿や腰にも傷があったら、洗ったほうがいいよ」

清躬は一旦水を止めると、そう言って、シャワーヘッドとタオルを橘子にわたした。

「えっ？」

橘子は一瞬とまどったが、清躬がさっさと浴室から出て行き、扉《とびら》を閉めたので、しかたなくほかの傷があるかどうか確かめることにした。本当は早く部屋に戻って、清躬と話がしたかった。だから、傷口を洗うのも清躬がしてくれたので充分だとおもったのだが、シャワーヘッドを受け取った以上、清躬に言われたとおりやるほかない。

橘子はバスタブの縁から立ち上がってスカートを捲《めく》り上げ、太腿に傷があるかどうか確かめた。石塀にぶちつけた時だろうか、右の太腿の上部に少し痣《あざ》があった。腰も打っていて、触るとちょっと痛みをおぼえるが、大したことはないとおもい、上から摩《さす》るだけにした。そのようにスカートを捲って自分のからだを見ると、小学校時代と違うおとなのからだになっているとおもう。下着だって当然子供の時と違う。すると、清躬が磨《す》りガラス越しに隣の洗面所にいるのがちょっと意識された。そうおもう自分の心がはしたないように橘子も感じる。太腿の傷口を少し洗い、タオルで軽く拭いてから、橘子は浴室を出た。

扉をあけると、洗面台で清躬が細かい氷をビニールの袋に詰めて口を縛っていた。

「なにしてるの？」

「打ったところはアイシングするんだ」

「アイシング？」

「患部を冷やして、内出血や炎症をおさえるんだ。応急処置《しょち》の鉄則だよ」

「ふうん。鉄則って、なんかすごい。あ、冷たい。やめてよ、清躬くん」

清躬が氷を持って橘子の頬に当てたのだ。橘子は首を竦《すく》めて清躬の手を避けようとした。清躬くんたら子供みたいなことをして。清躬は平然と洗面台でまたアイスパックづくりに戻った。幾つかのアイスパックをつくり終え、バケツに入れると、清躬の合図《あいず》で二人はリヴィングに戻った。橘子はまたソファーに座った。清躬は緑茶を入れたコップを持ってきて、橘子に奨《すす》めた。橘子はぐぐっとそれを飲んだ。清躬の優しさがうれしかった。

「さあ、これから応急処置をしてあげるよ。最初にちゃんとした処置をしておけば、後で心配するようなことにならないから、言うとおりにしてね」

清躬の親身な言葉に、橘子は素直に「うん」とうなづいた。

清躬は初めに、手の傷口に消毒液を塗り、ガーゼを当ててくれた。傷口に消毒液が沁《し》みて痛かった。消毒液が塗られた瞬間の刺戟《しげき》に、橘子はおもわず悲鳴をあげた。清躬がにぎってくれる手の優しさを感じながら、痛いのは我慢しないととおもうと、胸が詰まり、それなのに悲鳴をあげてしまったことに、橘子は自分自身に情けなさを感じた。すると、なみだが眼の縁《ふち》に迫《せ》り上げてきた。いけない、いけない、とおもうのがなみだを過剰に意識させてしまうことになり、怺《こら》えきれず、なみだを零《こぼ》した。おとななのに、こんな痛み程度でなみだを零す自分が恥ずかしかった。橘子は半泣きになりながら、照れわらいして、「御免ね、泣き虫で」とわびた。清躬は「なんか子供みたいだね」と言った。「清躬くんだって、さっき子供みたいに氷で私を冷たがらせたわ」と半分なみだ声で橘子が反撃した。清躬は優しく笑顔でハンカチを差し出し、橘子は感謝の気持ちで一礼し、それを眼に当てた。

小学校の頃、多少は気が強かったし、からだが大きいのに泣いたりしては余計に男の子からからかわれるだけなので、ひとに対してあまり泣き顔を見せたおぼえはなかった。清躬に対しても初めはそうだったとおもうが、尤も、それは強がりだった。だから、強がりの外壁がくずれると、泣き止むのが難しかった。それでもなみだを怺えようとするのだけれど、清躬は橘子の泣きたい気持ちを察して、いつもちゃんとなぐさめてくれるのだった。その優しさが胸を熱くして、結局、怺えきれなくなる。清躬の優しさが沁みて、なみだの源泉がわきたつように感じられ、つぎからつぎになみだがおしながされてくるのだった。

おとなになっても泣き癖はかわらないのかしら。こういう時に襤褸《ぼろ》が出てしまうんだわ。出会いの時は再会の感動と綯《な》い交ぜになってなみだにまみれたが、もう部屋におちついて平然としているべきなのに、今またこんなことで泣いてしまうなんて、清躬の言うとおりで子供みたいだ。清躬の行き届いたおとなの気づかいや心根の優しさに比較して、小学校時代に戻ったみたいに遠慮のない関係に甘えようとしている自分の未熟さが恥ずかしい。

橘子が泣くのを時々なぐさめながらも、清躬は手を止めることなく、患部の応急処置を続けた。肘も患部を消毒し、ガーゼを当てた後、アイスパックを当てて伸縮性のある繃帯《ほうたい》を巻きつけ、縛った。膝も同様にした。流石にその頃には橘子も泣き止み、清躬の手当ての手際の良さを感心しながらながめていた。

「腰も打ってるよね？」

膝の處置をやり終えた後、清躬がきいた。

「う、うん、まあ」

橘子はそう答えて、あ、腰にもおなじようなことをしないといけないのかとおもった。

「自分でできる？」

「自分で、って？」

「傷口があったら消毒して、ガーゼをした後に、アイスパックを当てて上からおさえるんだ」

「傷はなかったわ。だったら、アイスパックを当てるだけ？」

「そうだね。アイスパックは暫《しばら》く手でおさえておくのがいいとおもうよ」

「うん」

「で、あと大事なことは、患部は心臓より高い位置にしておくんだ。心臓より低いと、そこに血液が溜まって、痛みや炎症が起きやすくなるからね」

「なんでも知ってるのね」

橘子は心底《しんそこ》感心して言った。清躬はてきぱきとして随分逞《たくま》しいとおもった。紀理子からきいた印象と感じが違う。心の病気を持っていたとは感じられない。

橘子はアイスパックと固定用のテープを受け取り、打ったとおもわれる腰の部分に装着した。その時、橘子は自分でスカートを大きく捲り上げ、その状態でスカートの裾を清躬に持ってもらった。パンティーが見えてしまうが、橘子は気にしない。さっきこそ、ソファーからずりおちて尻餅を搗《つ》いた時は、足が開いていて、もっとまともにスカートのなかを見せてしまったが、不思議なくらい気にならなかったし、清躬も平然としていたのだから。やっぱり小学生の時とかわらない。

清躬に合図してスカートの裾をおろしてもらうと、橘子はほっとしてソファーに座った。

清躬はまた水を入れたコップを持ってきて、「念のため、化膿止めの薬ものんで」と奨めた。橘子がそれをのむと、ソファーに横になるよう清躬が言った。左半身を下にして、足はソファーの肘かけに載せ、怪我した膝や腰が心臓より高くなるようにというのだった。タオルで頭の下に当てる平たい枕もつくってくれたので、橘子は指示に従い、横になった。

「横になったら、清躬くんと話がしにくいわ」

清躬を見上げながら、橘子が言った。

「最初の三十分程はそうするんだ。最初にきちんとしておけば、後で問題になることは少ないんだから」

自分の怪我を心配し、ここまで手当てをしてくれてるんだから、わがままは言えない。

「わかったわ。清躬くんの言うとおりにする」

「いいかい。打撲した場合の応急處置は、まず安静。そして、冷却。つぎに圧迫。繃帯で縛ることだね。それから、患部を心臓より高くする。これが鉄則。だから、このまま安静にしてて。決して動きまわったりしないで」

「ま、こんな格好でもお話はできるし」

「ぼく、これからちょっと外に出るよ。冷湿布を買いに行かないといけないから」

「出るって？」

これから清躬とゆっくり話ができるとおもったのに。

「アイシングは三十分。後は冷湿布を貼る。薬局は近くだから、そんなに時間はかからないよ」

「なるべく早くかえってきてね」

「ともかくゆっくり休んでて。ちょっと軽い昼寝をしたっていいし」

「お昼寝なんかしないわよ」

橘子は言った。少しでも清躬と一緒に過ごしたいとおもっているのに、昼寝なんてとんでもない。

「それは橘子ちゃんの自由だよ。唯、安静にねていること。念を押すけど、起きたら駄目だよ。炎症がぶりかえして、治りがおそくなる。会社を休まないといけなくなったら、ぐあいわるいでしょ？」

「そりゃ困るわ」

本当に困る。まだ一人前の仕事もできないのに、休みをもらうなんて。病院もできることなら行きたくない。

「じゃあ、言うとおりに」

「うん、安静にしてる」

そうして清躬は出かけて行った。

一人残った橘子は、この機会に清躬の部屋の様子をゆっくりながめわたしたかったが、横になっている状態ではそれはできにくかった。今、橘子にできることは、このままソファーにねて、清躬がかえってくるまでおとなしくしていることだ。逆に、かえってきたら、いろいろお話ができて、楽しみだ。

それにしても、怪我の応急手当てに対する知識があり、こうまで手際よく處置してくれた清躬に感心するとともに、逞しさを感じた。頼り甲斐《がい》があって、りっぱにさえおもった。高校は運動部にいたのだろうか。このようなことは杵島さんが教えたものではなく、高校までに清躬が身につけたものだろう。一方で、友達のことで一所懸命になるあまり傷ついてしまう純粋さも持ち合わせているのだ。ともかく紀理子の話では清躬の頼もしいところが欠落していた。そういうところをもっと見てあげられたら、対応も違っていたのではないか。

でも、かの女のことはもうどうでもいい。かの女がいなくても、清躬はちゃんと一人でやれているようなのだし。

小学校時代も清躬はしっかりしていたのだ。それは今もかわっていない。その時のことを知っている自分のほうが清躬のことをよく理解しているようだ。本当に理解しているなら、清躬とわかれたりしない。

橘子はちょっと眠気を感じてしまった。いけない。清躬くんが私の手当てのために薬局に行ってくれているのに、自分だけくつろいで、おまけにねむってしまうなんて、厚かましいにも程がある。しかし、そうおもうそばから、眼がとろんとしてくる。欠伸《あくび》もおさえられない。ひどいな、これ。

ちょっと疲れているかな。

肉体的な疲れではない。私はなんにもしていないのだから。なにもかも清躬くんがやってくれている。からだでなにもできない分、かえって気が急《せ》いて、心がからまわりしているのだ。清躬くんの傍にいて、知らず知らずのうちに緊張もしているのかもしれない。

どういう事情が私にあるにしろ、睡魔は私の弱みをついて攻め込んでくる。それがわかっていても、この魔は人の力を吸い取ってしまうのだから、抵抗できない。ああ、あと二、三分ならいいけど、清躬くんがかえってくるまではとてももたない。

降参する気はないけれども……

はっと気がつくと、清躬が眼の前にいる。

「いけない、いけない、御免、御免」

橘子は昼寝をしてしまったのに気づいて、わびながら起きなおった。

上体を起こし、毛布をとろうとして、びっくりした。スカートを穿いていない。下着だけだ。慌てて毛布をもう一度腰にぴたっと当てる。ちょっと下着が見えるのはいいけど、下着だけというのははしたなさすぎる。男の子のほうだって恥ずかしいだろう。

「起きないの？」

清躬にそう言われて、「起きてるわ」と言いかえす。

「でも、毛布にもぐってるじゃない」

意地悪ね、とおもう。出たくったって、出られないんだ。

「なにしてるの？」

結構うるさいのね、清躬くん。追い込まないで。

「しようがないな。先行ってるよ」

「先行くって、どこへ？」

おいてきぼりにされそうな言い方に橘子は焦《あせ》る。

「なに言ってるんだよ。放っておくよ」

「だから、待ってよ。どこへ行くのか教えてくれたっていいじゃない」

「ほんと、なに言ってるの？　和華子さんのところに行くのにきまってるでしょ」

「和華子さん⁉」

あ、そうか、和華子さんがいるんだ。だったら、余計待ってもらわなくちゃ。

「おねがい、清躬くん。もう少し待って」

そう言うけど、スカートを穿いていない格好で出てゆくわけにはゆかない。本当に困っちゃった。

「待って、待って、って、ちっとも動いてないじゃない。早く毛布から出なよ」

今まで声だけだったけど、清躬の影が見えたとおもったら毛布を強引に剝《は》ぎ取られる。橘子は反射的に身を縮め、「きゃっ」と叫ぶ。見ないで、と叫ぼうとするが、声が出ない。

「なにが、見ないで、だよ」

言ったおぼえがないのに、清躬にはしっかりきこえてる。でも、相手にしてくれない。

「ほら、立って。さあ、行こう」

橘子は闇雲に強い力で手を引っ張られる。男の力にはかなわない。否応《いやおう》なしにからだを起こされる。

起こされて気づく。スカートを穿いてる。スカートが短いから、穿いてないように早とちりしたのかな。

「和華子さんのところに行くのね？」

そうおもうだけでわくわくする。

「本当、わるかったわ。私の昼寝の所為《せい》で行くのがおくれちゃって」

なにをおいても楽しみなことなのに、どうして昼寝なんかしてしまったんだろう。清躬くんにも迷惑かけた。おこるのも無理はない。

「昼寝はわるいことじゃないよ」

清躬の優しい一言。素直に謝れば、清躬はいつものの優しさに戻ってくれる。

「和華子さんだってお昼寝してる」

「そうか。きっと、おばあさんの看病とお勉強と、それに私たちとも遊んでくださってるから、お疲れなのよ」

部屋に入ると、和華子さんは手をおなかの上においてて座椅子《ざいす》に凭《もた》れてじっとされている。眼をつむっているだけで、起きている姿勢とあまりかわらない。今しがた方まで起きていらっしゃったよう。

私たちを待ってる間にねむってしまわれたんだ。張本人は寝坊した私。

もうぐっすりねむっておられる。

和華子さんがねむられる時は本当に安らかなお顔で、時のながれが止まっているかのよう。

なんて綺麗な寝顔。和華子さんはまともにお顔を見続けることができない程に綺麗さに圧倒されるけれども、眼をつむっていらっしゃると、ちょっとお顔が見やすくなる。それでも、お顔を見続けるのは難しいから、和華子さんの美しい脚に見入ってしまう。なんて長くすらっとして細いんだろう。太腿だって。そういう言い方がおかしい程に細くてきれい。おとなの脚には見えないくらいだ。

和華子さんをこんなに近くで、こんなにじっくり見ていられるだけでどんなに素晴らしいかとおもう。和華子さんが起きていたら、できっこないことだ。

だから、静かに静かに、和華子さんが起きないでじっくり見ていられる時間をながく楽しんでいたい。

でも一方で、いつか和華子さんも目覚めるのだから、その目覚めは自分で呼び起こしてみたいとおもう。その瞬間を自分でつくりたい。つまり、和華子さんをびっくりさせるのだ。和華子さんがびっくりするなんておもいもつかないけど、こんなに静かにねておられる時間には、私でもなにかできる。和華子さんは美しすぎるので、いつもはこちらの時間が止まってしまうが、今は逆なのだ。和華子さんが眼をつむっておられる間なら、私は動ける。といっても、なにかできるのは一瞬だ。その瞬間の後、和華子さんは目覚めて、私はかたまってしまう。だから、今の一瞬の行為がとても貴重だ。

くすぐってみる？　幼稚な発想すぎるわ。もう少し考えたほうがいい。

和華子さんの長い脚の上に寝そべって、膝枕してみたら？　その瞬間にびっくりされて起きられるから、一瞬だけでも。

「太」なんてつけてはいけない程、和華子さんの脚は細いけれども、スカートからちゃんと腿が見えている。細いから、頭を載せるのではなく、顔を寄せよう。和華子さんの膚《はだ》に直接ほっぺたをすりよせたら、どんなに気持ちがいいだろう。

そういう膝枕ならいいかも。本当にしてみる？

でも、二人同時の膝枕なんておかしい。和華子さんの脚は長いからできなくはないけれど、二人一緒には無理でしょ？　ここは清躬くんに譲ろうか。私も和華子さんがとっても好きだけど、清躬くんは私以上に和華子さんのこと、好きでしょ？

でも、清躬くんにちゃんとできるかしら？　和華子さんの美しさにただみとれて、なんにもできないんじゃない？　やっぱりできない。できないって、やっちゃいけない、ってこと？　和華子さんのからだに触れちゃいけない、というのね？　でも、和華子さんをおどろかすのよ。こんなところでお昼寝されてて、私たちに見つかってるんだから、起きる時びっくりしてもらわないと。

あ、清躬くん、和華子さんにおこられるかもしれないとおもって、こわいんだ。なによ、いくじなし。和華子さんはおこられることはないわ。だめなことがあっても、いけないわ、と言われるだけで、どこまでも優しい。それでも清躬くんに勇気がないなら、私がかわりにやってあげる。いけないことじゃないわ、ただびっくりさせるだけだもの。

私ならなんでもできる、とおもって気がつくと、和華子さんのスカートに手を伸ばしていた。和華子さんのスカートが短いから、めくろうとしている？　一番やっちゃいけないこと。清躬くんに勇気がないから、私が一番たいへんなことを引き請けてあげてるのよ。

清躬くんに本当に勇気があるなら、自分が和華子さんのスカートめくりをするか、いけないことをしようとしている私を止めなさい。

止められないんだったら、私はやるわ。私には勇気があるから。勇気を証明するために、本当にやるかもしれないわよ。もし、和華子さんのスカートをめくったって、私はおこられないわ。おこられるとしたら、勇気がなくて私を止められなかった清躬くんよ。

きっと和華子さんのスカートはめくれない。へりにさわって、ちょっとひらっとさせるだけ。どうしてって、和華子さんはきれいすぎる。あまりにきれいだから、時間が止まってしまう。美しさで時間も支配される女神様だ。私も動けなくなる。

もう、やめましょう。できないことだとわかった。もうやめる。キユくんも、いいわよね？

あれ、キユくんは？

キユくん。

あ、また、逃げた。なによ。

和華子さんのことになると、とんでもなくいくじなしになるんだから。

あなたがいてくれないんだったら、私どうしたらいいの？

ずるい。いけないことしようとしてたから、私をおいて自分だけ家に逃げ帰ったの？　いけないとおもうんだったら私を止めればいいのに。

「橘子ちゃん、橘子ちゃん」

えっ、清躬くんが呼ぶってどうして？　私、探し役なのに。

「橘子ちゃん、もういいかげん起きないと」

えっ？　え、えっ？　起き――

戸惑う自分に気づいて、橘子ははっとした。

眼の前に清躬がいる。清躬くん。

あ、まさか。まさかじゃない。夢《ゆめ》見てたんだ、私。

「あ、いけない、いけない」

パニックになったように、橘子は顔の前で手を振った。

「御免――御免ね。昼寝しちゃって、もう」

夢でも昼寝したんじゃなかったかしら。あれあれ？　おかしいな。毛布がかかってる。本格的に寝込んだみたいだわ。

暢気《のんき》に寝ちゃって、清躬くんにわるいことをした。部屋に連れてきてくれて、怪我の手当てもしてくれたりしたのに、私ったら――。心優しい清躬くんはその上、居眠りした自分に毛布もかけてくれている。

目覚めたばかりでまだぼうーっとしている。眼の前に清躬がいて、椅子に座って自分を見てくれている。自分はまだねたまま清躬を見上げる格好になっている。

「い、今、何時？」

橘子は清躬に問いかけた。

「五時だよ。だから、もう起きなくちゃね」

「ご、五時！」

清躬の告げた情報は橘子を仰天させた。

「もう夕方じゃない」

「りっぱな夕方だよ」

「え、そんな――」

「そんなって言っても、時間は元に戻らないよ」

「そりゃ、そうだけど。起こしてくれたらよかったのに」

橘子は漸《ようや》く上体を起こした。

「声はかけたんだけど。でも、全然反応しなかったし、まあ、それだけぐっすりねむっているなら、起こすのがわるい気がして」

「わるくはないわよ。ひとのうちで我が物顔にソファーを独占してぐーすかねているようなわるいおんななんて、敲《たた》き出してやってもいいくらいだわ」

　自分自身に腹立たしくなり、叱りつけたいおもいだ。

「それなのに、清躬くんたら、毛布までかけてくれて」

「まあ、ねている人がいたら、それくらいの心づかいはするよ」

「清躬くんがそこまで気をつかってくれるのに、私ったら一体なにしてるのかしら」

「それより、ちゃんと起きよう」

「う、うん」

　橘子は毛布を持ってはぐろうとして、その時、いろいろな違和感を感じた。

　上着を着ていない。横になる時は着ていたはず、というか、脱いだおぼえがない。きっと、本格的に寝入っていたので、毛布をかける時に清躬が脱がしてくれたんだ。上着を脱がされても気づかないなんて。

　それだけじゃない。患部を高くするためにソファーの肘かけに足をおいていたはずだが、今、そんな格好でねていなかった。橘子はふと枕のほうを見た。ふかふかのクッションみたいなのにかわっている。

「どうかした？」

　清躬が声をかけた。

「う、ううん」

　橘子は自分の肘を見た。清躬がアイスパックをつけ、繃帯で巻いてくれたので、その部分が膨らむようになっていたけど、平たくなっている。アイスパックは取られている。

「どこも腫れがひいていて、内出血もなさそうだったから、アイスパックはとりはずして、冷湿布に貼りかえておいたよ」

「貼りかえて――あ、ありがとう」

　毛布をはぐって、膝を見てみると、そこも見た目から明らかにかわっている。あ、とおもって、腰のところにスカート越しに手をやる。そして、ウェストからスカートのなかに手を入れる。腰にも湿布が貼られている。

「わ、私、こんなことをしてもらったのに、それでも全然起きなかったの？」

「声をかけたけど、全然反応がなくて。本当にぐっすりねむっていたよね」

「ひどい話だわ。自分のことながら、呆れ果てる」

　おそらく清躬はとても気をつかって優しく取り扱ってくれたのだろうけど、昼間っからこんなに熟睡する馬鹿がどこにいるのだろう。あまりにひどすぎる。それに、なんという醜態だろう。腰のところまで清躬に湿布を貼らせている。腰は大事なところだから、やむなしにやってくれたんだろうけど、清躬には申しわけないことをした。熟睡しているほうがわるいのに、それでも起こしちゃいけないと気をつかってくれる清躬の優しさに言葉もない。

「気にすることはないよ。それより明日からまた仕事でしょ？　もうそろそろ帰り支度《じたく》をしたほうがいいよ」

清躬の言葉に橘子は「う、うん」と返事をしながら、なおさら申しわけなさが募った。

「本当に御免ね。私が昼寝してしまったために貴重な時間を台なしにして」

「また来たらいいことだよ」

「うん、また来させてもらう。いいわよね？」

「勿論。当たり前でしょ。きょう話ができなかった分、今度はちゃんと話をしよう」

「ありがとう。清躬くん、本当にいいひとね」

あまりの優しい清躬の言葉に橘子は泣きそうになった。でも、そんなことをしてはいけないのは明らかだった。今泣くと、初めの出会いの時の感激のなみだが単なる泣き虫おんなのものにすぎなくなる。それにこれ以上清躬を困らせる資格は自分にはない。

それでも、清躬のほうを見ると泣いてしまいそうなので、橘子は自分の手許《てもと》に視線をおとした。ガーゼを貼った右手が痛々しい。

ガーゼは清躬くんの頬にもあるわ。そっちの方が何か月も治療中で大變《たいへん》じゃない。なのに、それを気づかいもせず、こんなちっぽけな怪我でソファーでねかせてもらって、甘えるに事欠いてのんびり昼寝までするなんて、なに考えてるんだろう。

「温《あった》かいココア淹《い》れてあるんだ。此方《こっち》来て飲まない？」

「ココア？」

「橘子ちゃん、好きだったろう？　温《あった》まるよ」

清躬は橘子に手を差し伸べ、立たせてくれた。清躬の溢れかえる優しさにもう言葉も出ない。じっとしていると、堪えていたなみだが出てきそうなので、立ち上がってテーブルまで移動する纔《わず》かな運動が橘子の心をおちつかせた。

「仕事、大變なの？」

テーブルについて、ココアを一飲みすると、清躬がきいてきた。

「ううん。かけだしの新人で、まだわからないことばかりだから、そういう意味ではうまくいかないこともあるけど、大變ということはないわ」

「そう？　おんぶしてた時もねていたし、今もぐっすりねむりこんでいたから、しらないうちに相当疲れがきているのかも」

「おんぶの時はねてたふりしただけ。ちっともねてはいないわ」

「ふりしてたの？」

「だって、おとなのにおんぶされて恥ずかしかったもの」

「構わないよ、おとなであろうと、事情があったんだから。ともかく、会社生活が始まってなれないことばかりだろうし、きっと知らないうちに疲れが溜まってるんだよ。人間関係とかでも気をつかうだろうからね」

「あ、そっちは大丈夫なの。おかげ様で、優しい先輩に恵まれてる。ちゃんと教えてもらえるし、いろいろ気づかいもしてくださる」

「それはよかった。先輩は女性？」

「ええ。今ついているひとは三年上のひとなんだけど、もう結婚されていて家庭も持たれているのに、しっかり両立されている。凄く頼りになって、仕事もてきぱきこなされて、みんなからの信頼も絶大だわ」

「それは凄いね」

「ええ、本当。私なんかできないことだらけだから、きびしくしつけていただいているけれども、でも物凄く優しいひとなの」

「本当に相手のことをおもえば、きびしさは必要だよね。橘子ちゃんにとても優しいひとだというのは、よくわかるよ」

鳥上《とりかみ》さんのことを清躬も認めてくれるのが、橘子はうれしかった。

「仕事で関係するのはその先輩だけ？」

「あと、とても優秀な営業の男性がおられて、その方、今言った女性の先輩と同期入社なんだけど、私にとっても目をかけてくれるの」

「目をかけてくれるって？」

「あ、目をかけてくれるっていうのはちょっと言い過ぎだけど、とにかくいろいろ声かけして励ましもしてくれるし、仕事が終わって食事にも連れて行ってくださったりする」

「お酒も飲むの？」

「誘っていただくから。でも、一緒につきあう程度よ。普段、一人では飲まないんだけど、ひとと飲むと楽しいから、結構飲めるみたい」

「強いんだね？」

「強いのかな？　飲みなれてないのにわりと平気みた

い」

「ふうん。飲んでも会社の話をするの？」

「まだ新人だから、仕事の話なんてほとんどないわ。でも、いろいろアドバイスをくださる。それ以外にもいろいろ気をつかってくださって、きのうなんか東京案内もしてくださった」

「此間《こないだ》の電話で言っていたのはその先輩か。休日返上でつきあってくれたわけだね？」

「え、ええ」

「その先輩、橘子ちゃんのファンになってるんじゃない？」

「私のファン？　まさか」

　清躬にそんな言い方をされて、橘子はおどろいた。

「唯、私が東京初めてでなにも知らないし、寮に一人でいるから、親切にしてくださってるだけよ」

「感じのいいひとなんだろうね？」

「そりゃ、みんなにホープとおもわれてるひとだし」

「それでも、橘子ちゃんの感じに合うひとでなかったら、つきあわないだろ？」

「そうね、休日まではつきあわないわ」

「ほら」

　清躬が図星をさしたように言ったので、橘子はききかえした。

「ほら、ってどういうこと？」

「いや、別にききかえされる程の意味はないけど。唯、橘子ちゃんは気に入られているようだし、橘子ちゃんのほうも感じよくいっているんだったら、なかなか会社も楽しいみたいでよかったなとおもって」

「うん、それに清躬くんとも出会えたし、なんか東京に出て来て、結構いいことあるなあって」

「でも、きょうみたいに怪我させられることもあるから、注意も必要だよ」

「まあ、そうね。いいことに恵まれてるのに甘えちゃうといけないわね。怪我はね、そのおかげで清躬くんに大事にしてもらえたから、そんなにわるいことでもないなとおもうけれども、さっきみたいにうっかり昼寝して、清躬くんとの時間を台なしにしたのは、甘えと言われても反論できない。反省してる」

「また次で話できるんだから、過ぎたことはもう言いっこなしにしよう」

「ありがとう」

　ココアも飲んで、いい気分になって、清躬ともっと話をしたい気持ちになる。でも、清躬にも自分の時間がある。清躬は仕事を持っており、時間はとても貴重なのだ。橘子は自戒してきょうはこれで切り上げることにした。

「御免。それじゃ、そろそろかえる」

橘子は立ち上がった。清躬も立つ。

「きょうは本当にありがとう。いくらお礼を言っても足りないわ」

橘子は清躬に感謝の気持ちで少し頭を下げた。

「なに言ってるんだよ。放っておけなかっただけさ」

「でも、ここまで親切にはしてくれないわ、普通のひとは」

「そこは、ぼくと橘子ちゃんの仲じゃないか。取り立てて言わなくてもいいよ」

清躬がごく自然にそうおもっているのはよくわかる。それがうれしい。

橘子は清躬から上着を受け取り、羽織った。貼りかえ用の冷湿布もわたされたが、痛みが残っていたら、お医者さんにかかるように言われた。

「わすれてたわ。最初にわたさないといけなかったんだけど」

そう言って、テーブルにおいてあった紙袋を手にとると、お土産のお菓子の箱を取り出した。

「清躬くんにお土産《みやげ》。チョコレートの詰め合わせを買ってきたんだけど、清躬くん、甘い物は大丈夫？」

「ありがとう。喜んで戴くよ。だけど、ぼくたちの仲でそんなに気をつかってもらうことはないよ、今度から」

「うん、わかった」

「も一つ、わすれてることがあるよね」

今度は清躬から言ってきた。

「えっ？」

なんだろうとおもいだそうとするが、全然おもいあたらない。

「え、なあに？」

清躬はにやっとわらって、答えた。

「きょう、なにを着て行くか、って――」

「あ、そうだった。いけない。清躬くんに電話するの、すっかりわすれてしまってたわ。本当に御免」

またへまをしてしまったと、橘子は恥ずかしくなった。小学生の時は、橘子のほうが強気でリードするくらいだったのに、今は清躬にフォローしてもらってばかりだ。

「いいよ。服とか関係なく、橘子ちゃんだとわかったもの」

「そうね。清躬くん、すぐわかってくれたね、私のこと。本当にうれしかったわ」

橘子は声を弾ませて言った。清躬と再会できたことの喜びに泣いてしまう程だったから、その場で言えなかったけれども、清躬から声をかけてくれたうれしさも一入《ひとしお》だった。

「橘子ちゃんにはアパートに直接来てもらうことにしてたけど、仕事もうまくかたづいたから、やっぱり駅まで迎えに行こうとおもったんだ。もっと早く駅に行ってたら、橘子ちゃんもこんな目に遭うこともなかったのに」

「そんな。でも、すぐ助け起こしてくれたし、怪我の手当てもしてくれたし、清躬くんにそこまでしてもらって、私としたら——」

「被害に遭ったんだから、助けるのは当たり前さ」

「でも、後がわるいわ。清躬くんと一杯お喋りできるチャンスだったのに」

「さっきも言ったよ、もうそれは言いっこなしって。それより、橘子ちゃんだって、ぼくのこと、すぐわかってくれた。うれしかったよ」

「わかるわよ、昔とかわってないもん。おとなになってもっと素敵になったけれども」

「橘子ちゃんだって。ますますきれいになったね」

「止《よ》して。駄目、清躬くんがそんなこと言うの」

橘子は即座に拒絶した。小学校時代の清躬とかわってほしくないという気持ちがあった。子供どうしで「きれい」とか言い合わない。清躬がその言葉を使うのは、和華子さんのように本当にきれいな人に言う時だけだ。

「え、随分強い駄目出しだね」

「清躬くんにはそういうこと言ってほしくない。男のひとがおんなのひとに向かって言うようなこと」

「でも、橘子ちゃんはぼくに対しては言ってない?」

「言ってないわ」

「本当？　いや、橘子ちゃんが先に言ってるよ」

「言ってないったら」

橘子は自分も清躬に対して言っている自覚があったが、しらを切った。

「わかった」

清躬があっさり折れた。

「言ってても、きいていないことにして」

「じゃ、やっぱり言ってるんじゃない」

清躬がそう言ってわらいだしたので、橘子もそれにつられてわらった。一緒にわらいあえるのは気持ちがよい。

「あ、ところで、」

もう一つ肝心なことをわすれていたのに橘子は気がついた。いけない、いけない。

「此間《こないだ》清躬くんのアパートに来た時、清躬くん留守だったからメモをおいていった日のことだけど、とってもかわいいおんなの子に会ったわ」

ナルちゃんは清躬に黙っている約束だった。まず私と清躬の間の話をちゃんとする。そうしてから、ナルちゃんと会った話を私から清躬に伝える。すると、清躬もナルちゃんにきょうの話をする。そういうふうに話をまわしあいながら、私たち二人を先に、次にナルちゃんを加えて、三人仲のよい輪の関係ができあがる。順番のことまでナルちゃんが考えたことなのだが、小学生なのに感心する。なのに、私ったら、もう少しでわすれてかえってしまうところだった。

「かわいいおんなの子？」

清躬から即答はかえってこなかった。

「橘子ちゃんが？」

「え、嫌《いや》あだ、清躬くん、なに言ってんのよ。かわいいおんなの子って、私が会った小学生のことよ。私じゃないわ」

「ぼくは、橘子ちゃんがかわいいおんなの子に会ったって言うの？とおうむがえしに確認しようとしただけだよ」

早とちりしたのは自分のほうだとわかって、橘子は赤面した。自意識過剰みたいにおもわれちゃ恥ずかしい。

「御免。清躬くんがそんなこと言うわけないとおもったけど、かえって、まさかとおもっちゃったの」

苦しい言いわけでも取り繕《つくろ》わないわけにゆかない。

「その子、名前は名乗ったの？」

「ええ、礼儀正しい子で、ちゃんと挨拶してくれた」

「小稲羽鳴海《おとわなるみ》ちゃんでしょ？」

「そう」

「どこで出会ったの？　というより、初対面ならぼくのアパートの前しかないとおもうけど、偶然鉢合《はちあ》わせしたということ？」

「清躬くんが留守だったから、アパートの前で伝言メモを書いてる時、それを見かけてナルちゃんが――そういう呼び名で呼んでいいって言われてるの――声をかけてくれたの」

「なるほど。で、ナルちゃんと幾らかお話ししたの？」

「ええ。わざわざ声をかけてくれたし、清躬くんとなかよしだって言ってたから、アパートの前の公園でちょっとお喋りした」

「まさか、自分の家族のこと、話したりは――」

清躬が声のトーンをおとして憚《はばか》るように言った。

「あ、御姉妹《ごきょうだい》のことをきいた。ナルちゃんのおねえさんたちも清躬くんと友達だって」

「おねえさんたちと言ったの？」

「ええ。でも、血がつながっているのは一人のおねえさんだけで。きくと、複雑な事情のある御家庭のようね」

「複雑であり、特殊でもあるだろうね。普通じゃない」

普通じゃない。特殊で、複雑。少女の話をきいた時に次から次に出てくるわけありの事情に重たいものを感じたけれども、清躬の言葉づかいもそのことを念押しするような感じだ。橘子が応答できずにいると、清躬がつけくわえて言った。

「ナルちゃんに罪はないけれども、かかわり方には注意が必要だとおもうよ」

「注意？」

注意という言葉は警戒の意味に橘子にはきこえた。清躬の言い方が気にかかる。

「おとなが子供のことを言うのはなるべく控えるべきだろうけど、あの子はかわいくて頭がいい、つまりよくできた子なんだ。橘子ちゃんもきっとそうおもっただろ？」

「ええ、疑いなく感心な子とおもった。話をきいていても、本当に頭がいいとおもう。よく気もまわるし、でも凄く素直」

橘子は少女に対して感じたままを述べた。

「ぼくも同感だよ。でも、あの子を取り巻く家庭環境は非常に特殊――はっきり言うといろんな意味で問題がある。そして、あの子はそういう問題を背負っている子供なんだ」

少女の話をきいた時もそういう重たい空気を感じたが、しりあったばかりの自分がいきなりそんな話をきかされる筋合いはないとおもったし、またそんな話をまだいたいけな少女に言わせてはいけないと配慮する気持ちもあった。できれば、ききたい話ではなかった。そして、そういう話は清躬にも似合わなかった。でも、実際の社会にはある話なのだろうとおもう。自分も社会人になったかぎりは、おそかれはやかれそういう世界に向き合わないわけにゆかないのかもしれなかった。少なくともそうした覚悟が求められているように感じた。

「あの子を取り巻く問題についてちゃんと整理した上で、あの子と注意深く接していくのがいいとぼくはおもう。だって、あの子はまだ小さな子供なんだ。子供でありながら、尋常じゃない問題を背負わされている。そういう子供の話をきいて、おとなが手ぶらでいいわけないだろ？　なにを差し出せるか。そのためにはまず情報を整理し、正しい理解をすることが必要だ」

「清躬くんはナルちゃんとお友達だから、よくわかってるのよね。だったら、教えてくれる？　私も知っておいたほうがいいとおもうの。だって、清躬くんのお友達はこれから私にとってもお友達になるんだもの」

「じゃあ、かえりはおそくなるけど、もう少しつきあってくれる？」

橘子は「ええ、私こそおねがいしたいわ」と答えた。

明日からまた仕事が始まるから無理はできないけれど、清躬と少しでも長く一緒に過ごせる意味でも歓迎だ。もともと自分が昼寝さえしていなければ、こんな時間にならなかった。その分時間を無駄にした負い目を意識すると、図々《ずうずう》しいなとおもうが、止《や》むを得ない。それにこうした込み入ったことは子供の口からきくよりも、清躬から説明してもらうほうがずっと気が楽だ。

橘子は清躬に促され、再びテーブルの椅子に腰かけた。清躬は直角の位置に座った。

「わがまま言って御免ね。清躬くんの時間、またつぶさせて」

橘子におちついてから、橘子は言った。

「わがままってことはない。橘子ちゃんも今後ナルちゃんと話をすることもあるだろうから、その時のためにも知っておいたほうがいい」

「うん」

「偖《さ》て、まず先に確認しておきたいんだけど、橘子ちゃんは、ナルちゃんからどこまできいてる？」

「どこまでって？」

「断片的なことしかきいていないなら、必要な情報も出していかないといけないが、もう既にいろんな情報をきいているなら、その整理をするようにしたほうがいい。こういう話はなんでも話せばいいというものではないけれども、本来きかないでもいいようなことまでナルちゃんが話しているなら、そこまでの範囲も考えてうまく説明しないと逆に混乱してしまうからね。できるだけナルちゃんからきいたことをそのまま話してくれるといい」

「わかったわ」

橘子は一週間前のナルちゃんとの会話をおもいうかべ、記憶を辿《たど》った。

「ナルちゃんは礼儀正しくいい子で、自分から小稲羽鳴海と名乗って挨拶してくれた。だから、私も自分の名前を伝えた。そしたら、清躬くんの妹さんですか？って。苗字がおなじだから、みんなそうおもってしまうわね。紀理子さんもうちを訪ねてきた時、そうだったし」

「御免、橘子ちゃん。脱線はなるべくしないで。できるだけナルちゃんがなにを話したのかということに即して言ってくれないと、時間がどんどんおそくなっちゃうよ」

「あ、御免なさい。時間を考えないとね。えー、それからね、小学校四年生と言ってた。年齢はまだ九歳。小学校四年生より小さい感じがしたけど、九歳とまだ一桁《ひとけた》の年齢なんだときくと、それくらい幼いんだと納得する」

「ナルちゃんのことはぼくもよく知ってるから、そういう感想はとりあえずわきにおいて――いや、いいよ。いろいろ注文を付けると橘子ちゃんも話しにくくなるだろうから、好きなように話して」

「なんか、何度も注意させてしまって御免ね。ナルちゃんのほうが余《よ》っ程《ぽど》ちゃんと話をしそう」

まだ話し出したばかりなのに清躬に何度も注意を受けて、あまりの出来のわるさに自分でも辟易《へきえき》した。こんな自分でも優しくフォローしてくれる清躬の存在がありがたい。

「いいよ、気にしなくて。あんまり考えたって話せなくなるから、とにかく先を続けようよ」

「うん。じゃ、続けるね。名前と学年と年齢。自己紹介の挨拶がそれで、あ、あと、このアパートの近くに家があると言ってた。そのあと私から、ナルちゃんは清躬くんとどういう知り合いなの？ってきいたの。そしたら、おねえちゃんたちが先に清躬くんとお友達になっていて、と話してくれたの。おねえちゃんたちというから、三人姉妹《きょうだい》なの？ときいたのね。すると、血がつながっているおねえさんは一人だけで、もう一人のおねえさんは本当のきょうだいじゃないって」

「そのおねえさんについてはどんなことを話してくれた？」

「そうねえ。えーと、おねえさん――血のつながっているほうのおねえさんは、ナルちゃんが生まれる前にお金持ちのおうちに引き取られたとかでずっと会ったことがなかったたって。それがつい最近初めて顔を合わせて、清躬くんともなかよくなったって言ってた。おねえさん二人とも、そのお金持ちの家でずっと一緒で、とてもなかよしだって。あ、それから、ナルちゃんと血のつながっていないおねえさんはとってもきれいだって。写真も光ってしまって、写らないとか。その話きいて、和華子さんのことおもいだした。あ、清躬くん、その少女をモデルに絵を描いてたでしょ？　たしか、クリオちゃんという名前ってきいた」

「なんだ。名前も言ってるんだね」

おどろいたように清躬が言った。

「ええ。もう一人の、ナルちゃんの実のおねえさんはカリスちゃんとか」

「そのおねえさんたちのことはほかになにか言ってた？」

「おねえさんたちについては、とってもきれいということくらいかな。あと、家族の話で、おとうさんも生まれた時からいないっていたし、家庭の事情がとても複雑そうだったから、あまり触れちゃいけないとおもって、私からはもうきけなくなったの」

「そう。それは賢明な判断だね。橘子ちゃん、おとなの対応をしたんだ」

清躬に誉められたが、そこまで意識していたわけではないので寧ろ恥ずかしい。

「あの子、素直になんでも話してくれるだろうけど、よその家庭のことで深入りさせられてしまうと重たくなるからね」

「だって、いくらいい子だって会ったばかりのおんなの子だし」

「逆に言うと、あの子は会ったばかりの橘子ちゃんにそこまで話したということだね」

「ええ、まあ」

「違う立場から考えてみても、いま橘子ちゃんがナルちゃんの話として伝えてくれた内容は、ナルちゃんのおうちのひとにとってそんなに他人に普通に知られても構わないことだろうか。おねえさんとずっとはなればなれだったとか、おとうさんがいない家庭だとか」

「デリケートな問題だとおもうわ。でも、まだ子供だから或《あ》る程度しかたがないわ。逆に、それだけ素直なんだとおもうわ」

「素直はいいけどさ。でも、あの子、賢いよ」

清躬の言葉に皮肉っぽい、素直でないものを感じて、違和感をおぼえるが、自分に対して忠告しようとしているのだとおもうと、そういう言い方もあるかもしれない。

「うん、頭がいいのは本当にそうおもうわ。私もやりこめられそうになった」

「へえ、やりこめられそうになったって？」

「あ、恥ずかしい話だけど。私、清躬くんの現在の情報を知りたいとおもって、ナルちゃんからいろいろきこうとしたのね。で、もう何年も会っていないという話もしてたので、だったら今の外見もきかなきゃというながれになるでしょ、普通」

「まあ、自然だよね」

「でも、私、紀理子さんがうちを訪ねてくれた時に、清躬くんの写真を見せてもらってるから、今の清躬くんがどんな感じなのかわかってるわけ。でも、ナルちゃんにさ、紀理子さんの話をして、清躬くんとの関係を話すなんてちょっとぐあいがわるいじゃない」

「おとなの良識だね」

「そこまで意識してないけど、でもとにかく、紀理子さんと会った話はできないから、清躬くんの今ってどんな感じか知りたいから教えて、っていうふうにナルちゃんにいくつか質問したの。背丈《せたけ》はどうとか？」

「背丈？　それ、小さな子供にきいて判断がつくかな？」

流石に清躬は鋭いと橘子は感心する。

「そ、そうなの。ナルちゃんも、うーん、おとなだから、とか言って、答えてくれなかったわ。その質問が意味をなさなかったので、体型がどうかをきいたの」

「体型？」

「そしたら、裸を見たことがないから、って今度もはぐらかされた」

「まずいね」

清躬の一言は自分への駄目出しにきこえた。へましたのは自分だとわかっているけど。橘子はちょっとショックで、言葉をつなげられなかった。

「橘子ちゃん、どうしたの？」

「あ、御免なさい。勿論、子供にもやりこめられるくらい自分がへっぽこなのはわかっているけど」

「はは。橘子ちゃん、おもしろいね」

「なにがおもしろいのよ」

清躬がわらったので、橘子は反撥《はんぱつ》した。

「言いかえしたね。それでいいよ。元気が出てきた」

「別におちこんでたわけじゃないわ」

橘子は強がって言った。

「子供相手だから、最初から相手にハンディをわたしてるんだ。しようがないよ」

「ま、そうかもしれないけど、でも、そんなふうに事ごとにかえしをされて、私、情けないことにちょっとうろたえてしまったの。そしたら、ナルちゃん、私に向かって、なんて言ったとおもう？」

「なんて言ったの？」

「当ててみてよ」

清躬なら言い当てるかもしれないとおもって、橘子は答えを要求した。

「わからないよ」

「そんなこと言わずに、考えて」

「だって、時間がないよ」

「あ、そうね。御免」

唯でさえ要領よく喋れていなくて時間をとっているのに、なにをまた時間をとるようなことをしているのかと、自分でも呆れる。橘子は自分から答えを言った。

「おねえさん、かわいい――って言ったの、ナルちゃんが」

「かわいい、だって？」

「九歳の子に言われちゃったの」

「ま、実際かわいいんだから、いいじゃない」

「なによ、清躬くんまで」

橘子は口を尖《とが》らせた。

「わるかったよ。でも、そういうやりとりであの子の頭のよさは充分窺《うかが》い知れる。更に言うと、此方《こちら》がおもう以上にものがわかってるよ。逆に言えば、自分のことでも、相手にどう伝わるか、わかった上で話をしているとおもうよ」

「そうなのね。まあ、それくらい頭がいい子というのはわかるけど、でも、清躬くんが初めに、注意しないといけないと言ったこと、どういう注意をしなきゃいけないのか、まだよくわからない」

子供だからといって油断できないというのは自分でもわかるけれども、清躬の言う意味はもっと深いようにおもう。

「それは橘子ちゃんが、あの子の家庭の込み入った事情について、まだ一部しか知らないからさ。どうしておとうさんがいないで、おんなだけの家庭なのか？どうしてきょうだいではなればなれだったのか？　その事情こそが大きな問題だけど、橘子ちゃんはそれをきいてない。橘子ちゃん自身、きかないようにしてたんだろうけど」

「清躬くんは知ってるの？」

「知ってるよ、あの子はなんでも話をしてくれるし。でも、きいてしまうと、そんな話をあの子にさせてしまったことを後悔してしまうくらいきつい話だよ」

実際そうなのだろうと、橘子もおもった。

「ナルちゃんに話をさせるくらいなら、ぼくのほうから先に伝えたほうがいいのかもしれない。まだ赤の他人のぼくが話せば、世の中に存在する不条理な話の一つとしてきけるだろうから。でも、きく覚悟はあるかい？　きかないなら、もうナルちゃんと接触を持たないほうがいい。接触を持てば、ナルちゃんの口からその話が出る。そうなれば、橘子ちゃんの性格なら、あまりに——」

覚悟はあるかときかれたが、橘子には迷いはなかった。

「清躬くんが話してくれるなら、私、きくわ。ナルちゃんからはききたくない。どういう話かわからないけれども、なにかとても辛い話なら」

「じゃあ、ある程度まとめてぼくから話をしよう」

そういう清躬を前にして、橘子はからだをかたくした。

「ナルちゃんの二人のおねえさんの名前、神麗守《かりす》と紅麗緒《くりお》、さっきそう話してたよね？」

「ええ、そう話した」

「そう。かわってる名前だろ？　どっちもギリシア神話の女神の名前からとられている」

「ギリシア神話？」

「美の女神と、歴史の女神の名前さ。勿論、本名じゃないよ」

「本名じゃないって言うなら、誰が名づけたの？　おねえさんたちを引き取ったというお金持ち？」

「勿論、その人しかないさ」

清躬は少し間をおいた。

「世の中には莫大《ばくだい》な財産を持った大金持ちが何人もいるが、そのなかで自分の特殊な趣味ないし願望を実現するのにいくら金を出してもいいという人間もいるのさ。その趣味や願望が世間で表向きにできない類《たぐい》のものであったりすることは結構おおい。そういう場合は、当然のことだけど、お金を注《つ》ぎ込んで秘密をしっかり管理し、ほとんど誰の眼にも触れないよう、巧妙に執《と》り行なわれる。で、その資産家の話だけど、その人はね、容姿の勝《すぐ》れた少女を自分の理想の女性に育てたい、という願望を長年持ち続けていたんだが、漸くそのことに専念できるようになって、そうした少女を育む理想郷を築いたんだ。ともかく理想の女性に育てるために用意できるものはなんでも調《ととの》え、自分の時間の総てをその少女の養育に充てる。つまり、そのお金持ちは世の中から隠棲《いんせい》しているんだ。一番の問題は、理想の女性として将来成長することが見込まれるような美しい容姿と優美純良な資質を持った少女を選んで迎え入れることだね。しかも、些《いささ》かの歪《ゆが》みもなくまっすぐ素直に、また一切の穢《けが》れもない状態から育てないと、純なる理想像には仕上がらないと考えている。そうなると、まだ年端もゆかないような幼い少女でないといけない。そういう小さいおんなの子で将来かならず美しくなる、容貌、気立て、振る舞い、総てにおいて理想の美に成長する素質を見出すのは容易ではないだろうが、お金を持っている人はあらゆる手段をもって見つけ出してくるんだろうね」

「それ、まさか、ナルちゃんのおねえさんのことなの？」

「そうだよ。その資産家は夢想家のところもあって、文学趣味にかぶれて理想の女性に育てるべく引き取った少女に、自分好みにギリシア神話の女神の名前をつけた」

「え、ちょっと待って。ナルちゃんからきいたところでは、その子たち、眼が見えないんじゃなくて？」

橘子の解釈では、ナルちゃんの親は眼が見えない子供を育てるのが難しく、お金持ちに引き取ってもらった、そうした少女を二人も引き取ったそのお金持ちは奇特なひとではないだろうかということだった。唯、ナルちゃんの家族の事情が込み入っている上に、少女の姉が眼に障害を負っているということをきいた時点で、橘子にはもうこれ以上入り込めないとおもって切り上げたので、橘子の解釈が合っているかナルちゃんに確かめることはできていない。でも、清躬の話では、そのお金持ちは自分の欲望を実現しようとしてナルちゃんのおねえさんを引き取ったようにきこえる。そうだとしたら、障碍《しょうがい》を負った子をわざわざ選ぶだろうか。障碍を持っていてもこの子でなければと選ばれるほど、圧倒的な美少女なのかもしれないけれど。

「なんだ、そんなことまであの子喋ってるの。で、あの子はどうしてかの女たちの眼が見えなくなったかということについてなにか言ってた？」

「唯、眼が見えないという事実だけ言ってくれたの」

清躬の痣の話はここではできない。

「眼が見えないというのはその子の情報をよりコントロールしやすくなる。人間は小さい時はなんでも吸収する。醜い情報は遮断し、よい情報だけ選別して仕込んでいけば、技藝《ぎげい》に勝《すぐ》れ、好ましい教養と性質を具《そな》えた理想の女性に仕立てていくことも可能になる。ピグマリオンの伝説を自分で実現しようとした」

「ピグマリオンって？」

「ギリシア神話に登場する王様で、自ら理想の女性を彫刻でつくり、その彫像にガラテアという名前をつけて、戀《こい》をした」

清躬が説明を施《ほどこ》した。

「彫刻に戀をしたの？」

「そう。現実の女性には失望していたんだ。だから、自分の考える理想をそのまま彫り上げた」

「それがそのお金持ちなの？」

「そのお金持ちの場合は、小さくてまっさらなおんなの子を自分のおもうように仕込んで、理想の女性に仕立てていくということだけれども」

「私、親が障碍を負った子供を育てるのが困難になって、お金持ちが慈善で引き取られたのかとおもってたわ」

「人の好い解釈だね。でも、現実はもっと冷酷さ」

清躬が突き放したように言うのが橘子にはかなしかった。

「物凄い勝手なお金持ちね。小さい子を自分の好き勝手にしようなんて。ナルちゃんの御両親はそんなことなんて知らされずにおねえさんを引きわたしたんでしょうけど」

「勿論、そんなつもりだという人間はいないだろう。でも、お金で引きわたしたことは多分まちがいない」

「お金で？」

その言葉だけで橘子は邪悪なものを感じないわけにゆかなかった。

「少なくとも父親には大金がわたっている。そして、大金を手にした父親は、程なくどこかに失踪《しっそう》してしまったようだ」

「失踪？」

「妊娠《にんしん》している妻をおいたままね」

「え、それ、ナルちゃんがまだおかあさんのおなかのなかにいる時ってこと？」

「そう」

橘子がおそれを懐《いだ》いたことに清躬は一言うなづいた。あまりのことに、橘子は「それはあんまり……」と言いさして絶句するしかなかった。

「だから、ナルちゃんのところにおとうさんはいなくて、きょうだいもはなればなれだったわけさ」

「重い——重すぎるし、理不尽だわ」

橘子は項垂れながら、苦しそうに言葉を吐き出した。

「本当にそのとおりだ。だけど、今のような話をナルちゃんの口からきいたとしたら、どうだろう？　とても居《い》た堪《たま》れない。きいた以上放っておけない気持ちになるが、といって、どうしてあげることもできない。でも、あの子にとっては、おとなのひとにきいてほしい、自分の家族の物語なのさ。自分勝手なおとなたちに責任がある、でも稚《いとけな》い少女がかかえさせられている物語」

橘子は心に重いものをかかえて、返事ができなかった。

「だから、ナルちゃんとの接し方には注意しないと、と言ったんだよ。ナルちゃん自身は全然わるいわけではないけれども。ところで、橘子ちゃんはあの子に連絡先とか自分の情報をなにか教えてるのかい？」

「ううん。名前と、清躬くんとの関係だけ」

「そう。それはよかった。もしきかれても、安易に答えないようにしたほうがいい」

清躬の忠告は尤もだと橘子はおもった。

「一つ、きいていい？」

もうこの話題から引き揚げたかったのだが、どうしてもきいておかないといけないことがあった。

「紀理子さんが言ってたんだけど、清躬くんはそのお金持ちのところから車で迎えに来られて、『美しいことにかかわる絵の仕事』をしに行ってたのよね？」

「今度は紀理子さんの話？」

そう言いかえされて、橘子は少し気が引けたが、

「御免。紀理子さんのことは話すつもりはないんだけど、ちょっときっかけだけ。『美しいことにかかわる絵の仕事』というのは、さっきちょっと言った、クリオちゃんをモデルにした絵のこと？」

橘子はこれだけははっきり確かめておきたいとおもった。紀理子に話せなかった事情についてだが、そのお金持ち、もしくは少女のほうから口止めされているなら、清躬のことだから、私に対してだって律儀《りちぎ》に秘密を守るだろうか。だけど、ナルちゃんからきいているから、もう秘密は意味をなさない気がする。どうにかしてそのことだけはきいておきたい。紀理子には駄目でも、私には話してほしい。

「そのとおりだよ。その資産家から頼まれたんだ」

清躬はあっさり答えた。

なんだろう。紀理子は清躬が秘密を楯《たて》にかたくなに話をしてくれないと言ってかなしんでいたけど、私にはかんたんに喋ってくれた。そんなに大層なことはなかったんだ。紀理子がちゃんときけなかっただけのことではないのか。

「クリオちゃんがどんなにきれいか、ナルちゃんは話

してくれたけど、本当に和華子さんみたいにきれいなの？」

「和華子さんは特別だとずっとおもってた。でも、紅麗緒ちゃんの美しさも本当に特別だ。比較は難しいけれども、子供時代に見た和華子さんの美しさと、絵を描く仕事に携わっている今のぼくが圧倒される紅麗緒ちゃんの美しさを敢《あ》えてくらべるなら、審美眼は当然今のほうがあるから、普通に考えて、紅麗緒ちゃんの美しさは和華子さんを超越してるんじゃないかとおもう」

「え、本当に？」

橘子は信じられないおもいで一杯だった。

「想像がつかないよ。正視するのも難しく、どこまで美しいのかきわめられない。神秘の美としか言いようがない」

和華子さんの美しさもそうだとおもう。その美しさを知っていながら、ここまで言うのだから、まさに神秘の美しさなのだろう。

橘子は清躬とのやりとりで確信を持った。紀理子は、清躬が和華子さんの絵を描きに行き、かの女の存在がありながら、昔憬《あこが》れていた和華子さんとの逢瀬《おうせ》で完全に心を奪われてしまっているとの疑惑になやんでいたけれど、事実はやっぱりそうではなかった。紀理子の早合点《はやがてん》だ。

「ナルちゃんの家族やその資産家については、話すと更に謎《なぞ》が出てくるし、ぼくだってなにもかも知ってるわけじゃないから、もうこのくらいにしよう。時間にきりがなくなっちゃうからね」

「うん、もう充分」

橘子も同意した。

「ああ、もう六時まわっちゃった。御免、清躬くん、長居しちゃって」

「いや、いいよ。とにかくナルちゃんのこと、ぼくと一緒ならいいけど、自分一人で関係を深めるのはやめたほうがいいとおもうよ」

「うん、清躬くんの言いたいことわかったし、きっとそうするわ。でも、ナルちゃんはいい子だというのは、清躬くんも認めるのよね？」

橘子は最後にそれだけでも確信を得たかった。

「どういう意味で、いい子ときいてるんだい？」

「えっ？　ストレートにそうだよって言ってくれればいいじゃない。清躬くんて、ナルちゃんのことになると、素直じゃない感じがするわ」

「そんなことはないさ。でも、ぼくから見ると、今の橘子ちゃんは、ナルちゃんのことを最終的にはいい子だというのに話をまとめて安心感を得たいとおもっているように見える。もしそうなら、それは違っているかもしれないよ」

「え、どうして?」

「あの子がいい子だというのに細かく注文つけたいわけじゃない。でも、それ以上に、賢い子だということに注意を払わなくてはならないんだ。かわいい子供で純粋で明るくて、というよい面が一杯目につくけど、それに安心しきって、あの子の賢さに注意をおこたってしまうと、大變《たいへん》な目に遭うかもしれない」

清躬の言うことはわかるが、かんたんに同意したくない。

「でも、子供なんだし」

「そうして一括《ひとくく》りにしてかたづけるのはまちがいのもとだよ。子供でも一人一人違うし、頭の働き方が鋭い子もいるからね」

「それは私だってわかるわよ」

「寧《むし》ろ、ナルちゃんのほうが、われわれのことを『いいおとな』かどうか見てるよ」

「いい子じゃなくて、いいおとな?」

橘子は首をかしげた。どういう意味だろう。


「基本的に『いいおとな』はほとんど無条件に素直そうな子供を信用する。あの子は賢いから、いいおとなを見抜く。そのいいおとなは、皮肉の意味でいいおとなだということもわかってる」

「皮肉の意味で、いいおとな?」

「いいひとぶっているだけのおとなさ。本人が自覚していないぶりっ子もおおいけれどもね。ま、そういうおとなだから、あの子も当てにはしてないだろうけど、ちょっとくらい助けになってくれるかもしれないから、そのおとなの反応を見る。いいおとなはそれで巻き込まれる。巻き込まれて、同情で済まないレベルだとわかって、逃げる。犠牲を払ってもいいと覚悟をきめられるいいおとなはほとんどいないだろうからね。あの子は、そういうおとなを何人も見ているはずだ」

清躬がここまできびしい見方を口にするとは、橘子はおもっていなかった。ナルちゃんにも容赦ない。でも、こういう話し方は昔の清躬とは違う。

「ナルちゃんは、今度は私を巻き込んで、私を試そうとしていると言うの?」

「疑ってかかるような見方はしたくないけれど。本当に力になってくれたら儲《もう》けもの。でも当てにしてないから、駄目だとわかったら、自分はおとなに見放され、

「えっ、私はいいけど。だって、やっぱり本当はいい子だとおもうし、それに、清躬くんの友達だから、私にだって――」

「ぼくとおなじ距離感にはいないよ、橘子ちゃんは。まだナルちゃんとは会ったばかりで、なんにも知らないじゃないか。もっと相手のことをわかってから、その上で自分で判断しないと。相手が望むからって、それに応じていたら、後で行き違いが生じて苦しむのは自分になるよ」

「でも……」

「紀理子さんだってそうだろ？　初対面でお互いに友達になろうたって、結局解消になっているじゃないか」

「それはそうだけど」

信じて裏切られているのは事実だ。もっと傷つけられているはずの清躬から言われると、かえす言葉もない。

「それも紀理子さんから言われたんだろ、友達になってと。橘子ちゃん、お人好しはいいけど、相手の意図はどこにあるかわからないことも踏まえて、もっと事情を心得てから、つきあい方をきめたほうがいいとおもうよ」

「清躬くんの言うとおりね。でも、ひとは素直に信じ

また傷つけられたかわいそうな子という考えを一層募らせるだろうし、おとなは善い人づらしてもみんなこうなんだと冷笑的な見方を肥《こ》やす」

「きついわね、子供にしては」

「ぼくもそこまで考えたくないけど、あの子は本当に賢いから、おとなの上手を行くところがあるよ」

「でも、清躬くんはナルちゃんと友達なんでしょ？　お互いにいいとこ認め合ってるから、友達になってるんでしょ？　ナルちゃんもはっきり、清躬くんのこと、友達だと言っていたわ」

橘子はナルちゃんとの会話をおもいだして、言った。

「そう、友達だよ。おねえさんとも友達だし、ナルちゃんとも友達だ。あの子がそれを望んでる。ぼくも応えてあげないといけない」

清躬は言葉を選ぶようにゆっくり言った。

「でも、それって……」

「ぼくはちゃんとした友達として接しているよ。ナルちゃんのこと、好きだし。無理はしてない。総て理解して、その上で友達になっている。その点でナルちゃんの認識にまちがいはない。でも、ナルちゃんが橘子ちゃんも友達と考えているなら、それはちょっとよくないだろう」

たいなあ」

「気持ちはわかるけど、世の中橘子ちゃんみたいなひとはほとんどいないよ」

「清躬くんみたいなひともほとんどいないってことね？」

「きっとね」

清躬の言葉に、まだまだ自分は子供だということをおもいしらされる。

10　運命の悪戯も終わってみれば

「御免。ああ、何度くりかえしたかな。今度こそ本当にお遑《いとま》しなくちゃ」

ナルちゃんの家庭の話が複雑で、予定外の時間が経《た》ってしまった。もういいかげんにしないと、夜もおそくなってしまう。自分も明日の仕事のことを考えて時間を気にしないといけないけれども、それより清躬《きよみ》のほうが時間は貴重で、あまり邪魔してはいけないのだ。もっと一緒にいて、もっと話したいけど、そうしていると優しい清躬はどこまでもつきあってくれそうだから、自分からけじめをつけないといけない。といって、腰が重かったのは橘子《きっこ》のほうだった。今度こそと橘子は清躬にわびて、やっと腰を上げた。

「ちょっと気の晴れない話になってしまったね」

清躬が申しわけなさそうに言った。

「ううん。清躬くんにいろいろ教えてもらってよかったわ。私だけじゃ考えの至らないことと一杯あるし、清躬くんと話していると、私の頭も整理できる」

橘子は荷物を持った。

「駅までおくっていくよ」

「わるいわ」と橘子は言った。清躬の申し出はとてもうれしかったが、これ以上清躬の時間をとってしまうのは申しわけない。

「また事故に巻き込まれたらいけないから」

「そんなにたんびたんびないわよ」

「いや、心配だから、おくるよ」

「そこまで言うなら。ありがとう」

本心では勿論《もちろん》喜んでいた。少しでも長く一緒にいて、話ができるのだから。

「また日曜日きていい？」

玄関口に来て、橘子はふりかえってきいた。

「勿論。今度もとりあえず二時ということにしておこうか。つぎはね、駅で待っててもらうほうがいいかな」

「駅で？」

「そのほうが安全」

「迎えにきてくれるの？　わるいわ」

「気にしなくていいよ。家で待ってるほうがおちつかない、大丈夫かなって」

「清躬くんも意外と心配性ね。いいわ。心配かけてもいけないから」

そう言いながら、なんでも清躬におんぶにだっこになってるなあと恐縮した。

「もうちょっと暗くなりかけてるね」

玄関を出て、橘子が言った。

「寮に帰る頃は夜道になるね」

「充分気をつけるわ」

そう言っている間に階段にさしかかって、橘子は手《て》摺《す》りを持っておりながら、呟《つぶや》くように言った。

「この階段もおんぶして上がってきてくれたのね」

「上りだしてからおりると言い出すから、びっくりしたよ」

「御免。危ないわよね」

「情況をおさえてものを言わないと危ないよ」

「本当に御免。だけどね、おとなになっておんぶされたの勿論初めてで、本当に恥ずかしかったけど、おんぶしてくれてるのが清躬くんだったから、小学生の時をおもいだして、なつかしかった」

「橘子ちゃんは昔をなつかしがるタイプ？」

「うーん、清躬くんとは特別想い出深いのよ。清躬くんはどうなの？」

橘子は逆に質問した。期待する答えはきまってるけど。

「そう言われると、答えはかぎられちゃうよ」

そのとおりだけど、ききたい。

「なあに？　逆に、そう言うと、そうはおもってないみたいじゃない」

「そうは言ってないよ。第一、さっきも言ったように、橘子ちゃんは特別とおもってるから、おんぶしたり、家にも入ってもらってるんじゃない」

言い方は違うけど、充分な答えだ。

「御免。私の言い方がわるかった。清躬くんはなにより行動で示してくれてる」

「わかってくれるなら、それでいいよ。ところで、興味本位できいてわるいんだけど、さっきのお昼寝で、橘子ちゃんてどんな梦《ゆめ》を見たの？」

昼寝のことを言われて橘子は場都合《バツ》がわるかったが、清躬にきいてもらえることはうれしい。

「梦？」

「おぼえていないなら、きいてもしようがないけど」

「おぼえていないなんてとんでもないわ。だって、だって、和華子さんが梦に出てきたんですもの」

「和華子さんが？」

清躬もおどろいたように反応した。無理もないことだ。

「ええ」

「一体どういった夢だったんだい？」

「あ、それがちょっと恥ずかしいというか——」

「恥ずかしい」という言葉を言い淀みながら、橘子は自分の顔が赤らむように感じた。

「恥ずかしい？」

「私、夢でもお昼寝してて、清躬くんに起こしてもらったの」

「へえ。それ、ぼくが何回か起こそうと呼びかけしてたから、それが夢に取り込まれたんだね」

「そうかもしれないわ。それでね、清躬くんが起こしてくれたのに私がまだ毛布のなかでぐずぐずしてたら、清躬くんが早く行かなきゃとせっつくの」

「ぼくが？」

「ええ。でも、夢のなかの清躬くんも優しいのよ。唯、私が寝坊したもんだから、和華子さんのところに行くのがおくれてしまったの」

「それで？」

「ああ、私、お昼寝して清躬くんにも和華子さんにも迷惑かけてしまってと謝っていたら、清躬くんが、和華子さんもお昼寝されてるよって」

「へえ」

「そしたら、実際、和華子さんがお昼寝されてるの。座椅子《ざいす》に凭《もた》れておられても優雅で、とってもお美しく」

「なんか、昼寝していた橘子ちゃんがそのまま和華子さんに入れかわったみたいだね」

「冗談よして」

橘子は清躬のほうを見て、首と手を横に振った。

「私なんか和華子さんとあまりにかけはなれていて、くらべようがないのは清躬くんだってわかってるでしょうに」

「でも、夢ってしばしば転移や入れ替えが起こるものだよ」

「清躬くん、もういいわよ。神聖な和華子さんを私と一緒にするなんて絶対いけないわ。私は知ってるのよ、清躬くんだって口には出さないけどどれだけ和華子さんを崇敬し、胸を焦《こ》がしていたか」

「わかったよ。ぼくだってそのおもいはわすれていない。ああ、でも、歩きながらそんな話はできないから、夢の続きに話を戻そうよ」

和華子さんのことで清躬をおいつめるような口ぶりになってしまったと、橘子は少し反省した。

「うん。和華子さん、本当にねむっておられる顔もきれいすぎて、うっとりするんだけど、でも、いつかは起きられるじゃない。その前に私、和華子さんをおどろかせて自分から起こしてみようとおもったの」

「それでなにかしたの？」

「しようとおもったの。和華子さんをくすぐったらともおもったけど、それじゃあ、あんまりびっくりさせることにならないし」

「びっくりさせたかったんだ」

「だって、起きておられる時は絶対にできないわ。ねむっておられる隙《すき》をつくようでいけないんだけど、でもチャンスなんだもの」

「で、なにを考えたの、和華子さんをびっくりさせることって？」

「それがね、なんか急に、膝枕《ひざまくら》してみたら、とおもったの」

橘子は口に出してみて、唐突な発想だと自分でもおもった。梦だから、しかたがない。

「膝枕？」

「あのね、和華子さん、とってもほっそりしてスタイルいいでしょ？　横になっておられると凄く脚も長くてきれいなのがよくわかるの。とにかく脚が長いから、太腿のところが——太腿といっても本当に細いんだけど——スカートから見えて」

「和華子さんのスカート、短かったの？」

「スカートが短く見える程、和華子さんの脚が長いの。梦だから、強調されるんでしょうけど。ともかく和華子さんのきれいな脚に膝枕してみたいとおもって」

「それがびっくりさせること？」

「でも、びっくりするでしょう」

「だけど、膝枕をやってみたいっていう、興味のほうが上まわる気がする」

そうだ。なにかびっくりさせることができないか考えることから始まったけど、実際に和華子さんがねむっていらっしゃる様子に眼をとめて、このまたとないチャンスを活かして自分がやってみたいことを考えて、膝枕をおもいついたんだ。

「言われてみると、そのとおりかも。でも、いくら興味本位でやってみようとおもったって、実際にやろうとすると、なかなかできるもんじゃないわ。だって、和華子さんに対してなにかするというのは、未知なるところに冒険するみたいなもの。とっても勇気がいる。清躬くんもわかるでしょう？」

「わかるよ、勿論。神聖にしておかしがたい和華子さんだもの。膝枕なんて大それたことだよ」

「そうだわ。それに膝枕って二人一緒にはちょっとできないでしょ？　その役、清躬くんに譲ろうとおもって」

「おっ、ぼくがそこで登場するんだ」

実際は登場しないの。橘子は心のなかで呟《つぶや》いた。

「そうよ。でも、清躬くんは和華子さんの前では意気地《いくじ》なしなの」

「橘子ちゃんのなかではぼくはそうきまってるんだ」

「御免ね。今は全然違うんだろうけど、あの頃は和華子さんの前で清躬くん本当におとなしかったもの」

「その話きいてると、梦のなかのぼくたちって、きっと小学校時代のぼくたちになってるんだよね？　膝枕するなんて発想もおとなはあり得ない」

「そうよ。考えてみると、子供の悪戯《いたずら》だわ、膝枕なんて」

「起きている時はなにもできないけれど、ねむっておられる間だったら、ちょっかいを出したくなる」

「まさしくそうよ」

橘子はうれしそうに叫んだ。

「おこられるかもしれないというどきどき感。いつも優しい和華子さんをおこらせてみたい、という気持ちも。そんなことをおもっていた所為《せい》か、私、和華子さんのスカートをめくりにいこうとしているの」

「スカートめくり？」

清躬が呆《あき》れたような声をあげたので、橘子は少し恥ずかしくなった。

「あ、あの、小学校時代の私だからね、梦では」

「わかってるよ。そう言えば、あの頃の橘子ちゃんはちょっとお転婆《てんば》なところもあったかな」

「えっ？　やだ。お転婆な私はスカートめくりもしそうと、清躬くんおもってるの？　ひどいわ」

「いや、そんなことおもってないよ。でも、おんなの子どうしで巫山戯《ふざけ》あってスカートをめくりあうこともあるみたいだけど」

「私、そういうのしないの」

橘子はきっぱり答えた。小学校時代の橘子は大柄でちょっとおとなっぽく見られていることも関係してか、スカートめくりの標的にされるほうだった。女子の友達も遊び半分でやってくることもあったけど、自分がやりかえすことはなかった。

「じゃあ、どうしてそんな発想をしたんだろう？」

「清躬くんになりかわって」

勇気を振り絞ってかわりにやってあげようと。

「ひどいなあ。ぼくだって、そんなことしないよ」

「御免。清躬くんがしないの、わかってる。してはいけないことだとおもうのもわかってる。でも、清躬くん、なにも言わないし、しない。私が誘っても。だから、やるのは私なの。私だって、勇気を振り絞ってる。和華子さんに向き合って自分の勇気を証明したい気持ち。そんな私に負けないように、清躬くんも勇気を出してほしい。私に協力して一緒にしてくれるんならいいんだけど、でも私がいけないことをしようとしてるなら、止めてほしい」

「それが橘子ちゃんの真意なんだね？」

「梦だから、そんなにきちんとおもってたか怪しいけど、ともかく一緒にかかわってほしかったのよ。まちがったことをしたら、止めてくれたらいい」

「でも、橘子ちゃんもスカートめくりはできなかったんだろう？」

「鋭いわね」

「わかるよ。和華子さんのスカートをめくるなんて、誰にもできない。橘子ちゃんだってできないよ。梦のなかでは、不可能なことでも物理法則に逆らってやれたりすることはある、空を飛べたりとか、高いところから飛びおりることができたりとか。でも、信念や倫理観でできないことは梦のなかでもできない。常識の考えにとらわれ、世の中をおそれてしないことぐらいなら、梦のなかでそういう外的な規制ははずれてやっちゃうことはあるだろうけど、自分が本当にしたくないことというのは催眠術にかけられてもやらないんだから、梦のなかでもおなじだよ」

「梦のなかでも和華子さんの美の力は圧倒的だったわ」

「結局、それは自分で止めたの？　それとも、スカートをめくろうとする手前で梦から覚《さ》めたの？」

「自分で止めたの、やっぱりできないことだとわかって」

橘子は答えた。

「ぼくはなにもしなかった――ぼくが止めたわけじゃなくて、橘子ちゃん自身が自分でやめた」

「いえ、私、やめようとおもったけど、やめるときめる前に清躬くんに同意を求めたの。でも――」

「でも？」

「清躬くんは――清躬くんのほうをふりかえると、清躬くん、いなくなってるの」

「いない？」

「あ、また逃げたんだって」

「逃げた？」

「御免ね。昔の私って、清躬くんに対して随分偉《えら》そうね。今も梦でその頃の自分を引き出してきて、清躬くんのこともそういうかたちで登場させるんだから、呆れてしまう」

「梦に責任はとれないから、気にしなくったっていいよ。それに昔は昔さ。でも、ぼくは逃げちゃうのかあ」

「本当に御免。でもね、清躬くんさ、和華子さんのおうちでみんなでお花をスケッチしてる時、一人だけ和華子さんを描いてるのがばれて、一人自分のおうちに逃げかえったことがあったでしょ。あの頃の清躬くんて、和華子さんの前ではからきし意気地なしだった」

「まだ言うか」

「もうやめる。でも、清躬くんとなかよくしてたあの頃が一番よかった。和華子さんも一緒だった時は特に。短かったけど、これからも絶対わすれないわ」

「ぼくだってそうだよ」

「でしょ？　清躬くんの初戀《はつこい》って和華子さんなんだよね？」

橘子は不意に話題を振った。

「え、なに、突然」

「ううん、別に。唯、確かめたかっただけ」

和華子さんとの想い出、清躬ともう少し話したい。

「違うよ」

「違うって、なにが？」

橘子は意外な答えにききかえした。まだ小学生でも、和華子さんに戀をしていたのはまちがいないはずだから。

「初戀ということで言えば、違うってこと」

「え、じゃあ、その前にもあったということ？」

「だって、順番を考えてみてよ。橘子ちゃんのほうが和華子さんより前に出会ってるだろ？」

「え、ええっ？」

橘子は目を丸くし、立ち止まった。

「御免。冗談」

清躬も足を止めて、手を合わせて橘子に謝った。

「な、なに。冗談てひどい」

橘子はちょっとむかっとして、両手で清躬の胸を敲《たた》くしぐさをした。

「もういいわ。私だって清躬くんのこと凄い好きだけど、戀という感情とは違う。で、どうなの？　和華子さんの前に初戀のひとがいたの？」

また歩き始めて、橘子がきいた。

「東京にいた時の小学校の先生」

あっさり清躬が答えた。なんでも素直に話してくれるので、うれしい。紀理子に対する時と違っているようだ。

「私たちのところに引っ越してくる前の小学校？」

「うん、そうだよ。その先生、とっても優しくて素敵な先生だった」

「へえ、その先生も美人？」

「うん、わかくてきれいで。勿論、和華子さんの美しさは特別だけれど」

「清躬くんのまわりは美人ばかりね。おかあさんもとっても美人だし」

「本当にそうだよ。今も眼の前にいる」

「馬鹿」

橘子はまた清躬の胸を敲きそうになった。

「清躬くんてそんなこと言うひとになっちゃったの？」

橘子はそう言いながら、自分がおもわず清躬に「馬鹿」とひどい言葉を言ってしまったことに気が咎《とが》めた。

「御免なさい。本当に御免なさい。清躬くんにひどい言葉を言ってしまって」

「馬鹿ぐらいどうってことないよ。おこらせているのはぼくのほうだし。ぼく自身はからかおうとしているつもりはないんだけど、橘子ちゃんにはついそういうことを言ってしまうみたいだ」

「いちいち引っかかる私もよくないとおもう。なれないとね」

「ま、いいよ。おこってもすぐなかなおりするんだから、平和なんだ」

「そうね。おこってるのは私ばっかりだけど」

「で、梦の続きは？」

「続きはもうないの。清躬くんはどこにってあたりを見まわしているところで目が覚めた、というか、清躬くんに起こされた」

「梦の話、ありがとう。おもしろかったよ。それに、橘子ちゃんがぼくが登場する梦を見てくれて、とても光栄だ」

「だって、本当に久しぶりで顔を合わせられたんだもの。もし昼寝してなかったとしても、今晩の梦には見るわ、きっと」

「じゃあ、これからたびたび橘子ちゃんの梦に登場させてもらうよ」

「ええ、歓迎するわ。私の梦へようこそ」

橘子は清躬のほうを見て軽く会釈《えしゃく》をし、微笑《ほほえ》んだ。

その時、橘子は自分たちが坂道を上っていることに気がついた。すると、清躬が指をさして、「あのあたりで転んだんだね？」と、きいてきた。

まさしくその現場だ。

「そうよ。とんだ災難だったわ」

「まだきいてなかったけど、道であんな仆《たお》れ方をして、一体なにがあったの？」

清躬が暢気《のんき》そうに言う。

「あら、清躬くん、傍《そば》にいて、見てなかったの？」

橘子は意外に感じて、尋ねた。

「どてっという音をきいて、前に女性が仆れているのが眼に留まって、慌《あわ》てて駆け寄ったんだ」

「どてって、漫画じゃないんだから、そんな音はしてないわ」

橘子はその擬音表現が心外だったので、どうでもいいこととおもいながらも、清躬との気安さから文句をつけた。

「御免。ほかに適当な表現がおもいあたらなくて」

「こっちこそ御免、大したことじゃないのに文句を言って」

清躬が素直にわびたので、橘子も謝らなくてはならなかった。

「そうか、清躬くん、見てなかったのか」

続いて、橘子は独り言のように言った。

「見てなくちゃいけないことがあったの？」

独り言を聞きとがめて清躬がきいた。

「ううん。唯、私が仆されるのを見てたら、どんな人が私にぶつかってきたのか、わかるとおもって」

「御免。仆されるって、誰か——」

清躬が心配そうに言ったにもかかわらず、橘子は少し突っかかるように、「あの、言っとくけど、私、一人でずっこけて、仆れたんじゃないから」と早口で言った。まさかそういうふうにおもわれていたら心外だ。

「別に一人で新喜劇してたなんておもってないよ」

「まあ、清躬くんは私だったら一人で新喜劇してそうとおもってるんだ」

橘子は敢《あ》えて意地悪く突っ込んだ。

「一人でずっこけて、と言ったのは橘子ちゃんだよ」

「私？　あ、そうか」

「あ、そうか、じゃないよ」

また一人合点《がてん》したとおもい、橘子は「御免」と言いながら苦笑《にがわら》いした。

「でもさ、なにもないのに、きゃあと叫んで一人で転ぶなんてしないよ。そういう情況では、誰かに仆されたと考えるのが自然じゃない？」

「否定はしてないよ。——この辺かな、転んだ場所は？」

　清躬が立ち止まって、あたりを見まわしながらきいた。

「そう、この辺」

　橘子もあたりをぐるっと見て、同意した。

「橘子ちゃんこそ、ぶつかった相手をちらっとでも見てないの？」

「それが結構突き飛ばされたから、仆されて顔を上げた時には、眼で追ったけどもう姿はきえていたの。きっと結構なスピード出してたのよ。多分自転車でぶつかってきたんだとおもう」

　橘子は見当を語った。

「多分？」

「当たられるまで後ろからなにか来ているとは全然気がつかなかった。車輪は見えた気がするの。でも、本体は見てない。忽《たちま》ち突き飛ばされて、相手を見る余裕がなかった。人も見てない」

「はねられたんじゃなくて、ぶつかられたの？」

「うーん、ぶつかられたのはぶつかられたんだけど、どっちかというと、おされて飛ばされた感じなの」

　橘子はその時のことをおもいだして言った。

「はねそうになって、おもわず突き飛ばした？」

「きっと、そう」

「でも、自転車だったらブレーキの音がキーッといってそれでわかるだろうから、相手はバイクだったんじゃないの？　それとも電動自転車か」

　橘子は「はねられた」自覚はなかったので、バイクや電動自転車のことはまるで考えてもいなかったが、その可能性もありそうだ。けれども、なにに乗っていたかは関係なく危険運転じゃないだろうか。

「相当乱暴な人なのよ、人に当たりそうでもブレーキをかけないんだから」

「引っ手繰《たく》りかな？」

　清躬がおもいついたように言った。

「普通なら咄嗟《とっさ》にブレーキかけるだろうに、そうしていないんだったら」

「うーん、それはないとおもうわ。だって、私、前かがみになってたもの、突き飛ばされる直前」

「前かがみに？」

「うん。あの時、この坂をころころ林檎《りんご》が転がってきたの」

「林檎？」

「そう。誰かおとしちゃったんでしょうけど、そのまま転がっていくのを見過ごすのもとおもって、前かがみになって拾ったの。その途端、後ろから当てられた。それで前のめりになって手とか膝とか突いて」

「林檎を拾おうとしたのが、知らずして相手の進路の邪魔になってしまったのかもしれないね」

「それだったら私もわるいけど、でも、当て逃げはいけないいんじゃない？」

「勿論、とんでもないことだよ。怪我もしたんだから」

「そう、怪我したんだもの」

そう言いながら、怪我したおかげで、清躬におんぶしてもらったり、丁寧《ていねい》に手当てしてもらったり、普通は経験しないようなことをしてもらったのだとおもい、満更《まんざら》わるいことでもなかったような気がした。なかでも、おんぶしてもらったことは、小学校時代の記憶を蘇らせ、清躬との心理的距離が一気に縮まったように感じる。怪我の功名ってこういうことを言うのかな。

それなのに昼寝をして清躬との時間の大半を無駄にしてしまったのはかえすがえすも残念だが、でもそれも運命の悪戯なんだろうとおもった。清躬との久しぶりの再会を楽しみにしていた自分が人に突き飛ばされて怪我を負い、そこにたまたま通りがかった清躬が助けてくれたのが抑々《そもそも》の運命の悪戯の第一章で、清躬の部屋に迎えられてちゃんと手当てをしてもらったのに昼寝をしてしまったという運命の悪戯の第二章に続いた。そこで見た梦も奇妙な梦だったから、間奏曲みたいな感じだろうか。そう考えると、運命の悪戯の第三章ってあるのだろうか。悪戯されるのは嫌だけど、終わってみたらおもしろかったという経験はわるくないかもしれない。といっても、もうきょうの清躬との時間は終わってしまう。

そんなことにおもいを巡《めぐ》らせている間に、駅への出入口が見えてきた。

駅に着いたので、橘子は切符を買って、改札口で挨拶した。

「きょうは本当にありがとう。また日曜日に。二時にこの駅で集合よね」

橘子は改札口を通り、振りかえって、笑顔で手を振った。清躬も振りかえしてくれた。橘子は右の手のひらと膝のガーゼを見て、これさえなければとおもいながらも、楽しい気分は帰り道も続いていた。

清躬の印象はおもっていたのとまるで違った。顔だちは勿論高校生の時に見た清躬とあまりかわりない。顔におおきくガーゼをしていても、ほとんど気にならず、おもかげがかわっていないのはよくわかる。だが、顔の表情や話しぶりは長く会わないでいる間にすっかりかわっている。それは、電話で清躬と話した時にも感じたことだが、実際会うと、お互いの距離がなくなっているだけに一層強く感じる。清躬がこれだけ明快に応答ができて終始活《い》き活《い》きしていたことは、非常に頼もしく、喜ばしいことだった。顔にガーゼを当てていたが、そういうことが気にならないくらい、清躬はすっきりして快活に感じた。

逆に言うと、紀理子《きりこ》の話のために清躬について無用な心配をさせられていたような気持ちになる。きょうの清躬を見ていると、うまくコミュニケーションできないのは清躬の所為《せい》ではなく、紀理子の問題なのではないかとおもえてしまう。

とはいえ、紀理子の話では、清躬は高校三年生の時に心の病気で入院していたという。清躬なりの信念が学校や父親とぶつかり、大学進学も断念したのだから、相当に辛い時期があったのは事実だろう。唯、今では自分で仕事をして、それなりに忙しそうだし、自信もついてきているようにうかがえる。杵島《きしま》さんという女性から離れて、より自立し、より自分を出せるようになったのかもしれない。紀理子は杵島さんが面倒を見ていた頃の清躬を知っていて、杵島さんの影響下でどうしてもおとなしく見えていたのかもしれないし、清躬もその頃を知っている紀理子には自己表出するのが躊躇《ためら》われた可能性がある。けれども、自分の場合、清躬からしても、お互いに子供時代の距離感に戻って、楽に自分を表現できたのではないだろうか。何年も経っているのに、顔を見るなり自分だと認めてくれたことにくわえ、昔にかえったように率直に接してくれて、橘子としてうれしいことこの上ない。

尤も、小学校時代にお互い親しく話をしあったとはいっても、話をリードするのはいつも橘子のほうであった。橘子のなかでの清躬像は、外見はとてもスマートな一方で、性格はとてもおとなしくて静かで優しい。男の子としては非常に純粋で中性的ですらあり、繊細さもかいま見える少年なのだ。根はしっかりとしているのだが、一面、不器用で、ぎこちなくて、傍《はた》で見ているだけで歯がゆくなってしまうところがある。それで放っておけなくて、此方《こちら》から手を差し伸べずにいられない。今おもうと、小学校時代いつも近くでそう見守ってきた感じだ。それからすると、清躬は喋りが達者になった。電話の時からそう感じたが、実際に会って話して、その表情も見て、一層強くおもう。それだけ清躬が成長したということだろう。それはいいことだが、一方で、ナルちゃんのことや紀理子のことでは、見方がきびしくて、言うことは尤もだが、本来の清躬らしい優しさの表現が後退しているように感じられたのは、橘子にとって引っかかりがないわけではなかった。今の清躬は本当にしっかりしていて、ものもよくわかって、とても頼りになりそうなのだが、正直なところ、昔の清躬とすっかりかわってしまったようなのに少しとまどうところもある。

だからといって、それが不足だというのではない。時が経てば現実は變化《へんか》する。人もかわる。昔を知っていた人ほど、かわったようにおもえるものだろう。しかし、變化がわるいほうに起きているのであれば問題だが、純粋で繊細なあまり世間にうまくあわせてゆけないのではないかと心配していたかれが、しっかり話ができるりっぱなおとなに成長しているのだから、喜ぶべきことにちがいない。そのようになっても、橘子のことをずっとわすれずにいて、すぐ昔の関係に戻ってくれていることは、本当にありがたいことである。清躬の成長にひきかえ、自分はまだ子供のようだと感じてしまうが、かれは自分との関係を大事にしてくれているようだ。そのおかげで、清躬と一緒だと、二人で子供の頃の一番楽しかった時代にかえることができるような気がする。何年もブランクがあったのに、一瞬で昔の時間を取り戻すことができる清躬との関係は、これからもかけがえのないものになるだろう。もっと年がいくようになっても、長くずっと関係を保っていきたいと橘子はおもった。

夜、就寝する時は、清躬の部屋のソファーで昼寝してしまったことをおもいかえした。とんでもない失態で、自分のだらしなさに嫌気《いやけ》が差すが、相手が昔とかわらない清躬であってよかったとおもった。普通だとお互いにぎこちなくなってしまうものだが、あの後も清躬と普通に会話できた。小学校時代とおんなじなのだ。二人の間では昔の時間が保存されているのだ。

そして、昼寝で梦見《ゆめ》たことが今も心に残っている。梦に清躬が登場したことは何年ぶりだろう。梦でも昼寝をしていたなんてどういうことだろうかとおもうが、梦にも清躬が現われてくれてうれしい。和華子さんの梦も久しぶりだし、美しいお顔を見られて本当に素晴らしい。

和華子さんがお昼寝されていたことは実際にあったことだ、と橘子は昔をおもいかえした。

昔のことだから記憶が曖昧《あいまい》なところがあるのは否《いな》め

ないが、小学校六年生の夏休みの或《あ》る日、裏隣にあった和華子さんの家（実際は和華子さんのおばあさんの家）をいつものように訪ねた時、なぜか玄関の鍵が開いていて、そのまま中に入ったことがあった。今、よくおもいだしてみると、清躬も一緒だった。

中に入って声をかけても和華子さんは出てこられなかったが、何度もお邪魔しているので、靴を脱いで上に上がった。その時、清躬が制止したかどうかはおぼえていないが、きっと自分が先導したのだろう。自分一人だったら、もう一度出なおそうとおもっただろうが、おそらく清躬が一緒だからこそ、中に入っちゃおうとおもったにちがいない。奥が暗かったので、応接間をのぞいた。和華子さんのおばあさんの家は、もともとなくなったおじいさんと夫婦で住まわれていて、玄関を入ったところのわきには応接間があった。一緒にトランプしたりゲームしたりするのはお茶の間だったが、絵本を見せてもらったりスケッチしたりする時は応接間のことがおおく、応接間もなじみがあった。

扉をそっと開けると、中の様子が見えた。二人は、向こうがわのソファーに和華子さんがねむっているのを発見した。

訪ねてきたのだから声をかければいいし、無断で入ったことに気が咎《とが》めるなら、そっと立ち去ったらよかったのだが、二人ともなにも言えないまま引き寄せられるようにソファーの傍《そば》に行った。そして、暫《しばら》くずっと佇《たたず》んでいた。佇まずにはいられなかった、否《いや》も応もなく佇むほかなかったのだ。

清躬も自分も、和華子さんの寝姿の美しさにわれをわすれて見入っていたのはまちがいない。

和華子さんはソファーの肘《ひじ》かけにクッションをおいて頭を載せられていたので、初めからお昼寝をされるつもりだったようにおもわれた。足先のほうももう一つの肘かけに載せられていたようにおもう。

和華子さんは夏の短い期間しかおられなかったから、いつも夏服で軽装だったが、その日のねむっている時の服装もまっ白いブラウスに爽《さわ》やかな水色のフレアスカートだった。スカートから出ている和華子さんの脚の、本当にほっそりして長く美しいことに、子供ながらも息が詰まった。それだけ和華子さんの脚が長く、細い太腿もはっきりおぼえているので、スカートの丈も短かったかもしれない。和華子さんはそれほど脚を露出されないミディ丈のスカートがおおかったが、それだけに短いスカートの時の印象は強い。しかも、横たわっておられると脚の長さがより実感されるから、スカートがなおいっそう短く感じられた可能性はある。ともかく和華子さんの寝姿は初めてで、本当にきれいだという感動と、見たことのない美しさへの驚異が、二人をその場に釘付《くぎづ》けにした。

橘子はもともとあまり夢をおぼえている質《たち》ではなく、見たのにわすれていることもおおいだろうが、夢に和華子さんや清躬が現われたのはかなり久しぶりだった。どういう夢にしろ、もう何年も会っていない清躬との再会をきっかけに、更にそれ以上長い間会っていない和華子さんを夢に見たのは、とても感慨深かった。そこまで清躬と和華子さんが自分のなかで結びついていたるのだとあらためておもった。

和華子さんはとても物静かで、普段の時でも眼をつむってじっとされていて、ねむっておられるのかと感じることもままあった。居間で座椅子《ざいす》に腰をかけられている時もそういうことはあった。夢に登場したのはそういうシーンだが、でもその時は橘子と清躬が二人でゲームをしている途中で、見守っている和華子さんがまどろんでおられる様子に気づいたもので、部屋を入ったらお昼寝をされていたというのは、応接間での記憶と混同してしまったようだ。

偖《さ》て、応接間に入って和華子さんのお昼寝に遭遇した後、どうなっただろうかと、橘子は記憶を呼び出そうとしたが、全然おもいだせなかった。和華子さんが二人に気がついて起きてこられたのか、それとも目覚められる前にその部屋から退散したのか、それすら記憶が出てこない。清躬はおぼえているのではないだろうか。清躬ならきっとおぼえているはずだ。でも、この話を突っ込んでいっていいものか、橘子は少しおもいあぐねた。和華子さんに対するスカートめくりなんてしていないのは当然なのだが、けれども、黙って応接間に入り、和華子さんのお昼寝の様子を盗み見たこと自体、清躬のなかでは罪の意識と結びついているかもしれない。それに触れてはいけない。きょうの清躬は心の病気にかかっていたとは少しも感じられなかった（紀理子の話題に触れた時だけは微妙だったが）。しかし、繊細な心の持ち主であることはまちがいないのだから、過去の咎めを想い起こさせるようなことをしてはいけないのだ。

ともかく自分の記憶のなかで曖昧なことを明快なものにしようとおもって探っていくことが清躬を傷つける可能性が少しでもあるなら、それは控えるべきだ。それより、実際に清躬と会えて、これからも一杯話ができる。そのなかで和華子さんとの楽しい想い出だけ共有してゆけばよい。清躬と一緒だと、自分の一番幸福な時代が眼前に蘇る。それだけで素晴らしい。また来週に会う。ああ、本当に楽しみだわ。

11　梦でもない　戀でもない

　つぎの日の月曜日に出社した橘子《きっこ》は、膝《ひざ》に繃帯《ほうたい》をし、右の手のひらにはガーゼを当てていた（膝を隠すよう私服は長めのスカートにしたのだったが、制服のスカートは膝が出てしまうため、見咎《みとが》められてしまった）ので、課のみんなに心配された。坂道で転倒したが、友達がすぐ応急處置《しょち》してくれたので、大丈夫ですと答えた。緋之川《ひのかわ》さんにはまたお昼を誘われ、そこで詳しい事情を尋ねられた時も特につけくわえることはなかったが、あとでかれから気づかいのメールを貰《もら》った。勿論《もちろん》、そこには橘子が土曜日の東京案内のお礼ということでワイシャツのお仕立券をくれたことへの喜びや感謝も表わしてあったが、怪我《けが》の心配も親身な感じで書いてあり、メールのボリュームはいつもにくらべてかなりあった。

　配属されて三週目に入って、橘子は仕事にも会社にもなじむようになったが、それは鳥上《とりかみ》さんと緋之川さんがいてこそだった。

　個人的にも、鳥上さんはおねえさんのような存在で、心から慕《した》うことができた。鳥上さんは無口で、必要なこと以外はお喋《しゃべ》りされないけれど、でもちゃんとかの女のことを見て、都度都度《つどつど》為になる助言を与えてくれる。また、かの女に甘えや依存意識が生じないよう気をつけて、しばしば自分自身で考えて答えを導くようにも指導される。御自身の仕事もきっちりされ、まわりの信頼も厚い鳥上さんが育成担当で本当に恵まれているとおもう。

　橘子のことを気にかけてくれるということでは、緋之川さんの存在も非常にありがたかった。鳥上さんは結婚されていて、仕事が済んだら家庭の用事があって早く帰ってしまわれるけれども、緋之川さんはその後も面倒をみてくれる。いつも快活で楽しい気分にさせてくれて、素敵な先輩だ。鳥上さんが優しいおねえさんなら、緋之川さんは頼り甲斐《がい》があるおにいさんと言えた。緋之川さんがしばしば橘子に声をかけたり、食事につきあってくれるのも、面倒見のよい兄的な役割としてごく自然に受け取ることができた。

　つぎの火曜日の朝、緋之川さんが出社の挨拶《あいさつ》をかわした後、橘子に、「この本、感動するよ。読んでみない？」と一冊の本をおいていった。人気作家の新作本だ。橘子は素直にうれしくて、「ありがとうございます。楽しみです」と声を弾《はず》ませて返事した。

　鳥上さんの出社時間は定時に近く、二人よりおそいため、お昼休みの時に、橘子は鳥上さんに、緋之川さんから本を貰ったことを報告した。夜御馳走《ごちそう》になって緋之川さんの額に怪我をさせたことを鳥上さんに報告した時、いちいちそういうことは言わないでもいいよとかれから釘《くぎ》を刺されたので、その後の食事や土曜日のことも報告はしなかったのだが、本はまるで違うことだし、本の内容に興味もあって話題の一つとして気軽に話をした。

　すると、そこで鳥上さんが少し声を潜《ひそ》めるように、「緋之川さんにはあまり甘えないほうがいいわ。あのひとにはきまったひとがいるから」と言った。「いえ、私、別にそんなつもりは」と橘子は答えたのだが、実際鳥上さんがどういう意味でそういう忠告をしたのかピンときていなかった。普段仕事にかかわること以外ほとんど口にせず、特に人のことはとやかく言わない鳥上さんがそういう発言をしたこと自体、橘子にはとても意外で、気にはなったが、人気のある緋之川さんから自分がいろいろ目をかけられ、こんな本まで貰ったのを見られて、鳥上さんもやはりおんなだから、ちょっと一言忠告されたかったのだろうと勝手に判断した。緋之川さんくらい魅力がある人なら戀人《こいびと》がいて当然だとおもうし、まさか自分がそこに入り込もうとは考えもしない。自分は妹気分でいるだけで、別に戀人から気にされることはないとおもった。妹というのは、おにいさんが好きなら好きなだけ、大事なおにいさんの戀を応援しこそすれ、邪魔などするはずがないのだ。かりに自分がどうおもおうと、緋之川さんにすれば、単に新人だから面倒をみてやっているだけのことにちがいない。橘子だって、つきあうなら、清躬《きよみ》とのほうがずっと自然だと感じている。勿論、幼馴染《おさななじみ》の清躬とは仲のよい友達であって、つきあうことなど頭の片端にも上っていないが、同世代の清躬の存在があるのに緋之川さんと男女の仲になるなんてもっと想像に遠いのだった。だから、緋之川さんと親密になることに咎《とが》め立てされる謂《いわ》れをどこにもおぼえなかった。問題視する方が變《へん》だとおもった。なにも気にすることはないわ。

　橘子は大体において慎重で、一種臆病な面があった。万事控えめがよいとおもったり、目立つことを避けたりするのもそういうところからだった。鳥上さんから忠告を受けた時、これまでのかの女なら、どうしてそんなことを言われるのだろう、自分のことはどう見えているのだろうと、そういうことが気になって、緋之川さんとの関係も自分自身で問いなおしたはずだ。また、緋之川さんの「きまったひと」という第三者への言及に、これからはもっと慎重な態度をとるべきだと判断したにちがいない。

ところが、どういうわけかその時は、自分が言われていることの意味にあまりおもい至っていなかった。あら鳥上さんでも緋之川さんについては気になるんだとか、緋之川さんのことだからとやかく言われるんだとか、自分のことをよそに気楽にそうおもって遣《や》り過ごした。「きまったひと」というのも自分にはまったく関係がない、と。しかしながら、実際のところ、緋之川さんのような人気があって素晴らしい男性にかわいがってもらっていることに、特権的な快感をおぼえていないとも言えなかった。また、そうした有能な男性が自分の魅力を認めてくれ、称揚してくれることは、小さいながらもかの女に女性としての矜持《きょうじ》を形成させた。自分は会社ではまだ臆病な小動物のような隅っこの存在でしかないが、それでも緋之川さんはかがやきを認めてくれ、まんなかにおいてもらえることもあるのだという、喜びや満足感も生まれる。しかも、それは緋之川さんと顔を合わせるたび少しずつ割合を増していくようだった。ところが橘子は、そのように自分の心が變化《へんか》していることになにも気づいていなかった。

鳥上さんに忠告されてからも、緋之川さんにきまったひとがいるということを橘子が特に意識することはなかった。唯、鳥上さんの前で緋之川さんの食事の誘いに応じるのは控えた。流石《さすが》に、先輩の忠告をまるで気にかけないで、これ見よがしな態度を示すのはあまりに失礼だと感じたから。そういう日は橘子は少し居残った。家庭の用事もある鳥上さんは大抵定時にかえるので、それを遣《や》り過ごした後で、緋之川さんの目配せに応じるのだ。鳥上さんに対して誠実とは言えないが、だからと言って、緋之川さんをないがしろにはできない。

緋之川さんからの週末のお誘いは、つぎの土曜日にもあった。清躬と会うのは日曜日と考えていたし、ほかに予定を考えてもいなかったので、差し支えなかった。

初めは、緋之川さんの車でドライブに行かないかということだった。しゃれた名前の車種を言われたが、車に疎《うと》い橘子はそれがどんな車か知らなかった。いずれにせよそこまでつきあうのはどうかとおもい、初めは断わったのだが、かれが非常に残念そうな顔をしたのを申しわけなく感じて、ドライブはつきあえないがお昼だけなら御一緒してよいと返事した。それでもいいよ、と緋之川さんは機嫌《きげん》をなおした。

約束当日、橘子は先週買ってもらったワンピースを着てゆくことにした。プレゼントしたほうからすると、早速着てくれるのはうれしいことだろうと考えたのだ。

寮を出る時、或《あ》る先輩の眼に留まってじろじろ見られた上、「きょうもいいことありそうね」と言われた。「きょうも」という言葉にも引っかかったが、特にきょうは緋之川さんからプレゼントされた服を着ているので、言葉の裏にお粧《めか》しの理由をおしはかられているようで恥ずかしかった。

でも、緋之川さんは目上だし、それなりの失礼でない格好をしようとおもえば、服はかぎられてしまう。普段からおしゃれに気をつかうほうではないので、たいした服も持っていない。前の土曜日もどういう服を着て行ったらいいのかわからなくて、それが無難かとおもってスーツで行ったら、なにあらたまってんだい、もっと気楽にしてくれなくちゃと緋之川さんに言われたくらいだ。このワンピースを買ってもらったのも、かの女があまりおしゃれしなさそうだからと緋之川さんにおもわれたからかもしれない。人がどう見ようとそれはその人の勝手だが、事実は単に食事に出かけるだけで、それ以上のつもりはないのだから、気にすることはないと自分に言いきかせ、橘子は駅に向かった。

寮の門を出て少し行ったところで、背後で小さくクラクションが鳴った。ふと振り向くと、ぴかぴかの自動車がすーっと近づいてきて橘子の横をちょっと行き過ぎて停《と》まった。カチッと音がして、ドアが少し開く。そこから緋之川さんが顔をのぞかせたので、橘子はびっくりした。

「乗って」

「きょうはドライブじゃなく……」

橘子は当惑しながら小声でぼそぼそと言った。

「ああ。これはお昼の店まで行く足がわりさ。その前に携帯のショップにも行かないといけないしさ。電車を乗り継いで行くより、こっちの方が速い。とにかく早く乗って」

もうこうやって用意されている以上、断わりようがない。しようがなしに助手席に乗り込むと、緋之川さんが、「橘子ちゃん、此間《こないだ》買ってあげた服着てきてくれたんだね。ありがとう」と、すっかり御機嫌な様子で言った。

緋之川さんはかの女のことを職場でも会社の外でも「橘子ちゃん」と呼ぶようになっていた。歓迎会のつぎの日、つまり配属二日目からそうだった。橘子の苗字《みょう じ》は檍原《あわきはら》といって、少し発音しにくいので、学生時代から大抵「橘子」とか「橘子ちゃん」と下の名前で呼ばれてきたし、会社に入っても今は「橘子ちゃん」と呼ばれるのが普通になっている。いつも丁寧に「檍原さん」と呼ぶのは課長と鳥上さんくらいだ。唯、そうは言っても、車のなかという閉鎖空間で男のひとと二人だけで隣り合わせになって随分と緊張しているところで、そう呼びかけられるのはいつもと勝手が違う。

しかも、御自慢の愛車のなかで緋之川さんは職場とはまた違う雰囲気《ふんいき》をかもしだしている。仕事中の一瞬の隙《すき》も感じさせない雰囲気とも、飲み会でのリラックスかげんとも違う。愛車の主人として悠揚迫らぬ風格を漾《ただよ》わせながら、くつろいで気持ちよさそうな笑顔をうかべている。緋之川さんのプライベートに初めて触れるおもいで、橘子はおもいきり緊張した。

緋之川さんのプライベートな場といっても、車のなかは特別だ。しかも、隣り合わせの位置関係は、まるでパートナーに選ばれたみたいな感じで、おちつかない。なにより距離が近すぎる。緋之川さんの眼差《まなざ》しがあまりに近くて、膚《はだ》の肌理《きめ》まで細かく見られているし、服を着ていても生身に視線で触れられている感じさえする。おまけに、座った状態でワンピースの裾《すそ》がせり上がって、膝と太腿《ふともも》がおもいのほか見えている。着てみた時もミニ丈なのはわかっていたが、極端に短いわけではないからいいとおもった。まさか車の助手席にこういう格好で座るとは想定外のことだった。それに、膝小僧《ひざこぞう》に先週怪我をした痕《あと》が見えてみっともない。繃帯を取った後、膚色の絆創膏《ばんそうこう》にかえて目立たないようにしているが、サイズのおおきな絆創膏だし、こんな隣にいたら眼につかずにいない。橘子は手を伸ばして膝を隠すようにしたが、不自然だし、おちつかない。それがまた緋之川さんの視線を引き寄せているようで、更に気後《きおく》れする。

「膝、まだ痛むの？」

「いえ、もう大丈夫なんですけど」

「気にしすぎだよ。もっと普通に楽にして」

橘子はいつまでもそうしているとまたおなじことを言われるとおもって、手を元に戻した。けれども、緊張感はずっと解けなかった。緋之川さんから時々質問を振られても、ほとんどまともな受け答えはできない。それでも、かれのほうは橘子の様子など気にしたふうもなく、終始上機嫌だった。

橘子は、これはドライブじゃない、ドライブはきっぱり断わったんだから、と何度も自分に言いきかせていた。交通手段の一つとして緋之川さんが用意したものので、それ以上の意味はない。お昼を食べたらそれで終わりだ。緋之川さんだってそのつもりのはず。

実際のところ、最初携帯電話のショップに行って、今度こそ必要書類も調《ととの》えて携帯電話の購入を行ない、その後昼食の場所に直行したから、乗車時間自体も短く、車は移動手段にすぎず、ドライブを楽しむというような感じにはならなかった。帰りさえつきあわなければドライブじゃないし、緋之川さんも自分を騙《だま》してはいないと橘子は考えた。

唯、短い乗車時間の間でも、車のなかで二人きりという情況のなかでは、少しでもうかれたりすることはまずいとおもうのだった。緋之川さんはいろいろ質問してもかの女が生返事しかかえさないので、そのうち自分の仕事の話を中心にお喋りするようになった。取引先や上司のエピソードも気軽に聞ける内容のものでいろいろ教えてくれた。橘子は相槌《あいづち》を打っているだけでよかった。おもしろい話はかの女もわらうのだけれども、でもわらい方がおとなしいのか、「この話、ほかの人にはもっと受けるんだけれどなあ。きみ、鳥上さんに似てきて、段々とわらわないようになってきたんじゃないの。あのひともわらわないからなあ」と言われた。

緋之川さんがいろんな話をしてくれるのも、自分に楽しんでもらいたいと気づかってくれているのだ。それに対して、橘子の方は身構えていて、かれの好意になにも応えられていない。鳥上さんの忠告が心に残っているのだけれども、本当にこれでいいんだろうかと橘子は疑問におもった。自分も緋之川さんからいろんなな話をしてもらって、そのこと自体は楽しい。だから、もっと素直になって、正直に反応してもよいはずだ。なそうしないとかえって緋之川さんに気づかいさせてしまうことになる。しかし、二人きりで車に乗っているという情況を考えると、やはりどうしてもかたくなり、身構えを解けないままでいた。

目的地に着き、車からおりて漸《ようや》く、橘子は解放された気持ちになった。

お昼の場所は日本料理店だった。和食とはちょっと意外だったが、お店はなかなかりっぱな構えだった。なかへ入ると、座敷に案内された。座敷は個室で、また二人きりの閉じられた場所になると感じたが、だがお店のなかと車のなかとでは全然違う。お店の人も出入りするし、第一座る位置関係が違う。自意識過剰も程々にしないと、楽しめるものも楽しめないし、本当に緋之川さんに失礼だ。

「おしゃれなレストランもいいけど、こういう下町の江戸情緒を味わってこそ東京の本当のよさがわかる。ちょっと偉《えら》そうな物言いになったけど」

緋之川さんは東京が不案内な自分に、前回のおしゃれなスポットと趣《おもむき》をかえ、こういう東京の魅力もあると教えてくれようとしているのだとおもい、その親切と気くばりに橘子は感謝の気持ちと心からの喜びをおぼえた。

運ばれてくる料理の品々も興味あるものだったし、舌も喜びをおぼえたので、橘子も心がおちついて、いつものような調子に戻った。かの女の心理状態がかわったのをしっかりキャッチして、緋之川さんはにこにこしながら「きのうはちゃんと報告したのかい、御両親に?」ときいてきた。

「え?」

「きのう初めてのお給料貰っただろ?」

「あ」

そう、きのうは給料の振込日で、橘子は社会人になって初めてのお給料を支給されたのだ。

「なにとぼけてるの。電話しなかったの?」

「いえ、まだ……」

橘子は「とぼけてるの」という言われ方をして、答えに困った。初めてのお給料で両親にプレゼントを買おうという意識はあったが、わざわざ国許《くにもと》に報告するという考えは特になかった。

「ああ、それは淋しがられてるよ。一言でもいいから電話すれば、御両親はどんなに——。あ、まあ、別にきょうでもいいさ。きょうかえったら、してあげるんだよ」

「はい」

緋之川さんに言われて、社会人としての最初のお給料というのはそれだけおおきな意味があることなのだと橘子はあらためて認識した。両親にプレゼントを買うとかそういうことは当たり前のことで、少しも大したことではない。寧《むし》ろ、社会人として一人前になった証《あか》しのこの記念の日、両親も娘がこの日を迎えるのを心待ちにしていただろうから、ちゃんとそれを受け取ったことをきちんと報告する、それが最低限の礼儀であるとともに、まごころであるはずなのだ。勿論、ここまで育ててくれた親への感謝も言葉できちんと伝えることになるわけで、是非そうすべきだった。考えてみれば、もし自分が自宅から通勤しているなら、帰宅して真っ先に給与明細を両親にわたし、きちんと報告したはずだ。ほかの同期の仲間はみんなそうしているにちがいない。ところが、自分だけそうしていないのだ。一緒にくらしていないからこそ、なおのことそうすべきだった。両親も楽しみに待っていたのではないか。プレゼントをなににしようかという外形的なことにとらわれて、ちっとも親のことを考えていなかった。橘子は自分の未熟さが歯がゆくおもわれてならなかった。

一日おくれて申しわけないが、それでもきょうかえったらかならず両親に電話しようと心に誓った。

「緋之川さん、ありがとうございました」

「え？　なに？」

橘子が突然箸《はし》をおいて頭を下げたので、今度は緋之川さんがおどろいた。

「本当に大事なことをおもいださせていただいて。初めてのお給料、両親には唯なにかプレゼントを買ってあげたらいいくらいに軽く考えてました。でも、きちんと報告し、お礼を言うほうが何倍も大事なんだといま気づきました。緋之川さんのおかげです」

橘子は本心からありがたいとおもい、そう言った。

「きょう、初めてのお給料が出る日だね。本当はきのう、この一か月ちゃんとがんばったってことだよ。これで本当の意味で社会人になった。おめでとう。それから、御苦労さん」と緋之川さんに声をかけられた時に、わざわざそう言ってもらったことの意味をしっかり考えて、初めての給料の重みをよく自覚しておくべきだったんだ。

「いやあ、そんな大層な。しかし、きみって、本当にまじめだねえ」

緋之川さんは感心したように言った。

緋之川さんは話題豊富で、喋りも巧《たく》みなので、話をきくのが楽しかった。話題が一段落したところで、緋之川さんが言った。

「橘子ちゃん、大分解《ほぐ》れてきたようだね。最初は会話が弾まなくて心配したよ。此間買ってあげたワンピースを着てきてくれたから、きょうは初めからぴったり調子が合うもんだと期待してたんだ。まあ、今は随分いい調子になってきたから、なにも気にしなくていいけどね。きみはまじめな子だから、鳥上さんについているとかの女にならってしまうのかもしれないけれど、もうちょっと伸び伸びしたほうがいい。社会人というのは机に向かう仕事だけ出来ればいいってものじゃない。人とのつきあいが自分の仕事の幅もきめるんだ。きみの笑顔はとっても素敵だよ。それだけでみんなを心地《ここち》よくする。それにお酒だって飲めるんだから、いろんな場に顔を出せる。あとはそういう場を自分から楽しめるようになることさ。きみが心から楽しんでいれば、まわりの人も楽しめるんだ。そこでちょっと心づかいもできるようになれば、いろんな人から目をかけてもらえるよ。それはとてもありがたいことだよ。まあ、その辺の指導はぼくにまかせてもらおう。鳥上さんなんかその気になればもっとおおきなフィールドで活躍できるひとだけれど、あのひとは早く家庭を持っちゃったし、大体自分から前に出ないひとだからね。きみはそれではあまりに勿体《もったい》ないよ。きみはもっともっとかがやくひとだから、ぼくがうまく引き出してあげる」

これまでも緋之川さんは橘子に対して、もっと積極的になったほうがいいと何度か言うことがあったが、おとなしさを鳥上さんのことを引き合いに出して言うのは初めてだった。しかも、鳥上さんのことを否定的なニュアンスで言われたのが橘子も気になった。

尤も、鳥上さんだって、自分が緋之川さんとなかよくするのをあまり歓迎していないようだ。自分の一番身近な先輩二人が、同期入社でおなじ職場なのに意識に隔たりがあるようなのはおおいに残念だった。といって、橘子自身どうすることもできない。夫婦仲がわるくたって両親は両親だ。子にとっては、どちらに肩入れするわけにもゆかない。どちらにも甘えたっていいはずだ。

食事が終わった時、橘子はきょうも緋之川さんと楽しいひとときを過ごせたことを実感し、素直に喜んだ。かれの優しさと後輩への面倒見のよさをあらためて認識した。しかし、きょうの出会い方は予期しないもので、それに面食らってしまったのと、二人だけで車に乗った緊張感もあって、ここに来るまでの間まともな受け答えをせず、先輩には非常に失礼なことをしてしまったと反省した。今まで自分が未熟で緋之川さんの好意に充分応えられないのを申しわけなくおもって、最近はもっと愛想よくしてかわいい後輩と見られるような振る舞いを心がけるようにした。けれども、きょうはまたそれを反故《ほご》にするような態度ではなかったかと心配になった。

そこで橘子は少しでも自分の気持ちを伝えたいとおもい、お手洗いに行くと席を立った機会を利用して、いつもバッグに入れてある小型の便箋《びんせん》を取り出してつぎのように書いた。

きょうもまたおいしい料理を御馳走になり、とてもありがとうございました。いつもステキなお店ばかりで感激しています。本当に楽しかったです。
それからお車本当にステキ♡ですね。初めて乗せていただいて緊張してなにも言えませんでしたが、緋之川さんにぴったりのおしゃれでカッコイイお車だとおもいました。

P．S．
おでこのキズ、もういいようですね。ずっと気になっていました。ちゃんとした言葉で言えてなかったとおもうので、あの時のこと、この場を借りておわびします。ごめんなさい。ゆるしていただけるとうれしいです。

ひよっこの　きっこ

最後はちょっと愛嬌《あいきょう》のつもりで新入社員の自分を「ひよっこ」と表わした。こんなふうに自分の名前を書いたのは初めてでだけれども。緋之川さんなら、にこっとしてくれそうにおもった。

本文についても、社会人としては拙《つたな》い文章だとおもったが、新入社員なので勘弁してくださるだろうとおもった。車については初めから書き添えておこうとおもった。実際格好よく、なにより外も内もとても綺麗に手入れされているようで、緋之川さんのお気に入りであるにちがいなかった。唯でさえ車というのは男のひとの自慢であるだろうに、一言も触れず終《じま》いでいたのは失礼だったとおもい、せめて文章で伝えておかないといけないと考えたのだ。それから額に怪我をさせたこと。気にはなっていたけれど、ちゃんとおわびできていなかった。その場できちんと謝れなかったので、段々と言い出し辛くなっていたのだ。この機会にきっちりしておかなくちゃとおもった。橘子は書いたものを折って小さな洋封筒に入れ、席に戻った。そして、隙《すき》を見て緋之川さんのジャケットのポケットにそっと忍ばせた。

お店を出るところで、緋之川さんはジャケットを肩にかけながら、「偖《さ》て、つぎはどこ行こうか」ときいてきた。
「え？」
橘子はおもわず緋之川さんの方を振りかえった。
「ここからだと清澄《きよすみ》庭園が近い。清澄庭園って、知ってる？」

　びっくりした表情を見せる橘子のことも構わないで、緋之川さんは言葉を続けた。

「紀伊国屋《きのくにや》文左衛門って知ってるだろ？　もともとはその屋敷があったらしいけど、明治の初め三菱財閥を興《おこ》した岩崎彌太郎《やたろう》が買い取って今のようなきれいな庭園にしたようだ。その後寄贈されて、今は東京都の管理になっている。腹ごなしにちょっと散策し、眼も保養させて、ゆっくりしてからまたつぎ行くところをきめよう」

　そんな説明は耳に入っていなかった。橘子はお昼をつきあうだけのつもりでいたのだ。まだつぎがあるとはおもっていなかった。

「どうしたの？」

　俯《うつむ》きかげんで考え事をしているような橘子の様子に、緋之川さんが問いかけた。

　車の前まできて、橘子は言った。

「あの、きょうはお昼だけのつもりで――」

「え？」

　今度は緋之川さんがそれを言う番になった。

「なに言ってるの。冗談だろ？」

　冗談て？　どうしてお昼だけ御馳走になって帰ることが冗談なのだろう。橘子は疑問におもったが、あらためて考えると、虫がいいと言えばそのとおりだという気がした。それを非難しないで、冗談だろとおどろいてくれるほうがまだ優しさがある。きびしい人だったら、食い逃げだと責めかねないところかもしれない。

「折角この前プレゼントしたワンピースを着てきてくれたのに、もうかえっちゃうなんて、そんなのあり得ないよ」

「御免なさい」

　橘子はなんと言えばよいかわからなく、唯、御免なさいとしか言う言葉がなかった。それは、御馳走になっただけでかえろうとする非礼をわびているのか、緋之川さんをやきもきさせている今の状態をつくったことに対して謝っているのか、こんな情況になってプレゼントしてもらったワンピースを臆面もなく着ていることを申しわけなくおもっているのか、なにに対して御免なさいなのか、自分でもわからなかった。

「謝られたって、ぼくこそ勘弁してくれだよ」

「御免なさい」

「きみ、つぎにもう予定入れてるの？」

「いいえ」

　橘子は正直に答えた。

「空《あ》いてるならなぜ、きょうはもうこれでと言うの？　楽しい時間はまだあるのに。昼の時間はまだ何時間もあるじゃないか。夜までつきあえとは言ってない。それは最初からぼくもそのつもりでいる。だから、夜は別の予定を入れている。ぼく、なんかきみの気に障《さわ》るようなことした？」

「いいえ、そんな」

「きょう誘ったことも本当は迷惑だった？　本当のこと言っていいんだよ。ぼくのこと好きでもないのに、先輩の顔を立てないととおもって、これまでつきあってくれたの？」

「好きでもないなんてとんでもない」

緋之川さんの立て続けの言葉に橘子は泣きそうになった。同時に、今おもわずつぶやいた、好きでもないなんてとんでもない、という言葉に自分でもはっとした。どういう文脈にしろ、「好き」という言葉を緋之川さんに向けて言ったことに、口にしてからとまどいをおぼえた。もっと慎重であるべきだったのではないか。でも、今の情況ではしかたがなかった。それに、きまったひとがいる緋之川さんが今の言葉を橘子からの愛情告白だと受けとめることはないだろうとおもった。緋之川さんはそんな軽薄な人じゃない。

「じゃあ、なぜ？」

「御免なさい」

「御免なさいじゃあわからん」

緋之川さんは苛立《いらだ》ったように言った。言葉に窮して「御免なさい」と言っているだけだから、相手がなにもわからないのは当然だ。だけど、それしか言えない。

「ともかく車に乗って。こんなところで押し問答してられない」

朝からずっと車に乗るのは抵抗感があったが、こうなってはしようがなかった。御免なさいを態度であらわすしかない。それにこんな情況でドライブもなにもない。橘子はおとなしく車の助手席に乗り込んだ。

「まあ、ともかく、暫《しばら》く乗りまわすから、その間に話をしよう」

そう言って、緋之川さんはエンジンを吹かした。

このままではそれこそドライブになってしまうけれども、どうせ今から帰るなんて言い出せない。

「御免なさい、あの――」

またおなじ言葉をつかう羽目になって、橘子自身今度は違うと言い張りたかった。こんな大事な言葉を大安売りのように使いならわす日本語が恨めしかった。

「その、御免なさい、がぼくにはわからないんだよ。

ぼくが知りたいのはきみの本当の気持ちなんだよ」

やっぱり聞き違えられた。

「すみません」

今度は言い方をかえた。通じるかどうかわからないけど。

「あの、さっき言われた、なんとかと言う公園に――」

「なんとか公園て、ぼくが言ったのは清澄庭園」

「あ、そうです」

そう答えながら、公園と言ったのを訂正され、さっきちゃんと緋之川さんの話をきいていなかったことが明白になって、恥ずかしくおもった。

「そこに行く？」

「ええ、是非」

「初めからすんなりそう言ってくれてたら」

「すみません」

「もう謝らなくてもいいって。唯、お義理で行くんなら、そうと言ってくれ」

「お義理なんて、そんな。連れて行ってください。おねがいします」

「本当に行きたいの？」

「本当です。おねがいします」


「よし。さっきまでのことはもういいよ。きみを責めてわるかった」

緋之川さんはとりあえず機嫌をなおしたようで、いつものさわやかな笑顔に戻った。

橘子のほうは表情は晴れなかった。

本心で言えば、緋之川さんとこうやって時間を過ごすのはとても楽しいことだった。御馳走になったりして金銭的に負担をかけるのは気が重いが、緋之川さんは優しいし、頼りになるし、その上、話がおもしろくて為になる。それに、東京のいろんな新しいところに連れて行ってもらうのが楽しくないはずがなかった。それなのに引っかかりがあるのは、緋之川さんにはきまったひとがいるから甘えないようにという鳥上さんの忠告があるからだった。

鳥上さんの忠告など無視してしまいたかった。具体的になにをどうせよと言われているわけでもなかったのだし。けれども、どうしたって気になる。気になる以上、慎重になってしまうのが自分の性格だ。それで更に緋之川さんの気を揉《も》ませることになり、本当に申しわけないとおもう。

庭園は慥《たし》かに近いところのようで、車に乗っていたのはほんの纔《わず》かな時間だった。

車をとある駐車場にとめて、少し歩くと公園に着いた。

公園は「清澄公園」と書いてあった。なんだ、やっぱり公園じゃない。自分はまちがっていなかった。緋之川さんの勘違いだ。それより、「清澄」というのが「清躬」の発音に近くて、東京でこういう名前のところを訪れるのも縁だなあと感じた。

「どうかした?」

緋之川さんが橘子の顔を見て尋ねてきた。

「ここですね?」

橘子はにこやかな顔をして、確認した。しかし、緋之川さんは首を振って、「いや、ここは公園のほうだよ。清澄公園」と言った。

「え?　清澄公園じゃないんですか?」

「ここは清澄公園だけど、ぼくたちが向かおうとしているのは清澄庭園のほうだよ。あっちの杜《もり》のほうさ」

「清澄庭園?」

緋之川さんは公園の向こうの杜を指した。

「公園は無料だけれど、庭園は入場料が要るよ。まあ、東京都が管理している庭園で、とても安いけれどもね」

やっぱり自分の聞き違いだった。さっき緋之川さんの言い違いじゃないかとおもってしまったことを恥ずかしくおもった。

なるほどこの公園は芝生があって開放的で、普通の公園よりずっといい感じだけれど、これなら車でわざわざ来るまでもない。桜の季節もとっくに終わってるし。時代がかったおおきな時計塔が眼を惹《ひ》いたが、足を止めるところはそれくらいで、二人は公園を横切って素通りした。

公園を出たら、「此方《こっち》だよ」と緋之川さんが示したところに、はたして「清澄庭園」と書いてあった。「名勝　東京都　清澄庭園」。完全に橘子の負けであった。

「ちょっと読んでみようか」

おおきな木の板に清澄庭園の説明があり、左がわには池が水色に塗られた庭園の地図が描《か》いてあった。

「あら、紀伊国屋文左衛門のお屋敷があったって書いてありますよ」

歴史上の有名人物の名前が書いてあったので、ちょっと感動して言うと、

「そりゃないよ。それはぼくがさっき説明したじゃない。きいてくれてなかったんだ」

何度も首を振って緋之川さんが如何《いか》にも残念そうな素振りをした。言われるとおりなので、橘子は申しわ

けが立たなくて、「御免なさい」と言った。きょう何度目の御免なさいだろう。

「ま、いいよ。つきあってくれてるんだから」

「本当に、御免なさい」

また言った。

「それよりここに書いてあることを御覧。この庭園が三菱財閥から東京都、当時は東京市だったようだけど、ともかく寄付されたと、それもぼくがさっききみに言ったことだけど、その理由が、関東大震災の被害に遭《あ》った人たちがこの庭園に避難して、おおくの人命が助かった、その防災機能に注視して寄付された、とある。これはぼくも知らなかった。凄《すご》いねえ、いざという時のためにこの庭園を役立ててくださいってことで、ぽんと寄付したんだよ。偉いなあ、昔の人は」

本当にそうだと橘子もおもった。同時に、往時の偉人の人道的な功績に心から感動している緋之川さんも偉いとおもった。緋之川さんて、本当に素敵な人。温かい心の持ち主だわ。あらためてそうおもう。

入園料は一人百五十円だった。緋之川さんが言ったようにとても安かったが、それにしてもおどろきの安さだ。二人分は緋之川さんが支払った。昼食代をおごってもらっているのに、この安い料金の時だけ自分が払うのも狡《ずる》い気がして、橘子はなにも言わなかった。

庭園に入って少し行くと、おおきな池が見えた。緑にとりまかれ、池の水に漣《さざなみ》が立ち、光が揺れ、カルガモやカイツブリといった鳥たちが悠々と泳いでいる様子がとても心地よかった。対岸には池に迫《せ》り出して趣のある日本風の平屋の建物があった。後で知ったが、涼亭《りょうてい》といって、東京都の歴史的建造物になっているのだという。想像以上に素敵できれいな庭園で、橘子は感動した。名前も気に入っていたので、本当に来てよかったとおもう。

「東京にもこんな静かでおちついた、きれいな公園があるなんて、感動しました」

途中で、また公園と言い誤ってしまったのに気づいた。緋之川さんは特に聞き咎《とが》めなかった。

「きてよかっただろう?」

「ええ」

「ゆっくりまわろう」

水辺の石が敷いてあるところに一組のカップルが座って池をながめていた。

「ぼくたちも座ろうよ」

緋之川さんはカップルから少し離れたところに橘子を誘導し、早速腰をおろした。しかし、下に敷く物を持ってきていないこともあって、橘子はこのスカートで直接石に腰をおろすのも気が引けた。カップルの女性のほうはミニスカートで座っているが、向こうは戀人といるんだからいいだろうけど、自分がおなじことをするわけにはゆかないと感じる。橘子が座るに座れずもじもじしているのに、緋之川さんも気づいて、

「どうかした？」と言い、すぐ立ち上がった。カップルの二人が此方《こちら》を向いた。橘子ははっとした。その時緋之川さんの腕が腰にまわされ、橘子はかれの方へ引き寄せられた。一瞬びくっとして、おもわず緋之川さんの顔を見た。

「ぼくたちも今だけカップルを気取ろう」

緋之川さんが囁《ささや》くように言った。

「ここだけだよ、安心して」

緋之川さんが念をおした。

橘子はどきどきした。なみのどきどきではない。自分の心臓がこれほど劇《はげ》しい動悸《どうき》を打っているのを、からだがくっついている緋之川さんに伝わっていないはずはないとおもった。そのことがとても恥ずかしかった。あまりに恥ずかしくて、居《い》た堪《たま》れないほどだった。すぐにも緋之川さんの腕を振り払いたかった。だけど、人がいる前でそんな動作はできない。

橘子の心は複雑だった。緋之川さんのような素敵な男性の傍にいながら、とんでもない緊張状態の自分を、できれば解放したかった。許されるものなら、本当に戀《こい》におちてみたかった。だけど、戀は相手があってのものだ。片想いはあまりに辛い。緋之川さんの仕種《しぐさ》は戯《たわむ》れのものにすぎないのに、自分をこんな切ない気持ちにさせるなんて罪なひとだと正直おもうのだった。

橘子は清躬のことをおもいうかべた。清躬くん、どうおもう？　私、どうしたらいい？　なにか言葉を頂戴。

橘子ちゃん、がんばれ！

清躬はそう声をかけてくれているようにおもえた。好きとおもっているなら、抱かれたらいいじゃない。きみをどきどきさせてくれるひとなんだ、怖《こわ》がらないでしっかり抱いてもらうんだ。

清躬がすぐ傍にいて勇気づけてくれるような気がした。いや、心もからだも重なるように清躬は橘子と一緒にいた。橘子は清躬におされるように、自分から寄りかかるようにからだを近づけた。そして、緋之川さんの肩に首を預けた。もっとどきどきするかとおもったら、清躬を身近に感じているためか、不思議におちついていられた。きみの動悸はもう悟られてしまって

いるんだ、誤魔化《ごまか》しようがないんだから、そのままちゃんと受けとめてもらうんだよ。うん——橘子は眼をかたく瞑《つむ》って、清躬の囁きを胸に取り込んだ。

緋之川さんが更に力を籠《こ》めてきた。締めつけられて痛いと感じるくらいだった。しかし、それが期待していたことだった。緋之川さんは期待に応えてくれた。よかった。そのまま存分に抱いてもらったらいい。なにも考えないで。

清躬の囁きは違うがわからきこえてくるようだった。緋之川さんのからだを借りて、清躬が自分を抱いてくれているようだ。

錯覚しちゃった。

それでいいんだよ。今だけ——抱いてもらっている時だけ——、緋之川さんの戀の相手になればいい。からだが離れてもまだ戀と錯覚してはいけないけれど、今はいいんだよ、緋之川さんに抱いてもらっているのは事実なのだから。戀は梦《ゆめ》の世界だ。抱いてもらっている時だけ梦を見るんだ。絶対に戀ができない相手でも、梦の間は戀できる。抱いてもらっている間、存分にいい梦を見るんだ。それでいいんだよ、橘子ちゃん。

橘子は清躬の声に従った。すると、気持ちがうっとりしてくる。風がさわやかに感じられ、身が舞い上がるような感じだ。水辺をわたってほんの少し湿りを含んで心地よい風。風。かぜ。か…

生温《なまあたた》かい。風——橘子ははっとして眼を開けた。

梦が覚めた。

眼の前に顔が近づいてきていた。風ではなかった。緋之川さんの息だ。

あ、いけない。

梦でもない。戀でもない。だって、違うでしょ、これ、清躬くん。

しらないうちに唇《くちびる》があわさっていたら、そのように清躬が仕向けていたなら、橘子も受け容れていたかもしれない。しかし、その前に眼が開いた。清躬がしらせてくれたのだ。梦の戀は本当の戀じゃない。だけど、現実の戯れにおきかえられてもいけないのだ。

なお近づいてくる顔に、橘子はおもいきり眼をつむって、顔を背《そむ》けた。上体も仰《の》け反《ぞ》った。

「御免」

今度は緋之川さんが言う番だった。

緋之川さんの腕が緩《ゆる》んだ。それを機に、弾《はじ》かれたように橘子は走り出した。まだ緋之川さんの腕のなかにあっておおきく飛び出しはできないが、それでも足は動いて少しづつかれから離れてゆく。どこへ行くかわからない。眼は開けていたが、迫り上がるなみだに視界が塞《ふさ》がれていた。

「危ない」

非常に強い力でぐいとからだが引き戻された。

「池におちるじゃないか」

その一言に、橘子はわれにかえった。眼の前に池があった。ちゃぽんと音がした。池の鯉《こい》が跳《は》ねた。橘子のしわざだった。唐突なかの女の行動が池の鯉をおどろかせたのだ。危ないと言われ、抱きとめられて足が止まったのか、池の鯉の立てた水音で足を止められたのか、橘子にはわからなかった。

唯わかったことがあった。梦の戀はもうきえてしまった。現実にあるのは池のなかの鯉。鯉が跳ねた。その鯉は清躬だった。梦の覚《さ》めぎわで混乱して、足許《あしもと》がおぼつかない状態の橘子に、活を入れたのだ。

「ちょっとまわろう」

今度はぐっと手を握られ、緋之川さんがかの女を引っ張るように先に歩いた。観光の人が何人かいるので、その場は立ち去るしかなかった。

二人は無言で歩いた。緋之川さんが先に立ち、橘子はかれに手を引かれて後についていった。緋之川さんの無言の圧力におされ、橘子はもう清躬を呼び出せそうになかった。

池を半周程めぐると、二人は池から離れた。橘子は緋之川さんの誘導に従うままだ。

「ここでちょっとおちつこう」

緋之川さんが連れてきたのは庭園の一角に設けられた広場だった。机と椅子のセットが幾つかしつらえてある一つに橘子たちは腰をおろすことになった。

「あの句碑、なにが書いてあるかわかるかい？」

緋之川さんが繁みの近くに突き立っている石を指してきいた。橘子にわかるわけもなかったので、続けて答えを出した。

「古池や　かはづ飛び込む　水の音。言うまでもなく松尾芭蕉の俳句さ。昔この辺《あた》りに芭蕉が住んでいて、この有名な句もこの辺の古池で生まれたようだ。おくの細道の旅に発《た》ったのも、この土地かららしいよ」

緋之川さんはいつものように優しく橘子に説明した。その後調子をかえて、諭《さと》すように言った。

「さっきはきみ、蛙《かはづ》じゃなくてきみが飛び込もうとしたんだ、池に。幸いぼくが間に合って、飛び込む水の音はしないで済んだけどさ。俳句にゃならないよ、絶句だよ。一体どうしたんだい。そりゃぼくもわるかった。きみをびっくりさせてしまった。あれはきみの拒絶の意思表示だともわかる。きみは顔を背けた。だけど、その後がわからない。本当に拒絶したのなら、ぼくに向かってはっきり言えばいいし、おこるならおこったらいい。逃げるなら逃げたらいい。ところが、きみは放心したようにふらふら飛び出して、池に入ろうとする。一体それはどういう意味だい？　もう一度、抱けってことかい？」

「い、いえ」

「じゃ、どういう意味？　でも、自分でもわからないんだろうな。どうなっちゃったんだい？　きょうのきみは全体にどうかしている。楽しい様子を見せてくれることもあるが、大体がなにか打ち沈んで、気も漫《そぞ》ろという感じだ。本当に、どうしたの？」

橘子はうなだれた。こんなに間近に緋之川さんに迫られては、清躬と対話するわけにもゆかなかった。一人でなんとかするほかない。

「なにか心に引っかかっていることがあるなら言って御覧。なんでも構わない。ぼくを信用して、言ってみてくれ」

そう言われても、なにも言えることはなかった。自分でもまるでわけがわからない。唯、戀を梦見ていたとは絶対口に出せないのは明らかだった。どうして今、戀を梦見るんだ。誰に対する戀なんだ。二人でいるのに、どうしてきみだけ梦の世界に行ってしまう？

緋之川さんの顔を見ると、眼だけ怖《こわ》かった。真剣な眼差《まなざ》しが心を刺すようだった。緋之川さんにこんな気持ちを懐《いだ》かせて申しわけないとおもう。言えることがあるとすれば、それは唯「御免なさい」という一言だった。それを言うには、きょうあまりにその言葉をくりかえしすぎ、もうその言葉の値打ちがなくなっていた。それに、緋之川さんがその言葉を橘子に期待していないのは明らかだった。

「なんでもいいよ。どんなことでも黙ってきくから」

もし正直に言うとしたら、鳥上さんに忠告されたことだろうか。でも、それを言ってなんになるだろうか。橘子の心の乱れを緋之川さんに知ってもらって、それでなにか期待することがあるだろうか。

そのとおり、ぼくにはきまったひとがいる。でも、かの女のことはきみには関係ない。かの女にもきみのことは関係ない。だって、ぼくがきみとつきあってるのは、きみが職場の後輩で、しかも新人だからだ。ぼくは先輩としてきみを教育しているだけさ、広い意味での社会人教育も含めて。新人の後輩だったら、男か女か関係ない。まさかきみのほうこそ誤解しているんじゃあるまいね。勘弁してくれよ。かの女がいるのに、ぼくがきみみたいな子に気を移すはずがないだろ。まだひよっこじゃないか。仕事も一人前でないくせに、ぼくと対等につきあう気でいたのかい。あり得ないね。でも、もし本当にきみがぼくになにか感じているなら、もうつきあえないよ。後輩をおもえばこそここまでやってきてあげたのに、ぼくにかの女がいることが気になってしまう程きみが女性の心でぼくのことを意識するなら、ぼくは教育係をおりる。鳥上さん一人に仕事だけ教えてもらえばいい。

そうきっぱり言いきられて、これからは声もかけられなくなるとしたら嫌《いや》だ。どうしていっていいかわからなくなる。でも逆に、きみにその気があるのなら、つきあってやってもいい、と言われても困る。れっきとしたかの女がいるのに、浮気心を持つような緋之川さんであってほしくない。そうおもいながら、一方で、緋之川さんに愛してもらえるならどれだけ素敵だろうとおもう自分がいる。今のひとと戀人の地位をとってかわりたいとおもうおもい上がった自分がいる。自分の心は複雑に入り乱れている。一つ話せば、ほかのことも言わないと真実ではなくなる。だけど、そんなこと全部緋之川さんに話しできるはずがない。

「ちょっと場所をかえよう」

いきなり緋之川さんが立ち上がった。

「庭園を観賞するためにみんなきているのに、ぼくたちがここを利用してこんなシリアスな話をするのは相応《ふさわ》しくない。またなにかで迷惑をかけそうになっても困るし。一旦出て、隣の公園でじっくり話をしよう」

やっぱり相当重たくなりそうだった。緋之川さんも今度はとことん突き詰めようという気らしい。だが、橘子として話せることはなにもない。それでも、緋之川さんとすれば、橘子の心のなかに直接手を突っ込んででも、なにかききださずにいられない感じにおもわれた。そうした恐怖に橘子はからだが竦んだ。

緋之川さんが先に立ち上がった。「さあ、きて」と強引に引っ張ってゆくのに、橘子は必死でついてゆくだけだった。緋之川さんが本気でおこってしまったように感じて、橘子は泣き出したかったが、泣けば火に油を注ぐのは明らかであり、なにより恐怖心が感情の露出を凍結させてしまった。

こういう時に清躬は呼べなかった。恐怖で心が縮こまって、清躬を呼び出す余地がないようだった。いや、清躬を巻き込みたくない。冷えきっている心に無理やり呼びこんで、清躬まで凍えさせたくない。恐怖には唯自分一人堪えて、嵐が過ぎ去ってくれるのをじっと待つほかない。

二人は庭園を出て、最初とおった隣の公園に移って、人があまりいないほうのベンチに腰をおろした。今度は前に机はない。

「ぼくはさっきさあ、鳥上さんのことを引き合いに出したけど、」

緋之川さんが喋り出した。いきなり鳥上さんの名前が出てきて、橘子はどきっとした。鳥上さんが自分に忠告されたことを御存知なんだろうか。少なくとも、緋之川さんにきまったひとがいるのを鳥上さんが御存知だというのは御自身も承知されているはず。そうでないことがあるだろうか。だって、お二人は同期だし、おなじ職場のなかまなんだから。だから、愈々《いよいよ》その問題についての話になるんだと、橘子は覚悟した。総ての問題はそこにある。いっそこの際、緋之川さんの口からはっきり言ってもらったほうがいい。

「つまり、きみはもともとおとなしい上に、きみに輪をかけておとなしい鳥上さんについたことで、更におとなしく慎重になってしまってる。それは、きみがこれから社会人としておおきく成長する上でとても勿体ないことだ。抑々《そもそも》きみは非常に魅力的なひとなのに、埋《うず》もれたままでいるのはとても残念なことだし、その魅力にしたって、自分からどんどん外に出すようにしないと磨きもかからないからね。鳥上さんを見習っても、そりゃ仕事のことはきちんと学べるが、社会人としてより重要な自分の活躍の場を広げる、そのために自分から積極的にいろいろな経験の場を求めるということは難しい。なんてったって、かの女は定時になれば家庭に戻らなければならないんだから。だから、ぼくがかわってきみにいろいろなことを教えたり経験させたりしてゆきたいんだ。それも精々楽しくね。きみは笑顔こそ似合うからね。だけど、ああ言ってからまだ一時間も経《た》ってやしないけれども、その間のきみの様子とか見てると、きみというひとがよくわからなくなってきた」

話はストレートにはきまったひとのほうへ飛んでゆかなかった。唯、緋之川さんが口にした、「わからなくなってきた」という言葉は、悲観したような辛い言葉にきこえた。突き放されるような、かなしい言葉に響いた。

「きょうのお昼、どうだった？　おいしいものを食べて、きみ、喜んでくれたよね？　よね？」

緋之川さんは調子をかえ、まっすぐ橘子を凝視して、問い糺《ただ》すように尋ねた。

「え、ええ、感謝の気持ちに、嘘《うそ》はありません」

橘子はもっとはっきり言いたかったが、気圧《けお》されて言葉がぽつぽつとしか出てこないのが歯がゆかった。

「感謝の問題じゃない。感謝なんて礼儀の問題だ。そうじゃなく、きみの気持ちをききたいんだよ。素直な気持ちをだ。社交辞令じゃなく、本心からの気持ちをだ。——どうだ、喜んでくれたのか、実際はそうでもなかったのか？」

「喜んでないなんて、どうして——私が、そんな、そんな……どうして、疑われるんですか？」

橘子は怺《こら》えきれず泣き出した。泣きながらも抗議した。

「疑っちゃいない。だから、泣くのは止《よ》して」

「私…私、嘘の感情なんてつくりません。贋物《にせもの》の気持ちをあらわしたりすることはありません」

「わかってるよ。わかってる。ぼくはきみを信用してる。だけど、だけどそれでもわからないことがある。ぼくたちはお昼を楽しく過ごした。時間はまだある。この前の土曜日だって夕方まで一緒に楽しんだ。だのに、きょうは駄目なのかい？　お昼だけでかえるつもりだって？　別に後の予定はないのに、そんなことってあるかい？」

「御免なさい」

「そう、御免なさい。きみの言う言葉はそれだけだ。実際、清澄庭園にきてみると、ぼくの眼からはきみは美しい風景に感動し、きてよかったとおもってくれたように感じた。それ、まちがってるかい？」

橘子が頭《かぶり》を振った。おくれて、「いいえ」と声を出した。

「ぼくだって、とてもいい気分だった。ぼくがきみの腰に手をまわすと、きみもぼくにからだを預けてくれた。首もぼくの肩に乗せて。きみの繊《しな》やかなからだの確かな重みをぼくは感じた。それからきみはうっとりと眼をつむった。きみは慥《たし》かにそうしてくれた」

さっき経験したシーンが呼び起こされる。橘子は顔が赤らんだ。

「だから、ぼくは、きみはすっかりその気でいるとおもった。わるい誤解だったかもしれないけど。ぼくの真隣《まとなり》にきみの顔がある。膚もきめ細かく、感動するくらいきみは綺麗だった。どうしたって、引き込まれずにいられなかった。勿論、そんなこと言いわけにはならない。無断できみの唇を奪おうとしたのは弁解の余地はない。だから、きみがそれを拒絶したって、ぼくから文句は言えない。だけど、ぼくから逃げたはいいが、ふらふらと行って、池に入ろうとしたのはどういうわけだい？　およそあり得ないだろ、そんなこと」

「私、わかりません。わからないんです。なにもおぼえてないんです」

「そうだろう。わかってて池に入られちゃ堪らない。おまけに名勝に指定されてる池になんか入ったらとんでもないことだ。ぼくらと一緒にいたカップルだっておどろいて向こうに行ってしまったよ。誰だってびっくりする。おぼえてないって、ついさっきのことなのに、どうして記憶から飛んじゃうんだ？　はっきり言ってほしいんだ。おぼえてないなんて誤魔化さないで」

「誤魔化すなんて。本当に、わからないんです」

「だから、そこが問題なんだ。きみはわるくない。嘘や誤魔化しはしていない。だけど、行動を見ると、到底信じられないことをしたり、矛盾してたり、上《うわ》の空であったり。そんなことがおおすぎる。きみ、なにかに引っかかっていて、それできみは自由にならないんじゃない？　ぼくがきみにいくら伸び伸びとと言っても、楽しい機会を用意しても、きみはなにかの引っかかりで自由の翼を広げられないでいる」

それから緋之川さんは橘子の両手を自分の両手でつつんで言った。

「どうかぼくの問いに答えてくれないだろうか。橘子ちゃん、一体なにがあるんだい？」

自分のからだに緋之川さんが接触したことで、橘子はまた身内から熱くなってくるのをおぼえた。橘子は眼を瞑った。いつのまにか清躬が現われて、火照《ほて》ったからだをなだめるように背中を摩《さす》りながら、そっとおした。橘子ちゃん、素直にすればいいよ。

「もう一度抱いてください」

橘子の口は無心にそう呟いていた。

12 トーキョーの休日

橘子《きっこ》はかたく抱き締められていた。正面から抱かれて、緋之川《ひのかわ》さんの首筋に顔が当たっていた。

「それがきみの答えなんだね」

橘子はなみだがわいた。一度凍《こご》えた心が熱い抱擁で溶かされたからか、眼一杯に溢《あふ》れてきた。頭の鉢一杯になみだが満たされ、耳も塞《ふさ》ぐようだった。橘子には暫《しばら》くなにもきこえなかった。

気がつくと、緋之川さんが橘子の眼の真ん前にいて、ハンカチを持った手でかの女の眼の縁《ふち》を丁寧に拭《ぬぐ》ってくれていた。

「もうなにも言わなくていい。言わなくていいんだよ、なにも」

漸《ようや》くその言葉が耳に届いた。緋之川さんの言葉は優しかった。橘子は優しい緋之川さんを見ようとして眼を一杯に開こうとした。一旦映った緋之川さんの像は忽《たちま》ち溢れ来るなみだにかすまされてしまう。橘子は終《つい》に嗚咽《おえつ》を漏らさないではいられなくなった。

緋之川さんは再び橘子を抱き寄せた。そして、今度は緋之川さんが背中を摩《さす》ってなだめてくれた。

「さあ、これで顔を拭《ふ》いて。眼のあたりは暫く当てていたらいい」

橘子の様子が少しおちついたところで、緋之川さんが濡れてひんやりしたハンカチをかの女の頬っぺたにくっつけて言った。橘子はハンカチを受け取って、頭を下げた。お礼を言わなければならなかったが、言葉が出なかった。冷たいハンカチを当てると、眼が痛かった。

「あ、ありがとう御座いました」

なんとか声が出るようになって、橘子が緋之川さんにかえそうとする時には、ハンカチは随分かわいていた。

「いや、いいよ。もう暫く持っていて」

それから、冷たいお茶を飲むように言われ、小さなペットボトルのお茶をわたされた。橘子が手に持ったまま蓋《ふた》を開けないので、緋之川さんが蓋を開けて橘子の口に近づけた。橘子は両手で受け取って、一口飲んだ。

「おいしい」

素直に言葉が出た。

緋之川さんがほっとしたように微笑み、橘子も口許《くちもと》を綻《ほころ》ばせた。

「あ、もう三時だな」

緋之川さんが時計を見て言った。

「あと二時間ちょっとつきあえるだろ？」

もうここまできて逡巡《しゅんじゅん》するという道はなかった。

「ええ」

「でも、どこへ行くのも中途半端だな。夜の約束キャンセルできたらいいんだが、そういうわけにもゆかなくて御免」

「いいえ、なにも私のために」

緋之川さんに夜の予定がなかったら、夜もつきあうことになったのだろうか。ふとそう考えて、橘子はあらためて自制の必要を感じた。いくらなんでもそれではけじめがなさすぎる。私はもう緋之川さんから充分なことをしてもらった。夢見《ゆめみ》以上のことを。更にもう望むことはないはずだ。

駐車場へ戻って、緋之川さんの車に乗り込んだところで、橘子は尋ねた。

「つぎはどちらへ？」

「うん。さっきも言ったように、時間が中途半端だからさ、とりあえず隅田川沿いを北上して、どこかで高速に――」

「そんな遠くまで行かなくても」

「遠くって、残りの時間、ドライブしたらいいんじゃないかい。勿論《もちろん》、行きたいところがあるならそっちへ行くけど、でも時間的にはそこで長く過ごすわけにもゆかないし」

「でも――」

橘子はどうしてもドライブだけは避けたかった。それはきっぱり断わったつもりなのに、最後になって無意味にしてしまうことはできない。緋之川さんの「きまったひと」に対して、デート的な色合いを持つ行為をしてはならない。

「なんだよ。また、逆戻りかい？　心配しなくても、ちゃんと六時くらいには寮に着くようにするから」

「いえ、そうじゃなくて――」

「なにじゃないんだい？」

「あのう、私、どこかもう一箇所、連れて行ってほしいんです。折角来たんですから、どこかに御案内していただきたいんです」

ほとんどその場凌《しの》ぎの理由づけだった。車に乗ってしまった以上、どこかへの移動の手段とするしかない。「うん、でも、どこへ行っても、ちょっと立ち寄るだけになっちゃうよ」

「いいんです、それでも」

「といってもねえ――」

「じゃあ、上野は？――ここから遠いですか？」

「いや、結構近いよ。でも、上野なんていつでも行けるじゃない」

「でも、私、行ったことないですし」

「え、だけど、折角車があるというのに」

「だけど、私行ってみたい」

ともかく行き先をきめてしまわないと、結局どこへ行くともなくドライブになってしまう。東京でおもいつくのは、上野か浅草だった。

「わかった。行こう、上野に」

「上野って、たしか上野公園というの、ありましたよね？」

「ああ、勿論」

「じゃあ、上野公園で」

ここまでつきあうなら、いっそ公園づくしにしたらと橘子はおもった。

「上野公園ね」

「ええ」

「まあ、いいか。なんなりと時間は過ごせるだろう」


緋之川さんは心持ち首を捻《ひね》りながらも承知した。

上野まで車で行くのは、駐車場などの問題でかえって不便だと判断して、結局二人は地下鉄を利用した。清澄白河から上野御徒町《おかちまち》へ出て、そこからアメ横を通り抜けて、上野公園へ行った。上野公園を歩いていると、ジェラートが売られているのを見つけ、橘子はせがんで一個買ってもらった。

「珍しいね、きみからおねだりするのは」

緋之川さんが言った。

「私、アイスクリームを舐《な》めながら歩くのって、とってもお休みの日らしい気分になるんです」

橘子はぺろりと一舐めして言った。

「『ローマの休日』っていう映画、御存知でしょう？」

「ああ。オードリー・ヘップバーンが出てた映画だよね？　でもさ、随分昔の映画じゃない？」

「ええ、慥《たし》かに古い映画ですけれど、主演のオードリーは今の眼で見てもとても素敵で、あまり昔の映画だとは意識させません」

「うん、そういうところはあるね。昔から今に至るまであういうプリンセスにぴったりなチャーミングな女優さんはいないね」

自分の大好きな女優について緋之川さんが好意的に

言ったので、橘子はうれしかった。

「オードリー・ヘップバーンは女優さんのなかでも目立って女性ファンがおおいらしいです。同性からも好かれるおんなのひとって、本物の魅力がある証據《しょうこ》だとおもいます。それもファン層は、昔の人から今のわかい人まで年代を問わずいて、しかもそれが世界中でそうらしいんです。そういうのって、本当に凄《すご》いとおもいます、時代も地域も超えてファンがどんどん増えるんですもの」

「きみも随分とファンのようだね」

「ええ。初めて見た時から、すっかり」

「で、その『ローマの休日』がどうしたの？」

「ええ、あの映画で、オードリー扮《ふん》する王女が髪をばっさりと切った後でスペイン広場に行って、そこでジェラートを買うんですけれど、そのジェラートを舐めているシーンが、私、大好きなんです。スペイン階段のところで独りジェラートを舐めながら、足をぶらぶらさせて本当にくつろいで自由の気分に浸《ひた》っているところ。それから、新聞記者のグレゴリー・ペックが偶然を装ってやってくるんですけど、そのかれに自分がやってみたいとおもう夢《ゆめ》を語るオードリーの様子もまた、自由な世界への憬《あこが》れに満ちていて、本当にかわいかったわ。おおきな眼をきらきらさせて夢中で話すんです。このシーンから始まる王女と新聞記者の自由への冒険が戀《こい》の感情に高まってゆく展開がとても素敵だった」

「じゃあ、きみもジェラートを舐めながら、自分がしてみたいことをおもう存分話してみたら？」

「え？」

映画のシチュエーションに誘い込むような言い方を緋之川さんがしたので、橘子はおどろいた。

「橘子ちゃんはなにがしてみたいんだい？　場合によっては、ね、きょうは丸ごときみの休日につきあってあげてもいいかもしれない」

「え、夜のお約束あるじゃないですか」

「まあ、だからさ、橘子ちゃんが今やってみたいことを、ともかくも言って御覧よ。それがどんなものかによるさ」

「私がなに言ったって、緋之川さんは約束を破るような方じゃないでしょ。それに、私、オードリー・ヘップバーンを気取ることなんかできませんよ」

橘子は軽く微笑みながら首を振った。

「なったつもりで言えばいい。折角ジェラートも舐めてるんだからさ」

「そんなこと言われても。オードリー・ヘップバーンは私なんかとは違いすぎて――」

「でも、ホリデイ気分なんだろ？　もっとホリデイを楽しむ気持ちでやりたいことを気軽に言えば？」

「でも、もう――」

　橘子は時間を気にしていた。本当に夜の予定を變更《へんこう》してもと考えられているのだろうか？　まさかそんなこと。それに、なにをやりたいか、自分にもはっきりしない。自由な世界に飛び出て、髪まで切るようなおもいきったこともしてみたアン王女とは全然違う。

「まあ、いいよ、もう。どう、ジェラートおいしい？」

　緋之川さんはそれ以上こだわることはしないで話をきりかえた。橘子はまだとまどいが残っていたが、ともかくも「ええ、とても」と返事をした。

「あの映画だと、つぎはカフェか」

　緋之川さんが独り言のようにつぶやいた。つぎのスケジュールの提案？　映画のシナリオに沿ってゆくつもりだろうか。もしそうだと、きょうの予定はほぼ終わろうとしているのに、これがスタートだということになる。橘子は緋之川さんの真意を図りかねたが、お遊びのつもりだろうとおもうしかなかった。


　その時、橘子の眼に歩いている子供が映り、その子がパンダの風船を手にしているのが見えた。

「あ」

「どうしたの？」

「上野動物園、行かなきゃ」

「え、子供じゃないじゃない」

「動物園ですよ。上野にきたら、動物園行かなくちゃ」

　橘子は、もうこれしかないというように言った。

「パンダもいるし」

「パンダか」

「私、パンダ、見たい」

「実はぼくも、生のパンダ見たことない」

「じゃあ、行きましょうよ、動物園に。是非連れてってください」

　橘子はせがむように言った。

「なにか子供みたいに燥《はしゃ》いじゃってるね。そんなに好きなの、動物園？」

「だって、動物たちがいろいろいて、かわいいじゃないですか」

「わかったよ。じゃあ、動物園に行こう」

「ありがとうございます」

「やれやれ、つぎはコロセウムというわけか。虎やライオンの闘技場見物ということだな。尤も、一番のお目当てがパンダとはね」

二人は上野動物園へ行った。

パンダ・エリアの近くまで来ると、橘子はどきどきした。本物のパンダってどれだけかわいいのだろうと期待一杯だった。パンダと言えばジャイアント・パンダしか意識していなかったが、レッサー・パンダのほうが手前の檻《おり》にいて、そちらと先に出会った。レッサー・パンダも初めてだった。かわいい部類の動物とはおもっていたが、実際にその動く姿を眼にすると、その愛らしさは予想以上で、感激しておもわず、「あ、かわいい」と声をあげた。レッサーは二本足で立たないのかなあ。緋之川さんは、「ここいから立たないんだろうなあ」と言い、続いて、「期待しても無理だろうから、先行こう」と促した。いかにも、藝《げい》がなければつまらないという言い方にきこえた。

そのお隣に本命のジャイアント・パンダがいるはずだったが、パンダは奥の緑のかげに隠れていてよく見えなかった。おそらくあそこに見えるのがそうなのかなとおもってよく見ると、緑の葉っぱが少し動き、その間から白地に黒い縁取りのパンダのあの特徴的な顔の一部がチラッと見えた。橘子は歓声をあげたいくらい感激したが、見えたのは一瞬で、もう一回顔を見せて、とおもっているうちに、人混みのなかでは立ち止まれず先へ歩かないといけないため、パンダとの対面はその一瞬のことだけでも満足しなければならなかった。まわりの人たちは、パンダがいてもじっとしていたんじゃつまらないとか、抑々《そもそも》奥に隠れていて見えなかったとか、それさえ気づかなかったとか、口々に残念がったり嘆息したりしていたので、一瞬でもパンダの顔が見られたのは自分一人かもしれないと橘子はおもった。案の定《じょう》緋之川さんも、「折角きたのに、見られなかったね」と残念がった。橘子は、「私は見られましたよ」と正直に言いたかったが、まだまわりに人が一杯いて、自分だけ得意気《とくいげ》に言うのもはばかられ、「また今度きましょう」と言った。言ってから、つぎの予約を自分からしてしまったように感じて、はっとした。

「つぎきてもおなじかもしれないよ」

いつになく後ろ向きなことを緋之川さんが言った。さっきのレッサー・パンダに対する発言も想い起こして、動物園のようなところにきても男のひとにはきっとなにもおもしろくないんだろうと橘子はおもった。そう感じたので、緋之川さんが「五時が閉園時間だから、あまりゆっくりできないよ」と急《せ》かしても、素直に従った。尤も、緋之川さんは清澄に車を置いてきており、まだそちらにかえらないといけないのだから、それ以上に余裕はないのだった。結局東園だけまわって、西園は行かずに出口の門を出た。おかげで橘子が動物園で楽しみにしていたキリンや象は断念せざるを得なかった。

「もう少し話をしよう」

上野公園に戻ったところで、緋之川さんが言い出した。

「あの、もう戻らないと」

橘子はおどろいて言いかえした。

「なんだ、まだ夜の十二時じゃないぞ」

その言葉に橘子が眼を丸くしていると、

「冗談だよ。夜の約束の相手には、電話を入れて、時間を延ばしておいてもらうよ」

「いいんですか?」

「いいんだ。それより、きみさ。このままさよならしちゃ、ぼくのほうがおちつかない」

それから橘子は、すぐ近くのテラスのカフェに連れて行かれた。

「漸くカフェにきたな」

席に着いた時、緋之川さんはそう感想を洩《も》らした。

「きみが『ローマの休日』と言うもんで、ぼくもいろいろ考えちゃった」

注文後に、緋之川さんが切り出した。かの女の大好きな『ローマの休日』で楽しい話が続くなら大歓迎だったが、緋之川さんの様子は至ってまじめで、少し空気が重かった。

「きょう、楽しかった?」

きき方は違うが、清澄公園のベンチできかれたことをもう一度確認をとられているような気がした。まだ疑いが抜けないようなのは、橘子としてとてもかなしかった。

「はい、とても」

「でも、今のきみはあんまり楽しそうじゃない」

橘子は素直に簡潔に答えをかえして、余計な憶測を挟まれないようにしたつもりだったが、緋之川さんに信用されていないようだった。

「そんな」

「いや、別に責めてるわけじゃない」

「私、きょうは本当に楽しかった、それは本当に

「――」

「いや、いいんだ。ま、それにこだわらないでおこう」

今更引っ込められても、一旦切り出された匕首《あいくち》の冷たい感触は橘子の首筋に残ってしまっている。

「私、本当に楽しいおもいをさせていただきました」

橘子のほうだって、相手がちゃんときいてくれるまでくりかえさないわけにゆかなかった。自分の言葉をきちんと引き取ってもらわないと、その言葉に籠めた自分自身の気持ちが見殺しにされているようで辛い。そこにこだわることが更に緊張感を高めてしまう危険を伴うことはわかっていても。

「わかって――」

「でも、緋之川さんにいろいろ御迷惑を――」

言い急いでいた橘子は緋之川さんの言葉を遮《さえぎ》ってしまった。

「御免なさい」

「いいって。もうよくわかってるよ。慥《たし》かにきょういろいろあったけれども、後からおもえば、それもまた楽しい想い出になるだろう。それでいいじゃない」

「ええ」

「それより、『ローマの休日』に戻るけれども、あの映画ときょうの日の共通点をあれこれ考えてみたんだ。――あ、そうだ、きみってタバコは吸う?」

「いいえ」

橘子は首を振った。

「じゃ、これは映画を再現できないな。尤も、ぼくも吸わないから、ライター持ってないんだよね」

緋之川さんがにこっとしたので、橘子もつられて微笑みをかえした。少し気が楽になった橘子は、つぎはストローを口にくわえて、紙の袋を吹き飛ばすよう注文を出されるのではないかと予想していたら、案の定、アイスコーヒーが運ばれてきた時、緋之川さんはストローを取り上げてかの女に差し出した。

「緋之川さん、困らせないで。恥ずかしいじゃないですか、こんなところで」

「是非やってよ。あのシーン、オードリー・ヘップバーンが凄くかわいくて、お気に入りなんだ」

「だから私、オードリーには絶対なれないんですから」

「なにもくらべようとおもってないさ。オードリーはオードリー、きみはきみだよ」

「私、オードリー・ヘップバーンのようにはかわいく吹けませんから」

橘子はストローの袋の口を切って、言った。

「吹いてくれるのかい？」

「まねするだけですよ。かたちだけですよ」

きょういろいろあったことをおもえば、緋之川さんに多少のサービス精神で応えてあげるくらいはしないと申しわけないと、実はこの事態を予想した時から橘子は覚悟はしていた。

しかし、恥ずかしさが頭にあったので、ストローを口に啣《くわ》えはしたが、吹き飛ばす力が遠慮がちで、紙は宙に飛ばずにまだストローとくっついていた。

「嫌《や》だわ、恥ずかしい」

「いいよ。口にくわえることまではしてくれたんだから」

そう言って、緋之川さんが自分で橘子のストローの袋をはずしてくれた。

「きょうの休日のラストシーンが近づいている」

緋之川さんがまじめな口調で言った。

「わかれがたいが、区切りはつけなくてはならない。本当はぼくの方に時間的な制限があるんだが、最後はやっぱりきみをおくりとどけないといけないだろうな」

「私のほうはもう充分楽しみました。御迷惑も一杯おかけしてしまいましたけれども。なにより緋之川さんには大事なお約束があるのですから、そこまで映画の設定を意識しないでも——」

「ああ。でも、可憐なお姫様を残して男のほうが去るというのはなんとも」

お姫様とかオードリーとか、あまりにかけはなれた例えで、橘子はとまどってしまう。

「私、お姫様じゃないですから。下町娘、いえ、田舎《いなか》娘《むすめ》ですから」

「そうはいかないさ。ぼくの眼にはきみはお姫様に映ってる」

「もう。緋之川さんも冗談が過ぎますよ」

「冗談なものか」

「信じられません。かりにもしそうだとしても、それはきょうだけのことでしょ？　月曜日になったら、私は元の田舎娘に戻ってる」

「うん、まあ、職場ではお姫様扱いするわけにはいかないしなあ」

「ほら、やっぱり。私はガラスの靴をはいていないシンデレラなんです、もしきょうだけ緋之川さんにお姫様のように見立てていただいたとしても。きょうの夢が覚めたら、永遠に田舎娘のままでい続けるよりほかにありません」

「いや、きみは本物のお姫様になるさ」

「もう止《よ》しましょうよ。そんな戯言《たわごと》きくほどに、私惨《みじ》めになるんですから」

「戯言とはひどいよ。ぼくはまじめに言ってるんだ」

「こういう話をしていていいんですの？　わざわざお約束の時間をおくらせるのはほかにもっと大事なお話が——さっき、『ローマの休日』に関連していろいろ考えられたというのが、まさか今のお話じゃないでしょ？」

「まあ、そうだな、ぼくはきみに、『ローマの休日』のアン王女のように、勇気を持って自分を解放してほしいとおもうんだ」

緋之川さんの調子が少しかわった。

「勇気を持って？」

「アン王女って、映画の最初と最後で人間の成長度合いがまるっきり違ってるだろ。たった一日の違いだけど。あれはなんと言ったって、自分で宮殿を抜け出すことを勇気を持って敢行したからだよ。勿論、動機はまったく子供っぽくて誉《ほ》められたものじゃないが、でもああいう決然とした行動ができてこそ、あれだけの成長もあった」

「ええ、それはそうでしょうけど——」

きみもアン王女のようにと言われるが、勇気を持って敢行とか決然とした行動とか言ってなにを期待されているのか、橘子にはまるでわからなかった。

「でも、やっぱり一人では無理なんだ。なんの経験もない者が唯飛び出すだけじゃあまりに無謀だ。どうしたって道案内が要《い》る。グレゴリー・ペックの新聞記者のようなね」

「あの、私——」

橘子は口を挟もうとしたが、緋之川さんはとりあわず先を続けた。

「ぼくの言いたいことはわかってきたろう？　ぼくがグレゴリー・ペックになる。きみがこれからの社会人人生のなかでおおきく成長するように、きみにつきあってぼくがいろいろなことを案内してあげるよ。きみは自分から一歩踏み出すだけでいい。踏み出すというのは、積極的になって機会をとらえるということだ。ぼくがきみに扉を開いてあげるから、そこに向かって踏み出すということだ。その時しりごみしないということだ。アン王女よりずっとかんたんだろ？」

「はあ」

「なんだよ、はあって。会社では鳥上《とりかみ》さんのようなおとなしい人の下についているから、前に出辛いこともあるだろう。別に鳥上さんが映画のなかのあの伯爵夫人というわけじゃないが、きみは自分を取り巻く環境のなかで閉じ籠められている。そこに自分から閉じ籠もっちゃいけない。誰だって心のうちにはちゃんと好奇心や冒険心を持ってるはずなんだ。それを解放しなくちゃ」

緋之川さんが言っていることはこれまでもおりに触れ言われてきたことだ。でも、きょうは御自分の役割を宣言して、まるで個人教授を買って出ているみたいだ。

「きみの好きなオードリー・ヘップバーン繋《つな》がりで言えば――実はぼくもオードリー・ヘップバーンが好きで、結構映画は見てるんだ」

緋之川さんは続けた。

「『麗しのサブリナ』でオードリーが演じたサブリナというおんなの子は、パリというエレガントな世界に出て、自分の本当の魅力に目覚め、眼を瞠《みは》るレディに變身《へんしん》した。そのパリに類するようなね、きみの可能性を存分に花開かせる世界に、ぼくが案内してやる。単にそういう世界を指し示すというだけじゃなく、グレゴリー・ペックのように一日丸ごとつきあってあげるよ」

「でも、どうして私をそこまで？」

いくら緋之川さんでも、そうやって力を入れて語られると、どうしてそんなおもいいれを自分に懐《いだ》くのか不思議になる。

「なに、言ってる。玉も磨かざれば光なしだ。原石のまま打ち捨ててはおけない」

「どういう意味ですか、原石って」

「それはきみがおとなしくて、ちょっと地味めにしてるからさ。だけど、ぼくの眼にははっきりわかる」

「なにかピンと来ないんですけど――」

「どうして？　もっと自分のこと、認めたらどうだい」

「認めるって、私、お姫様であるはずないし、その前に私……」

「その前にって、なんだい？」

「私もおんなですし――」

そう言いながら、橘子は下を向いた。

「え？」

緋之川さんもはっとしたように言った。

「あ、いえ、あの、御免なさい」

おもわぬことを口に出してしまって、橘子は後悔していた。

「なにが、御免なさい、だい？」

「いえ、なんでもありません」

「またそういう自分を隠すというか引っ込める言い方をする。勇気を持ってはっきり言うことも大事だよ。さっきだって、ジェラート食べながら言ったろ？　これから自分のしてみたいこと言って御覧て。自分をもっと解放するんだ」

　緋之川さんが一つ一つ指摘するのが、グレゴリー・ペックが演じた新聞記者というより、『マイ・フェア・レディ』のヒギンズ教授のようだと橘子はおもった。イライザは教授の徹底したトレーニングを受けて、誰もが認めるりっぱな淑女に生まれかわる。イライザは淑女になっただけではない。戀する女性にもなっていた。でも、教授は卑しいおんなを華麗な淑女につくりかえた自分の手柄に満足して、イライザのことを作品のようにしか見ていない。自分だって戀の感情が芽《め》生《ば》えるにきまってる。清澄庭園の池の端でもふっとそんな誘惑が起こった。でも、緋之川さんはどうしたって応えるわけにはゆかない。だけど、それは残酷だ。戀心を懐いても報われない心の痛みをずっとかかえなくちゃならないとしたら、縦令《たとい》世の中で成功する人間になっても幸せとは言えない。

「でも、私、後でわかれがくるのは嫌です」

「わかれ？」

「それなら最初からわかれに心が痛まない程度でつきあって――」

「え、待って。どうして今のうちからわかれなんて言い出すの？　おかしいよ、ぼくらこれから始めるところじゃないか」

「だって、アン王女はわかれちゃうじゃないですか、一日の終わりに漸く自分の戀する気持ちに気づいたところで」

「ああ、あれは身分が違うんだから。それに、町娘になってわかい親切な男と休日を楽しんだのは、王女にとっては梦《ゆめ》の世界だったんだ。王女の身分に戻ってしまったら、もう梦は終わりだ。でも、ぼくらは全然違う。これからの世界も今と連続している」

「そういう意味じゃありません」

「そういう意味じゃないって、じゃあ、どういう意味？」

「いいんです」

「なにがいいんだよ。なにかもってまわった言い方をして、一体どうしたの？」

　そこまで突っ込まれて橘子も、言うまいとおもっていたことをかたく閉ざしていたことをもうおさえておけなくなった。

「あの、今晩お約束がある方は、男のかたですか、それとも――」

橘子は自分の声が震えているのに気づき、とてもはしたないことを口にしているとおもわずにいられなかった。そうおもえば余計震えてくる。顔も上気しているのがわかる。恥ずかしい。

緋之川さんも顔色がかわっていた。

「え？　きみがなぜ、そんなこと気にするんだい？」

橘子は無論言葉をかえせない。すると、緋之川さんの方からおもい定めたように答えがかえってきた。

「わかったよ。正直に言おう。女性と約束している」

予期していた答えだった。きいてから、それは緋之川さんの口から出してほしくなかったと勝手なことをおもう自分に橘子はおどろいた。

やっぱり、きまったひとと――

きまったひとの存在が自分にとってなんなのか、意識する自分がいた。自分は全然そういうレベルじゃない、まるで関係ないとおもっていた自分が嘘のようにおもわれた。歯が立たないのはわかっていて、でもリングに上がろうとしている自分に気づいた。そして、惨めに打ちのめされる自分の姿を想像して、自分がかわいそうになった。眼の縁になみだが溢れてきた。いけない、いけない、とおもいながら橘子は唇をかみしめた。決して泣くまいとしてきっと眼のはしにも力を込め、なんとかなみだが堰《せき》を越えるのをおさえようとしたが、それでも一筋のなみだが頬を伝ってしまった。

13　休日の終わり

「き、橘子《きっこ》ちゃん……」

眼を上げ、前を見ると、凍りついたような緋之川《ひのかわ》さんの顔があった。

橘子が知らない緋之川さんの顔だった。

違う。まるで違う顔だ。緋之川さんにこんな顔をさせるなんて正しくない。

時間がかたまっていた。時間は静止しながら、つぎの刻みで、まったく新しい次元の世界の扉を開く準備をしているみたいに感じた。橘子はその世界に本能的に恐怖をおぼえた。いけない。そんな自分の見知らない世界に突然足を踏み入れるなんてできない。

橘子は強張《こわば》った上体のなかでかろうじて首を少し折り、そうしてかたむけた首をゆっくりとななめに振った。時間が向きをかえて、新しい世界の方へかの女を連れて行こうとするのに抵抗するおもいの仕種《しぐさ》だった。いけない。いけない。

「きみ、そこまで――」

緋之川さんが時を動かした。緋之川さんのほうを見ては駄目だと、橘子は眼を瞑《つむ》っておおきく頭を背《そむ》けた。

「きみ――」

眼を瞑ると、不意に清躬《きよみ》の姿が目蓋《まぶた》の裏に浮き上がった。清躬はかなしそうな顔をしていた。此間《こないだ》久しぶりに会った快活な清躬ではなく、昔のものおもいに沈み、おし黙ってうらがなしい表情をうかべている清躬の顔だった。

なにかなしそうにしているの?

橘子はおもわず問うた。

清躬は無言だった。唯、かれ自身がずっとかなしみを懐《いだ》き続けている存在であり、今なにかのためにかなしんだというのではないのがわかった。そのために言葉を発せず、不動だった。清躬の不動は、橘子の動揺をきわだたせた。なにを自分は心騒ぎ、揺れ動くのだろう。清躬と世界が違っている。清躬の世界を見ると、空気が静かで、光が優しい。時間は清躬のまわりをゆっくり動くようだが、中心にいる清躬は不動だ。対して、橘子を取り巻く空気は乱れるように動き、回転し、光と闇は争うように明暗の度をかえていた。時間が空間を侵食し、それが風を起こし、光と闇に互いを食い合わせていた。どうして清躬といる場所が違うのだろう。清躬とおなじ場所に静かにいることがどうしてできないのだろうか。

かわっちゃいけない。

清躬の口は開かないが、静かな空気のなかで橘子にそのメッセージをおくっているように感じた。

きみが見えなくなってしまう。

かなしそうな表情はそういっているように見えた。私は揺れている。動いている。絶えずまわりの變化《へんか》に曝《さら》されて、おなじでいられない。それで、自分が自分でいられない、ということなの？　だから、私が見えなくなってしまう、というの？

それは、緋之川さんの所為《せい》なの？

急に橘子は強い力で手を掴《つか》まれた。橘子ははっとわれにかえった。

「わかった。電話かけるよ、キャンセルする」

緋之川さんがなにか言った。言葉はきこえたが、意味をとらえるのに時間がかかった。橘子はまだそんな状態だった。唯それでも、重大な発言であることはわかった。橘子は緋之川さんに向いて、「えっ？」ときいた。

どうしたってもう一度ききなおす必要があった。今度はちゃんと逐一《ちくいち》言葉をおって、意味をとらえるために。

「かの女との約束、断わるよ」

誰にだってはっきり理解できる言葉だった。反射的に橘子は言葉を発した。

「いけません、そんな」

「いいんだ」

「いけません」

橘子はくりかえした。

「いいんだよ。橘子ちゃん、ぼくはきみにつきあう」

「つきあうって――」

「少なくともきょう一日、最後まできみにつきあう。そうだ、そうしなくちゃいけなかったんだ。きょうは二人の、『東京の休日』だ」

「駄目です、そんなの」

橘子は首を振った。

「そんなのって、なに言ってるんだい」

「え、だって――」

橘子は言葉に詰まった。

「ここまでつきあわせて、まだ六時くらいで、じゃ、さよなら、なんてしちゃいけない。そんな当たり前のことに今漸《ようや》く気づくとは、ぼくも相当に馬鹿だ。充分反省するから、赦《ゆる》して」

「いけません」

赦しを請われても、橘子にはそれしか言う言葉がなかった。

「なんだよ。きみはいつもおなじ言葉をくりかえすね。さっきまでは『御免なさい』で、今度は『いけません』か」

「いけないから、いけないんです」

「なにがいけないんだ？　慥《たし》かに、約束をすっぽかすのはいけないよ。でも、事情があって、約束をキャンセルするのはしかたがないじゃないか。もっと大事な用ができたらね。まだ約束の時間前だから、キャンセルはきく」

「私のことでキャンセルされるなんて、まちがってます」

「なにがまちがってるんだ？　きみのこと大事に考えればこその決断なんだ。なにもまちがってやしない」

「どうして、私が大事なんですか？」

「なんだ、とことん言わせようって言うのか。かわいいやつだな」

「違います」

そのきっぱりした言葉に、緋之川さんの顔から笑みがきえた。

「ちょっと、橘子ちゃん。さっきから、いけないとか、まちがってるとか、違うとか、それはっかりだけど、もういいかげんにしようよ」

「すみません。でも、緋之川さん――」

「もういいよ。きみの気づかいはよくわかった。そういう性格なのに、責めてもしようがない。ちょっとここで待ってて。これでもう䖳《けり》をつける」

緋之川さんは胸に手を遣《や》って携帯電話を取り出すと、立ち上がった。かれを止めようと、橘子も立ち上がった。

「きみはここにいて。すぐ済むから」

「駄目です。緋之川さん、私、もうかえりますから、お約束のほう、ちゃんと守ってください」

橘子は譲らず主張する。

「きみには負けるよ。――とにかくここは出よう」

緋之川さんは、流石《さすが》にもうこれ以上の言い争いは御免だというようだった。

勘定を済ませてカフェを出ると、緋之川さんは途中で立ち止まり、橘子の肩を持って言った。

「きょうのところはきみに従うよ。なんか感覚が違うんだが、まあ、いいさ。そのかわり、きょうの続きをね、――」

「きょうの続き？」

「『トーキョーの休日』さ。うむ、なんか語呂がよくないな。まあ、ロマンチックの本場のローマとは違うけど、それでも結構――」

「休日ごっこはもう――」

「本気になれって？」

「本気？」

橘子はおもわず叫んだ。本気なんてどうしてあり得るだろう、きまったひとがあるという人が。

「違います。そんな大それたこと」

「大それたこと？　どうして？」

「いえ、まちがってます、私にそんな言葉を使うのは」

「また、まちがってる、か。なんでだろうね。まあ、いいや。いずれその言葉はきみに言わせせないようにするよ」

一旦そう言った緋之川さんだったが、すぐおもいなおして言葉をあらためた。

「いや、なんでまちがってるんだ？　きみだって、少しは本気の時もあっただろ？」

そう言われて、橘子はどきっとした。戀を意識したことをそう言われるのだろうか。いや、あれは梦《ゆめ》見たということで……でも、それだけで本気になった罪が問われるのだろうか。

「例えば、ついさっきさ」

「さっき？」

「きみ、なみだがぽろりと出たじゃないか、ぼくが約束してる相手が女性だと言った時」

そう指摘されて、橘子ははっとした。あの時はおもわず緋之川さんのかの女のことが眼前にうかんで、おもわぬ対抗心に気づいて自分でもおどろいた。

「だろ？」

緋之川さんは得意気《とくいげ》な表情をうかべた。でも、あれは自分の勘違いなのだ。唯、勘違いとしてもそういう考えが一瞬でもあったことをここで認めるわけにはゆかない。そんなことをすれば、緋之川さんのかの女の領域に踏み入ることになる。できるはずがない。

「あのなみだは……」

「なんだ、また違いますと言うのか？」

橘子は言葉が続かなかった。

「ぼくにはきみの心のなかがわかってるよ」

緋之川さんは余裕ある態度で言った。

「えっ？」

「だけど、そのことをここでぼくが言ってしまうと、きみは途轍もなく恥ずかしくなる。そうだろ？」

橘子は言葉がなかった。緋之川さんの言うとおりなのか違うのか、自分にも本当のところはわからなかった。

「ほら」

「緋之川さん、私のことを虐《いじ》めないでください」

懇願するように橘子が言った。

「え、虐めてないって。参ったよ、きみには。ああ、何度折れてることかな、きょうは」

「御免なさい」

「まあ、いい。とにかくきょうはかえろう。おくってゆくよ」

緋之川さんは橘子の肩に手を遣って、前へ促した。

「でも、お約束の時間が――」

「それはちゃんと連絡して、ずらしてもらう。大丈夫だ。かの女も理解あるんだ。それより、最後はちゃんと笑顔で終わりたいよ」

「御免なさい、泣き虫で」

「いいさ。それより行こう」

上野公園を出て、緋之川さんはタクシーをつかまえた。一度車をおいているところへ戻って、橘子を助手席に乗せ、かの女の寮へ向かった。

「このシチュエーション、『ローマの休日』のシーンみたいだね」

最初はお互い無言だったが、暫く経《た》って、緋之川さんがぽつりと言った。

「でも、私がかえるのは宮殿ではなくて、会社の寮です」

緋之川さんは映画のロマンチックな世界に盛んに自分を引き込もうとする。けれども、主演女優にギャップがあり過ぎては話にならない。緋之川さんとおなじ夢を見られたらいいけど、そういう関係ではないのだ。緋之川さんにわるいとはおもいながらつい現実に引き戻す。

「ああ、そうだね。ぼくたちは二人ともおなじ会社の人間で、王女と新聞記者じゃない。月曜日になったら、また会社で顔を合わせる」

緋之川さんも応じた。それからほんの少し間をおいて、こう続けた。

「だが、休日は別の顔であっていい」

橘子はふと隣の緋之川さんを見た。緋之川さんはまっすぐ前を向いたままで、顔を動かさなかった。

「休日くらい映画のようなことをしていい。平日とかわらないと勿体《もったい》ないだろ。自分たちだけの時間を持てるんだから、気がねをなくしてそのつもりになればいいだけさ。それは決して休日ごっこじゃない」

緋之川さんは相かわらず前を向いたままそう言った。

少しして再び緋之川さんが口を開いた。

「ところで、橘子ちゃん――」

「はい」

「さっき、きょうの続きと言いかけて、途中になってしまったけど、」

「ええ」

「明日はどうなの？」

「明日って、あの、え、きょうの続きって、――」

「休日第二日目さ」

「あ、御免なさい、私、明日は約束が――」

「約束？　誰と？」

緋之川さんが橘子の方を向いて尋ねた。

「あ、昔のお友達と」

橘子は答えた。

「故郷《ふるさと》の友達かい？」

緋之川さんは続けてきいた。

「ええ、まあ」

橘子は曖昧《あいまい》に返事した。なおも質問は続いた。

「でも、その人、東京にいるんだろ？」

「ええ」

「じゃあ、いつでも会えるんだろ？」

「え、でも、かれ忙しくて――」

「かれ？」

緋之川さんにかえされて、橘子はとんだ失言をしたかもしれないのに気づいた。

「その友達って、男性かい？」

緋之川さんははっきり質問した。

「はい」

正直に答えるしかなかった。

「なんだ、そういうひとがいたのか」

緋之川さんが溜息まじりに呟《つぶや》いた。

「え、違います」

「違うって？」

「え、かれ、幼馴染《おさななじみ》なんです」

「幼馴染ね」

「家も隣どうしだったんです」

「それは随分近い関係だね」

「この前の日曜日、久しぶりに会ったんですけど、結局時間がなくて、あんまりお話ができなかったから――」

「慥かに忙しそうなかれだね」

「ええ」

「でも、東京にいるんだったら、別に明日でなくったっていいんだろ？」

「それって――」

「きみ、ぼくのためにその予定をかえてくれないかと言ったら？」

「えっ？」

「困った様子だね」

憔かに困ってしまう。おねがいをしたら、清躬は快く予定をかえてくれるだろう。しかし、橘子としては約束は約束として大事にしたかった。おたがいきめた約束をかんたんにかえたくはなかった。自分の都合でかえたりするのは、清躬を軽《かろ》んじることになって、どうしても嫌だった。だけど、緋之川さんが強《し》いて要求されるなら、もう受けるしかないと橘子は覚悟した。これ以上は拒めない。

「わかったよ、橘子ちゃん」

緋之川さんの声がかたくて、橘子も身が縮まるおもいだった。

「無理言うのは止そう。唯、ぼくはきみを責めてはいない。困らせようとおもってるわけでもない。それはわかってほしい」

「ええ」

「それなのに、どうもきみを虐めているみたいになっちゃってる」

「それは私が弱虫なだけで」

「自分から弱虫と言うな」

緋之川さんが妙に強い語気で言ったので、橘子はびっくりしてしまった。

「あ、御免。ちょっときつかった。唯、ぼくは弱虫とか最初から逃げ腰の言葉は大嫌いなんだ」

緋之川さんは真剣な調子でかたりはじめた。

「ぼくは男で、男は信念を持っていなければならないと考えている。ぼくの信念は逃げないってことだ。弱音を吐かないってことだ」

言葉は続いた。

「勿論、その信念を女性に要求するものではない。唯、きらいな言葉というのはある。だから、きみにもそういう言葉を言ってほしくない。無闇に、御免なさい、と言うのも困る」

そう言われると、橘子はなにも言えない。

「ぼくの考えでは、男という存在は、本人が自覚するしないにかかわらず、闘争と征服という原理のなかで生きなければならないんだ。自ら産む性ではないんだから、どうしたってそうならざるを得ない。産む特殊能力を持った雌《めす》を獲得する——それが男、雄《おす》の生きる目的の第一義ということさ。こんなストレートな言い方は、きみには耳障《みみざわ》りかもしれないが」

「いえ、大丈夫です」

　橘子はかろうじて声を出した。

「生物のなによりの特徴は、個体はなくなっても命としてはつぎつぎ受け継がれてゆくということだ。個体には命を繋《つな》ぐ役目があるんだ。勿論、命を繋がないで、一代で滅びて終わりという個体もあってよいが、自覚的な生き方をするなら、命を繋ぐ役目を引き請けなくてはならない。おんなは、自分が受け容《い》れさえすれば、つぎの生命を自分で産むことができる。しかし、男は、まず自分の子を産んでくれる雌を獲得しなければならない。それはほかの雄との闘争であるし、雌の征服でもある。そういう原理のなかで生きなければならないんだから、男はね、最初から尻尾《しっぽ》は巻けないんだ。闘争に勝ち負けはつきものだから、闘いに挑んで、別にそれはポーズだけでもいいけれども、結果負けを認めたってつぎの挑戦機会をとらえればいい。とにかくリングに上がる。最低そういう姿勢は持たなければならない。体面とかプライドとかいうのは、そういう姿勢を支えるものだ。それをなくされると、リングには決して上がれない。勝負に参加する資格がないのとおんなじだからね」

　これまでと全然調子の違う難しい話になったが、自分に対して真剣に話をしてくれるのは橘子としてもうれしかった。

「こういうぼくもね、大学までは順当にきたんだけど、大学時代に慢心が出て、楽して卒業だけできればいい、それでも一流の会社には行けるとおもって、遊びやアルバイトに時間を使っちゃったんだ。慥《たし》かに、就職は楽勝だった。ところが、会社に入って、世の中のことにも関心を向け、成功ということを強く意識するようになると、単に一流の会社に行けば人生の勝ち組になれるというものではないというのがわかってきた。これからはほんの一握りの人間が富の大半を占有し、ほかの人間は並み以下のくらししかできないような世の中になってゆくだろう。デジタルな世界は桁レベルでどんどん上がってゆくから、一つ一つ積み上げるしかないアナログ世界に生きる人間なんか忽《たちま》ちおいてゆかれる。一握りの成功者以外は誰もがひっくくられ、下層へおいやられるんだ。それを早くに見越したぼくの仲間たちは在学中から勉強やスキルの開発をおこたらず、国家公務員のエリートコースに進んだり、本当の意味でのグローバル企業に入って、世界を舞台に活躍し、わかいうちから国際的な人脈をつくって、自分がビジネスを起こすチャンスを開拓している。三十歳くらいで、何千万、いや億以上稼ぐ人間が結構いる。うちの会社だって世間では一流の部類だが、サラリーマンでいるうちはたかがしれている。それだけで今言ったような人たちの仲間に入ることは到底できない。だからぼくは、ぼくの仲間たちとの競争において、少なくともトップ集団からはおいていかれてしまったと自覚した。だが、人生の闘いはまだまだこれからも続く。ぼくは今の位置をキープするだけでは駄目なんだ。もっとスピードアップして、トップ集団の後方くらいにはおいつくように、自分を磨き、あらゆる機会を利用して、実力をつけて自分を成長させてゆかなければならないとおもっている。少なくともこの会社ではトップになり得るコースに乗っていなければならないし、将来ヘッドハンティングされるくらいに自分の活躍ぶりを社会に示していかなければならない」

橘子は、ここまで緋之川さんが世の中に対してきびしく難しいとらえ方をしているとはおもっていなかったので、話をききながら圧倒されるおもいでいた。緋之川さんの話は橘子のことに移った。

「ぼくがきみに対して、新人だからこそ自分の成長を考えて積極的に挑戦しなければいけないと盛んに説くのも、ぼく自身本当にそうしようとおもってるからさ。女性の場合、そこまでライバルとの競争という意識を持たなくてもいいのだろうが、でも一度きりしかない人生を生きるのなら、やはり成功をつかまないといけない。それにはまず、自分が望んで、行動し、そういう成功者の人間たちとつきあえる機会を開拓してゆくことが必要なんだよ。どの女性も男性を惹きつける魅力を持っている。素晴らしいことだけど、それを自覚していない女性がおおい。女性は誰もが宝石だとおもう。でも、天然では石のまんまだ。磨かなければ宝石にはならない。きみはなまじ容姿が勝《すぐ》れていて、それで最初から光っているから、それに安住してしまっているところがある。おとなしくしていても、ちゃんと認めてもらえるから、無理しなくていい。そのためにもっと光れるものを持っているのに、それを自分から開拓しようとしていない。それでは本当の宝石にはなれないんだよ。その意味がわかるかい？」

橘子には答えることができなかった。緋之川さんの考えていることは自分よりずっと深そうだった。

「天然でも光っているというのは勝れた魅力にちがい

ないが、それだけでは結婚で幸運を獲得しやすいという強みしかない。勿論、幸運を獲得するチャンスがほかの人より大きいんだから有利だし、だから強みであるわけだけれども、でも結局それでは結婚次第になるわけさ。きみのように欲がなく控えめだったら、相手が程々でもよしとするだろう。そうしたら、きみの人生も程々でしかなくなる。もっと強みを活かすならば、より大きな幸福と満足を手に入れられる機会があるだろうに、挑戦しないからみすみすそれを放棄することになる。女性の魅力は容姿だけではない。容姿以外でも人を惹きつける魅力を女性は一杯持っているから、そういうものをしっかり開発した女性にはかなわない。なぜなら、そういう魅力は発展し、成長し、チャンスとつぎつぎ出会って、更に磨かれるからね。容姿の美しい人もそれを磨くならおなじことが言えるけれども、生まれ持った美しさだけなら、結婚に頼ることしかできない。きみもよく考えてほしい。おそらくね、きみのまわりでこういうことを言うのはぼくだけだろう。きみのことをちゃんと認めているぼくを信じてもらいたいな」

あたりはすっかり暗くなっていた。暗くて迷いそうな時でも、緋之川さんは自分の前に明かりをつけて道を示してくれそうだった。信じてついてゆきたかった。からだを預けてしまいたかった。

「もうすぐだね」

二人の車はもう見なれた地域に入っていた。

「ところで、ゴールデンウィークはどうするの?」

今までの話が重たいものであっただけに、急に身近な話題になってかえって慌《あわ》てる。

「あ、あの、まだきめていません」

「田舎《いなか》には戻らないの? あ、きみの帰省先を田舎と言ってしまった。口が滑っちゃって御免」

「いえ、田舎でいいです。今のところ帰るつもりはありません。まだ入社一カ月ですし」

「三十日はどうするの? 休んで、二十九日から七連休にしちゃうかい?」

今年は二十九日が水曜日だった。五月一日はメーデーでお休みになっているから、そこから五月五日まで連休が続く。慥かに、三十日も休めば七連休になる。だが、まだ新人なのに、自分で休みをとろうとはおもってもみない。

「いえ、三十日はちゃんと来るつもりです」

「じゃあ、二十九日がいいかな」

「え?」

「つぎの予定さ。もう一度言うよ、ぼくとの二人の休日さ。さっき明日はどうかなときいたけど、きみが駄目だと言うから」

「すみませんでした」

「なにも謝らなくていい。先約があるんだからしかたがない。ま、つぎのことは月曜日にはっきりきめよう。ぼくにもいろいろあるから、ちゃんと計画しておかないと」

「ええ。緋之川さんの御都合に従います」

「じゃあ、そうしよう。月曜日ね」

「はい」

緋之川さんは寮から百メートルほど手前の公園のところで車を停《と》めた。

「きょうはここでわかれよう。きみはここでおりて、宮殿まで走って行くんだ」

「宮殿じゃないですけど、そうします」

「映画だと王女はここで泣き、新聞記者はかの女を抱いてキスをする」

「え？」

「勿論、きょうはそれはしないよ。言ってみただけさ」

「意地悪ですね」

「してほしければするよ」

「もっと意地悪」

「映画の二人があれだけ気持ちが高まったのも、その前に王女が連れ戻されそうになるのを記者がからだを張って救出し、しかも二人して川に飛び込んで逃亡するという共通のどきどき体験をしたからだ。そのスリリングな情況で二人の気持ちは急接近した。実は、ぼくたち二人もそれに似たシチュエーションがあった」

緋之川さんは隣でにやっとした。

「それはさ、あの清澄庭園で、きみが突然池の方に向かって行った時さ。ぼくは不意を襲われて、慌ててきみを止めたけれども、止めるにしてもきみと一緒に池に入ってしまったとしたら、どうだっただろう。二人ともバランスをくずして、まともに池にはまるんだ。あんな名勝の庭園でそんなことをしたら、顰蹙《ひんしゅく》だけでは済まない。ぼくらは禁をおかしたことになって、二人して逃走しなければならなくなるにちがいない。うまく逃げおおせたとしても二人の動悸《どうき》は止まらない。おまけにからだが濡れている。ともかくそんな情況だと、ぼくは可憐なきみを前にしてキスの衝動をおさえられなかっただろうし、きみだって一緒にスリルをすり抜ける体験をしたぼくに対してはそれを受け容れてくれたことだろうとおもう。唯、ぼくはそのチャンスを逃した。しようがない。チャンスを逃した者に資格はない。きょうのところは諦《あきら》める」

緋之川さんがキスをどこまで本気で考えているのかどうかわからないけれども、こういう話をされるだけでも橘子はどきどきして、胸が詰まった。

「まあ、それはそれとして、ショップでも言ったけど、ぼく、きみの携帯電話にメールを入れるから、ちゃんと返事をかえしてよ」

「ええ、それはかならず」

「苦手意識があると言ってたけど、こんなの、なれだからね」

「はい、早くなれるようにします」

「結構素直に返事してくれたね。また『でも』とかつくのかとおもった」

「そんな」

「いや、別にいいんだけど。ま、きょうはいろいろあったけど、楽しかったよ」

「こちらこそ本当にありがとうございました。いろいろ失礼もあって――」

「もう気にしない。おわかれはすっきりいきたいから、もうその話はなしだよ」

「はい」

「ぼくは暫くここにいてきみを見送るけれども、きみは振りかえらずまっすぐかえるんだ。いいね」

「はい」

「じゃあ」

橘子は言われたとおりにした。緋之川さんにそこまでこだわってアン王女になぞらえてもらうことは、わるい気はしなかった。まあ、きょうだけのことだとおもうけど。

寮に戻ってカジュアルな服装に着がえると、橘子は携帯電話を使ってすぐ両親に電話を入れ、初めてのお給料を貰《もら》ったことの報告と、ここまで育ててくれたことへのお礼を述べた。娘がわざわざこういう電話をかけてきてくれるとはおもっていなかったようで、そのことだけで両親は感動してくれた。両親におもいを馳《は》せて、橘子は半泣きになった。電話代がかさむからと母親のほうから電話をきったので、携帯電話を買ったことの報告まではできなかった。連休で帰省する時に話してもおそくないとおもった。

橘子は一気に疲れた気分になって、ベッドにあおむけに寝転がった。そして、あらためてきょう一日のことを考えてみた。

両親に入れた電話が想像以上にかれらを喜ばせたので、それを諭《さと》してくれた緋之川さんに一層の感謝の気持ちを懐いた。同時に、緋之川さんはまだわかいのになんて物事の道理に明るく頼り甲斐《がい》があるひとなのかと感心した。しかし、職場のなかだけでなら、尊敬と信頼、それに憬《あこが》れだけ感じていられるが、きょうのように休日も一緒に過ごすと、それだけでない感情も育ってくる。きょうにかぎらず、オフタイムでしかも一対一で話をすれば、一人の人間として、いや男性としての魅力に、ますます心惹《ひ》かれるようになる。

一体、自分と緋之川さんはどうなるんだろう。錯覚してはいけないとおもっている。それでもこれだけ接近すれば、もっと深い愛情で結びつきたくなる。きょうだって何度心が揺れたことだろう。緋之川さんは充分おとなだから混同はされないかもしれないが、未熟な自分はいつ本気を求めたくなるかしれない。自分を指導してくださるなら、もっとはっきり学習だとかトレーニングだとか明確に区別がついていればいいけれども、先週もきょうも休日を一緒に過ごし、食事をしたり、観光したりと、内容的にはデートであってもおかしくないものとなった。田舎者の自分に対して東京を教えてくださっているのはわかるが、それでも自分を惑わすようなことをおっしゃるから、自分の心も動きそうになってしまうのだ。

鳥上《とりかみ》さんの忠告もあったし、自分だって好意に甘えてばかりいられないという気があるから、きょうもお昼だけのつもりだった。でも、緋之川さんにあれだけ強く誘われたら、どうしたって断われない。結果的には、その後も緋之川さんと一緒に時間を過ごしてよかったとおもっている。叱られたり疑われたり、いろいろ辛い気持ちになることもあったが、しかしそれだけ緋之川さんも自分に対して安易な気持ちで接してはおられないということだろう。きびしい話もあった一方、また『ローマの休日』の映画のパロディみたいな話をつくられたりと、いろいろな話のなかで緋之川さんの人間性により触れられた気がして、一層かれのことが素敵に感じられた。もともと魅力が一杯ある人なのはわかっており、人気があるから、自分だけが素敵だと感じているわけではない。でも自分一人にこれだけの時間を割《さ》いてもらったら、此方《こちら》だって特別なおもいを懐くのも避けられないようにおもう。自分だっておんなのはしくれだもの。素敵な男のひとに対して、好意レベルを超えた戀愛《れんあい》感情が芽生えてくるのは自然のなりゆきではないだろうか。

けれども、橘子はとても不安だった。

抑々《そもそも》ドライブは断わっていたのに、緋之川さんは車で迎えにきた。それも御自分の愛車だ。先週は東京案内ときいていたので、昼間ずっとつきあうことになるのは当然初めから頭にあったが、きょうは誘ってもらった時からお昼だけと伝えていたのだから、まさか夕方までの時間を過ごそうとはおもってもみなかった。そして、緋之川さんは自分を抱いてくれた。自分もからだを預けた。男のひとに抱擁されるというのはどういうことだろう。そして、キスまでしかかったのだ。緋之川さんとの間でこういうことになるとは、最初は考えていなかった。

緋之川さんは職場の先輩だ。面倒見がよくて頼り甲斐《がい》がある。だから、おにいさんのようにもおもう。けれども、それは鳥上さんをおねえさんと慕うのとかわりはないとおもう。そのつもりだった。だが、今は、かれの「きまったひと」を意識するくらい特別な感情が生まれているのを否定できない。

そのようにおもうと、総《すべ》てが初めと様子が違う。

橘子は清躬の警告をおもいだした。――かわっちゃいけない。

あれは、緋之川さんの顔が真顔《まがお》にかわった時だ。今晩約束しているひとが女性だと打ち明けられた時。いや、違う、その後だ。私がそれをきいておもわずなみだをながしてしまい、それを見て緋之川さんの顔がさっとかわった。

おもうと、あの時だけじゃない。緋之川さんには幾つもの顔があるようだ。楽しい話をしている顔。難しい話をして信念をかたる顔。私を教え諭す顔。私に忠告する顔。詰問する顔。職場の顔。パソコンに向かって書類を作成している顔。電話で自信溢れる態度で交渉している顔。食事の時の顔。車を運転している時の顔。笑顔。怒り顔。呆気《あっけ》にとられたような顔。キスの気配を感じておもわず眼を見開いた時に真正面にあった大きな顔。――一体幾つの顔を私は知っているんだろう。

どうしてこんなに沢山の顔を私に見せてくれるのだろう。

場面ごとに人の顔はかわる。それだけおおくの場面を緋之川さんと経験したのだ、私は。顔をまったく違える程の場面が緋之川さんとの間で展開されたのだ。私にとっての緋之川さんは、きょう会うまでの緋之川さんではない。抱擁を経験し、キスの寸前まで行った。何度も真正面に緋之川さんの顔を見た。撃たれるような真剣な眼差《まなざ》しを間近に向けられたのは、かの女には初めての経験だった。緋之川さんは違う世界のひとになった。そして、その世界は、かれのきまったひとと隣り合わせの世界。一歩踏み込めば、その境界のなかに入ってしまう世界。そうおもうと、橘子はおもわずぞくっとした。

そこへ入ってしまったら、どうなっただろう。
きみが見えなくなってしまう。――清躬はそう言った。清躬が今この場にいても、まちがいなくそう言っただろう。そして、そのとおりだと橘子は感じた。

境界の中と外。

清躬は境界の中にいる。橘子もこれまでずっとその世界をともにしてきた。温かくて、優しくて、なつかしい世界。子供の頃からずっとなれ親しんでいる。境界の外へ越えてしまうと、まるで違う世界になる。清躬から離れてしまう。けれども、緋之川さんと一緒にいられる。そこがどういう世界でも緋之川さんが守ってくれるだろう。緋之川さんが「来なさい」「越えなさい」と言ってくれているのだから。手をずっとにぎっていてくれるのだから。唯、怖《こわ》いのは、その世界に、あの「きまったひと」がいること。にもかかわらず、私がそのひととおきかわりたいと心の底でねがっていること。そこまで行ったら、緋之川さんの一番近い存在になりたい。そんなことをしてはいけない。まだ境界を越えていない私はそうおもう。でも、境界を越えた私がおなじようにおもうかどうかはわからない。

境界を越えたら、清躬はかなしむだろう。折角再会したのに、きみはもうきみではなくなってしまったんだねと言われそうだ。そんなことを清躬に言われたら、私自身もかなしい。けれども、いつまでも境界の内がわでずっといられるだろうか。緋之川さんがチャンスを示して導いてくれるのを断わって、内がわの世界にいたとしたら、自分はどうなるのだろう。おとなになったというのに、ずっと昔なじみの世界の内にとどまって、そのまま歳《とし》をとるというのはどういうことだろうか。

橘子はおもいまよう。心が騒ぎ、動揺する。私は清躬のように心を平静に保てない。淡いけれども、一つの光を静かにずっと心に灯《とも》していられる清躬とは違う。私の心は、光に憬《あこが》れ、闇におびえ、光が発火するのに歓呼すれば同時に闇の襲来に悲鳴をあげる。

清躬のように安定していて静かにいられたら、境界の内がわの世界にいつまでいてもいいのだろう。でも、誰もが清躬のようにはなれない。清躬は特殊だ。永遠の少年だとおもう。だから、ずっとかわらないでいられるのだ。

緋之川さんは清躬とは違う。境界を越えて向こうがわに行っている人だ。だから、清躬のように静かで不動じゃなく、緋之川さんは絶えず活潑《かっぱつ》に動き、自分を變化させている。そして、私に境界を越えさせ、ぼくに従ってついてきなさいという。挑戦しなさいという。行動しなさいという。かわりなさいという。かわることは成長だという。鳥上さんでは駄目だという。——鳥上さんは清躬くんのがわかしら？　緋之川さんに言わせたら、おそらくそうなのだろう。でも、鳥上さんは否定されるような人ではない。一つしか年齢がかわらないのに、私よりずっと仕事ができるし、おちついているし、誰にも優しくて、本当に尊敬できるひとだ。ずっとおねえさんのように慕い続けたい。鳥上さんのように境界を越えないでいたって、しっかり幸せに生きることができる。これまで鳥上さんを見習っていきたいとおもっていたし、これからもそうおもいたいのだ。私に向いているのはそちらのほうかもしれないようにおもう。

結局、境界のぎりぎりのところまできて、どうしたらよいのかおもいまよう。唯、境界の外へ一旦越えたら、もう中に戻ってくることができないように感じる。緋之川さんを信じて、ずっとついてゆきたい。だけど、怖い。そんな臆病な私が本当についてゆけるだろうか。緋之川さん、どうか私の迷いを断ち切って。臆病な私を壊して、新しい私をつくってください。あなたの手によって、美しいガラテアにしてください。

14 戀する道

結局、土曜日は緋之川《ひのかわ》さんへのおもいで明け暮れた。

初めは、鳥上《とりかみ》さんの忠告が的はずれだと感じるほど、緋之川さんに異性の特別な意識を持ってはいなかったし、プライベートでは清躬《きよみ》のほうがこれからも近くなるとおもっていたので、それがこんなふうに自分の感情がエスカレートするとはおもってもみないことだった。

唯、一つ期待はずれなことがあった。緋之川さんから携帯電話にメールが届くと心待ちにしていたのだが、それがとうとう来なかったことだ。つぎの朝起床して一番にチェックしたが、やはりなにも届いていなかった。本当は橘子《きっこ》から緋之川さんにメールをするか、電話をしたかったのだが、かれが、ぼくのほうから最初にさせてほしいと言い、電話番号も携帯メールのアドレスもそのメールで報《しら》せるからと、その場で教えてくれなかったのだ。緋之川さんになにかお考えがあるのだろう。

ともかく朝はいつ緋之川さんからメールがくるか、気が気でなかった。昨夜《ゆうべ》の心の迷いも、緋之川さんのメールの内容できれいに払われて、かれについてゆく決心ができるのではないかとおもうところがあっただけに、それが到着しないとなにごとも始まらないのだった。

けれども、来ないものは来ない。

結局、ローマの休日は一日だけのことだったのだ。暦がつぎの日にかわれば、シンデレラは元の田舎娘《いなかむすめ》にかえるのだ。ガラスの靴を履《は》いていない娘は、王子様が探しにも来ない。緋之川さんだって、月曜日にはけろっとして、先輩後輩の関係に戻るだけ。高望みに早いこと気づいて、橘子はかえってさばさばした。

境界は踏み越えない。

橘子は清躬に電話をかけた。清躬に対して買ったばかりの携帯電話を使ってみたい気がした。携帯電話を買ったら、報告すると約束したことでもあるし。午後に会うからそこで言ってもいいのだけれども、携帯電話で清躬の声がききたい気がした。

電話をかけたが、清躬はまた不在で、留守番電話になっていた。携帯電話って意外に繫《つな》がらないものだなとおもった。留守番電話は苦手だけれども、きょうは携帯電話を買ったことの報告と電話番号の連絡など、伝えることが明確にあったので、特に緊張をせずに吹き込めた。

稍経《やや た》ってから、突然、電子音のメロディがながれた。瞬間びっくりしたが、携帯電話が鳴っていると気づいた。きのう携帯電話を買った時に緋之川さんが着信音などのメロディを選んで、音量も調節して設定してくれていたものだ。携帯電話を初めて持つ橘子には要領を得ないことばかりなので、基本的な操作の説明と機能の設定を緋之川さんがしてくれたのだ。

やっと緋之川さんが電話をくれたと最初はおもったが、ディスプレイに表示された電話番号を見て、いや、清躬だ、とわかった。

――もしもし。

――ああ、橘子ちゃん。

――清躬くん。

――携帯電話、とうとう買ったんだね。

――うん。

――これから連絡がとりやすくなるね。

――うん。

――なにか連絡？

――ううん。買ったばっかりの携帯電話だから、使ってみたかったの。

――そう。ありがとう、話し相手にぼくを選んでくれて。

――ありがとうなんて、そんな。

――いや、うれしいよ、そういうこと。

――本当？　よかった。

――きょう来るの、問題ないよね？

――うん、勿論《もちろん》。

――来たら、携帯のメールアドレスも教えて。

――OKよ。

――橘子ちゃん、きょう二時って約束してたけど、お昼も一緒にしない？

――お昼御飯？

――ああ、そうだよ。よかったら、＊＊駅の改札で十二時に待ってるよ。

――清躬くんの予定はいいの？

――どうせ昼飯食わないといけないしさ。橘子ちゃんの方で既にお昼の予定がきまってるんだったら、しかたないけど。

――私はなにもないわ。お昼も一緒にできるなら、うれしい。

――そう？　それじゃあ、そうしようよ。

――十二時に＊＊駅に行ったらいいのね？

——そう。じゃあ、待ってるから。

橘子は日曜日はなにも予定がなかったから、寮を早く出ることに問題はなかった。寧《むし》ろ、清躬からお昼御飯に誘ってくれたことは非常にうれしかった。緋之川さんとは昼御飯の後が大變《たいへん》だったが、清躬との間で心配なことはない。

清躬はおとなになって、話しぶりもかわったが、やはり緋之川さんと違って、橘子にはなじみの世界にいる。なつかしい昔を共有している。なかよしだった小学校の頃に、九年経った今でも直《ただ》ちに戻れる。それだけでも話が一杯できるけれども、今の清躬についてはほとんどなにも知らないから、清躬のことで知りたいことが一杯ある。何度あっても、どれだけ話をしても、尽きることはないだろう。

駅に到着すると、約束どおり清躬が改札口の前で待ってくれていた。

何料理が好きかきかれて、なんでもいいと答えると、清躬が先導したのはタクシー乗り場で、客待ちしていたタクシーに乗り込むよう指示した。てっきり駅前の飲食店街で食事するとおもいこんでいた橘子はあらっという感じだったが、清躬は和食らしい店の名前を告げると、すぐタクシーを発車させた。

「え、どこ行くの？」

「食事する店だよ」

「駅前にも一杯あったけど」

「ああ、でも、日曜日のお昼は家族連れで混みあうからさ」

「だけど……」

「子供がおおいと、騒がしくて、ゆっくり話ができないしね。あ、もうすぐ着くから」

店にはすぐ着いた。

店は坂の上にあって、少し見晴らしがきいた。清躬は行きなれた店であるかのように、門を開けると、そこで靴を脱ぎ、仲居さんに案内を請うて、橘子を二階に案内した。緋之川さんならわかるが、まさか清躬にこういう店に連れてこられるとはおもわなかった。

「よく来るの、ここ？」

二階の座敷におちついてから、橘子が尋ねた。客はほかに一組あるだけのようだ。

「よく、ってことはないけど、まあ、紀理子《きりこ》さんとは二回くらい」

「紀理子さんと——」

清躬の口から紀理子の名前が出たので、橘子はどきっとした。

紀理子の家は裕福なようだから、最初は紀理子が清躬に御馳走《ごちそう》したのだろうとおもった。清躬がこういうところで食事をするほど余裕があるようにはおもえない。抑々《そもそも》、タクシーを使うことだって意外だった。自分と初めての食事だから、無理しようとしていなければいいけれども。

「ここは静かだからいいんだ。ゆっくり話をするには持ってこいだよ」

「まあ、そうね」

注文は、橘子自身は定食のようなものでいいとおもったが、清躬が、ゆっくり食事をし、ゆっくり話をすればいいんだからと言い、一番上等のお弁当にきめてしまった。ゆっくり話はできそうだが、もっと普通でよかったのにとおもった。清躬に気をつかわせているとしたら、申しわけない気がする。もともと昼の二時の約束だったし、二人で食事するのはきょうの朝の電話できまったことだ。予定していなかったのに、ここまで段取りしてくれるのは、ありがたい一方で、心苦しくもあった。まさかきのうの緋之川さんとおなじ展開になることはないだろうけど。自分は子供の頃とおなじように接したいとおもっても、清躬はやっぱりおとなどうしとしてきちんとしたいということなんだろう。自分なんか社会人になったばかりで、世の中の右も左もわかっていないが、清躬は早く仕事をしだしているから、その感覚は自分よりしっかりと持っているのかもしれない。

「橘子ちゃん、なにか飲む？」

「なにかって？」

清躬が飲み物のメニューを差し出した。橘子はお茶で充分とおもって首を振った。

「ぼくはワインを飲むけど、橘子ちゃんもつきあわない？　もしアルコール駄目でなければね」

「え、でも――」

「飲めると言ってたよね？」

「まあ」

「じゃあ、頼もう」

「え、お昼から？」

「勿論、そんなに飲むわけじゃないよ。唯、乾杯くらいしたいじゃない」

そう言われれば、橘子も応じないわけにゆかない。

橘子は、清躬がワインを注文することに違和感を感じたが、それは、小学生当時のかれにあまりに結びつけすぎているのかもしれない。りっぱなおとななんだから、今の清躬くんをしっかり見てあげないと失礼だというようにおもう。清躬のほうは橘子がワインを飲めることを全然なんともおもっていないようだ。

橘子には清躬にききたいことが一杯あったが、最初のうちは清躬が積極的に質問したので、橘子は主に答えるがわになった。橘子の会社での仕事内容や人間関係、高校や短大でのサークル活動やアルバイト体験などが質問の中心だったが、これらは清躬に共通する話題がなく、反対に質問をかえせなかったので、結果的に橘子が答えるばかりになった。

職場の話では、鳥上さんと緋之川さんについて正直に話をした。清躬に遠慮する考えはなかった。緋之川さんについては、前に清躬との電話で土曜日に東京案内に連れていってもらうと話をした先輩であるので、清躬もその関係を承知していた。橘子はきのうも緋之川さんに誘われてつきあった話をした。

「橘子ちゃんはその先輩が好きなんだろう?」

橘子の話をひととおりきいて、清躬が言った。

「えっ?」

清躬にそんなことを言われるとはおもいもしなかった。咄嗟《とっさ》に言葉がかえせず、顔が赤くなる反応だけが生じる。清躬には正直になろうとおもっているが、どう表現していいかわからない。だが、顔色が正直な表現になっているとすれば、それが答えになっている。

「顔が赤くなったね」

すかさず清躬が指摘した。

「恥ずかしい」

橘子は少し眼を伏せた。

「いいじゃない。素敵だよ」

清躬が素直に喜んでくれるのが橘子にはうれしい。

「実はそれで相談したいことがあるの」

橘子はきりだした。

「その先輩とのこと?」

「ええ」

「ぼくもかぎられた人生経験しかないから、ちゃんとした判断ができるかわからないけれども、それでよければ」

「清躬くんのおもったとおりを話してくれればいい」

「わかった。相談てどんなこと?」

「実は、その緋之川さんという先輩にはきまったひとがいるようなの」

橘子は言った。清躬にはありのまま話せる。

「きまったひと? 単に、もてる、というのではなく?」

「うーん、よくわからないけれども、さっき話した鳥上さんという先輩が、緋之川さんにはきまったひとがいるから、甘えないほうがいい、って言われたの。私、甘えてるつもりはないんだけれども」

「でも、まわりからはそう見えているのかもしれない」

「でも……」

「橘子ちゃんにそのつもりはなくても、心のなかは誰にも見えないから。でも、先輩が橘子ちゃんをちやほやしているように見えるとしたら、主語と目的語をいれかえて文章をおきかえたら、橘子ちゃんは先輩にちやほやされていることになる。橘子ちゃんに甘える意思はなくても、ちやほやされているということそのものが甘えているようにひとの眼には映るんだよ」

「嫌《や》だな、そんなの」

橘子は首を振った。

「でも、ひとはそう見てしまうから」

「私、鳥上さんからもそう見られているのがショックなの」

「わかるよ。でも、鳥上さんは橘子ちゃんを疑ってはいないとおもう」

「疑う？」

「橘子ちゃんのほうから先輩にモーションを起こしているのではなく、先輩の誘いに唯ついていってるだけだということ。橘子ちゃんから甘えてなにか要求しているわけではないというのは、鳥上さんはわかってるよ」

「そりゃ勿論よ」

「だから、鳥上さんは橘子ちゃんの味方なのさ」

「うん。でも……」

「でも、なんだい？」

「うーん、鳥上さんにとって、私が緋之川さんと親しくするのはあまりおもしろくないのかなあって気もするの」

橘子は気になっていることを言った。

「どうしてそうおもうの？」

「鳥上さんと緋之川さんて、同期の入社で、おなじ部署にいるのに、そんなに仲が良いようには見えないの」

「どういうところが？」

「鳥上さんはおとなしいひとだから緋之川さんのことはあまり言われないんだけれども、緋之川さんは私に鳥上さんのようにおとなしくしていては駄目だ、もっと欲を持って行動しなさいと言うの。それに、緋之川さんは鳥上さんが苦手なようで――」

「苦手？」

「緋之川さん、私には本当になんでも喋《しゃべ》ってくれるし、一杯お話しされるんだけれども、またほかの人にも活《かっ》溌《ぱつ》によく話されてるのに、鳥上さんと話をされる時は短い言葉しか言われなくて、ほかの人に対する時と調子が違うようなの。前に、鳥上さんは隙《すき》を見せないひとだから、って緋之川さんが言われたことがある。欠点がないので、きついこと言われても言いかえせないって」

「それは凄《すご》いひとだね」

清躬が感心するように言う。

「緋之川さんて若手のホープと言われているエリートで、仕事的には鳥上さんがサポートする立場なんだけれども、二人の間では緋之川さんのほうが鳥上さんに気をつかっているような感じで」

「なるほどね。それだと、緋之川さんが鳥上さんのことを意識することはあっても、鳥上さんは緋之川さんのことを別になんともおもっていやしないよ。だから、橘子ちゃんが緋之川さんとなかよくなろうが、そのこと自体は鳥上さんにはなんでもないんだろう。唯、かれのほうにれっきとした交際相手がいるにもかかわらず、橘子ちゃんともつきあおうとしている、少なくともそういう誤解を招きかねないことをしているというのはよくないと、鳥上さんはおもっている。それで、橘子ちゃんにも注意するよう呼びかけたんだ。唯、問題は緋之川さんのほうにあるから、橘子ちゃんには一言言うだけにとどめているけれども、きっとかれのほうにはかなり警告を発していることだろうとおもうよ」

「緋之川さんに警告？」

「橘子ちゃんが鳥上さんにああいう注意を受けてからさ、職場のなかで緋之川さんが橘子ちゃんに話しかけたりするのって減ってないかい？　逆に、職場の外で話をする時にさ、鳥上さんについて緋之川さんがきびしいことを言うようになっていないかい？」

「それは慥《たし》かに――」

「だろうね。鳥上さんにきつく言われて、緋之川さんは職場ではより自重《じちょう》するようにしているが、言われたこと自体はおもしろくないから、職場を離れたところでは溜まった鬱憤《うっぷん》を晴らしたい気持ちがあるのかもしれないよ」

「ええっ、そういうこと？」

「だとおもうよ」

「え、でも、緋之川さんが私に言ってくれることは、可能性があるからもっとおもいきって挑戦して新しい世界を切り開かなくちゃ駄目だって、凄く応援してくれる言葉で、そういうのって鳥上さんからは――」

「でも、鳥上さんだってしっかり指導してくれるんだろ？」

「それは勿論そうよ」

「だとすれば、それはタイプの違いだよ。鳥上さんはきっときみの成長段階にあわせて、その時その時に大事なことをステップアップするように教えてくれるタイプだとおもう。橘子ちゃんはまだ仕事を始めて一カ月にもならないんだから、最初からそんなにあれもこれもとは言えないんだとおもう。それに対して緋之川さんは、いきなり未来を語って、きみにもこうなりなさいと言う。尤《もっと》も、橘子ちゃんの仕事を直接指導する立場ではないから、そういう言い方もできるんだろうけれども」

「でも、鳥上さんの下じゃ私はいつまでもかわらないよとか――」

「それで自分についてくればきみを大きくかえてあげるよ、新しい世界を見せてあげるよ、とか言われてるんだろ？」

「清躬くんてなんでもわかるのね」

緋之川さんのこと全然知らないのに本当に凄い。

「さっきから言ってることの繋がりで言えばそうなるよ。結構緋之川さんは単純明快でわかりやすいひとだよ」

「清躬くんのようには私――」

「それは、緋之川さんは職場の先輩として尊敬しなくちゃと特別なおもいが入ってるから、単純なことも難しくとらえたり、もっと奥があるように考えちゃうんだよ」

「え、だとしたら――」

「今の段階で言うと、緋之川さんの言うことは話半分できくべきだよ」

清躬がきっぱり言った。

「話半分？」

「鳥上さんというひとがいないならともかくさ、今は絶対鳥上さんの話をしっかりきいておくべきだとおもう」

「でも、緋之川さんのお話きいていると、夢《ゆめ》が膨《ふく》らむし、私も大きく飛躍できそうな気がしてくるんだけど」

「なるほど、橘子ちゃんは緋之川さんについてゆきたいんだね？」

そう問いかえされて、橘子は返答に困った。正直言えば、ついてゆきたい、と答えるところだ。清躬を前に取り繕《つくろ》ったことを言ってもしようがない。正直になんでも言ってゆきたいとおもう。しかし、そうすることがいいことなのか、橘子には自信がなかった。それはまちがってるよ、と清躬に言われそうな気がした。鳥上さんがここにいたら、かの女からも注意を受けそうだ。やっぱり清躬と鳥上さんはおなじ世界にいて、緋之川さんだけ違う世界にいる。私もおそらく今は清躬たちの世界にいる。私が緋之川さんについてゆきたいと言ったなら、どうしてそこを離れて、緋之川さんの世界に向かうのか、疑問の声があがるだろう。

橘子はなかなか答えられないでいたが、それでも清躬がじっと待っていたので、自分からこうきいた。

「それっていけないことかしら？　清躬くんはどうおもう？」

「橘子ちゃん自身もいけないことってもおもう部分もあるんだね？」

逆にかえされた。そうだ。答えはきまっていることなのだ。けれども、その答えをそのまま受け容れたくはないのが本心だった。

「だって、緋之川さんにきまったひとがいると言われているのに、そうしたいっていうのは――」

橘子は弱々しい声で言った。答えはわかっている。でも、自分の気持ちは察してほしかった。

「でも、本当にそうしたいっておもうなら、そうすることがいけないことだとはおもわないけど」

「えっ？」

清躬の発言に橘子はおどろいた。いけないことだとおもわない、清躬はそう言った。そう言ってくれた。

「清躬くん――」

「橘子ちゃん、自分の気持ちに正直になることが一番だよ。橘子ちゃんの場合、その気持ちが揺れ動いているから、なにが本当の気持ちかわからないんだろうけど」

「そうなの。それで困ってるの」

「それでもはっきりしていることはあるよ。鳥上さんの忠告は正しい。ぼくも鳥上さんの話をきいておくべきだと言った。それがまちがいないのは橘子ちゃんもわかっている。形勢は明らかだ。にもかかわらず、橘子ちゃんは緋之川さんのことをもっと支持したくなっている。ぼくからも緋之川さんに理解を示す言葉を言ってほしいとおもってる。つまり、頭では反緋之川派、心では緋之川派――橘子ちゃんのなかでは分裂はしているけれども、地図ははっきりしている」

「頭と心ね」

「そう。そのように整理すると、本当の気持ちというのは、心のことだろ？　橘子ちゃんの気持ちは緋之川さんのがわにある」

そうなんだ、と橘子はあらためて自分の気持ちに気づいたようにおもった。このようにはっきりと清躬が言ってくれるのはとってもありがたいことで、お礼を言いたいくらいだった。

「自分の気持ちに正直になる、つまり、緋之川さんについてゆきたいという気持ちは否定のしようがない。否定したって、はじまらない。頭で否定すればするほど、心は別の方向に行くよ」

「だったら、いいの、緋之川さんについていって？」

確信を得たくて、橘子は突っ込んだ。

「いい、わるい、いい、いけない、そう判断できることじゃないんだよ、きっと。だって、それだと頭の出番になるじゃないか」

「それはそうだけど」

「勿論、人間である以上、頭は必要だよ。だって、気持ちだけで突っ走っていっても、その先に道がないいってこともある。だから、頭の役割は、考えることで地図をつくり、その道がどんな道か、心に教えることだよ。唯、地図が示してくれるのは情報だけであって、この道が正しくて、この道がまちがっている、と価値を判断できるようなことは地図には描《か》いてない。そのことはよく心得ておかないといけない。それと最初に言っておかないと、後で抗議がきそうだから、言っておくけど、ぼくがここで言っている地図は、人間の頭のなかで描きあげてゆく地図だから、決して国土地理院発行の地図みたいな精密なものをイメージしてもらったら困るよ。絵地図みたいな感じのものだ。それでもそうした地図を手にしていれば、今どういう道があり、これから先どこへ向かって進んだらいいか、手がかりになる」

「でも、地図と言われても難しいわ。なかなかイメージできない、私」

清躬の言うことは理屈的にはわかりそうだが、橘子の頭のなかでは地図らしいイメージのものが少しもできてこない。

「最初からいきなり地図をつくろうとするから、難しいとおもうんだよ。情報を整理していって、その関係をとっていったら、だんだんと地図みたいなものができるよ」

「そう言われても、やっぱり難しいわ」

「じゃあ、ヒントを与えようか」

「ええ、おねがい」

「きっと橘子ちゃんの頭のなかにも、これまで自分が歩いてきた道があり、いま鳥上さんと一緒に歩いている道が今までの道に繋がっているというのはイメージできるだろ？」

「ええ、その程度のことは」

「そして、今、緋之川さんが橘子ちゃんに、別の道があるから、そちらの道を自分と一緒に行かないかと誘っている」

「うん、そういうのはわかるんだけれども、それが地図には——」

「でも、道一本でも一番かんたんな地図にはなってる。そこに情報を描き入れていくと、地図がだんだん詳しくなる。例えば、橘子ちゃんがこれまで通ってきた道はずっと一本道だったかというと、それは違う。学校を卒業して東京にやってきたというのは、これまでのどちらかというとほとんどまっすぐにきていた道とおおきく方向がかわったはずだし、それほどおおきく方向をかえないで済む道もあったけれども、橘子ちゃんはそっちのほうは行かないで、かわる道を選んだことになる」

「うん、なるほど」

橘子は清躬の話をききながら、頭のなかで絵地図を描こうと努めた。

「で、新しく選んだ東京の道は、今もそれを歩いているわけだけれども、鳥上さんという信頼できる素敵なガイドがいて、橘子ちゃんにはとっても安心して行ける道だ。東京の道はもっと交通がめまぐるしくて事故に遭《あ》わないようよく気をつけなければと一定の覚悟をしていただろう橘子ちゃんにとっては、おどろくくらいとてもスムーズに行ける。この道がこれから先どうなっているか、或《あ》る程度予測がつく」

ここまでもイメージはなんとかできる。

「とはいうものの、今のところ道の風景はほとんど新入社員として見る会社の風景だけで非常に単純なんだけど、そのうちプライベートな風景がもっと入り混じってくるようになるから、まっすぐだけど坂を上がる道を行くのか、平坦《へいたん》だけどくねくね曲がる道を行くのかとか、そういう選択をしなければならない時がいずれはくる」

「えーと、今のは地図に描ける？」

「描いてもいいけど、今言ったことは客観的な情報としてなにかあるわけではないから、とりあえず別の紙に描いて、必要に応じて貼ったり剥《は》がしたりして、イメージをかためていくくらいするんだろうね」

「それで、緋之川さんの道はどうなってるのかしら」

一番知りたいのはそこだ。それが地図になければ、使えない。

「それはきみが描かないと。だって、ぼくはその緋之川さんという人を見たこともなければ話したこともないんだから」

「清躬くんならなんでもわかるようにおもってた」

「そこまで買いかぶってもらってありがたいといえばありがたいけど。とにかく情報は直接話した橘子ちゃんにあるんだから、そういうのをきちっと拾い上げて整理して描いていったら、地図がだんだん出来てくるよ」

「考えてはみるけど、難しそう」

「とりあえず言えそうなことは、緋之川さんが勧誘する道は、今まで橘子ちゃんが経験したことのない道になるだろう。唯、緋之川さんはきみに、可能性を切り開くとか、挑戦しようとか、言ってるようだけど、案外それはなさそうな気がする」

「え、どうしてそうおもうの？」

清躬があまりにあっさり言ったことに橘子はおおいに疑問を感じて尋ねた。

「だって、その一方で、かれはきみのことを成功に導いてあげるとか支えるとか言ってるんだろう？　それだったら、本当の挑戦にならないよ。きっと橘子ちゃんのことがかわいくて大事で、危ないことにならないよう自分から先に手を差し伸べて守っちゃうよ。それにかれ自身まだろくな挑戦もできていない」

「だけど、緋之川さんは能力が非常にある人だわ。まわりの誰からも将来を嘱望《しょくぼう》されてるのよ」

橘子は緋之川さんを擁護した。

「だから、危険な冒険はしないとおもうよ」

「え、でも――」

「かれがそんなことを言うのは、きみを巻き込みたいからだよ。いま鳥上さんと一緒の道を歩いている橘子ちゃんを自分の道に引き込みたいからさ。それが鳥上さんの道とほとんど並行して、行き着くところも方向もほとんどかわりそうになくても、橘子ちゃんを自分の道に連れてきたいのさ」

「え、じゃあ、緋之川さんの道も鳥上さんの道もほとんどかわらないというの？」

清躬が言うのは、橘子が描こうとしている地図とはイメージが違ってくる。

「緋之川さん自身もわかっていなさそうだけど、きっとあんまりかわらないよ。離れようとしてなかなか離れられない。また離れそうになったら、またくっつこうとする。なんといっても鳥上さんの道は堅実そうだから。かれもそれはわかってるはずだ」

「え、でも、清躬くん、さっき、私が今まで経験したことのない道になるだろうと言ったじゃない」

「ああ、それはまったく違う意味だよ」

「違う意味？」

「まわりくどく言ってもしようがないからはっきり言っちゃうと、それは戀《こい》する道になるからだよ」

「戀する道って――」

そう呟《つぶや》きながら、橘子は自分の顔が熱《ほて》るのをおぼえた。

「鳥上さんと緋之川さんの間で緋之川さんを選択するというのは、戀愛《れんあい》の情なしでは普通ないよ」

「そんなことときまってないわ」

橘子はつい声に力が入った。

「自分を誤魔化そうたって誤魔化せないよ」

「なにも誤魔化しはしないわ。もう、清躬くんてひどいこと言うのね」

「え、どうしてひどいの？」

「ひどいものはひどいわ。清躬くんがそんなこと言うなんて信じられない」

自分でも知らないうちになみだが出ている。そのなみだに追い詰められるように抗議の声をあげないわけにゆかない。

「わかった。もう言わない。だから、機嫌をなおして」

「誰も機嫌をわるくなんかしてないわよ。清躬くんの意地悪」

もうこれ以上言うと泣きわめきそうで、橘子は言葉を続けられなかった。清躬も「もう言わない」と言ったし、黙って優しく橘子を見守るだけだ。

沈黙が続く間に、会話を続けられなくした原因は清躬ではなく自分だと認めないわけにゆかなかった。

「清躬くん、御免」

「え、どうしたの？」

「わるいのは私。清躬くんを責めて御免」

「だから、どうしたの？」

「清躬くん、なんでもわかってるのね。本当、凄い」

「橘子ちゃん」

「私ね、清躬くんにはなんでも正直に話そうとおもったし、話してきたつもりだった。清躬くんは私の話したことをきちんと受けとめてくれて、自分の考えをちゃんとかえしてくれて、非常にためになるアドバイスを一杯くれた。ずっとそうしてくれた。清躬くんはいつもかわらずにそうしてくれる。なのに私、今さっき自分の感情で清躬くんにひどいことを言った。ひどいこと言ったと清躬くんを責めた私のほうがひどいことだったわ。本当に御免なさい」

橘子はゆっくり頭を下げた。

「いいよ、橘子ちゃん」

「私、本当にどうなんだろうとおもってたの。それで清躬くんに相談して、答えを教えてほしかったの。それなのに、答えを教えてもらって、それに腹を立てるなんて」

「わかってもらえたら、それでいいよ」

「でも、清躬くん――」

橘子にはまだおおきな問題が残っていた。

「緋之川さんのきまったひとについてだろ?」

「本当、なんでもわかるのね」

「さっきから何度も出てきてるじゃないか。このことについてはぼくはまだなにも答えらしいことを言ってない」

「地図を描くと、それはどうなるの?」

橘子はなんとか地図を描き上げたかった。

「ああ、さっき言ったように、鳥上さんと歩く道と緋之川さんと歩く道は、ほとんど並行するように走っていても、風景はまるで異なるよ。緋之川さんとの道では、その風景――と言うより情景かな――その情景のなかに、そのきまったひととの遭遇もかならずあることだろう」

清躬がそう言った時、橘子は緊張感でからだが強張《こわば》るのをおぼえた。ああ、やっぱり意識してる。

「そうすると、その道は決して平坦じゃない。緋之川さんと一緒にいて楽しいこともおおいだろうけど、急な坂道になって上るのに物凄く苦労が要《い》るかもしれない。時には、落石注意という看板も出て、実際におおきな岩がおちてくることもあり得るとおもっておかないといけないだろう。本当に大變《たいへん》だ。でも、戀愛していれば苦労以上の喜びも得られ、どんな苦難も乗り越えられるものだろう」

「でも、私が緋之川さんと幸せになれるとしたら、今いるきまったひとは――」

「大喧嘩《おおげんか》は避けられないさ、そりゃ。それができる人間になるかどうかじゃない、橘子ちゃんに必要な覚悟は」

「でも、大喧嘩するなんて――」

「そんなこと言ってられないよ。ペアを組めるのは一人しかいないんだから」

「でも、私――」

「そんなことできないと、その道を諦めるのかどうか。それとも、緋之川さんとの愛を信じ、緋之川さんと一緒なら、どんな対立もおそれず、どんな苦難とも向き合うという覚悟を持つのか。それは橘子ちゃんの心次第さ」

「ああ、頭痛くなる」

「だけど、戀愛の道って、多分どの道も平坦ではないだろうね。緋之川さんとの道を選ばないとしたって、いずれ戀愛を伴う道を歩こうとする時はやっぱり大變なことがあるものだろう。尤も、そういうのをいろいろ経験してみて、体力や忍耐力とか養ってから結婚を成就《じょうじゅ》する道を行くというのも一つの手だとおもう。ひょっとすると今の橘子ちゃんはわかすぎるのかもしれない。唯、わかい今だから、メルヘンの梦《ゆめ》を追い、その梦を手に入れられるということも言える。いま緋之川さんの道を行くのは物凄い荊《いばら》の道で、一杯一杯傷つくことになりそうだ。でも、それにめげずに歩きとおしたら、その先にかれと一緒に住めるお城が建っているかもしれない。橘子ちゃんにとって緋之川さんが本当の王子様なら、橘子ちゃんをそのお城のお姫様にしてくれるはずだ。だけど、物語には魔女も登場するから、それに打ち勝たないといけない」

「魔女」

嫌な響きの言葉だ。

「愛の力でね」

「愛の力」

きれいすぎる言葉。

「でも、魔女って、今の緋之川さんの戀人になるんでしょう?」

「戦う相手はそれしかいないだろ?」

「戦うの?」

「王子様をめぐって争うんだよ」

「私、争わない。戦うなんてできない」

「そうはいかないよ。相手が攻撃してくる。きみを放っておくもんか」

「おそろしいこと言わないで」

「その道に入ったら、もう引きかえせないよ。きみが戦わなければ、取って食われるだけさ」

「清躬くんて凄いこと言うようになったのね。いつからそうなったの?」

橘子は話をかえたくなっていた。

「予言しているだけだよ。緋之川さんの道についてこれからの先行きわかることをそのまま伝えている」

「え、でも――」

「橘子ちゃんだから、言うんだよ。その言葉どおりになったら、その時慌《あわ》ててもおそいんだから」

「清躬くんの気持ちはありがたいけど……でも、今はもうこれ以上はいいんじゃない？」

「橘子ちゃん、それでいいのかな」

「えっ？」

「きみはもう緋之川さんと一緒の道を歩きかけているようじゃないか。少なくとも緋之川さんはきみを一緒に連れてゆきたいと行動を起こしている。もう道に入るところなんだ。そのままこの道を行くか、行くのを止めるか、今すぐきめないと手おくれになる。一度魔女が感づいたら、戦わないことにはすまない。行くのを止めるなら、緋之川さんに対してきっぱりけじめをつけるんだ。わかったね、橘子ちゃん」

「そんなの無理よ」

今すぐ決断を迫られても、どちらも無理な話だとおもう。

「全然わかってないな、橘子ちゃん。そんなことしてる間に魔女が感づくと言ったろう」

「だって――」

「だって、なんて言ってる場合かい？」

「だって、だってしか言いようがないじゃない」

「なんのために地図を描いたんだい？」

清躬が呆《あき》れたように言った。

「橘子ちゃんの心はもう緋之川さんの道に動いている。だから、地図をよく見ておかなくちゃならない。地図にはその道の先に魔女の森があると描いてある。橘子ちゃんは、魔女の森にさしかかろうというのに、ずっと、だって、と言い続けているのかい？」

「ねえ、教えて。私は一人で戦わないといけないの？それとも、緋之川さんが一緒にいて、私を守ってくれるの？」

「緋之川さんをめぐる戦いなんだよ。かりに緋之川さんが橘子ちゃんの味方だったとしても、勝敗に緋之川さんがかかわることはできないよ」

「そんなあ」

橘子はがっかりした。やっぱり自分一人で戦うなんて無理だとおもった。

「いいかい、魔女を斃《たお》すのはきみだ。さもなければ、きみが斃されるだけだ」

「もうおそろしいことを」

「今のままじゃ、結果は見えている。惨めに泣くことになる。最初は橘子ちゃんの戀するおもいに逆らえないとおもったけれども、もう今は、そんな覚悟なら緋之川さんのことを諦めろと言うしかないな」

清躬はきびしく告げた。橘子は清躬に突き放されたようにおもい、強いショックを感じた。

「清躬くんは私の味方よね？」

橘子は清躬を頼りにしたくて言った。

「勿論だよ」

「清躬くんは私を助けてくれる？」

「普通だったら勿論助けてあげるけれども、その戦いにはぼくは絡《から》めない」

清躬はまた残念なことを言う。理解できない。

「え、どうして？」

「ぼくは緋之川さんの道に入ることはできないよ。男だから」

「男だから？」

「正確に言うと、橘子ちゃんと親しい男だから。緋之川さんにとってぼくは邪魔者だ」

「え、なんで？　なんで清躬くんが邪魔者なの？」

「緋之川さんはぼくのことを誤解するよ」

「そんなことない」

橘子は強く否定した。しかし、清躬は残念そうに首を振った。

「そういうわけにはゆかないんだよ」

清躬は少し間をおいて、続けた。

「きみが魔女に勝つには、きみの緋之川さんへの愛がそれだけ強くなければいけない。もともと緋之川さんがきみを自分の道に引っ張りこもうとしているのだから、緋之川さんもきみを愛しているし、きみの愛も得たいとおもってる。そういうところへぼくが現われて橘子ちゃんを守ろうとしたら、どうしたってきみとぼくの関係を疑わないではいないよ」

「関係って、昔からの友達じゃない」

「でも、愛するきみに接近する男を快く受け容れられるものじゃない。愛は独占だし、どんな男もきみから遠ざけておきたいものだ。緋之川さんの愛が本気なら、ぼくがきみに近づくのを許すはずがない」

「そんなの。それじゃあ、もう清躬くんとなかよくできなくなると言うの？」

「そうなるよ。でも、しかたがない。二人が愛の絆《きづな》を強めあうなら、きみの傍《そば》にぼくがいる必要がなくなるし、いてはいけなくなる」

「そんなことってないわ」

「そうなるんだよ。緋之川さんが気にならないくらい遠景にぼくは引っ込んでいないといけない」

「嫌よ、嫌。折角久しぶりに再会して、またなかよくできるようになったばかりというのに」

「なかよくするのは緋之川さんだ。きみはもっと緋之川さんを見て、ぼくからは距離をおかなければならない」

「そんなことできない」

橘子は叫んだ。

「できないわよ、そんなこと」

くりかえして叫ぶ。

「できなきゃ、緋之川さんとつきあいようがないよ。緋之川さんだって、愛するきみが自分以外に目を留めないようにしてくれないと、なやましくなるだろう」

「それだったら、緋之川さんのことは諦める」

橘子はきっぱりと言いきった。

「諦める？　そんなこと言っていいの？」

清躬がききなおす。橘子の言葉の強さはかわらなかった。

「いいわよ。私、清躬くんとずっと仲の良い友達でいたいもの」

「きみの心はそれではおさまらないだろ？」

「私は清躬くんが大事なの。絶対に大事なの」

橘子は力をこめて言う。

「それは凄くうれしいけれども――」

「慥《たし》かに私は緋之川さんに戀心を懐《いだ》いたわ。でも、それはまだ淡いの。だから、自分でもそれが戀心なのかどうか確信がなかった。純粋な戀心というより、憬《あこが》れの気持ちのほうが強いかもしれない」

橘子は続ける。

「緋之川さんとは知り合ったばかりで、まだよく知らないことがおおい。素敵なひとにまちがいないから、ちょっと逆上《のぼ》せちゃったのよ、きっと。そうおもって冷静になったら、緋之川さんにはきまったひとがいるというのに、どうして私がそこにわりこんでいいはずがあるだろう。そのひとからしたら、私こそ魔女よ。そのひとと戦わないといけないなんて、絶対にできない。そんなことまちがってるのよ。私がまちがったことをしようとしてたんだわ。だから、緋之川さんのことは諦める。それが当たり前」

橘子は自分に言いきかすように言った。

「本当に、それでいいのかい？」

再度清躬が確認する。橘子は少しほほえみをかえすように言った。

「うん、大丈夫。清躬くんのおかげで本当のことがわかった。ありがとう」
橘子はそれでいいとおもった。いいとおもわなくちゃとおもった。

15　二人の間柄

「私、あらためて清躬《きよみ》くんて凄《すご》いお友達だとおもった」

橘子《きつこ》は、緋之川《ひのかわ》さんに対する自分の態度をきめきれたことに満足し、おおいに気分がよかった。そして、自分の感じたことを是非清躬に伝えたいとおもった。

「凄い、友達？」

清躬は橘子のグラスにワインを注《つ》ぎながらききかえす。橘子はにこっとしてひとくち口をつけると、言葉を続けた。

「ええ。だって、まず初めに、私に緋之川さんに戀《こい》していることとあっさり認めさせたでしょ？　自分でも自信がなかったのを清躬くんがずばりと言うもんだから、つい私、きめつけるように言わないでとおこっちゃったけれども」

「なれてないからさ」

「そう。本当よくわかるのね、清躬くん。戀を意識したの、本当、これが初めてなの。まだ本当にこれが戀する気持ちなのか確信が持てないところがあるのだけれども」

清躬の前では、戀という言葉を出しても、もう恥ずかしい気はしない。信頼する友達だから、異性でも包み隠さず言いたい。

「戀しているかどうかおもいまようこと自体、もう戀の道に入ってるんだよ。これは戀だと最初からわかるというほうが実はおもいこみにすぎなくて、一炊《いっすい》の梦《ゆめ》みたいに、それが一生ものとおもっていても実際のところはすぐ覚めてしまう」

「そうなの。きっとそうなの。自分ではわからないと逃げるんじゃなくて、まずそれを戀と認めなくてはならない。清躬くんはいきなり私にその事実を認めることを受け容《い》れさせた。そして、それが戀だったら、相手にきまったひとがいるとしても、戀するのは決していけないことじゃないと言ってくれた。戀する心自体はいいもわるいもない。わるい戀があったとしたら、その戀心を懐《いだ》いた私は悪人ということになるけれども、そうじゃないと言ってくれた。そう言ってもらうだけで私は救われる。仲の良い友達だったら、そこまではしてくれる。唯、激励して終わり。それ以上はない。でも、清躬くんは違う」

「どう違うの？」

「だって、そのまま行ったら大變《たいへん》なことになるのをわからせてくれたんだもの。そのわからせ方が本当に凄いとおもった。魔女とか戦いとか、およそ清躬くんが普段言わないような言葉を使って、穏やかな清躬くんに似合わないきびしさで言ってくれたでしょ？　私、清躬くんからそういう感じの言われ方をするとは全然おもってなかった。でも、だから、私、本当に気づくことができたんだとおもう。初めに一度全部肯定した上でだから、それだと結局どんなことになってしまうのか、かえってはっきりわかることができた」

橘子はよどみなく更に言葉を続けた。

「清躬くんが魔女という言葉を使ってでも警告しなければならないほど、私が今いる世界とはまるで違う世界に行ってしまう。そういうことがわかったら、そこには清躬くんがいない。そうして、そこには清躬くんがいない。そちらには行けない。好きになってしまうことがどういう結果になるかということを、心から私にわからせてくれる凄いやり方だわ。普通に言葉でそれはいけないことだと忠告されても、私は素直に従えなかっただろうとおもう」

「結論に到達したのは橘子ちゃん自身だよ。橘子ちゃん自身ちゃんとわかっていたから」

「ううん。清躬くんがうまく導いてくれたからよ」

「一人より二人でものを見た方がいろんな角度でちゃんとものをとらえられるということ、それだけだよ」

「まあ、清躬くんてどこまでも謙遜《けんそん》するのね。私、本当に、清躬くんのこと凄いとおもってるんだから」

橘子はうふふとわらった。

「なんか凄く機嫌《きげん》がよくなってるようだね」

うふふとわらう余裕で生まれた間《ま》が、橘子に或《あ》ることをおもいださせた。

「あ、そうそう」

橘子はそれから、「ちょっときいていいかな？」と言った。

「なに？」

「あ、あのね、紀理子《きりこ》さんのこと」

流石《さすが》にその名前を言う時は、饒舌になっていた橘子もちょっと言いにくそうにした。

「いきなりどうしたの？」

「私も戀心の告白をしたんだから、清躬くんはどうだったのかなと――」

「どういうこと？」

「御免なさい、まわりくどいわね。ストレートに言っちゃうと、つまりさ、あの、清躬くんは紀理子さんのこと、どうおもってたのかしら？　それから、わかれた今は、どうおもってるの?」

「本当、ストレートだね。橘子ちゃん、大分酔ってきたんじゃない?」

「だって、昼間から飲ませるんだもの。でも、大丈夫よ。全然平気。私、意外に強いらしいわ」

「慥《たし》かに、強いみたいだね」

清躬が感心するように言った。

「だからって、飲みたいわけじゃないのよ。普段は全然飲まないし。それより、清躬くんだって全然かわらないね」

今度は橘子が清躬のグラスにワインを注《つ》いだ。

「まあ、ぼくも橘子ちゃんと似たようなものかな」

さらっと清躬が答える。

お喋《しゃべ》りをして長時間過ごしているうちに、ワインのボトルが空いている。

清躬が新しいのを注文した。

「空けちゃったわね」

二人だと軽く空いてしまうんだなと橘子はおもった。

「なに言ってるの? つぎで三本目だよ」

清躬の言葉に、橘子はおもわず「嘘」と言った。清躬は「本当だよ」とだけ言った。橘子は、いい気分で調子よく、注いでもらうにまかせて飲んでいる自分が恥ずかしくなった。

「それで、紀理子さんのこと」

橘子は話を戻した。

「あ、もし、きいちゃわるいんだったら、正直に言ってね」

橘子は気づかいするように言った。

「私、自分のこと言ったから、今度は清躬くんのこともきいちゃおとおもったので、軽い気持ちで紀理子さんのことききいただけなの。だから、もし話してもらえるんだったら、それはそれでいいけれども、抑々話すこと自体抵抗があるんだったら言わなくても全然構わない」

「別に抵抗はないよ。だけど、まだわかれてそんなに日が経《た》つわけではないし、ぼく自身がかの女の真意を確かめられていないんだ。かの女がどうしてそんな決断をしたのかわからないなかでは、ぼくもまだ整理がつけられていない。もう少し時間が必要だとおもう。橘子ちゃんに話をするにしても」

「御免なさい、ちょっと興味本位できいて」

清躬の重い口調《くちょう》に橘子は自分が恥ずかしくなった。紀理子が自分から逃げるように関係を絶ったことで橘子はかの女を見放すような気分になっていたが、自分とかの女との関係はそれで 杲《けり》をつけられても、清躬自身はもっと紀理子と深くつきあっていたのだから、自分よりずっと整理する時間が必要なのだ。もっと配慮してあげないと。

「なにも橘子ちゃんが申しわけなさそうにすることはないよ。また、別の場でぼくのほうから話しできることもあるとおもう。まあ、もうちょっと待ってくれるといいな」

「うん、わかった」

「わるいね」

清躬が謝るのに、橘子は首を振った。

「ううん、私こそ御免」

戀の話ということなら、まだききたいネタはある。

「あの、じゃあ、初戀のことはきいてもいい？　東京の小学校の時の先生だって言ってたじゃない」

「ちゃんとおぼえてるんだね」

「おぼえてますとも。わかくてきれいだとはきいたけど、それだけしかきいてないから、もっと教えて」

「ありがちな話だよ」

「ありがちって？」

「橘子ちゃんだって、ハンサムで面倒見のいい男の先生がいたら、憬《あこが》れるだろ？　それを初戀と意識するかは別にして」

「学校の先生では経験ない」

橘子はあっさり答えた。

「じゃあ、どういうひとに憬れた？」

「駄目。私がきいてるのに、私のほうに話を持ってこないで。答えるのは清躬くんよ。ありがちっていう言い方じゃなく、具体的に話して」

「突っ込んでくるね」

「いいから、話して。話を引き延ばしたら、邪推するわよ」

「邪推って？」

「いいから、話して。その先生のどんなところが好きだったの？」

「だから、ごく当たり前の話だよ。わかくてきれいで、よくお話をきいてくれる。男の子なら誰だって憬れるおんなの先生。ぼくだけがそうおもってたわけじゃない」

「それだけじゃつまらないでしょ。なにかその先生のエピソードみたいなのはない？」

「つまらないって、そんな特別なエピソードはないよ。でも、それがないからって、ぼくの責任にされても」

「なにも責任なんて大層なこと求めてはいないわ。どうせ東京の小学校でも、清躬くん、おとなしかったんでしょ」

「だから？」

「で、その優しい先生から話しかけてもらうと、凄くうれしかったのよ」

なかなか清躬から捗々《はかばか》しい答えがかえってこないので、橘子のほうから言った。

「へえ。御名答だよ。ぼくが答えなくても、橘子ちゃんにはわかってるじゃない」

「それを答えるのが大事でしょ。私に言わせても意味ないじゃない」

「でも、そういう話しかないよ。ぼくだけ特別によくしてもらったわけじゃない。誰にも優しい先生なんだ。そういう先生への憬れを初戀と表現してわるければ撤回するけど、ぼく自身の認識ではそれは初戀だとおもってる」

「なにも清躬くんの初戀にけちをつける気はないわ。だって、清躬くん、その先生のこと、とっても好きだったんでしょ。だったら、りっぱな初戀だとおもう」

橘子は、清躬からその先生との特別な想い出を引き出そうとおもうあまり少し強引に迫ったことを反省した。今は本当にしっかりして頼もしいくらいの清躬だが、小学校時代のかれは自分からはなにもできないようなおとなしい男の子だったのだ。初めて憬れの心を懐《いだ》いた先生だったら、なおさら想いを秘めたままだったにちがいない。それを無理に話させようとしても酷なことだ。

「でも、そんな初戀を経験していたら、和華子さんの時はもう少し――」

「もう少しなにさ」

「だって、和華子さんの前であんなにかしこまっているのを見たら、戀心も初めてかとおもうわ」

「違っていてわるかったみたい」

「なにもそんなこと言ってないわよ」

「橘子ちゃんだってわかるように、和華子さんは特別の特別だよ。前に好きになったおんなのひとがあるからといって、おんなじには考えられない」

「それはわかる」

橘子は心のなかでうなづいた。

「前の先生も素晴らしい先生だったとしても、和華子さんのようなひとが何人もいるとはおもわれない」

橘子はそう言いながら、清躬がお金持ちから絵を描くよう頼まれた少女は、此間《こないだ》の清躬の話では和華子さんすら凌駕《りょうが》する美しさだという。その少女に対して、清躬はどういうおもいを懐いているのだろう。でも、それは一朝一夕《いっちょういっせき》にはきけないだろう。紀理子のことを持ち出して撤回し、今また初戀の話でも中途半端なことになっている。この上また下手《へた》なききかたをしては、折角の清躬との楽しくあるべき会話に變《へん》な味噌《みそ》がついてしまう。橘子はこれ以上は控えることにした。

「清躬くんの初戀の話、打ち切りにしてあげる」

「じゃ、話題をかえよう。まだ話をしたいことがある。まだつきあえる？」

「ええ、勿論」

「じゃ、場所もちょっとかえようか」

「うん」

橘子は二つ返事で応じた。

おなじ店にいつまでも長居するのも気が引けるところで、ちょうどいいタイミングかもしれなかった。橘子はトイレに行かせてもらった。その間に清躬が勘定を済ませていた。割勘と言ったけれども、清躬は橘子に千円だけ求めた。ワインも三本空けているから、それだけでもまにあうはずはないとおもうのだったが、少し張り込んでもかの女を持て成したいとおもっただろう清躬の気持ちを考えて、あまり言い張らずに自分から折れた。

二軒目は、その日本料理店の近辺に喫茶店があったので、そこに入った。

注文し終わった後、清躬がからかうように言った。

「橘子ちゃんて凄くかわいいのに、男性に縁がなさそうだね」

「え、なんで？」

そう言いながら、橘子は清躬から視線を逸《そ》らせた。

「自分が一番わかってるだろ？」

「なによ、清躬くんたら」

橘子はむっとするように口を結んだ。

「学生時代まで自分から避けてたんじゃない？」

清躬がそう言うのは当たりだった。小学校の時も清躬のことを聡明だと感じていたが、おとなになった清躬はもうなんでもわかっているみたいにおもえる。当てられても今更おどろくことでもない。

「うん、まあ」

橘子は曖昧《あいまい》に返事しつつも認めた。

「でも、女子だけの短大に籠《こ》もっていたって、おんなの子の友達から合コンにつきあってとか誘われるだろ？」

「うん、でも、すぐ行かなくなった。だって、男の子ってすぐおんなの子を比較するんだもん。誰かとくらべてコメントされるのも嫌だし、女子どうしの仲も微妙になるような気がして、行かないほうが正解だとおもったの」

「なるほどね。もともと男の子に興味なさそうだよね」

「興味がないというか、違う人種みたいに感じて」

「ぼくだけ例外」

「そう。清躬くんだけ特別」

「男の子でもおんなの子でもないって感じ？」

「變な言い方」

橘子はくすっとわらったが、そのとおりだとおもった。同性とも異性とも意識しないでいられる。同性は相手が鏡のようになって、その子とおなじところがあると安心できるかわりに、違うところは気になって、自分が變なんじゃないかとか、かえたほうがいいんじゃないかとか細かいところにとらわれてしまう。異性は本当にわけがわからない。なんとなくだが、清躬のことは孿《ふたご》の異性のきょうだいみたいな感じがする。イメージ的には、異性だけれども異性と意識しないで自然にわかりあえる相手。隠し事をしたってはじまらないくらい近くて、なにを打ち明けても受けとめてくれる存在。


「變な言い方って言いながら、そうおもってるんだろ？」

「ええ、そうよ。だって、私、清躬くん以外、男の子のこと信用してないんだもん」

「え、どうして？」

「私さ、小学校の時って、からだ大きかったでしょ？からだ大きいだけで、男の子たちからブスと呼ばれてた。まあ、清躬くんはクラスが違ったから知らないかもしれないけれども」

「あの頃、ぼくにそんな話した？　わるいけど、そういうおぼえがないから、今きいた話はちょっとしたおどろきだよ」

「清躬くんには話さなかったとおもう。だって、清躬くんに関係ないし、私、それでなやんでたわけじゃないから」

「でも小学校高学年て、どこも男子と女子って対立しあってて、お互いのこと敢《あ》えてわるく言い合うんだよね」

「でも、清躬くんはその頃から女子にもててた」

「もうわすれた」

「わ、なに、清躬くんが女子にちやほやされてる一方で、私は男子に、ブスとかガリガリとかひどいこと言われてたんだからね」

橘子は不平を言うように言った。

「責めないでよ。でも、男の子が使う言葉ってもともとが乱暴でひどいんだよ。本当はかわいいとおもってたって、からだで自分が負けてるのが悔しいので、ついブスって言ってしまう。おんなの子に対して反撃する時は、その子がどういう子でもブスでかたづけちゃうんだよ」

「でも、おんなの子でも男子からちやほやされてる子もいたよ」

「そういうのって、最初にからかった時の相手の反応がおもしろかったら、それをくりかえしちゃうんだよ。橘子ちゃんだって、たまたまそうなったんじゃないかとおもうよ」

「それは清躬くんだから、そう言ってくれるの」

「違うよ。男子はおんなの子をかわいいという基準だけで見るから、からだが大きいだけでその基準からはみだしていることになっちゃう。それだけのことさ」

「ま、ブスって言われたことをネに持ってるんじゃないけど、そう言ってた男子が、中学校になったら、槍原さん、かわいくなってきたね、って掌《てのひら》をかえしたようなことを言ってくるから、もう気持ちわるくて」

「橘子ちゃん、相当な潔癖症だね」

「でもおかしいわよ。小学校の時あんなひどい言葉をなげつけておいて、そんなことわすれているかのように態度をかえたって、私のほうはおぼえてるんだもん。それもさ、まわりでいろんな男女のペアができてくるなかで、自分も誰か見つけないとおもって、たまたま私を選んだにすぎないのよ。そういうの、私は嫌。席が空いてるなら、座らせて、みたいで。おんなの子が隣に来るのはいいけれど、男の子は嫌。お断わり」

「だけど、気になった男子って全然いなかったの？」

「いないいない。私、男の子のほう、見ないようにしてたもん」

橘子は手を振って否定した。

「それで、高校も女子校にしたんだ」

「鬱陶《うっとう》しかったんだもん。中二くらいから急に男子が近づきだしてきて」

中学校の頃のことをおもいだすと、新しい友達ができたり、友達との話題もかわってきて、段々とおとなびたことへの興味が広がってきたりと、それなりに楽しい時代であったけれども、いろいろ考えることもおおくなって、気をまわしたり、なやんだりすることも増えた。からだにも變化が現われて、男子の態度もかわってきた。私のからだってどういうようになるんだろうかと自分でも不安になっているのに、男子に構っているどころではなかった。

「だけど、男の子と男のひとというのは違うんだ」

清躬は急におとなの言い方に戻った。

「えっ？」

「おない歳の男の子だと橘子ちゃんには物足らない。特に橘子ちゃんが見てきた男の子は中学生までだから。成熟してなくて乱暴で分別もない男子――それしか知らない。ところが、りっぱなおとなの男のひとだとまるでイメージがかわる。実際、橘子ちゃんには、男性というのはおとなでりっぱで頼りがいがあるイメージがあるから、同級生の男の子なんて子供にしか見えない。それが、自分よりものを知っていて、なんでも教えてくれ、自分を引っ張っていってくれるりっぱな男性を見たら、なんて素敵なひとなんだろうとおもってしまう」

「緋之川さんのこと？」

「緋之川さんだけじゃない。今回は緋之川さんにきまったひとがいるとかいうことで、途中で気づいたけれども、これからもそういう男性は現われる。現われたらきっと、きみは戀におちるだろう」

「嫌だ。そんなにきまったように言わないで」

清躬に予言のように言われると、本当にそうなるみたいで怖くなる。

「橘子ちゃんはルックスがよいから、これからも沢山の男性に声かけられるよ」

「清躬くんたら、もう」

また顔のことを言ったので、橘子は膨《ふく》れっ面《つら》をした。

「なんでおこるの？」

清躬が尋ねた。わかってるくせに。

「からかわないで」

「なにもからかっちゃいないよ」

清躬が惚《とぼ》けた。

「気をつけたほうがいいとおもってるんだよ、本当に」

「気はつけるつもりだけども、そりゃ。でも――」

「でも、なに？」

「清躬くん、約束違反よ」

「約束違反て？」

清躬は怪訝《けげん》な顔をした。

「お互い顔のことは言わないって約束じゃない」

「あ、ルックスがいいからと言ったこと？」

「そうよ、それ。もともとそう約束しようと言ったのは清躬くんだよ」

「わかってるよ。唯、ぼくが言ったのは、お互い誉《ほ》めあいっこは止めようってこと。他人行儀になってつまらないから」

「誉めてるでしょ？　そういうこと清躬くんから言われると、困るの」

清躬を責めたいわけではないが、やっぱりルール違反という気がする。

「困るって言われたら謝るけど、でも、ぼくが言うのは客観的なこととして言ってるんだよ。ぼくが言わなくてもほかの人が言うことなんだ。みんなが言う事実をぼくは喋ってるだけなんだから」

「じゃあ、清躬くんだって。私もおんなじように言うわ」

「なんかそれだと、言ったから言いかえすみたいになっちゃうよ」

「うーん、それはそうだけど……」

「あ、そう言えば、」

清躬が突然話題をかえるように言った。

「紀理子さんが訪ねてきた時、初め橘子ちゃんの顔を見て、ぼくの妹と取り違えたんだって？」

「そうそう。いきなり会って、妹さん？て言い出すから、私、びっくりした」

清躬が自分から紀理子のことを持ちだしてきたのにおどろいた。あの時の話はするまいとさっきおもったばかりだが、清躬から振られた話を避けるわけにはゆかない。清躬がなにをききたいのか、気になる。用心深く応答しないといけない。

「かの女にはそっくりに見えたんだってね」

清躬が言い方をかえて、きいてきた。

「そっくりなんて言ってた？　実家というおもいこみでよく似た顔に見えたみたい」

「で、どうおもった？」

「どうって、びっくりした」

「それ、今言ったよ」

「あ、そうね」

下手なことを言っては駄目だとおもうあまり、差し支えなさそうな言葉で返事したが、おなじ返事をくりかえしているなんて、自分でも馬鹿みたいだとおもう。清躬はとてもしっかりしているのに、自分がこんな子供みたいな感じでは申しわけない。

「でも、清躬くんとずっと会ってないのによく似てるとか言われても、私自身清躬くんの今の顔を知らないのに、困るじゃない」

橘子は少し考えてから、言いなおした。

「それはそうだね」

「それより、あのひと、紀理子さんて、とてもしっかりしたひとに見えてたけど、もっとちゃんと調べてこなくちゃ。清躬くんが持ってた和華子さんからの絵葉書の住所をもとに訪ねてくるなんて。消印の日付でどれくらい前の葉書きかわかるんだから」

「わかっててそうしたのかもしれない」

清躬が言った。

「わかってて？」

橘子が問いかえした。

「親の住所はぼくからはきけない。自分が飛び出た家の住所を言うわけがない。だから、かの女にはその絵葉書しか手がかりがない。九年も前の住所だから、そこに行ってまだ家が残っている保証はなにもない。かの女にはそれでもよかったんだ。そこにかつてぼくの家があったことはまちがいないんだから」

「紀理子さんも無駄足になることを承知の上だと言ってた」

「昔そこに住んでたというだけでも確認できればよかったんだろう。きっとなんでもよかった」

「でもさ、東京から結構遠いよ。お金だってかかるし」

「かの女の家は裕福で、金に不自由ない。かの女自身自分で稼いでいるし。学生だから、時間も都合がつく。ひょっとすると、雑誌の仕事で地方の有名人を取材する旅程があって、まわりやすかったのかもしれない」

「え、そんなこと、かの女一言も。じゃあ、手土産《てみやげ》って持ってきたのは、ひょっとして――」

「手土産？」

「ええ。東京の上等のお菓子」

「取材旅行の途中かも、というのは、あくまで推測だよ。かの女、そういう仕事も依頼されるようになったとか言ってたから」

「それは私もきいたわ。でも、その途中で立ち寄ったなんて一言も」

「だったら、取材旅行とは関係なかったんだよ。ぼくが變なこと言ったから、誤解させてしまった」

「ううん、清躬くんは少しもわるくない。私、なにも紀理子さんのこと責めるつもりはないわ、もし、取材旅行の序《つい》でだったとしても。だって、紀理子さんにしたって、なにからなにまで説明する必要はないもの」

「橘子ちゃんの家を訪ねた事情はもう横におくとして、かの女が橘子ちゃんと会った時の話をしてくれた時、ぼくと顔だちが似ているし、苗字もおなじだから、やっぱりどこかで血が繫《つな》がっている関係ではないのかって、きいてきたよ」

「え、そうなの？」

紀理子さんも随分こだわるひとだなあと橘子はおもった。

「私、まったくの他人だって言ったのに」

「紀理子さんにそう言ったの？」

「だってそうだからそう言うじゃない」

「それって、はっきりわかってることなの？」

「えっ？」

清躬がそういうことをきくとはおもっておらず、橘子は意表をつかれるおもいだった。

「だってそうなんでしょう？　私、両親に確かめたけど、親戚ではないのは確かだわ。そりゃ御先祖様は一緒かもしれないけれども」

「御先祖様は一緒だよ。珍しい苗字なんだから」

「そうよね。そりゃおなじでなければおかしいわよね、一緒の苗字なんだから。檍原一族というところかしら。そうおもうと、うれしいよね」

檍原一族か。そうおもうと、清躬は身内も同然だ。橘子は実際うれしい気がした。


「でも、橘子ちゃんはきいたんだね、御両親に？」

「え、なにを？」

「ぼくたちに血の繫がりがあるのかどうか」

「ええ。だって、やっぱり気になるじゃない。紀理子さんも顔がそっくりだと言うし」

「でも、親戚関係はないと」

「ええ。おなじ苗字だから遠い親類ということはあるかもしれない、でもどこで繫がってるのか知らないって」

「ふうん、そうか」

「清躬くんはきいたことないの？」

今度は橘子がききかえした。どの程度遠い親類か、もしかして清躬のほうがきいているかもしれない。

「あんまり話しやすい親じゃないしね」

「あ、御免ね」

「いや、いいよ。でも、檍原というのが母親の姓というのは知ってる」

「えっ？　じゃあ、ひょっとしておとうさんは養子？」

初耳だったので、橘子は非常におどろいた。

「やっぱりきいてないんだね」

「え、どういうこと？」

気になるような物言いだ。清躬には珍しい。

「いや、いいよ。なんでもない。なんでもない」

「なんでもないって、逆になんかありそうじゃない」

「ぼくの父は養子ということだけさ」

「でも、きいてないんだねって――やっぱりって――なにが、やっぱりなの？　やっぱりって、なにかあるってことでしょ？」

「きみのおとうさんが言ってないこと、ぼくが言うのも差し障《さわ》りあるけれども――」

「やっぱり、なにかあるのね」

なにがあるのか橘子はどきどきした。しかもおとうさんが知っているみたいな口振り。

「ああ。きっときみのおとうさんは気づかいして言わなかったんだろうけれども」

「え、なによ、清躬くん、勿体《もったい》つけないで話してよ。私もおとなよ」

橘子は我慢しきれず急《せ》かした。

「実はね、橘子ちゃんとぼくの母親は従姉妹《いとこ》どうしなんだ」

「えっ？」

橘子にとってそれは驚天動地の発言だった。従姉妹とはまさに親戚ではないか。おとうさんは嘘を言ったの？

「本当に？」

俄《にわ》かに信じられず、橘子は確認した。

「本当だよ、勿論」

「え、でも、いま、私と清躬くんのおかあさんとが従姉妹だって言わなかった？」

橘子のききまちがいか、清躬の言いまちがいかともって、橘子はきいた。

「そうだよ。だから、ぼくにとっては橘子ちゃんは従《いと》叔母《おば》になる」

「いとこおば？」

橘子はその言葉を知らなかった。

「親のいとこでおんなのひとのことをそう言うんだよ」

「いとこおばって？　えっ、私がおばさん、清躬くんの？」

「そういう言い方をするだけさ」

「え、でも、ショック。おばさんて、そんなあ」

その言葉だけで何十歳も歳をとった感じで、気分が滅入《めい》ってしまう。しかも清躬のおばとは――あり得ない。

「ややこしい話だけれども、整理すればかんたんなことさ。つまり、ぼくのおかあさんの父親が橘子ちゃんのおとうさんときょうだいってこと。だから、橘子ちゃんはぼくのおかあさんの従姉妹になるわけで」

「え、でも……」

そういう重要な事実を今の今まで知らなかったのがショックで、橘子は言葉が後に続かなかった。自分が清躬のいとこおばに当たるというのも充分に理解できなかった。

「橘子ちゃんのおとうさんは末っ子で、ぼくのお祖父《じい》さんが長男。おとうさんのきょうだいがおおかったのはきいてないのかな？」

「それはきいてるわ。たしか七人きょうだいだったとか」

そのことはきいていた。でも、小さい時に死んだきょうだいがおおく、一番上のおにいさんももういないとか。いま生きているのは、伯父《おじ》さん一人と伯母《おば》さん二人だけらしい。

「きょうだいがそれだけおおかったら、その一番上と一番下では年齢差がかなりあって不思議ないさ」

「それはそうなんだろうけど――」

「だから、きみのおとうさんにとっては、自分の一番上の兄より、兄の子供、つまりぼくのおかあさんのほうが年齢も近くって、そっちのほうがきょうだいみたいな感じだったかもしれない」

「えっと、清躬くんのおかあさんにとってうちのおとうさんは叔父《おじ》さんなわけ？」

橘子はあらためて関係を確認した。まだ混乱しているから、整理をつけないとわからなくなる。

「そう。で、橘子ちゃんはぼくのおかあさんと従姉妹の関係。ぼくにとっては従叔母になる」

「もう、いとこおばはいいわよ、おない歳《どし》なのに」

「でも、それだったらなんでお互いの関係を言ってくれないんだろうと、おとうさんに対しておもってるだろ？」

「おもうわ。だって、そんなの隠すことでもないじゃない」

橘子はなかば憤慨するように言った。

「きっとそれはぼくの父親の問題だろうとおもう」

「清躬くんのおとうさん？」

「ぼくとしてもあまり言いたいことではないんだけれども、ここまできたら言わないと橘子ちゃんにもやもやが溜まって気分よくないだろうから、話はするけど――」

「御免ね。おとうさんのことあまり話したくないのはわかるけれども、でも私のおとうさんにも関係することだから」

清躬の父親ときいて、不愉快な感情がわき起こってくる。唯、清躬も辛いだろうが、きかないことには話にならない。

「実は、ぼくの両親は学生時代に婚約したんだ」

「学生結婚？」

「いや、婚約だよ、でも、学生時代から同棲《どうせい》していたから似たようなものだけど」

「へえー、なんか凄い」

「感心したの？」

「ううん、そうじゃないけど」

橘子は直ちに首を振った。学生時代の同棲ときいて条件反射のように凄いと反応してしまっただけだ。

「実は、ぼくの母親の父に当たるひと、つまりきみのおとうさんの長兄、ぼくにはお祖父さんは、母が大学四年の時に事故でなくなったんだ。勿論、ぼくが生まれる前さ。だけど、母のお祖父さん、きみのおとうさんの父親、ぼくには曾《ひい》お祖父さん——」

「私にとってはお祖父さんね」

「そう。そのひとはまだ健在だった。母にとって、なき父親のかわりになる。勿論、曾お祖父さんは檍原の当主だ。その子供、母の父がその跡を継ぐ人だったわけだが、なくなってしまったので、跡継ぎは母親になる。母のきょうだいはほかにはいなかったんだ。母は、当時既にぼくの父とお互い結婚を考えるような仲になっていた。でも、母はまだ学生だし、当主の跡継ぎでもあったから、曾お祖父さんの承諾を得なければならない。結婚を許してもらう条件が父が婿《むこ》に入って、檍原の姓を名乗ることだったようだ。父のほうは普通のサラリーマンの家庭で、ほかに兄もいて、苗字がかわること自体特に制約はなかった。だから、すぐその条件を飲んで、二人は結婚することになった」

「ふうん」

橘子にもとても興味深い物語だ。でも、自分のお祖父さんが登場するのに、今までこの話をちっとも知らないでいたのが非常に残念な気がした。

「その時ぼくの父は一流企業への就職がきまっていた。檍原の家業は、母の母が継いでいたが、実質的には、父のつぎの弟、きみのおとうさんにとっての次兄がきりまわしていた。いずれぼくの父が継ぐことが期待されていたが、一流企業でビジネスの経験を積んで継いでもおそくはなかろう。折角きまった一流企業だから、棒に振るのも惜しい。だから、父はそのまま就職し、母と東京に住むことになった。ぼくは東京で生まれた。暫《しばら》くして、曾お祖父さんがなくなった」

清躬の話では、その時はまだ清躬の父が就職して二年くらいで、会社を辞《や》めて実家に戻るには早すぎた。それに、次兄に清躬の父より年長の息子がいて、既に家業に入っていたから、そこにかえっても、次兄の家に取り仕切られるだけだ。もっと一流企業で揉《も》まれてからというのは時間稼ぎで、本音のところでは、清躬の父は檍原の実家にかえるつもりはなかったのだった。次兄の一家との確執を懸念するところもあったが、もともとから檍原の家を重んじる気持ちはさらさらなかった。流石に曾お祖父さんの葬儀にはかえったが、それ以降交際を絶った。曾お祖父さんの一年後の法要にも姿を見せなかった。自分だけでなく、妻の帰郷も許さなかった。母こそ曾お祖父さんの直系の孫娘で、法要に出るべき立場だったのに。清躬の母親は、一人娘で大事に育てられた所為《せい》か、おとなしく気弱な性格だった。それで、なにかにつけ転勤がおおい仕事を理由にし、実家をかえりみる余裕はないとつっぱねる夫に逆らえなかった。このことによって、清躬の両親が檍原の親族の心証を著《いちじる》しく害したのは当然であった。

こうして夫の言いなりだったかの女も、唯一、夫の海外赴任の時だけは、健康上の不安を理由に同行を固辞した。そして、一人息子の清躬を連れて故郷に戻ってくることになった。実のところ、清躬の母親にとって、夫の実家を疎《うと》んじるような態度はとても辛いことだった。そうでなくても、自分の母のことを気にかけないではいられないし、一族との関係も大事にしたかったのだ。だが、それまでの不義理があり、かの女の母親——清躬の祖母も娘夫婦のことを赦《ゆる》すわけにゆかず、娘と孫がかえってくるといっても、自分のもとに迎えることはできない。ほかの檍原の親族としても、表向きかの女の帰郷を歓迎はできず、親戚づきあいは憚《はばか》るところがあった。そういう難しい事情はありながらも、かけがえのない娘と孫にちがいはなかった。もともと橘子の家周辺は檍原の所有であった。ほとんどを人に貸していたが、たまたま橘子の隣の家が空家《あきや》になっていた。清躬の祖母としても、親族である橘子の父の傍《そば》に娘をおいておくのがなによりであった。これが、橘子の家の隣に清躬の母子が越してきた経緯《いきさつ》だ。

「そういう事情だったの。今までなんにも知らなかった」

橘子は清躬にかかわることを知ることができてうれしい反面、今までおそらく自分だけがそれを知らずにいたことが悔しい気もした。

「ともかく、橘子ちゃんのおとうさんにしても、建前上はぼくの一家と親戚づきあいはしにくかったというわけさ」

「うーん」

橘子は唸《うな》った。本心は清躬のおとうさんに悪態をつきたい。檍原の婿に入りながら、当主の曾お祖父さん（清躬の言葉では。自分にとってはお祖父さん――ややこしい）がなくなったら、ほかの親族との関係を疎遠にし、清躬のおかあさんや清躬も束縛して、犠牲にしている。なんでも一方的にきめて、それにかかわるほかの人間のことをかえりみようとしない。あまりに自己中心的ではないか。とはいえ、清躬のおとうさんであることにかわりはない。心優しい清躬にとって、縦令《たとい》今は関係を断っている間柄でも悪口を言われるのは辛いだろう。そうおもうと、我慢しないわけにゆかない。

「わかったわ。清躬くんと親戚どうしとわかって本当にうれしい。でも、小学校の時からそれがわかってたらもっとよかったなあとおもう」

橘子は言い方をかえた。

「どうして？　もっとなかよくなれた？」

「ううん。清躬くんとなかよしだったのはきっと全然かわらないわ」

「じゃあ？」

「清躬くんのおかあさん。従姉妹どうしだとわかってたら、まわりの親戚がどうでも、私、絶対なかよくなろうとするわ。おうちにも上がらせてもらってるわよ」

橘子は素直にそうおもった。親戚とわかっていたら、遠慮しないで済んだ。橘子には当時清躬のおかあさんはとても近づきがたかったが、打ち解けて話ができたらどんなによかったろうとおもう。また、故郷に戻ってきても孤立していたかの女の心を少しはなぐさめもできたのではないかとおもう。それに、あんな唐突で挨拶《あいさつ》もないわかれ方をしていないはずだ。行き先だってちゃんときいていて、その後も連絡をとりあえただろう。

「そうしようとおもっても、止められたんじゃない？」

清躬が少し間をおいて尋ねた。

「誰に？」

「きみのおとうさんに」

「なんで？」

「だって今言ったじゃない。親族の手前――」

「そんなおとうさんじゃない。子供の気持ちをおとなの都合でないがしろにするおとうさんじゃあ――」

橘子は途中で言い止めた。

「ふうん、信頼してるんだね」

清躬がぽつりと言った。

橘子は当たり前だとおもった。でも、清躬の前ではっちゃいけない。そうおもうと、心が痛い。逆に言えば、清躬にくらべると自分なんか苦労知らずもいいところだ。きっとなにもわかっていないんだろう。それは緋之川さんのことでも明らかだった。清躬の言葉がなかったら、本当に魔物の世界に足を踏み入れてしまったかもしれない。

「でも結局、紀理子さんが私のこと妹かと言ってたのって、当たらずとも遠からずだったわけね」

橘子はもともとの話題に戻した。お互いの家族の話はもういい。

「妹とは大違いだよ、いとこおばなんだから」

清躬が冗談ぽく「おば」の部分を強調して言った。

「ひどい、またいとこおばって言う」

橘子は不平を鳴らした。

「一言で言うにはそういう言葉しかないよ」

「一言で言わなくたっていいわ」

「じゃあ、なんて説明するの、二人の間柄？」

「だから、私と清躬くんのおかあさんが従姉妹というのでいいじゃない。それで充分わかるもん」

「まあ、それでいいけれどもね」

「それでいいわよ」

橘子は言葉を続けた。

「でも、私にはお祖父さんが清躬くんには曾お祖父さんなんて、これからずっとそういうややこしい言い方をしなくちゃいけないのね」

「そうだね。年齢はおなじでも、代は一世代違うから」

「私が一代上というわけ」

「そうなる」

「清躬くんは私の伯父さんの孫なんだものね」

「橘子ちゃんのおとうさんはぼくのお祖父さんの弟なんだ。大叔父さんだ」

「おない歳だから、すんなり従兄妹どうしって言えればいいのに」

「定義が違うから、事実の表現にならないよ」

「はとこって、どういう関係だっけ？」

「またいとこのことだろ？　親どうしがいとこの関係だよ。だから、橘子ちゃんに子供ができたら、ぼくとはとこになる」

「私の子供？　まだ二十歳《はたち》なんだから、そんな話しないで」

清躬から言われたことが、気になる。結婚のイメージもついていないのに、子供の話なんて。

「細かいことは抜きにして、ぼくたちはまちがいなく親族なんだ——五親等の血族」

「五親等？　よくわからないけれども、血族にはちがいないわけね」

「おなじ御先祖様からの血が繋がっていたら血族だよ」

「あ、そっか。えーと五親等というのは——」

そこまで言いかけて橘子は途中で言い止めた。

「結婚できるか、ってききたいの？」

清躬が突っ込んできた。

「え、別にそれをきこうとしてたわけじゃないわ」

橘子は否定したが、ひっかかっていたのは実はそのことだった。清躬が私に子供ができたら、なんて言うから、結婚という言葉にひっかかってしまう。だけど、それくらいのことは後で自分で調べればわかるとおもって言い止めたのだ。

「赤くなってるよ」

「なに、もう意地悪。結婚という言葉はわかいおんなの子なら誰でも反応するのよ」

「ふうん」

「ふうん、てなによ」

「いや、別に。豆知識だけど、叔母《おば》さんと甥《おい》は近親の関係で結婚は禁じられているけれども、いとこどうしは結婚できる」

「あ、そうなの？　いとこからＯＫになるんだ」

「でも、いとこおばというのは、従姉妹に叔母さんが入っているから微妙だよね」

「えっ、どういうこと？」

橘子は一瞬きょとんとした。

「まともにききかえさないでよ」

「え、よくわかんないよ」

頭のなかで整理しようとしても、図がきちんと描けない。そこに数字が絡《から》んでくるから、余計にややこしい。

「いとこは四親等で、いとこおばは五親等。またいとこは六親等」

清躬がかわりに整理してくれる。

「あ、いとこは四親等？」

「三親等以内の血族は近親になって結婚は法律で禁じ

られているけれども、四親等以上のいとこからは問題がないわけだよ」

「ふうん」

「だから、ぼくたちは親族で近い血族であるわけだけれども、結婚できないほど血が近すぎることもない」

「え、やだ、っていうか、なんかうれしい」

「どっちなんだよ」

「あ、御免」

橘子は舌を出しそうになった。子供っぽいまねをしそうになり、自分でもおどろいた。

「あ、あの、清躬くんと近い血族とわかってうれしいのよ」

「じゃあ、やだ、というのは？」

「やだ、あ、こういうふうに自然に口から出ちゃうのよ、口癖よ」

「そう？」

「やだ、なんか疑ってるの？」

「結婚できないわけじゃないというのが、やだだろ？」

清躬が皮肉っぽく言った。

「なによ、天邪鬼《あまのじゃく》ね。反対よ。わ、御免、今の冗談」

橘子は慌《あわ》てて言葉を翻《ひるがえ》した。

「からかってるね」

「ううん、もう止めよ。恥ずかしいじゃない」

結婚という言葉はまだまだ遠い。まともな戀愛《れんあい》もまだしていないのに。勿論、清躬との間で戀愛や結婚ということは考えたこともない。今きいた話では、清躬とは親族で血が近い関係だとわかったわけだが、仲が良いというだけでなく血の繋がりもあるときくと、本当にうれしい。そして、親族と言いながら結婚はできるというのが、可能性としてあるということが確認できただけでいい。まだ誰との結婚も意識できないけれども、もしこの先戀人《こいびと》という人に出会っても、清躬とのの関係は今とかわらずずっと大事にしたい。そのことを認めてくれない人とは一緒になれない。そして、可能性としては、清躬と夫婦関係になることもあり得るというのもいい。世間一般の夫婦とは違う感じで、お互い絶対の友達であると同時に夫婦でもあるという関係だ。尤も、それは二人とも誰とも結婚できない場合のおちつき先みたいなものかもしれないけれども。

「なんか妄想が入ってるんじゃない？」

「いや、もう」

なんでも見透かしているように清躬が突っ込む。でも、友達だから構わない。

「ところで、清躬くんはいつ知ったの、このこと?」

橘子は話をかえた。

「東京に戻る前におかあさんが話してくれた。多分もうかえることはないかもしれないから、自分の故郷《ふるさと》と槍原の身内のことを教えておきたかったんだろう」

「そっか」

清躬の答えをきいて、橘子は小学校六年生当時の清躬とそのおかあさんのことにおもいを馳《は》せた。きれいだったけれども、とても物静かで近寄りがたい印象だった。両親ともそう親しくしているようにみえなかったので、今の自分ならともかく、小学生当時の自分には遠慮する気持ちが強く、家にお邪魔することも憚られた。今おもうと、従姉妹どうしの関係だったら、もっと親しくしておきたかった。本当は清躬とおなじようにとても優しいひとだったのではないだろうか。清躬のおとうさんのことさえなかったら、もっと親しくなれたのだ。東京への引っ越しが急にきまり、ゆっくりなごりを惜しむこともできないまま清躬たちが去り、しかも引っ越し予定日の前日に清躬を東京にかえして、橘子が見送りすることをかなわなくした、あの時の悔しく恨めしいおもいが蘇ってきた。

「母には槍原の家に対する遠慮が凄くあったみたいだ。ぼくもくわしくは知らないけれども、本当は当主の直系だから、曾お祖父さんやお祖父さんの霊を祀《まつ》らなければならない立場だろう? そうでありながら、その務めを果たしていないわけだし。でも、ぼくには、槍原の直系の血筋であることは伝えておきたかったんだろう。その繋がりを将来いつかぼくに結びなおしてほしい気持ちもあったんだともおもう」

「なんかわかる、おかあさんの気持ち」

橘子は清躬のおかあさんのことが気にかかる。今もお元気でおられるのだろうか。清躬に尋ねたいところだが、実家と音信を絶っているとしたら、おかあさんの様子もきいていないのではないだろうか。だとしたら、清躬を一層辛い気持ちにさせるだろう。清躬だって気にかかっていないはずはないのだから。

「橘子ちゃんがぼくのいとこおばに当たるというのもその時初めて知った。えっ、おばさんなの?ってびっくりしたよ」

「もういいったら。なんで私が清躬くんのおばさんなのよ」

「だから、いとこおばなんだって」

「いとこおばでも、おばさんがついてるじゃない。ともかくその日本語、變《へん》よ。もういとこおばとも言っちゃ駄目。絶対よ」

「わかった。そこまで嫌がるのを無理には言わない」

清躬が折れ、橘子は機嫌《きげん》をなおした。それから急におもいだして、橘子は言った。

「あ、そうそう。で、今のこと、紀理子さんには話したの？　かの女、本当に私たちは親戚ではないのか、清躬くんに確認したんでしょう？」

「橘子ちゃんが知らないというのをぼくが教えるわけにはゆかないさ」

「そう」

橘子は少しほっとした。これで紀理子も知っていたら、自分一人だけ知らないのを淋しく感じてしまうとおもったのだ。おまけに紀理子は他人だし。紀理子に答えなかった清躬の優しさを感じて、ますます信頼の気持ちが高まる。


二人は時間がもうかなり経《た》っているのに気づいた。

「橘子ちゃんはゴールデンウィークはどうするの？　やっぱクニにかえるんだろ？」

かえりがけに清躬がきいてきた。

「かえる予定はないわ。入社一カ月で里心がつくのもなんだし」

橘子が答えた。最初はかえろうとおもっていたが、いろいろあるので止めたのだ。

「じゃあ、ずっと此方《こっち》なんだね？　二十九日も勿論」

「うん」

一旦うなづいた橘子だったが、一つおもいだした。

「あ、緋之川さん――」

「緋之川さんと約束したの？」

「うーん、正式にはまだ。明日きめようって。緋之川さんも忙しくて、いろいろ予定を遣《や》り繰《く》りしないといけないみたい」

「あ、でも、それ、きっとかの女とのデートが入ってるよ」

「えっ？」

橘子は不意を突かれたような声を出した。

「えって、おどろくことじゃないよ。緋之川さんって自信家で会社でも目立ってるんだろ？　鳥上さんが忠告したんだったら、会社のなかの戀人だよ。きっとかの女のほうが緋之川さんにいれあげているよ。だから、絶対休みの日はデートの約束を入れているはずだ」

「でも、なんか調整できそうな感じだった――」

「それは、今の緋之川さんにはきみのほうが魅力的でなんだし――」

「え、でも――」

橘子はどきどきした。浮気という言葉が頭をかすめた。自分が逆の立場だったら――。それより、浮気の相手になること自体がとっても嫌だ。私はそんなつもりで――

「困ったことだね」

橘子の困惑を読み取ったように清躬が言った。

「緋之川さんのことは信じたいけれども――」

「橘子ちゃんは優しいね。でも、甘いよ。緋之川さんにとっても、きみが優しくて、素直で、疑うことを知らなくて、風が吹くままの柳のようにどんどんなびくから、かわいくてしかたがなくなってるにちがいないよ。でも、それじゃあ危険だ」

そう言われると、ちょっと怖くなる。ここで止めておかないとおもう。もう一歩踏み込んでしまったら、どんな嫌なことが待ち受けているか、想像の手前で橘子はからだに寒気が走った。

「橘子ちゃんの気持ちはかたまってるんだろ？」

清躬が尋ねた。

「えっ？」

「えっ？って、頼りないなあ」

橘子も言わねばならないことはわかっていた。唯、はっきり言いきる勇気が足りないのだった。忽《たちま》ち自信をなくして、うつむいてしまう。

「頼りないなんて言って、御免」

「ううん、いいの。本当、私、大丈夫かしら。緋之川さんのことは諦《あきら》めるって、勿論はっきりきめてるんだけれども――」

「面と向かって言う勇気がない」

清躬が後を引き取った。

「うん。きっともじもじしてなかなかきりだせないかも。それに、緋之川さん、言葉が上手だから、言いくるめられてしまうかも」

「遣り繰りしてきみのために時間をつくったのに、今になってキャンセルなんてひどくはないか。きみもそれで承知したじゃないか」

「そう言われたら、私、御免なさいとしか言えない」

「御免なさいをとおすしかないよ。それしか言えないんだから」

「でも、私、きのう、きみは御免なさいばかりしか言わない、って緋之川さんから叱られた」

「橘子ちゃん、デートのなかでも謝ってたのかい？」

「う、うん。だって、いろいろあったんですもの。私だって最初はデートのつもりなんてなかったし」

「でも、橘子ちゃんの態度は相手を誤解させるよ」

「きっとそうよね」

橘子は反省するように小さな声で言った。

「きのうのことはきのうのことだ。でも、きょうあしたとこれから続く未来を、きのうの過《あやま》ちに引き摺《ず》らせてしまってはいけない。それこそ悪縁ができてしまって、いつになっても絶ち切れなくなる」

「悪縁？」

きくだけでぞっとする言葉だ。

「とにかく悪縁を絶つには、すっぱり行かなくちゃ。橘子ちゃんは御免なさいしか言えないんだから、もうそれでがんばりきるしかないよ。ほかの言葉を言おうとしても、無駄だ。寧《むし》ろ、そこに緋之川さんが言葉を絡《から》めてきて、悪縁の糸をこんがらがるようにさせて、愈々《いよいよ》糸が絶ち切れないようにされてしまう。そうなってはどうしようもない」

「御免なさい、御免なさい、御免なさい。それで赦《ゆる》してもらえるかしら」

橘子は不安げにきいた。

「別に橘子ちゃんはわるくないんだから、赦しを求めなくていいんだ。御免なさいだって、本当言えば、きみのほうから言わなくたっていいんだ。戀人がいながらこんなことに巻き込んだ相手のほうが言うべき科白《せりふ》さ。だけど、役者で言えば、相手は主役を演じることになれて、いろんな科白が言える経験豊かなアクターだが、きみは御免なさいという科白しか言いなれていない新米のアクトレスだ。言葉ではとても対抗できない。下手な科白を言ったら、きみの負けだ」

きっとそうだ、と橘子もおもった。

「いくら緋之川さんから愛想づかしの言葉を言われても、じっと堪《た》えて、もうつきあえないことを言うしかない。あとは、もう御免なさいの一点張りだ」

「うん、わかった」

橘子はうなづいて、ちょっと唇を噛《か》んだ。

「まあ、なにがあろうと、ぼくがついてる」

「ありがとう、清躬くん。だけど、なにがあるか本当に怖いわね」

なにがあるか——本当に怖い。東京に出てきて、漸《ようや》く一人前の社会人になったとおもったら、ひと月もないでこういう経験をしようとは。世の中ってまだまだどんな怖いことが待っているかわからない。こんなことで怖いとおもう自分は、まだちっともおとなになりきれていないにちがいない。今のままではいけないけれども、でもこういう経験を一つ一つ乗り越えてゆくしかしようがない。そのためには清躬くんに支えてもらわないといけないことがおおいだろうが、そうしてでも世の中を生き抜いてゆかなくちゃならないんだ。どんなながれのなかでも泳ぎわたってゆけるようにならなくては。だって、もう世の中という、果てが見えないおおきな海のなかへ出てしまったのだから。

「橘子ちゃん、これ、あげるよ」

清躬がカバンから出してきたのは、チェーンがついていて、ペンダントのようだった。清躬が胸の前で両手でぐっとにぎってから、橘子にわたした。

「これ、なに？」

「ペンダントブローチだよ。妖精を浮き彫りにしたカメオがついてるだろ？」

見ると、オーバル型の青紫っぽい地に蝶の翅《はね》をつけた短いスカートの白い妖精のカメオがついている。ロケットペンダントのような厚みがある。かなり大きめだ。

「かわいい妖精ね。図案は清躬くんの？」

「まさか。妖精の柄でぼくが喜びそうだというので、出版社の人が買ってくれたようなんだ」

「ふうん」

「ペンダントにしては大きくて、カメオもそう精巧じゃない。素材もアクリルだから、そんなに高いものではない、だから、気づかいなく貰《もら》っておいて、ということだった」

「で、これを私に？」

「まあ、お守りでつくられたものではないけれども、魔女の話も出て、橘子ちゃん、不安がっているからさ、こんなのでもひょっとしたら気休めになるかなとおもって。一往、今ぼくが念を入れておいた。ぼくの魂もここに宿っているとおもえば、独りぼっちの不安は少しは紛《まぎ》れるんじゃない？」

「私が今、怖いと言ったから？」

「そう。それに、これから魔女と出会う可能性だってある。とりあえずこれをいつも身につけて、不安が起こった時にこれに触るようにしたら、一呼吸入れられる。一呼吸入れられるだけでも心に余裕をつくることができる。これはもともとお守りじゃないけれども、橘子ちゃんが信じれば、お守りの力もついてくるかもしれない。ま、これを身につけて、ぼくがいつも傍《そば》にいると信じてくれれば、それだけでも違ってくるとおもうよ」

「うん、充分お守りになるわ、これ」

橘子は本当にそうおもった。橘子に必要なのは清躬の力だった。清躬が傍にいるなら、なんでも安心できそうだった。橘子の不安をおもいやって、お守りがわりになるものをくれるなんて、清躬の心優しさには胸が一杯になる。清躬がいつも傍にいるわけにはゆかないが、清躬ゆかりのものを身につければ、清躬の力を帯びることができそうで、心丈夫になる。

「本当にありがとう。これを持っているだけで、勇気百倍だわ」

「そうおもってくれるとぼくもありがたいよ。いつも身につけておいてもらえるといいな。ちょっとペンダントとしては大きいけどもね」

「まあ、これくらいだったら。ところで、これ、ロケットになってるの？」

そのような形状だし、ロケットなら使い道が更にあるので、期待してきいた。

「残念ながら、開かないようなんだ。ぼくもロケットかとおもってきいたけど、そうじゃないらしい」

清躬も残念そうに答えた。

「あ、全然いいの。妖精のカメオだけでも充分りっぱだわ。本当にありがとう」

「貰い物をわたして申しわけないけど、今のきみにはなにかあったほうが心丈夫だろうから、こんなものでも持っておいて」

「貰い物なんて全然関係ない。清躬くんがくれたことが大事なの」

そう言って、橘子は首から提《さ》げてみた。

「どう？　似合う？」

清躬は少しからだを離して、橘子を上から視線をおろすように見て、

「似合ってるよ。いいアクセントになってる」

と言った。

「目立つから会社には提げてゆけないだろうけど、ジャケットのポケットに入れておいてくれたら、お守りを持っていることになる。会社の中か、会社の行きかえりに魔女に出会う可能性があるからね」

「うん、どこに行くにも身につけて離さないようにするわ」

「そうだね。そうするのがいいとおもうよ」

橘子はもう一度ペンダントブローチを顔に近づけ、カメオの部分をよく見た。

「この妖精さんが私を守ってくれるのね」

橘子は妖精のカメオを手のひらに包んで、ぎゅっとにぎる。それだけで心が休まる気がする。

「今度は、清躬くんが描いた絵を見せてね。そのほか

にもいろいろ」

橘子はリクエストした。

「今度だね。わかった」

「うれしい」

つぎは愈々清躬の作品だ。一つづつ清躬のことを知ってゆける。橘子はつぎのお楽しみにわくわくした。

16　本物と贋物

二十九日はまたお昼に清躬《きよみ》と会うことにした。自分の優柔不断さで緋之川《ひのかわ》さんに丸め込まれてしまうかもしれないとおもい、その日の約束ができないよう、敢《あ》えて橘子《きっこ》が望んでそうしたのだ。

最後に、双方のメールアドレスを交換することにした。橘子にはどうやってよいのか全然わからないので、総《すべ》て清躬に任せた。清躬から方法の説明を受けたが、なれないことのため、あまり頭に入らなかった。ともかく自分のアドレス帳に清躬のデータが入ったので、ありがたかった。

きょうはいろいろ話ができたなかで、緋之川さんとの関係にこれ以上深入りすることがないよう有益な助言をもらえたのもありがたかったが、清躬と血の繋《つな》がった親戚《しんせき》だということがわかったのがきょう一番の収穫だ。両親が話してくれなかったことがわかったことは微妙な心境だが、しかし自分ももうおとななのだから、身内のこととして知っていてしかるべきことだとおもった。ともかくこの事実から、二人は似ていて不思議はないということもわかった。清躬と似ているということは非常な賛辞であるが、それがお世辞ではなく、根據《こんきょ》のあることだというのは橘子にとって素直に喜べることなのだった。

コンビニで夕食のお弁当を買って寮にかえると、寮監さんの奥さんから、小稲羽鳴海《おとわなるみ》というお嬢ちゃんから電話があったと言われ、この番号に電話がほしいと託《ことづか》ったからと、メモをわたされた。そうきいて、ナルちゃんのことを暫《しばら》くわすれていたことに気づいた。

と同時に、どうしてナルちゃんが寮の電話番号を知ってるのだろうと疑問におもった。清躬が教えたのかな。でも、少女に対して注意するよう言っていた清躬が易々《やすやす》と自分の連絡先を教えるだろうか。しっかりしている清躬でもナルちゃんと直接話をしたら、教えないわけにゆかないようになってしまう程、ナルちゃんは強《したた》かなのかな。それにしても、どうして寮の電話番号なんだろう。清躬も流石に個人の携帯電話の番号はまずいと感じたのだろうか。いずれにしても、情報をきだすことに成功したナルちゃん、おそるべしだわ。

今ちょうどお弁当を温めてもらったところだから、ゆっくり腹拵《はらごしら》えしてからでもおそくない。食後コーヒーで一息入れた後、橘子は携帯電話でナルちゃんの電話番号をおした。携帯の番号だ。

——もしもし。

少しして応答があった。しかし、おとなの女性の声だ。てっきりナルちゃんが出てくるとおもっていたので、橘子は慌《あわ》てた。

——あ、あ、すみません。あのう、小稲羽鳴海ちゃんというのは——

橘子はおそるおそる尋ねた。

——私の娘ですが。あの、おそれいりますが——

——あ、ああ、
番号をかけまちがえたのではないことにとりあえずほっとした。

——あ、すみません、私、檍原《あわきはら》橘子と申しまして——

少し慌てたことに恐縮しながら、橘子は名乗った。

——はい、娘からきいております。いま娘とかわりますので、ちょっとだけお待ちくださいね。

おとなの女性のおちついた声が言い終わると程なく、「鳴海です」とかわいい本人の声がした。同時に、愛らしい少女の姿が橘子の脳裡《のうり》に蘇《よみがえ》る。

——おねえさん、こんばんは。

——こんばんは。元気にしてる?

——うん、元気。おねえさんは?

おなじようにきいてきたので、橘子はおもわず微笑んだ。

——元気よ。凄《すご》く元気。

慥《たし》かにきょうは気分がよい。

——本当、元気そう。

ナルちゃんが肯《うべな》った。

——電話かけてくれたみたいだけど、なにか御用だったの?

橘子がきく。

少し沈黙があった。

その間《ま》が少女に似つかわしくなかった。あれ、と橘子はおもう。子供のことだから、どうせ大した用件なんてないだろうとおもってたけど、なにか言いにくいことがあるのかしら。

——おねえさん、
漸く応答があった。

——どうしておにいちゃんに会いに来ないの?

——えっ?

橘子は、耳に入ってきた少女の言葉の示す意味がまるで理解できなくて、唖然《あぜん》とした。

——つぎの週に訪ねると言ってたじゃない。もう二週間たってるのに、どうして？　おそすぎるわ。おにいちゃんも、まさかおねえさん病気してるんじゃないかって――

少女は抗議している。しかし、謂《いわ》れのない抗議だ。

――え、ちょっと待って。

橘子は少女の言葉を制止した。

――清躬くんなら、もう二回会ってるわよ。きょう会ったし、先週の日曜日も会った。

――うそ。

電話越しに少女が強い調子で発した。

――うそって、どういうことよ。

――会ったなんて、うそ。だって、おにいちゃんにきいたもん。おねえさんとまだ会ってないって。なんてことを言うのかとおもって、橘子は咎《とが》めるようにきいた。

――おにいちゃんて、どのおにいちゃんにきいたの？

――おにいちゃんて、一人しかいないじゃない。

――そうよ。そうとおもってるけど、ナルちゃんがあり得ないことを言うんだもん。

――おねえさんの言ってること、わかんない。

――それは私もよ。私は嘘《うそ》言わない。なのに、ナルちゃんに嘘って言われるのが意味わからない。

子供相手に売り言葉に買い言葉ではいけないとおもいながらも、橘子はそう言うしかなかった。

――だって、おにいちゃんの言ってることと違うもん。

――それが珍紛漢紛《ちんぷんかんぷん》だわ。いい？　おねえさんね、ちゃんと清躬くんに会ってる。きょうも会ってるのよ。きょうのお昼、さっきのことよ。いい？　きょうお昼を一緒にして、喫茶店にも行って、そこで一杯お話をして。さっきまでそうしたのよ、清躬くんと。

橘子は多少興奮しながらも事実をきちんと伝えた。しかもきょうの事実だ。今さっきまでのホットな事実。誰も否定しようがない。このペンダントブローチだって貰《もら》った。物的証拠《しょうこ》もちゃんとある。ところが、電話の声はそれを受け容れない。

――おかしい。そんなのおかしい。

少女が混乱したように言葉をくりかえす。

――おかしくなんかないわ。だって、事実だもん。きょうのことよ、きょう。まちがいようのないきょうのこと、ついさっきまで会ってたのよ。

――そんなことあるはずない。

少女は断固として否定した。

――ナルちゃんが、あるはずないっていくら言ったって、意味ないわ。だって、清躬くんときょうの昼からずっと一緒だったのは私なんだから。

――そのひとちがう。おにいちゃんはきょう、ずっとあたしの家《うち》に来てたわ。

少女が言った。信じられないことを言っている。

――ちがうって、なに言うの。それこそあり得ないわよ。それがあり得るとしたら、清躬くんが二人いることになる。そんなことって、ある？

いくら小学生でもそれくらいわかるはずだ。

――だから、おねえさんの言ってるおにいちゃんは本当のおにいちゃんじゃない。

――どうして一方的にそうきめつけられるのよ。ナルちゃん、あなたが言ってるおにいちゃんて、どういうひと？　もういっぺん説明してみて。

橘子は少女のかたくなさにちょっとかっとなって語気強く要求した。

――檍原清躬という名前のおにいちゃんだわ。おねえさんのおさななじみのおにいちゃんよ。やさしくて、ナルも大好きなおにいちゃんだわ。あたしたち家族の絵をかいてくれた、絵のじょうずなおにいちゃんだわ。おねえさんとながいこと会ってないけど、おにいちゃんはおねえさんのこと大切におぼえているわ。おにいちゃんはおねえさんと会いたいとおもってるのよ――

ナルちゃんが泣かんばかりに声を震わせ、言葉を連ねた。少女に悲痛な声をあげさせて、橘子も心が痛くなった。

――わかったから。ナルちゃんもそのひとのこと信じてるのね。

橘子は少女の気持ちをおちつかせるように言った。少女には優しくて大事なおにいちゃんなのだろう。でも、かれは清躬ではあり得ないのだ。そのかれがどうして清躬の名前を名乗り、私との関係までつくりごとで言うのだろう。少女には優しいおにいちゃんを演じていても、嘘をまじえている以上、問題のある人物としかおもわれない。そんな人間に本物の清躬くんの座を譲るわけにはゆかない。

――いい、ナルちゃん。私の言う清躬くんは、きょう会ってるだけじゃなく、先週の日曜日も会っていて、しかもその時は清躬くんの部屋に――

橘子は言いかけて、少女とはいえ、誤解を与えかねないかとおもい、躊躇《ちゅうちょ》した。

――おにいちゃんの部屋？

少女がききなおしたので、橘子はもうちゃんと説明するしかないと考えた。

――そうよ、あのアパート。ナルちゃんと会ったあの場所。先週の日曜日、ちゃんと清躬くんのアパートを訪ねてるの。そして、清躬くんの部屋でいろいろお話をした。それが清躬くんでなくて誰だと言うの？　きょうのお昼も。おなじ清躬くんと食事を一緒にして、喫茶店にも行って、ずっと話してるの。それなのに、私と会ってない、なんて言うひと、一体誰なんだろうとおもう。

――だれなんだろうって、おにいちゃんのこと、ひどいわ。

ナルちゃんがなみだ声になって抗議した。橘子は、自分がきつい口調で言い立ててしまったことを反省した。

――御免なさい。ひどい言い方をしたかもしれない。おねえさんがわるかったわ。

――本当はおねえさんもわるくないはずだとおもうわ。うそついてるとおもってもいないし。でも、おねえさんの会ってる人はおにいちゃんじゃない。おにいちゃんだってうそ言うわけないし。

――困ったわね。私からすれば、ナルちゃんのおにいちゃんという人こそ清躬くんじゃないとしか言えない。

――おねえさん、おにいちゃんに会ってないのに、そんなこと言っちゃだめ。

――清躬くんには会ってる――これは確かなことだから、言うのよ、私は。ナルちゃんこそ、私の言う清躬くんに会ってもいないできめつけるのはよくないでしょ？

橘子は更につけくわえた。

――言っとくけど、おねえさんのほうが清躬くんとつきあいが長いのよ。十年も前から知ってるんだからね。

――でも、今のおにいちゃんに会ってるのは、あたしのほうが会ってる。だって、おねえさんと初めて会った時、おねえさんはおにいちゃんとずっと会ってないと言ってたけど、あたしは何度も会ってたわ。

少女はなおも反論する。

――それはそうだけど、でも、おねえさんだって今の清躬くんの顔、写真で知ってるのよ。何年ぶりと言ったって、まちがわないわ。

――でも、おねえさん、あたしにおにいちゃんの特徴をきいてたじゃない？　知ってるなら、きく必要なかったんじゃないの？

それはそうだった。紀理子《きりこ》から清躬の今の写真を見せてもらっていることを言い出せなかったので、そのようにきくしかなかったのだ。

——それはそうだけど——

一旦痛いところをつかれたが、言い負けまいという気持ちで橘子は、

——でも、清躬くんのこと、小学校の時から知ってるのよ。凄く仲がよかったのよ。隣どうしで住んでいて、一杯お喋りしたもの。話をすれば、本物の清躬くんかどうかわかる。おねえさん、先週ときょう、二度にわたって、随分いろんなことをお話ししたわ。なつかしい昔話も。だから、絶対まちがいようがない。

最後は自信を持って言いきった。

——じゃあ、あたしが知ってるおにいちゃんがにせものだと言うの？

なみだ口調で少女がきいた。贋者《にせもの》と言う以外ないが、少女が信じきっているのに橘子としても答えづらかった。

——うーん、どうなのか、おねえさんにもわかんないわ。

橘子は少女を傷つけまいとして、曖昧《あいまい》に返事をした。

——いいわ、わかったわ。

橘子は解決の手立てが閃《ひらめ》いた。

——私、一度そのひとに会ってみるわ。そうしたらわかるわ。だって、二人だけしか知らないこと、きいてみればすぐわかる。

——おねえさん、会ってくれるのね？

ナルちゃんの声が久し振りに弾《はず》んだ。

——いつ会ってくれるの？

——うーん、そうね、そりゃ早いほうがいいわね。

——うん。

——二十九日はお休みだから、その日にね、会いましょうよ。私、その日のお昼に清躬くんと会う約束してるから、ナルちゃんも私の言う清躬くんに会ってみたらいいわ。そっちは昼からだから、その前に、そう、午前中に、ナルちゃんが言う清躬くんに私が会ってみるわ。そしたら、わかるじゃない、どっちが本物の清躬くんか。どう？

そう、実際に会えば総《すべ》てが明らかになる。お互いが言っている相手がまったく違っていることが。それは午前中に決着することもまちがいない。

——わかったわ、おねえさん。じゃあ、あたしもおにいちゃんに話して、きてもらう。だって、おにいちゃんはおねえさんに本当に会いたいとおもってるん

だもん。本当はもうちょっと早かったらよかったんだけど。

——そのおにいちゃん、本当に私に会いたいって？

どうして嘘を言っているそのナルちゃんの言うおにいちゃんが私に会いたいんだろう。私に会うということは、正体がばれるということにほかならない。それでは意味がないではないか。そうまでして私に会いたい、どういう理由があるんだろうか？　一体なにがしたいんだろう？　相手の意図が想像できないし、抑々《そもそも》正体が不明なだけに気味のわるさをおぼえる。

——おさななじみなんでしょ？　なかよしだったんでしょ？　おねえさんだって会いたかったんじゃない？

橘子のききかたがおかしかったので、ナルちゃんは少し混乱した調子でたたみかけた。

そのひとじゃない。本物の清躬くんには、もう会ってるんだから——橘子は心のなかで叫んだ。

——おねえさん、ごめんなさい、わめいたりして。

——ううん、しかたないわ。わけがわからないのはお互い様だもの。

ナルちゃんが素直に謝ったので、橘子は少しかわいそうにおもった。あ、でも、頭のいい子だから、計算が入ってるかもと、疑いの気持ちもきざす。

——あの、あたし、大事なこと、言いわすれてた。

不意に少女が言った。

——言いわすれてたって、なによ？

橘子は少し身構えた。頭のいい子がなにを用意しているか、用心してかからないと。

——おにいちゃんのアパートの前で会った時、おねえさん、メモを書いて、郵便受けに入れたでしょ？　そのメモ、部屋に入ってなかったんだって。

——え、なに、どういうこと？

橘子は意味がわからず、ききかえした。

——あたし、はじめ、おにいちゃんのほうから、あのメモを見て、おねえさんに連絡をとったとおもってたの。でも、きいたら、おにいちゃん、メモを知らないって。あたしも、おねえさんが郵便受けに入れるところをちゃんと見てたから、どうしてそれがなくなっちゃったのか、ふしぎでならないんだけど。

——私、ちゃんと郵便受けに入れたわよ。最初入れ損なって、おっことしちゃったけど、だから二度目はしっかりと入れたわ。

——あたしも見てた。

——ほら、だったら、郵便受けに入ってないというのはおかしいわ。

——郵便受けのなかで、どっかに引っかかってるのかも。

——その可能性がまったくないとはいえないけど、普通ないわよ。

——でも、おにいちゃん、メモ見てないって言うもん。

だから、怪しいんじゃない。橘子は自信を取り戻した。

——言っとくけど、私の言う清躬くんはちゃんとメモを見て、私に電話をかけてくれたのよ。

——そのひとが盗んだ。

ナルちゃんがそう叫んだことに、橘子はまともに腹が立った。

——なに言うの、ナルちゃん。言っていいこととわるいことがあるわ。

——だって、おにいちゃん持ってないのに、そのひとが持ってるなんて、とっちゃったからじゃない。

ナルちゃんがわるびれず反論する。

——私の清躬くんを泥棒呼ばわりしないで。

橘子もぴしっと言った。

——ごめんなさい。でも……

ナルちゃんがか細い声で謝る。子供にそういう声を出されたら、言った私の気が咎める。

——う、もうやめよう。とにかく、二十九日に会えばわかるんだから。

おとなだから、私のほうが矛《ほこ》をおさめないといけない。

——うん。

その声から、電話の向こうでナルちゃんが殊勝にうなづいている様子が感じとれた。

——おねえさん、二十九日の日は何時にどこに行ったらいいの？

少女も冷静に約束の確認をしてきた。清躬と会うのは昼からだから、午前中のいつでもいいのだが、場合によっては、清躬に同席してもらうのがいいかもしれない。本物の清躬の前で嘘をつきとおすことができるわけはない。そうすると、清躬ともよく相談して都合を合わせておかないといけない。

——おねえさんにも予定があるから、ちょっと調整して、また後で電話するわ。

橘子がそう言うと、「じゃあ、電話待ってるから」と素直に少女が返事した。それから続けて、「あの、おねえさん、」と言った。

――なに？

――おねえさん、ケータイ電話持ってるの？

ちゃんと番号を確認している。やっぱりしっかり者のおんなの子だ。

――あ、そうよ。一週間くらい前に買ったの。

――じゃあ、これから電話したい時はケータイ電話にかけていいの？

――勿論いいわよ。

反射的に橘子はそう言ったが、すぐおもいかえした。こんな調子の電話を少女から何度もかけてこられたら迷惑な感じがする。尤も、駄目よとは言えない。あなたのお友達じゃないんだから、なんて宣告するのはまだ早いし、少女にはきつすぎる。

――ありがとう。で、おねえさん、二十九日は絶対会ってよね。あたしもおにいちゃん連れてくるし。

――私、すっぽかしはしないわ。おねえさんを信用しなさい。

――御免なさい。私、おにいちゃん好きだから、おにいちゃんが好きなおねえさんも好きだから――

そう言うと、急に咳《せ》き上げる声がし、少女の泣き声が続いた。また泣かせてしまった。橘子は小さな少女に同情しながらも困惑した。

――もしもし、鳴海の母です。申しわけありません。この子、急に――

電話の声が最初に出たおとなの女性にかわった。

――あ、いえ、いいんです。もう充分お話ししましたから。それにまた後で電話することになっていて、その時にまたお話しできますから。

――あ、そうですか。

――ですから、きょうはこれで失礼させていただきます。鳴海ちゃんにもよろしくお伝えください。

橘子がそう言うと、少女の母親がもう一度おわびを言い、電話がきれた。漸く混乱と困惑の電話が終わった。幼い少女が相手だから、ストレートに言いにくいことが一杯あり、気をつかって、橘子はどっと疲れをおぼえた。

少女の言うおにいちゃんが誰なのか想像のつきようがないが、物凄く不気味な存在で不安感に襲われる。清躬の名前をかたってもいるから、清躬本人に伝えておかなければならない。けれども、話があまりに混乱していて、わけがわからないことをいま伝えられても、清躬としても困るだろう。しかし、放っておくわけにはゆかないし、二十九日をどうしていったらいいか考えなくてはならないんだから、ありのままを話した上で、清躬の考えをきかないといけない。清躬ならば、緋之川さんの件のように、こういう場合にどうすればよいか、ちゃんとした回答をくれるだろう。

自分に清躬というなんでも相談でき、力になってくれる男友達がいることはとてもありがたい。とはいえ、相手の人間の得体《えたい》がしれないことは、清躬でもどう対応してよいかわからないだろう。相手がもしもとんでもない悪巧みを秘めているのだったら、清躬に危険がおよぶおそれがある。力にはなってほしいが、大切な友達を巻き込んでしまっていいのか。そうおもうと、橘子は動悸《どうき》がして心おちつかず、再び携帯電話を手にとると、電話をかけなおした。

——もしもし。

ナルちゃんのおかあさんの声だ。

——あ、すみません、さっき電話させていただいた、檍原橘子と申しますが——

——檍原橘子さん。はあ、先程は——

——あ、いえ、

——鳴海でしょうか、少々——

——あ、待ってください。

橘子は相手を止めた。

——お、おかあさん。

——はい？

——不躾《ぶしつけ》で申しわけないんですけれども——

——はい？

——あの、おかあさまは、檍原清躬というひとを御存じでしょうか？

ナルちゃんにきかれてはまずいという気持ちでおもわず小声で尋ねた。

——清躬さん？　ええ、存じております。

——あの、お会いになっていらっしゃいますか？

——ええ。娘たちも慕《した》っておりますし、お話もさせていただきます。此《こ》の間までは私たち家族の絵を描《か》いてくださってましたし。

——絵？　あ、その話、ナルちゃんもしてくれました。

橘子は応答した。ナルちゃんの言っていたとおり、清躬はナルちゃん一家の絵を描いてたんだ。

——ええ。不躾におねがいしましたのに快く描いてくださいました。本当にありがたかったです。

——そうですか。あの、私、その清躬さんの小学校時代の幼馴染で、とても親しくしてたんですけれども

——

——はい、それはうかがっております。

——また不躾で申しわけないんですけど、清躬さん、私、檍原橘子という幼馴染についてなにか話してたりしてます？

——あなたのこと？　そうですねえ——

——どんなことでもいいんですけれど。

そうききながら、相手にとって会ったこともない自分の話なんか、縦令《たとい》きいたとしても頭に残っていないのではとおもえた。

——私との直接の会話ではないんですけれど、鳴海があなたのことを清躬さんに盛んに尋ねるので、あなたが小学生の頃にどういう方だったかとか、想い出のお話をきいたことがあります。

——想い出？

期待していなかったのに答えがかえってきただけでなく、想い出の話まで出てくるなんて橘子は少しびっくりした。

——小学校五年生から六年生にかけての短い期間だったようですけど、お隣どうしで住んでいたことがあって、同学年でとても仲が良かったとか。夜はベランダ越しによくお話をされたという想い出もお話しされていました。

ベランダ越しの話という言葉が出てきて、橘子はどきっとした。どうして相手はそんなことを知っているのか。隣どうしで一緒に小学校にかようのは調べればすぐわかることだが、夜のことまでは容易に知ることはできないはずだのに。

——それから、おうちの裏向かいにとてもきれいなわかいおねえさんがいらっしゃって、あなたとお二人でおうちに上がらせていただいて、トランプを教えてもらったり、絵本を見せてもらったり。清躬さんが一所懸命絵を描くようになられたのも、そのとてもきれいなおねえさんのおかげだとか。

和華子さんのことだ。そんなことまで知ってる。え？　え？

橘子はそらおそろしくなった。どうしてそんなことまでわかるの？　相手は何者なの？

——あの、どうかされました？

そうきかれても、橘子は言葉を発することができなかった。

——あの、鳴海がお話ししたいそうです。ちょっとかわりますね。

——あ、

ちょっと待って、まだおかあさんに確かめたいことが——橘子の気持ちはそうだったが、相かわらず言葉が出なかった。

——もしもし、おねえさん？

ナルちゃんの声にかわった。

——う、うん。

——さっきはごめんなさい。

少女は早速申しわけなさそうに謝った。

——あ、いいのよ、全然。

——おにいちゃんと連絡がついたの？

——え？　ううん、まだ。

——じゃあ、なにか言いわすれ？

——あーん、そうねえ、
橘子は少し考えてから言った。

——あの、ナルちゃんさあ、二十九日に会う時、ナルちゃんの言うおにいちゃんも連れてくると言ったけど、そのおにいちゃんにもう連絡したの？

——ううん。だって、まだ何時にどこで会うかきいてないんですもん。

——ああ、慥《たし》かにそうね。

無駄なことをきいてしまったと橘子はおもった。どうも調子が狂う。

——あのう、もう一度おねえさんに言っておきたいの。あたし、本当におねえさんのこと好きなんだからね。

——一回会ったきりなのに？

——でも、ようくお話しした。それにおにいちゃんからもきいてる。

——かれ、そんなに私のこと話したの？

——だって、おねえさんと会って、ナルも興味わいたし、おにいちゃんにきいたの、おねえさんのこと。とってもなかよしなのがわかった。

橘子はひょっとしてとおもって、尋ねた。

——あのさあ、私たち、幼馴染と言ったけど、二人とも檍原って珍しい苗字でしょ？　私たち本当はどういう間柄かきいてる？

——あいだがらって？

——親戚とか。

——おねえさんのおとうさんとおにいちゃんのおじいさんがきょうだいだって。

——そ、そうなの、実は。

なんだ、ほかに喋《しゃべ》ってるじゃないの、と橘子は少しだけ呆《あき》れた。

——いろいろちゃんと話してくれるのね。

——うん、きけば、ちゃんとお話ししてくれる。

——私の住んでる寮の電話番号も、清躬くんが教えてくれたのね？

橘子はついでに確認した。

——あ、それは違うの。

——違うって？

——あの、おにいちゃんの部屋の前で会った時、おねえさん、その時書いたメモをおとしたでしょ？　あれを拾った時、電話番号が眼にとまって、おぼえてたの。

——え、それ？

——ごめんなさい。おぼえちゃったので。

——ううん、まあ、それはいいというか、なんでナルちゃんが電話番号知ってたのか疑問が解けてよかった。

清躬が教えたわけではなかった。それがわかっただけでもよかった。一方で、郵便受けに入れようとして手からすり抜けたメモを拾って、橘子にわたすまでの間はそれほどなかったはずで、その短い間に電話番号をしっかり見取って暗記してしまった少女の頭の良さにもおどろいてしまう。

——あたしももっと早くおにいちゃんに、おねえさんと連絡しあってるかどうか確かめておけばよかった。そしたら、おにいちゃんがおねえさんからのメモを見てないこともわかったし、だったら、あたしからおねえさんの電話番号教えてあげられた。おにいちゃんから連絡とってもらって、直接おねえさんと話していれば、こんなことになっていなかった。ああ、あたし、おねえさんと話せばおにいちゃんから報告があるとおもって、二週間も放っておいてしまった。おそすぎたけど、でも早く会ってほしい。

ナルちゃんが後悔するように言った。

え、でも、その男から電話をもらっていたとしたら、どうだっただろう——そう考えた時、橘子は今、自分と清躬との親戚関係を少女に教えたことや自分の寮の電話番号は少女に洩らしていないことについて、本物の清躬と贋物の清躬とを混同してとらえていたことにおもいあたった。頭の中でよく整理しないと、どっちがどっちのことか混乱するばかりだ。とにかく贋物の清躬は橘子との関係や体験についておどろくほどよく知っている。そして、絵が描ける。ナルちゃんの家族にはまるで清躬になりすましている。けれども、ナルちゃんの家族の絵を描いているとは清躬自身も言っていたことであり、ここは完全に行為として重なっている。いや、肝心なことをわすれていた。清躬はナルちゃんと会っている。友達という関係も認めていた。

ということは、ナルちゃんは本物の清躬を知っている。清躬を清躬として認識している。それなのに、どうして清躬が自分の書いたメモを見ていない、だから会ってもいない、なんていう嘘を言うのだろうか？　おまけに、きょう別の清躬と一緒だったなんて。実際に清躬と友達でいながら、どうして別の清躬をでっちあげ、自分に対して嘘をつくのか。そんな別の清躬に私を会わせて、どうしようというのか？

橘子は頭の中が整理できたが、逆に少女の不可解さは深まってしまったとおもっているところへ、ナルちゃんの声が届いた。

――あ、おねえさん、ごめんなさい。自分のことばかり言って。

なにか一言言えば、少女の言動の矛盾が明確になって、もうこれ以上わずらわされはしない。橘子はそれを探ろうとしたが、すぐにはおもいつけなかった。清躬ならすぐ一言かえして、ナルちゃんを黙らせただろう。しかし、大体が、ナルちゃんが清躬と会い、話もしている、それは清躬自身からきいているという、最も根本的なことを失念し、少女と調子を合わせて混乱の泥沼にはまった自分なのだから、今この場でなにが言えるわけでもなさそうだと感じた。

――おねえさん、どうかしたの？　なにか言って……ひょっとして、おこっちゃったの？

少女の不安そうな声が響く。その声は少女をいま断罪しようとする橘子の心を揺らす。心情的には少女を責めたくない。

――あ、御免。ナルちゃんね、この続きはまたあためてにしよ？

ピシッと一言言えばかたづく話にこれ以上言葉のやりとりをしてもしかたがない。徒労感を感じてきた橘子はそう言った。

――おねえさん、また連絡してくれるの？

ナルちゃんが確認した。

――あ、勿論。

橘子はもう適当に答えた。

清躬に相談するのが一番だ。清躬なら、ナルちゃんがどうしてこんなことを言うのか、解明してくれるだろう。そして、ナルちゃんに矛盾に気づかせ、これ以上變《へん》な嘘をついてもつまらないことをわからせるような話の持って行き方も示してくれる。

そう考えていた時だった。部屋のドアを敲《たた》く音がした。

同時に寮監さんの奥さんの声がした。

「槍原さん、お電話よ」

橘子は携帯電話を顔から離して「はい」と応じてから、「ちょっとだけ待ってください。すぐ参りますから」と戸口に向かって言った。それから再び携帯電話に向かって早口に言った。

——あ、御免ね。ちょっと別の電話がかかってきたの。わるいけど、切らなくちゃ。あの、この続き、きょうはもうおそくなるから、また今度ね。おねえさんのほうからかけるから。いい？

橘子はナルちゃんに断わった。

——うん、わかった。

——わるいわね。

——じゃあ、バイバイ。

——お話いろいろきかせてくれてありがとう。バイバイ。

橘子は早口に言うと、電話を切った。橘子はふーと溜息《ためいき》をついた。

17　本真もんの馬鹿

橘子《きっこ》が部屋を出ると、寮監さんの奥さんが待っていて、鳥上《とりかみ》さんというおんなのひとからの電話だという。そうきいて、橘子はびっくりした。てっきり緋之川《ひのかわ》さんだとおもってた。鳥上さんは仕事とプライベートをきっちりわけているひとだから、今まで寮に電話がかかってきたことはない。その鳥上さんが電話してくるというのは、なにか余程の重大事が出来《しゅったい》したんだろうかと気になる。

——もしもし檍原《あわきはら》橘子です。

——お休みのところ御免なさい。

鳥上さんの声がした。

——で、なにか？

——いきなりでなんだけど、檍原さん、あなたきのう緋之川さんとデートしたの？

おもいもしない言葉があの鳥上さんの口から出て、橘子は仰天した。

——え？　デ…ート？

——ともかく一緒に出かけたんじゃない？

——え、ええ、それは。

——ああ、やっぱり。あなた、大變《たいへん》なことになったわよ。

——大變なこと？

電話の向こうが切迫した調子で言ったので、橘子もどきどきしてきた。

——あなたったら、私が言ったことわかってなかったのね。

——あの、緋之川さんのことですか？

おそるおそる尋ねる。でも、なにが問題なのかわからない。

——私ももっとちゃんと言ってあげるべきだったと反省しているわ。私、緋之川さんにはきまったひとがいる、って言ったでしょ？　それだけで行動は控えてくれるとおもってた。緋之川さんにも檍原さんを誘わないようおねがいした。なのに、あなたたち、早速《さっそく》ドライブに行ってるんだから。

——えっ？　ドライブなんて、私。

そう答えながら、かの女の認識とかかわりなく、自分に不利な情況証據《しょうこ》がすっかり揃《そろ》っているのだと告発されそうな恐怖を感じていた。ドライブということは何度もきっぱりお断わりした。でも、結果的には緋之川さんの車にずっと乗せてもらっていた事実がある。

橘子は事実については言い逃れができないとおもった。だが、それを認める言葉を言う前に鳥上さんがきびしくきいてきた。

——なに言ってるの。かれの車が素敵だとか格好いいとか自分で書いたんでしょ?

橘子ははっとした。で、でも、それをどうして鳥上さんが?

——えっ、書いたってなんですか?

はっきり事実を確かめようとおもって、橘子は勇気を奮《ふる》って問いかえした。

——おぼえがないの? じゃあ、私がきいたことを言うわ。きょうは御馳走様《ごちそうさま》でした。楽しかったです。お車素敵ですね。おまけに、おでこにキスしたことまで。そんなことを明け透けに書いた上に、ひよっこのきっこって名前を添えた手紙が緋之川さんのジャケットのポケットから出てきたというわ。きっこってあるから、あなたのことでしょう?

橘子はわなわな震えがくるのをおさえられなかった。

自分が書いたメモのことだ。でも、キスって、なに?

それはつくりごと。「ひよっこのきっこ」とも書いたけれども、なにもわるいことしてないつもり。

——大變なことになったとさっき言ったのはね、その手紙を発見したのが緋之川さんのかの女だからよ。そのひと、私の同期でもあるのよ。それでちょっと前、私に電話をかけてきて、一体橘子という子はどういう子なのと抗議してきたの。

緋之川さんのかの女。今になって初めて自分の軽率さに気づく。清躬くん、忠告してくれたのに。でももう手おくれだ。橘子はもう立ってもいられなくて、床にべったり座り込んでしまった。

——最近緋之川さんの予定が埋まっていて、自分との予定が前のようには入らなくなった。それがどうも仕事だけじゃなさそうで怪しいと、かの女、疑いを持っていたの。おなじ課で新人としてあなたのようなチャーミングな子が入ってきたのはかの女も知っていて、当然あなたのこと警戒してたのよ。私もかの女からあなたのこときかれたものだから、それであなたにも、緋之川さんとのおつきあいはもう控えるように言ったの。緋之川さんのほうにも私言ったわ。誤解や疑惑を招くようなことは避けてくださいって。それでもあなたがたはききいれなかったんだから、しようがない。まあ、わるいのは緋之川さんのほうだけれど。きのうあなたを誘った後でかの女につきあってる。丸一日のデートじゃなくてディナーだけの約束になったし、それも直前になって約束の時間をおくらせてきた。かの女直感的に不審を懐《いだ》いて、かれの服や持ち物などいろいろ調べてみたら、ジャケットのポケットからあなたの手紙が出てきたという。

橘子はどうしたらよいかわからなくなり、なみだが込み上げてきた。もう怺《こら》えきれず、嗚咽《おえつ》を洩《も》らさないではいられなくなった。

――檍原さん、もう済んでしまったことはしようがないんだから、泣くのはお止《よ》しなさい。私も一緒にいてあげるから、明日そのかの女と話をしましょう。あなたは新入社員でまだいろいろよくわかっていないこともおおいんだし、緋之川さんのことだって、きっとかれが誘うのに単純に素直な気持ちでついていっただけのことでしょうから、ちゃんと話せばかの女もわかってくれるわよ。私からも、あなたがちゃんとしたひとであることをかの女に言ってあげる。だから、もう心配しないで。とにかく明日は私がついてあげるから。

橘子が電話を続けられない情況になっているのを察して、鳥上さんは早くきりあげてくれた。

電話を切る時には嗚咽をおさえたが、ショックでぼうっとする状態だった。寮監さんと奥さんになんとか挨拶《あいさつ》だけして、部屋に戻ると、再び床に座り込んだ。

まさかこんなことになってしまうとは。頭の中が反省と後悔のおもいに占められた。どうしてきのうあんなにながい時間つきあってしまったんだろう。お昼だけでかえっていたら、まだしもだったのに。でも、その後は全然いけない。ほとんど緋之川さんに戀《こい》をしかけていた。行動の上できちんとけじめをつける気持ちは初めだけで、後はいいかげんだった。清躬《きよみ》に図星をさされたとおりだ。緋之川さんが差し出す料理はかの女のためのものなのに、ちょっと食べてみないかと緋之川さんに言われて、おもわず口を開けてしまった。そしてつぎも約束して、口を開けようとしている。ああ、まちがいだったわ。

だけど、今は緋之川さんのことはきっぱり諦《あきら》める覚悟をしている。もう二人だけにはならない。月曜日には自分から緋之川さんにそのことを言うつもりだった。鳥上さんから電話を受ける前に、自分自身でけじめをつけようとおもっていたのだ。土曜日の行動の軽率さは否定しようもないが、心については今はもう疚《やま》しくない。

だから、堂々としていたいのだけれど、胸騒ぎがなかなかおさまらなかった。

清躬が言っていた「魔女」という言葉がひっかかった。御伽噺《おとぎばなし》の世界だけに存在するはずのものが実像となって、橘子に迫ってくるようだった。現実に魔女と対面しなければならないのだ。勿論、緋之川さんのきまったひとが魔女そのものでも魔女のようなひとでもあるはずがない。けれども、私が緋之川さんのお姫様気分に縦令《たとい》一度でもなったということで、本当のお姫様の怒りはかとなるべきかの女の神聖な領分をおかしてしまったのだ。それは赦《ゆる》されないことであり、その怒りはかの女をして魔女に身をかえさせてしまう。私のいけない心がそのひとを魔女にかえたということ――その罪深さにぞっとする。その怒りを解けないかぎりは、魔女の存在にいつまでもおびえなければならないのだろうか。

清躬の言ったとおり、というか、もう手おくれだった。地図を描いて考えて、と清躬は言った。緋之川さんと行く道は荊《いばら》の道だとも教えてくれた。魔女の森があるとも教えてくれた。実際に、魔女が現われた。斃《たお》すか斃されるか――極端なことを言うとおもったが、そこまで清躬が言うには、それだけの意味があることが今わかった。勿論自分には斃す気も力もない。引きかえしたいとおもっているだけだ。引きかえせるのか。魔女の話をきいただけで、まだ現実にその姿を見てはいない。でも、魔女の森だったら、一旦足を踏み入れたら、どうしたって逃げ隠れできるものではない。魔女と出会うのは避けようがない。

だからといって、対決などできない。勝てるとすれば、緋之川さんへの愛の強さをもってするしかないと清躬は言ったが、もう緋之川さんのことは断念しているのだから、はなから戦いにならない。自分の非を認めるし、御免なさい、赦してくださいと請いねがうばかりだ。

橘子は胸のペンダントブローチをにぎった。ああ、こういう時のために清躬はくれたのだ。お守り用のものではないけれども、これを身につけていれば、清躬が傍にいてくれる気がする。それだけでも全然違う。

それに、相手のひとも本当の魔女ではないし、鳥上さんの同期のひとというから、そんなにひどい仕打ちは受けないようにはおもう。鳥上さんもかばってくださるのだし。一回目だし、懲《こ》らしめ程度で済むだろう。そういうものかもしれないのに此方《こちら》がおびえすぎては、かえって相手の神経を逆なでしてしまう。なにより自分自身の気持ちをおちつけなくてはならない。そのためにも、鳥上さんには総《すべ》て正直にお話しして、緋之川さんとはもう誤解を受けるようなことはしないと自分の決意も伝えることだ。その上で、力になってもらうことだ。叱《しか》られるのはしかたがない。でも、鳥上さんに味方になってもらえれば。

緋之川さんには一杯好意を受けながら、一方的にプライベートの関係を絶つのは申しわけない気もするが、きまったひとがいらっしゃって、抗議されているのだから、止むを得ないことだとおもう。清躬からは、もう「御免なさい」の一点張りでとおすしかないと言われた。そうするしかないとおもっているけれども、緋之川さんと一対一ではきっと自分はおし負けてしまう。鳥上さんに相談したら、どう言われるだろう。一緒についてあげる、とこの場合でも言ってくださるだろうか。自分で責任をとりなさいときびしく言われるだろうか。緋之川さんは魔女ではないけれども、実はこっちのほうが不安が大きいかもしれない。

ここぞという時に今一番頼りにできるのは清躬だ。清躬にはなんでも話せる。この厄介な出来事への対處《たいしょ》、不安な気持ちの軽減を清躬に相談したい。清躬なら、きっといい答えを示してくれるだろう。ズバリ正解というのは問題の性質からしてないかもしれないけれども、自分に一番合った対応のしかたを教えてくれるにちがいない。こういう事態になることも清躬は予言してくれていたし、自分のことも心を言い当てて、自分自身でも気づかないことさえ悟らせるようにしてくれたのだから。

清躬のことに考えを向かわせると、ナルちゃんの電話がちょっとひっかかる。でも、どう考えたって、ナルちゃんの言っていることは無茶苦茶だ。あの清躬を贋物《にせもの》呼ばわりするなんて、それこそ言語道断《ごんごどうだん》だ。その話だってあるけれど、今の私には、そんな自明のことより、緋之川さんの問題のほうが切実だ。というより、その問題で一杯一杯だ。ナルちゃんが言っていた話なんて、もうどうでもいい。ナルちゃんの言う、もう一人の清躬の存在が気にかからないでもないが、それは私自身の問題を解決してからになる。それまでは考える余裕もないし、考えたくもない。

唯、清躬に電話をかけると、その件も話をしてしまいそうだった。清躬にとってはおおきな迷惑の話だ。流石の清躬もこの件は放っておくわけにゆかないだろうし、面倒事になるだろう。清躬が大變なことになったら、私もできるかぎりのことをしてあげないといけない。でも、今は自分にそういう余裕はない。

そして、緋之川さんの問題も、いま清躬に相談することではないと橘子は考えた。昼間に充分清躬からアドバイスをもらっている。慥《たし》かに事態は橘子にとって深刻なものになったが、それは清躬の予言の範囲内だし、もともと自分が原因で自業自得《じごうじとく》なのだ。なんでもかんでも清躬を頼りにし、清躬に甘えてはいけない。清躬だって仕事がある。一人で仕事をとって、一人で生活している。私よりずっときびしい生き方をしているのに、こんなことで邪魔をしてはいけない。ペンダントブローチを貰っているのはなんのためだろう。

そう考えて、橘子は清躬に電話することは断念した。ともかく明日からまた会社が始まる。否応《いやおう》なしにおそろしい明日であっても、明日という日は確実に訪れるのだ。逃げられはしない。

橘子は早くねようとベッドに入った。パジャマに着がえても、ペンダントブローチは身につけていた。だが、それでも心が騒いで、なかなか寝つけない。ベッドから起きて何度も水を飲みに行った。冷たい水で喉《のど》を潤《うるお》しても、重苦しい気分はかわらなかった。

橘子はまだ夜が明けない五時前から起き出した。起きても、なにもすることがない。早朝のテレビを見ても、頭になにも入ってこない。かえって、おちついていられなくなる。橘子はとうとう身支度《みじたく》をして、普段より二時間あまり早いが、六時前にもう寮を出た。

今までとはまるで違う憂鬱な気分を引き摺《ず》りながら、橘子は会社に向かった。一駅余分に歩いて電車に乗り、一駅手前でおりた。それでもまだ早すぎた。時間を少しでも調整しようと早朝営業の喫茶店に入った。注文したコーヒーのカップがとても重く感じられ、手が震えそうになる。コーヒーの黒い深い色が凄《すご》く重たく苦く映り、見るだけで胃が重苦しくなるように感じる。フレッシュも注いで色を薄くしてみるが、喉をとおりそうになかった。結局飲めたのは水だけだった。

会社に着いた時、まだ七時半になるかならないくらいで、いつもの入り口は閉まっていた。要領を得ない橘子はぼうっと立ち尽くした。程なく人がやってきた。社員の人だ。こんな早い時間でも出社する社員の人があるのを知った。その人はインタホンでなにか言って、時間外通用口から入ってゆく。橘子は走って後からついていこうとすると、親切にその人が扉を開けた状態で待っていてくれた。橘子はお礼を言うと、微笑んで、「どういたしまして」と優しく言葉をかけてくれた。優しさに接するのは、きょうの橘子にはとりわけ心が晴れることだ。

その社員の人の後に続いて、受付で名前を書き、社員証を呈示して、なかへ通してもらう。社員証の番号から新入社員だとわかって、「もう早朝出社かい。がんばんなさい」と守衛さんから声をかけられた。

仕事のために早朝出社したわけではなく、そんな激励を戴いてとまどいはしたが、うれしかった。不安におしひしがれていないで、しっかりしなくちゃ。

「ありがとうございます」

ちゃんと挨拶《あいさつ》するのが新入社員の務めだとおもって、橘子はがんばって声を出して返事をした。新入社員だから、特に意識して、どんな場合にも挨拶をしっかりしなさいと鳥上さんから指導されていたから。元気がない時でも、挨拶だけはしっかりする。声をちゃんと出せば、打ち沈むことはない。そう鳥上さんがアドバイスをしてくれた。

エレベーターでオフィスの階まで上がり、制服に着がえて事務室に入ると、清掃のおばさん、おじさんたちがいた。社員の人はいない。おばさんたちともお互いに挨拶の言葉をかけあう。おばさんたちの声がおおきく陽気で、橘子もがんばって声を出すうち、少し気持ちが晴れ晴れしてきたような気になる。なんとかこの調子でがんばろう。

清掃の仕事を終えたおばさん、おじさんたちが引き揚げると、橘子は独りぼっちになった。始業の九時まではまだ一時間もある。オフィスはがらんとして、そこに独りぼっちで待っているのはおちつかないものがあった。抑々《そもそも》まだ大した仕事もない新入社員がこんなに早く出社していること自体が不自然で、社員の人が来る度に、どうした？と声をかけられるにちがいない。

橘子は何度もペンダントブローチをブラウスの上からにぎった。目立ってはいけないので、膚《はだ》に直接着けて、その上からブラウスを着ている。ブラウスの上からでは直接触ることはできない。ちょっと気休めにはなるが、効果は限定的かもしれない。清躬の声がきけるわけではない。きょうは特別に鳥上さんが早く出社してくれたらとおもった。鳥上さんがきてくれれば安心だから。少しお小言《こごと》を戴くかもわからないが、今度はちゃんとそれに従おう。そして、緋之川さんとのことを相談し、力になってもらおう。未熟な自分は会社では鳥上さんの忠告を素直にききいれて、身を正してゆくしかないのだ。

誰か近づいてくるのがわかった。スカートが見えた。女性だ。鳥上さん——じゃない。歩き方が、おとなしくない。すたすたと自分のほうに向かってくる。

「あなた、新人？」

いきなり強度のある声をかけられて、橘子はからだがびくっと震えた。見上げると、知らないおんなのひと。

これが魔女の姿か。橘子は恐怖に取り巻かれた。だが、きかれて返事をしないともっとおそろしいことになる。そうおもって、橘子は必死に声を出して返事をした。

「は、はい」

「なんたらのきっこさん、と言う子？」

その言いまわしには明らかに敵意があった。恐怖感に半分身を引きながら、答えだけはきちんとかえす。

「あ、檍原、橘子、と言います」

「かわいい顔してるね。スタイルもいいし」

「え？」

相手の言葉の意味がわからなかった。しかし、言葉に剣を含んでいるのは明らかで怖かった。

「あのひとを引っかけるのはわけないというような、くせものの顔ね」

ますます意味がわからなかった。

「ちょっとこっち来て」

橘子は不意に腕を掴《つか》まれ、乱暴に引っ張られた。腕を掴んだ相手の手は、まるで金属の締め具のようにかたく、憎しみに満ちた力を感じた。相手に引っ張られるまま前のめりになりながら足をおくるが、ほとんど転びそうだった。そのまま近くの会議室に連れて行かれた。

会議室は扉が閉められた。と、矢庭に女性の形相《ぎょうそう》がかわって――橘子ははっきり相手の顔を見られなかった、見るのが怖くて顔を上げられなかったのだ、それでも相手の形相がかわるのはまちがいなく感じとれた――、橘子の顔に平手が飛んだ。痛さよりおそろしさに身が震え竦《すく》み、からだがくずれるように揺らいで、かの女は床に腰からおちた。

「なにをおおげさな。そうやって弱々しくして、もっとかわいい子に見せようというんだ。ひよっこのきっこだもんね。ふん、なによ、名前までかわいく見せようとして」

おんなのひとは椅子《いす》を引き寄せて、橘子の前に座った。かの女は顔を上げられない。組まれた足のハイヒールの鋭い爪先がいつ自分に突き刺さってくるか恐怖をおぼえながらも、からだは動くことができない。ペンダントブローチにさえ手を持ってゆくことができない。

「あんた、何しにこの会社入ったわけ？　いい男物色するため？」

言葉のあまりのきつさに橘子は愕然《がくぜん》とした。こんな言葉が自分に向けられることがあるとは想像だにしていなかった。そのことがとてもかなしくて、かの女は込み上げてくるものをおさえられなくなった。

「入ってまだ三週間かそこらなのに、もう一人の男を手なづけようとしてるんだから、或《あ》る意味感心しちゃう。ゴールデンウィークには完全に虜《とりこ》にするつもりなんだろうけど、そうは問屋が卸《おろ》すものですか。もう手出しさせないからね、鐵《てっ》ちゃんには。と言って、毎日顔を合わせるんだから、ああ嫌だ。あんたなんかきえちゃいなさいよ。この会社はあんたのような男漁《あさ》りが来るところじゃない。もう、なによ。いくら泣いたって、通用しないわよ」

おんなのひとが組んだ脚を解《ほど》き、そして座りながら両足でおもいきり床を蹴った。バンとおおきな音が響く。

「本当、苛立《いらだ》つわ。おなかの底ではなに考えてるかわかんないのに、見せかけばかりかわいいおんなの子を装うあんたの手口、とうにお見通しなんだ。私に虐《いじ》められたといって、また同情を買うんだろ。そうやって、守ってあげたいおんなの子の株を上げるんだ。だけど、あんたにおんなの味方はつかないからね。人のいい鳥上さんだってあんたの本性《ほんしょう》がわかったら、その時は見切りをつけるでしょうよ。ま、どうなろうと、好きにするがいい。但《ただ》し、鐵ちゃんにはもう話しかけもしないでよ。あんたにいつまでも虚仮《こけ》にされるわけにはゆかないんだから、もしまた鐵ちゃんに近づいたら次こそどうなるか知らないわよ。ああ、鬱陶《うっとう》しい。泣く振りいくら見せられても鬱陶しいだけだ。もう私行くから、あんたも泣きまね止めるといいわ。それとも、誰かに見つけてもらうまで泣きまね続ける？」

おんなのひとは去りぎわにもう一度床をおもいきり蹴って、部屋を出て行った。

もうおんなのひとはいなくなったのに、橘子は泣き止むことができなかった。こんな姿、誰にも見られたくないけれども、もう全身が麻痺《まひ》して動けない。からだじゅうの力が抜けているのに、泣くエネルギーばかりがあるようだった。いや、エネルギーなんてない。栓が閉まらなくなってなみだが漏れ放題になり、おなじように嗚咽も止められなくなっているだけかもしれなかった。

「檍原さん、そこにいるの？」

外から声がした。その声にはっとして、泣き声が止まる。かんたんに止まった。

鳥上さんだ。縋《すが》りたいとおもった。なぐさめてもらいたい。でも、こんな格好は見せられない。

トントンと音がして、「失礼します」と鳥上さんの声がした。扉が開くのがわかり、橘子はからだを背《そむ》けた。

「橘子ちゃん」

鳥上さんの叫びに橘子は一層縮こまった。

「ああ、一体どうしたの」

橘子は背中から優しく抱き締められるのを感じた。その温《ぬく》もりに怯えようとしていたなみだが堰《せき》を切り、呻《うめ》き声もおさえられなくなった。

その後、鳥上さんになだめられ、橘子は少しおちつきを取り戻した。それでもまだ口をきける状態でないのを察してか、鳥上さんはなにがあったか一切きかなかった。そのままかの女は鳥上さんに付き添われて会社の健康管理室に連れて行かれ、そのベッドにねかされた。看護師さんが声をかけてくれたが、言葉はききわけられなかった。唯、それに反応して、橘子は身を縮め、顔を両腕のなかにうずめた。

魔女はもういない。ここは安全な場所だ。――橘子はベッドにねながら、考えた。

鳥上さんが私を助け出してくれた。安全な場所に連れてきてくれたけど、でも、もう私は魔女に襲われてしまった。そこには鳥上さんは間に合わなかった。魔女に襲われ、おおきな傷を負った後だった。それは鳥上さんの問題ではない。いつもならいない時刻に私が一人でいたからだ。魔女がやってくる時刻に自分が出てきてしまったからだ。

魔女は私になにをしただろうか。考えてみると、唯、いきなり顔をぶたれて、きつい言葉で非難されただけだった。それ以上にからだを痛めつけられたわけじゃない。それで済んだのに、受けたダメージは非常におおきくて、からだも麻痺してしまうくらいだった。

魔女といっても本当は現実の女性で鳥上さんの同期の社員のひとなのに、どうしてこんなにも恐怖を感じるのだろう。

あんたなんかきえちゃいなさい。きえちゃえ。私のことをきえちゃえと言いきるひと、そう言うひとが眼の前に現われて、怖くないはずはない。

敵意だ。私への敵意。私は敵意の対象。敵意。敵意。敵意……普通のひとでも、私への敵意によって、私にはそのひとは魔女になる。敵意があるかぎり、私はずっと魔女におびやかされ続ける。まだ会社に入ってまもなくてなんの力もないのに、おまえなんかいなくなれと敵意を向けられて、ああ、私の存在は一体どうなってしまうのだろう。

　橘子は絶望的なおもいにとらわれ、またおいおい泣き出した。ペンダントブローチをブラウスから出してにぎっているが、それでさえ自分の心が強くならないので、一層悲観した。泣きながら、どうして私はこんなに弱虫なんだろうとおもった。世の中に出れば、いろんな人がいて、いろんなことが起こるとわかっている。この先の人生でこういうことが何度もあるはずだ。なのに、私といったら、この程度のことで魔女に襲われたかのように感じ、唯泣いて、身を縮めて、おびえているばかり。少しも対抗する力がなく、こんなことに負けちゃいけないと強気におもう心さえない。こんなにも自分が意気地《いくじ》なしだとはおもわなかった。自分で自分に愛想《あいそ》が尽きる。私は一体どういう人間なんだろう。

　二十歳《はたち》にもなって——もう社会人になったはずなのに——なにしてるんだ。仕事をしに会社に来たんじゃなかったのか。責任感と相手への気配りについて事あるごとに鳥上さんから御指導を受けていたのに、それは自分のどこに行ったのか。こんなところで横になり、身を縮めて泣いてばかりいて——会社の仕事をサボっているだけだわ。こんな意気地なしの無責任では、支えになってくれる清躬にも申しわけが立たない。そうと気づいたら、一刻も早く職場に戻らないといけないはず。だけど、職場に戻ったって、今の自分がどんな役に立つというのだろう。ああ、なんて情けない自分なのだろう。きえちゃえと魔女の呪文一つできえてしまっても、誰にもどうということのない存在なのだ。

「橘子ちゃん」

　カーテンの隙間《すきま》から鳥上さんの顔が覗《のぞ》いていた。はっとして、橘子は反射的にからだを起こした。胸に抱いていたペンダントブローチは咄嗟《とっさ》におしりの下に入れた。意外にからだが動いて、自分でもびっくりした。起きもできないからだだとおもっていたが、自分で自分を縛っていただけなんだろうか。

「は、はい」

　橘子はなんとか声を出した。鳥上さんにはこれ以上の心配はかけたくなかった。

「ちょっとは元気になった？」

　優しい笑顔をうかべて顔を出された鳥上さんを見て、橘子は胸が詰まった。鳥上さんの顔は、かの女が今一番ほしい愛情に溢《あふ》れていた。橘子はまたなみだがぐっと込み上げてきた。鳥上さんはすぐ飛んできてかの女の横に座り、手を肩と背中にまわし、軽く抱き寄せた。その温もりを直《じか》に感じて、橘子は更に胸が熱くなる。

「なにも心配いらないから。無理しないで、横になりなさい」

橘子は首を振った。このままずっと抱いていてほしかった。

「私、もう大丈夫なんです」

橘子は独りでに言葉が出た自分におどろいた。しかもおもっているのと裏腹な言葉。

「大丈夫なんですけど、私、あんまりにも自分が情けなくて――どうして、こんなに泣いてばかりいて、いつまでもこんなふうで、ちっともちゃんとできないのか――普通の人ならもっとしっかりできるでしょうに、私ったら……」

最後はまた自分の情けなさに声が震えてきた。

「いいのよ。そんな、自分を責めたってしようがない。もう済んだことなの。これから先が肝心なのよ」

「済んだって、私、恨まれて、これからもずっとあの方から――」

橘子は両手で顔をおおった。

「やっぱり松柏《まつかえ》さんに会ったのね？」

「まつかえさん？」

「緋之川さんのかの女よ。かの女、あなたを責め立てたんでしょ？」

「私、そんなにひどいことしたんでしょうか？　こんなふうに襤褸襤褸《ぼろぼろ》になって当然なことを、私したのでしょうか？」

橘子はからだを縮こまらせ、鳥上さんを下から見上げるような眼をして、答えを求めるかのようにきいた。喋り出すと、おもいもせぬ言葉が口をついて、自分でも制御がきかなくなっている。申し開きできる立場にないとおもっているのに、なにを言うのか、言ってしまってから、はっとする。

鳥上さんは優しく橘子の髪をなでた。

「橘子ちゃん、あなたがどんなことしたのか、或《ある》いは、かの女にあなたのことがどんなふうに伝わっているのか、実際のところを知らないから、なんとも言えない。でも、あなたはわるいことと知りつつやったわけじゃないんでしょ？　私はあなたを信じてるわ。あとはね、それでも人をおこらせることはあるんだから、やっぱりなにかわるかったことがある。そのわるかったこととはなんなのかちゃんとつきとめて、おわびすることはおわびし、これからはそういうことがないようにきちんと改める。そういうふうに順をおってしてゆけばいいことじゃないかしら」

　鳥上さんはそう言うと、橘子の顔を覗き込んで、

「橘子ちゃん、あなたは緋之川さんの誘いに素直に従っただけでしょ？」

　橘子は反射的にうなづいた。

「そうだとおもう。あなたは新人で、緋之川さんは力のある先輩だから、引き摺《ず》られてしまうこともあるし、どうしようもなかった面もあるとおもう。だけど、もう一つ。結果的には、やっぱり松柏さんを傷つけ、おこらせたことは事実。なにに松柏さんはおこっているのか。かの女にすると、今回のことは緋之川さんの浮気に見えたんじゃないかしら。まだ二人は結婚してないんだから、浮気という言葉が当て嵌《は》められるか知らないけど、でも松柏さんにすれば、緋之川さんとの愛はなにより大切なもので、それは奪われてはならないものだった。それだけ真剣なものならば、おんなのひとの影がちらつくのさえ耐えられないことでしょう。なのに、緋之川さんはあなたを何度も食事に誘い、自分の車にも乗せた。松柏さんと一緒に過ごす時間を削って、あなたに振り向けている。かの女にすれば、あなたのことが自分と緋之川さんの間にわりこんだ我慢のならない人間に映っているのかもしれない。きょうはまだ私、かの女と会ってないけど、きのうの電話でのかの女の様子はいつもとまるで違っていた。ともかくね、かの女の疑心は想像も入っているから、その疑いは解かないといけないけれども、まずは疑いを起こさせる行動をしているのは事実と認めて、そのことはちゃんと説明する、その上で軽率だったとおもう点はちゃんとおわびすること。そうすれば松柏さんだってわかってくれるわ。同期だから、わかるの、あなたのことはちゃんと理解してくれるはずだわ」

　それから、鳥上さんは立ち上がった。

「様子また見にくるから、ゆっくり休んでなさい。さあ、横になって」

　橘子は促されて横になった。

「じゃあ、またね」

　鳥上さんが立ち去ろうとするのに、橘子はまた強い不安を感じた。

「待って」

「なんなの？」

　振りかえる鳥上さんに、橘子は蚊の鳴くような声でおねがいをした。

「もう少し、ここにいて」

「駄目よ。ここにいれば安心なんだから、なにを不安がることがあるの？　また三十分程したら顔を出すから、もう暫《しばら》く気分を休めておきなさい」

「三十分？」

「ええ、三十分。いま私を引き留めたら、かえってその三十分がもっとながい時間になるわよ」

橘子は観念し、下を向いた。

「あと私が相手しておくわ」

看護師さんが入ってきて、鳥上さんに声をかけた。鳥上さんは「申しわけありません」と言って交代し、橘子を振りかえって微笑《ほほえ》みながら軽くうなづくと、出て行った。

その後、橘子は看護師さんと話をした。故郷のことからはじまって、いろんな好みのものについて話をきかれた。看護師さんも自分のことを話してくれた。優しくて気さくな方なので、話しているうちにすっかり気分が楽になった。再び鳥上さんが顔を見せた時には、橘子はわらい声を出していた。

「まあ、御機嫌が戻ったようね」

看護師さんは鳥上さんに場を譲った。鳥上さんは頭を下げ、橘子も深く一礼し、看護師さんに感謝する言葉を述べた。

「どう、お昼から仕事に戻れる？　それとも、もうきょうはお休みをとる？」

休むなんてまさかとおもった。既にもう何時間か休んでしまっているが、これ以上は駄目だ。

「いいえ、仕事に戻ります」

「そうね。できるだけそうしたほうがいいわ。じゃあね、今からちょっと早いお昼をとって、お昼休みを繰り上げて仕事に戻りましょう。一緒につきあうから、いいでしょ？」

時計を見ると、十一時半だった。

「鳥上さん、お仕事は？　まだ時間が――」

「あなたの気分が回復してたら、最初からお昼を早めようとおもってたの。みんなが出払ってるお昼休みに席に戻る方が戻りやすいわよ。課長にもちゃんと諒解得てあるから心配いらない」

「すみません。私のためにいろいろ――」

「もう、そんなこと言ってないで、早く行きましょ。早めに食事とっても、お昼休みは今から一時間はかわらないからね」

橘子は身支度《みじたく》をした。看護師さんが上着を持ってきてくれたのを羽織って、ベッドから腰を上げる時、おしりの下にしていたペンダントブローチをにぎって、急ぎ上着のポケットに入れた。鳥上さんや看護師さんに見咎《みとが》められたとおもって、どきどきしたが、二人ともなにも言わなかった。

健康管理室を出る時、橘子はさっき話につきあってくれた看護師さんにもう一度お礼を言った。

普段は社員食堂で食事をするのだが、時間が早いから会社のビルの近くの店で食事しましょうということになった。まだ食欲まではあまり回復していないので、口をつけやすい麺類のお店に入り、二人でうどんを食べた。いつもお昼はつきあってくれるがあまり話をしない鳥上さんだけれど、この日は「看護師さんとはどんな話をしていたの？」とときき、橘子の話に時々自分も質問した。普段無口な鳥上さんと外の店で打ち解けて話ができるのは、橘子としてもとても貴重な体験だった。こんなにも親身に自分のことを気づかってくださると、鳥上さんのおもいやりを痛切に感じた。

鳥上さんからは話のなかで緋之川さんとのことはなにもきかれなかった。土曜日のことも一切触れられなかった。そっとしておいてあげようという鳥上さんの配慮に橘子は感謝した。

十二時が過ぎて、お店にもどんどんお客さんが来るようになり、もっと話していたかったがいつまでも場所を塞《ふさ》いでいるわけにはゆかない。鳥上さんの合図で話もそこそこに切り上げて、二人はお店を出た。

そのまま職場に戻ると、お昼休みのためフロアは閑散としている。ところが、緋之川さんが課内で一人だけ自席に残ってパソコンに向かい合っていた。橘子はどきっとして、足が止まった。かの女たちに気づくと、緋之川さんもびくっとした。その時、此方《こちら》を向いた緋之川さんの顔の、また前とおなじ額《ひたい》のまんなかの位置にガーゼが貼られているのが橘子の眼に留まった。

「お、おう、大丈夫そうだな」

緋之川さんは立ち上がって、橘子に向かってそう言った。が、その声はいつもの晴れやかな調子ではなくて、少しくぐもっている。

橘子はその場で軽く会釈《えしゃく》したが、あとどうしたらよいかわからなくて、鳥上さんのほうを見た。

「緋之川さん、心配なのはよくわかるけど、きょうは檍原さんのこと、そっとしといてあげて」

橘子の前に立ち塞がるように出て、鳥上さんが言った。

「ああ、わかってるよ」

緋之川さんは再び座ってパソコンをちょっと弄《いじ》った

後、また立って、「飯行くわ」と言った。そわそわしていて、声もおちつきを失っていた。橘子は緋之川さんにどう接していいかわからなくなっているが、かれもかなりとまどいがあるようだった。でも、本心は自分のことを心配してくれてるんだとおもうと、橘子はありがたくおもった。

緋之川さんがかの女たちの横を通り過ぎようとした時、額のガーゼがはずれかかっているのが見えた。汗の小さな粒がうかんでいるのも見えた。

「緋之川さん」

「えっ？」

振り向いた緋之川さんは橘子に呼び止められたのが相当意外な様子だった。橘子自身も自分ではっとしたが、ともかくもはずれかかったガーゼをつけなおしてあげようと手を伸ばした。

ところが、かれの額に触れた途端、橘子の手は乱暴に払われた。橘子のからだがかたむくほど強烈な勢いだった。同時に、ガーゼが飛ぶのが見えた。

「一体どういう気なんだ」

緋之川さんは語気荒く言った。その荒々しさは怒りの感情を伴っていた。怒りの鋒《ほこさき》は自分にきている。まわりの世界の空気が一變《いっぺん》し、橘子は圧迫される感じをおぼえた。

「おれのこと、からかってるのか？」

橘子は身が竦み、顎《あご》を引いた。息が詰まって、声が出ない。身内から震えが来る。机に手をおいてからだを支えるのが精一杯だ。

緋之川さんの眼が怖かった。男のひとのこんなおそろしい眼を見るのは初めてだった。

「かの女にやられた痕《あと》を見たいってか？　一体おまえ、なにがしたいんだ。あんなこと書いて、こっそりポケットのなかに入れやがって」

なにを言われているかというより、唯々おそろしい気配を感じて橘子は夢中で首を振った。

「意図してやってないとしたら、本真《ほんま》もんの馬鹿か」

吐き捨てるように言葉がなげつけられた。捨てられた言葉のなかに、自分も丸められて転がった。からだはなんとか支えられているが、心は掴《つか》みだされて弾《はじ》き飛ばされてしまった。

橘子は息をしたいが、できない。抜け殻のからだが息をする意味はない。

「そうと知らずにつきあってたおれこそ間抜けの骨頂だ。人を馬鹿にしたいのか、自分の馬鹿に巻き込んでるだけなのか。一体おまえって何者なんだ」

立ち去る緋之川さんに向けて、鳥上さんがなにか叫んだのがわかったが、橘子のなかでもう時間が静止していた。

つっかえ棒になっていた手がかくんと折れると、そのまま橘子のからだが膝からくずれおちた。からだが机にぶつかる激しい音がした。床に人が仆《たお》れる音がした。鳥上さんの悲鳴があがった。

気を失ったかの女は再び健康管理室に連れて行かれた。その時橘子を抱きかかえ、階段を上がって三階上まで運んでくれたのは緋之川さんだったと、橘子は後になってきかされた。鳥上さんもおいつけないくらいの速さで駆け上がり、健康管理室に着いた時にかの女と入れ違いに走り去って行ってしまったという。鳥上さんが看護師さんからきいたところによれば、緋之川さんは「ベッドを貸してください」と飛び込んできて、ベッドに橘子をねかせると、「この子、また頼みます。全部おれの所為《せい》です。今もまた、おれ、馬鹿なことしました。おれこそ本当の大馬鹿です。後は鳥上さんにきいてください」と言い、そうして来た時とおなじ慌《あわただ》しさでさっと出て行ってしまったのだそうだ。

橘子は健康管理室で暫くねかされた後、もう職場には戻らず、寮に帰宅した。ロッカールームに行くことも辛そうだったので、私服は鳥上さんが持ってきてくれて、ベッドの上で着がえた。下着姿になった自分の格好があまりに惨めで、からだが震え出したので、もう一度ベッドにねかされ、おちついたところで看護師さんが上着を着せてくれた。スカートを穿《は》くのさえ鳥上さんに手伝ってもらう始末だった。

橘子は鳥上さんに付き添われて会社を出た。出たところで、鳥上さんはタクシーをつかまえようとしたが、そんな大層なことしないでください、と橘子はかたくなに拒否し、一人まっすぐ地下鉄の駅へ向かった。鳥上さんがついてくるので、一人でかえれますと断わったが、先輩も引き下がらなかった。

「気にしないで。唯傍《そば》にいるだけよ。これも私の仕事なの」

鳥上さんの心づかいを身に沁《し》みるように感じたが、一方で緋之川さんになげつけられた言葉のショックがおおきく、一旦凍った橘子の心は元に戻っていなかった。だから、鳥上さんに対してさえまともに話せなくなっていた。それを察してか、鳥上さんもかの女に話しかけなかった。

寮の玄関まで来られて、そこの靴脱ぎのところで鳥上さんとわかれた。「じゃあ、私かえるわね。きょうはもうなにも考えないでゆっくり休むことよ。明日もまだ辛かったら無理することないわ。でも、連絡だけは頂戴ね」と言われた。橘子はそれには返事しないで、紙袋を差し出した。

「これ、土曜日のお礼に買ってきたものです。緋之川さんがどう考えられるかわかりませんが、私が持っていてもしかたがないので、緋之川さんにわたしてください。それがいけないことだったら、先輩のお考えで処分《しょぶん》していただいても、全然結構です」

橘子は抑揚のない声でおねがいをした。

「いいえ、お礼なんだから、まちがいなくかれにわたしておくわ」

最後に橘子は深々と頭を下げた。言葉はなにも言えなかった。自分のからだには毒がまわっていて、お礼であれおわびであれ、気持ちを籠めて言おうとすればその毒も一緒に相手にわたっていきそうで、今の自分の状態ならなにも言わないほうがよいように感じられたのだ。鳥上さんの姿がきえるまで見送ってから、橘子はゆっくりした足どりで部屋に戻り、ベッドに仆れこんだ。そのまま俯《うつぶ》せの状態で、声を立てずに泣いた。

18 内なる魔女

橘子《きっこ》は自分の心がどうなってしまったかわからなかった。

自分が壊れてしまったように感じた。一時に許容量以上の電気がながれてボンッと壊れた電気器具のように。もう元に戻らない。

勿論《もちろん》、機械のように総《すべ》てがお終《しま》いになったわけではない。ものを考える頭は多分問題はない。頭は重いが、それは気の重さで、考える働きは関係ない。肉体も、特に不調を訴えはしない。精神が傷ついて、からだも襤褸襤褸《ぼろぼろ》になるかとおもったが、まるで別なようだ。どこか痛むところはなく、調子をくずすところもない。だけど、自分のなかでなにかが確実に壊れた。それはまちがいなかった。

もうきのうまでの自分とおなじではなかった。

否《いや》、自分は自分なのかもしれないけれども、自分に対する世界のあり方がかわってしまったということだろうか。否、世界がかわるはずがない。今まで隠れていた世界が現われるようになっただけだ。それを自分の意識がとらえるようになったのだ。

そういうことを世の中のどれだけの人が体験するのかわからない。だけど、それを体験すれば皆自分とおなじことになるのだろうか。それもわからない。自分にはなにもわからない。

一体自分になにがあったのか。

顔を打《ぶ》たれたのは生まれて初めての経験だった。打《ぶ》たれた痛さより、そんなことが自分にあるとはおもってもみなかったことが起こって、そのことのほうがずっとショックだった。なんだって起こり得るのだ。ピストルに撃《う》たれて殺されることだって、自分にはありそうだとおもった。

だけど、顔を打《ぶ》たれたショックより、もっときついことがある。それは、今まで普通に信じていたことが本当はそうではないということがわかり、もうなにも心から信じられなくなってしまうことだ。仏様だとおもっていた相手に一瞬でも鬼の顔を見てとると、もうなにを信じてよいかわからなくなる。

勿論、緋之川《ひのかわ》さんを仏様に見立てるほどに信じ崇《あが》めていたわけはないが、でも人間として信頼し、先輩として尊敬していた。自分のことをちゃんと見てくれているとおもっていた。その緋之川さんから、駄目なものは駄目と言われてもいいし、もうきみとはつきあえないんだと言われてもいい。だけど、かの女の一個の人間としての存在価値を完全否定し、「本真《ほんま》もんの馬鹿」と吐き捨てるという仕打ちをほかならぬ緋之川さんの行為として身に受けようとは、どうまちがってもそれはあり得ないことだったのだ。頭では、「本真もんの馬鹿」という言葉を正味に受け取ることでないとわかる。緋之川さんもついカッとなった勢《はず》みで口を衝《つ》いて出てしまっただけで、それを本心とおもうことこそ行き過ぎているだろう。しかし、あの時のあの言葉は橘子の存在を抹殺する毒矢そのもので、それがかの女の心臓に突き刺さったのだ。そして、毒はこのからだに留まり続けてかの女をおかすのだ。

もう毒のまわったかの女の心は以前のかの女自身の心ではない。

おそかったということね。

もう魔女の攻撃を受けてしまった。魔女の森に足を踏み入れた私がわるいの。魔女の森で一番おそろしいのは、支えとしたいひとが急に敵に變貌《へんぼう》して私に矢を射かけてくること。その矢にはたっぷり魔女の毒が塗られ、私をおかす。

清躬《きよみ》くんの言ってたとおり。

言われた時は早く気づけてよかったとおもった。でも、実際はもう魔女の森に入ってしまっていた。どう無事に抜け出したらよいかを考えるべきだった。なのにそのまま会社に出かければ、待ち構えている魔女と遭遇するのは当たり前だった。

だけど、本当のところは、魔女は私自身ではないか。相手のひとは自分の大事なひとを奪うようなまねをした魔女を退治しようと正当な行為をしただけだ。魔女なのだから、緋之川さんからも攻撃されたってしかたがない。だが、私という魔女は攻撃力も防禦力《ぼうぎょりょく》もなにも持っていない。邪悪なことをすれば当然相手から反撃されるのに、それに対抗し得るなんの力も持っていない。抑々《そもそも》、魔女という自覚さえしていない。でも、魔女の姿をしているから攻撃を受ける。自分がなんたるか知らないから、そのまま無防備な状態で攻撃されて、致命傷を負う。それは当然の報い。今の状態は当然の帰結なのだ。

自分のからだにまわる毒は、もともと自分が魔女になった時にできた毒なのにちがいない。緋之川さんとの休日にうかれている隙《すき》に、私のなかの魔女が緋之川さんに毒のついた矢をわたしていたのだ。けれども、緋之川さんは私が魔女だとわかって、一度受け取った矢を私に向かってなげかえした。その矢の毒にくるしんでも自業自得《じごうじとく》。

ああ、なんてかなしいことだろう。くるしいことだろう。清躬くんに縋《すが》りたい。このくるしみから助けてほしい。こういう時に救ってくれるのは清躬くんしかいない。だけど、駄目。魔女の身で清躬くんになにも求めてはいけない。毒のまわったからだで清躬くんに触れてはいけないのだ。清躬くんをくるしみに巻き込むようなことをしてはいけない。

橘子は上着にしまってあるペンダントブローチにも申しわけないおもいがした。不安になって、ペンダントブローチを取り出し、何度もにぎった。それが清躬の一部であり、自分を守ってくれることを期待して、何度もにぎったのだが、自分自身が魔女で、自分の持っていた毒に自分でやられているのに、どのように守りようがあるだろうか。自分勝手にお守りに駆り出して、いじりまわしてしまったことが恥ずかしい。

清躬くん、御免。

御免、清躬くん。

あなたの優しさに甘え、頼って、縋ろうとしているけれども、こんな私あなたに助けてもらう値打ちはない。あなたに迷惑をかけて、唯々赦《ゆる》しを請うだけしかできない。

鳥上さんにも謝るだけ。魔女の本性を宿していたことを正直に言って。

そして、相手の方にも。きちんと謝って、赦してもらわないと。

そのためには、私のなかの魔女を殺して、生まれかわらなくては。今からだにまわる毒で魔女の息の根を止めてしまおう。今のくるしさは自分のなかの魔女を殺すために必要なことなのだ。魔女が死ぬ時、自分も道連れになるかもしれないけれども、でもそうなったらそれもしかたがない。魔女が私から離れてくれないなら、私も死ぬしかない。自分で自分のなかの魔女を殺して、なお生き残る強さを持っていないのであれば、きっと生きる値打ちも意味もないのだ。魔女を残して、清躬くんにも誰にも顔をあわせることはできない。

私のなかの魔女が矢を射られてしまったら、自分のなかの総てが壊れたみたいになって、こんなふうになってしまうというのは、魔女が自分の中心を乗っ取っていたということだ。それでも、魔女を殺して、自分は生き残れるのだろうか。清躬くんに助けを求めないで、自分一人で。わからない。唯望むのは、自分の生き残りより魔女を殺すことのほうだ。

自分のなかの魔女が死んでくれるまで、どれくらいの時間がかかるのだろう。いずれにしても、明日は会社には行けないだろう。鳥上《とりかみ》さんには本当に申しわけないけど、会社を休ませてもらわないといけない。

明日はもう休むと決心したなら、きょうのうちに鳥上さんに言っておきたかった。鳥上さんの自宅の電話は緊急時に備えて教えてもらってある。けれども、携帯電話を取り上げた瞬間、橘子は怖くなった。鳥上さんはいま自宅で家事におわれているかもしれない。御主人との楽しいひとときを過ごされているかもしれない。そこに電話して邪魔をしたりしたら、いくら鳥上さんでも機嫌を損ねるかもしれない。きょうはひどく迷惑をかけている。最後は寮までおくってきてもらったのに、まともな挨拶もできていない。そうしたことも鳥上さんがどうおもっているかわからない。電話の向こうにいつも優しい職場での鳥上さんとは違う鳥上さんが登場してきそうな気がした。いい人であればあるほど、その人の影の部分が見えた時の怖さは途轍《とてつ》もない。一番頼りとしたい鳥上さんにもそんな影を見てしまったら、救いがない。それに、鳥上さんにまで見放されてしまったら、もうとても会社に行けやしない。想像すると橘子は恐怖に襲われて、からだが小刻みに震えた。

つくづく自分の臆病さを情けなくおもう。こんな自分でも内心に魔女を宿していた。他人の戀人《こいびと》をとろうとする魔女がいた。魔女は火炙《ひあぶ》りにされる。されたらよい。あるいは、毒がまわってくるしめばよい。私のなかには魔女でない部分もある。その部分がかわいそうだけど、身は一つであるために、魔女に対する残酷でおそろしい罰を一緒に受けねばならない。魔女と同体だから、しかたがないのだ。魔女とともにこの身が果てるのか、魔女がきえて自分は生まれかわるのか。天のおぼしめしを祈るしかない。

おなかが減ってきた。橘子はふっとわれにかえって、おなかのあたりに手を当てた。ぺこんと凹《へこ》んでいるようだ。お昼はうどんだったし、それも半分残した。半分だけでも食べられて良しとした。ああ、おなかは減っているが、なにも口をとおりそうにない。

でも、空腹はがまんできる。そのうちなれてもくるだろう。だけど――トイレのほうは無理だ。人間として壊れてしまったようだが、生物としての機能は健全で、自分がこんな情況なのもお構いなしに生理上の要求を訴えてくる。寧《むし》ろ精神的に弱っている分、そちらの要求が強硬になっていそうだ。いつまでもトイレに行かないわけにはゆかない。寮は共同トイレだから、部屋を出ないといけない。こんな姿の自分を見られるのは恥ずかしくて堪《たま》らないが、本当の自分はこういう醜い姿なのだ。

そうおもっても、いざ行動におよぶとなかなか勇気が出ない。そのうち、本当にトイレに行きたくなる。しようがなかった。橘子は部屋を出て、トイレに駆け込んだ。

トイレから部屋にかえりぎわ、後ろから声がかかった。

「檍原《あわきはら》さん――大丈夫？」

どきっとして振り向くと、寮監さんの奥さんだった。逃げたいとおもう自分がいたが、からだが硬直して動けない。

「まあ、あなた、顔色わるい」

そう言って駆け寄ってくると、奥さんは橘子の両肩を優しくかかえた。そして、「ちょっとあんた」と大声で叫ぶと、御主人も出てきた。二人に抱きかかえられるようにして、寮監室に連れられた。

「本当に大丈夫かい？」

「一時間程前あなたの部屋を何回もノックしたんだけど、反応がなかったからとても心配したわ」

「すみませんでした」

橘子は小さな声でぽつりとそう言った。

「なにも謝ることないわよ、ぐあいがわるいんだからしようがないじゃないの。それより気分はどうなの？まだしんどい？」

橘子は答えをかえせず、唯俯《うつむ》いているだけだった。心はとても悲惨な状態だが、からだの状態についてはどう言えるだろう。お医者さんの診立《みた》てなら、からだはどこも異常がありませんと言われるところだろう。いいともわるいとも言えない。

「お茶、用意するわ」

橘子の答えを待たずに奥さんはそう言うと、手で合図して御主人を促し、一緒に奥へ引っ込んだ。程なく二人が戻ってきて、お茶とお茶請けのお菓子を橘子に奨《すす》めた。

「さあ、どうぞ。よかったら、お菓子も食べて」

申しわけないとおもいながら、橘子はお茶に手をつけられなかった。相かわらず俯いたきりで、かたまっていた。

「あのね、さっき、一時間程前ね、あなたとおなじ職場のおんなのひとが来られて――」

「鳥上さんというひとだよ」

寮監さんのおじさんが口を挟んだ。

「知ってるわよね?」

橘子は無言ながらなんとかうなづくことだけはできた。

「あなたを呼びましょうかってきいたら、いいえと言われて。唯、きょう会社を早退したので、様子を気にかけてほしいと言われたわ」

「それから、本人をそっとしてあげてほしい、なにがあったかきくことはくれぐれも止《よ》してほしい、だって。本当に心配していたよ」

「あなたに伝言をおねがいしたいって——会社でのことはもう大丈夫、二人ともあなたのことはわかってくれた、あなたに罪はないのに誤解して、きつく言いすぎたこと、乱暴したことは申しわけない、あなたに謝りたいとおもってる——そう伝えてくださいって」

「わかいのにしっかりしてるね、鳥上さんというおんなの子は」

おじさんがいかにも感心したように言った。

鳥上さんが会社がえりに寮まで寄ってくれたことはとてもありがたかった。基本的に毎日定時にかえって、家庭も大事にされている鳥上さんが、自分のためにわざわざここまできてくれたのは、非常に胸が熱くなると同時に、申しわけなさで一杯になった。どこまでも優しい先輩、なのに迷惑をかけっぱなしの自分。人間の出来が違いすぎる。でも、どうしようもない。こんな自分が鳥上さんにおいつけようがない。このまま鳥上さんにお世話になっても、面倒をみてもらうばかりで、なにも報いることができない。

「明日のことも言ってたわ。無理をせず、お休みしたらいい、って。それから、自分から会社に連絡しにくいようだったら、私たちに言って頂戴。私たちがかわりに電話してあげるわ。鳥上さんって子、名刺をおいていってくれたから、職場の電話番号がわかってるし」

奥さんが言った。

「檍原さん、鳥上さんって子の言葉だと、もう心配することはないみたいだから、安心してゆっくりお休みなさい。それから、あのね、きょうのことはもう済んだことにしたらいいとおもうんだけど、これから先なにか相談したいことがあったら、どんなことでも遠慮なくしてくれるとありがたいわ。秘密は守るわよ」

「そうだよ、おれたちでよければ、どんな話でも聞き役になってやる。愚痴だって全然構やしない。とにかく一人でかかえこんじゃいけないよ。出口もないまま一人で溜め込んじゃうと、自家中毒しちゃうぜ。捌《は》け口をつくっとかないとな。まあ、いつでもおれたちの部屋に遊びに来たらいいさ」

「そうよ。いつでも来なさい。お茶くらい用意するわ。それから、檀那がいると話しにくいことは、そう言ってくれたら私だけがきくようにするから」

「いや、おれのほうが信用できるんだったら、おれだけにでもいいよ」

　おじさんが奥さんの後に続けて、そう言った。

「そんなわけあるはずないじゃない。わかいおんなの子があんたみたいなおじさんのほうを信用するなんて」

「そんなことわからんよ。なあ、橘子ちゃん？」

「もうあんた、気安く下の名前で呼んじゃって」

「いいじゃないか。おまえだっていつもそう呼んでるじゃないか、橘子ちゃんて」

「そりゃアワキハラさんて言うのが言いにくいからよ。でも、本人の前じゃちゃんと苗字《みょうじ》で呼ばなくちゃ。それに、ちゃん付けなんて、子供扱いみたいで失礼じゃない」

「いいえ、いいんです。会社でも皆さんにそう呼ばれてますし」

　橘子が口を開いた。自分のことで寮監さん御夫婦が揉《も》めているのを申しわけなくおもって、口を挟んだのだ。声が出せたことに自分でもおどろいた。

「わあ、喋《しゃべ》れるじゃない」

　奥さんが喜びの声をあげた。なのに、橘子は「すみません」と声を出した。

「なに、謝ってるの。おばさん、喜んでるのよ」

「おれだって、ほっとしたんだ」

　二人の優しさを心から感じられて、橘子は眼がうるうるしてきた。「ありがとうございます」とかえす言葉はなみだ声になっていた。このままではもっと大泣きしてしまいそうになる。まるで子供だ。いや、子供よりタチがわるい。ナルちゃんとくらべたって。

　それを察せられたか、「さあ、きょうはいろいろあってさぞ疲れたろう。もう部屋に戻って、ゆっくり休みな」とおじさんが言ってくれた。そして、部屋まで奥さんが付き添ってくれた。

　寮監さん御夫婦の言葉はありがたかった。優しい人はおおい。実際、自分の知っている人はおおよそ優しくしてくれている。わかいおんなの子というので優しくされている部分もあるとおもうが、でも善意は疑いない。だけど、今の自分はそういう優しい人たちの沢山いる世の中が怖いかもしれない。だって、私のなかに魔女がいるから。優しくしてくれる人は私のなかの魔女を知らない。でも、その魔女の存在に気づいたら、きのうまで優しかった人がきょうは見向きもしてくれなくなるだろう。自分への言葉が途端に冷たくなるだろう。非難や中傷で責められる。時には緋之川さんやその戀人というひとのように、面罵《めんば》や殴打ということもあるのだ。魔女はそういう仕打ちを受けて当然だけれども。

ああ、私は本当に魔女なんだろうか。それとも、魔女は私の一部にすぎなくて、魔女を殺してしまえば、私は普通に生まれかわれるのだろうか。

橘子ははっとおもって、鏡を取り出した。

私は今一体どうなっているのだろう。寮監さんたちは普通に接してくれて、變《へん》なものを見るような顔をされなかったけれども、自分の毒に苦しむ魔女が表に現われていることはないのか。ひとには見えなくても、自分には見えるのではないか。もし魔女の顔が現われているなら、おそろしい。物凄《ものすご》くおそろしい。でも、魔女の正体を知らなければ、魔女に打ち勝つことはできない。魔女を自分から切り離してしまわなければ、魔女と一緒に自分も終わるだけだ。魔女と一緒に自分も壊れて、ポンとねじが飛んでしまって、永遠に元に戻れなくなるだろう。

橘子は勇気を奮《ふる》って鏡を見つめた。

(これが、私の顔?)

鏡の向こうの顔は、見られることを拒否している顔だった。私は見られたくないのにどうして見るの、と抗議しているような顔をしていた。重い目蓋《まぶた》が半分くらい眼におおいかぶさり、真正面に向いているはずの黒眼が少しわきへ逸《そ》れているように見えた。魔女のおそろしい形相《ぎょうそう》を見て悲鳴をあげることも覚悟したのに、寧ろ相手のほうが怖がっているような顔だ。

——なんてひどいつぶやき。まるでこんなのは顔じゃないみたいに。

自分のなかのなにかが反応した。

(誰が言ったの、今の言葉。)

——自分のことがわからないのかい。

(あなた、私のなかの魔女なのね。)

——自分のひどい顔を魔女の所為《せい》にするのかい。心までひどいおんなだ。

(あなたに心のことを言われたくない。)

——私はおまえだ。私を魔女と言うなら、おまえが魔女なのだ。

(私は魔女じゃない。)

——自分で言っておいて自分で否定する。私はこれだが、これではない。私はこの顔だが、この顔ではない。

（違うものは違う。あなたはまやかしを見せている。）

——おまえが見たいものをおまえが見ているだけだ。

（私はこんな顔を見たくない。）

——見たい顔が見られなかっただけだ。ひどい顔でも、これがおまえじゃないか。

（違う。いつもこんな顔をしていない。）

——そうだ、私はもっと綺麗な顔をしている、だから鏡を見たのに、というところか。

（そういう言い方はしていないわ。）

——だから、こんなのは顔じゃないとおもったわけだ。真実を見せた鏡に失礼だ。

（この顔とは違う、私は。眼がこんなふうに塞《ふさ》がれてはいない。）

——眼はこんなもんなんだよ。塞がれていると言うが、おまえが開けていないだけじゃないか。

（ちゃんと開けてるわ。）

——嘘を言え。さっきからこんな顔見たくないと言ってるくせに。だから、自分で眼を塞いでいるのじゃないか。

（自分で塞いではいない。ちゃんと見てる。）

——ちゃんと見てると言うなら、もっとちゃんと見ろ。もっと眼を開けられるだろう。さあ、ちゃんと眼を開けば、おまえのぱっちりとしたきれいな眼になるだろうよ。さあ、眼を開け。

橘子は鏡を覗《のぞ》き込みながら、おもいきり眼を開けようとした。鏡の向こうの声の抵抗に負けまいとして、眼に力を籠めた。目蓋は一気に上へおし広げられた。

つぎの瞬間、橘子はおもいきり顔を背け、鏡を抛《ほう》りだした。鏡を拒否するように右手で突っ撥《ば》ね、左手で眼の上をおおった。そしてベッドに仆れかかり、突っ伏して、泣いた。

橘子が鏡のなかで見たのは、かの女が期待した眼ではなかった。それは、ぎろりとした目の玉で、それ自体が不敵な生き物に見えた。目蓋の枠から解き放たれて、まさに外へ飛び出そうとしていた。

橘子は自分の顔に驚愕《きょうがく》した。そして、絶望した。

一瞬、自分の顔が自分でない何者かの顔にかわったようにおもった。その顔が鏡から自分の方を見て、あざわらうようだった。魔女の正体が現われたように見えた。

いくら泣いたって、魔女はここにいる。魔女も自分だとわかっているじゃないか。自分のおなじからだのなかにいる。一人の人間のなかに、泣く自分とわらう自分がいる。いくら泣いたって、つまらない。

そうおもうと、なみだがひいてきた。

橘子は起き上がり、泣き腫《は》らした顔を洗いに洗面台の前に立った。顔を洗い、タオルで拭《ぬぐ》う。

正面に自分の姿が映っている。もう鏡なんてとおもうが、今度は鏡のほうから、もう一度御覧なさいよと誘われている感じがした。さっき手鏡で顔だけが大映しになっていたのとは今度は違う。華奢《きゃしゃ》なからだ、細い首に連なって、卵形の頭がある。全体のシルエットは感じよく見えた。

さっきと違って、眼はいつものおおきさで開かれていた。目の玉が飛び出てもいなかった。だけど、かの女はほっとした気持ちにはならなかった。やっぱり眼が腫れぼったくて、ちっともかがやいていなかったのだ。顔全体も黒くくすんでいるように見えた。

「不細工《ぶさいく》」

橘子は鏡の自分に向かってなげつけるように言った。

顔に乗っているのは総て自分の知る眼であり、眉《まゆ》であり、鼻であり、唇《くちびる》であり、頬《ほ》っぺただった。自分のものと違うものはなかった。輪郭も髪の毛のかたちも自分のものだった。

自分のなじみの顔だった。気味わるい他者が乗り込んだ顔ではない。しかし、自分の顔ながら印象がわるかった。さっき自分をあざわらうように見かえしたような眼はもう、なんの力もない弱々しい眼にすぎなかった。唇も閉じていながら締まりがないように見える。顔全体に張りがなかったが、特に眼の下から頬っぺた、口許《くちもと》にかけて褪色《たいしょく》しているようだった。なみだがながれた跡が顔に残ったままになっているのだ。痣《あざ》のようにそのままずっと残りそうだった。

橘子は自分の醜さがわかった。さっきは部分だけ見て否定しようとしたが、そんな問題ではないのがわかった。卑屈さが顔全体をおおっている。弱くいじけた心がそのまま顔に顕《あら》われているのだ。

顔に文句を言ってもはじまらない。自分の心が顔をこんなふうにかえてしまっている。

そして、この顔は自分の弱気の心を映し続け、醜くなる一方だろう。きっとこれから、なみだをながす度《たび》に顔は歪《ゆが》んでゆくだろう。顔の色も褪《あ》せてゆくだろう。内にある毒素がなみだと一緒に膚《はだ》をおかしてゆくのだ。映画のヒロインがながす純粋ななみだは美しいが、自分の場合はまったく逆の作用をするだろう。弱気の虫に苛《さいな》まれて衰弱し腐りかけた心の膿《うみ》が涙腺《るいせん》に溜まって、

橘子はおもわずつぶやいた。

清躬くんはそんな顔じゃない。痣をガーゼでおおっているけれども、そこだけで、ほかはとってもきれいなんだから。

なのに、どうして、傷一杯の清躬くんの顔がうかんでくるの？　えっ、私の傷を清躬くんにもくっつけて巻き添えにしたい？　それを清躬くんに引き請けてもらおうというの？　清躬くんが身代わりになってくれる？　え、でも、そんなことを望んでいるの、私は？

いくら苦しいからって――

ああ、魔女が。私のなかの魔女が、清躬くんにも累をおよぼそうと――

その時、携帯電話がぶるぶる震えだした。ぶうぶううなって、生き物のように騒ぎ、振動する。

橘子は一瞬ひやぁーっと小さく叫んで、跳《と》び退《の》いた。

それがなんの意味もないことはすぐに気づいた。携帯電話が鳴っているのだ。ずっとマナーモードにしてあるから、音は鳴らないけれども。誰からの電話か確かめなくてはならない。それでも心臓が破裂寸前のおもいを持ちながら、携帯電話に伸ばす手が小刻みに震える。

なんとか掴《つか》んで、おりたたまれた携帯電話をおそるおそる開く。

ディスプレイに番号が出ている。番号だけじゃわからない。誰から？

とても出られる状態じゃない、とおもった。早く切れて、とおもった。けれども、小さな機械は手のなかでぶるぶる震えている。

はっと気づいた時、機械がなにか声を出していた。ぶるぶるの震えはおさまっていた。

（いつのまに……）

そして、それを顔の近くに持って行っていた。

言葉ははっきりきこえないが、なにか高い声だ。かわいらしい声みたいにもきこえる。初め、不吉な、怖い、魔物が電話を使って呼びだしをかけたみたいにおもったけれども、それとは違うよう。

――もしもし、もしもし、もしもし、……

耳に当てると、はっきりきこえる。

――もしもし、どうしたの、おねえさん、もしもし、もしもし、……

ナルちゃん。

ききおぼえがある。

――おねえさん、おねえさん。

ナルちゃんが叫んでいる。一所懸命私のことを呼び出そうとしている。

——あ、ああ、
橘子も反応した。反応しないわけにゆかなかった。

小さなおんなの子が呼んでいるのだ。なにも答えないなんてことはできない。

けれども、言葉にならない。

——あ、おねえさん。…えっ、どうしたの？

少女は一瞬びっくりし、続いて心配そうに尋ねた。

——あ、ああ、
なにか答えないと。でも、やっぱり言葉にならない。

——あ、ああ、

——おねえさん、だいじょうぶ？　だいじょうぶじゃないわよね、ごめん。

小さなナルちゃんに心配させてる。御免と言うのは私のほう。

——御免。

橘子は自分の口から漸《ようや》く言葉が出たのを知った。

はっとしたが、それ以上にほっとした。

——あ、おねえさん。

びっくりしたようにナルちゃんが応じる。

——御免ね、ナルちゃん。

——ううん。……どうかしたの？

稍《やや》間をおいてナルちゃんがきく。

——なんでもないの、なんでも…

子供相手にはそうとしか言えない。

——ごめんね、おねえさん。へんなときに電話しちゃったみたい。

ナルちゃんは勘が働くし、気がつかえる子だ。少女にそう言われて、橘子は少し気が楽になった。そして、「慥《たし》かにきょうはぐあいがよくないから、わるいけど明日かけなおしてくれない？」と言おうとおもった。

けれども、そう言う前に、ナルちゃんが続けた。

——でも、だったら、ちょうどいいかもしれない。

あのね、ちょっと待ってね、おねえさん。

少女の言葉の意味は橘子の理解するところではなかった。というのも、今のこの情況は橘子にはちっともいいものではなく、早くどうにかしたいものであって、ちょうどいいとか、待てとかいうのは、橘子のおもいとはまるで関係がなく意味がない言葉だったから。といって、反応が鈍っている橘子は唯相手の次の言動に従うしかなく、結局それは待つに等しいことになったのだけれども。

——ナコちゃん。

その言葉は橘子の眼前に小さな閃光《せんこう》を放った。橘子は眼を大きく見開き、まるでそのひとが眼の前にいるように声を発した。

——キユくん。

声は少し震えを伴った。閃光を浴びた痺《しび》れもあった。また、何年かぶりにその言葉が唇の間を抜けたので、唇のまわりの筋肉が緊張してしまったのだ。

——久しぶり。声がきけてうれしい。

橘子の耳ははっきりとわかい男性の声をとらえた。かれは橘子の眼の前にいた。視覚は関係なかった。キユくんがいる。

——キユくん。

橘子はもう一度相手の名前をくりかえした。今度は嗚咽《おえつ》まじりになった。なみだが溢《あふ》れ、視界を遮《さえぎ》る。しかし、視覚は関係ない。キユくんは自分の前にいる。本当に、いる。

——ナコちゃん。

かれももう一度自分の名前を呼んでくれた。それだけで充分。

特別な時間だった。そして、それはまちがいなく祝福されていた。

おしつぶされそうなくらい低く垂れこめた暗雲の世界が、一言の言葉とともに天空からの光が射しこみ、一気に雲が散り、一面晴れわたった。そして、新しい世界は少女の頃のあの透き通る光に溢《あふ》れ、瑞々《みずみず》しい時間が躍動する旋律を伴ってながれていた。昔と違うのは、それがとめどもなくなみだをかきたてることだ。想い出のなかの時間ではなく、今ここに実在する時間であるがゆえに、制しようがない。

泣かずにいられないのは、ナコちゃんが蘇《よみがえ》ったから。ナコちゃん本人であるにもかかわらず、ずっと消え去るままにしていた。橘子自身でさえわすれていた程だ。だって、そう呼んでくれるひとがずっといなかったから。それが今、唯一その名前を呼んでくれるひとが眼の前に現われ、そうしてナコちゃんとキユくんの昔の時間が蘇った。

最初はかれも橘子ちゃんと呼んでいた。引っ越してきて知り合ったばかりだったら、当然普通の呼び名で話をする。

橘子にとって下の名前で呼ばれるのはなれていた。ほとんどみんな下の名前でしか呼ばなかった。余っ程言い易いのだろう。とりわけかれもおなじ苗字《みょうじ》なのだから、下の名前でしか呼びようがない。

そのように、いつも下の名前で呼ばれるのは小さい時からずっとなれていたし、どのひとからも苗字にさんづけではなく名前で呼んでもらえるのは親しみをおぼえてもらっているようで、橘子自身気に入っていた。

けれども、小学校高学年になり、背が大きくなって目立つようになった橘子は段々とクラスの男子からからかわれるようになった。男子のおおくは橘子を呼び捨てにした。「キッコン」と誰かが呼ぶようになると、男子に忽《たちま》ち広まり、女子でもそう呼ぶ子が増えてきた。更にからかって、「キッコンカンコン」と呼び、そのうち本名と関係なく「カンコン」と勝手に呼び名をつけられもした。通常女子は、親しい子は「橘子」と呼び、普通の子は「橘子ちゃん」と呼ぶが、男子のからかいに同調する女子は「カンコちゃん」とおもしろがって呼ぶこともあった。

結局自分は下の名前で呼ばれるしかないことも、からかわれることに名前を絡められることも、橘子としてはまったくおもしろくない。橘子ちゃんと呼ぶひとでも全然親しくないひとがいて、誰にもかれにも下の名前で呼ばれるし、しかも無闇にちゃんづけされるのってなんなのかな。

そんなことをつい愚痴っぽく清躬に話したことがあった。すると清躬は、「じゃあ、橘子ちゃんはなんて呼ばれたいの？」ときいてくれたが、「わかんないわ。でも、もう橘子には飽きた」などと橘子は無責任に答えた。「新しい呼び名がいいの？」とかれはまじめにきくので、橘子はすぐうなづいて、「うん。ねえ、清躬くん、新しい呼び名をつけて」と迫る。それから、かれは少し考えて、「ねえ、橘子ちゃんの名前の上の字、たちばなと読めるよね？　橘《たちばな》先生の名前と一緒の漢字だし。橘子ちゃんの名前の漢字、たちばな・ことも読めるから、後ろをとって、ナコちゃんでいい？」ときいたのだ。

ナコちゃん——橘子はくりかえしその呼び名を発音し、「うんうん、いい、いい。ナコちゃん——ナコちゃんで呼んで。これからね、そうしてね」とかれにおねがいした。呼び名の響きよりともかく、かれが橘子のために考えてつけてくれた名前だから、そのことだけですっかり気に入ったのだ。

橘子もおかえしに、清躬に新しい呼び名をつけてあげたいとおもった。折角かれがいい呼び名を考えてくれたのに自分のほうはなにもしないというのは申しわけない気がした。といって、かんたんにおもいつけるものでもなく、とりあえず「じゃあ、清躬くんはキヨくんかな」と言ってみたが、呼んでみてあまりに變化《へんか》がなく、全然新しい呼び名になっていない。でも、キヨくん、キヨくんとくりかえしながら、もっといい呼び名をと念じているうち、ふと「キユくん」ときこえたのがなぜか耳にしっくりきた。ちょっとおもしろい響きと感じ、気に入った。「キューくん」というほうが呼びやすいが、「キユ」と普通でない言い方のほうが特別感がある。清躬にもきくと、笑顔で「いいよ」と言ってくれた。

そうして、二人の間でだけ「ナコちゃん」「キユくん」と呼び合う関係ができたのだった。唯、それは六年生の四月後半のことだったので、実質的にその呼び名を通用させたのは三カ月あまりの期間にすぎない。夏休みの終わる頃、ナコちゃんと呼んでくれる清躬は早々に東京に越してしまった。

ナコちゃんという呼び名を知っているのは、あとは和華子《わかこ》さんだけ。和華子さんは、橘子と清躬の二人の仲に入ることができる唯一のひとだったし、清躬との関係は和華子さんがいることによって更に深くなったといってもいいくらいで、清躬との想い出の世界は和華子さんがいる世界でもあった。だから、新しい呼び名ができて有頂天になった橘子は自分からそのことを和華子さんに伝えた。それから和華子さんも二人のことを、ナコちゃん、キユくんと読んでくれるようになった。三人の間だけの秘密の呼び名だ。勿論、男の子でナコちゃんと呼んでくれるのは清躬以外の人ではあり得ない。

だから、この名前が呼ばれた時、昔のキユくんが眼の前に現われてくれたのだ。昔のキユくんの優しさで橘子が一番辛い時に声をかけてくれて、眼の前の闇を払ってくれた。

そして、いま橘子は、これまで清躬とおもって会ってきた人物がこのキユくんとは別の人物だということを悟らないわけにゆかない。幼馴染の清躬はまぎれもなくいまナコちゃんと呼んでくれている、電話の向こうのかれであって、きのう会って長い間お喋《しゃべ》りした相手ではないのだった。かれがナコちゃんと呼ばなかったのも、清躬本人ではないのだから当然だった。

しかし、ナコちゃんと呼ばれていたことさえ橘子自身がわすれている程、長い年月の隔たりがあった。その隔たりのために、清躬に対してよそよそしさができてしまっていた。また、清躬も自分に対してそうだと感じていた。再会の初めで「橘子さん」と他人行儀に呼ばれても、それが自然とおもった。「さん」を「ちゃん」にかえて呼んでくれただけで昔の親密さに近づいたとおもった。話してみて、昔と感じが違うなというおもいを懐《いだ》いても、何年もの歳月がながれ、お互いにおとなになったのだから、そういうものだとおもった。

本当はそうではなかったのだ。何年の歳月が過ぎ去ろうとも、清躬は清躬であり、昔どおりのキユくんなのだった。そうであるならば、橘子もかわるところはないのだ。自分のなかにナコちゃんはずっといた。決してきえていはしない。昔をおもうだけでナコちゃんになる。清躬本人と出会い、かれから昔のようにナコちゃんと呼ばれれば、かの女はまちがいなくナコちゃんであったし、それが昔から今もかわらない橘子の本当の姿であった。清躬も橘子も昔のままだった。昔とかわらないかけがえのない二人の絆《きづな》が復活した。橘子はその喜びに浸り、あまりの感動になみだに打ち震えていた。もう一つの明確になった事実については、今この時にあってはほとんどどうでもよかった。

――キユくんと話ができて、私、うれしい。本当に、ありがとう。

清躬の存在が感じられるだけで充分で、特別に言葉は要らないのだったが、けれども橘子は呼びかけたくてたまらず、一所懸命言葉を綴《つづ》った。

橘子はいま九年前の小学校六年生、ナコちゃんでもある。そのナコちゃんに魔女や毒といったものはまるで関係なかった。自分が壊れるとか、顔がくずれるとか、あり得なかった。キユくんと一緒にいるナコちゃんには理解できない現象だ。総《すべ》て橘子の頭のなかの出来事にすぎない。橘子にきつい顔をして面罵《めんば》した緋之川さんも、かの女を平手打ちした緋之川さんの「きまったひと」も、遠い世界のことになった。橘子に優しい言葉をかけ、親身にアドバイスをくれた、もう一人の、でも実は違う「清躬くん」も、おなじように遠い世界だ。今一緒にいる、本当のキユくんとの近さに対して、それらの世界は明らかに遠い。

慥《たし》かに私は二十歳の社会人一年生のおとなで、新社会人になって過ごしたこの一カ月の間に、泣いたりわらったり、ときめいたりなやんだり、初めて体験することや今までになかった感情を経験することもあったが、それらのことは時のながれに吹きながされてしまうことのようにおもわれた。十年間もずっと蓄《たくわ》えられてきたキユくんとの時間がいま立ち現われてくると、それらは一時《いっとき》落ち葉のように地面をおおっていただけで、吹き払われてしまうと元の地面は昔とかわりなく表に顔を出すのだ。自分を気持ちわるくさせた腐敗臭も、自分から発するものではなく、そういう類の落ち葉が放っていたものであり、それら浅い過去の時間にとりついていたものは大きな時間の川のながれにおしながされ、かんたんに遠い世界に追いやられ去ってゆくものなのだった。時間の川はおおくを水平方向に過去の時間の海へながし去ってゆくが、そういう時間の川にあっても、垂直方向にうねりの運動を持つ時間の層もあって、何年前のことであろうと現在の川面《かわも》にいつでも顔を出すこともまた確かなことだと今感じられるのだった。その、時の大きな動きを感じとった橘子は、なみだの奔流を身内におぼえながら、そのなみだをわきたたせている十年前からのキユくんとの時間の現在感覚とそこに漲《みなぎ》る力をなみだの熱さから感じとるのだった。

軈《やが》てそのなみだもおさまる時がきた。橘子の心のうちにはなみだは泉のように今もわきかえってかれることはないが、長い間意識の奥に隠され溜め込まれたものが一気に噴き出した後は、外に向けて迸《ほとばし》るものもおさまってくる。

――キユくん、大泣きして御免ね。

橘子は恥ずかしさを感じながら言った。

――ナコちゃんがひどく泣いたことって一度だけあったね。

清躬の優しい声がきこえた。優しい、なつかしい、清躬の声だ。

――一度だけ？

――ぼくがおぼえているのは一度だけだけれども。

――そうだったかしら。私、結構泣き虫だったから……

――ううん、泣き虫じゃなかったよ。泣く時はいつも泣く理由があったもの。でも今みたいにひたすらに泣くばかりというのは一度だけとおもう。

橘子は慥《たし》かにそうかもしれないとおもった。

小学校時代はクラスでおんなの子と男の子が対立する場面が時々あり、きゃあきゃあうるさいとか、泣き虫とか、告げ口魔とか、気が強いとか、女子一般の悪口をさんざん言われて、橘子は男子のことを総じて煙たくおもっていたが、清躬はそういう男の子たちとはまるで違った。清躬とは素直になんでも話しあえる。どんな話をきいてもらっても、共感してくれ、こちらの気持ちを楽にさせる。そういう清躬に対して、橘子は自分がおんなの子のわるい面を見せてしまうことはしたくなかった。だから、あまり泣き顔を見せないようにした。物凄《ものすご》く悔しいおもいをしたり、とてもかなしいことがあったりした時でも、清躬の前で泣くことは避けたはずだ。清躬にはなみだを見られたくなかった。そのなみだは心優しい清躬をかなしくさせる。泣くのは自分の事情なのに、清躬をかなしませるのは申しわけなかった。また、清躬といる時はいつもいい気分でいたかった。そして、実際ほとんどそういう気分でいられたから、なおさらのことなみだで暗い世界に清躬を引き込むことをしたくなかった。

それでももともと泣き虫のところがあるので、やはりまったく泣かないというわけにはゆかない。清躬の前でいくら強がって泣くまいとおもっても、どうしようもなくて、それで一旦泣いてしまうと、清躬の優しさに甘えが出て、なかなか泣き止むことができなかったようにおもう。橘子には清躬の前でなみだをながした記憶が結構ある。それらは自分のおもいに反してのものだったから、余計に記憶に残ったのかもしれない。そして、今のようにわけもわからず唯もう泣くだけということはなかったのかもしれない。

――キユくんの言うとおりかも――でも、今みたいに大泣きしたのが一度だけあると言うけど、それっていつ？

大泣きしたことは恥ずかしい。でも、もうはるか昔のことだ。橘子は興味を惹《ひ》きつけられた。二人のなつかしい想い出がまた蘇ることを期待した。

――ぼくが原因をつくってしまったことだから、今も心が痛むけれども――

――え、なによ。

実際申しわけなさそうな清躬の声がしたので、橘子は少しどきっとした。自分のこととしてもっと気軽な気持ちできいたのだから。

――もしかして……

ふと橘子の頭に一つの記憶が想起された。

橘子はきいた。

――私が転んで足に怪我《けが》をして歩けなくなって、それでキユくんにおんぶされて家までおくってもらったこと？

――ああ、あの時はナコちゃんは怪我をして足が痛かったのだもの、泣くのはしかたなかったとおもうよ。

清躬はそのことではないように言った。

――え、違うの？　でも、あの時は足が痛いというより、キユくんの優しさに泣けちゃったのよ。だって、重い私のからだを一所懸命おんぶして、家まで一回もおろさないでおくってくれたんだもの。

――そりゃ、そこはがんばらないと。大變《たいへん》なのはナコちゃんのほうなのだから。

自分に気をつかう優しい言い方は昔の清躬とかわらないと橘子はなつかしくおもった。同時に、自分が転んだ原因に清躬が絡《から》んだイメージを勝手に頭に描いたことを申しわけなく感じた。

——じゃあ、その時でないんだったら、一体いつのこと？

清躬は相かわらずゆっくりしているので、橘子から催促する。

——和華子さんのおうちでよくスケッチをみんなでいろいろしたでしょ？

——うんうん、和華子さん、そうよね、私たちの大事な想い出、素敵だったわよね。

橘子はしみじみ想い出すように言った。おもいうかべるだけで胸が熱くなる。だけど、和華子さんの前で泣いた記憶はないのだが……

——初めは様々な絵本の絵をまねてスケッチしていたけれども、一度ナコちゃんが花を持ってきて、そのお花を描きましょうということになった時——

——ああ、あの時は——

橘子はその後を続けられなかった。わすれもしないことだ。だけど、自分のしたことでどんなに清躬が傷ついたかとおもうと、そこに話を向けるわけにはゆかない。

——ナコちゃんがお花を持ってきてくれた二度目の時のことだけど、ぼく、本当にひどいことに、勿論最初はお花を描いていたんだけど、途中から和華子さんのことをどうしてもスケッチしたくなって……

——あの時は御免ね。本当に、御免ね。

清躬が具体的にその時のことを言ったので、橘子としてはますます申しわけない気持ちになった。

——ナコちゃん、とんでもないよ。

——私が余計なことをしてキユくんに恥ずかしいおもいをさせたんだわ。本当に、申しわけなかったわ。

——ナコちゃん、御免。今またナコちゃんに謝ってもらったら、ぼく、どうしたらいいんだろう。

——キユくんを傷つけたのは私なんだから、謝るのは当然じゃない。あの時私キユくんには——

——あの時も一杯一杯謝ってくれたよ。わるかったのはぼくなのに、ナコちゃんのほうから一杯謝ってくれた。今もまたナコちゃんに謝ってもらったら……

——えっ、私、ちゃんと謝った？

橘子はききなおした。清躬に申しわけないおもいは強烈に残っているが、その時にきちんとかれに謝ったという記憶は定かではなかった。

——和華子さんをスケッチしているのを見つけられて、ぼく、とっても恥ずかしくて、家に逃げかえった時、おいかけてきてくれたナコちゃんの前で戸を閉めてしまって……

あの時のことを想い出すと今でも心が痛む。

——その晩もいつものベランダに出られずにいたら、ナコちゃんのほうからきてくれて、窓を敲《たた》いて、その時のナコちゃん、もうなみだが一杯で……

——えっ、ひょっとして私、キユくんのうちのベランダまで屋根伝いにおしかけたの？

橘子にはまったくおぼえがなかった。そんな大膽《だいたん》なことをしたんだったら、記憶にあっていいはずなのだが。

——ぼくが会えないと言ってしまったので、ナコちゃんにそんなことまでさせちゃったんだ。

橘子の記憶としては、清躬の家の玄関越しにきいた、「きょうはもう御免」という清躬のか細い声が心に残っている。その声をきいて、そっとしておいてあげなくちゃとおもった。そして、家にかえって、その後もそっとしてあげたものだとおもっていた。ところが、実は清躬と会えず話ができないままというのでは気持ちがおさまらず、今度はベランダ伝いに清躬のところまで強硬におしいったのだ。そんなことまでしていながら、ちっともおぼえていない。なんて自分の記憶は不確かなんだろう。

——キユくんの所為《せい》じゃないわ。

橘子は自分の反省を込めて言った。

——ううん、ぼくが本当にいけなかったんだ。

——それで、私、キユくんの部屋で大泣きしたというわけ？

——大泣きと言っては申しわけないけど……

清躬は遠慮して言うが、相当にひどい泣きようだったのにちがいない。清躬が会ってくれなかったので、そこまでかれをおいこんだことの申しわけなさと物凄い不安を感じたのだろう。

——そうか、あの時か。それで私、最後はどうしたんだっけ？

——気がついた時はとてもおそい時間になっていたから、じゃあかえると言って、ベランダからナコちゃんの家のほうに戻って行った。

——ベランダから？

——危ないよと言ったけど、きたんだからかえれる、平気と言って、ちゃんと無事にかえったよ。ぼく見送ったけど、颯爽《さっそう》として格好よかった。

――わあ、凄いお転婆《てんば》。でも私、ほかでも屋根伝いに行ったりきたりしたことあったかしら？

――ないとおもうけど、ぼくの知ってるかぎりでは。

――そうよね。私も記憶にないわ。その時だけ夢中でおそれしらずになってたのかな。きっとキユくんにわるいことしたから、なんとしてでも御免なさいを言って、また元のようになかなおりしたいとおもったのよ。

――おかげでぼく、絶対にナコちゃんに心配や迷惑をかけないようにしなくちゃとおもった。

――キユくんなら大丈夫よ。

――ありがとう。

その時の出来事を自分がおぼえていないのは凄く残念で、なんでわすれてしまったんだろうとおもう。家に入れてくれないからとベランダからおしかけるくらい気も動転してたのだろうし、泣き方もひどかったのだろう。普段の自分とは違う有様だし、清躬に対する恥ずかしさもあって、記憶の外においやりたかったのだろう。

一方、清躬がきのうのことのように鮮明におぼえてくれていることはありがたかった。話をきいてみれば一大事件だし、ベランダから乗り込まれたがわとしてはわすれようもないことかもしれないが、でもこの強烈な出来事の記憶で自分のことをずっとこの先も清躬がわすれずにいてくれるとおもうと、本当にうれしいと感じた。

――あ、それで、和華子さんのスケッチはその後どうしたの？

橘子は興味津津《しんしん》できいた。完成させていると紀理子からきいたが、本人の口から確かめたい。

――和華子さんのスケッチを描きかけのままにはできないし、どうしてもスケッチの続きをさせてもらわなくちゃとおもって、和華子さんにスケッチを完成させたいという気持ちを伝えておねがいしたんだ。和華子さんから承諾を戴いて、絵の続きを描かせてもらった。

――ふうん。キユくんから和華子さんにちゃんと言ったのね？

――うん。

和華子さんに勇気を持ってきちんと言えたんだと橘子は内心手を敲いた。

――キユくんを見なおしたわ。こんなこと言ってはキユくんにわるいけど、和華子さんに対してはからきしの意気地なしのように感じていたから、一人で行動できたなんて、感心感心。なんか偉《えら》そうな言い方して御免ね。

——そんなことないよ。ナコちゃんの感じてたとおりだったとおもう。

意気地なしという言葉でかたづけるのは清躬に対して申しわけないが、あの頃のことをおもうと、和華子さんと一緒にいる時はいつも清躬に対して意気地なしだなあと感じていた。和華子さんに対してだけは、自分のほうが清躬よりもしっかりしていたと自信を持って言える。そのことについてだけ清躬に対して威張《いば》れる。普段からおとなしい清躬だが、和華子さんの前では借りてきた猫みたいになにもできなくなるから、橘子がいろいろ気をつかって助けてやる場面も幾つかあった。そのことを持ち出せば、清躬は橘子に頭が上がらないはずだ。尤も、和華子さんのことを知っている友達はいないから、ひとに言える話ではないのだけれど。

——で、続きっていつ描いたの?

——あの後何度か和華子さんのところにかよって。

——かよってって、え、私に内緒《ないしょ》で?

清躬が和華子さんのところに行くのはいつも自分と一緒だったはずだ。そうおもっていたのに、あの出来事の後は清躬一人で和華子さんのうちにかようようになったというわけか。尤も、そうでもしないと、いつ和華子さんの絵を描けるのかという問題が残るけれども。

——御免。実は、ナコちゃんが友達と約束があるかで出かけている時とか。

——えー、嘘《うそ》。なによ、それ。

清躬の答えによると、橘子のいない時をねらって和華子さんを訪れていたことになる。橘子は開いた口が塞《ふさ》がらなかった。

——御免。ナコちゃんには恥ずかしくて内緒にしてた。

小さな声でいかにも申しわけなさそうに清躬が答えた。当時の清躬のことを考えたら、自分に遠慮してそういうことをするのも止むを得ない気がした。まして、今になって責めてもしかたがない。

——御免て言わなくてもいいわよ、もう昔のことだし。あー、でも、ショックだなあ。キユくんに内緒事があったなんて。

——本当に御免ね。

——だから、御免て言わなくていいんだってば。キユくんほど素敵なひとはいないんだから。

人の好い清躬に「御免」とくりかえし言わせるほど、橘子も心苦しくなってくる。折角お話しできている喜びを晴れやかに感じていたいのに、そういう言葉で影をつけてゆきたくない。電話越しなので、なおさら言葉が重く響く。そうはおもいながらも、やはり気になることは問い糺《ただ》さざるを得ない。

——でも、キユくんさ、私が用事がある時はキユくん一人で和華子さんのところに行けばと言った時、自分一人だと失神するかもしれないとか言ってなかった？

橘子は確認したかった。その言葉からすると、清躬が一人で和華子さんのもとにかよえるなんて想像しにくい。

——うん、初めは本当にそうおもってた。だって、ぼくには此《こ》の世と違う世界のひとのようだったから。でも……

——でも？

——でも、どうしたって和華子さんの絵を描きかけのままにしてはおけなかった。それに、和華子さんを描くという目的に専念するなら、ナコちゃんがいてくれなくてもがんばれるとおもったんだ。

——和華子さんの絵の続きを描きたいという気持ちはよくわかるわ。私だってキユくんがそうやって絵を完成させたのをとても喜んでいるし、その絵を是非見たいとおもう。それから、キユくん一人で和華子さんにおねがいしに行った勇気も称《たた》えたいくらいだし、絵を描くために和華子さんのもとにかようのだって、よくがんばったなあとおもう。でも、なにも私に内緒にしないでも。そうじゃない？　私だけ蚊帳《かや》の外にされている気分がしてしまう。あ、また御免て言わないでね。責めてはいないのよ。普通に理由を教えてくれればいいんだから。

橘子はちょっと悔しい気がして言い立てたいことが一杯あったが、清躬を困らせることは本意ではないのだ。

——ナコちゃんには言いにくかったんだ。あの時一人で逃げかえって、ナコちゃんがおいかけてきてくれたのに、扉を閉め切っておいかえしてしまったことがどれだけナコちゃんにかなしいおもいをさせたか。それなのにナコちゃんはベランダを伝ってぼくの部屋にやってきてくれて、一杯一杯謝ってくれた。ナコちゃんにそんなことまでさせて、ぼくのほうこそ申しわけなさで一杯で、ずっと気が咎《とが》めていたんだ。それなのに、ぼくはどうしても和華子さんのスケッチを続けたくてしようがなくなっている。そして、ナコちゃんに相談なく和華子さんにおねがいしに行ってしまった。また自分勝手にそんなことをしている。もうそこでナコちゃんを後まわしにしてしまっている。あんなにかなしいおもいをさせたから、もうナコちゃんにはわるいことをしてはいけないとおもっていたのに、またおんなじようなことをしてしまっている。そうおもうと後ろめたくなって、なおさら話ができなくなったんだ。

　十年近い昔のあの時の体験を今のことのように物語り、心から橘子への申しわけなさに自分を責めている清躬の言葉に胸を締めつけられる。ちょっと清躬をとっちめてやるのもおもしろいとおもっていた自分の浅はかさが恥ずかしくなる。今もかわらない、いや、ひょっとすると昔より更に生真面目《きまじめ》で真心《まごころ》の篤《あつ》い清躬に、自分も真摯《しんし》に向き合わないといけない。

　――もうようくわかったわ。キユくんが私のこと一杯考えてくれていたのがわかって、うれしい。私こそ言い過ぎだった。なんでも私に話してというのは、私のわがままなんだから、キユくんは心配しないでいい。本当よ。私ももうこれ以上きかない。

　橘子は少しでも清躬をおもいやりたい気持ちで言った。

　――和華子さんの絵が完成したのは素晴らしいことだし、第一、キユくんが和華子さんと一杯の時間を過ごせたというのは本当によかったとおもってるのよ。

　自分にも言いきかせるようにそう言う。

　――ところで、今頃きいておかしいけど、キユくんて絵が上手《じょうず》だったけど、もともと絵が好きだったの？

　――もともとはね、ぼく、模写するのが好きだったんだ。

　――模写？

　――地図帳を見て地図を自分で描いてみたり、図鑑を見て、そこに載っている写真やイラストを写してみたり。小さい時から何度もくりかえしていたので、それなりに様になったものが描けるようになった。

　――へえ、そういう才能がもとからあったのね。初耳だわ。

　――才能なんておおげさなもんじゃないよ。

　――いえいえ、りっぱなものです。キユくんのスケッチ見て、本当に上手だなあといつも感心してたのよ。和華子さんも絵が好きで、本当によかったわね。

　――素敵な絵本を一杯持っておられたものね。

　――そう、いい絵本が一杯あったわ。絵本も写すことをやったけど、今の話をきくと、キユくんにはお手の物だったのね。

あの頃のなつかしい記憶が眼前に蘇ってくるようだ。中心には、この上なく美しい和華子さんがいる。

――実は、ぼくから和華子さんにおねがいしたんだ、気に入った絵本があったから、持ち帰って、その絵を写させてもらっていいですかって。そしたら、持ち帰るのは勿論OKしてもらったけど、みんな一緒の時もそれをやってみましょうよと御提案されて、そこからスケッチが始まったんだ。

――キユくんたらまた内緒事。なに、私に黙ってこそこそやってるのよ。

突っ込んでしまってから、また清躬が生真面目に自責の念にとらわれてしまわないか心配になった。言ってからではおそい。

――いや、御免。個人的なおねがいだったし、たまたまナコちゃんが席をはずしている時、ちょっときいてみたんだ。

清躬の受け答えが重いものでなかったので、橘子は少しほっとした。清躬に重たくのしかかっているのは、橘子が大泣きした体験――当の本人はわすれている――なのだ。そこからずれていると、清躬も或る程度楽に話ができそうだ。


――別にいいわよ、それくらい。キユくんお喋《しゃべ》りなひとじゃないから、わざわざ言わなかっただけだってわかってる。でも、和華子さんの家でのスケッチ、キユくんが裏でしかけていたなんて、おどろき。キユくんも意外とやるじゃない。

――絵については、ぼく、積極的になれるんだ。前の小学校の時に、いい先生がいて。

また新しい情報だと、橘子は耳を欹《そばだ》てた。

――前の小学校？

――ナコちゃんの家の隣に引っ越してくる前にいた東京の小学校。

――いい先生って？

そっちのほうが気になる。

――わかいおんなの先生で…

――待って。

橘子は言葉を遮《さえぎ》った。

――もしかして、その先生、キユくんの初戀《はつこい》のひとだったりして。

――初戀？　先生に憬れてたけれど、戀って意識はないよ。

――憬れてたなら、りっぱな初戀だわ。えー、嘘。ちょっと待ってよ。

冗談できいたつもりだったので、否定の答えがくるものとばかりおもっていたが、図星を当てていたとは。橘子は、贋の清躬も初戀は前の小学校の先生だったと言っていたのをおもいだした。あれは、本当のことを言っていたんだ。清躬の過去をそこまで調査しているとは、そらおそろしくなる。でも、今は清躬の初戀話が気になる。

——言ってないことばかりでわるかった？

——あ、キユくんは気にしなくていい。そんな意味で大声あげたんじゃないから。で、折角だから、もうちょっと、初戀の先生の話をきかせて。その先生は和華子さんに似てた？

——和華子さんとくらべられるひとはどこにもいないよ。

憘《たし》かにそうだ。だが、紅麗緒とかいうおんなの子はどうなんだろうともおもってしまう。尤も、その話は後でもできる。

——あ、だけどね、その先生の名前がね、和歌木《わかき》先生といって…

——わかき先生？

橘子はおもわず声を張り上げた。

——勿論、苗字《みょうじ》だけど。

——なによ、それ、ってまた言いたくなったわ。なんて不思議なことなんだろう。キユくんの戀い憬れるおんなのひとが、わかき先生にわかこさんなんて、運命的としか言いようがない。清躬と話し出してから纔《わず》かな時間しか経っていないのに、何度おどろかされているだろう。

なおさらのこと興味をおぼえて、橘子は尋ねた。

——でも、その和歌木先生と和華子さんて、重なるところも結構あるんじゃない？

——うーん、どうかな。和歌木先生はぼくたちのクラスの先生で、もうずっと上の感じだし、和華子さんは特別で、近くにいてもずっと遠い存在。ちょっと違う感じ。

——まあ、いいわ。で、その先生はどういうところがよかったの？

——一杯あるけど、例えば、教科書とは別にいろんなお話を読んでくださったり、ポケットに入るような歌唱集を配られて、音楽の時間にみんなでそれを歌ったり。学生時代に外国に旅行された時や海外ボランティアに参加された時のことをスライドショーでお話しくださったり。先生は歌も運動も得意で、わかかったから、運動会でも活躍されていた。そういう意味では和華子さんと違って活潑《かっぱつ》で声もおおきかったけれども、とても優しく温かくて、一人一人お話もよくきいてくださったから、みんな好きだった。

和歌木先生は誰でも好きになるようないい先生なのが、清躬の話しぶりからもわかる。

――本当に素敵な先生ね。絵もその先生のおかげで好きになったとか？

――絵はさっきも言ったようにもともと好きだったんだ。でも、どっちかというと、そっくり写し取ったり、なぞって描いたりするようなことが好きで、創作性があったわけじゃない。そういうぼくだったから、音楽の時間の時にね、音楽教室にかざってあった有名な作曲家の肖像写真をスケッチしてみようとおもったんだ。そうしてノートに描いているのを先生に見つかった。

――まあ、キユくんたら、人の目を盗んで絵を描くくせは昔からなのね？

キユくんておもしろいなあ。

――こそこそ描いていたつもりはないんだけど。先生が好きだったし、まじめに授業を受けていたんだけど、なにかわすれたけど、ちょっと手隙《てすき》の時間ができた時に描いたんだ。ぼくは一番後ろの席で、クラスメイトには見つからなかったので、時間が来るまでずっと描いてたんだけど、一日の授業が終わった時に、先生に呼び止められて。

――で？

なりゆきに興味が高まる。

――なんだろうとおもっていたら、音楽の授業の時にノートになにか描いてたわよね？と言われて。あ、先生におこられるとおもって、物凄くどきどきした。

――でも、キユくんが慕《した》う先生だから、とっても優しい先生なんじゃないの？

――とっても優しいよ。でも、先生は普段から結構おおきな声を出される時があって、もしその声でおこられたらと想像すると、ちょっと怖い。とても優しい先生がおこられる時って、本当に不安になる。

――そうね。そう言われればわかる。

そのどきどき感は電話越しの橘子にも伝わって、自身の動悸《どうき》も感じてくる。

――で、どうだったの？

――先生がノートを見せてと言われるから、おそるおそるカバンから音楽のノートを出して見せたんだ。そしたら、描いてたの、ショパンだったの、と言われて。

――ショパンなんだ。

橘子はショパンの肖像をおもいうかべた。強烈な個性、確固たる意志を感じさせる有名作曲家たちのなかで、わかさの所為《せい》もあるのだろうけど、少し線の細さを感じる。如何《いか》にも清躬が選びそうな肖像だ。

――そしたら、先生は、檍原くんが人の絵もこんなに上手に描けるとは知らなかったわ、ほかの作曲家の絵も描いてみる？と言われたんだ。てっきりお目玉を食らうとおもっていたから、ぼく自身びっくりした。

――キユくんの才能を見つけてくださったのね。

――それで、週に一度だけね、放課後に音楽教室で、先生も付き添ってくれて、作曲家のスケッチをすることになったんだ。ちゃんとしたスケッチブックも持たせてもらって。全部鉛筆描きだけどね。

――いいお話ね、それ。

橘子はにこっとして言った。

――先生はとっても優しくて、天井近くにかかっている作曲家の肖像写真を自分から脚立《きゃたつ》に上って取ってくださって、ちゃんと埃《ほこり》を拭《ふ》き取って、ぼくが描きやすいように机の上に立てかけてくださるんだ。それから、ちょっと息抜きといって、ピアノを弾《ひ》いてくださったりもして。

――どんどんもっといい話になってくるじゃない。映像が眼にうかんでくる。私が出会った時より少しだけ幼い清躬とわかくてきれいなおんなの先生。

――でも、白状すると、そのうちぼく、先生の顔を描いてみたくなったんだ。

――あ、なに、前科があったの？

橘子は高い声をあげた。人間てくせはなおらないんだ。

――そりゃ、そういう気持ちが起こるのはしようがないのだろうけど、そうか、和華子さんの時が初めてじゃなかったんだね。で、その和歌木先生の時も黙ってスケッチしてたの？

――初めはね。精密じゃないけど、髪形と輪郭をさらっと描いて、あとは家にかえってから、先生の顔をおもいだしながら目と鼻と口を入れて。そういうのだから、あんまりきちんとした絵じゃないんだけどね。

――それは見つからなかったの？

橘子は、見つかった時の清躬の反応を想像した。和華子さんの時が二度目であってもあんな狼狽《ろうばい》ぶりだったのだから、初めての時はどれほど大變だったのかと、ちょっと心配した。

――実はそれを始めて二か月後くらいにおとうさん

の海外赴任がきまって、実際の引っ越しは四か月後になるんだけど、結局途中で打ち切りになったので、ぼくのほうから先生に持って行ったんだ。

——なあんだ。

ハプニングでの清躬の反応を期待していた橘子は不用意にそう言葉を洩《も》らしてしまったのに気づいて、「あ、御免」と謝った。そのまま間をおくのは嫌だったので、続けざまに言った。

——で、先生はどういう反応だったのかしら、キユくんが自分の絵を描いてたのを知って。

——おもしろがってくださった。

——へえ、でも、よかったわね、おこられなくて。拍子《ひょうし》抜けにも感じるが、重たいものになっても辛いので、まあよかったとおもう。

——今言ったようなラフな描き方だから、脚立の上に乗っている先生とか、教室にお花をかざっている先生とか、自転車に乗っている先生とか、そういったシーンの先生も家でアレンジして描いてたんだ。もう漫画に近いものだけど。

——何枚も描いてたんだ。

——一つ描くといろいろ描きたくなって。でも、それらは作曲家の肖像を描く合間《あいま》にちょこちょこっと描いて、あとは家で想像も入れて描いたものだから、きちんとした絵とは言えないんだ。それで、もう転校して先生とわかれないといけなくなるから、最後にちゃんとした先生の絵を描きたいんですっておねがいした。

戀い慕う和歌木先生とおわかれだから、清躬も勇気を振り絞ったにちがいないと橘子は想像した。

——和歌木先生には積極的に話してるんだね。で、先生は？

——喜んで受けてくださった。

——よかったわね。

橘子は心底《しんそこ》喜んで言った。

——それでちゃんと描けたの？

——学校では描けないので、一度は先生のおうちにお邪魔して描かせてもらったんだけど、

——先生のおうちに行ったの？

途中で遮って橘子がわりこんだ。小学生で先生の自宅に一人で行くなんて、結構ハードルが高いのに、と橘子は感心した。普段はない行動力を発揮するキユくんもなかなかだけど、自宅に呼ぶ先生もオープンだ。キユくんは余程その先生に信頼され、気に入られていたのだろう。

——うん。先生のマンションは、ぼくのうちからも

そう遠くなかったので、日曜日に朝からお邪魔させてもらった。

清躬が答えた。日曜日だったら、おとうさんも家におられるだろうに、一人で先生のところに行くことをかんたんに許してもらえたのだろうかとおもったが、おとうさんの話をするのは清躬にとっても重たいかもしれないとおもい、そのことについてはきかないでおくことにした。かわりに、

――その先生は御家族は？

――一人で住まわれてた。

独身のわかいおんなの先生か。

――で、ちゃんと描けたの？

橘子はおなじ質問をまたくりかえした。

――うん、それが、おうちだとお茶を淹《い》れてくださったり、おやつの時間があったり、また荷物が届いたりとかいろいろあって、中断することもおおかったので、トータルでもあんまり時間がなかった。だから、きちんとした絵は描けなかったんだ。

――あら、まあ。

――この調子だと時間が足りないとわかって、先生が御自身の写真をパソコンで見せてくださって、そこから特にいいなとおもう先生の写真を何枚か印刷していただいてた。それを持って帰って、続きを家で描いたんだ。

――へえ、先生の写真アルバムみたいなものも見せてもらうなんて、なかなかね。学生の時とか、先生がもっとわかい時の写真もあったんでしょうね？

写真を見て、先生の想い出話も一杯きいたにちがいない。なんか、スケッチしている時間より、二人で楽しんでいる時間のほうが長そう。清躬にすれば絵をちゃんと描き上げたいはずだから、先生のほうがわざと中断して、清躬といる時間を楽しんでいたのではないかという気がする。

――そうだね、先生が大学生の時の写真がおおかったね。

――じゃあ、普段見ない先生のショットもいろいろあったんでしょうね？

――先生は大学時代から活動的で、海外も含めていろんな場所で様々な人たちと写真を撮られていた。服装もいろいろだしね。そういう写真を見せてもらって、お話をきかせてもらうのはとても楽しかった。

――本当、楽しそうだなあ。

自分も短大の時の写真は楽しい想い出の写真ばかりだ。東京におられる先生だったら、四年間だし、もっ

と一杯写真があったんだろうなと橘子はおもった。

——で、その時戴いた先生の写真、今も持ってるの？

——大切な想い出だから、こっちに持ってきている。

——どんな先生だったか、私も見てみたいわ。

キユくんの初戀かもしれないひとだから。まさか紀理子さんに似ていたり、と想像が働いたが、また妄想しているとおもい、その考えは頭から追い出した。

——絵のほうは？

——あ、絵はちゃんとしたのは先生におわたしした。ちゃんとしたといっても、技術は全然未熟で、決していいものではなかったけど、あの時のぼくとしては精一杯描いた。

——今も持っている、先生の絵はあるの？

橘子は続けざまにきいた。

——その時の絵はもうないけど、中学校や高校の時にも描いたのがある。先生の写真は持ってたから。

——あ、絵は続けてたのね。

先生がきっかけで、和華子さんのスケッチも完成させて、清躬には絵を描くことがとても大事なことになって、ずっと続けたんだ。そして、今それを仕事に。

——キユくんが描いた先生の絵も見てみたいな。

——いいよ。

——ああ、楽しみが増えてくわ。

橘子は心からうれしくおもった。

和歌木先生との交流もとてもいいお話だなあと橘子はおもった。繊細で、優しくて、美しいものに惹《ひ》かれて心を奪われる、清躬の特長は今も子供の頃とかわらないけれど、自分が出会う前もそうだったんだと知り、更に清躬のことが理解できたようにおもい、うれしくなった。橘子は実際にかれ——本物の清躬と会って、直接話をしたい衝動が高まった。それに、清躬の作品も見たい。和華子さんのスケッチも完成したのがあるというし。また、和歌木先生の写真もあるだろうから、それも見せてもらいたい。

——キユくんさあ、和華子さんを描いた絵、今も持ってるの？

橘子は清躬に問いかけた。

——うん、大事にしてる。

——今度会ったら、見せてくれる？

——うん、いいよ。

清躬から承諾をもらって、橘子の心は勇み立つ。

——じゃあ、あの、明後日《あさって》にさ、二十九日の日に、キユくんと会って話がしたいとおもうんだけど、いいかなあ？

橘子は会いたい気持ちで一杯だった。すぐに約束をとりつけたかった。

——ありがとう。二十九日はナルちゃんからもきいてるよ。

——あ、そうだったわね。

ナルちゃんと話した時は贋者ときめつけて話をしていた。ナルちゃんの言うことが本当だったのに、ひどいことをしちゃった。

——ナコちゃんと会えるんだね。本当になんて素晴らしいんだろう。

清躬は素直に喜びをあらわした。

——私もだわ。本当の清躬くんに会えるのよね。

そうおもうと、橘子はまたなみだが溢れてきた。

——御免ね、また泣けてきちゃった。

そう言うと、更に泣けてくる。橘子が泣き止むまで待ってくれているように清躬も無言で、時間が少し経った。

——本当に、御免なさい。もう、もう大丈夫だから。

橘子は昔からかわらない清躬の優しさに心のうちで感謝しながら、言葉を続けた。

——二十九日は、どこで何時に待ち合わせしようか？

——場所はナルちゃんの家《うち》がいいんだけど。時間のほうはナコちゃんの都合のいい時間でいいよ。

——ナルちゃんの家？

橘子はちょっとおどろいた。

——え、今もナルちゃんちよね？

——うん。暫くナルちゃんの御家庭にお世話になることになったんだ。

清躬の告白は、橘子にはピンとこなかった。お世話になるって、どういうことだろう。

——あの、びっくりしないできいてほしいんだけど……

——なに？　そう言われると身構えちゃう。

身構えてもびっくりしてしまうことではないのか。

橘子は不安になった。

——実はぼく、眼が見えなくなったんだ。

——え、なに？

耳に入った言葉と現実味が合わない。

——眼が見えなくなって、ナルちゃんとこにお世話になることにしたんだ。

——見えなく？　え、わからないわ。どういうこと？

橘子には意味がわからなかった。いや、勿論、意味はわかるのだが、にわかに現実の認識として受け容《い》れることができなかった。

——視力がなくなったみたいなんだ。

——視力がって、本当に眼が見えなくなったの？

——うん。

——うんて、え、なに言ってるのよ、キユくん。

橘子は困ったように叫んだ。

——おどろかせて御免。

——御免て、御免どころじゃないわ。大變じゃない。もうなに言ってるのよ。え、なにがあったの？

橘子は矢継ぎ早に言った。御免で済む話ではない。今の、現実の、からだにかかわる問題なのだ。いいかげんに済ませられない。

——なにもないよ。一週間くらい前かな。でも、予測できていたことなので、大丈夫なんだ。

——予測できてたって？　なにか失明につながるような病気があったの？

——病気はないよ。

——あ、でも、顔に薬品をかけられたんでしょ？　それが眼にもわるかったんじゃないの？

——そっちの問題じゃないよ。本当に、それとは関係ない。

——そんなことどうしてわかるの。それよりお医者さんには行ったの？

橘子は親が子供を咎めるような調子で言った。こんな問題が起きているのに、なに子供時代のことをのんびり喋っていたのだろう。ナルちゃんだって、真っ先に清躬の病気のことを教えてくれるべきではなかったか。橘子は悔しくてしょうがなかった。

——ナコちゃん、おどろかせて本当にわるかったよ。でも、話をきいて。

——おどろかせるって、そういう問題じゃないでしょ。あなた自身のからだの問題よ、キユくん。

——だから、きいて。おねがいだから。

「おねがいだから」——清躬からそう言われては、橘子も黙らざるを得なかった。

——いい？　これはぼくの眼の寿命なんだ。ぼくはそう感じてる。

——眼の寿命？

きいたことがない。

——ぼくの眼はね、本当に美しいものにひとよりもずっと長い時間触れてきた。だから、ぼくの眼はね、もうこれ以上光を取り込むことができなくなったんだ。

――美しいものに長い時間触れたからって。

――ナコちゃんならわかるだろう、和華子さんの美しさ。ナコちゃんだって、和華子さんの顔をずっとは見続けられないと言ってただろ？

――それはそうだけど。

――ぼくはそれでも和華子さんの美しさを心に焼きつけようと、和華子さんを一所懸命スケッチした。実は和華子さんだけじゃないんだ。ナルちゃんから話をきいているようだけど、今も美しさにかぎりがない少女と出会い、その絵を描いた。

――だからって。

清躬の張りつめた言葉の力に気圧《けお》されて、橘子はいいかえす言葉を失った。

――さっきぼくは予測できていたと言ったけど、夢《ゆめ》でね、何度も眼が見えなくなる経験をしてた。そして、今言ったことが理由であると、夢で何度も納得させられていた。だから、現実に眼が見えなくなっても、なにも動じることがなかった。

清躬の説明は理解できるものではないが、しかしなにか奥深いものがあり、それは橘子がこれまで経験したものではないのはわかった。橘子が考えること、言えることは表層の言葉であり、それをいくら言っても、奥深いものには届かない。なにか言いたくても、言える言葉を持たなかった。

――ナコちゃんにわかってほしいのは、眼の寿命は尽きてしまったんだけど、眼が経験してきたものはぼくの心のなかで生きているということだよ。眼が見えなくなったといったって、いま眼の前にあるものを見ることができないだけで、これまで眼にしてきて心を震わせた美しいものを、ぼくはいつも心に持っていて、映像に再現できる。眼を瞑《つむ》っていても、印象が強かったものの映像を瞼《まぶた》の裏にうかびあがらせるって、普通の人でも経験することがあるようにおもうけれども、今のぼくはそれがいつでもできて、もっと鮮明なんだ。勿論、過去に眼で見てきたものしか映ってこないけれども、特に美と結びついたような印象の強い記憶は保存されていて、ちゃんと映像としてぼくの心のなかに映るんだ。だから、ナルちゃんや、ナルちゃんのおねえさんたちやおかあさんは、眼が見えなくなる前も普段から接していたから、その声をきけば、どういう表情の顔をしているかも心のなかでは見えている。なれた部屋なら、部屋の様子だっておおよそは映像として再現できる。

橘子は唯きいているしかなかった。常識では考えられないことでも、少しでも清躬に寄り添い、理解に努めるしかなかった。

——失明ということの尋常でない大變さをナコちゃんが気づかってくれるのはわかる。ぼくはまだ鷹揚《おうよう》に構えているところがあるけれども、実際これから生活していくにあたって様々な困難があり、まわりの人に一杯迷惑をかけるにちがいない。だけど、ぼくはまだ救われているんだ。一杯美しいものに触れさせていただいたおかげで、その経験が心のなかで今も生きてくれているんだ。

橘子はまだなにも言えなかった。こんな大變なことに見舞われているのに、清躬はどうしてこんなにおちついていて平和そうなのかしら。一体どんな顔、どんな表情をして、こういうことを言っているのだろう。電話じゃ、清躬の顔はうかがえない。この点については、私のほうこそ視覚が働いていない。逆に、清躬には私は——

——き、キユくん、

橘子は漸く言葉を発した。

——キユくんには、私の顔は？

——ナコちゃんの顔は見えてるよ。今はぼくを心配して眉を顰《しか》めている。困惑しているから口も少し開いている。和歌木先生のお話の時は、ナコちゃんの素敵な笑顔が見えていたけど。

本当に私の顔が見えてそう言っているのかしら。見えているとしても、頭のなかで映像をおもいうかべているだけだろうけど、どこまでそれが眼の前にあるように見えるんだろう。唯、私は実際にもかれの眼の前にいるのではなく、電話の音声で登場しているだけだから、かれがもし普通に眼が見えていたとしても、私の顔が見えるわけではない。といって、私自身にだって、今の私の顔は見えない。口が開いていることはわかるけれども、眉を顰めているのは自分では確かめられない。でも、私の気持ちは伝わっている。いや、その前に、かれの記憶にあるのは十二歳、いや、誕生日はまだ迎えていなかったから、十一歳の私だ。高校一年生の時もちょっと顔を合わせたけれども、ほとんどは十歳、十一歳の私で、ともかく二十歳《はたち》を超えた私の顔はかなり變化している。今の私の顔を知らない清躬には、子供の頃の私の顔で再現されているのだろうか。だとしたら——

——それは小学生の私の顔？

——子供の時の話をしている時は小学生のナコちゃんの顔。そうでない時はおとなのナコちゃん。

——おとなの私？

おとなの私の顔って、キユくんは私の写真を見ているのだろうか。ブログやフェイスブックをしていないから、私の情報はどこにも出てこないはずだ。それとも、誰かのフェイスブックに集合写真で私の名前が出ていることがあるのだろうか。そういうものも、檍原橘子の名前で検索をかけたら、引っかかるのだろうか。でも、そういうものがキユくんの眼にとまるともおもえない。可能性は零《ゼロ》とは言えないけれども。あ、紀理子さんが家に来た時、帰りぎわに私の写真を撮っていったわ。あの写真を早速キユくんにおくっていることは考えられる。もしそうなら、キユくんがそういう話をしてくれてもいいのにとおもう。ああ、でも、それも紀理子さん関係になるから、ちょっと微妙だな。

——おとなってナコちゃんに言うのは正直はっとするんだけど、でも、ぼくには見えてるよ、ぼくとおない歳のナコちゃん。

——なにもはっとしなくても、私だってもう二十歳を迎え、成人式も終わったし、まあなかみは別にして、おとなの仲間入りはしてる。といっても、キユくん程、一人前じゃないけれどもね。

——ナコちゃんは自分のこと、いつも控えめに言うね。

——自分でそうおもっているから正直に言うだけ。でも、人からわるい癖のように言われることがある。あ、そういう話はともかく、キユくんは私の今の顔、写真かなにかで見たことあるの？

やっぱり紀理子さんから見せてもらったのではないかと気になって、尋ねた。

——ううん。ナコちゃん、ニュースとかで取り上げられたことがあるの？

——えー、まさか。とんでもないわ。

——でも、写真て。あっ、フェイスブック？

——違うわ。私、フェイスブックもブログもしてない。インスタグラムも。

——だったら、どうして写真て？

——あ、でも、誰かと一緒に写っていて、というのが眼にとまることもあったのかな、とおもって。私自身そういうのが実際にあるのか知らないんだけど、でも、今、一杯個人でそういうのを立ち上げて写真も貼りつけてるから。でも、キユくんは私の写真を見たわけじゃないというのね？

橘子は、紀理子のことが念頭にあって写真のことを持ち出したのだが、そのことを清躬に言うわけにゆかなくて、うまく切り抜けようと言葉を繋《つな》いだが、「でも」という言葉のくりかえしになって、清躬の前で言い繕うような自分がちょっと残念におもわれた。

――うん。そう言えば、ぼく、ナコちゃんの写真は和華子さんと一緒に撮ったあの写真しか知らないよ。せめて小学校の卒業の時まで一緒だったら、卒業アルバムでナコちゃんの写真を見られたんだけどね。

――そうなのね。

和華子さんと一緒に写った写真。和華子さんが私たち二人を撮ってくれた写真。それだけか。その写真だけで、ほかの写真が何万枚あろうとそれら総てに勝るものだけれども。振りかえって考えてみれば……

――私だってそうかもしれない。

そう言ったところで、自分は紀理子のスマホで清躬の写真を見せてもらったのをおもいだした。清躬と紀理子と杵島さんのスリーショット。そのことを打ち明けられない自分が少し後ろ暗かった。だけど、どうして紀理子さんは清躬単独の写真、或いは清躬とのツーショットを見せてくれなかったんだろう。

――あ、あの、こだわるようで申しわけないけど、キユくんに見えているのがおとなの私の顔と言ったけど、私の今の顔、写真でも見てないのに、一体どんな顔に見えているのかしら。

橘子はとりあえず話を巻き戻した。

――どういう説明をしようかな。ぼくのなかでナコちゃんはいつもおない歳で、だから今は二十歳のナコちゃんの顔が見えるんだ。いつも一緒にいた小学生の頃からもう八年以上経っているけれども、ナコちゃんはあの時からずっとぼくの心のなかにいて、一緒に日々をおくり、歳を重ねているんだ。一日一日、きょうまでずっとつながっているから、ナコちゃんの今の顔だって、ぼくには自然なんだ。高校生の時に一度会ったでしょ？　あの時のナコちゃんを見て、ぼくの心のなかにいたぼくとおない歳の高校一年生のナコちゃんとちっともかわらなかった。実際に長い間顔を合わせていなくても、一緒に生きてるなとおもった。だから、今も、声だけきいて顔は見えていないけれども、ナコちゃんの顔はぼくには見えているよ。

――凄いな、キユくん。きっとキユくんに見えている私の顔は、本当に今の私の顔にちがいないんだわ。キユくんの言うこと、今は信じられる。ああ、でも、私はキユくんの顔は見ないとわからない。大体見当はつけられるとおもうけれども、キユくんの言うように、見えていると言えるレベルじゃない。

清躬の言葉は丁寧で誠実さが籠もっていた。真実を話していることに少しも疑いを入れない。話をきけばきく程、そうおもう。だから、清躬の話で、かれのなかにいつも自分がいるというのをきいて、橘子はうれしくてならなかった。

——ああ、キユくんは今の私の顔も見てくれているんだ。ああ、私もキユくんの今の顔を見たいわ。

——今度会おうね。

——ええ。ああ、私、キユくんに会えるんだわ。

橘子は感動に声を震わせた。

清躬には本当に私の顔が見えているのだ。かれのなかで私はずっと生きていて、おない歳の存在でいるんだ。おぼえているとかそういうレベルじゃない。記憶なら、会わない時間がながくなる程、薄れてゆくし、再現するにしたって、昔のイメージを持ち出してくるしかない。しかし、清躬の場合は違う。いつでもかれのなかで私はずっと共にいたのだ。だから、眼が見えなくなっても、私の姿は見えている。電話でもおなじだ。私のことをそのように感じてもらって、ありがたくてならない。どんなに大切な友達でも、こんなに感じてくれるひとはいない。私なんか全然つりあっていないけれども。

橘子は携帯電話が清躬の分身であるかのようにぎゅっと両手でにぎった。そして、眼を閉じ、なみだが溢れおちるに任せた。

橘子はもう心配よりも喜びを心から感じていた。やっぱり、キユくん——ナコちゃんで呼び合う関係が幸福そのものなのだ。二人の昔の幸福な時代が今でも蘇《よみがえ》る。清躬と離れていた間は意識しなかったが、実際かれがナコちゃんと呼んでくれるのをきいて、二人の関係は不變《ふへん》だとわかった。まわりをどんなにきびしい情況が取り巻いていても、お互いに相手を信じあえ、二人の間では喜びを共にしあうことができるのだ。

——今度会う日のことをはっきりさせなくちゃね。

一頻《ひとしき》りなみだをながし、さっぱりと心をおちつけてから、橘子は用件の確認に話を戻した。

——二十九日の約束の時間だね？　ナコちゃんは何時からがいいの？　ぼくは何時でも大丈夫だよ。

清躬の声がかえってきた。清躬はずっと待ってくれている。

橘子は、贋物の清躬と、この前と同様に昼の十一時四十分に駅で待ち合わせる約束にしたことをおもいだした。

——キユくんは朝でも大丈夫なの？

――大丈夫だよ。

――九時半くらいは？

――九時半でいいよ。ナコちゃんは此方《こちら》まで出向くから朝が早くなるけど、それは大丈夫なの？

――うん、キユくんに会えるんだから、全然平気。あ、ちょっと待って。私、実は昼前から用事があるの。だから、おしりがきまっちゃってるの。キユくんとは少しでもお話ししたいから、約束の時間は九時にしていいかしら？

贋物の清躬との約束をどうするかまだ考えていないけれども、やっぱりその時間に会って決着をつけなければならない場合を想定しておくべきだとおもった。だとすれば、余裕を持ってキユくんと一緒の時間を持っておきたかった。

――じゃあ、ナルちゃんに駅に迎えに行ってもらうね。

――ナルちゃん？　あ、そうか、ナルちゃんちで会うんだもんね。道案内がいるよね。

――ナコちゃん、ちょっと待ってね。

少し間をおいてから、再び清躬が言った。

――ナルちゃんにも今のこと伝えといたよ。ナルちゃんも大丈夫だって。

――うん。

そうか。ナルちゃん、傍にいるんだな。戀人《こいびと》どうしじゃないし、きかれて困る話もないけど。

その時、ふっと橘子の頭のなかで気になることが浮かび上がった。

――ところで、キユくんにちょっときいていいかな？

20　優しすぎる

——なに？

清躬《きよみ》がききかえした。

——あのね、もしきかれて迷惑だったらそう言ってもらったら、きくの止《や》めるけれども……

——どうしたの？　きっと大丈夫だよ。

橘子《きっこ》はそれでも清躬を傷つけてしまわないかと危ぶんでどきどきしたが、おもいきって尋ねた。自分のなかでわだかまっているのに、誤魔化し続けるのは不誠実だ。

——あの、キユくんは、紀理子《きりこ》さんが
橘子はそこで一呼吸おいた。電話で清躬の顔を確かめられないのは辛いが、息づかいだけでも感じとれないか、神経を研《と》ぎ澄ました。

なにも感じとれない。

——あれ、ナコちゃん、紀理子さん知ってるの？

橘子が話の途中で間をおいたこともあって、清躬のほうから質問してきた。紀理子の名前はさらっと言った。その名前を言う時は、橘子のほうが緊張感をおびている。

——え、ええ。だって、うちを訪ねてきたもの。えっ、きいてないの？

——え、そうなの？

清躬がちょっとおどろいたように言った。初耳のようだ。橘子は面食らった。

——そうなのって、紀理子さん話してないの？

——うん。それはいつのこと？

——二月上旬。

——二月だったら、ぼく、もう紀理子さんと会えてない。でも、ナコちゃんのこと、ぼくから紀理子さんに話したおぼえないんだけど。

——あ、それはね——

橘子は紀理子が訪ねてきた事情を説明しようとしたが、その前に清躬自身に確認をとっておかないとともった。わかれた戀人《こいびと》のことだから、いくら清躬でもわだかまりは残っているかもしれない。

——その前に、紀理子さんの話をしても、キユくんは大丈夫なの？

——さっき、きかれて迷惑だったらって言ってたのは、紀理子さんのこと？

橘子は「ええ」と返事をした。

――ナコちゃん、気をつかってくれてるんだね。

――そりゃ気をつかうわよ。当たり前じゃない。

電話越しで相手の表情はわからないが、清躬の平和そうな口調《くちょう》が橘子が気づかいしている情況と合わなくて、流石《さすが》に橘子もいらっとするのを避けられなかった。

――御免。ちょっと言葉がきつくなって。

橘子はつい感情的になったのを反省した。悪気《わるぎ》がない相手を責めてもしかたがない。

――ううん。それよりナコちゃん、紀理子さんのこと知ってるなら、その話、してほしい。

清躬から紀理子の話を望んできた。贋物《にせもの》の清躬は紀理子の話題をあまり歓迎していなかったようだけど、清躬は寧《むし》ろききたがっている。

待って。

贋物の清躬は紀理子から私について情報を得ていた。かの女の訪問の時に私が話した内容を心得ていた。肝心のキユくんは全然きいてないというのに。

紀理子は清躬の戀人のはずなのに、幼馴染《おさななじみ》の私の話を本人にせず、贋物の清躬にしている。それ、どういうこと？　かの女は贋物の清躬をどう考えていたのだろう。まさか、本物よりも贋物に心を移していた？

それなら、あの時打ち明けた清躬に対してのなやみは一体なんだったのだろう。

――どうかした？

――ううん。

――あ、御免。先にナコちゃんがききたいことあったんだよね？

――あ、そうね。でも、紀理子さんが私を訪ねた時のこと、キユくんに全然報告してないなんておもってもみなかったわ。だって、かの女、キユくんにも話しておくと私に言ってたわよ。

――だけど、二月の途中から紀理子さんとは連絡が途絶えてるんだ。代理の方から一度メールがあったきりで。

――そのメールにはなんて？

急《せ》き立てるように橘子がきいた。

――病気になって暫《しばら》く療養しないといけなくなった。出版社の方にも連絡済みだと。

――病気？

橘子は四月に紀理子から届いたメールのことをおもいうかべた。あのメールには病気のことは書かれていなかったとおもうが、暗くて陰鬱な感じは病気の所為《せい》もあったのかな。

――出版社の方にきいても、はっきりしたことはわからなくて、唯、今は誰とも話ができないみたいだって。

――心の病《やまい》。私と会った時は全然そんな感じじゃなかったわ。だって、友達になりましょうと紀理子さんから言ってきたもの。

――紀理子さんは二月に雑誌の取材旅行に行く計画だときいていた。

――取材旅行？

贋物の清躬が可能性として示唆《しさ》していたが、あれは事実を知っていたのか。

――大学は春休みが長いから、いろいろ計画があったみたい。

――美人の学生ライターで、人気があるんでしょうね。ま、どうだっていいことだけど。

――大学一年の時からやっているそうだし、仕事はいろいろあったみたい。

――仕事がいろいろあったって……

結局、病気になってしまってるんじゃ。

私と会った時は病気だったとはおもわれない。そこから取材旅行に向かって、そのかえりに病気になって、そのまま清躬と会わず終《じま》いになっているようだ。その取材旅行中に突然、紀理子の心に打撃を与えるようなアクシデントがなにかあったのだろうか。

――それでもうそれっきりなの？

――紀理子さんのお宅を訪ねていったけど、おうちの方から、病気で臥《ふ》せっているので、会うことはできない。これからも難しいだろうと。

――心配で訪ねて行ったキユくんに、それだけ？

――ううん、ぼくには申しわけないと、一杯おわびしてもらった。

――それより、紀理子さんの病気って重そうだけど、なんの病気かって、きいたの？

――ううん。

――ううん、じゃないでしょ。ちゃんと確認しないと。あ、御免。

清躬を責めてはいけない――橘子は心のなかでくりかえした。

――さっき言ってたメールにも、具体的なことはなにも書かれてなかったの？

――紀理子さんは、ぼくを裏切るような赦せない行為をしてしまい、自分を責めている。それが病気に発展して、ひとに会える状態でなくなった、って。

――あなたを裏切るような赦せない行為？

紀理子から貰《もら》ったメールにそんなこと書いてあった

かしら？　橘子はおもいだそうとしたが、そういう記憶は出てこない。自分の醜さからわかれるしかない、というような書き方だったはず。

——本来は直接ぼくに謝らないといけないが、それがかなわない。これ以上ぼくを傷つけないようにするためには、このメールを最後に、もう紀理子さんのことはわすれてください。そういう内容だった。

——なんて内容なの。

橘子は腹立ち半ば呆《あき》れかえり半ばに言った。

——実は、私も四月になってから紀理子さんからメールを貰ったけど、

——紀理子さんから？

びっくりしたように、清躬がききなおした。

——ええ、本人から。なかなか長文。キユくんとわかれたって。——だから、私とももう話はできないと、絶交を宣言された。で、その後すぐ、メールアドレスもかえられて。

——そうだったの？　でも、メールは寄越してくれたんだね？

——そりゃ、私が東京に来たことを報せるメールをしたから、返事はくれなきゃ。

紀理子のメールなんか、どうだっていい。病気で逃げていて、なかみがないんだから。しかし、一方で、紀理子は贋物の清躬に加担して私についての情報をわたしている。贋物の清躬に私を騙《だま》し、清躬を騙している。本当にかの女は病気なのだろうか。騙されていながら、紀理子のことを微塵《みじん》も疑っていない清躬は馬鹿がつくくらいお人好しなように感じた。そこがかれのいいところであるのはわかるが、かなしくなる。

——あのさあ、さっききこうとおもってたこと、もう遠慮なしにきくよ。キユくんさあ、紀理子さんのこと、今も想ってるの？　想ってるって、あの、言いにくいけど、その、好きなの？

橘子はおもいきってきいた。はっきりしたことをききたかった。ききながら動悸《どうき》が亢進《こうしん》する。最後は勢いできくしかなかった。

——好きだよ。

清躬が答えた。あまりにあっさりストレートな返事がかえってきて、橘子はとまどった。嫌《いや》だとおもった。優しい清躬だからわるくは言わないとおもったが、もう少し逡巡《しゅんじゅん》してほしかった。

——キユくんを裏切ったんじゃないの、紀理子さん。

橘子もストレートにかえした。きつい言葉を使いたくはないが、おさえられなくなっている。

——裏切ったなんて。どうしてそんなこと言うの？

清躬は受け容れられないといった感じで言った。

——だって、キユくんへのメールにもそう書いてあったでしょ？

——御免、ナコちゃん。でも、裏切ったって、ぼくにはなんのことかわからない。

——あんまりひどいことだから、キユくんにはお話しできないのよ。本当にキユくんにおわびするなら、全部白状して、キユくんに赦しを請わないといけない。でも、自分がなにをしたか、裏切りの内容を隠しているままだったら、謝罪も反省もない。そのことも含めて、裏切りだわ。

紀理子さんは贋物の清躬とつながっているのだ。そして、きっとかれに心を移している——ああ、なんてことだろう、それがなによりの裏切りだわ。でも、それはキユくんには言えない。残酷すぎる。

——でも、紀理子さん、決してひどいひとじゃないよ。

——あのひと、わからない。

清躬がかばうほど、橘子もがまんがならなくなる。

——そりゃ、見かけはとてもいいひとよ。綺麗だし、身なりも素敵だし。でも、言ってることとやってることがばらばら。私にも初対面ですぐ友達になってと言ってきて、東京に出てきて連絡をとったら、いきなり絶交宣言て。キユくんなんかもっとひどいこと——

——病気になって、紀理子さんも辛いんだ。責められないよ。

——病気って——

どれだけ本当かとおもう。だけど、清躬はそう信じきっている。ちっとも疑っていない。自分こそ眼の病気になって、他人《ひと》の心配している場合じゃないのに。でも、病気について突っ込むと、清躬のほうが辛くなるだろう。清躬にはおなじ心の病気で既往歴があるのだ。刺戟《しげき》してはいけない。病気の話はもうそこでストップにしないと。

——わかったわ。もうそれ以上は言わない。

橘子がそう言いきると、暫く沈黙が続いた。

余計なこときかなければよかった。こうなることは或《あ》る程度想像がついていたのに。ずっといい感じで清躬と話ができていたのが、變な話をしたばかりに清躬を苦しくさせてしまった。贋物の清躬のように紀理子の話題を自分から避けるようでいてくれたら、まだよかった。でも、清躬は逆に紀理子の話をききたがった。裏切られているのに、まるでかの女を信じきっている。

そこが自分の感覚とずれている。そのためにおもわず自分も感情的になってしまう。

——おねえさん。

突然幼いおんなの子の声がした。

——なにかあったの？

橘子はどきっとした。ナルちゃんが電話をかわらないといけないほど清躬の心を傷《いた》めてしまったのだろうか。

——えっ？

——おにいちゃん、急に元気なくなったから。

ナルちゃんが心配そうに言った。その背後で、「ナルちゃん、ぼく大丈夫だよ」と言う清躬の声を電話が拾った。

——おにいちゃん、おねえさんのこと責めないから大丈夫よ。

清躬に向かって言ったのだろうが、橘子の耳にしっかり届いている。

——おねえさん、そんなつもりじゃなかったの。でも、おにいちゃんにわるいことしたわ。

橘子は清躬に対して申しわけない気がした。唯、こんなにかんたんに傷ついてしまうとは、橘子もおもいおよばなかった。失明したことには平気な調子だったのに。

——おにいちゃん、大丈夫かしら？

——ナルが見てるからだいじょうぶ。

——御免ね、ナルちゃん。

——だいじょうぶよ。

そう言われても、電話で清躬の姿を確認できないので、不安になる。

——おねえさん、きりこさんというおんなのひとのこと、きょうはもうおにいちゃんに言わないで。

ナルちゃんはひそひそ声で言った。そこで紀理子の名前がナルちゃんの口から出てきたので、橘子はおどろいた。

——ナルちゃんも知ってるの、紀理子さんのこと？

——おにいちゃんが話してくれた。病気になって、連絡もとれなくなったって。とっても心配してる。

戀人だとか、愛しあってたとか、そういうこともきいてるのだろうかと気になったが、この場では不適切におもい、橘子は控えた。

橘子は、清躬の心優しさの程度を読みまちがえたことに情けないおもいを懐《いだ》いた。清躬の呼びかけの一言だけでお互いの間の時間の隔たりはなくなり、何年経ってもわかりあえる仲だと信じたし、清躬のことをちゃんと理解してあげられるのは自分だけのように感じたけれども、その自分が清躬の優しさの程度に理解がおよばず、かれを傷つけてしまった。

――あ、おねえさん、
ナルちゃんから声がした。

――おにいちゃんが代わってっていうから、やっぱ代わる。

そうして、清躬の声がした。

――ナコちゃん、御免。

清躬の第一声は謝罪だ。橘子は一層切なく感じた。

――御免と言うのは私のほう。きつい言い方した。

橘子は強い反省の気持ちを籠《こ》めて言った。

――ナコちゃんにきつく言われるのはいいんだ。昔もそうだったし。

――なによ。

キユくんがしっかりしないからじゃない――小学校の時ならそう責めていた。今は言えない。

――唯、紀理子さんのこと、ナコちゃんには誤解してほしくないんだ。もしナコちゃんにわるい印象が出来たなら、それはなにか事情があるんだ。

――うん、わかった。大丈夫よ、安心して。

――今度会ったら、いや、今度でなくてもいい、でもいつか、ナコちゃんが紀理子さんと会った時のこと、教えてほしいんだ。ぼくのことについて紀理子さんが話してるんだったら、ぼくも知っておく必要があるとおもうから。

――うん、話をするわ。私、自分から話をしようとして途中で止めちゃったものね。今度はちゃんと話をする。でもわるいけど、きょうじゃなく、また今度ね。ま、今度は再会の喜びを優先したいから、そのつぎになっちゃうかもしれないけど。

――いいよ。いつか話してもらえるなら。

――キユくん、優しすぎるわ。

やっぱりこのどこまでも優しすぎるところが清躬なのだ。おとなになってもちっともかわらない。しっかりしすぎている贋物の清躬は、やっぱり清躬とは違うのだ。

――おねえさん、また代わったわ。

電話はナルちゃんにかわっていた。

――じゃましてごめんね。携帯電話のバッテリーも心配になっちゃって。

清躬が元気がなくなると、橘子も辛い。絶妙なタイミングで少女がかわってくれたとおもう。言いわけも用意して。

——おねえさん、ナコちゃんて言うのね。

——おにいちゃんとの間だけね。言っとくけど、おにいちゃんだけの専売特許よ。

——わかった。おねえさんはおにいちゃんのこと、なんて呼んでるの？

——それはおにいちゃんから教えてもらって。

——二人だけの秘密だったら、ナル、きかない。

——その気配り、どこでおぼえたの？

橘子は感心して言った。

——それより、おねえさん、どうだった？

——どうだったって？

——だから、おにいちゃんと話したの、ものすごく久しぶりなんでしょ？

——うん。とっても素敵だったわ。

——すてきって、わあ。

——わあって、なによ。

橘子は少し照れた。

——おねえさんも元気になったみたいね。よかった。

——ナルちゃんのおかげでもあるわ。ありがとう。

——ナルはなんにもしてない。でも、おにいちゃんとお話しするだけで、こんなにおねえさんがかわるなんて、本当におねえさんとおにいちゃんてなかよしなのね。

——うん、本当になかよしだわ。

橘子はしみじみそう実感した。二人の結びつきはかわっていなかった。どれだけ長い時間会っていなくても少しも関係がなかった。

——おねえさん、おねえさんがきのう言ってた、別のおにいちゃんのことだけど、あの後どうなったの？

別のおにいちゃんか。本当でない清躬が別にいる。

——御免ね。おねえさんがまちがってたわ。きのうはナルちゃんにもひどいこと言って、本当に御免。

——ううん。だますひとがわるいんだもの。

——そう。でも、騙された私もわるい。きょうキユくんが出てくれなかったら、ずっと騙されていたもの。

——あ、キユくんて言うんだ。

——あ。

自分で襤褸《ぼろ》を出してしまった。

——おねえさんがナコちゃんで、おにいちゃんがキユくんか。どうしてそんな呼び名になったのかな？

——小学校六年生になったらわかる。あと二年辛抱しなさい。

——小さいからって馬鹿にして。

——ナルちゃんくらい頭がよかったら、小学校五年生でわかるかもしれないけど。

——いいもん。四年生のうちにわかってやるから。

軽口を言い合っている場合じゃない。清躬のことで確かめないといけないことがある。

——ねえ、ナルちゃん。おにいちゃんのことだけど——

——キユくん？

——こら、私とおにいちゃんだけなの、その呼び名は。

——ごめんなさい。反省。もう言わない。

——それはともかく、まじめな話、キユくんさ、眼が見えなくなったと言ってたんだけど。

もうナルちゃんには知られてしまっているから、無理をせず、清躬の呼び名を使った。

——うん、きいてた。

——本当に眼が見えないの？

——みたい。

ナルちゃんも軽く受けるので、橘子は不服をおぼえた。

——みたいって、清躬くん、病気なの？

——病気というのはナルにはわかんないけど、ナルが一緒にいてあげるから大丈夫よ。

大丈夫と言ったって、ナルちゃんはまだ子供だ。学校もある。

——いつからわるくなったんだろう。

橘子は独り言を呟《つぶや》いた。

——だって、眼がわるいんじゃ、絵は描《か》けないものね。

——でも、おにいちゃん、こうなるのはわかってたみたい。

——慥《たし》かにかれ、そう言ってたわ。ひょっとして、顔の痣《あざ》——誰かに薬品をかけられたという、それが眼に入って、わるくなってしまったのかしら。

——それとはちがう。

少女はあっさり否定した。でも、薬品の作用なら、理由はわかりやすい。清躬にも自覚はあったのだ。ナルちゃんは知らないだろうが。

——だけど…

——ナルはきいてない。あの、まだおにいちゃん、そばにいるから……

——あ、わかったわ。キユくんも話してくれると言ってたから、今度きく。

本人のいる前で電話で二人だけで話をするのは、程ほどにしないといけない。橘子はちょっと反省した。

——おねえさんさ、あさってはうそのおにいちゃんとも会うの？

——うそのおにいちゃん？

——会わないほうがいい。

——でも、会わないわけにはゆかない。約束してるから。

——じゃ、ナルも会う。

——いけないわ。ナルちゃん、まだ子供だし。

橘子は即座に止めた。相手は贋者であり、得体《えたい》がしれない人間になった。どんな反応をするかわからない。

——おねえさんこそ、おんなのひと一人じゃ危ないわ。

——心配してくれてありがとう。

——ボディーガードがいるわ。

——ボディーガード？　でも、ナルちゃんにボディーガードは務まらないでしょ？

——大声は出せる。

人のいるところなら、大声を出せば、まわりの人がガードしてくれる。自分は、いざという時に大声を出せるか不安だ。子供が叫べば最強だとおもう。あ、でも、相手はナルちゃんのことも知っているのだ。なんでも調べ尽くしている。ナルちゃんがいるのがわかったただけで、相手の態度はかわる。先手を打って、なにをするかわからない。

——おねえさん、考えごと？

——あ、ええ。どうせうそのおにいちゃんに会うのは昼からだし、それは後で考えましょ。

この場ではナルちゃんをうまく納得させるのに骨が折れそうだと感じて、橘子は話を引き取った。

——それより、ナルちゃん、うそのおにいちゃんのこと、キユくんに話した？

——ううん。だって、話したら、おにいちゃん、心配する。

——そうよね。

橘子は一旦同意したが、

——あ、でも、このやりとり、キユくんもきいてたら——

結局清躬の耳に届いて、うそのおにいちゃんてなんの話？ということになる。

——ううん、おにいちゃん、つかれていそうだったので、おかあさんが別の部屋に連れて行ってくれた。

——でも、さっきまで傍にいるって。

——で、その時に、おかあさんが連れて行ってくれたの。

そうきいて橘子は安心しつつ、清躬の心の状態が気にかかった。

――あ、そう。最後私が余計なことに話を持っていったために、キユくんに負担をかけてしまった。

――だいじょうぶよ。おにいちゃん、ずっと心配しどおしなんだし。

わりきったように少女が言った。おとなと子供が逆転しているような感じだ。自分も清躬との応答で子供みたいに未熟だったけれども。

――おねえさんのことだって、病気じゃないだろうかって心配してたし。

――私のことを？

――そうよ。おにいちゃんのアパートの前の公園で初めておねえさんとお話しした時、あたしおねえさんと会ったことだまっておくと言ったけど、ずっとおにいちゃんからおねえさんのこと言ってこないので、ふしぎにおもってたの。で、あたし自分から、前の前の日曜日におねえさんと会ったこととか、おねえさんがまたおにいちゃんに連絡をとるって言ってたことを話して、で、おねえさんから連絡きた？ってきいた。そしたら、おにいちゃん、おねえさんがアパートを訪ねてきたこと自体にびっくりして、もちろんおねえさんからの連絡もないって。おねえさんから連絡がないというのは、まさかからだのぐあいわるくしてないだろうかとか、おにいちゃん考えちゃって、それは心配してた。

――そんな心配してくれたの？　キユくんらしい。

何度話をきいても、清躬の優しさに圧倒される。

――おとといときのうだって、会社お休みのはずだから、おねえさんが訪ねてくるかとおにいちゃん期待して待ってた。あたしも、きっときてくれるとおもってた。

――でも、私はうそのおにいちゃんに引っかかってたので、それができなかったの。

――とにかくまだおねえさんが来なかったので、おにいちゃんますます心配しちゃって。その様子を見て、あたし、おにいちゃんに電話番号を教えるより、先にあたしからおねえさんに電話して確かめてみようとおもったの。でないと、おねえさんが本当に病気だったりしたら、おにいちゃんショックを受けるとおもったし。

――ナルちゃんも優しい子ね。きのうの電話はそういうことだったのね？

――うん。

――それなのにきついこと言って御免ね。

――今いいから、それでいいわ。

――おねえさんがまちがってたこと、はっきりしたもんね。ナルちゃんとの間はいいんだけど、おにいちゃんはどうかな。明後日《あさって》会う時、大丈夫かな？

橘子は心配なおもいがきえず、尋ねた。

――おねえさん、凹《へこ》んでるの？

またもや少女に図星を指《さ》されて橘子は返答に詰まった。

――おねえさんたら、なにえんりょしてるの？　ともだちだったら、けんかくらいしてもいいんじゃない？　おにいちゃんにきついこと言えるの、おねえさんだけじゃない。

ナルちゃんの訴えに橘子ははっとした。小さい子に発破をかけられ、自分の弱気に気づく始末に、流石《さすが》にこれではいけないとおもう。自分こそ清躬を守り立ててあげないといけない。

――ナルちゃんの言うとおりよ、本当に。

――おにいちゃんもおねえさんに会ったら、もっと元気になるよ。

――私だってそうよ。あ、でも、キユくん、私の顔、見えないんだ。

橘子は明後日《あさって》に夢《ゆめ》ふくらませて、清躬の病気をおもいだして意気沮喪《いきそそう》した。いくら今の私の顔をおもいうかべられると言ったって、実際には見えないのだ。

――だから、もっと早くとおもった。

ナルちゃんも残念そうに言った。しかし、すぐ、「でも、さわってもらったらいい」とつけくわえた。

橘子も、「是非そうしてもらう」と応じた。橘子は清躬との距離をもっともっと縮めたいと真剣におもった。

――おねえさん、もうそろそろ。

――あ、また長いこと、話し込んじゃった。御免。

小さい子供に夜更《よふ》かしさせてしまった。明日学校があるのに。自分だって、明日は会社に行かなくては。

橘子は最後にあらためて明後日の待ち合わせについてナルちゃんと確認した。さよならの挨拶をしようとしたら、ナルちゃんがまた清躬にかわると言った。清躬のいる部屋に移ったのだという。なんてにくいことをするのだろう。最後まで少女の利発さに脱帽させられっぱなしだ。

橘子は清躬と一言かわして、電話を終えた。

清躬の最後の言葉、「さよなら、ナコちゃん」の優しい声がずっと耳に残っていた。「ナコちゃん」――清躬だけが、本物の清躬だけが呼んでくれる名前。

本物の清躬。

声だけだけど、本物の清躬に会えた。

「ナコちゃん」と呼んでくれる、唯一人の友達。その声。

橘子は胸がすーっとすくのをおぼえた。気が安らいで、ゆったりと広い海を臨んでいるような心持ち。海は凪《な》いで、水面は不安の色が消えて透明に見えた。いや、海は青色。海の上にはすっきり晴れ上がった空があり、その色が映って、気持ちのよい青色に染まっているのだ。自分をつつんでいる空は清躬にちがいなかった。本物の清躬が橘子にとってこんなにも清清《すがすが》しく晴れやかな存在であったことに橘子は心地《ここち》よいおどろきをおぼえた。

晴れやかですっきりしている。名前のとおり、清らかで清《す》みきっている。純で透きとおっている。年月が経ってもかわらず清みきっている。濁りはどこにもない。

キユくんは相かわらずどこまでも——

どこまでも——

どこ……

今電話で話したばかりなのに、話している時はとても近くにいたのに、話し終えて清躬の声をきかなくなってから、橘子は清躬がまた遠くに行ってしまっているような気がした。見失うまいと引き寄せないといけないとおもった。清躬の像を——

清躬の像をおもうと、悔しいことに贋物の清躬の顔になった。紀理子に見せてもらった唯一の清躬の写真は贋物の清躬に重なってしまっていた。

橘子はおもいきり首を立て続けに振った。振っても、贋物の清躬の像は振るいきれないとわかっていても、そうしないわけにゆかなかった。

橘子は立って、机の引き出しに入れたアルバムを取り出した。そこから、和華子《わかこ》さんの家で撮《と》った写真を取り出した。いま私が持っている唯一の清躬の写真。セルフタイマーで和華子さんとも一緒に写った写真もあるが、それは敢《あ》えて見ないようにして、和華子さんが撮ってくれた二人一緒の写真だけ手に取った。和華子さんがいると、和華子さんの美しさに眼が行って、清躬だけを純粋に見ることが難しくなる。

小学校時代の清躬。

この時は写真を撮ってくれる和華子さんを意識してか、随分表情がかたいのは惜しいなとおもうけれども、それでも全体にすっきりしていて、爽《さわ》やかだし、清躬らしい優しい柔らかさが眼許《めもと》口許《くちもと》に漾《ただよ》っている感じがうかがえる。

見れば見るほど、おとなになったらと想像する顔は、贋物の清躬に連なってしまう。違うところを探すのが難しいほどだ。

どういうことだろう。

そこまで贋物の清躬の像が自分の内に定着してしまっているのだろうか。

橘子は、本物の清躬と贋物の清躬の区別がつかないことをおそれた。まさか本物の清躬と贋物の清躬は顔がそっくりなんてことは――。似ていることはいいが、自分にはちゃんと区別がつくようでないといけない。だって、本物と贋物は絶対に違うし、昔から本物を知っている自分はそこは絶対にまちがってはいけないのだ。まだ本当の清躬に直接会っていない。紀理子に見せられたスマホの写真だけだ。だから、自分にはまだ本当の清躬の像を鮮明に描き得ない。それに、贋物の清躬だって、頬《ほお》にガーゼをしていて、100%の素顔を見てはいないのだ。明後日、本当の清躬と会ったなら、そこからはもう贋物に騙されはしない。

唯、本当の清躬に会うことに一抹《いちまつ》の不安が漾う。

清躬は眼が見えなくなったという。それは眼の表情に影響を与えているのではないか。すると、贋物の清躬のほうが眼許がきれいだと感じてしまうかもしれない。

それから紀理子の話をした時、電話の清躬の声は気づかいのあまり元気をなくしていた。あまりの繊細さに橘子は自分の言葉が清躬を傷つけているようで、どきどきした。紀理子が話していた心の病気のことを想起させた。その弱さも、清躬の表情に影をおとしていないだろうか。

贋物の清躬には影は全然なかった。明るくなんでも正しい判断がつき、信頼できる光の世界にいた。ガーゼはしていても、それがまったく気にならない程、明るい強さと美しさに満ちていた。その贋物とくらべると、本当の清躬は影があって、弱々しく、鮮明さに欠けているかもしれない。その分、男性としての魅力が減じているかもしれない。

それを知って、自分は失望するだろうか。

いや、それはない。本当の清躬に会い、本当の清躬の顔を見て、失望するなんてことはあり得ない。いくら贋物の清躬の顔が客観的に素敵だろうと、贋物と本物は違う。本物にかなうものはない。

でも、実際に会って、心配になり、もっとこうであったらとおもってしまうことはある気がする。それは誠実に優しい気持ちを持って一所懸命な清躬に対して申しわけないけど、そう感じてしまうのは避けられないかもしれない。それは自分に対してもとても残念でならないようにおもう。でも、どういう感情が起こるか、実際にその時になってみないとわからない。

橘子はもう一度小学校時代の清躬の写真を手に取ってじっと見た。今の清躬はこの時のキユくんと少しもかわらない。そのままのひとだ。顔もかわらないでいてほしい。いえ、かわってなかったわ。高校の時に会った顔も、紀理子のスマホの写真にあった顔も。その顔こそが清躬の顔だ。痣があろうが、眼の病気にかかっていようが、表情に影が差そうが、私が知っている清躬の顔と根本はかわらない。

橘子はふと清躬の横に写っている自分の顔を見た。清躬は緊張しているが、自分は緊張と関係ないように自然な笑みを浮かべている。なんだろう、男子からブスと言われていたこの時のほうがかわいい気がする。清躬より大柄な点を除けば。

ふと、近くでピカッと光るものが眼に入った。さっき自分が打っ棄《ちゃ》った手鏡だった。橘子はそれを手に取って、あらためて顔を映してみた。小学校の自分程かわいくはない、やっぱり。でも、さっきは醜くおぞましくさえ見えた、その自分の顔が、今はいつもの顔に戻っている。唯、眼だけが泣き腫《は》らして赤かった。

あんまりかわいくはないわとおもい、「不細工《ぶさいく》」と言いながら、口を尖《とが》らせる。その顔が滑稽《こっけい》で、橘子はわらった。わらった顔も眼がしょぼしょぼしていて、おかしな顔に見える。情けない眼だな。それでも、表情があって、かわいげはあるとおもう。小学生の時とおおきくはかわってないんだな。

この大泣きした後の情けない顔は、本当の清躬だけが知っている顔だとおもう。泣き虫だが、人の前でこんなに大泣きすることは滅多にない。一番おおくの時間を過ごしている家族にだってこんな泣き顔は見せたことがない。優しい家族との平和な日常の中で感情がおおきく乱されるようなことはまずなかったから。

自分では見たことがない顔だった。あの時しかしたことがなくて、それを自分で鏡に映してみたわけではないから。清躬にしか見せたことがない顔で、自分も含めて誰も知らない顔なのだ。少なくとも自分ではおぼえていない。大泣きした事実さえわすれてしまっていた。

だけど、清躬には安心して見せられた顔なのだろう。清躬の前だからこそ、憚《はばか》ることなく安心して大泣きできたのだろう。そして、大泣きした後は当の本人は事実の記憶も一緒に流し去ったにもかかわらず、清躬はきちんと記憶にとどめてなつかしいあの日々のことを蘇らせてくれた。遠い時代の自分も呼び戻してくれた。その頃の自分と今の自分はかわっただろうか。かわったようにおもっても、清躬と一緒だと自分はなにもかわっていないようにおもえる。清躬のことを素敵だとおもう反映を受けて、自分のことも好きになれる。自分をもっとちゃんと認めていい。あの時代に感じた幸せな気分は今の自分のなかにもちゃんとあるんだ。

私もかわっていない。

そうおもう今の私って、憑《つ》き物がおちたようにさばさばしている、けれども、じゃあ、さっきまでの魔女に憑かれたような私って、なんだったのだろう？ 慥《たし》かに、緋之川《ひのかわ》さんのかの女にきついことを言われ、顔をはたかれた時はとても怖かった。いや、それ以上に、緋之川さんに、額《ひたい》のはずれかかったガーゼに伸ばした自分の手を乱暴に払われた時、そしてその後に「本真《ほんま》もんの馬鹿」ときつく一喝された時、ああ、あの時、私のなかのねじが飛んだ。飛んだとおもい、機械のように壊れたとおもい、それから自分を失ったようになったが、でもキユくんの言葉で忽《たちま》ち元に戻って、大丈夫だった。私は機械ではなく、ねじで留めていく部品で構成されているわけではなかった。昔どおりのキユくんが昔どおりの私に戻してくれた。私はかわらない。勿論、私のどこにも魔女はいない。いない。

魔女ってなに？

抑々《そもそも》、魔女って？

ああ、あれは清躬くんの——贋物の清躬の言葉。魔女の森とか、魔女と戦わないといけないとか。そう言われたから、自分に魔女が憑く——魔女の概念におかされ、余計な不安にかきたてられることになっちゃったのかな。

本当の清躬なら、魔女という言葉は使わないだろう。本当の清躬は、妖精や天使の世界にいるのだし。

橘子はもう一度贋物の清躬のことを考えた。かれとは直《じか》に会って、楽しくお喋《しゃべ》りして、ついさっきまで本当の清躬くんと信じて疑わなかった。とても感じがよかったし、頼りになった。しかし、今ははっきり贋物であることがわかっている。

そうとわかった今も、贋物に対して強い嫌悪感や憎悪感情は起きていないのが不思議だった。かれは実際に優しさを示してくれたし、心から為になるアドバイスをしてくれた。本当の清躬でもおかしくはない親身さが感じられた。かれと一緒にいて、お喋りすることは本当に楽しかった。心底《しんそこ》から清躬と信じるに足る素敵さに溢《あふ》れて、一生続く絆《きづな》を感じられた。だからこそ、緋之川さんとの一時的でまちがった想いに気づき、清躬との関係こそ維持すべきだと自覚できたのだ。

しかし、本当の清躬ではないのに本人であると偽って自分に接するのは、明らかに不実であり、絶対に容認はできない。本当の清躬が素晴らしく、私にとってかけがえがないひとだから、なおさらだ。ナコちゃんと私のことを呼べないひとは、キユくんではなく、つまり本当の清躬ではない。（尤《もっと》も、長い年月の隔たりでナコちゃんと呼ばれていたことを本当の清躬が呼びかけてくれるまでわすれていた自分、清躬のことをすぐにキユくんと呼べなかった自分に、それを告発する資格はないと言えばないのだが。）

それなのに、まだかれの善意を信じたい気持ちが残っている。もう贋物の清躬だとわかっているのに。一度でも本当の清躬と信じた相手には、実際の本当の清躬に通じるところがあり、その相手に憎しみを向けることはできそうにないように感じる。本当にそれでいいわけはないようにおもうし、ナルちゃんなんか絶対に赦さないだろうけど、でも実際にかれと会って、話をして、優しさも受け取っている自分は、かれを完全に否定する気持ちにはなれない。少なくとも、もっと話をして、理解した上でなければ、きめてかかることはできない。

でも、かれは私を騙している。一番大切な友達の名を騙り、なりすますという卑怯《ひきょう》なやり方で。一体かれの正体は何者なのか。得体の知れなさが気味わるい。

かれは清躬を知っているし、自分について、いや檍《あわき》原《はら》の親族について知っている。檍原の親族と清躬の両親の関係についても語っていた。それに、繼人の紀理子を知っているし、ナルちゃんの家族のことも知っている。和華子さんは――和華子さんの話はしてなかったような気はするけれども。

どうしてそこまでなんでも知っているのだろう。頭のいいひとなのはわかるけれども、でも調べ尽くしているのはまちがいない。どうしてそこまでするのだろう。なんの目的があってしているのか。

ナルちゃんは贋物の清躬とは接触していない。接触しているのは、私と紀理子さんだけなのか。かれが清躬を騙り、私に接触して、なんの意味があるのだろうか。

ナルちゃんの言うことを素直に信じないようにとか

れは言ったが、かれの立場からすればそういうことを言う理由があったのだけど、でも真相がわかるのは時間の問題だったはず。——いや、そうでもないか。かれに誤算だったのは、ナルちゃんが私の寮の電話番号を知っていて、私に電話できたことだ。私からは教えていないけれども、ナルちゃんは私がおとしたメモから一瞬で電話番号を見取って、おぼえていたのだ。

でも、そのメモは慥かに清躬のアパートの郵便受けに入れたのに、どうして清躬の手には届いていなくて、贋物の清躬が手に入れているのだろう。いや、あのアパートは贋物の清躬の部屋になっている。え、でも、あのアパートには「檍原清躬」という表札がふりがなつきで書かれているのを眼にした。ナルちゃんだって、私が清躬を訪ねてきたとおもってやってきたのだ。あの部屋は清躬の部屋なのだ。だけど、贋物の清躬は自由に出入りしている。私がアパートに向かう途中の坂道で自転車かなにかに撥《は》ね飛ばされて怪我《けが》をしたのを介抱するのに連れてきたのは、まちがいなく清躬のアパートだ。でも、かれは普通に鍵を開けて、普通に浴室を使わせ、普通にソファーにねかせた。夕方まで一緒にいた。他人のアパートなのに、そんなことがどうしてできるのだろう。

清躬が留守《るす》で、おそくなるまでかえってこないことを承知していたのだろうけど、その情報はどこからつかんだのだろう。かれは実際に清躬と会っているのではないだろうか。だけど、清躬はかれと接触しながら、かれの企みはなにも知らないのだろう。まさかかれが自分になりすまして私と会っていることなど、なにも。

ともかく次に会う時は、どうして清躬になりすまして私を騙したのか、はっきり問い糺《ただ》さなくてはならない。清躬になりすましてなにをしたいのだろう。まさか私を騙すことが目的であるわけはないだろう。

だけど、かれと会って、大丈夫だろうか。

嘘がばれたとわかって、おもわぬ反撃に出てくることはないだろうか。頭のいいひとだから、ばれた時の想定はできているのではないだろうか。すると、次の手は考えられているはずだ。私一人で対抗できるだろうか。

あれこれ頭をめぐらせているうちに、もうこれ以上頭がまわらない気がした。とおもったら、おなかが減っているのを感じた。朝はなにも食べなかった（食べられなかった）し、お昼もうどんを残した。エネルギーが足りないのだ。おなかになにか入れなくちゃ。寮の食堂はキャンセルしてあるから、お弁当かなにかを買ってこよう。

そうおもって、橘子は外出するために立ち上がったが、そこで携帯電話が点滅しているのが眼に留まった。一等最初は、贋物の清躬からかとおもって、どきっとした。いや、ナルちゃんかもしれない、ナルちゃんだったほうがいい。いずれにせよ早く確認しなければならない。

橘子は携帯電話を手にとって開いてみた。メール着信だった。着信履歴を見ると、一番上に「緋之川」とあった。

緋之川さん――

もう終わっているはずなのに――

緋之川さんにとって自分はもう終わっているはずだった。「本真もんの馬鹿」と言った相手にまだ続きの仕打ちがなにかあるのだろうか。

その時怖《こわ》がる気持ちが起こっていないことを自覚して、自分はかわったんだと橘子はおもった。なにか小学校の頃の強気な自分が戻ったように感じた。

橘子はメールの内容を見た。

檍原橘子さん
きょうのことはすべてぼくが悪かったことです。

あなたに乱暴な言葉を吐いたことをまず謝ります。あなたのことを軽率に誤解してしまって、反射的に言ってしまったことだけど、あなたに対してどれだけ失礼だったか、本当に申しわけなかった。心から反省しています。

それ以外にもぼくのためにあなたを傷つけてしまったことが沢山ありました。その一つ一つにぼくはわびなければなりません。

ぼくの交際相手があなたに対してしたこともぼくに責任があることですが、ぼくからかの女に話をして誤解を解いてもらいました。そして、今はかの女も、あなたに対して非常に申しわけのないことをしたと後悔しています。本当は直接謝りたいけれども、まずはぼくからしっかり謝っておいてほしいと頼まれました。どうか赦してやってください。

どんなことについても、あなたにはほんのこれっぽっちもわるいところがありません。あなたを傷つけたぼくがなにを言ってもとりあわれないかもしれませんが、どうか少しでも早く心を癒して、元気に会社に出てきてほしいとおもいます。

どうしても気持ちがしんどかったら、鳥上さんに言えば力になってくれます。かの女はしっかりしていて頼りがいがある人だし、あなたのことを心から大切におもっていますから。

　どれだけおわびしてもおわびしきれないけれども、このメールを読んでくださったことだけでも感謝します。

（あなたへの最初のメールがこんな内容になって、とても残念です。本当は、土曜日にきちんとしたメールをあなたに出す予定でしたが、あなたのことがかの女にわかってしまって、スマホを取り上げてしまわれたんです。今こんなことを言ってもしかたがないことですが。）

緋之川鐵仁

　橘子は読みながらわれしらずなみだが出ているのにおどろいた。読んでいてほとんど感情が動かなかったにもかかわらず、なみだが出ている。

　非常に遠い人のような感覚がした。この文章、誰に対して書いているのだろうか。少なくとも、自分には関係がない文章のようにおもわれた。こんな他人行儀な言い方で物を言われたことは、緋之川さんからはこれまで一度だってなかったのだし。緋之川さんにとって私は別人になったということかな。私にとっても緋之川さんは違う人のようになってしまったみたいだ。

　正直なところ、未練はなにもない。唯、緋之川さんが別人になったということは、緋之川さんに甘え、縋《すが》りつきたいという感情を持った自分の一部はもう存在する意味がなくなった。もう要《い》らなくなった自分とはいえ、葬り去らねばならないことにかなしみがわき起こって、われしらずなみだが出たみたいだ。

　橘子は自分のなかに、確かな自分とあやふやな自分がいるとおもった。あやふやな自分は、一時期勢いをつけて自分のなかで支配的になっても、実は影が薄く、息が続かず、すぐ命尽きてしまう。緋之川さんに熱い感情を懐いた自分というのはまさにそれだ。一方、確かな自分は、清躬と話をしている時の自分だ。小学校時代からかわらない自分というのがある。自分が存在するかぎり、それはかわらないだろう。尤も、それは清躬がかわらないからかもしれない。緋之川さんはかわった。自分もかわる。お互いにうわべだけの関係だった。薄っぺらだから、かんたんにながれ去ってしまう。唯、うすっぺらにしても、自分としてはまじめだった。そこに戀愛《れんあい》感情の芽生《めば》えも貼りついていた。初めての「戀かもしれない」という気持ち。それもあやふやな自分と一緒にながれ去る。それはやっぱり淋しくて、切ない。

そういうおもいにとらわれると、なにか胸が一杯になってきた。おなかまで膨《ふく》れる感じで、食欲も消え失せるみたいだった。なにかおなかに入れたほうがいいとおもうが、それより一気に疲れが襲ってきた。きょうは一杯のことがあり過ぎた。さっき本物のキユくんと話ができたことで自分のなかに明るさと希望を取り戻したが、けれども一度は心が壊れるくらいのところまでメーターの針が振れてしまったのも事実だ。

まだこんな格好?

ちょっと休みたいとおもってふと自分の姿に眼を向けると、会社に出かける時の格好そのままだった。上着だけはとっているけれども。ともかく着がえだけしようとおもって、橘子は立ち上がった。が、はあーっと長い溜息が洩《も》れて、忽ちベッドの上に座ってしまった。そして、少しだけとおもって、ベッドの上に横になった。

21　二人で臨めば

橘子《きっこ》はいつのまにかねむってしまっていた。

気がつくと、ブラウスとスカートのままベッドに蒲《ふ》団《とん》の上から横たわっていた。ブラウスの裾《すそ》がスカートからはみ出ている。スカートも皺《しわ》が寄っているにちがいない。

着がえをしないまま寝入ってしまった。お風呂も入りわすれている。時間を見ると、五時二十分だった。電気をつけっ放しだ。唯、窓の外は暗い。

一度壊れてばらばらになったからだが一気に再生したのだから、エネルギーを使い果たしてコトンとねむりにおちたという感じだ。夢《ゆめ》は見ていない。眠《ねむ》気《け》はとれていて、まだ起きるには早いけれど、もう少しベッドに潜《もぐ》り込んでいようという気は起きなかった。

きょうは、火曜日。橘子はなんの迷いもなく、会社に行くことをきめていた。きのう受けた精神的ダメージはもう回復している。緋之川《ひのかわ》さんと顔を合わせるのは場都合《バツ》がわるいが、それより迷惑をかけた皆さん、とりわけ鳥上《とりかみ》さんと看護師さんにはきちんとおわびしないといけない。きのう一日仕事ができなかった分も取り戻さないと。

橘子はシャワーだけ浴び、会社に行く支度《したく》を調《ととの》えた。その際、贋物《にせもの》の清躬《きよみ》に貰《もら》ったペンダントブローチが眼に留まった。贋物なのになんのためにこんなものをくれたのだろう。お守りとして意味があるのだろうか。抑々《そもそも》贋物からわたされたものだから、頼みとするのはおかしい。そうおもって部屋においてゆこうとしたが、おもいなおし、カバンに入れた。妖精のカメオ自体は素敵だし、本物の清躬が持っていてもおかしくないものだから。

橘子は早めに寮を出ることにした。その前に寮監さんと奥さんに挨拶《あいさつ》をした。きのうのお礼とおわびを言うと、二人ともとても喜んでくれた。橘子もきちんと挨拶できたことがうれしかった。

通勤途上も気分は乱れなかった。本物の清躬と話ができ、明日再会できることが心の大きな支えであると同時に、かれと素直な気持ちで話をするなかで、自分本来の姿に立ちかえることができたというのが大きな力になったと確信する。

会社に着いてフロアに入ると、一人女性が既に出社していた。まだ八時を過ぎてまもないというのに。

後ろ姿だが、鳥上さんだというのがすぐわかった。橘子は一瞬緊張し、立ち止まった。橘子の気配を察したのか、鳥上さんがふりかえった。橘子はその場でお辞儀をした。

それから、鳥上さんのもとまで歩いて、もう一度お辞儀をしながら言った。

「きのうは御迷惑をかけて、本当にすみませんでした」

橘子の手に鳥上さんの手が触れた。

「おはよう。よく出てきてくれたわね」

橘子の手をにぎりながら鳥上さんが言った。いつも以上に優しい声に感じた。

「よかった」

鳥上さんがにこっと微笑《ほほえ》んだ。まじめでいつもおちついている鳥上さんが時たま見せる笑顔は本当にチャーミングだ。きょうはその笑顔で、おかあさんのように温かくつつんでくれるようだ。

「もう大丈夫なの？」

「はい」

橘子は意識的にはっきり返事をした。鳥上さんは安《あん》堵《ど》した表情をうかべ、座ったら、と橘子を促した。

「松柏《まつかえ》さん、あなたに手をかけたり、とんでもなくひどいことをしたと反省してた。あなたにおわびしなきゃとも言ってた。かの女があなたに対してもうどうこうするということはないわ。松柏さんは私のお友達だし、信用していいひとだから」

「やっぱり私がわるいんです。鳥上さんが忠告されたこと、その意味をきちんと考えもしないで行動したんですから」

「あなたは素直ないいひとね」

鳥上さんはそう言って、橘子の手を優しくにぎりなおした。

「八時半になったら、看護師さんも来られているとおもうから、御挨拶に行きましょうね？　それでもうこの件は終わり」

鳥上さんは緋之川さんの名前を一言も口にしなかった。鳥上さんが終わりと言われるように、自分も終わりにするつもりだ。自分からも緋之川さんのことを話す考えはない。きのうメールが届いたことも。これからの行動でも緋之川さんとかかわることをしなければ、鳥上さんはしっかり理解してくれるとおもった。

不意に鳥上さんが立ち上がった。はっとおもって振りかえると、緋之川さんの姿が見えた。橘子は少し身をかたくした。緋之川さんの表情も強張《こわば》っていた。

鳥上さんが緋之川さんのほうへ歩いて行って、二人小声でやりとりをした。緋之川さんは神妙な顔でうなづいていた。

橘子はその様子を見つつ、椅子の背凭《せもた》れを支えにしながらぎこちなく立ち上がった。

緋之川さんが首を振った。稍間《やや》をおいて、今度は劇《はげ》しく首を振った。とおもうと、鳥上さんを撥《は》ねのけるようにして、橘子のほうへ駆け込んできた。「緋之川くん！」と叫ぶ鳥上さんの声がきこえた。その時には緋之川さんが眼の前にきていた。

身動きする間もなかったが、おもわず手を胸の前で交差させ、身構えた。と、緋之川さんが九十度に上体を折り曲げ、叫んだ。

「橘子ちゃん、総《すべ》てぼくがわるかった。心から謝る。本当に、御免」

緋之川さんはなかなか頭を上げなかった。鳥上さんがおいついてきて、橘子に言った。

「どうしても一言直接謝りたいって。怖《こわ》かったかもしれないけれども、緋之川くんもまじめな気持ちで謝罪してるのはわかってあげて」

それから、橘子の答えも待たず、続けて緋之川さんに向かって言った。

「緋之川くん、頭上げてよ。檍原《あわきはら》さんも困るでしょ？あと、もうそっとしてあげてね、おねがいよ」

その言葉に緋之川さんは頭を上げ、無言で自分の席に向かった。

橘子は、まだ胸に手を当てたまま、緋之川さんの後を眼で追った。鳥上さんが肩に手をおいて、「座りましょう」と言った。それがスイッチになったように、橘子は言葉を発した。

「緋之川さん」

そして、続けた。

「私こそ御迷惑をおかけして本当に申しわけなくて――」

頭を下げながらそう言うと、緋之川さんがおちつかない素振りで頭をかきだした。

「きついなあ。こんなにいい橘子ちゃんに――おれ、顔洗って出なおしてくる。課長に、三十分おくれて出社すると言っといてくれる？」

一方的にそう言って、かれはかばんをかかえて出て行った。「緋之川くん」と叫ぶ鳥上さんの声も虚《むな》しかった。

「しようがないわね」

鳥上さんが珍しく肩を聳《そび》やかした。

「私、なにも言わないほうがよかったんでしょうか？」

橘子も場都合《バツ》がわるかった。

「気にしないで。あなたがちゃんと会社に来てくれたことがかれにとってはなによりありがたかったのよ。その上言葉をかけてもらって、どうしていいかわからなくなったんでしょう」

「きのうも緋之川さんからメールでおわびを戴いたんです」

「メールのやりとりもしてたのね？」

鳥上さんが呆《あき》れたように言った。

「メールはそれが初めてだったんですけれど――」

そう答えて、自分からはしなかったけれども、緋之川さんからのメールはずっと待っていたのだ、土曜日から日曜日に緋之川さんからメールをもらったら、自分はまちがいなく返信しただろうとおもい、やりとりをしていないと堂々と言いきれるわけではないと考えた。

「御免なさい」

言ってから、また口癖が出てしまったとおもった。

「あなたからはメールしてないの？」

「ええ。此間《こないだ》の土曜日に携帯電話を買ったばかりなので」

「土曜日って緋之川くんに会ってた日でしょ？　それも緋之川くんが世話したのね」

橘子は共犯者として神妙に下を向いた。

「もうこれ以上かれの話はなしにしましょう」

そう言って、鳥上さんは課の行動予定板のところまで行って、緋之川さんの欄に「9：30出社」と書き入れた。

もう八時半になっていたので、二人は階段を使って健康管理室まで上がった。

看護師さんが橘子の顔を見ておどろいたが、顔色がいいので安心した様子だった。橘子はすぐお辞儀をして、おわびとお礼を言った。看護師さんはきのうの様子との違いに、どうやって発散させたのかきいたので、橘子は幼馴染《おさななじみ》と小学校以来初めて心を通わす会話ができたことを正直に言った。かれと話ができていなかったら、ずっと寝込んでいたかもしれない。その幼馴染が男の子ときいて、二人はちょっとおどろいた。「初《はつ》戀《こい》のひと？」と看護師さんが興味深そうにきいた。橘子は一瞬「えっ？」とたじろいだが、「そういうこと考えたこともありません」と答えた。少しだけ雑談して、健康管理室をあとにした。

階段をおりながら、「本当に元気になってくれて、凄《すご》くよかった」と鳥上さんが実感をこめて言った。橘子はあらためて心配をかけたことにおわびを言い、また、きのう鳥上さんが帰宅途中に寮まできてくれたことにお礼を述べた。

職場に戻ると、おおかたの人が出社していたので、橘子は課長から順に一人づつ、きのう心配をかけたことをわびてまわった。みんなに温かい声をかけてもらって、うれしいとおもうと同時に、申しわけなさが募《つの》った。

九時半になって、緋之川さんが入ってきた。かれは橘子のもとまできて、緊張して会釈《えしゃく》する橘子に、さっきとおなじように深々と頭を下げ、それが初めての挨拶であるかのように、「きのうは本当にすまなかった。御免」と言った。そして、課長のところに出向いて、出社がおくれたおわびを言い、自分の席について仕事の支度にとりかかった。

「暫《しばら》くそっとしておいてくれるはずだから、あなたもそっとしておくのよ」

鳥上さんが小声で橘子に忠告した。橘子は「わかりました」と軽くうなづいた。緋之川さんのきのうのメールへの返事もやめておこうとおもった。

仕事に集中することに努めたこともあって、定時まで問題なく一日を過ごすことができた。きのう休んでとりかかれなかったことも、鳥上さんがうまく段取りしてくれた。連休の予定については、鳥上さんの勧めもあり、三十日の日も休暇をとることにして、七連休ということになった。

唯、おりおりに明日のことが気にかかった。明日本当の清躬と終《つい》に直接の再会を果たせる喜びがある一方で、贋物の清躬との昼食の約束をどうしたらいいか、なにも考えられていないのはまずいとおもった。会って話をしなければいけないとおもう一方、なりすましがわかることは想定済みだったとしたら、そこでかれがしかけてくることに自分は対抗できるのか、自信がなかった。もしも贋物であることを暴《あば》いた時にかれが一變《いっぺん》して物凄く邪悪な人間の姿を見せるとしたら、それだけで動転してしまいそうな気がした。

でも、相かわらず優しく接してくれる可能性だってある。私はやっぱりかれを信じたいのだ。嘘《うそ》をついていたのは事実でも、かれにも良いところがあり、とことん悪い人ではないことを信じたいのだ。だって、かれは私の為をおもって、一杯有益なアドバイスをくれたし、傷の手当てだってしてくれた。一人勝手にソファーで居眠りしてしまっても、おこりもしなかった。だから、かれを赦《ゆる》し、あらためて友達の関係になることができたら素晴らしいとおもう。そう期待する自分はキユくんに似てお人好しだとおもうけれども。

最悪の事態はなんだろう。

かれは頭がいい。総《すべ》て織り込み済みで、邪悪な策謀をめぐらせているとしたらどうだろうか。なにをたくらんでいるか自分には知りようもないが、きっと私がどうこうしようとしたって、到底対抗できない。下手《へた》をすると、自分だけにとどまらないで、家族や清躬や会社の人たちにまで累《るい》がおよぶ可能性だってある。そうなっては大事《おおごと》だ。結局、自分一人でかたがつけられないで、火の手をあちこちに広げて騒ぎを大きくするのだったら、初めから頼りになる人の力を借りたほうがいい。一番力になってくれるのは勿論《もちろん》両親だが、それだけ心配をかけるし、ひょっとして、東京は危ないから、もう仕事を辞めて故郷に戻ってこいと言われてしまうかもしれない。あと友達も東京にはいないし、明日のことにすぐ対応できはしない。

どう考えても、鳥上さんしかいなかった。きのう、きょうと、鳥上さんがどれだけ自分のことを親身に気にかけてくれたかとおもうと、自分が最も頼みとすべきひとにちがいなかった。あまりプライベートなことに巻き込みたくはないし、本物とか贋物とか話が込み入っていて、しかも本物の清躬の病気のこともどう説明していいかわからないということはあるが、後でもっと複雑な情況になって、事態が不穏な様相を呈してから闇雲に援《たす》けを求めても、鳥上さんとしてもそれこそもう手立てがなくて、迷惑をかけるばかりかもしれない。ともかくもいま話をきいてもらえれば、それだけで心丈夫だし、鳥上さんも心積もりができていざという時に支えになってもらえるだろう。

お昼休みの時間に橘子は勇気を奮《ふる》って、相談に乗ってほしいことがあると伝えた。そこで、定時後に鳥上さんに纏《まと》まった時間をとってもらうことになった。

「おうちの用事もあるのにお時間をとってもらって、本当にすみません」

鳥上さんに連れられて駅のほうにあるカフェレストランにおちついた時、橘子はあらためて頭を下げた。

「もともと、あなたがきょうも休んでいるようだったら、寮に寄って様子をきかせてもらうつもりでいたので、おそくなる可能性もあるからといって、夫には外で食事してもらうようおねがいしてあったの。だから、私には差し障《さわ》りないわ」

「本当にすみません」

「だから、私はなにも困っていないのよ」

「私、鳥上さんにはいつもお世話になってばかりで、その上また御相談というのも気が引けるんですけれども……」

「そうそうかしこまらないでもいいから。とりあえずさっと腹拵《はらごしら》えして、それからコーヒーでも飲みながらゆっくりお話ししましょ」

最初のうちは寮生活のことなど重くない話をしながら、料理もそこそこおなかに入ったところで、「さあ、相談てなあに？　なんでも話してね」と鳥上さんに合図を貰《もら》った。

「はい、ありがとう御座います。小学校以来の幼馴染のこと、朝、健康管理室でお話ししましたが、その子、清躬くんという名前で――」

「きよみさん」

「ええ、しかも苗字《みょうじ》が私と一緒で、檍原《あわきはら》清躬というんです」

「御親戚《ごしんせき》？」

「さあ、はっきりは知らないんですけれども、檍原なんてあまりない苗字ですから、縁はつながってるかもしれません」

贋物の清躬が言っていたこと、つまり橘子と清躬のおかあさんが従姉妹《いとこ》どうしという話はナルちゃんも本物の清躬からそうきいたと言っていたので、まちがいないのだろうとおもわれたが、橘子自身が従叔母《いとこおば》という関係がまだ充分受け容れられていないので、曖昧に答えた。

「その清躬くんとはずっと音信不通だったんですけど、今年の二月に、清躬くんのことといろいろ話しているなかで、いま住んでいるところを教えてくれたんです」

戀人「だったひと」と言うのは、言いながら抵抗があったが、言いかえのしようがなかった。鳥上さんはききとがめて問いかえすことをしなかったので、そのまま続ける。

「それで私、ここに就職して東京に出てきたので、四月に入って二回目の日曜日にかれのアパートを訪ねました。その時は留守《るす》だったので、私が訪ねたということと私の連絡先をメモに書いて、郵便受けのなかに入れたんです。そしたら、かれから連絡がきて、私たち、会うことになりました」

鳥上さんがそこできさかえしをしなかったので、橘子は更に続けた。

「それで、私、清躬くんの部屋を訪ねました。前の前の日曜日です。そして、私たちは会いました。かれは小学校時代のおもかげをそのまま残していました。高校の時にもちょっと会ったことがあるんですけど、あの時の顔だちを更にしっかりさせた感じだったので、私、清躬くんと疑いませんでした」

橘子はそこで一呼吸おいた。鳥上さんは静かなままだった。

「お気づきだとおもいますが、そのひと、本当の清躬くんではなかったんです。でも、それは本当の清躬くんときのう電話をするまで私、気がつかなかったんです」

「相談事というのは、そのカレについてのことなの？」

漸《ようや》く鳥上さんがききかえした。

「ええ、そうです」

橘子はうなづいた。

「本当の清躬さんではないひとが清躬さんになりすまして、檍原さんに会っていたということなの？」

鳥上さんがききなおした。

「そうです」

少し間をおいて、また鳥上さんが尋ねた。

「御兄弟《ごきょうだい》じゃないわよね？」

「清躬くんにきょうだいは――」

橘子はちょっと考え込んだ。清躬にはきょうだいはいないとおもっていたが、１００％そう言いきれるかとおもうと、あやふやに感じられた。おとうさんが海外に行かれていた時、一緒についていったきょうだいがいないとはかぎらない。本当の清躬に確認したことがないので、かれからきいていないことについてはなにも知らないのと同様だった。

「あら、幼馴染でよく御存知じゃないの？」

「ええ。いないとおもうんですけれども」

「よく知らないの？」

「すみません。清躬くんからきょうだいがいるとはきいたことないので、その可能性をおもってもみなかったんですけど――」

「とても親しいお友達だったら、おうちは行き来してるでしょうし、きょうだいがいるいないくらい――」

「あの、清躬くんとはとてもなかよくしてたんですけど、その時はおとうさんが海外に赴任《ふにん》されていて、おかあさんと二人だけで私の家の隣に住んでいたんです。清躬くんやおかあさんはついてゆかなかったから、てっきりおとうさんは一人で赴任されたんだとおもってたんですけど、清躬くんとは別についていったきょうだいがいるかもしれない可能性については、なにもきいてないからわかりません。おとうさんに隠し子がいたとしたら、それもわからない話ですし」

「隠し子って、そんな想像をしたら、可能性はいくらでも広がってしまうわ」

「ええ、そうなんですけど」

　いくら清躬の父親への不信感があっても、隠し子の可能性を考えること自体おかしいし、清躬やおかあさんに失礼だと、橘子は失言を反省した。

「私がきょうだいじゃないわよねときいた意味は、単に確認のつもりだったのよ。きょうだいってわかってるんだったら、相談することもないとおもったから、念のためそうじゃないわよねときいたの」

　鳥上さんが意図を説明した。

「ま、ともかく、相手が清躬さんとどういう関係かはわかってないわけよね。でも、きのう清躬さんとお話しした時、そのなりすましているひとの話はしなかったの？」

「久しぶりに話ができて、それだけで感動してしまって、そんな話はしなかったんです」

「今度きいてみたら？　そのなりすましのひとが清躬さんの部屋を堂々と使っているというのなら、清躬さんも御存知のひとじゃないかとおもうの。例えば、兄弟ではないにしても、従兄弟《いとこ》という関係はあるかもしれないし、非常に親しい友人かもしれない。どちらにしても、清躬さん本人に尋ねてみたらわかることよね？」

　従兄弟の可能性は慥《たし》かにあると橘子も感じた。キユくんの母方は自分につながっているから、おもいかえしても同年代で従兄弟になる関係のひとはいないようにおもうが、父方がどうかはまったくわからない。贋の清躬の情報だが、清躬の父は長男じゃないと言っていたから、長男の人に息子がいて、つまり清躬に従兄弟がいる可能性は充分にある。従兄弟だったら、清躬の部屋に出入りできるし、容姿体型が似ていても不思議ではない。

　あっさり正体がわかれば、対応のしかたも考えられる。

　しかし、引っかかるところがある。

「清躬さんにきくのは差し障りがあるの？」

　橘子がすぐに応じないので、鳥上さんがきいた。

「いえ、差し障りというのではなくて、きき方をどうしたらいいかなとおもって」

「というのは？」

「本当の清躬くん、私が贋の清躬くんと会ってることを全然知らないんです」

「それはなりすましのひとが隠してるからでしょ？」

「それはそうかもしれないですけど、清躬くんってとても繊細で。その、繊細さかげんが半端ではないんです。私が清躬くんの留守を訪ねてから今まで本当の清躬くんに連絡さえなかったのを、私が病気になってしまったからじゃないかと本気で心配してたらしいんです。だから、私が今度は贋物に騙されてると知ったら――ナルちゃんも清躬くんには話せていないんです」

　橘子は興奮して言った。

「ナルちゃんて？」

「あ」

　橘子は興奮のあまりいきなり少女の名前を口にしてしまったことに気がついた。

「あの、ナルちゃんというのは清躬くんとなかよくしているおんなの子です。小学校四年生で。私が初めて清躬くんのアパートを訪ねた時、ちょうど居合わせて、清躬くん留守だったので、ちょっとお話ししたんです」

　橘子は続けた。

「おとといそのナルちゃんから私に電話があって、どうしておにいちゃん――おにいちゃんというのは清躬くんのことですけど――に会いに来ないのと責められて、その時、私が日曜日のたんびに会っていた清躬くんと、ナルちゃんのなかよくしている清躬くんとが別人物だとわかりました。そこでは私はまだ自分が会っていたほうが本当の清躬くんと信じて疑ってなかったんですけど、ナルちゃんのほうはうそのおにいちゃんの存在を知ったことになります。……でも、ナルちゃんも本当の清躬くんにその話はしていません、おにいちゃんが心配するからできないといって」

「心配するってその話を避けていても、なりすましされるほうも当事者なんだから、いずれはその話をしないといけないわよ。時間をおく程もっと拗《こじ》れて、心配になるような事柄もおおきくなってしまうわ」

「それはそうなんですけど」

「それに、清躬さんがいいひとなのはわかるけれども、お身内《みうち》とか親しいお友達とかがおうちに出入りしてることがあるんだったら、それくらいはきけるんじゃない？」

「え、ええ」

　鳥上さんが言われることはそのとおりなのだが、橘子としては心配な気持ちは拭《ぬぐ》えなかった。橘子がそれきり黙ったので、稍間《やや》をとってから鳥上さんが尋ねた。

「初めに、清躬さんの戀人が檍原さんを訪ねてきて、清躬さんの住所を教えてくれたという話をしたでしょ？　その戀人のひととは話をしてるの？」

「あ、その戀人というひとは――」

話しにくいおもいがあって、橘子は言葉が途切れた。

「どうしたの？」

「あの、そのひと、清躬くんとわかれてしまったんです。だから、今はもう戀人ではなくて」

「えっ？」

鳥上さんも反応に困ったような顔をした。

「私、東京に来て、かの女に挨拶のメールをおくったら、いきなりそういう返事で、私に対しても今後のメールを断わってきたんです。メールアドレスもかえられてしまって、もうやりとりができません」

「そのひとがあなたを訪ねてきた意図というのはなんだったんでしょう？」

「私にもよくわかりませんが、その時からかの女、清躬くんのことでなやんでいたようでした」

「なやんで？」

「ええ。でも、なんかよくわかりません。裕福なおうちのお嬢さんで、気紛《きまぐ》れなところがあるのかも」

「まあ、もうやりとりがないんだったら、そのひとのことはおいておきましょう」

紀理子《きりこ》の話は橘子にとっては面倒を感じることだったので、鳥上さんがかの女の話題から離れてくれたのはありがたかった。

「じゃ、贋の清躬さんてどういう方なのか教えてくれる？　勿論、嘘の顔をつくってるんでしょうけど、檍原さんが実際に会って感じたところをきかせて」

「はい、わかりました」

橘子はなにから話したらいいかちょっと考えて、口火を切った。

「会った時の顔の印象は、記憶にある昔の清躬くんそのまんまでした。清潔で爽《さわ》やかでルックスもいいです。きっと誰もが好印象を持つとおもいます。清躬くん、小学校時代から見た目はしっかりしてました。その印象どおりだったし、私、そのかれが清躬くんだと全然疑いを持ちませんでした」

「お話をしても、おかしいところはなかったのね？」

「ええ。唯、昔の清躬くんはおとなしくて無口だったんですけど、そのカレは活撥《かっぱつ》で淀みない話し方をして、その時は、ああ、清躬くんもおとなになってかわったんだとおもってました。でも、逞《たくま》しく格好よくなってるのはちっともわるいことじゃありませんし。違和感は少しも感じなかったんです。話のほうも、自分の家族のことや私との想い出や、いま言った戀人だったひととのこととか、本人が普通に話をしそうなことを自然に喋《しゃべ》っていましたし、私が質問してもなんでも答えてました。そういう感じだったので、ちょっと違うんじゃないと變《へん》におもうところは全然なくて」

「そのひととは何度会ったの？」

「最初がこの前の前の日曜日で、次が一週間おいてその次の日曜日——おとといです。日曜日毎《ごと》に会っていることになります」

「どっちとも清躬さんのお部屋で？」

「いいえ。清躬くんの部屋は最初だけです。おとといはお昼も一緒にしたので、カレが連れて行ってくれたお店とその近くの喫茶店で話をしました」

「でも、一度目は清躬さんのお部屋ね？」

「ええ。その日はアクシデントがあって、駅から清躬くんのアパートに行く途中にある坂道のところで、私、自転車だかバイクだかに突き飛ばされて」

橘子はその時の出来事を説明した。

「えっ」

鳥上さんもおもわず声をあげた。

「はねられたわけじゃなくて、からだが当たったというか、突き飛ばされた感じです。そこに偶然清躬くんが——あ、贋物のカレのほうですけど、私を迎えにやってきていて、転倒した私に駆け寄って助け起こしてくれたんです」

「あ、それで手にガーゼとかしてたのね」

「ええ、そうなんです。それから、カレにアパートに連れて行ってもらって——」

「それは本当に清躬さんのアパート？」

「えっ？」

そこに疑問を差し挟まれるとは、橘子は考えてもいなかった。

「檍原さん、一度訪ねたというけど、でもそんなにその辺《あた》りの地理に詳しいわけじゃないでしょ？　一本道ならともかく、いくつか角を曲がったりするんだったら、違うアパートに誘導されている可能性はないかなとおもって」

「あ、そんなことおもってもみなかったですけど、でも、アパートの前には公園があって——」

「公園とかアパートの名前はその時も確認したの？」

「あ、いえ」

「一人で行くなら目印とか確かめながら行くからまち

がえないでしょうけど、本人に案内されて行くんだったら安心しきっていて、違う道を通っても気がつかないんじゃないかしら」

「え、でも」

いくら自分がぼんやりでも、全然違う道を案内されて気がつかないわけは――

橘子ははっとした。あの時自分は歩いていなかった。おんぶしてもらって、自分は恥ずかしさでカレの背中に顔を埋《うず》めていたのだった。

「何分くらい歩いたの？」

鳥上さんの質問は続いた。

「十分くらい」

「怪我《けが》した足で十分？」

「あ、実は――」

「実は、って？」

おとなになっておんぶされたというのは、それを言うだけでも恥ずかしい気持ちがするが、鳥上さんにはなんでも正直に話をしないといけないとおもい、橘子は事実を話した。

「その、すぐに歩けなくて、カレ、おんぶしてくれたんです」

「おんぶ⁉」


橘子は顔を赤らめて手でおおった。

「お恥ずかしい話ですけど」

「歩けないならしようがないけど……」

鳥上さんも声のトーンがおちる。

「そんなに大怪我だったの？」

「あ、いえ」

「いえ、って？」

「あの、私、本当に清躬くんと久しぶりに会ったことに感動して、それにカレ、とっても優しくしてくれたので、大泣きしてたんです。もう舞い上がっていて、気がついた時にはカレの背中におぶわれていました」

「あなたにとってそれだけ清躬さんが大事なひとだったのね？」

「ええ」

「きっと、あなたが大泣きして動かないから、しようがなくかれもあなたをおんぶしたんでしょうけど、あなたも気がついたらおんぶされていたというんじゃ、なおさら道は確認できてないいんじゃない？」

「え、ええ」

言われてみるとそのとおりだ。

「ずっとおんぶされていたの？　途中からはおりて、自分で歩いたの？」

鳥上さんに確認され、また言いにくいなとおもったが、正直に答えるよりほかにない。

「あの、私も途中でおりようとしたんですけど、おろしてくれませんでした」

「ずっとアパートに着くまでね？」

「ええ」

「あなた、おんぶされている間中、まわりを冷静に確認することはしづらかったんじゃない？　顔も泣き腫《は》らしているんだったら、ひとに見られることが恥ずかしいおもいだったろうし」

「本当にそのとおりです。おんぶされていること自体が恥ずかしいので、ずっとカレの背中に顔を埋めていました」

「うーん、カレ、おんぶすることまで想定していたかどうかはわからないけれども、結果的にはあなたは道中の様子をしっかり確認できているわけじゃないんだから、違った方向にあなたを連れて行くことは可能だったわけね？」

「まあ、そうですね」

否定はしきれない。でも、本当の清躬のアパートとそっくりなところに連れて行くなんて、そんなことが本当に可能だろうか。

「でも、まだ信じられないです」

「信じられないって、なにが？」

「だって、おなじような公園とアパートが近くに別にあって、階段もおなじで、部屋もおなじ位置で用意するなんて、そんなに都合《つごう》よく――」

「そうね。そこまでちょうどいい条件が調《ととの》っているのはそうないことかもしれない。でも、そういうのが偶然にもあったからこそ、それを利用した可能性もないとは言えない。本当にないかどうか検証するまでは、その可能性を否定しきれないわ。もしもそうだったらと考えておく必要はあるようにおもう」

そのように言われてしまうと、もう反論できない。

「もしそうだったとしたら、私すっかり……」

「かえり道はどうだったの？　ちゃんとした目印をおぼえていて、前とおなじ道をかえったという記憶があるの？」

「あの、かえりも清躬くん――あ、贋のカレが駅までおくってくれて――」

「あなたもカレに安心しきっているから、誤魔化されている可能性も否定できないわ」

「そ、そうですね」

橘子は、自分がちゃんと気をつけていれば相手に騙されずに済んで、贋の清躬を見破れたかもしれないのに、とおもうと、悔しかった。人間が甘いからつけこまれる。

「あなたが連れて行かれたところが、本当の清躬さんの部屋か、贋のカレが用意した別の部屋かはわからないけれども、もしも違うアパートに誘導されたのだとしたら、カレと本物の清躬さんの関係は一方的なものである可能性がある。カレのほうは本物の清躬さんのことをよく調べ上げているけれども、本物の清躬さんはカレのことをまったく知らないかもしれない」

「知らないのだったら、きいても清躬くんにも意味がわからないし、寧《むし》ろ心配させてしまうだけになっちゃいますよね」

「唯、清躬さんに年の近い親戚《しんせき》とか親しい友人とかがいて、接触しているかどうかは確かめたほうがいいわ。贋の清躬さんの存在まで話をしなくてもいいけど」

「どうせ話はしないといけないとおもいます。そうでないと私、二週間も病気して外出できなかったと清躬くんに勘違いされてしまいますし。唯、贋の清躬くんのことでかれをあまり心配させないように、話のしかたは気をつけないといけませんけど」

「本当のことを伝えるのが一番いいと考えたら、やっぱりあなたが言うように、お話はしたほうがいいんでしょうね。清躬さんの受け取り方を心配するのもわかるけれども、信頼しあっているお友達どうしなら、フォローすればちゃんとわかってもらえるから、最初から気をつかいすぎないほうがいいとおもう」

「わかりました」

橘子は鳥上さんの忠告どおりにしようとおもった。

「清躬くんのアパートまで擬装したのなら、最初から私をわなにはめるつもりで事故もでっちあげたんでしょうか？」

橘子は疑問を口にした。

「それがあなたとの最初の接触だったのだから、当然そういうことになるでしょうね。抑々《そもそも》なりすまし自体が相当に準備や計画を必要とするものでしょうから、それくらいの計算はしてるでしょう」

「でも、私をわなにはめて、どうするつもりなのかしら？」

「今お話をきいたばかりだから、とても見当がつかないわ。そこまでするんだったら、その労力に見合うなにかおおきな目的があるんだろうけど、相手の目的はあなたにあるのかしら、それとも清躬さんにあって、そこにあなたを利用しようとしているのかしら？」

「私が目的といっても、意味がわかりません。私は一人東京に出てきて、寮ぐらしだし、社会人になりたてのひよっこです。一人前にも程遠いのに、こんな私に近づいてもなんにもありませんよ。実家だって普通の家庭で、特に家柄や財産があるわけでも――」

橘子は首をかしげるしかなかった。

「檍原さんがとてもチャーミングで、好きになった？」

「やだ」

「そうかもしれないわよ」

「止《よ》してください、鳥上さん。あり得ません」

橘子は突っ撥《ぱ》ねた。

「なりすましなんていつかばれるじゃないですか。ばれたら、関係はそれで終わりです」

「そうね。本物の清躬さんのアパートとおなじ最寄《もよ》り駅でなりすますなんて、行き来するなかで本人と遭遇する可能性もあるんですからね。ナルちゃんという子だって、あなたに本物の清躬さんを会わせる可能性があるし」

「あ、言うのをわすれてました」

橘子は大事なことをおもいだした。

「カレ――贋物のカレ、ナルちゃんのことをよく知ってるんです。家庭の事情なんかおそろしいほど知っていて、カレ、ナルちゃんのこと、子供だからって信用しすぎないよう、私に忠告したんです」

「子供だからって信用しすぎないようにって？」

「ナルちゃん、おうちに複雑な事情があって、とにかくおとうさんがおられないらしいんです。そういうこともあってか、素直ないい子を演じて、おとなに気に入られようとしている、警戒はしたほうがいいとか」

「そこまで言うというのは、贋物のカレ自身がナルちゃんを警戒してるということね」

「あ、そういうことですよね」

「子供はなかなか騙せないわ」

「本当にそうです」

鳥上さんの鋭い指摘に橘子は得心した。同時に、橘子はこれまで贋物の清躬にずっと好意を懐《いだ》いていたので、初めにかれに対して感じた小さな違和感をすっかりわすれてしまっていることに今気づいた。

「それから、あなたがナルちゃんと接触しないようにしてる」

「きっとそうです。そして、事実、ナルちゃんが連絡をとってくれたおかげで、本物の清躬くんと再会することにもなったんですし」

ナルちゃんは慥《たし》かに贋の清躬にとって警戒するだけの価値のあるおんなの子だったのだ。

「ナルちゃんは贋の清躬さんのこと知ってそうなの？」

「さあ、うーん、知らないんじゃないでしょうか。私の言う清躬くんとナルちゃんの言う清躬くんが違うとわかった時、もし贋の清躬くんについて知っているんだったら、それは誰々とか、或いはそこまではっきり言わないにしても、心当たりがあるように言ってくれるとおもうんですけれど」

「それじゃあ、きっとナルちゃんのほうは知らないわね」

「でも、贋のカレはナルちゃんと会って、私が清躬くんのアパートを訪問したことをきいてると言ってました」

「そんなことあり得ないんでしょ？　ナルちゃんがカレと話をしたなんてことは」

「ええ。ナルちゃんも清躬くんの贋物に対してはおこっていますから、自分でも心当たりがあったら、私に情報はくれるとおもうんです」

「そうね。でも、清躬さんに関係する人々のことを、あなたのことも含めてそれだけ知っているというのは、それだけ徹底して調べ上げる努力に値する程、清躬さんのなにかに価値を感じているようにおもう。カレがなりすましをする目的があなたにあるのか清躬さんにあるのかってさっき言ったけど、やっぱり清躬さんが目的であるような気がしてきたわ」

「なにが目的なのかわかりませんけど、私が目的ではないのは絶対です」

　橘子はそれだけはまちがいないと確信する。

「でも、清躬さんになりすますのはあなたに対してだけでしょ、おそらく。あなたが本物の清躬さんにまだ会っていなくて、贋物か本物かもわからないからということはあるにしても、なりすましをするというのは、それによってあなたと深く接触し、あなたに影響力を持つことで逆に清躬さんをコントロールしやすくなる。そう考えてのことじゃないかという気もする——あくまで想像だけど」

「でも、カレが贋物とわかった以上、私はもうカレの影響なんて受けません」

「そうね。それとも、なりすましはもっと単純な理由からなのかしら」

「単純な理由って？」

「大体、御本人がいらっしゃる地域で贋物も活動しているのは、いつばれたっておかしくない情況だとかれも想定しているような気がする。とすればよ、なりすましは単純にあなたというひとをからかいたくて――」

「私をからかうためって、でもどうしてそこまで」

からかわれているとおもうと、橘子は少し不愉快になった。

「わからないわ。でも、なんでもかんでも調べ上げている労力にくらべたら、なりすましのほうがずっとかんたんなのかもしれない」

「私が騙されやすいからでしょうか」

清躬のアパートのことだって、本当かどうかわからないが、もし違う部屋に連れていかれたとして、道順が違うことに全然気づかないという迂闊《うかつ》さに、こいつはいくらでも騙せると見縊《みくび》られたのだろうか。

「なにも檍原さんがおちこむことはないわ」

「私、本当に馬鹿ですね」

橘子は自嘲気味に言った。贋の清躬に対しても、緋之川さんに対しても、もっとしっかりしていたら、こんな馬鹿を見ないで済んだとおもう。

「なに言ってるの。自分でそんなこと言って、自分自身をおとしめたって意味ないわ。だって、これからあなたは本物の清躬さんとまた関係をつくって、一方で贋の清躬さんとはきっぱりけじめをつけるんでしょ？もっとしっかり自分を持っていなくちゃいけないじゃないの」

鳥上さんに叱責《しっせき》を受けて、橘子ははっとした。

「御免なさい」

「私こそ勝手な想像でものを言って、檍原さんを傷つけたかもしれない」

申しわけなさそうに鳥上さんが言った。

「話が横道に逸《そ》れちゃったわね。贋の清躬さんと初めて出会った時のこと、あなたおんぶしてもらって、アパートまで連れて行ってもらったんでしょ？　それでその後は？」

元の話に戻ったが、おんぶの件がもう鳥上さんの記憶に定着したかとおもうと、恥ずかしい気持ちになる。けれども、想い起こすと、アパートに着いてからも恥ずかしいことが一杯ある。

「あ、着いてからは――私をリヴィングのソファーに座らせて――」

「あんまり細かく話してくれなくてもいいわよ。大体のところでいいから」

そう言われて、橘子は想い起こすまま逐一《ちくいち》話しそうになっている自分に気づいた。

「カレ、すぐに怪我の手当てをしてくれました。まずお風呂場で傷口を洗わせてくれて、消毒薬を塗って、ガーゼを当ててくれました」

「カレが手当てしてくれたのね？」

「ええ。手際《てぎわ》よく優しく手当てしてくれました」

「優しいからなおさら清躬さんと疑わなかったのよね？」

「ええ」

「で、その時はどういうお話をしたの？」

「あ」

橘子は言葉が止まった。昼寝をして時間を過ごしてしまったので、内容のある話はできていない気がする。でも、おもいださなくちゃ。

「えーと、私の仕事のこととかきかれて、あ、あと、ナルちゃんについての話とかもその時しました」

「カレ自身のことについてはきかなかったの？」

「実は、戀人だったひとから清躬くんについては大体の情報を得ていて、あらためて私から尋ねるようなことはあまりなかったです」

「わかった。じゃあ、二度目の時はどうだったの？」

橘子は結局自分の昼寝のことは言わずに済んで、ちょっと安堵《あんど》した。


「えっと、今度は駅前で待ち合わせて、お昼の食事をしながら、いろいろ話をしました。食事の後は、その近くの喫茶店で」

「お話の内容は？」

「ちょっと昔話——私たちが小学校時代の話をして、あ、その時、私と清躬くんが親戚関係にあることをカレが教えてくれました」

「親戚関係？　あら、さっきおなじ苗字だから御親戚？って私がきいた時は、はっきりそう言わなかった気がするんだけど」

「あ、御免なさい」

またしくじった、と橘子はどきっとした。

「おとといカレからきいたばかりで、本当のことはわかってないので」

「だけど、カレはあなたのこともきっちり調べ上げてるから——。真実かどうか、関係がない私が言うことではないけど、でも、カレによると、どういう親戚関係なの？」

「あ、清躬くんのおかあさんのおとうさんと私の父がきょうだいだとか」

橘子は贋の清躬にきいたまま答えた。尤《もっと》も、それはナルちゃんからも、本物の清躬が橘子との関係をそう語っていたことをきいているので、真実にちがいないことはもうわかっている。

「それじゃあ、随分近い親戚じゃない」

「あ、そうですね」

「それ、檍原さんは知らなかったの？」

「ええ、実は」

「でも、小学生の時はお互いになかよく顔を合わせてたんでしょ？　それに苗字が檍原っていうなかなかない苗字なんだし」

「私もその頃一度親にきいた記憶はあるんですけど、親もあまりはっきり言ってくれなかったんです。清躬くん——贋の清躬くんが言うには、清躬くんのおかあさんの結婚があまり檍原の親族一同に歓迎されてなかったみたいで」

「わかった。それ以上は立ち入らないわ。ともかく檍原さんとしてはカレに教えてもらうまでは知らなかったということね」

「ええ」

「結局、あなたと清躬さんのおかあさんが従姉妹《いとこ》どうしという関係ね？」

「あ、そういうことに」

「だから、清躬さんとは一世代ずれてるのね？」

「そ、そうです」

「おない歳だけど、親族の世代ではずれてると、ちょっと気づかないものなのかもしれない」

橘子は、鳥上さんの口からも「従叔母《いとこおば》」という言葉が出てこないよう、ねがった。一世代ずれてるからといっても、どうしても清躬に対して「おば」の関係にあるというところは橘子としてはなじめないのだ。

「それ以外の話は？」

「実は、私、緋之川さんのことについてカレに相談をしたんです」

橘子はおもいきって言った。

「緋之川くんのことを？」

ちょっととまどったように鳥上さんが反応した。

「ええ。私、カレのこと本当の清躬くんとおもっていて、もうすっかり心を許してましたから、よき相談相手として正直に今一番気になっていることとして話をしました」

「それでどんなことを話したの？」

「緋之川さんのことはもう私のなかで整理がついているので、なんでも正直に言おうとおもいます」

橘子は自分を鼓舞するよう、宣言するように言った。

「檍原さんが大丈夫と言うなら、構わないわよ」

「ええ、大丈夫です」

橘子は軽い深呼吸をして、言葉を続けた。

「私、緋之川さんのことずっとおにいさんのようにおもっていて、正直なところ慕《した》っていました。鳥上さんからは御忠告を戴いたんですけど、緋之川さんに戀人《こいびと》がいらっしゃるといっても、私の場合は慕っているだけで戀愛《れんあい》感情とは違うから関係ないというように安易に考えてました。で、先週の土曜日は、緋之川さんから初めドライブのお誘いを受けたんですけど、それってデートっぽいのは私にもわかったので、お断わりして、お昼だけ御一緒する約束をしたんです。でも、当日緋之川さんは車で来られて、結局私、その車に乗っちゃったので、やっぱりデートとおんなじようになりました。私のしたこと、結果的にまちがったことになってたんです。言葉と行動がちぐはぐになってしまいました。私がいけなかったんです」

「緋之川くんに情況をつくられてしまったのね。あなたはそのわなに捕まえられちゃったんだわ」

鳥上さんは残念そうに言った。

「初めはそうだったかもしれません。でも、デートみたいな行動をするなかで、私、緋之川さんのことが好きになってしまったんです。少なくとも意識しちゃうようになったんです——まだその時は気がついてなかったんですけど。御免なさい。鳥上さんからの御忠告を無にしちゃうことして。でも、私、緋之川さんのことどう考えたらよいかわからなくて、それでつぎの日の日曜日に、清躬くん——本当は贋物の清躬くんに相談しました」

鳥上さんが顔をくもらせる話をして、申しわけない気持ちになりながらも、橘子は話を続けた。

「私、そういう気持ちになっていながら自分で認めていなかったし、錯覚してはいけないとも自分に言いきかせていました。勿論、松柏《まつかえ》さんという方にとってかわろうという気は全然ないつもりでした。けれども、カレに話をして、自分の危なさに気づきました。カレが気づかせてくれたんです。そして、緋之川さんに付き従ってその危ない道に行こうとするなら、私は自分の大切な友達を失うこともわかりました。緋之川さんへのおもいは一時的な逆上《のぼ》せ上がりで、そんな気の迷いの所為《せい》で昔からの友達を裏切ることはできない。そうおもった時、緋之川さんへのおもいは吹っ切れました。唯、そのように反省しても、もう手おくれだったんですけど。実際、私はきびしい罰を与えられました。カレが言っていたことですが、私は自分で魔女を呼び込んでいました。そして、私のなかの魔女は、いともかんたんに私を壊しました。本当に終わってる感じでした。今おもえば、とことん馬鹿でした」

「正直に話してくれてありがとう」

鳥上さんが優しく言った。

「いえ、私の馬鹿の所為で、鳥上さんにもチームのみなさんにも松柏さんにも大變《たいへん》な御迷惑と御心配をおかけして、申しわけありませんでした」

「もういいわよ。もうすっかり元気になってくれたんだから、それが一番よ」

鳥上さんが柔和な表情をうかべて言ってくれた。

とっても綺麗だと、橘子は感じた。

「ありがとうございます。正直に言って、緋之川さんとのことはその贋の清躬くんと話をすることで自分のなかで整理をつけられ、吹っ切ることができました。カレのおかげで私はそれ以上誤った道を行かずに済んだのだとおもいます。私、そのカレに相談してよかったとおもいます。緋之川さんの件だけでなく、いろんなことでカレの話はためになりました。私を助けてくれました。総《すべ》てにおいて優しかったし、私のことをおもった親身なアドバイスをしてくれました。ですから、ずっと本物の清躬くんとおもってました。疑うところはなにもありませんでした」

「贋の清躬さんは檍原さんに対して本当のお友達のように完璧に行動したのね？」

「ええ、おそろしいくらい完璧《かんぺき》です。唯、私きのう、鳥上さんはじめみなさんに非常に御迷惑をおかけしましたけれど、寮にかえってからの私はもっとひどくて、完全に壊れた状態でした。自分のなかに魔女を見て、ずっと責め苛《さいな》まれていたんです。その時はもうカレにさえ頼ることができないくらいに私、終わってました。ところが、そこで携帯電話が鳴ったんです。誰かと話す気力なんか少しもなかったのに、どうしてかわからないですけど、私、その携帯電話を受けてしまいました。それは、ナルちゃんからの電話でした。そして、すぐ本物の、本当に本物の清躬くんがその電話に出たんです。その最初の言葉をきいた瞬間から、本物の清躬くんだとわかりました。本物の清躬くんに声をかけてもらって、一気に私、なにもかも終わりになっていたはずの自分が蘇《よみがえ》ったんです、自分を取り戻すことができたんです」

ずっと淡々と話をしていた橘子だったが、流石《さすが》にきのうの感動の瞬間の話については、感情が昂《たか》ぶった。

「電話の声だけで本物の清躬さんだとわかったのはど

うして？」

　鳥上さんが疑問を発した。

「勿論《もちろん》、声だけではわからないですけれども、清躬くん、最初の言葉で、私に、ナコちゃん、て呼びかけてくれたんです」

「ナコちゃん？」

「ええ。私の名前、漢字で『橘《たちばな》』という字と『子』という字ですから、それを続けて『たちばなこ』と読めるのを略して、おしりのところだけ二文字残した『ナコちゃん』という呼び方を、小学校の時に清躬くんが考えてくれたんです。勿論、その呼び名は、本物の清躬くんだけしか知りません。その呼び名で私を呼ばないひとは、本物の清躬くんではないのがそこでわかりました」

「そういうことなの」

「ところが、私ったら、清躬くんとちゃんとお喋《しゃべ》りするのが小学校の時以来もう十年近く経《た》っているので、不実なことにそれで呼ばれていたのをすっかりわすれていました。それで贋の清躬くんに会った時にナコちゃんと呼ばれなかったことにも違和感を感じずにいて、贋物と気がつかないへまをしてたんです。でも、本物の清躬くんが呼びかけてくれたら、当然ですけど、もうかれ以外清躬くんはどこにもいないんです。私、本物の清躬くんと声だけでも再会できて、本当に昔の仲のよい関係が今に蘇って、そこから自分自身も一気に回復できたんです」

「お友達の力って凄《すご》いわね」

　鳥上さんが感心したように言った。

「でも、敢《あ》えて疑いを差し挟んで申しわけないけど、清躬さんがあなたをナコちゃんと呼ぶのを耳にした人なら誰でも、その呼び名を使うことは可能なんじゃないかしら？」

「いいえ。それは絶対にありません。というのは、清躬くんがその名前で呼んでくれるのは私たち二人でいる時だけだったんです」

　和華子《わかこ》さんも入れて三人の時もそう呼び合ったが、和華子さんの話をすると更に話が長くなってしまうので、橘子はとりあえず二人だけの時ということにした。

「私たちの家はお隣どうしで、二階のベランダ越しにお喋りをすることがおおかったんですけど、そういうまわりを意識しないで気軽に話ができる時にそう呼んでくれてたんです」

「ベランダ越しにお話をしあってたの？　本当になかよしな感じが伝わってくるわ」

「ええ、本当に楽しかったです。だから、清躬くんのこと、私、大好きなんです。かれと一緒にいたのは小学校五年生、六年生の間だけで短かったし、もう十年近くも前のことなんですけど、私にとって最も素晴らしい時間でした。清躬くんが昔のように呼びかけてくれただけで、その時間が今に戻ってきて、自分を失いかけた私も元に戻れたんです」

「感動的なことね」

　鳥上さんが橘子のおもいを大切に受け止めるように言った。

「ええ。電話越しではあっても、清躬くんが昔そのままに私のもとに来てくれ、お互いに小学校時代からかわらないものが蘇りました。その瞬間に私は心が清《す》みきるようになって、同時に幸福な気持ちを取り戻したんです。きのう、もう自分が壊れたように感じて絶望的になっていた私が、清躬くんのたった一言の呼びかけで立ちなおれたんです。私に対してそんなことができるのは、本物の清躬くんをおいてほかにあり得ないことです」

「そう。よくわかったわ。その本当の清躬さんのおかげで、きのうの檍原さんはもういなくなったのね？」

「ええ、もういないです」

　橘子はきっぱり言った。

「きのうの様子からみて、こんなにかわるなんて考えられなかったから、本当はどうなのかなとおもってたけど、なにも心配いらないことがわかって、本当によかった」

　鳥上さんは心底《しんそこ》から心安んじたように言った。そう言ってもらって、橘子としてもありがたかった。

「鳥上さんにわかってもらって、私うれしいです。

れで、私、明日に、本物の清躬くんと贋の清躬くんの両方に会うことになってるんです。朝、本物の清躬くんに会ってから、昼に贋の清躬くんに会うんです」

「もう約束してるの？」

「ええ。贋の清躬くんとはおとといの日曜日のかえりぎわに、次に会う日ということできめました。本当は緋之川さんに、今度は二十九日に会うことにしようと言われたんですけど、清躬くんを優先して緋之川さんのほうはお断わりするしかないよう、おなじ日に予定をぶつけたんです」

「緋之川くんにはとことん呆《あき》れるわね、先約で入れてるなんて」

　鳥上さんが溜息を洩らした。

「まあ、もうその話はいいとして、本物の清躬さんのほうは？」

「それはきのう電話で話してきめました。本物の清躬くんとわかった時点で一刻も早く会いたい気持ちになりましたが、とりわけ贋の清躬くんより早く会わないととおもったので、明日の朝の九時に会うことにしたんです」

「そういうことね。本物の清躬さんと会うのは凄く楽しみなことだけど、問題は贋のカレね。お昼からのほうは逆に気が重いでしょうけど」

「本物の清躬くんと再会できることの素晴らしさは言うまでもないんですけど、でもちょっぴり心配なところもあって」

「心配って、贋のカレの話をするかどうかってこと？」

「あ、それもあるんですけど、それよりもっと大變なことで」

「大變なことって？」

「清躬くん、急に眼が見えなくなってしまったというんです」

橘子は重苦しい気持ちをかかえながら話をした。

「見えなくなったって？」

鳥上さんは要領を得ない感じできぎかえした。

「失明したようなんです」

「なにか事故？」

「それがよくわからないんです。本人も説明してくれるんですが、原因はあまりよくわかりません」

「治療できないの？」

「電話で話しただけなので、くわしいことはあんまり。勿論、明日会った時にちゃんと確認しますけど。失明して一週間程になるようですが、本人はあっけらかんとして、心配いらないと言います」

「そう言っても……」

「ええ。いろいろ心配はあるのですが、特に清躬くん、昔から絵が上手で。今は、挿絵《さしえ》とかイラストを描《か》く仕事をしているんです。大学は行かずに、通信教育で勉強した後、今の仕事に就いて、いろいろ描いてるときました」

「そういう職業の方だったら、眼が見えないというのは――」

鳥上さんも心配そうにきびしい顔になった。

「ええ。どういう職業でも眼が不自由なのは続けることが難しくて、仕事をかえないといけなくなるとおもうんですけど、かれは絵を描くのが好きで、仕事もそれでやっているので、絵が描けなくなるというのは生き甲斐《がい》を失うことになるんじゃないかと心配になります」

「お友達だったら、よく話をきいて、支えてあげないと。あなたも大變だけど」

「ええ。ちゃんと話をきいて、私にできることがあれば、かれの力になってあげようとおもいます」

「無理はしないようにね」

「ええ」

橘子はあらためて清躬の力になってあげなくてはと心のなかで誓った。

「いろいろ話してくれて、ありがとう」

鳥上さんが言った。

「い、いえ、全然仕事の話じゃないのに、私ごとばかりきいていただいて」

「あなたのお話で、緋之川くんとのこともわかったし、それからどうしてきのうのあなたからきょうのあなたに一變《いっぺん》したか、その理由もよくわかった。あなたにそんな大きなパワーを持つ存在があるなんて、羨《うらや》ましい。清躬さんは本当に素敵な方ね。あなたの清躬さんをおもいやる心も素敵。ナルちゃんというおんなの子もいて、楽しそう。でも、清躬さんの病気は気になるところだわ。それに、あなたにとって大事な清躬さんに贋物がいるというのがわかって、その贋物の秘密を暴《あば》く大仕事が残っている——あなたも随分大變なことになってるのね」

鳥上さんはこれまでの橘子の話を一纏《ひとまと》めにするように言った。

「ともかく明日、贋のカレと話をする。本当の清躬さんとお話しして、きちんとかれの情報が取れて、こういう人なんだとわかって向かい合うならいいけど、本当の清躬さんとお話ししてもまだ正体がわからなかったり、謎《なぞ》が残ったりしたら、ちょっとしんどいことになるわね」

「私、贋の清躬くんにも一杯世話になって、やっぱり本当の清躬くんとおもって信頼していたし、私を騙《だま》していたとしても、わるいひとであってほしくはない。そういう気持ちがあるんです。勿論、一方で、清躬くんになりすますなんて物凄い邪悪なひととしかおもえないところもあるわけですけど」

橘子は続けた。

「私、きのう、本当に病んでいたんですけど、鏡を見て、自分の顔を映すものでありながら、自分の顔を歪《ゆが》めて映すものでもあると実体験したんです。歪んでいるように感じても、見ている私自体が歪んでいるんでしょうけど、外見《そとみ》ではなく内面が歪んでいたら、それを映し出され、そして、外見自体もかわる――そういう体験をしたんです。突飛《とっぴ》な想像ですけど、清躬くんて、私の鏡でもあるような気がするんです。清躬くんは本当に心が清《す》んで純粋なひとなので、一緒にいると、私の心もきれいになる気がします。きのうの晩もそうでした。そうだったからこそ、私、一気に元気になれたんです。贋の清躬くんは本当の清躬くんじゃないので、鏡とは違うとおもうんですけど、でも、きのうの体験から、そっちも鏡のような気がしてきました。贋の清躬くんでもきのうまでは美しい鏡、面がなめらかで見たいものをそのままかえずに見せてくれる鏡。でも、そのおなじ鏡が反転して、見たくないものを見せる、おそろしい鏡になる。そこで見せられる贋の清躬くんの本当の正体の顔は――」

「ちょっと、檍原さん、私、ホラーは苦手よ」

そう言われて、橘子ははっとした。

「御免なさい」

謝る橘子を鳥上さんは優しい表情で受けとめた。

「ううん、いいのよ。あなたの気持ち、わからないでもない。一番のお友達だとおもっていたひとが自分を騙していたのだから。そういうひとに会って、ちゃんと話をするのは勇気が要るし、不安もあるわよね」

「今まで本当の清躬くんとおもっていたカレが、贋物と暴かれて、これまでと全然違う顔を見せるとしたら、その顔を見るだけで、私、……」

想像するだけでおそろしくなって、橘子は言葉が続かなかった。俯《うつむ》いて言葉を失った橘子の手に鳥上さんが手を重ねて、優しく言った。

「私が一緒にいてあげようか？」

「鳥上さんが？」

橘子はおどろいて顔を上げた。

「一人でかかえきれないから相談したんでしょ？」

「本当のところ、そのとおりで」

橘子は素直に認めた。

「カレが贋物なんておもいもしなかったことなので、そうとわかってカレと会うのは初めてだし。カレの反応が正直怖《こわ》いです」

今朝までは本物の清躬と出会え、話ができたことで喜び一杯で、贋の清躬のことは後まわしの意識だったけれども、明日実際に会わなければならないと考えたところで現実的な不安と恐怖が芽生《めば》えてきた。

「あ、怖いからって、鳥上さんにどうにかしてほしいとかおもってるわけではなくて、唯お話をきいていただけさえすれば少しは気持ちが楽になるとおもって――」

「いいのよ。ともかく相手のひとの正体がわからないし、おんなの子一人だけじゃちょっと心配だわ」

「でも……」

「でもって、私に気をつかわなくてもいいわ。一人でがんばるのはいいけれども、なにか事が複雑だし、相手の出方もわからないし、あなたには重たすぎる気がする。それであなたが辛い目に遭ったり、調子をくずしたりしたら、私が後で後悔する。あの時ちゃんとつきあってあげたらよかったのにって」

鳥上さんはきのうの自分の無様《ぶざま》な有様《ありさま》を見ているので、そうおもわれるのもしかたがない。

「申しわけありません」

「そんな、頭を下げないで。差し出たことかもしれないけれども、一人じゃなくて二人で臨めばそれだけ気が楽になるでしょ？」

「差し出たことなんて、とんでも――」

「おんなの身じゃ迫力はないけれども、いないよりましでしょ」

「ましだなんて。私には百人力です」

「おおげさねえ」

「いえ、ちっとも。私にとって鳥上さんは――」

鳥上さんがわらったので、橘子も笑顔になった。

「それで、最初から二人で会う？」

鳥上さんがきく。

「そうですねえ――」

「途中から私がわりこむのも難しそうな気がする。相手はえっ？とおもうかもしれないけれども、初めから二人の方が気が楽だとおもう」

「鳥上さんさえよければ」

橘子は心丈夫におもって返事した。

「私は勿論いいわよ」

「じゃあ、おねがいします」

そこまで言ってから、橘子は「あっ」と声をあげた。

「どうしたの？」

「あ、カレ、お昼をどこかのお店で予約とってるとしたら――」

「最初から私がいると、そのお店は当然キャンセルよね。あなただけカレと食事に行くわけにはゆかないし」

「ええ。そうしたら、カレに損害が発生しますよね？」

「カレの損害って――」

「お店の予約がパーになっちゃうし」

「パーになるもなにも、もともとカレが嘘をついていたのがわるいんでしょ。あなたを騙していて、損害がどうのと言える立場じゃないわ。そういってもごたごたしそうだったら、食事代くらい弁償して、それで関係も清算してしまったらいい」

「でも、お金の問題だけじゃなく、カレはカレとして予約をとるなどいろいろと手間をかけてくれたのに――」

「くれたのにって、檍原さん、あなたってとことんお人好しね。まさか、まだ好意を持ってるの？」

「まさかと言いたいんですけれど、わかりません」

そう答えながら、橘子は自分でもよくわからないもどかしさを感じた。清躬になりすますなんてとんでもなくわるいことなのに、正直に言うと、わるいひとであってほしくないという気持ちが強かった。そういうわりきれないところが自分のおおきな欠点で、隙《すき》を生んで相手につけこまれるかもしれないとわかっているのだけれども。

「そう。それだとますます私がいないといけないかも」

「すみません。いろいろお世話をかけて」

橘子は神妙になって謝った。


「檍原さん、携帯持ってる？」

鳥上さんの問いかけに橘子は「はい」と答え、自分の携帯電話を取り出して見せた。

「明日は勿論、今後も連絡をいろいろ取り合う必要があるでしょうから、お互いに携帯電話のアドレスを交換しておきましょう」

鳥上さんも自分のを取り出した。橘子とおなじようにガラケーで、スマホではなかった。前から持っているもので充分用が足りるからと、鳥上さんが説明した。橘子はメールアドレスの交換のやり方をまだ心得ていないので、鳥上さんにお任せした。おととい贋の清躬にしてもらった方法と全然違ったが、比較的かんたんに終わったように感じた。スマホとガラケーの間と、ガラケーどうしではやり方が違うと、鳥上さんにきいて初めてわかった。ガラケーさえずっと持たなかった自分は、何世代もおくれているような気がした。

「さあ、これでいいわ。私の、ちゃんと登録されているから。ほら」

鳥上さんから携帯電話を受け取って、橘子は登録された鳥上さんの情報を確認した。

と、その時、急に携帯電話が振動した。そして矢庭にディスプレイが電話の受信の表示にかわった。檍原清躬の名前が表示されている。

「あ、あ、」

橘子は鳥上さんに事態を伝えたくて気が焦《あせ》ったが、まともに言葉が出なかった。

「どうしたの？　電話ね？」

橘子はとりあえず唾《つば》をごくんと呑《の》み込んだ。そして、叫んだ。

「贋の清躬くんです」

22「私、しっかりします」

「カレ？」

橘子《きっこ》は携帯電話を持つ手が震えた。そして、

「あ、どうしよう？」と、困惑して声をあげるのが精一杯だった。

「慌《あわ》てなくていいから」

鳥上《とりかみ》さんからそう言われるが、橘子の動揺はおさまらず、どきどきしてしかたがなかった。

「私、出るの、止《や》めときます」

橘子は首を振りながら、言った。

橘子がそう言っても、お構いなしに携帯電話の振動は続いて、止まらない。ディスプレイの「清躬《きよみ》くん」の文字が、「オレだぞ」と脅迫するように眼に刺さる。アドレス帳が最初の登録のままになっている。

振動がまだ続く。

まだ続く。

橘子はとうとう耐えられなかった。カバンを開いて、携帯電話をなかにおし込んだ。

「大丈夫？」

鳥上さんが声をかけたが、橘子は暫《しばら》く言葉を発せられなかった。

「ちょっと怖《こわ》かった」

橘子は漸《ようや》く一言洩《も》らした。実は「ちょっと」どころではないのだが、そうつけくわえないと不安に呑《の》み込まれてしまいそうな気がするのだった。

「そうね。私もどきっとしたわ」

少し間をおいて、鳥上さんもそう言った。

橘子は手に冷や汗をかいていたので、手を拭《ふ》くつもりでハンカチを出したが、先に眼に持っていった。なみだが零《こぼ》れているのに気づいたのだ。

「すみません」

こんなことで泣いてしまう自分が恥ずかしくて、橘子は鳥上さんに謝った。

自分で泣いていることがわかるとその情けなさや悔しさで更に泣けてくるのが普通だが、この時は自分を持ちなおさないとという気持ちが勝った。それで橘子は贋《にせ》の清躬に疑問をぶつけるように、「なんの用だろう」と独り言を言った。

「カレ、今までも電話してくることがよくあったの？」

鳥上さんが尋ねた。

「いいえ。週の合間《あいま》の電話は初めの時だけです」

橘子は気持ちをおちつかせて、答えた。

「というか、檍原《あわきはら》さん、携帯電話を持ったの、土曜日からよね？」

「あ、そうです」

「じゃあ、かけてきて不思議じゃない気がするわ」

「えっ？」

「だって、これまでは寮の電話だったんでしょ？　寮の電話じゃかけづらいけれども、携帯電話ならいつでも連絡とれるしね」

「そう、ですね」

そうかもしれないけれども、贋なんだったらかけてきてほしくなかった。

「明日のことの確認かしら？」

「かもしれないですけど」

「今度かかってきたら、出るの？」

鳥上さんの問いかけに橘子は一瞬躊躇《ちゅうちょ》したが、不安げに答えをかえした。

「出ないわけには……」

一旦はそう答えたが、その後で自分の気持ちを正直に伝えた。

「でも、出ても、ちゃんと話せるか不安です」

「ちゃんと話せるか、って？」

「もう贋の清躬くんとわかっているので、普通には話せそうもない気が――それに怖いです」

「そうね。それだったら、いっそ出ない？」

勇気があれば「出ない」と答えて楽になれるのは橘子もわかっていたのだが、「でも、出ないのは不自然ですよね？」とかえさないわけにゆかなかった。

「あなたが清躬さんの電話に応答しないなんてあり得ないことですものね。カレは異常に感づくかしら？」

橘子はどうだろうかと考えたが、考えても無駄という気がした。

「私にはさっぱり想像がつきません。清躬くんの贋物であること自体、私には考えがつかない存在ですから」

「私も同感だわ。正体がつかめないひとについてあれこれ考えても無駄みたいな気がする。本物の清躬さんと会って、手がかりがつかめたらいいけどね」

「電話、やっぱり出ないことにします。どうおもわれるかわかりませんが、出てもちゃんと話ができなかったら、それこそ困ったことになりますから」

橘子は漸く決断ができた。

「そうね。そのほうがいいと私もおもうわ」

「ありがとうございます」

「でも、もしカレが、携帯電話につながらないならと寮に電話して、おりかえし電話をくれるようにと伝言があったとしたら？」

「ああ、その可能性だってあるんですね」

相手としてやりようはいくらでもあるんだな。困るわ、と橘子はおもった。

「そうよ。可能性はあるわ」

鳥上さんが言った。

「あ、ええ。でも、困ります」

「困るわね。その場合でも、やっぱりおりかえしはしないことにするしかない。夜おそいからとか、へとへとに疲れてたからとか、後で言いわけできないわけじゃない」

「そうします、私」

「だけど、あなたが寮にかえってから電話があって、取り次ぎされた時は、もう逃げられないわよ」

「あ、それだって可能性あるんですね」

「どうするの？」

「どうしましょう？」

橘子は一瞬考えたが、答えはおなじだとおもった。

「でも、その時も、きょうはくたびれてしんどいから、とか言って、まともに話をしないうちに電話を早めに切り上げさせてもらうしかないようにおもいます」

「私もそうおもうわ。それくらいのお芝居《しばい》はできるわね？」

「お芝居は……」

「あ、やっぱり止めたほうがいい。檍原さんにはきっと無理よ」

鳥上さんは顔の前で手を振った。

「私も無理な気がします」

橘子もあっさり同意した。

「正直で優しいあなたのようなひとは、下手《へた》にお芝居なんか考えないほうがいい。お芝居したって、かんたんにカレに見透かされるわ。そして、いつのまにかカレのペースに乗せられちゃう」

「そうなると、私もおもいます」

自分自身頼りないとおもうけれども、どうしようもない。

「じゃあ、寮監さんからもし取り次がれたとしても、寮監さんにその電話に出られない旨《むね》を説明して、寮監さんからカレにうまく断わってもらうことね。本人の部屋を見たらまだ帰っていないようだったとか、うまく理由をつけてもらってね」

「ええ、そうします」

「メールが来ても大丈夫ね」

「え、メールですか？」

橘子はちょっととまどった。

「メールが来たら相手の用件がわかるから、そのほうがありがたいわよ」

「ええ、それはそうですけど」

「で、どうするの？」

「メールも見てないことにする」

咄嗟《とっさ》に橘子は答えを言った。

「つまり？」

「一往内容は見るんですけど、返信はしません」

橘子は言いなおした。

「どうして？」

鳥上さんは重ねて質問した。

「あ、なんか仕事みたい」

橘子は、日頃仕事で鳥上さんから、「それはどうして？」とか「で、なにをするの？」とか、「5W2Hはおさえてる？」とか、くりかえし質問されて、自分で考えること、チェックすることを促されているが、今もそれとおなじことを言われていると感じた。

「仕事でなくても、どういう行動をするのか、それをきめようとしたら、その選択の理由があるでしょ？で、メールを見ていないことにするのは、どうして？」

「え、はい。だって、そのメールを書いたことでその後もカレからやりとりを求められるかもしれないですし」

「そうね。それに、もしそのメールの後でカレから電話をしてこられたとしたら、出ないわけにはゆかなくなる。結局、カレと直接話をしなくちゃならなくなって、カレのペースで進められちゃうわ」

「でも、つぎの朝、また電話がかかってきたとしたら？　自分の携帯電話ならいいんですけど、何度もくりかえし寮に電話されたりしたら、寮監さんに御迷惑をおかけすることになります」

橘子は心配して言った。

「だから、一度目の電話の時に、つぎにまた電話があったとしたら、本人からきょうは外泊するとの連絡がきたとかなんとか言ってもらうよう、おねがいしておくことね」

「わかりました」

鳥上さんは携帯電話で今の時刻を確かめた。そして、「もうそろそろにしましょうね」と言った。

「最後に、もう一度明日のこと整理しておきましょう」

鳥上さんの言葉に橘子は「はい」と答えた。

「檍原さんは明日午前中に、本当の清躬さんに会うのよね？」

「はい。九時に会うと約束しています」

「どこで会うことにしてるんだっけ？」

「＊＊駅でナルちゃんと待ち合わせることにしてます。そこから、ナルちゃんのうちに向かいます」

「で、贋のカレとの待ち合わせは？」

「十一時四十分に、＊＊駅です」

「十一時四十分ね」

「はい」

「カレと会う前に私たちで打ち合わせしたいわね。三十分くらい時間がほしいわ。だとすると、十一時くらいにどこかでお話できればいいんだけど」

「十一時くらいですね？」

「もっと清躬さんとお話ししたい気持ちはわかるけれども、贋のカレともうその日かぎりでうまく㫖《けり》をつけないといけないから」

「どうしましょう、場所は？」

「駅前だとカレも早めに出歩いている可能性があるから、ナルちゃんのおうちの近くでどこか適当なところがあればいいとおもうんだけど——といっても住宅街だとあんまりないかな。とにかく＊＊駅周辺の地図を見て、アタリをつけるしかないかな」

「とりあえず私、ナルちゃんのおうちの住所をきいておきます」

「そうね。そうしてくれる？」

「はい」

橘子がそう返事をした時、突然鳥上さんの表情がかたまり、それから顔を橘子の頭上に向けて、「あら」と言った。

「やあ」

ききおぼえのある男のひとの声をきき、橘子はその声の方向を振りかえった。

「緋之川《ひのかわ》さん——あ」

橘子が間仕切り越しに眼に留めたのは、緋之川さんだけではなかった。

「檍原さん、きのうは本当に御免なさい」

眼を合わすなり深々と頭を下げてきたのは、松柏《まつかえ》さんだった。

橘子は心底《しんそこ》びっくりしたが、反射的に立ち上がって自分も頭を下げた。

「私、私、本当に、——」

「えっと、一番わるいというか、御免、おれ以外は誰もわるくないんだ。とにかくわるいのはおれ一人。だから、おれが頭下げる。御免、みんな。特に、橘子──あ、檍原さん」

橘子が松柏さんへの謝罪の言葉を考えているうちに、緋之川さんが頭を下げ、総《すべ》ての謝罪を引き取った。

「とにかくみんな、座って」

鳥上さんも立ち上がって、声をかける。

「実は私たち、隣の席だったの。合流させてね。ちょっと、飲み物こちらに持ってくるから」

松柏さんはそう言って、緋之川さんと飲み物のグラスを持ってきて、橘子たちのテーブルに腰をかけた。

「御免ね、鳥子《とりこ》。鐵《てつ》ちゃんから、檍原さんがきょう出社しているときいたので、きのうのひどい仕打ちを直接おわびしないととおもってたんだけど、定時後は鳥子と約束しているというから、それだったらここでおりのよい機会を見て、きちんとおわびさせてもらおうとおもったの」

「おれも一緒におわびしたいから、鳥上さんたちの後をつけて二人でこの店に入ったんだ。うまいこと後ろ隣の席があいていて」

緋之川さんが松柏さんに続いて説明した。

「檍原さん、初めにあなたに謝らせて。きのうはあなたを叩《たた》いたりして、本当に御免なさい。言葉でもあなたを傷つけてしまった。全部私の誤解で、なにもわるくないあなたにひどいことをした。あなたの無実は鳥上さんからも鐵ちゃん──緋之川くんからもきいた。きのうあなたにしたことは全部私がわるい。赦《ゆる》してほしい。赦せなくても、仲直りさせてほしい」

橘子は、自分の隣に座った松柏さんが謝罪の言葉を重ねるのに恐縮した。きのうの迫力──「殺気」という字面《じづら》そのものの威圧感は最早《もはや》かの女になかった。呪《のろ》いが解けて魔女から一人のわかい女性にかわっていた。きのうは恐怖で顔もまともに見られなかったが、いま間近に見て、こんなに女性らしいひとだったのかと、きのうのイメージとまるで結びつかないのに当惑した。

「あの、私こそ、考えの足りない──」

「あ、もうストップ。檍原さんがまた自分から申しわけないように言うと、その五倍も十倍もおれが謝らないといけなくなるから」

「そう、みんなで謝りあいをしている場合じゃない。今、檍原さんととても大事な話をしていたの。あなたたちはひょっとして一部始終きいてたの？」

橘子と緋之川さんのやりとりにわって入って鳥上さんが闖入《ちんにゅう》してきた二人に尋ねた。

「最初はあなたたちのお話がどこかで一区切りつくところを見計らうだけのつもりで、時々様子をうかがう程度だったんだけど、橘子さんの話がちょっと大層な内容になってきたみたいだったんで、その辺から、ま、正直に言うと、盗み聞きしちゃった」

「いけないことしたとはおもうんだけど、それより明日のことだけどさ、」

松柏さんの返答の後で緋之川さんが続けて言った。

そして、

「おれたちも協力するよ」

と申し出た。

「協力するって?」

「まずさ、十一時に打ち合わせするのに場所をどうとか言ってたけど、おれ車まわすから、車の中でやれよ。初め鳥子を拾うから、二人で同乗して、檍原さんが朝本物のひとと会うという場所の近くまで乗りつける。そこで待ってるから、檍原さんの用が済んだら、車に乗り込んでもらって、そこで打ち合わせとかすればいい。住宅街だとなかなか話ができるような場所はないだろうし、そこから駅まで戻るにもそこそこ時間がかかるだろう」

緋之川さんも鳥上さんのことを「鳥子」と呼んだ。

松柏さんは最初からそう呼んでる。入社同期どうしではそれが呼称としてなじんでいるようだ。きまじめな鳥上さんが鳥子と呼ばれるのが、響き的にも橘子にはおかしくもあり、親しみやすくもあった。

「それはありがたい御提案ではあるけれども、緋之川くんの車は――」

鳥上さんが難色を示した。

横から松柏さんが答えた。

「私の車を出すわ」

「勿論、私も一緒に乗る」

「おれたち二人もさ、檍原さんが無事に行くよう、手伝うよ」

「その、橘子さんの幼馴染になりすましている贋物のカレ、とても手強《てごわ》そうじゃない。相手のことことん調べ上げて、用意周到な感じだし、きっと頭もいいんでしょう。第一、相手は男だし、いくら鳥子が応援についたって、あなたたちみたいなか細いおんな二人じゃ甘く見られるし、万が一腕力揮《ふる》われたらどうするの。最初から鐵ちゃんが同席するかは明日の作戦次第だけど、いつでも出動できるよう控えておくのが必要とおもうわよ」

松柏さんと緋之川さんが交互に言った。

「わかった。あなたたちにそういう気持ちがあるのをきいてありがたいわ。でも、檍原さんがどう考えるかが第一よ。あなたたちとは、きのうのきょうということもあるし。檍原さんの性格を考えても、あなたたちのいる前で返答は迫れない。ちょっと預からせてちょうだい」

鳥上さんが橘子の心情に配慮して言った。慥《たし》かに、きのうのきょうではあるが、きのうときょうとでは橘子の内面は大違いだった。魔女はきのうの晩一晩できえてなくなったのだ。

「私、緋之川さんと松柏さんもお力添えくださるというのなら、本当にありがたいです。私、本当に勇気がないので、鳥上さんが御一緒くださるだけでとても助かるんですけど、でも、鳥上さんに危険がおよぶことがないか、怖いことに巻き込まれないか、心配な気もします。いざという時に男のひとがいてくださるかどうか――勿論、緋之川さんだって危険なことに巻き込まれるのは避けないといけないとはおもうんですけど、おんなだけよりもずっと可能性は少ないでしょうし、味方の人数がおおかったらそれだけ相手も無茶はしにくいでしょうし」

ずっと聞き役だった橘子が発言した。

「檍原さんがそう言うなら、是非二人にも協力してもらいましょう」

慎重だった鳥上さんも諒解した。

「よし、じゃあ、チーム結成だ」

緋之川さんが宣言する。

「チーム？」

「橘子ちゃん、あ、いや、檍原さんを守る会だ」

緋之川さんが言いなおしをして、あらためて宣言した。

「守る会がチーム？」

「それ、男の論理っぽい」

「なに言ってるんだよ、オトコもおんなもないよ、橘子ちゃんは新人なんだから先輩社員が守ってあげなきゃ」

女子二人から突っ込まれても、男一匹が堂々と反論した。

「私を特別にしないでください」

橘子がわりこんで言った。緋之川さんの気持ちはありがたかったが、違和感を強く感じた。自分を中心にするようなのは絶対止めてほしいとおもった。

「言い方がわるかったら、御免なさい。唯、私事《わたくしごと》なのにみなさんを巻き込んでしまって、本当に申しわけないくらいなんです。力を貸していただきたいのは山々なんですけど、明日だけ乗り切ったら、もう大丈夫なので、本当に明日だけのこととおもっていただきたいんです。――御迷惑をかけていながら偉《えら》そうに言って、すみません」

明日で決着をつけなきゃ――今にして橘子は強く自分に意識させた。おおくのひとを巻き込んで、問題を持ち越すようなことがあったら、とんでもないことになる。

「そうね。緋之川くんのおもいはわかるけれども、チームとかおおげさな感じになるのは檍原さんの気持ちに沿わないわ」

鳥上さんが緋之川さんに向かってそう言うと、松柏さんもかれに顔を近づけて、

「鐵ちゃん、さっきまでずっと神妙にしてて元気もなかったのに、橘子さんの応援ができるからって急にテンション上がってない？　あ、そうか、橘子さんは鐵ちゃんのアイドルなんだね？」

「参ったな。二人で責めなくても」

緋之川さんはネをあげて、頭に手をやった。

だが、心を絞《し》められるおもいをしたのは橘子だった。松柏さんの言葉は自分にも向けられている。緋之川さんがさっき一度「橘子ちゃん」と言ってすぐ言いなおしたのがまだ自分に対する意識が残っている感じで、それは松柏さんにもわかるだろうから、無理もない。二人の間にまだ自分が挟まっている。自分はまだ棘《とげ》で、抜けてはいないんだ。

「もうちょっと。二人とも檍原さんをネタにしないでよ。明日のことは檍原さんにとってとてもシリアスな問題なんだから」

鳥上さんは腕組みをして険しい眼で抗議した。

「御免なさい。途中でわりこんできた人間があれこれ騒いじゃって」

「おれ、ここで男一人だからさ、なんとしても守ってあげなきゃと気合が入っちゃったんだ。でも、慥《たし》かに、まわりばかりが騒いじゃった感じで、檍原さんには申しわけなかったよ」

二人とも反省を示した。

橘子はますます恐縮した。いいひとたちなのに、自分のことで責められたりする。鳥上さんも含めて、自分がいることでしないで済むわずらいにかかずらわなくてはならない。本当に申しわけなさで一杯になる。総て自分の未熟さ、軽率さが引き起こしていることで、騒ぎの原因は自分がつくっているのだから。

「二人とも檍原さんの力になってくれるというのは、私の気持ちとしてもとってもありがたいわ。唯、檍原さんが明日に疲れを残してはいけないから、きょうはもうこの辺できりあげることにしたいの。明日のことで檍原さんに対して私たちにどんなことができそうか、或《ある》いはどのように檍原さんを騙している相手に立ち向かうべきか、それは明日きちんと話をすることにしてね。いいかしら？」

　鳥上さんの提案に松柏さんも緋之川さんも同意した。

「ところで、鳥子、あなた、熊ちゃんには明日のこと、諒解もらってるの？」

　松柏さんが鳥上さんにきいた。

「熊ちゃん？」

　橘子が反応した。

「ああ、熊ちゃんて、鳥上さんの御主人の苗字《みょうじ》、熊成《くまなり》と言うのよ。それで熊ちゃん」

　松柏さんが説明した。

「熊成さんですか」

　鳥上さんの御主人が熊成さんというのは初めてきいた。熊ちゃんて、名前どおりのひとなのか、橘子は鳥上さんの御主人に興味がわいた。

「そう、鳥上さんは戸籍名は熊成海祢子《みねこ》と言うの。熊に猫って、まるでパンダ。上野動物園かよって名前」

　松柏さんが茶化すように言う。鳥上さんは無言で、表情はかわらない。

「橘子さん、知らなかったの？」

「え、ええ」

「鳥子、檀那の名前くらい教えてあげたらいいじゃないの」

　松柏さんが鳥上さんに向かって言う。

「たまたまそういう話にならなかったから」

　鳥上さんはあっさり答える。

「後輩からはききにくいんだから、ちょっとは自分から檀那の話もしたら？　橘子さんだって自分の好きなひとのことあなたに相談してるんでしょ？」

「あ、あの、好きなひとって、清躬くんはちょっと違いますから。あ、ていうか――」

　自分のことに触れられて、橘子は断わりを入れずにいなかった。が、好きなひとが違うと受けとめられたら、緋之川さんとの関係がまた意識されるのではないかと、はっとした。その疑念が出てきたら、松柏さんはまた承知されないだろう。橘子は少し身が竦《すく》んだ。

「えっ？　あ、橘子さんのことあまり言ったら、また鳥子におこられてしまう」

「もういいから」

鳥上さんが制した。

「檍原さんのほうはもうきりあげて、かえしてあげないと」

「御免。邪魔ばかりして」

松柏さんが頭を下げた。

「じゃ、最後に、檍原さん、明日のことのお浚《さら》いをしましょう」

「ええ」

「檍原さんは明日九時に＊＊駅でナルちゃんというおんなの子と待ち合わせて、本物の清躬さんと小学校以来の対面をするのよね？」

「あ、はい」

高校の時も会ってはいるが、話をスムーズにながすため、橘子はそのまま肯定した。

「積もる話もあるとはおもうけれども、そこは十一時くらいできりあげてもらう。いいわね？」

「ええ」

「で、私たちは松柏さんの車に同乗して、早めに待機している。檍原さん、ナルちゃんのおうちの住所がわかったら、私に報《しら》せてね。それから十一時にそのおうちを出る時も、私の携帯電話にメールして」

「わかりました」

「そこで私たちの車に合流した時に、清躬さんが贋のカレのことをもし知っていたとしたら、その情報を伝えてもらう。相手の正体がわかれば、打つ手も考えやすくなるから」

「はい」

一つ一つの指示、確認に、橘子はしっかりと返事した。

「大体そんなことね。あとは、きょうは早めに休んで、明日いい調子で臨めるようにしておきなさい。なにより清躬さんとの再会が一番大事なことなんだし、清躬さんが気づかわなくてもいいように自分のコンディションをちゃんとしていないと。身嗜《みだしな》みも大事よ。あなたがきれいに見えること、感じよくさわやかに見えること——あ、御免なさい」

鳥上さんは慌てて口に手を当てた。

「どうしたのよ、鳥子」

鳥上さんの様子に松柏さんが問うた。

「大丈夫です、鳥上さん。清躬くん、眼が見えないという話ですけど、私、」

「眼が見えないって、どういうこと？」

橘子の発言内容におどろいて、松柏さんが尋ねた。

隣できいていたようだけど、きこえなかったところもあったようだ。

「あの、失明したみたいです。私も電話で話をきいただけなのでよくわからないんですけど」

橘子は言葉を補った。

「失明って――折角再会するというのに、相手のひとに橘子さんの今を見てもらえないのね？」

松柏さんは声を震わせた。

「なんてことだ。運命のいたずら、って言葉でかたづけちゃいけないんだろうけど、そんなことって――」

緋之川さんも途中で言葉を失った。

「本当に御免なさい。うっかり私――」

鳥上さんはあらためて自分の軽率をわびようとした。

橘子は首を振って言った。

「いいんです。私、覚悟できてます。清躬くんがどういう状態だろうと会えることがなにより素晴らしいですし、話したところでは、本人、あまり気にかけていないようで、なんかさらっと話をしていましたし」

「電話でお話ししただけでここまであなたを元気にしたひとですもの、きっと病気やハンディキャップを乗り越えてゆかれるひとにちがいないわ。慥《たし》かにからだについては心配なこともあるようだけど、でもお互いに信頼しあっている関係なのだから、かれのことも信じてあげて」

「清躬くん、信じます」

橘子は言いきった。眼のことだけでなく顔の痣《あざ》のこともあるし、清躬がどんな苦難に見舞われているか、実際に会ってその情況に直面することについては不安がおおきい。けれども、かれの心も、橘子との仲も、小学校時代となにもかわらないのだ。紀理子のことでの反応だけは気にかかるが、それ以外はお互いに心が通じあっていることに疑いはない。会えばなおさら絆《きずな》が強まりあうようにおもう。清躬に対しては、心配よりも信頼が勝《まさ》ると確信した。

「それから、その後は贋のカレに対してその正体を暴《あば》くという、非常に勇気が要《い》る問題に向かい合うことになるけれども、私たちがついているし、できることはしてあげるから、勇気を出して強気で臨んでね。少なくとも、弱気にはならないで。いい？」

「はい、気持ちをしっかり持って、がんばります」

橘子は決然と答えた。それに対して、

「よろしくね」

鳥上さんが励ますように語気を強めて言った。

「橘子さん、なにも心配要らないのよ。明日は私たちが守ってあげる。だから、きょうはかえったら早くねる。それだけ」

「檍原さんは芯《しん》は強いよ。一日で立ちなおったんだからね。自分を信じればいい。おれたちもいるから、相手には負けないよ」

最後に二人から激励され、橘子も「私、しっかりします」と声を出した。

「檍原さん、さっき自分の携帯電話、カバンにしまったでしょ？　ちょっと確認してくれる、その後また電話かメールが来ていないか？」

鳥上さんが促した。

橘子はちょっと躊躇した。贋の清躬が二度三度と自分に電話を寄越していることを知りたくなかった。或いは通信履歴がストーカーのように何十と溜まっているとしたら。だが、家にかえってそれを確かめるより、今、鳥上さんたちのいるここでそれを確認するほうがまだいいようにおもった。

「ちょっと怖いですね」

橘子はおそるおそるカバンの奥深くにおしこんだ携帯電話を取り出した。ディスプレイを見ると、特になんの表示もなかったが、念のため着信履歴や受信メールボックスも調べた。幸い、あの後のものはなかった。

「なにも来ていません」

「そう。メールが来ていないということは、伝えないといけないような用はなかったということね、おそらく」

「ちょっとほっとしました」

橘子は安堵《あんど》の気持ちを伝えた。

「あとは、寮のほうに電話がきていないかどうかね？」

橘子は「あ、」と言って、後を「ないといいですけど」と小声で続けた。

「もし寮にかかっていたとしても、さっき話したように、出ない。寮監さんにもちゃんと話しておいたほうがいい。それから、その場合は、私にも連絡して。電話がきていないなら、勿論その必要はないけど」

「わかりました」

橘子は部屋にかえりつくまで安心はできないなと感じた。でも、贋の清躬が何者かわからない不安など、本物の清躬との再会を果たすことの意味にくらべれば軽いとおもう。贋の清躬に惑わされることはない。それに自分にはこうして心強い味方がいて、現に明日同行して、助けてくれる。大丈夫だと信じていればいい。最後も三人から温かい励ましをもらって、店を出、橘子は帰途についた。

23　緊急の連絡

橘子《きっこ》はかえりの地下鉄が時間がおそくなってもかわらず混雑しているのにちょっとうんざりしたが、幸いにも二駅目で自分の前の席が空いたので、遠慮しないで座った。いつもなら空席が目立つようになるまで自分から座ることはしないのだが、頭と体を休めたかったのだ。二日続いて朝が早かったし、前日のこともあるのできょうは仕事でも気が張っていた。鳥上《とりかみ》さんと何時間も差し向かいに話をするのも神経を使うことだった。特に相談内容が贋《にせ》の清躬《きよみ》のことであったから、なおさらだった。きょうは早く休みなさいと、鳥上さんからも松柏《まつかえ》さんからも言われたが、本当にそのようにしたかった。

　席に座ると、眠気《ねむけ》が襲ってきた。一度こっくりして、はっとした。寝過ごしてはいけない。あと何駅か、頭のなかで計算した。それから時計を見て、あとどれくらいの時間がかかりそうかを考えた。まだちょっとある。ふと、携帯電話のアドレス帳をなおさなきゃいけないんだわとおもいだした。

　橘子はカバンから携帯電話を取り出した。

　折り畳みを開いた。ディスプレイにはなにも表示はなかった。贋の清躬はあの後電話もメールもなにもしてきていない。橘子は安堵《あんど》し、アドレス帳を開いた。

　アドレス帳に登録してあるのはまだかぞえる程しかない。ア行には「あわきはら」——自分の実家だけだ。このカ行を開けると、これも「清躬くん」しかない。

「清躬くん」は贋者だ。清躬くんではないのだ。

　名前を變更《へんこう》しなければならない。といって、なんという名前にかえればいいのか、ちょっと見当がつかない。「にせの清躬くん」でいいか。いや、それではおちつきがわるい。第一、贋者に清躬くんの名前は使いたくない。適当な名前はおもいつきそうにない。ならば、いっそ削除してしまおうか。

　削除したって——本当に削除したって構わないのだろうか。後で此方《こちら》から連絡が必要になるようなことは絶対ないと言いきれるだろうか。

　あ、「X（エックス）」でいいじゃない。×《ばつ》をつけてやりたい人物でもあるし。よし、Xに名前變更だ。

　決心がついて、橘子は「清躬くん」に対して操作しようとした。が、またもそういう時に、携帯電話が振動した。そして、「新着通知　メール1件」という表示が画面にかぶさって出た。

　橘子はびくっとした。そして、眉《まゆ》を顰《ひそ》めた。

あ、嫌《いや》だ。来ないでいいのに。

　橘子はてっきり贋の清躬からメールが来たのだとおもったが、ひょっとすると、鳥上さんからかもしれない気もした。念のための連絡か、或《ある》いは追加の質問ということもあるではないか。それだったら早く応答しなくてはいけない。かりに、贋の清躬からだったとしても、メールならいつ返事しようと自由だわ。

　そうおもって実行キーを押すと、先頭の「0001」番に知らないアドレスが出ていて、その下に「紀理子です、緊急の連絡があります」という文字が見えた。

　紀理子《きりこ》さん？

　橘子はおもいもかけない名前を見つけて、びっくりした。

　なに、今頃。

　しかも、こんな取り込んでいる時に紛《まぎ》らわしい。

　橘子は文句を言いたい気持ちになったが、「緊急の連絡」という文字になにか不穏なものを感じた。

　橘子はメールを開けた。

橘子さん
棟方紀理子です。

病気は言いわけにはできないけれど、ずっと連絡できずにいて御免なさい。

それなのに唐突にメールしたのは、急ぎあなたにしらせないといけないことがあるからです。

あなた、清躬さんと会っていますよね？　明日も会うことになっていますよね？

でも、あなたが会っている清躬さんは本当の清躬さんではありません。

急にそんなことを言われても信じられないでしょうが、私はあなたが会っているカレから直接、清躬さんをよそおってあなたに会っているという話をきいたのです。

そして、あなたがカレを本当の清躬さんとおもっていて、明日会う約束にも応じていると。

橘子さん、明日カレに会うのはやめてください。

事情をよく説明しないとわかってもらえないとおもいます。でも、メールでは書ききれないし、時間がかかってしまいます。ですので、直接あなたと会って、私がカレからきいた話や、そもそもカレは何者なのかとか、お話ししたいとおもいます。

時間がないので、私、メールを打ち終わったら、車であなたのいらっしゃる寮のほうに行きます。幸い、私の家からそう遠くないので、出かける準備とか入れても、三十分くらいで行けるとおもいます。近くに来たら、あなたに電話します。できたら、その時電話に出てください。よろしくおねがいいたします。

緊急なので、取り急ぎここまでにします。

棟方紀理子

橘子はメールを読んで、からだが内部から震える気がした。

やっぱり贋者なんだ。それを自分から紀理子に堂々と打ち明けている大膽《だいたん》さに寒気がした。

橘子は、一旦は逃げ去るように雲隠れした紀理子が、今また、勇気を振り絞ってこういうメールを出して、自分を助けようとしてくれているのに胸が熱くなった。同時に、かの女の切迫感が伝わって、自分の動悸《どうき》も昂進《こうしん》した。

橘子は携帯電話に表示された時刻を見た。あと十分あまりで駅に着く。メールの返事だけでもしなくちゃ。紀理子さんはきっと自分以上にどきどきしているだろう。私に受け容《い》れてもらえないことをおそれているだろう。そうではないことをかの女に伝えてあげなくちゃ。かの女の勇気と誠意に感謝していることを伝えて、少しは気持ちの重荷をおろしてもらわなくちゃ。

橘子は返信画面にして、集中して文字を打ち込んだ。


紀理子さん、こんばんは。

檍原橘子です。ちょっとお久しぶりです。

メールを読みました。

実は、カレがニセモノだというのは私も知っています。きのう、本物の清躬くんと電話で話すことができたからです。

でも、ニセモノだとわかったばかりなので、カレが何者か、私はまだ知りません。だから、紀理子さんの話をききたいです。ぜひ知っていることを教えてください。

私、今、地下鉄に乗っているところで、九時五十分くらいに○○駅に着く予定です。○○駅の近くにファミレスの□□があります。そこの駐車場あたりで待つようにします。十時までに着けるとおもいます。紀理子さんもそこにきてください。

紀理子さんからメールをいただけてうれしいです。私のことを心配してくれて、本当にありがたいです。会って、お話しできるのを楽しみにしています。

橘子は送信した。

すると、すぐまた着信メールの通知があった。件名を見ると、「紀理子です２」とあった。こんなにすぐ返事が来るはずはない。追伸メールなのだろう。

内容はつぎのとおりであった。

橘子さん
さっきの続きのメールをさせてください。

二通目のこのメールも眼を通していただいているとしたら、とてもありがたいです。

清躬さんもあなたも裏切った私ですから、どのようにおもわれてもしかたありません。でもあなたにひどい目にあってほしくないんです。

あなたの携帯電話の番号とアドレスは、清躬さんになりすましてあなたに会っているカレが、あなたを騙している話とともに私に教えてきたのです。あなたが騙されている事実を知り、連絡先を伝えられても、あなたを裏切っている私はなにも行動できないだろう、これから更にあなたがカレにひどい目に遭わされても、傍観するしかない勇気のなさと裏切りの自責の念に私が苦しむことをカレは楽しもうとしているのにちがいありません。でも、今、あなたに事実をお伝えしないなら、きっとなにもかも手おくれになるでしょう。だから私は、どんなにあなたに責められようと、きょうじゅうにあなたと会って、私が知っていることを説明しないといけない、そうしてあなたがこれ以上騙されないようにしないといけない、そうする責任が私にあるのです。

内容のないメールで御免なさい。後で電話しますから、絶対出てください。よろしくおねがいいたします。

棟方紀理子

紀理子の真剣さに橘子は胸が熱くなった。紀理子の話をきけば、贋の清躬の正体が知れる。鳥上さんにも報告したら、大助かりだろう。紀理子と仲直りできることもうれしい。ちょっと困ったひとの感じはあるけれども、根はいいひとなのだ。清躬だって、紀理子のことを物凄《ものすご》く心配している。紀理子のことを教えてあげたら、どんなに喜ぶだろうか。

橘子は席におちついていられず、立ち上がって扉付《とびら》近に移動した。

地下鉄が○○駅のホームに入った時、橘子が手ににぎっていた携帯電話が反応した。紀理子からの返信とわかり、ホームにおりてから内容を確認した。

橘子さん
あなたからメールの返信を頂戴して、どんなに私がうれしかったか、想像がつくでしょうか。
本当にありがとうございます。
あとは実際にお会いしてから。
車はチェリーピンクのセダンです。サングラスをかけていますが、まだ充分に病気から回復してなくて外出がちょっと怖いんです。御承知いただけるとありがたいです。
お会いできるのが楽しみです。

棟方紀理子

橘子は紀理子のメールが親友の感じに戻っているのを見て、とてもうれしくおもった。チェリーピンクという自分好みの色の車を持てるなんて、お金持ちだなあとも感じた。育ちが違うから感覚が合わないこともあるだろうが、戻ってきてくれたのはとてもありがたい。早く会いたいという気持ちで橘子は改札を出て、道を急いだ。

ファミレスに着いて、橘子は駐車場のわきに立った。駐車場のほうを覗《のぞ》いてみて、それらしい車は見当たらなかった。車で来るなら、もう少し時間がかかるだろうとおもった。鳥上さんに電話して、軽く報告しておこうかと考えたその時だった。

控えめなクラクションが鳴った。

そして、すーっと一台の自動車が背後から橘子のすぐ傍に来て、止まる。

チェリーピンクってこういう感じの色なんだと、橘子はおもった。夜だから、明るいところで見る色と感じは違うだろうが。

「橘子さん、こんばんは。乗ってください」

紀理子が顔だけ出して、挨拶《あいさつ》した。夜中にサングラスなので、表情はよくわからない。けれども、紀理子がおもいのほか早く来てくれて、スムーズに会えたので、橘子はうれしかった。

「こんばんは。お会いできてうれしいです」

「とりあえず乗ってください。中でゆっくりお話ししましょ」

「はい」

紀理子の声は柔らかかったが、あまり抑揚がなかった。まだ病気で無理しているのかもしれない。サングラスもしているし。少し気づかいが働く。

でも、贋の清躬の話はしっかりきいておかなくちゃ。

無理させてはいけないけれども、要領よく。

「じゃ、お邪魔します」

橘子は扉が開いた助手席のほうにまわって、車を覗き込んで言った。

「ようこそ」

声はかえってきたが、紀理子の顔が此方《こちら》を向かなかったことは橘子をちょっと不安にした。

「紀理子さん」

橘子は席におちついてともかく声かけをしようとした。

と、その時、背凭《せもた》れが急に大きく後ろに倒れた。悲鳴をあげかけた瞬間、口をなにかでおおわれた。

気を失うまで寸秒もかからなかった。

24 カレのシャツ

＊

橘子《きっこ》は自分の声で目覚めた。その声は呻《うめ》き声だった。

意識は戻ったが、瞼《まぶた》が重く、自分から世界への門を開くことはできなかった。

頭も同様に重い。体全体が重く、横に這《は》いつくばっている感じだ。シーツの上にねているのだろうか。

腕も、シーツに直接触れている感じがする。膚《はだ》が露出しているようだ。

脚も。太腿《ふともも》にシーツの膚触りがある。

はっ——まさかスカート穿《は》いてない？　それとも大きくめくれあがってしまってる？

脚の上のほうまですーすー空気に触れているように感じて、大きな不安がよぎった。

それでも瞼をあける気力が出てこない。手を脚のほうへ動かす力も出ない。朦朧《もうろう》状態につつまれて、一切の力が殺《そ》がれているような感じだ。

力ない呻き声だけは洩《も》れる。聴覚と触覚だけが、鈍いながらも働く。視覚は、駄目。

相かわらず瞼は重くて開けられない。

それでも暗い。暗すぎる。見えないにしても、光も一切感じないなんて。

瞼は開けられないが、隙間《すきま》くらいはあるはずなのだ。でも、どこからも光の纔《わず》かな粒子一つとして入ってこない。闇が瞼を外からおさえつけているような感じもする。

闇はからだ全体もおさえつけている。その圧力もくわわって、からだのあらゆるところが重い。動かすこともできない。

闇は精神のほうも取り巻いているようだ。頭をつつみこむ朦朧さが脳の内がわにも入り込むような感じで、橘子はまたねむりに引き摺《ず》り込まれる。

＊＊

橘子は再び自身の呻き声によって目覚めた。いや、電気が点《つ》いていることに気がついたのが先かもしれない。

視覚は作用していた。

さっきは闇のなかにいたのだ。闇が私の視覚のスイッチを無効にしていたのだ。

私も自身の内がわに朦朧という…これは白い闇だ…そうか、私は外から取り包む黒い闇と内に膨《ふく》れ広がる白い闇の両方から攻められて視覚を封殺され、仮死におちいったのだ。

瞼の隙間をとおして、光が入る。その光をとらえる視覚の情報を、いま脳は朦朧としてではなく冷静に受容し、認識している。黒い闇も白い闇も、消え去ったのか?

きっと、そうではない。

闇と光は一対なのだ。時があるかぎり、闇と光は動きあっている。闇をつくりだす者は光もつくりだしている。おなじ者がつくった闇と光はお互いに相棒《あいぼう》なのだ。

だから、今は光があって、視覚の作用も戻ったからといって、眼を開けることはできない。さっきの闇も異常なら、今の光も普通ではない。

さっきの闇を齎《もたら》した者が、今の光も齎しているにちがいない。それは誰か——明白だ。

紀理子《きりこ》さんが私を騙《だま》し、薬物の作用で失神させた。黒い闇もそう意識朦朧の白い闇をかの女がつくった。そして、今の光も、おそらくそうだ。


私は自身の知覚で、自分が異常な情況に放り込まれていることを感じとっている。

私はどこか知らないところに連れ込まれている。気を失って、そこにねかされている。

光でエネルギーを与えられたか、手を動かせるようになったので、確認してみる。上はシャツのような感じのものを着ている。なんでこんなものを着ているの? シャツに沿って手を下までおろしてみると、腰のあたりもおおっている。かなりサイズがおおきい。

手がシャツの裾《すそ》まで行き着いて、太腿《ふともも》の地膚《じはだ》に触れた。内に探ると、パンティー——薄い生地《きじ》の一枚しかないからパンティーだ。ショートパンツじゃない。手を腰まで探ってみるが、やっぱりスカートはなかった。スカートが脱がされているなんて……

私はどこかに連れ去られ、服も脱がされた。これからどうなるのだろうか。今の光は、闇に続く絶望的な情報のメッセンジャーであり、眼を開けてそれらを迎え入れたなら、想像力の救いの余地も奪われてしまうのではないだろうか。

ああ、脳を絶望に埋めつくされて、またパニック状態には戻りたくない。

橘子は恐怖に取り巻かれたが、ふっと、心の内から光が射《さ》し込み、恐怖の雲をわって、青空を映し出した。

――キユくんの光だ。

私は一人じゃないわ。私がしっかりしてさえいれば、キユくんがいつでも光を射し込んでくれる。自分で鎖《とざ》しさえしなければ。白い闇に呑《の》み込まれて、自身の光を封じ込めさえしなければ。それが自分を信じ、キユくんを信じることだ。

キユくんと一緒ならば、大丈夫だと感じて、橘子は眼を開けた。

天井《てんじょう》が見えた。白い。壁もおなじだ。それなりの広さがあって、圧迫感はない。どこかのマンションだろうか。

橘子はそれから顔を横に向けて、自分がねている場所を確認した。ベッドだ、白いシーツ――

と、人の気配《けはい》を感じて、橘子はびくっとからだが震えた。

――あら、鏡だ。びっくりした。

橘子の顔を向けた先に姿見があって、かの女を映していたのだ。鏡とわかって安心したはずなのに、鏡に映るのが自分とは違う感じにもおもわれ、橘子は上半身を起こした。鏡の像も起き上がった。私だ。けれども、まだ不安で、橘子は緊張しながら、辺りをひとわたり見まわした。

やはりどこにも人はいない。少し緊張が解けた。コンパクトだが小綺麗《こぎれい》なキャビネットと冷蔵庫、クローゼットなどがとりあえず眼についた。あ、鏡台もある、クローゼットの横。鏡がここにもあるわ。

それを確認してから、橘子はあらためて鏡を見た。そして、自分の着ているものに眼を留めた。

上に着ている白いものはシャツ、それ一枚だ。シャツはなぜかサイズがおおきい。ゆったりした袖はまくられている。着ているのはそれ一枚きり。シャツの裾を上げてみると、パンティーが見えた。下は、やっぱりなにも穿いていなかった。

どうしてこんなシャツを着せられているのかしら。このシャツはきっと男性ものだ。どうしてこれを？

橘子は或《あ》る一枚のオードリー・ヘップバーンの写真をおもいだした。それは、『ローマの休日』でハリウッドデビューまもない頃のオードリーが、『ライフ』というアメリカの有名な雑誌で初めて表紙を飾った写真だった。

その写真のオードリーというのが、室内で直《じか》に絨毯《じゅうたん》を敷いた床に膝《ひざ》を立てた三角座りで、電話の受話器を耳に当てて此方《こちら》を見ている構図なのだが、着ているものは――今の自分とおなじように――サイズのおおきなシャツだけで、下はなにも穿いていない格好だったのだ。シャツの裾からちょっとパンティーも見えていて、妖精とも言われるように清純なオードリーにそういう下着姿の写真があるなんてと、初めて見た時、橘子は非常におどろいた。

橘子にとってオードリーは憬《あこが》れの女優さんで、初めて見た時から、銀幕の妖精に喩《たと》えられるのがまさにぴったりな清らかさと美しさに魅入られた。どの映画でもオードリーはヒロインで、かの女のかわりはいないようにおもった。王女様や貴族令嬢の役はかの女自身が本当にそういう高貴な生まれのお姫様なのだと信じてしまうくらいだ(実際に、オードリーはオランダの貴族の家柄の出身だ)し、身分のない庶民の娘の役でも埋もれていた魅力が開花してお終《しま》いにはちゃんとシンデレラに變身《へんしん》するのだ。オードリーは可憐でキュートな少女のように親しみやすいが、同時にエレガントな気品があって、どういう装いをしてもおしゃれがきまっている。

でも、その写真のオードリーは、シャツだけで下を穿いていないから、装う以前の姿なのだ。スクリーンの中だけのオードリーしか知らなかった橘子は、当時はまだ高校生でもあったから、パンティーが見える格好をしているというだけで、オードリーの清純なイメージが傷つく気がしてショックをおぼえた。けれども、その後いろいろとスクリーン以外のオードリーの様々な写真に触れてゆくのに合わせてかの女の伝記を読み、様々なことを知ってゆくと、自分とは世代がおおきく隔たってもうこの世にはおられない昔のひとなのに、その美しく清純な魅力に惹《いと》きつけられ、かわいらしさは同世代のようでとても愛しく感じられる。そのように感覚がかわると、そのシャツ姿のオードリーも、ナチュラルな佇《たたず》まいが無垢《むく》な少女のようにかわいらしい。

オードリーをスクリーンで初めて見た時は、和華子さんと初めて出会った時とおなじように、美の衝撃を受けた。唯、和華子さんは小学校以来ずっと会っていないし、もう会えないんじゃないかとおもうくらい遠い遠い存在だ。一方で、オードリーはスクリーンで何度も見るし、数多くの写真集やネットでもかの女の写真を一杯見ることができる。わかい時だけでなく、引退後や晩年の写真にも触れられる。その意味では、その美しい顔や姿に出会うということなら、オードリーのほうが憬れを持って近づいてゆけそうな存在だ。

このシャツスタイルだって、和華子さんでは想像できないが、オードリーならイメージできる。一瞬、ハッとして恥ずかしい感情を持ったが、充分大きいシャツで、オードリーとおなじ装いとおもえば、心和らぐ。絶望的ともおもった情況のなかでオードリーをおもいうかべることができたのは、キユくんが一緒にいてくれていると心が感じているからだろうか。どういう時も、キユくんは和華子さんと結びついている。この情況では和華子さんを呼び寄せはできないが、オードリーのイメージを引き寄せられたのは、やっぱりキユくんのおかげだとおもう。

橘子はちょっと心に余裕ができて、服を探してみようとおもった。私の服、どこかに隠されていないかしら。この格好でもいいけれども、いつまでもというわけにはゆかない。

橘子は跳《と》び起きた。

クローゼットに直行し、なかを開けた。

からっぽだった。

橘子は溜息《ためいき》をついた。

部屋を入念にあらためて見まわしてみた。

ああ、なにもない。

服がない。私のカバンもない。全部どこかへやられている。私は身一つでこの部屋におきさられている。

部屋は清潔で、家具調度類もいい品のようだ。紀理子さんの家《うち》なのか？　紀理子さんはお金持ちだから、外の部屋を契約しているのかもしれない——贋《にせ》の清躬《きよみ》くんと共謀して私をこの部屋に。

橘子は、クローゼットの横の鏡台の前で足を止めた。充分に半身を映せるくらい、鏡が大きい。

そこにシャツ姿の自分が映っていた。裸の太腿のほとんど全部が見えている。後ろを向くと、シャツテールがあるので、おしりは隠れている。実際鏡に全身を映してみると、オードリーとは感じが違う。

橘子はシャツのボタンを順に開けて、自分がいま身につけている下着をもう一度確認した。大丈夫。上下とも、下着は自分のものだ。そしてそのまま脱いで、どういうシャツなのかを確かめようとした。下着だけの格好になっている時に誰か部屋に入ってきたらとおもうと不安をおぼえずにはいられなかったが、なにか手がかりを知りたいという気持ちのほうが強かった。

シャツは明らかに男物のカッターシャツだった。それはおろしたてではなかった。

まさか贋物のカレの？

なんということだろう。自分の服をおんなの子に着せて楽しむ趣味なのだろうか。途端に気味わるさをおぼえて、シャツをベッドのほうへ抛《ほう》り投げた。

オードリーのイメージで心安さをおぼえていた分、邪悪な意図が忍び込んでいるのを感じると、耐えられなくなった。キユくんの光はきえた。キユくんは光を射し込んではくれるが、いつもというわけにはゆかないのだ。

橘子は絶望的な情況へ投げかえされた。

シャツを抛り投げた自分は、ブラとパンティーだけの格好で鏡に映っている。あまりにみっともなさすぎる。橘子はシャツを投げたことを後悔し、すぐにベッドに戻ってシャツを回収し、再び着用した。

橘子はもう一度立って、部屋全体を見まわした。

扉《とびら》が一つしかないのがわかった。そして、窓がない。

シャツだけの格好では外に出づらかったが、とりあえず扉まで行って、ノブをまわしてみた。扉は開かなかった。外から鍵がかけられているようだ。

閉じ籠められている。

橘子はひょっとしてとおもって、体当たりを試みた。扉はびくともせず、撥《は》ねかえされてからだがよろけ、四つん這いになった。意味がない自分の行為にかなしくなる。

橘子はなみだが出た。駄目なのは想像していても、出られないとわかってやはり無力感で一杯になる。

私を監禁して、どうするつもりなのだろう。私になにをしたいんだろう。

贋物のカレがなにを考えているのか、まったくわからない。唯カレは、自分が贋物だと感づかれたから私にこんな荒っぽいことをしているのではないだろうか。携帯電話に電話して返事がなかったので、私の様子がおかしいと異常を感じとった? 紀理子さんからのメールでも、カレが贋物だとはっきり書いてあった。紀理子さんはカレと共謀しているから、それはまちがいないだろう。贋物とばれたからには、余計な動きをする前に拘束してしまえということなのだろうか。

それにしても、贋物のカレの手先に紀理子さんがなってしまったのは残念でならない。一体どうしたことだろう。ああ、あまりにひどい裏切り。キユくんはいうのに。あなたのことを大事におもい、かばっていると今でもあなたなりの理屈でキユくんから去るのはいいとして、それがどうして贋物のほうに行ってしまうの? 贋物というだけで、絶対悪者にきまってるじゃない。そんなカレの策略に加担するなんて、信じられない。

それに、私に対しても、再び友達の仲に戻れると信用させておいて、大嘘《おおうそ》をついた。大嘘をついて、私をおびきよせて失神させ、監禁までした。これはまちがいなく犯罪だわ。紀理子さんて裕福な家庭のお嬢様なのに、どうしてこんな悪事をしてしまうまでにおちてしまったんだろう。どういう経緯《いきさつ》があったか知らないけれども、結果的にキユくんを捨てて贋物のカレのがわにつき、キユくんや私を裏切っているのは、弁解の余地なく最大の悪だわ。あなたのこと、絶対に赦《ゆる》さない。

でも、紀理子さんのことをどうおもったたって、もうわなにおちてしまったのだから、どうしようもない。この身がどうなるかの問題が第一だ。カレは私をどうしたいのだろう。それより、カレらがやってきた時、私はどうしたらよいのだろうか。カレが戻ってくるのはまちがいないのだから。

逃げようたって、絶対逃げられっこない。カレより体力はないし、一番肝心な勇気が私にはない。すぐ弱気になって、きっと体も動かなくなってしまう。逃亡の失敗は大抵《たいてい》おおきな代償を支払わされる。みすみす失敗するとわかっているのに、無謀なことはできない。刃向《はむ》かってても無駄だ。結局、なんの抵抗もできない。相手が私を殺すとわかったら、反撃して一矢《いっし》くらい報いないことはないかもしれないが、でも命をおとしてしまったらなんの意味もない。

カレは私を殺す気だろうか？

私がカレを贋物と暴《あば》いたから？　でも、贋物と騙していたのはおそらく私に対してだけのはず。その私だっていつかは本物の清躬くんと接点を持つだろうことは、頭のいいカレなら想像できただろう。それに贋物とわかったからって、カレの正体はなにもわかっていない。私はカレが贋者だと気づいただけにすぎない。それがなにかの不都合になるのかもしれないけれども、生かしておけないほどの差し迫った危険がカレに生じるなんて考えられない。

抑々《そもそも》、どうしてカレはキユくんになりすまして私に接触したのだろうか。大体、私になんの意味があるの？　カレにとって私はまったく赤の他人じゃないの。意味があるとしたら、おんなという意味くらい？　私はカレの性的興味の的になったのだろうか。そんな馬鹿な。あまりにも馬鹿げているわ。もしかりにそうだとして、こんな大それたことまでするものかしら。だけど、世の中には異常な行為をエスカレートさせる人がいるもの。カレはそういう人格異常者なのだろうか。

橘子がふと正面を見ると、ベッドに腰かけている自分が姿見に映っていた。

シャツ姿で、脚は剥《む》き出しだ。こんな格好をさせるのが、カレの趣味――自分のシャツをおんなに着せることも――と、さっきの感覚がまた戻ってきて、ぞくっとした。

身を包んでいるこのシャツが、私のいろんなところにもう既に触れている。下着越しではあるけれども、おっぱいやおしりに。そして、それ以外の部分は裸の膚に直接だ。下着そのものだってひとには触れられたくない。後でこのシャツをカレは着込んで、間接的に私の裸に触れる――

嫌《いや》、止《よ》して。

橘子は堪《たま》らず、シャツのボタンを一つづつはずしていった。そして、気味わるく忌《い》まわしいシャツを剥《は》ぎ取って、また抛り投げた。

姿見はまた下着だけになった橘子の姿を映していた。からだのほとんどの部分が露出している。これも男の視線の餌食《えじき》にされる。

橘子はもう一度クローゼットのなかを調べた。やっぱり無駄だった。クローゼットの横の鏡がパンティー一枚の自分の下半身を映している。どうしてこの部屋は鏡ばかりなの？

橘子はベッドを見た。残念なことに、蒲団《ふとん》も毛布もない。室内の温度が一定の温度に保たれて暖かいので、それらがなくても大丈夫なのだが、なにも置いてないなんて薄情だと感じた。

なにか着込めそうな物――布類でいえば、ベッドのシーツしかなかった。背に腹はかえられない。橘子はシーツを剥がして、体に巻きつけることにした。シーツの短いほうの辺を縦にして、上を少しだけ折りかえせば、ちょうどよい丈になる。

シーツを身に纏《まと》った姿を鏡に映してみて、橘子はほっとした。細身のシルエットがきれいに感じられた。手を使えるようにするために肩を出さなくてはならず、ブラジャーの紐《ひも》も見えてしまうが、ともかく裸を晒《さら》さなくて済んで本当によかった。ちょっと気持ちがおちつけるようにおもった。けれども、それは束《つか》の間《ま》だった。

電気が点いている意味に気づいたのだ。初め目が覚めた時は、暗闇だった。今、電気が点いている。ということは、誰かが電気を点けに来たのだ。今いないのは一時的な用で部屋の外に行っているだけ。今にもかえってくるかもしれない。

橘子は襲われる危険を感じた。やっぱり精一杯の抵抗は必要だとおもった。おとなしくしていたら、いいようにされてしまうし、されるがままになるわけにはゆかない。

橘子は武器になりそうなものが部屋にないか見まわした。なにもない。この部屋には、余計なものどころか、本当になにも置いていない。体に巻きつけたシーツを片手でおさえながら、キャビネットを開いて、一つ一つ中を見たが、からっぽだった。鏡台の抽斗《ひきだし》にもなにも入っていない。冷蔵庫も一往見てみることにした。烏龍《ウーロン》茶とミネラルウォーターの五百ミリリットルサイズのペットボトルが数本入っていた。これでも振りまわせば少しは抵抗できるだろう。ないよりましだわ。橘子は投げつけたり振りまわしたりできるよう、冷蔵庫に入っていたペットボトルを一本一本ベッドのほうに持って行った。片手しか使えないので、手間はかかるけれども、一本づつしかしようがなかった。全部で七本あったので、七回往復した。

ベッドにおちつくと、橘子はペットボトルを振りまわす練習をしようとおもった。けれども、一方の手でシーツをおさえて、もう片方の手だけでペットボトルを持って振りまわしても、迫力が出ないし、隙が一杯あるのがわかった。両手でペットボトルを持って振りまわすほうがずっと効果的なのは頭で考えてもわかった。だが、そうすると、シーツがはだけてしまう。はだけるだけでなく、するりとおちてしまうだろう。折角体に巻きつけたのに意味がなくなる。ベルトになりそうなものを探すが、なかった。もうそうなったら、格好は構っていられない。下着だけの格好でも、あるものを使って反撃しなくちゃ。

橘子は覚悟をきめようとした。

とその時、扉のほうでかちっと鳴る音がした。

橘子はぎくりとして、一瞬からだが震えた。

橘子は反射的にベッドに転げるようにして身を端《はし》っこに寄せた。そして、シーツの前をおさえながらペットボトルをかきよせ、身構えた。

＊　＊　＊

誰か部屋に入ってきた。

動悸《どうき》が高鳴る。鳥肌が立っているような寒気をおぼえる。

橘子は相手を見る勇気がなかった。といって、眼をつむるわけにもゆかず、相手が自分の傍《そば》に来た時、視線は逸《そ》らせていても、ながい脚が眼に入った。

スカートを穿《は》いてる。

カレじゃない。

私を騙した――

相手はそこにあった椅子にゆっくり腰をかけた。橘子は相手を見た。

「紀理子さ――」

橘子は相手の名を呼びかけたが、最後まで言いきらなかった。

相手が着ていたのは、橘子の服とまったくおなじだった。自分がさっきまで着ていた服だ。そして、相手の顔はよく見えなかった。相手は顔の前に柄《え》付きの鏡のようなものをかざしていたのだ。

「私がそこにもいるみたい」

相手のおんなが言った。おんなの声は自分の声とおなじにきこえた。どうしてかの女から自分の声が？

おんなは顔の前の鏡を下げた。

橘子は相手の顔を見た。

自分の顔がそこにあった。

おなじ顔、おなじ服、おなじ声。

私がもう一人――


「私」

おもわず橘子はつぶやいた。

相手の口許《くちもと》もおなじように動いた。

いま言った言葉が、自分の発したものかどうか怪しい気がした。

その怪しさ、自分のあやふやさにくらべて、相手はより慥《たし》かに実在し、よりくっきり自分の顔をしていた。

自分が入れ替わっているような感じに、橘子は気が遠くなった。

第 二 部

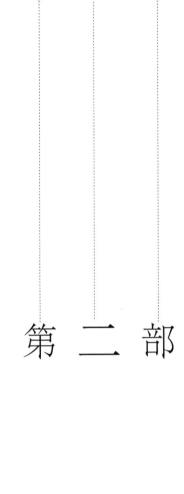

25　和邇氏の宿望

「なによ、このおんな、気ぃわるい」

　私の顔を見て失神するなんてどういうことよと、私は呆《あき》れつつおおいに機嫌《きげん》を損じる。私という人間を無視していることと同義ではないか。慥《たし》かに、おもった以上にメイクの効果があったということにちがいはないけれども。

　にいさんとワケ程にそっくりではないが、私たちは似ていて不思議ではなかった。にいさんと私が似ていて、ワケとこのおんなも似ているのだから。おんなは、そこにメイクの力も添えられる。特に私の技術は超一流だ。にいさんに鍛《きた》えられたものだから。他人が見て区別をつけられない仕上がりにするのは言うまでもない。ましてこのおんなのようにもともと似たものを更に似せてゆくのはわけもないことだ。唯、本人自身が気を失うまでに生き写しとは、想像していなかった。

　ワケというのは、にいさんが呼ぶ檍原清躬《あわきはらきよみ》の呼び名だ。にいさんはその呼び名の由来《ゆらい》について説明してくれないが、おそらく分身をワケミと読んで、そのワケをとったものではないかと私は想像している。にいさんに確認したことではないけれども。

　ところで、私はキユクンという呼び名も気に入っている。このおんなは自分だけの専売特許にしたいのだろうが、本人の前では私も「キユクン」と呼んでやろう。一方、このおんなは「ナコ」と呼ぶことにした。橘子《きっこ》と名前そのままなのは、おもしろくない。ナコでいい。パクリではない。特定の人間《にんげん》だけで使っているものなら、なおさらその特権を私も行使したい。

　ナコというおんなはかわっている。

　ちょっと私と違いすぎるのが、おもしろいところでもあり、気に食わないところでもある。おなじ顔を見たからといって、こんなに呆気《あっけ》なく失神するなんて反応があるだろうか。ドッペルゲンガーを見てしまったと気絶したのだろうか。言っておくけど、私のほうがあなたより実体は確かだわ。ドッペルゲンガー扱いされるのは心外だ。

　唯、あなたがそう取り違えるのにも同情の一端はある。これほどそっくりにメイクする技術というのは普通にはないし、今着用している服ももともとあなたが着ていたもので、頭の天辺《てっぺん》から爪先《つまさき》まで総《すべ》て檍原橘子仕様になっているわけだから。

一方、あなたの格好はなんだろう。身ぐるみ剥《は》いだのは確かではあるけど、パジャマがわりにキユクンのシャツをちゃんと着せてあげたじゃない。シャツだけで下は身につけてないからちょっぴりセクシーだけど、あなたの脚はすらりと伸びてとてもきれいなんだから、それくらい大膽《だいたん》でいい。それにそのシャツはごく普通のオックスフォードシャツではあるけれども、あなたお気に入りのキユクンのだから、特別なもののはず。それなのに、それがぞんざいに抛《ほう》り投げられている。そのかわりにあろうことかベッドのシーツを巻きつけるなんて、無粋《ぶすい》にも程があるわ。これでは身動きも自由にとれない。シャツ姿ではおちつかないという、脚を見せたくない心理もあるのだろうか。それならシャツの上から巻きつけたらいいはずだ。着ているシャツをわざわざ脱ぎ去る意味がわからない。

ともかくナコは、脚を出すことになれていないのだ。この子の寮の部屋を覗《のぞ》いてみたけれど、スカートはほとんど膝丈《ひざたけ》を中心に若干の長短があるくらいのおとなしいものばかりで、例外はミニのワンピース一着きりだった。唯、このワンピースは誰かに買ってもらったものにちがいない。緋之川《ひのかわ》という男か。はっきりしたミニ丈はこれだけだ。スカートを穿《は》いていないというだけでおちつかなかったということだけはわかる。

ところで、この部屋の様子もまた奇妙だ。ベッドの上にペットボトルが何本も散乱している。冷蔵庫から全部出して、どういうつもりなんだろう。自分に近づく者に対して、棍棒《こんぼう》のように打《ぶ》つか、なげつけるつもりなのかな。無駄な抵抗にしかならないけれど。

なんかわらえてしまう。

兎《うさぎ》みたいにかんたんに失神してしまうような怖《こわ》がりの子になにができるのかしら。第一、どんなにいい武器を揃えていたって、それを手にとる前に気を失ってるんじゃどうしようもない。どんなアイディアを考えたって、行動できないんじゃ話にならない。気を失うなんて行動以前。尤《もっと》も、行動におよんでも小心者はパニックになるのがおちで、すると出鱈目《でたらめ》に動いて、しないでもいい怪我《けが》を自分から負う危険もあるから、まあかの女には失神のほうが上策というところか。まさに下手《へた》の考え休むに似たりで、最初からペットボトルなんか出したりせず、休んでいればよかったのだ。飲むためのものが意味もなくベッドに転がっているのも目障《めざわ》りだし、かの女が起きた時に気が動転してぶつけてきたりしたら嫌だから、ペットボトルはちゃんと元どおり冷蔵庫にしまっておこう。あなたの尻拭《しりぬぐ》いをするみたいで馬鹿馬鹿しいけど、まあいいわ。

私は手際よくペットボトルの回収を終えた。しかし、まだ邪魔に感じるものが残っている。ナコが身に纏っているシーツだ。衣装になっていない。歩きもできない。芋虫《いもむし》のようにずっと転がっているつもりか。そんな見苦しいものを見ていたくないから、このシーツもかたづけないと。またこのおんなは私の手をわずらわせる。

私は自分に面倒をかけるおんなを見おろして、溜息《ためいき》をついた。やれやれ。

余計なことばかりして。無意味なことをするくらいなら、初めからなにもしないでおとなしくしていればいいものを。やれやれ。

私に一杯面倒をかけながら、当の本人はなんて無邪気にねむりについているのだ。やれやれ、自分だけ平和な顔をして。

恐怖に身が縮んで失神したのではないのか。なのに、そんな気配《けはい》がまったくない、平和で無防備そのものの顔。

その顔は実は今の私の顔なのだ、私のこの顔を寝顔にして、本人は意識を失っている。それを見せられた私はなにか自分のほうがおちつかなくさせられる。気を失い、表情もなく、まったく穏やかで静かさの只中にいるので、その顔は純粋な天然の産物のようだ。

それと対比して、私の顔はかの女とまったくおなじ顔であるにもかかわらず、純ではなく、つくりものだというのが嫌《いや》というほど告げられているみたいに感じる。勿論《もちろん》、メイクによってかの女にそっくりなようにつくっているのだからそれは否定できないことだが、けれども、メイクしたといってもそれは私の顔の一つの状態でもあって、私は自分の顔を失っているわけではない。仮面でおおっているわけでもない。それなのに、ここに純粋な顔があるのだから、おまえのは顔扱いできないぞ、と言われている感じだ。

話が違う。

ナコの顔は、私がそっくりにメイクする対象とした、唯普通のわかいおんなの顔にすぎないはずだった。幾らか私に似ているとか、幾つか共通性のある特徴を持っているが、普通にまねることに苦労は要《い》らない一般的な顔だ。実際、この顔は私によってかんたんにコピーされ、こうして二つ登場しているのだ。それにより、この顔は独自性を失っているし、平凡さにより近づいている。言い方をかえれば、かの女こそ私に顔を盗《と》られたのであり、その顔は傷物になったのだ。世界に一つしかないとおもっていた自分の顔が、ほかにもおなじものがあるとわかれば、本物さ、真正さの認識が揺らがされる。

それなのに、今ここに見るナコの顔は、それは私がコピーした顔のはずだが、そのコピーとおなじではなくなっている――誰にもコピーし得ないかの女だけの顔になっている。コピーし得ない顔？　まるで写真にも撮《と》れない顔のようではないか。それはあり得ない。あ、いや、世の中の常識はそうだが、実のところそれがあり得ないことではないのを私は体験している。だが、それは神秘を顕現する奇蹟なのであり、ほかのなにものによってもおなじ奇蹟は起こらない。そういう究極のものは最初からまねようがないのだ。勿論、ナコはそうしたものではない。でも、なぜかの女の顔は今、誰にもコピーし得ないものになっているのだろうか？

私はその謎《なぞ》を探ろうと、じっとナコの顔に見入った。

かの女は眼を閉じたままなにも乱されない完全な静謐《せいひつ》さのなかにあり、息まで止まっているかのようにさえ見えた。あり得ないレベルのねむりなのだろうか。少なくとも、ありふれた寝顔ではない。薄汚れた顔は寝顔でも薄汚れているのが当たり前だ。単にねているだけだから、寝顔は本人の顔そのままであるはずであり、つくりかえられはしない。ところが、今見るナコの寝顔は、もう寝顔とは言いにくい。新しい顔だ。新しいというのはつくりかえられたということの表現で言うのではない。新しいというのはそのとおり新しいのだ。つまり、その顔はまさにいま神様がおつくりになったばかりという感じがするのだ。そのように、一点の穢《けが》れも歪《いびつ》さもないように感じられる。つくりたての素《す》の生地《きじ》の美しさがあらわれて、おかしがたい。

つくりたてに見えるということは、私がコピーした顔ではないということだ。そして、そこに神様の手わざを感じた程に、ナコの顔はいかに技巧が勝《すぐ》れていようと細工《さいく》を施《ほどこ》して人がつくれるものではない（つまり、コピーもできない）と感じさせる。そうおもうと、妙なことに、かの女をくるむシーツは、拵《こしら》えたばかりのつくりたての作品を保護するよう包装しているみたいに見えてくる。最初に眼に留めた時は、あんなに馬鹿げたことにおもえたのに、今はまるで世界が違ってしまったように感じる。かの女の肩にブラジャーの紐《ひも》が見えているのは神様がおつくりになる世界にまるで合わないけれども、それもちょっとした遊び心みたいなものか。

そう見ると、私の立場が怪しくなる。

私のこの顔はなんになってくるのだろう。

コピーした相手は生まれかわったように顔をつくりかえて、私はもう誰の顔にもなり得ていない。しかも相手は神の世界に行き、自分だけ下界《げかい》に取り残されている。馬鹿を見たような気持ちだ。

どうしてきょうはそんなふうに感じるのだろう。

だって、ナコの顔をこんなに間近にしげしげと見るのは今が初めてではないのだ。二週間前の日曜日、ワケのアパートで私はナコを見ている。かの女は飲み物に仕込んだ睡眠薬でぐっすりねむっていた。そう、ナコのねむり顔はその時にも充分見ているのだ。

ナコはその日、ワケのアパートを訪問しようと歩いている途中で、電動自転車に乗った私に蹴飛ばされ、転倒したのだった。そこに、ワケになりすましたにいさんが現われて、ワケのアパートに連れて行った。

にいさんは予め《あらかじ》ワケに用事をつくって、アパートを不在にさせていた。底抜けのお人好しのワケはにいさんの工作を疑いもせず、自室をあけわたしたのだ。

にいさんは、「こんなにそっくりな人間に出会うなんてどういう天のおぼしめしだろう」とかなんとか言って、去年のうちからワケに近づき、忽ち《たちま》好誼《よしみ》を通じる仲となったようだ。普通の人間なら、そんな明け透けな言葉を唐突にかけられて気味わるがったり警戒したりするものだろうが、ワケは自分からにいさんと握手をかわしたそうだ。

調べてみると、都合《つごう》のよいことに一人ぐらしだった。少し前までは杵島紗依里《きしまさより》という親がわりの女性が同居しており、その時であれば難しかったにちがいないが、その女性が去った後は、ワケ一人の相手でよくなっているのだ。しかもそのワケという人間が疑うことを知らない人間で、ワケというらない人間で、にいさんがかれのアパートにおしかけても快く中に入れ、迷惑がって拒否したことは一度もなかったという。ワケのアパートには戀人の棟方紀理《むなかたきり》子《こ》も頻繁《ひんぱん》に出入りしていたので、かの女とかちあわないようにすることだけ気をつけねばならなかった。お人好しのワケからすると、新しい友達のにいさんを戀人にも紹介したいところだったようだが、そっくりな人間を見るとかの女もおどろくから、おどろかないでも済む上手《うま》い方策を考えてからにしようとか言って、巧みに回避したようだ。そのようにしながら、終《つい》にはアパートに泊めてもらう仲にまで発展した。泊まった挙句《あげく》、にいさんはかれの外出中の留守番《るすばん》をするようなことも引き請けている。その間ににいさんがアパートの合鍵《あいかぎ》を拵え、ワケが留守になった時にあがりこんで部屋をくまなく調べ尽くしているとは気づきもしない。ましてやこの日のように、自分になりすまして幼馴染《おさななじみ》の女性を騙《だま》すのに自分のアパートが使われているなんて夢《ゆめ》にもおもっていないだろう。だが、現実はそうなのだ。人が好《い》いにも程があるというものだ。善意のあまりの無防備さ、無知が、悪徳の温床を蔓延《はびこ》らせる結果にしてしまっている。地獄への道は善意で舗装されている。かれを利用すれば、悪はわけもなく目的を達成できるのだ。

ナコもワケの同類で、いい取り合わせだ。他人《ひと》を疑わない。易々とつけいられる。

ナコがにいさんと一緒にワケのアパートにやってくる前に、私は一足先に戻っていた。そして、リヴィングの隣の部屋に潜《ひそ》んでいて、睡眠薬がきいてかの女がねむりこんだおりを見て、部屋に入った。

私は実際のナコの顔を見て、最初は自分に似ているとおもった。ねむっている自分の顔を見たことはないながら、自分の寝顔はこんな感じではとおもった程だ。だが、見慣れてくると、全体の感じは結構違うとおもった。にいさんが私に似ていると言ったから、初めはそんな気がしただけで、どこまでそうかしらと首をかしげる。特性に共通のものがあるのは確かだけれど、にいさんが言うほど似ているだろうか。

薬局に行くという口実で一旦部屋を出たにいさんが、桁木《けたき》さんを連れて戻ってきた。

桁木さんはにいさんの相棒《あいぼう》のようなひとだ。にいさんと一緒に行動しているようで、にいさんについて私以上に知っていそうだ。桁木さんはモデルそのものの長身で細身の体型をしている。細いけれども、運動神経抜群で筋力も強い。私はにいさんの指示でいろんな肉体的トレーニングを受け、技を仕込まれたが、ほとんど桁木さんについて鍛えてもらったのだ。最初は桁木さんのレベルが物凄く高くて圧倒されるばかりだったが、今はパワー以外はそこそこのレベルまで上がっているとおもっている。なにもかも桁木さんのおかげだ。私には姉と慕う隠綺《おき》のおねえちゃんがいて、小さい時から一緒なので、ほとんど身内同然だが、桁木さんも姉に近い存在として敬慕している。

不勉強な私はよく知らないが、桁木さんの曽《ひい》おじいさんは伝説的な武道家だったようだ。おとうさんもその血筋を承《う》けているが、アウトローのひとのようで、世の中からひっそり隠れているらしい。そのように世間から身を潜めているひととどうやって出会ったのか、よくわからないが、にいさん（もし私の兄だとすれば）は家出をして一年も経たないうちから桁木さんのおとうさんのもとで修行を始めたようだ。勿論、娘である桁木さんと一緒に。桁木さんはにいさんとおない歳《どし》で、その頃は高校生の年齢だ。尤も、にいさん同様、桁木さんも高校にはかよわなかったようだけれども。桁木にいさんの常人の域を超えた凄いパワーと技は、桁木さんのおとうさんにみっちり鍛えられた成果なのだろう。

「さあ、始めましょうか」

桁木さんが私に合図をした。私はソファーにねているナコのもとに膝まづいた。桁木さんも私の横に位置する。にいさんは少し離れて立って、私たちを見守る。

ナコは横向きにねていたので、ちゃんと仰向けに姿勢をかえさせる。まず最初に見るのは顔だ。唇をめくって歯並びを確かめないといけない。頬骨《ほおぼね》の張りぐあいや耳の状態、髪の生えぎわなども触って点検する。ポイント、ポイントで写真も撮る。全体には美しく整った顔かたちでも、細部を念入りに見、実際に触ると、美的感性の出番はない。

それから、ナコの上着のボタンをはずしていく。上着を脱がせたら、ブラウスも取る。続いてスカートを取り去り、ブラもはずす。ソックスやアイシングで巻きつけた繃帯《ほうたい》も取って、ナコはパンティー一枚だけの姿になる。手と膝《ひざ》、肘《ひじ》のガーゼだけそのままだ。ナコの美しい素膚《すはだ》に、黒子《ほくろ》や痣《あざ》、傷痕《きずあと》などがないかをくまなく見る。そこまで注意を払わないと、なりすましをした時に見破られてしまう盲点になる。ワケが小学生の時にナコの裸を眼にしていて、その記憶が残っている可能性がないとはいえないからだ。桁木さんはナコの胸、ウェスト、おなか、肩口、上腕部などに触れていった。私も桁木さんをまねて触る。そして、このおんなのからだを内部の構造までおしはかってみる。それぞれの部位の筋肉の性質や強さ。骨や腱《けん》の強靭《きょうじん》さ。内臓の動きの感じ。桁木さんはからだを見て少しポイントを触るだけで、その人の身体能力や持病を言い当てる。私にはまねできない。私にわかるのは、まだ筋肉だけだ。ナコは見かけの華奢さにもかかわらず、適度に発達した筋肉がある。仰向けでざっと調べた後で、桁木さんと二人でナコを俯《うつぶ》せにする。そこで最後に残っていたパンティーも取り去り、ナコを全裸にする。

桁木さんと私は、背面もおなじように、肩や腰の骨、頸骨《けいこつ》や背骨の状態、おしりや太腿《ふともも》の裏がわ、脹脛《ふくらはぎ》などの筋肉、足の裏まで触って確かめた。ナコをもう一度仰向けにし、下着を着用させ、打撲した患部に冷湿布を貼りつけた後、上着も元のとおり着衣させた。

「一年前のネマちゃんとおなじ骨格と筋肉ね。非力だけど、機敏で運動はできる子よ」

私も桁木さんにおなじように全身をみてもらっている。トレーニングを短期間で効果的にするため、桁木さんは私のからだを知っておく必要があったのだ。その時は、桁木さんの前で初めて裸になったし、今のナコと違って意識がある状態で自分のからだの全部をみてもらうから、とても恥ずかしかった。桁木さんの感想から、その時の私のからだがこのナコとほとんどおなじなのかとおもうと、半ば透視され、解剖されているかのようでもあるので、複雑な気持ちになった。にいさんが傍にいるから、余計だった。

このように、私はナコのことを充分すぎる程見ていた。あの時は、からだを調べることに集中して、顔のことはあまり気に留めていなかった。とはいえ、気に留めない程度の顔でしかなかったのだ。私に似ているというだけのことで、自分に引き付けて考えもしなかった。ナコはなりすましの対象でしかなく、似ているというのは好都合という感覚だけだった。あの時とナコの顔がかわっているはずがない。たった二週間程しか経っていないし、化粧気《けしょうけ》も薄いおんなだ。穏やかな寝顔で素顔が現われているから、なおさらかわりはない。なのにどうして今、ナコの顔が新しい顔、神様がおつくりになった顔のように見えてしまうのだろうか。

私のがわに問題があるのだろうか。

そう言えば、私のほうはまるで違っている。今はメイクして、ナコそっくりの顔になっている。私自身がナコの顔になっていて、自分の投影をナコに見てしまうがゆえに、心理的に揺さぶられているのかもしれない。この前で把握しつくしたはずのナコに新しい顔を見つけてしまって、そこでまた自分が切り離されたように感じさせられたのだ。それなら、メイクをおとせばいいだけだ。そうして、自分自身の顔に戻ればよい。他人の顔をくっつけて、その本人を見てしまうから、おかしい心持ちになったのだ。

もとの自分の顔に戻れば、私とナコは分離し、かの女がどういう顔だろうが、意識する必要はなくなる。いま私は、ナコの顔を見て、そのあまりに静かで揺るぎなくなめらかな様につくりたての素の生地の美しさを感じ、主客顚倒《しゅかくてんとう》したように少し怯《ひる》んでしまったが、なにもそれはナコの手柄でもなんでもない。おそらく突然の瞬間的な失神でかの女がリセット状態になったことが、外から付着した不純なものを脱落させ、本然の素の美しさが現われ出ただけにすぎないのだ。それが長く続くはずがない。純な状態が保持されるのは纔《わず》かな時間だけであり、今はねむりに深く入っているから、時間も凍結されているように見えるだけなのだ。しかし、一度目覚めれば、この奇蹟的な静かさは忽ちにかき乱され、素の生地も罅《ひび》われて絶妙な美の均衡をくずしてしまうだろう。ナコ自身、また再び恐怖と不安におびえだすにちがいない。そうなれば、否《いや》が応でも顔はくずれてしまう。そんな顔に用はないし、実際その時は私もメイクをおとしていることだから、わずらわされることもない。

メイクでそっくりにする顔は所詮一時的なのだ。一時的にはおなじ顔が二つ出現して、その衝撃が作用するが、時の経過とともにもとの二つの顔に分離すると、その影響もおさまる。

そっくりな顔といっても、一時的にそっくりになった私とナコの関係と、もとから瓜二つのにいさんとワケの関係とは、明確に違う。私はメイクによってナコとそっくりな顔をつくるのだから、メイクをおとしてまたかの女と分離することが可能だ。しかし、にいさんとワケの場合、どちらかが顔をつくりかえるということをしないかぎり、分離は無理なのだ。私はどうにかして二人の間に違いを見つけようとしたが、まったく区別がつけられなかった。裸になれば、鍛え上げたにいさんのからだと、ほとんど部屋に籠もって絵を描いているワケのからだとは歴然と違っている。にいさんは自分の肉体の凄さを気取られないよう、服装などでうまくカモフラージュする術《すべ》を持っている。そのように外見上はいくらそっくりでも、私にとってにいさんとワケはまったく違う。おなじであってはいけない。にいさんは私の導き手であり、総てに卓越する英雄であり、唯一無二のひとであるのだから、そのにいさんとおなじ顔を持つ人間がもう一人いるというのは、とても受け容《い》れられるものではない。

だからこそ、私はかれの顔を傷つけなければならなかったのだ。そして、実際に傷をつけた。

だが、そうして私が強い酸の薬品を手に入れてそれを筆につけ、ワケの不意を襲ってその頬《ほお》を一刷《ひとは》きした(それは後で瘢痕《はんこん》になった)時、私はそれが正当な行為であると信じていた。そして、にいさんにも絶対に評価してもらえるものとおもっていた。にいさん自身、唯一無二である自分にそっくりな存在がもう一人いるということは、容認できないにちがいなかったはずだから。それなのに、私の行為に対するにいさんの反応は私の想像とはまったく逆であった。あの時のにいさんの怒りようというのは、今おもいだしても身が竦《すく》む程だ。

「おまえは、おれの顔にもおなじことができるというのだな」

激怒したにいさんは私の部屋に入ってきて、いきなり怒鳴《どな》った。その声の迫力と眼の怖さというのは、これまで経験したことがないものだった。（その顔は勿論ワケにはできないものだ。）

にいさんの言葉が雷《いかづち》のように全身を打ち、私の身は縮み竦んだ。すっかりおびえた私は、弱々しく「ううん」と首を振るのが精一杯だった。にいさんはとてもおそろしいひとなのだが、私に対してそういうおそろしさを見せつけることはなかった。ほかのひとと違う扱いをしてくれていると私は感じていた。だから、このように経験したことがない怒気をまともに食らって、なすすべもなく私は打ち震えるばかりだった。

私が恐懼《きょうく》している様にもお構いなく、にいさんは片手でがしっと私の顔の下半分をつかんだ。にいさんは超人的な腕力を持っているひとで、その時は実際に指の力だけで私の顴骨《かんこつ》から上顎骨《じょうがっこつ》までを一緒くたに砕《くだ》いてしまいそうにおもえた。流石《さすが》におんなの顔ということで手加減してくれたのだろう、痛い程度で済んだのだが、それでもまだ怒りはおさまっていないようだった。続いてにいさんは、乱暴に私のブラウスの胸を掴《つか》むや、片手の力でからだごと持ち上げた。そしてベッドのところまで運ぶと、そこで私のからだをまるで子犬を投げ捨てるみたいにぽいと抛り投げたのだった。私は蒲団《ふとん》の上でバウンドして、後ろまわりに一回転した。

私は唯々ベッドの上で丸まって縮こまり震えながら、細い声で何度も「御免なさい」をくりかえした。というのも、もしもう一回スイッチが入ってしまったら、最早《もはや》手加減されることがなくなって、今度こそクラッシュされてしまうとおもえたからだ。その途方もない力に私のような華奢なからだなどひとたまりもなく潰《つぶ》されてしまうにちがいない。にいさんはおびえる私を一顧《いっこ》だにせずそのまま静かに部屋を立ち去り、私は難を遁《のが》れることができた。

そのあとで漸《ようや》く身を起こせるようになった時、私はもう顔がなみだでぐちゃぐちゃになりながら、自分がどういうみっともない格好で震えていたかを知った。

桁木さんと一緒にトレーニングをして、自分が肉体的にも精神的にも強いおんなになっていると自信を培《つちか》っていたが、それは脆《もろ》くも打ち砕かれた。自信を持っているからこそ着用しているミニスカートも、今は自分の惨《みじ》めさに拍車をかけるものになる。

短いスカートとすらりと伸びた脚は、わかく潑溂《はつらつ》とした生命力の横溢《おういつ》を表現する。美しい肉体の主人である私が、自信に満ち、エネルギーを漲《みなぎ》らせているなら、身につける衣装も私の戦士としての戦闘力を高めてくれるものなのだ。それは、一流のモデルも凌駕《りょうが》するような美貌とスタイルを有する桁木さんが、身をもって示している。

桁木さんによれば、自分の肉体の中心からのわかい力の漲りがかがやきとなって筒状のスカートから放射され、艶やかでなめらかな長い脚のおもてを滑走し、鋭く相手の眼を射抜《いぬ》く、それが攻撃力を強めることにもなっているという。実際、桁木さんはミニスカート姿でもお構いなく劇《はげ》しい運動を行なう。しかし、その動きも追わせない程のスピードなので、スカートの翻《ひるがえ》りも眼に留まらせない。私も桁木さんについてトレーニングし、ミニスカートを穿いて足を跳《は》ね上げたりからだを回転させたりしても、裾の乱れを感じさせない動きができるようになった。そういう時は、短いスカートこそ軽やかでスピーディーな運動の原動力のスクリューのように感じられる。

けれども、にいさんに抛り投げられた私のからだは、ベッドの上に転がっているだけで一切の運動が停止しているから、すっかり萎《な》え縮こまって、放射するエネルギーなどありようもない。満ち溢れる生命力のかがやきを増幅するはずの引き締まったミニスカートは、煮られて貝柱の筋肉の機能を失った二枚貝の殻のように、めくれあがって裏地を見せたまま、弛緩《しかん》した残骸になり果てている。その残骸の下におしりは野晒《のざら》しになり、パンティー一枚の格好で惨めに震えている。すらりとして伸びやかに躍動するはずの脚は、関節を糸で繋いだ人形のように折り曲げられて両腕で抱きかかえられ、自立する力を失っている。

私は、自ら誇りとしていた美しく綽《しな》やかでエネルギーに溢れるからだと、そのかがやきを一層増大させる衣装とが、圧倒的な力の前に討ち破られてしまうと、いともかんたんに骸《むくろ》になり果てることにおおきな衝撃を受けた。だが、衝撃を受けながらも、まだ私は息をしていた。打ちのめされていても、まだ私の意識は存続している。なんらかの回生を図らないと、からだは朽ち果て、腐臭を放つ。自分のからだが醜悪にまみれることはどうしたって耐えられない。

なんとか力を振り絞って、自分をたてなおさなければならなかった。仆《たお》れたままでは駄目だ。スカートがめくれあがった下半身にはもう力は残されていないので、唯一使えるのは腕だった。私は手を踏ん張って上体を起こした。からだを起こすことで、私は内部のエネルギーを回復しようとした。つぎに私は手を使って、めくれあがったスカートの裾をもとに戻し、露出していたパンティーをそのなかに隠した。スカートが戻ると、そこから縮こめた脚を伸ばせば、自然とエネルギーと張り、艶が回復してくるように感じられた。私はベッドの上で脚を高く上げ、腰から回転させて跳ね上がり、床に着地した。尻餅を搗《つ》きそうになったが、なんとか自分の足で立ち上がった。そうして、気持ちも持ちなおした。

私はその時まで、にいさんからこんなふうに実力を揮《ふる》われることは一度たりともなかったので、自分はにいさんにかわいがってもらえる特別な存在なのだと確信を持っていた。私以外の人間には容赦《ようしゃ》ない場面を何度も眼にしていたから、そういうものから免《まぬか》れているのは、私はにいさんの妹であるからにちがいないのだった。にいさんは小さい時から私に優しかったし、今もかわりないはずなのだと。

その確信に揺るぎはないのだが、どうしてか、にいさんは自分が私の本当の兄であることを認めなかった。なぜ認めないのかはわからない。認めないものはどうしようもないが、私は自分がにいさんの妹であることを少しも疑っていない。

にいさん――私の本当の兄は、八年前、中学校卒業とともにこのお屋敷を出た。「おれはここを出る」と、私にはその一言があったきり、おかあさんにさえまったく挨拶《あいさつ》なしで行方《ゆくえ》をくらまし、そこからまったく音《おと》沙汰《さた》なしだった。それがひょっこり、にいさんが私の前に現われた。おととしの九月のことだ。

私はにいさんとの再会を喜んだが、にいさんは、おれはおまえの兄ではないと言った。私の本当の兄の名前は根雨樹生《ねうきいお》というが、その人物ではないというのだ。だから、自分のことを「樹生」の名前で呼ぶな、「おにいさん」という呼び方はするな、と禁止された。まちがった呼び方をするような失礼なまねは許さないと言明したのだ。

「おにいさんはおにいさんでしょ？」と、納得できない私がなおも言うと、「言うなと言ったことを言うなら、おれに刃向《はむ》かっていると見做《みな》すぞ」と物凄い権幕で怒鳴られてしまう。「じゃあ、どう呼べばいいの？」ときくと、「呼ばなくたっていい」と言う。

「それじゃあ、困るわ。呼びかけたい時の言い方を教えてほしい」

そう叫んで、私はとうとう泣いた。

その頃は私も普通のおんなの子で、まだにいさんに鍛えられてもいず、気丈ではなかったから、かんたんになみだをながしてしまったのだ。そういう私の様子に流石ににいさんも窮《きゅう》して（それは私が妹だからだ、ほかのおんなのなみだににいさんが動じることは絶対にないのだから）、「『にいさん』と呼ぶことは認めてやる。それは、おまえの兄貴分という意味でだ」と言ってくれた。

「にいさん」と呼べれば、勿論それでよかった。私は内心では本当のおにいさんとおもって「にいさん」と呼ぶから。後で、にいさんが「神上《かがみ》」と名乗っていることがわかっても、その「神上」の名前では私は呼ばない。だって、その名前は私の苗字《みょうじ》とは違うし、他人行儀に違う苗字で呼ぶのは違和感があるから。

なお、桁木さんのおとうさんのもとで修行に入った時から、にいさんは神上を名乗っている。下の名前は、彪《ひょう》。桁木さんはにいさんのことを人前では「神上さん」と呼ぶが、本人に呼びかける時は「彪くん」と親しく呼ぶ。そういう呼び方は桁木さんしかしない。

桁木さんも、にいさんが初めにそう名乗っていたから、神上彪というのが本名とおもっていたが、にいさんが幾つもの名前を持っている（或いは、何人もの人物になりすましている）のがわかって、その名前も偽名だと知ったようだ。私も、にいさんが別人になりすますことに何度もかかわったりしているから、偽名のことはおどろきはしない。唯、何者にもなりすましていないところでの名前は、神上彪としか知らないし、それは桁木さんも同様だ。

彪というのは、虎の子渡しの逸話に登場する虎の子で、一番獰猛《どうもう》なその子虎は、母虎がいないところではほかの子虎を食ってしまおうとするのだそうだ。おれの名前にはそういう意味が入っていると、にいさんは桁木さんにかたったそうだ。にいさんのおそろしさは桁木さんもよくわかっていて、私も怖いわと言うけれども、その兇暴《きょうぼう》さは桁木さんに向かうことはなかったという。私がなにを言っても、きかない時はきかないひとだわと、桁木さんは言うが、桁木さんの存在がなければ、にいさんの没義道《もぎどう》がどれだけエスカレートするかわからないとおもう。

　桁木さんも、私とにいさんが本当のきょうだいだと考えている。だけど、それをきいても答えてくれないのはわかっているから、にいさんにきいたことはないそうだ。確かめようとすれば、おこるにちがいない。でも、きくまでもないわ。どうみたって、あなたたち二人はきょうだいよ。

（私も証拠《しょうこ》をつかんでるわ。）――私からも主張した。

　誰かに鑑定してもらったの？――桁木さんがきいた。

（いいえ。ねえ、桁木さんはにいさんの裸を眼にしたこと、ある？）

　裸？　嫌《いや》あね。答えないわ。

（上半身でいいの。）

　どういうこと？

（にいさんの背中。腋《わき》の近くに鈎形《かぎがた》の痣があるの。）

　痣は知ってる。まあ、鈎形といえば鈎形ね。

（なあんだ、やっぱり桁木さんも裸見てるんじゃない。）

　それより、その痣が証拠なの？

（ええ。昔からあったわ。此間《こないだ》、にいさんがシャツを着がえているのを後ろから見て、あっ、とおもった。）

　それは、身内のひとしかわからないことね。

（そうよ。ああいう痣って、そうあるものじゃないとおもう。）

　彪くんには、そのこと言ったの？

（ううん。言わないわ。言ったら、おこるもの。）

　おこったら、本当ということじゃない。

（でも、おこらせるのは嫌だわ。私、待ってる。本当のきょうだいである以上、いつかきっとにいさんから認めてくれるはずだともおもうから。）

　待ったって、無駄よ。

（無駄？　どうして？）

　かれは、非人称の存在になろうとしてるの。

（非人称の存在？）

　私もよくわかってるわけじゃないんだけど、基本的に、自分というのは一人称の存在でしょ？

（一人称にきまってるんじゃないの？　私は私以外ではない。）

　私は私以外ではない。そうね。

（二人称――自分をあなたと見る。不可能じゃないけど、それでも自分というものは残るわ。自分のなかで対話するのは可能だけど、対話の一方の主体は自分でしょ？）

そうね。自己を分裂させて、多重人格になったり、離人症になったりする、ということもあり得るから、自分というのは実は不可解なものかもしれないけれども、でも、一人称というのは常に意識されるでしょう。

（一人称じゃいけないの？）

彪くんが言うには、一人称は見る主体であるとともに、見られる客体でもあると。

（哲学の話？）

まあ、なに学でもいいけど、難しい話をするひとだわ、彪くんは。当たり前のことだけど、一人称だけで世界は成立しない。一人称は世界を見、その意味を考えようとするけれども、世界のがわからも見かえされ、自分の意味を評価されている。そういう意味で世界は二人称でもあるけれども、自分の与《あずか》り知らない世界もあって、そういうのも意識した場合は三人称となるわね。

（でも、非人称というんでしょ、にいさんは？）

その前に、三人称は意識からはずしてしまうことができるけれども、二人称なしには済まないわ。そうなると、一人称はどうしたって倫理的存在でないといけない。いくら自分が利己主義を通そうとしたって、二人称の相手はそれを認めてくれないわ。無視しようたって、相手はそれを許さない。

（でも、傍若無人の人はいる。倫理感がない人もいないわけじゃない。）

そう。その人は、一人称でいるつもりでも、自分を失って、偽人称なの。

（偽人称？）

偽りの人称。人格を欠落させてしまった一人称は偽人称だわ、彪くんによると。自分は人間のつもりでいながら、人格を失って偽人称になる。ネットで匿名《とくめい》をいいことに倫理感なくひとを攻撃する人たちね。

（偽人称は一人称の人格が偽りになってしまったものなんでしょ？　じゃあ、非人称は？）

非人称は、かれの言葉によれば、一人称が非存在だというのよ。非存在というのは、一般の一人称の人格としては存在しない。それを超越するあり方はあるかもしれないわね。

（超越するあり方って、それって、神とか？）

神様もあれば、悪魔もそうかもしれない。

（悪魔だったらよくないわ。）

神か悪魔か、それは人間の価値判断でそう見るだけで、超越的存在自体にそういう区別はないというわ。

（にいさんはそういう超越的存在になろうという

の？）

非人称を超越的にとらえているのは私で、彪くんはそういう言い方はしてない。神になるとか、悪魔になるとかも言ってはいないわ。

（でも、にいさんは心ではおもっていそう。）

神や悪魔とかは、かれはあまり気に留めてないようね。それに、かれは世界の支配者になろうとおもっていない。逆に、自分を消そうとしてる。

（自分を消す？）

自分の人格を消すこと。自分を見えない存在にしていくこと。自分を縛るものを解き放って、そういうものに捕捉されないようにすること。そういう非存在。一人称―二人称の構造に閉じ籠められないよう、自分を壁抜けさせること。ほら、彪くん、だんだん姿を現わさないようになってるでしょ、私たちの前ですら。

（なにか荒唐無稽《こうとうむけい》ね。にいさんは慥《たし》かに凄いひとだけど、いくらにいさんだって、この世に生きていて、そんなことできるのかしら。）

どうなんでしょうね。私だってよくわからない。でも、かれは普通のあり方ではないものを目指している。

（今の話だと、どういう方向であれ、非人間的になろうとしているようにおもえる。桁木さんは心配じゃない？）

かれの言うことは理解できないけど、かれは強さを持っているから、興味は感じる。

（理解できないこと、私は不安だわ。）

でも、ネマちゃんも知っているわ。さっき「超越するあり方」と言ったけど、神麗守《かりす》ちゃんと紅麗緒《くりお》ちゃんの二人は、私たちの世界のなかで美そのものとして超越的に存在していること。

（それはまさにそうおもう。）

彪くんは、特に紅麗緒ちゃんの超越的な美に対して、一人称―二人称の関係で向かい合うことができないと言ったわ。自分も、自己の枠《わく》を超越させることが必要だと。

（えっ、そういうことなの？）

彪くんがどういう考えでそう言ったのかは、私にはわからない。でも、超越的な美に対するために、非人称のあり方が意識されているようにおもう。

（そうやって超越の方向に行かなくたって、神麗守ちゃんや紅麗緒ちゃんとなかよくつきあえるわ。非人称とか超越とか言ったら、私たちも相手にされなくなってしまうんじゃないの？　私、にいさんの妹としてずっとなかよくいたいし、桁木さんがにいさんのパートナーとしてかけがえのないひとになってもらいたいわ。桁木さんだって、にいさんと――）

私のことよりあなたよ。かれは、表にあらわすかどうかは別として、あなたを大事な妹として慈《いつく》しむ気持ちを持っているのは確かよ。最後まであなたとは、一人称―二人称の関係は残るでしょう。でも、かれはそういう関係に内在する心の色彩や温度を消していこうとしている。心のレベルでそれを超越しようとしているから、どうなってゆくのか、私にもわからない。

（にいさんはおそろしいひとだから、本当にそうしてゆくかも。）

にいさんについて桁木さんとそんな話をした後だった、私がにいさんの怒りを買ったのは。にいさんの怒りの爆発は予測がつかない自然の猛威とおなじ感じがして、非人称というのはまさにコントロールできない荒ぶる自然みたいなものなのかとおもった。私はこの時、非人称のにいさんに遭遇したのだ。非人称とは関係を無化するもので、私はにいさんに対して妹という関係を消去され、嵐のように無差別になぎたおされたのだ。これからもにいさんは非人称として行動し、私との関係も絶っていくのだろうか。非人称とは非人情になることでもあるのではないか。それはあまりにおそろしく、それ以上にかなしいことだった。そうおもうと、にいさんと顔を合わせることは恐怖だった。私はねらい打ちされるのではないが、いつ爆発が起きるか予測できないのだ。

私がにいさんにベッドになげつけられた後、漸く自分を持ちなおしてからも、心はまだ委縮した状態にあった。急にスカートのポケットに入れていたスマホが鳴って、着信メロディからにいさんの電話だとわかった時、私は恐怖に襲われた。また嵐がやってくる。スマホはいつまでもメロディを鳴らしていた。メロディの進行は爆発物の雷管に向かって燃え進む導火線のようにおもわれた。出なければ、確実に大爆発が起きる。そうおもうと、出ないわけにゆかなかった。

私は震えながら電話を受けた。ああ、その電話は、つながるなり、にいさんの普通の声で「起きてるか？」となにごともなかったかのようにきいてきたのだった。にいさんに敲《たた》きつけられて失神したとおもったのだろうか。私は身を縮めながら何度も「御免なさい」と細い声でくりかえしたのだけれども、そういう声も耳に入れず、にいさんは立ち去ったということか。それはともかく、今し方あんな怖い目に遭わせたのに、あまりに声の調子が違うことに戸惑い、私は返事をかえせなかった。返事をしないとにいさんは怒るから、怒られないよう返事をしなくちゃとおもうと、なおさら声が出ない。けれども、にいさんは苛々《いらいら》した様子はなく、というか、私の返事のあるなしなどお構いなしに言葉を続けた。「おまえはおまえのしたいようにしろ。だが、ワケと女神の二人に対して、手を出すな。今後、二度とな」

にいさんはそう言うと、時をおかず電話を切ってしまった。短い電話だった。もとから私の返事を求めてはいなかったのだろう。にいさんの怒りは静まっていた。台風一過みたいに。にいさんの気象はすぐかわるのだ。非人称だから。にいさんが静まって、私もおちつきを取り戻す。同時に、私はにいさんの言葉に安堵《あんど》した。私に対して「おまえ」と二人称で言ってくれたからだ。そう言うにいさんは、私に一人称で言葉をかけてくれたということだ。今までとおなじように。この日の怒りを機に、にいさんが私を見放したら——私にまで非人称になってしまったら——、とおそれていた私にとって、それはなによりの声かけだった。唯、おなじ失敗をくりかえすことは許されない。「ワケと女神の二人に対して、手を出すな」。ワケになにかすることは、もうしない。女神にも、勿論。

私はその時、当然のことのように、「女神の二人」とは、神麗守と紅麗緒という神聖なまでに美しい少女二人のことだととらえていた。ちなみに、この二人の命名（勿論、本名ではない）は御主人たる和邇《わに》のおじさんによるもので、ギリシア神話の女神の名前からつけられたものとおもわれる。カリスは美の女神で、クリオはミューズのうちの一柱で歴史の女神だ。にいさんによると、私の「詩真音《しまね》」という名前も和邇のおじさんによるものだという。勿論、女神とは関係ない。「日本を意味する大和島根《やまとしまね》のシマネに、ゲーテの『詩と真実』から文字をとってきて当てたのにちがいない、あの爺さんの文芸趣味は年季が入っているからな」とにいさんは教えてくれた。にいさんの言うことだから、まちがいないだろう。私たち一家（といっても、今はおかあさんと私しかいない、にいさんは外に出て行ってしまっているから）は和邇のおじさんのところで住まわせてもらってずっとお世話になっているし、本当におかあさんは和邇のおじさんのことを尊敬し、献身的につくしているから、そういうこともあるのかもしれない。

私の名前は出生時に和邇のおじさんが命名し、それを戸籍名として届け出られたものだが、神麗守と紅麗緒は幼少時にこのお屋敷にやってきた時から、おじさんの名付けたこの名前で過ごしている。二人がこのお屋敷に来た経緯は後で述べるが、二人とも女神の名前からとっていて、その美貌は人のレベルを超えている美しさなので、にいさんが「女神」と呼べば二人のことを指しているのだとおもうのも無理のないことだ。しかし、実際は――後でにいさんが教えてくれたのだが――、にいさんが呼ぶ「女神」とは神麗守のことであり、紅麗緒は含んでいないのだった。つまり、その時にいさんが「ワケと女神の二人」と言ったのは、清躬と神麗守の二人ということだった。「二人」とは、「女神の」二人ではなく、「ワケ」と「女神＝神麗守」の二人ということなのだ。

にいさんが紅麗緒を「女神」と呼ばないのは、別の呼び名で呼びわけているからである。紅麗緒のことは、「神秘」と呼ぶのである。その呼び名をきいて、私はにいさんの説明をきくまでもなく、納得した。神麗守の美貌は比類なくまさに女神と呼んで崇《あが》めたい程に勝れている。まだ少女なのに、美の極致に達している、かの女より美しい存在はないとおもわれる。ところが、紅麗緒の美しさはその神麗守を超えるのだ。紅麗緒の美しさは神秘そのもので、にいさんとしても「神秘」と呼ぶほかないわけだ。

紅麗緒という少女が神秘そのものなのは、この世の存在を超えているとしか言いようがないからだった。私たちとおなじようにこの世にありながら、この世の存在を超えるというのは不思議なことだが、だからこそ神秘なのだ。私たちとおなじこの世の存在なのかと疑う程、そのあり方も神秘なのだ。あまりの美しいかがやきに圧倒され、正視できない。一瞬でも見た瞬間、息が止まってしまう。息はずっとは止めていられない。頭が恍惚《こうこつ》となる一方で、心臓は動悸《どうき》が劇しくなる。眼だってながくは持ち堪《こた》えられない。

神麗守がどんなに美しく、「女神」と言い表わしても納得できる程であろうと、そこまでのことはない。だから、神麗守の肖像は絵に描《か》ける。けれども、「神秘」の紅麗緒の絵は描けない。誰も正視できないのだから、どうしたってできようはずがない。古来から女神の絵は描かれてきたが、神秘の絵は描きようがない。しかも、紅麗緒は写真にも写らないようなのだ。美のかがやきが尋常でなく、ハレーションのような現象が起きてしまうみたいだ。

だからこそだろうか、和邇のおじさんは紅麗緒の絵が描ける人間を探していたのだ。そして、ワケを見つけ、お屋敷に招き入れた。まさかとおもったが、ワケは紅麗緒と対面しても、われを失うことはなく、絵を描くことも引き請けたそうだ。ワケはそうして「神秘」の紅麗緒の絵を描き上げたらしい。らしいと言うのは、私はまだ実際に見ていないからだが、隠綺のおねえちゃんはそう教えてくれた。隠綺のおねえちゃんは嘘《うそ》や誤魔化しを言うひとではない。いつでも見せてくれると言う。唯、私にその勇気がないのだ。

そのように神秘性に満ちた紅麗緒だから、人前に姿を見せることは稀だ。因《ちな》みに、伝承によると、紅麗緒の名の由来のクリオという女神も、滅多にその顔を見せないという。顔を見せないのはその女神が非常に内気だからというが、紅麗緒も内気な少女ではあるけれども、それだけが理由であるはずがない。紅麗緒は本来神麗守にかしづく立場の少女なので、小さい時は遊び友達、お稽古《けいこ》友達として神麗守と一緒に過ごしていた。しかし、二人の立場はもとから違うので、成長すれば紅麗緒のほうは裏にまわって表に出ることがあまりなくなってくる。それはわかるのだが、それなら二人の身のまわりの世話をしている隠綺のおねえちゃんと一緒にいる場面を眼にすることがもっとあっていい。ところが、そういうところも見かけないのだ。そのあたりの事情を隠綺のおねえちゃんにきいてみたことがある。おねえちゃんは言葉をはぐらかしてはっきり教えてくれなかった。紅麗緒について一番知っているのは神麗守と隠綺のおねえちゃんなのだが、唯、神麗守は眼が見えない少女なので、紅麗緒を見かけないという話はしにくい。（眼が見えないのは、紅麗緒もおなじだ。）それで、隠綺のおねえちゃんにきくしかないし、おねえちゃんはなんでもお話しできるひとなのだが、こと紅麗緒に関してはなにをきいても曖昧《あいまい》なことしか話してくれないのだ。そして、最後はきまってこう言われる。「紅麗緒ちゃんはかくれんぼう好きなの。紅麗緒ちゃんを知ろうとしておいかけてゆく程、隠れちゃうから」

おねえちゃんに対しても、隠れちゃうの？——かくれんぼうをすると何度もきくので、一度おねえちゃんに尋ねたことがあった。

そうよ。いつも、かくれんぼう遊びする。

（いちいち探さないといけないのは大變《たいへん》でしょ？）

探すんじゃなく、見つけるの。

（えっ？　探して、見つけるんでしょ？）

見えなくなるだけ。そして、見えるようになる。探さなくてもいいのよ。唯、その時にちゃんと見つけること。かくれんぼうだから。

（おねえちゃんは紅麗緒ちゃんの一人遊びにつきあってるだけ？）

一人遊びじゃないわ。私も一緒だから、かくれんぼうになる。ネマちゃんもなかまになる？

（私は——私はいいわ。しなくちゃならないことが一杯あるから。）

かくれんぼうはなれないうちはとまどうこともあるから、その気になったら言ってちょうだい。ネマちゃんなら歓迎するから。

神麗守や紅麗緒をみているのはおねえちゃんだけで、小さい時は少し手伝いもしたけれど、もう今は私はあまりかかわっていない。紅麗緒は一度このお屋敷の外に出され、その時おねえちゃんも一緒についていったので、そのあいだ神麗守の世話を母と一緒にしたことがある。それで、神麗守のほうはよくなじんでいるのだが、紅麗緒はお屋敷に戻ってからの接触がほとんどない。それは、神麗守と隠綺のおねえちゃんを除いてみんなそうだ。

もともと紅麗緒は、神麗守がこのお屋敷にきたまだ幼い時から、同年の少女としてこのお屋敷に連れてこられたのだ。神麗守は和邇のおじさんの養女（年齢で言えば孫みたいなものだし、戸籍上実際に養子縁組しているのか、里親・里子の関係なのかは私は知らないのだけれども）と同様だ。一方、紅麗緒は神麗守にかしづき、身のまわりの御用を務める身分だ。とはいっても、まだ子供の間はそういう役目は難しいし、隠綺のおねえちゃんがついているので、紅麗緒は神麗守と一緒に寝起きをともにする仲のよいお友達として育った。

小さい時から二人とも眼を瞠《みは》る美少女で、成長する程にその美しさはかがやくばかりになった。神麗守は、和邇のおじさんがわかい時に戀《こ》い焦《こ》がれつつおもいがかなわなかったひとの孫娘なので、美しいのは当然のことであった。そして、紅麗緒もその神麗守とつりあうように美しい娘を探して連れてこられたという。二人の美しさのレベルは常に頂点にあり、お互いに頂点に届いているのだから、どちらがより勝《まさ》っているということはない。どちらも仰ぎ見なければならない美しさだから、はかりようがないのだ。しかし、今のことで言うなら、神麗守の美は依然この地上世界の頂点にあるが、紅麗緒の美はもうこの世のものならぬ天上の世界のものなのだ。

紅麗緒がお屋敷の外に出される頃には、今ほどでなくても、既に紅麗緒の美が神麗守を凌《しの》いでいたものとおもわれる。神麗守こそ美において絶対的な存在であるべきと考える和邇のおじさんにとって、紅麗緒におくれをとるというのは受け容れがたい。それが、紅麗緒をお屋敷の外に出すことにした理由だと、にいさんは解釈している。しかし、紅麗緒を失って、この上ない美を喪失してしまったという後悔がおじさんを襲い、半年もしないうちに紅麗緒は再びお屋敷に戻された。

お屋敷の外に出ていたその纔《わず》かな期間に、紅麗緒の美はもう地上で頂点を争う次元ではなくなり、神秘というほかにあらわしようのない美少女になってかえってきたのだ。紅麗緒がこれほど神秘性をおびるとはおもいもしなかったけれども、もとから謎《なぞ》が深く、抑々《そもそも》和邇のおじさんがどこから連れてきたか、わかっていない。誰が親か不明で、本名も知れていないのだ。神麗守のほうは小稲羽神陽農《おとわかやの》という実名がある。本当の親が誰かわかっているし、妹もいて、身内がはっきりしている。紅麗緒はわからないことだらけだ。あらゆることを調べ上げ、不明なことも解き明かすにいさんでも、紅麗緒についてだけは確かなことはなにも言えないみたいだ。にいさんの意のままにならないことはないのに、紅麗緒だけはにいさんの手でどうしようもできない。勿論、にいさんはそれを是としているわけではない。更ににいさんにとってがまんがならないのは、にいさんでさえ神秘につつまれて近づくことが難しい紅麗緒に、ワケだけは接近し、その絵さえ描いているということだ。どうしてワケだけはそれが可能なのか。そのワケがにいさんとそっくりだというのだから、複雑な話だ。

ワケという人間に初めて出会った時、私はにいさんがなりすまし、和邇のおじさんを騙《だま》そうとしているのかとおもった。和邇のおじさんだって、ワケの顔を見た時は、随分前にお屋敷を去った根雨樹生という少年と同一人物ではないかとおもったみたいだ。このお屋敷の人もみんなそうだったのだが、私の母だけは最初からかれが自分の息子ではないと確信していて、冷静に対応していた。

にいさんは變装《へんそう》の達人だ。まだ十代の頃からおおきな野心を持っていたにいさんは、実際の年齢では子供扱いされ、軽《かろ》んじられるため、早くから見かけの風貌をいかにそれなりのおとならしくつくりかえるかという研究を熱心にしたようだ。そして、十代なのにおとなに擬装し、いろんな人物（実在する人間のみならず最初から存在しない人間をでっち上げることもある）

になりすまし、世間でうまく立ちまわる腕を上げたのだ。同時に、桁木さんのおとうさんのもとで物凄い修行をして、肉体と精神を超人的なレベルにまで鍛え上げた。また、にいさんは或る時期、宗教団体のようなところに身をおいていたともきく（そこでは、根雨樹生でも、神上彪でもない、また違う名前を名乗っている）。その宗教団体の組織では、顔の擬装やなりすましの技は非常に有用で、目覚ましい活躍で有力者のおぼえも目出度《めでた》かったようだ。異例のスピードで幹部になりあがり、その宗教法人の潤沢な資金をもとに様々な研究、技の錬磨、身体の鍛錬を一層発展することができたらしい。その宗教団体には自分の後釜の人間を仕立ててすりかわり、にいさん自身は完全に絶縁しているようだ。にいさんは私にも、なにより初めに、肉体のトレーニングと他人になりすますメイクの技術の修得を課した。肉体トレーニングは桁木さんのもとで、メイクの技術は烏栖埜《うすの》さんというひとのもとで訓練したが、きびしいテストを課すのはにいさんだった。

にいさんは神出鬼没で、私と話をしている時もすぐいなくなってしまう。その後、ともすれば私の前でも違う人間になりすましていることがあるかもしれないが、妹でありながら私は気づかないにちがいない。これまで見破ったことは一度もない。そのように抜群の技術でにいさんが誰かそっくりの顔につくりかえる時、その顔はこの世に同時に二つ存在することになる。そういうにいさん自身が素顔がそっくりなワケによっておなじ顔を二つあらわすことになっているというのは、非常に皮肉なことだとおもう。

実は、にいさんはワケがお屋敷に来る以前からワケのことを知っていたという。そのきっかけというのがまったく奇妙な話だった。

にいさんがワケを初めて見たのは、ワケが棟方《むなかた》紀理子とデートしているところだった。ちょうどおなじ公園でにいさんも当時つきあっていたかの女（但《ただ》し、にいさんは本気で女性とつきあうことはない）とデートの約束をしていて、場所と時間が偶然にもかちあってしまったのだ。にいさんとおちあってデートするつもりでいたかの女は、にいさんに会う前に、紀理子と一緒にいるワケを発見した。デートの約束をしている当の場所でほかのおんなと会うなんておよそ考えられないことであるはずだが、紀理子が魅力的だったこともあってか、かの女は頭に血が昇って、即にいさんが紀理子をナンパしていると勘違いした。そして、ワケの顔を問答無用で平手打ちしたという。とばっちりもいいところだが、ワケのことだから怒りかえすわけでも抗議するわけでもなく、隣にいた紀理子が冷静にきちんと説明をしてかの女の誤解を解いて、事はおさまったようだ。その光景を近くまできていたにいさんが目撃したというわけだ。そのおんなとのデートはにいさんにとってもうどうでもよくなったのだが、それより自分と瓜二つの人間がいることは興味深い発見だった。爾来《じらい》にいさんはこの人物に興味を持ち、その動静に注意を払うようになった。現在どこでどのようにくらし、紀理子ともどういうつきあいをしているかというのは勿論のこと、過去も含めて総て調べ上げた。そこまでワケのことをグリップしたにいさんであったけれども、唯まさか和邇のおじさんがかれをお屋敷に迎え入れるとは予想だにしなかったようだ。

抑々《そもそも》、和邇のおじさんは隠棲《いんせい》して既にながく、世の中との交渉を絶《た》っていて、客を迎え入れることはなかった。部外者をこのお屋敷に招き入れるのは唯一つの目的を除いてほかはないことであったのだ。その目的とは神麗守の教育であった。それも音楽や舞踊、茶道といった、その道の専門家でなければ教授させるのが難しいものにかぎられていた（それ以外の通常学校で習う学習科目や教養、料理や裁縫、手藝《しゅげい》といった技術的なものは、このお屋敷にいる者たちが分担し、自らしっかり勉強した上で教えていた）。なお、バレエも神麗守に施す重要なレッスンになっていたが、実は今、桁木さんがその教師としてきている。もともとは名のあるバレエ教室の指導者が教師だったが、にいさんがうまく工作して、去年の春からチェンジしたのだ。バレエと茶道については私も最初の頃から神麗守と一緒に受けさせてもらっているので、桁木さんとこのお屋敷で公然とコンタクトし合うことが可能になっている。

それはともかくとして、ワケがこのお屋敷に出入りする理由はそうした教師としてではなかった。眼が見えない神麗守に美術の教育を施《ほどこ》すことは考えられていないのだ。勿論、ワケは絵を描くためにやってきたのである。それも、神麗守ではなく、紅麗緒の絵を。

本来なら、和邇のおじさんが絵を描かせたいとおもうのは神麗守のはずなのだ。おじさんは神麗守という少女を理想美を具《そな》えた女性にするべく、その子が小さい時から自分の総てを投入してきたのだから。

和邇のおじさんが神麗守に対して特別な愛を傾けているのには、深いわけがあった。

御自身のことについては、少なくとも御自身の過去の人生については、おじさんはかたってくれない。尤も、おじさんと母の関係なら、母には或る程度のことは話されているかもしれない。もしそうだとしても、母は縦令《たとい》娘の私にもその話は決してしないだろう。

　ともかくおじさんは秘密主義なのだ。今も完全に隠棲状態で、東京の邸宅街にお屋敷を構えながら、用向きは母などにまかせて自身はほとんど世の中とのつきあいを絶っている。また、これだけの資産を持ち、お金もいくらあるかわからない程だが、これまでどのような人生をおくり、どうやってこれだけの財産を築いたかを知る人は、世の中にもいないか、いてもその人もかたくおじさんの秘密を守っていると考えられる。おそらくそういう人たちは高齢でもあるだろうから、年とともにおじさんの秘密は更に奥深く埋もれていくだろう。

　私は別に詮索好きでもないので、知られていないものは知られていないままでもいいのだけれども、にいさんというひとは、自分が知らないものがあるというのを承知できないひとで、おじさんのことについても手を尽くしてその過去を調査し、そこでおじさんと神麗守の関係も明らかにした。いくらにいさんの調査力が優れていたとしても、本人がかたく守っている秘密の真実にどこまで迫れているか、推理も織りまぜたものかはよくわからないけれども、しかしそれほどかけはなれたものではないだろうとおもう。にいさんはなんでも徹底してやるひとで、中途半端なことはがまんがならないから、私に話してくれるからには充分な確信を持っているはずなのだ。

　私がおじさんのことについてにいさんからきいた話は相当に奇妙で、だからこそおじさんは秘密主義なのだと納得できるようなことだった。

　にいさんによると、わかい時のおじさんは美への憬《あこが》れに心を燃やし、物語の世界に耽溺《たんでき》する空想癖の強い少年だったようだ。長じても小説家を志望し、内面世界で本当の豊かさを探求しようと創作に情熱を注いでいた。

　そうした若者が、夢《ゆめ》の世界で憬れた理想の美しさを持つ清らかな少女と出会ったのだ。若者は一目見た瞬間から戀《こい》におちてしまったが、しかし、その穢《けが》れない少女とどのように交際してよいかわからなかった。触れ方を誤れば、繊細で華奢《きゃしゃ》な少女は透明なガラスの器《うつわ》のように壊れてしまいかねないようにかれにはおもわれたからだ。それでも、かの女のほうから挨拶《あいさつ》してくれたので、話をする時間を持てた。かれはその機会を利用して、いろんな物語をつぎからつぎにかたった。想像力豊かなかれの話は少女にはとても新鮮で、そのつぶらな眼をきらきらさせたので、かれはますます物語の創造に熱心になった。まさにかの女はかれの創作意欲を刺戟《しげき》するミューズのような存在であった。

しかし、この戀は成就《じょうじゅ》しなかった。かれは少女に戀《れん》情《じょう》を懐きながら、一方で女神《ミューズ》とも聖女とも崇《あが》め、近づきすぎることを憚《はばか》ったのだ。少女の清純無垢《むく》な美しさは、近くにいてその光を浴びるだけで充分であって、迂闊《うかつ》に手を触れたりして繊細な花を萎《しお》れさせてしまうことをかれはおそれた。それは言葉においてもおなじであった。かの女に寄せる自分の想いを直接的に表現しては、その刺戟が少女の心を動揺させてしまうかもしれなかった。したがって、かれの想いが少女に受けとめてもらえるようになるには、少しづつ接触の頻度を高めていっても、かなりの時間を要するものであった。けれども、現実はそうした時間の空費を許さない。隙間《すきま》があれば、その場所を占めようとする者が現われるのに大した時間はかからない。

その上、少女がいくら控えめであっても、その美貌は男を惹《ひ》きつけずにおかないものであった。そして、それはおおくのライバルの潜在的可能性をも意味するから、かの女とつきあいだすや男は独占欲の虜《とりこ》となってしまう。そうして少女は実際に或る男に交際を申し込まれ、同時に自分以外のわかい男がかの女に近づくことはその男の禁じるところとなり、和邇青年はもうかの女と会うことがかなわなくなってしまった。

この失戀《しつれん》は、少女の存在によっておのれの理想が具現されるように感じていた和邇青年にとって、これ以上ないほどに大きな衝撃を与えた。その衝撃の大きさは、かれをして日本にいることをよしとさせなかった。

海外に行ってからの情報は不明なことがおおいようだが、ともかく和邇青年は別人のように變貌《へんぼう》した。作家になる願望も、梦の世界への憬れも、未練なく捨ててしまった。自分の理想とおもわれた美しい少女を失えば、なにもかも無に帰したも同然だった。だから、日本を脱出するとともに、過去の総てと訣別《けつべつ》したのだ。

一切を捨て切れば、空気を吐き切ったからっぽの肺とおなじように、敢えて吸おうとしなくても、空気のほうから自然とからっぽの肺のほうへながれ入ってくる。なにもかも手放し、自分をまっさらにし、まったくからっぽな状態においているから、あらゆるものとの間で抵抗が生じることがなく、一度ながれが生まれてしまえば、あとは加速していろんなものがなかに入り込んでくる。そのように内部が真空となり、一切のとらわれも抵抗感も警戒心も持っていない若者は、——普通の人間にはその無色透明さから何者にも見えないが——人生に大勝負をかけたい人間にはかれのからっぽさは利用価値の高いものになる。からっぽなんだから、なんでも入れていける。しかも、摩擦なくすっとどこまでも入る。リスクがあって大抵の人は迷いや躊躇《ためら》いが生じるものでも、かれは臆《おく》しもせず平気で自分の内に取り入れることができるのだ。和邇青年自身が望んでそれをやるわけではない。望んでやるとすれば、それは心に一物《いちもつ》が生じていることになるから、それでは最早からっぽではない。だから、かれをからっぽなままその道に仕向けた人間がいて、かれを利用したのだ。その人物がまったく勘の鈍《にぶ》い人間であったなら、筋のわるいものをいくら呑み込んでもどうしようもないのだが、かれに目をつけた人間は人をかぎわける能力に優れ、利に敏《さと》い男であったのであろう、その男の大勝負に乗っかって、和邇青年も莫大《ばくだい》な富を手にすることになった。結果はそのようにかんたんに言えることではあるが、いくら有卦《うけ》に入ったといっても一筋縄で行くことではないし、ダーティな世界にもかかわりを持つこともあっただろうとおもわれる。一歩まちがえればその身も危うい局面も幾度かあったかもしれないが、どういうプロセスを辿《たど》ったにせよ、かれは地道な仕事をとおして稼《かせ》げる額とは桁外《けたはず》れの富をものにして日本にかえってきたのだ。ここのところの事情は、まさにおじさんの秘密主義によってほとんど謎につつまれている。

とはいえ、和邇のおじさんが充分に成功して、日本にかえる決心がつくまでには、三十年程の歳月がながれていた。

日本にかえってきておじさんが真っ先に行なったのが、かつての戀人（実際のところはかたおもいの相手と言ったほうが当たっているのだろうけれど）を探し出すことだった。おじさんの心の奥底では戀人はずっと生き続けていたのだ。その間、ほかの女性に心を移すことなく、独身を貫いていた。かれは日本を出る時に一切のものを捨ててしまったが、日本にかえればやはりそこはかの女がいるところだった。

かの女はかれの地元を離れ、東京に移り住んでいたが、充分な金をかければ探し出すのにさほどの困難は要しなかった。かつての戀人——想い人——はまだ美しかったが、しかし、なんということか、かの女を奪った男からは棄《す》てられて、生活の窶《やつ》れがかの女の魅力を削《そ》ぎおとしていた。止《や》むを得ないことだ。歳月はわかさを蝕《むしば》むのだ。美しいもの程、運命は残酷に振舞うのかもしれなかった。

唯、かの女には高校生になる娘がいた。その娘は、母親のわかい時のおもかげをそっくり写していた。かつての憧れの女性が娘の姿を借りて、そのまま存在しているのをかれは知った。

その時、和邇のおじさんにはかつての妄執が蘇《よみがえ》った。今のおじさんは、昔のように想像力しか持たなかった無力な少年ではない。やりたいことがあればそれにいくらでも注《つ》ぎ込める財産があった。そこで、おじさんは或る計画を企《くわだ》てることになる。

かれは初め、東京郊外の或る一帯を買い占めて、そこに広大な庭園をそなえた邸宅を建て、自分の理想の楽園をそこに実現しようとした。

しかし、その計画には時間を要した。

その間に、かつての想い人は不慮の事故で亡くなった。

その時は娘はもう成人となっていたが、母親の幸薄《さち》さをかの女も引き継いでいた。母親譲りの美貌はおおくの男を魅了したが、本人は母親を辛い目にあわせた男性一般をおそれて、できるだけ目立たず表に出ないようにして、接触も自分から避けていた。それでも、なんとしてでもかの女をものにしようとする男は、拒んでも諦めずに熱心に求愛をくりかえした。母親と同様に、気が優しく、基本的には人を疑うことができない性格の娘は、その男のことを本気で自分を愛してくれていると信じるようになった。そして、この男性なら自分からも好きにおもうようになってしまった。

和邇のおじさんは、かつての想い人の死を契機に、娘と接触し、母親との昔の縁をかたり、わかいおんな一人で世の中をわたる困難さに対して、人生の成功者として支援を申し入れていた。しかし、娘はそうした恩恵を自分が受けることを潔しとせず、丁重に断わっていた。それ以上おしつけることはかの女のおおきな負担になると考え、おじさんも断念した。唯、娘を見守り、幸せな人生をおくれるようにしたいというおもいは持ち続けた。

おじさんが娘と男の交際を知った時には、もう娘は相手に対して本気になっていた。おじさんはいろんな人間を使ってかの女を悟らせようとしたし、男にも脅《おど》しをかけ、娘から手を引かせようとした。だが、もうその時には二人は関係を持っており、手おくれなのだった。なんと浅はかで馬鹿なおんななんだ。母親のおろかさをそのまま受け継ぎおって。おじさんは悪態をつくしかなかったようだ。

そうであれば、二人を結婚させ、早く幸せな家庭生活をおくらせるにしくはなかった。娘はおなかに子供を宿していたのでもあるし。おじさんは二人の幸せな結婚生活を祝して支援を申し入れた。男はおおいに乗り気だった。娘もかれがそう望むならと、それに従った。

二人の間にできた子供はおんなの子だった。娘が三代続いたのだ。

結婚後、相手の男は案の定《じょう》正体を現わした。子供が生まれて、娘の愛が自分だけでなく、子供にも向けられるようになるのが、男には物足りなかった。娘の時間はおおく子育てに奪われる。男は赤ん坊には興味を示さず、子育てもつまらないものと感じていたため、なんの協力もしない。家にいても閑《ひま》を持て余したので、家庭をおろそかにして外で遊び耽《ふけ》るようになるのに大して時間はかからなかった。

かれは娘とつりあうくらい非常にハンサムな男だったが、娘とは逆に自信家で傲慢で、非常に乱暴だった。当然のことにいつもまわりからちやほやされていないと気が済まない男で、とりわけ女性に取り巻かれる情況がいつもないと不満に感じた。かれがつきあう女性のなかで娘が美貌においても一番であるのはまちがいないとしても、最早自分の妻にして所有してしまうと、新たな獲物《えもの》をねらわないではいられなくなる。それを続けられるほどの財力はこの色男にはない。かれは和邇のおじさんを娘のパトロンと考え、自分の金蔓《かねづる》になると考えていたので、金使いの荒さは激しかった。夫の借金は膨《ふく》らんだ。生計のために娘も再び働きに出ざるを得なかったが、夫は妻の収入にも手をつけた。早くわかれるのが正解だったが、臆病な娘は物事を今決断するということができず、引き延ばしてゆくばかりだった。

おじさんはかつての想い人の死を契機に、今のお屋敷を手に入れ、郊外の理想の楽園建設は中断させた。一人となった娘の近くにいて見守る必要があったし、娘さえ承知するなら、お屋敷に迎え入れることも考えていたようだ。しかし、娘はおじさんの支援を固辞し、逆に浮薄な男と関係を持ったので、おじさんとしてはおおいに期待を裏切られた。最早娘にかつて理想の美を認めた想い人の像を重ねることはできなくなった。結婚にあたって、相手の男の言うなりに娘は支援を受け容れたが、支援しても総て相手の懐《ふところ》に入るだけで、無駄なものになった。もっと早く日本にかえって、娘が年わかいうちに自身の保護下におくべきだったとおじさんは後悔した。

しかし、かの女におんなの子が生まれたのを知って、おじさんの希望は蘇った。かれの追い求める理想の美は、容姿も徳性も共々兼ね備えたその子によって実現される、いや、実現させてみせる、おじさんの執念が燃え上がった。

そこでおじさんがしたことは、娘と男とを引き離すこと――はっきり言えば、離婚させることだった。おじさんは離婚することを条件に男に大金をわたすことにした。男はその条件を受け容れたが、娘は容易に応じなかった。なんというわからず屋の娘なんだ。おじさんはまたも娘に呆《あき》れ果てたにちがいない。そうしているうちに、娘の幼子《おさなご》――どんどん成長する――が原因不明の高熱を出して、挙句《あげく》に失明する事態に陥《おちい》った。この期《ご》におよんで、男は強硬に娘に離婚を迫った。盲目になったわが子を見捨てる男の無情に、流石《さすが》の娘も離婚に応諾した。男はおじさんから約束どおり大金を受け取り、東京を去った。娘の前に二度と現われないこと、東京から遠く離れた土地でくらすことも、おじさんが金をわたす条件に入っていたのだ。

わかい娘が失明した幼子を養育しながら自活するのはやはり難しかった。おまけにかの女はおなかのなかに新しい命を宿していたのだ。なんという男の置き土産《みやげ》だろう。おじさんは娘に対し、また支援を申し入れたが、最早娘も親子で生きるためにはその申し出を受けるしかなかった。ただし、そこには条件があった。娘の幼子をおじさんの養女に入れ、おじさんのお屋敷に引き取ることを承知することだった。娘はそれを承知した。そうするしかなかった。おじさんのもとでなら、盲目の幼子に豊かで幸せなくらしをおくらせることができよう。これから生まれる赤ん坊を育てていくのでさえ、おじさんの援助に頼らないわけにゆかないのだ。娘に選択の余地はなかった。

娘と幼子を共々引き取って、親子を引き離さないようにしてあげることはできなかったのか。だが、前にも述べたように、初めは娘を子供とともにお屋敷に迎え入れるつもりであったおじさんだけれども、もうこの時は娘に対して完全に愛想《あいそ》がつきていたのだ。その弱々しい性質、甘すぎる判断で何度も過《あやま》ちを繰りかえす娘のもとに、自分の理想の美を賭けたい幼子をおいておくわけにはゆかない。

この時引き取ったおんなの子こそ、神麗守――本名で言えば小稲羽神陽農——なのだ。おじさんがわかい時に自分の総てを賭けて戀い憬れた女性の孫娘なのだ。

神麗守をおじさんに引きわたした娘は、その後一人で赤ん坊を生んだ。その子もおんなの子だった。

偖《さ》て、神麗守を迎えたこのお屋敷にはその時既に、私たちをはじめとして五組の家族が住んで、おじさんのお世話をしていた。私はそのなかで一番年少で、その時はまだ十歳の子供だった。

ここにくらす誰もが、途轍《とてつ》もない人生の危機に直面した時に和邇のおじさんに救ってもらった深い恩義がある。剰《あまつさ》え、もう住むところがなくなったり、或いは元の家族とくらすことができなくなって、避難所のようにおじさんのお屋敷に住まわせてもらい、擬似家族としてのつながりも形成しながら、日々の生活の保障もされていたのである。

母の場合は、夫（私と兄の父になる）が非常に粗暴で金銭面でもけじめがなかった人のようで、その暴力や借金に母ばかりか、母の両親も苦しめられ、終《つい》に命の脅威をおぼえて逃げ出したところに和邇のおじさんと出会い、総てを解決してもらったのだという。そして、母が小さな子供を連れてどこにも行く先がないのを知って、このお屋敷に移り住むことを許してくれた。

もともと海外時代から和邇のおじさんに仕えていた和《わ》多《だ》さんのところを除いては、このお屋敷で共にくらすファミリー（この言い方は隠綺のおねえちゃんと私だけが勝手に言っているのだが）のなかでは私たちが最も早くここに入った。その頃、私はまだ母のおなかのなかで、兄は三つくらいだった。それから三年くらいの間に、隠綺さん母娘《こ》（娘は二人いて、私が普通「隠綺のおねえちゃん」と呼ぶのは下のおねえちゃん、上のおねえちゃん——「おおきいおねえちゃん」は医者になっている。隠綺のおばさんは十年あまり前に亡くなっていて、私の母が親がわりになっている）をはじめとして七人が私たちにくわわった。みんな母とおなじように人生の行き場を失ったところを和邇のおじさんに救済され、ここにやってきたのだ。皆おじさんを頼りとし、慕い、お互いどうしも強い絆を結びあって、擬似家族を形成した。そして、賄《まかな》いは稲倉さん、運転も含めて車まわりのことは楠石さん、家政や神麗守の養育関係は私の母と隠綺のおねえちゃんといったぐあいにそれぞれで役割を分担し、おじさんの身のまわりのお世話もしあっている。和多のおじさんは、中堅の建設会社のオーナーでもあり、なにかの時には頼りになる。

尤も、こうした人たちが和邇のおじさんから受けた恩から忠誠を尽くしていることも、にいさんから和邇のおじさんの真相についての話をきくと、行く行くお屋敷に自分の想い人の娘、もしくはその美しい幼子を迎え入れた時、完璧にかの女たちの理想美が花開く環境を整えるために奉仕してくれるスタッフとして、恩義をかけて忠誠を誓わせられるような、人生の窮地に陥っている家族にねらいをつけたのではないかと考えられる。そうおもうと、無条件におじさんに受けた恩義をありがたがる気にはなれないけれども、現実に皆おじさんのおかげで救われ、幸せにくらせていることはまちがいないことで、私だっておじさんに感謝する気持ちはかわらない。

ともかく神麗守をお屋敷に入れることは前もって和邇のおじさんが計画し、総てはそのための準備だったのだ。この高級邸宅街にお屋敷を購入したのもそうであるし、幼い神麗守の成長を手助けしてくれる忠僕として今のファミリーの人たちを家族ごとハントしたのだ。このお屋敷についても、隣り合う三区画の邸宅を順次購入し、それを一つにして大きなお屋敷にはせず、三区画の門や塀《へい》はもとのとおりのままにしている。そして、まんなかの本邸に和邇のおじさん、その隣の西邸は和多さん夫妻名義で、住み込みとして稲倉さん夫妻、もう一方の隣の東邸は楠石さん夫妻名義で、隠綺さんと私の一家がくらしている。尤も、住民票上は私の一家も隠綺さんも本邸が住所だ。ともかく三区画の邸宅は恰《あたか》も独立しているようカモフラージュしているが、実は地下でつながっている。したがって、おじさんの邸宅は表向きはこの一劃《いっかく》の一つのお屋敷にすぎないが、地下部分は非常に広大で、いろいろな施設が整えられているわけだ。そのほとんどは神麗守にりっぱな教育を施し、理想美を完成させるためのものなのだ。そして、ここに住む私たちファミリーも、自分たちの最も重要な役割として認識しているのは、和邇のおじさんの後半生をかけた事業の完成をみんなで支えていくことであり、それが神麗守の養育にほかならないのだ。

そのような和邇のおじさんの目論《もくろ》みをおもうと、神麗守の失明もかれの作為が絡んでいるものかもしれない。神麗守の失明は原因不明の熱病によるものとなっているが、にいさんは、和邇のおじさんが仕組んだものだと考えている。なぜなら、神麗守を理想美を具えた女性にするには、その純な心と美を穢《けが》れさせることがないようにすることが必要だ。そのためには雑駁《ざっぱく》な世間に触れさせず、このお屋敷に閉じ籠めておくだけでなく、視覚から入る刺戟《しげき》こそ煩悩につながり心を惑わすものとして遮断せねばならない。眼も視力を奪って光のない世界に閉じ籠めておこう。そのようにおじさんは考え、実行したというのだ。おじさんがわかい時に戀い憬れた想い人も、またその娘――神麗守の母親――も、容姿端麗で心も純粋であったが、世間と交渉を持って悪い男に引っかかった。神麗守におなじ轍を踏ませることは断じて避けなければならなかった。それに、盲目であれば視覚以外の感覚が研《と》ぎ澄まされ、少女の美質に更に磨《みが》きをかけられる。にいさんによると、中国の広東《かんとん》で盲妹といって、顔立ちのきれいなおんなの子を小さいうちに盲目にして、特別な教養やおどりや音楽などを仕込んだ藝者《げいしゃ》がいるという。一種の都市伝説の類《たぐい》かもしれないが、坂口安吾の『日本文化私観』にも記述があるようだ。幼女のうちに目を潰《つぶ》して育てると、集中力が増し、おどりや音楽などの藝が非常に上達するということらしい。おじさんもそれから発想を得たのにちがいないとにいさんは言う。

だが、神麗守が盲目でなければならないもっと大事な理由があった。それは、神麗守がおじさんの顔を見ることができないようにするためだ。神麗守が晴眼者ならば、自分自身の容貌の美しさとおじさんの老いたそれとを知ることになる。金をかければ、効率的に体を鍛錬し、皮膚を手入れして、肉体は改造できる。おじさんが余念なくそれに取り組んでいることは私も知っている。その結果、おじさんは七十前後のひととはおもえぬほどわかわかしい。しかし、どれだけ見かけがわかいといっても、神麗守との年齢差は一目瞭然だ。しかも、神麗守はあまりに美しい。美的なつりあいはなおのことれない。しかし、和邇のおじさんにとっては、過去に実現しなかった想い人との戀を、いま遂《と》げようとして、神麗守に総てを注ぎ込んでいるのだ。戀というからには、神麗守からも対等に愛してもらう必要がある。そのためには、かの女の視覚は邪魔になる。

にいさんの言うことがもし本当にそうだとしたら、和邇のおじさんは常識を持った紳士ではなく、おのれの妄執や欲望のために少女を犠牲にする怪物のようにおそろしい人間ということになる。やっていることは犯罪だろうし、告発を免れるように巧妙にやっていたとしても悪事なのは明白だ。そのことをファミリーのおとなたちも知っているのだろうか。知っていながら、知らんふりをしているのか。そうであるなら、悪事に加担しているも同然だ。だけど、おじさんは秘密主義で隙をつくらないから、長年付き従っている和多のおじさんを除いてはおそらくファミリーの誰も知らないようにおもう。ファミリーの人たちは和邇のおじさんのことを信じきっており、縦令《たとい》そういう疑いを耳にしたとしても、抑々《そもそも》受け付けないようにもおもう。私だって、そんな疑問を持ちかけたら、母にきつく叱られるにきまっている。

和邇のおじさんが仕組んだのは実はそれだけではなかった。いくら神麗守を理想の環境で育てようとしても、子供が子供らしくいるためには、同年代の少女の遊び相手、稽古友達が必要だ。ファミリーのなかでは私が一番わかく、次が隠綺のおねえちゃんなのだが、私でも神麗守とは五歳程年齢が違う。しかも、学校があるから、相手をしてあげられる時間はかぎられる。それに、私は学校などをとおして世間に触れてくる。すると、無菌室にいるような神麗守になにか感染させるかもしれない。それは比喩《ひゆてき》的な意味でも実質的な意味でもそうなのだ。私より年上で分別もあり、信頼も厚い隠綺のおねえちゃんはそれでも早くからおつきの役目をしているけれども、かの女でも年が離れすぎて神麗守の同年代のお友達にはなり得ない。だから、そういう子を前もっておじさんはこのお屋敷に連れてきたのだ。その子はきっと非常にきびしい審査を経て、選ばれてきたのにちがいない。なにより、神麗守の理想的な成長を邪魔することのないよう、その子も清純《せいじゅん》無垢《むく》でなければならない。また、神麗守の美を一層磨き上げていくためには、縦令《たとい》本人の眼が機能していなくても、接するもの総てが美的に勝れ、良質のものでなくてはならず、したがって、神麗守のお伴《とも》をする少女も神麗守に相応する素質を具えていることが重要だった。その条件に合致する少女が紅麗緒だったのだ。

しかし、子供というのは成長するとおおきくかわる。神麗守はおじさんが意図したとおり理想的に容姿も心も美しさに磨きがかかったが、紅麗緒が成長とともに容姿の美しさにおいて神麗守を超えてしまったのだ。最初は神麗守の理想的なお伴の少女であったが、理想美を示している神麗守を超えて美しさが勝《まさ》るということは、紅麗緒こそが本当の理想美を神麗守にとってかわって現わしているということになる。ともかく、紅麗緒がいないならば、神麗守は充分に和邇のおじさんが想い描いた理想美を体現していると言えるが、それを凌駕《りょうが》する紅麗緒がいたのでは、そういうことが言えなくなってしまう。そのおそれを感じて、おじさんは結局紅麗緒を一旦はお屋敷の外に出したのだ。けれども、結局紅麗緒を呼び戻してしまうことでおじさんの構想は完全に破綻《はたん》した。この空白の期間に更に紅麗緒は神秘の次元にまで美しくなり、和邇のおじさんの想像し得た理想さえ超えてしまった。超えられたことでおじさんの頭のなかにあった理想は無意味になった。そのことはおじさんを相当に混乱させてしまったようだ。そして終《つい》に、神麗守のこともこれ以上手をかけていくことを断念し、実の親——かつての想い人の娘——の許《もと》にかえす決断をされた。

和邇のおじさんがそのように自分の理想の追求を撤回してしまうということは、私たち（と言いながら、そこから兄はとっくの昔にいなくなっているし、私自身も冷めた目で見ているが）ファミリーにとっても一大事だった。

ファミリーのおとなたちは誰も、和邇のおじさんに人生の危機を救ってもらい、今もこうしてそのおかげを蒙《こうむ》っているのだから、自分たちの残りの人生もおじさんに捧げる覚悟を持っている。かれらは皆物静かで、倫理的で禁欲的に生活している。そして、日常の役割でもそれぞれ結びつき、お互いに助け合っている。血のつながりのない複数の家族が共同生活をおくる場合、お互いが宗教的なもので結ばれている例をよく耳にするが、和邇のおじさんは宗教的人間ではないし、私たちの間でも特定の宗教的感情はない。それでも、皆が分をわきまえ、お互いを尊重した共同生活をおくっていると、自然と修道院のような感じになり、規則正しくきまった時刻に統一的行動をとる。そうした生活のなかでかれらが最大の使命と感じているのは、おじさんがこの十年間精魂を傾けている神麗守の養育であり、おじさんの想いどおりに理想美に近づいていく神麗守の成長の姿を見ることがかれらの一番の喜びなのだ。神麗守がりっぱなおとなの女性になり、そこで理想美が完成される時、恰《あたか》も天上から光が射し込み、自分たちにも本当の幸福が訪れる日が間近にやってくるかのようにみんな心を震わせ、胸を熱くしているのである。神麗守が成長し、日にまして美しくなるのは、福音《ふくいん》とおなじなのだ。

したがって、神麗守の理想美が完成する前に和邇のおじさんが神麗守をこのお屋敷から出してしまうのは、このお屋敷の人たちからすれば、到来が約束され、もう間近にきているとおもわれた天国の扉が急に閉鎖されたみたいな感覚ではないかとおもう。その天国の中心でかがやく存在となるべき神麗守がどこかへ行ってしまうなら、主役を失った舞台はもう幕をおろすしかない。勿論、ファミリーの人たちにも生活があり、その共同体生活にまで終止符を打つわけではないが、一番中心でかがやくものを失ってはぽっかり空洞があいたようになる。

そういうところにワケがやってきて、神麗守ではなく、紅麗緒の絵を描く。和邇のおじさんはみんなには神麗守の絵を描いてもらうためにかれを呼んだと説明しているけれども、真の目的は紅麗緒の肖像を残すことだ。絵と写真は趣が違うし、肖像画というのは飾るねうちもあるものだから、神麗守の肖像画を残すために専門の絵描きを呼ぶことは意味があることだが、しかしそれであれば、絵描きはワケでなくともよい。寧ろ、おじさんにとってはいくら費用がかかろうが構うことではないのだから、もっと有名な画家に頼むのが普通だ。ワケは挿絵《さしえ》やイラストなど小作品がメインだから、通常なら和邇のおじさんが肖像画家に指名する相手ではない。これもにいさんからの情報だが、和邇のおじさんはたまたまワケの描いた妖精の絵に眼を留めて、直感でかれなら紅麗緒の絵が描けるかもしれないとおもい、かれに仕事の注文をしたということらしい。おじさんの直感は当たって、ワケは紅麗緒の絵を描き上げた。神麗守とともにそれにつきしたがう紅麗緒もいなくなってしまうから、その肖像画だけでも手元に残しておきたかったのだ。

紅麗緒は、お屋敷に戻ってきてからもまるで雲隠れしているように滅多に姿を現わさないし、和邇のおじさんもかの女のことについてなにも触れないため、おなじお屋敷にいながら、ファミリーの人たちにとってその存在を意識されることがほとんどなかった。もともと神麗守のおつきの少女にすぎなくて、影のような存在なのだ。だから、紅麗緒のことはその存在はともかく実際のことについては、和邇のおじさんと隠綺のおねえちゃんを除いては、このお屋敷のなかでもみんな充分には知らないのだ。神麗守はこのお屋敷の宝であり、一番身近でお世話する係は隠綺のおねえちゃんだったが、ほかのファミリーの女性たちもお世話をすることがあった。しかし、紅麗緒は隠綺のおねえちゃん以外かかわることがないのだ。紅麗緒がお屋敷を出された時も隠綺のおねえちゃんだけがついていったので、その間は私の母が中心となって神麗守の世話をしたが、稲倉のおばさんも楠石のおばさんも用があいた時は神麗守にかかわることがあった。それから再び戻ってきてからの紅麗緒は前に書いたように一層のかくれんぼう好きになったので、ますます隠綺のおねえちゃん以外の人たちとの交渉はなくなっている。今まさに、にいさんがかの女のことを「神秘」と呼ぶように、神秘と謎につつまれた存在になっている。だからこそ、その容姿を眼にしたならば、そのあまりの美しさに圧倒されてしまう。それゆえに、おじさんが意図的に紅麗緒がみんなの前に姿を現わさないよう隠しているのではないかとおもわれるくらいだ。

紅麗緒がそれほどまでに美しく、神麗守の美をも凌駕していて、和邇のおじさんがその絵を残したいとおもう程であるならば、神麗守にとってかわって紅麗緒にこそ理想美の対象をおきかえることになるのではとおもうが、神麗守はおじさんの掌中の珠《たま》であり、直接慈《いつく》しむことができるのだが、紅麗緒の美は神秘そのものので直接的に接触するのがかなわない。手も触れ得ないならば、神麗守とおきかえることはできない。せめても絵にして、それだけ所有するしかなかった。

おじさんの執念は、自分の想い人を理想美の実現された姿として自分のもとにおきたいということであり、わかい時にはそれはかなわなかったが、孫の代になって神麗守において漸く実った――ようにおもえた。幼時から光るような美質を具えていた神麗守であったが、美容においても教養においても気立てにおいても日々磨きをかけ、かれの想い描く理想美に申し分なく成長したのはまちがいなかった。だが、その理想美は唯一絶対の美という意味は持ち得なかった。唯一絶対の美は紅麗緒において現われているのであって、神麗守のほうではなかった。紅麗緒の美はおじさんの想像を遥《はる》かに超えるもので、したがって神麗守のほうをこれ以上いくら磨きをかけようとしたって、おじさんの力のおよぶところではないのは明らかだ。ここまで理想に近づきながら、自分の理想は完全ではなかった。かれの事業はそこで終わった。

「一巻の終わりだ。だが、それは未完の巻だ」

おじさんが神麗守を手放す決断をしたことの理由について説明をしてくれたにいさんは、冷たく言い放った。

「未完ならば、作者自身が焼却するしかない。焼却しないなら、もう一度情熱を振り絞って、書き続けるしかない」

「焼却ですって？」

私はその言葉をきいて、どきりとした。

「完成できないなら、最初からしないことだ。それか、なかったことにする。だが、生身の人間だから、それはできない」

「当たり前だわ」

「いや、創造者ならできる。唯、爺《じい》さんは創造者にはなり得なかった。しかも、神麗守はまだ十五歳の少女だ。爺さんは親心が働いた。爺さんの本望は神麗守の戀人になることであったはずなのに、親父になってしまった。やっぱり爺さんだから、所詮戀人にはなり得なかった。大木然《たいぼく》とはしていたが、気づかないうちに内部は虚《うろ》ができていた。歳だったんだ。戀人として息切れしてしまった。そこで親父、いや文字どおりお爺ちゃんに立場をすりかえた」

年齢的に神麗守にはお爺ちゃんなんだから、それでいい。神麗守が眼が見えないのをいいことに、戀人であろうとするほうがおかしい。

「まったく馬鹿げている。もう何十年と持ち続けた宿望を自分から絵空事にしてしまうなんて。夢想家にしては実験が過ぎる。ここまで壮大な実験環境を設《しつら》え、女神をつくりあげてきながら、自分のものにしきらないであっさり放棄するというのは、自分の一生を玉手箱の煙にしたようなものじゃないか」

「随分な言い方ね。でも、家は近くなんだから、これからも神麗守ちゃんといつでも会うことができる。大事なものをなくしたわけじゃない」

神麗守を母親のもとにかえしたといっても、住まいは和邇のおじさんがマンションを提供したのだ。マンションはお屋敷からそれほど離れていない。

「これまで閉じ籠めていたのを放してしまったんだ。もう籠《かご》の鳥ではない。飛ぶ姿をながめることはできても、もう爺さんの手に戻ってこないさ」

「籠の鳥にしてたことがまちがいでしょ？　過《あやま》ちに気づいて正しいことをされたんだとおもうわ」

「爺さんのしたことは、籠の鳥の翼を切るように眼から光を奪ったのだから、過ちというより犯罪だ。しかし、籠の鳥にしたからこそ、りっぱな女神になった」

「でも……」

「爺さんにとって見込み違いだったのは、その籠に二羽の鳥を入れたことだ。二羽とも鳥だとおもっていたのが実際の鳥は一羽だけで、もう一羽は美そのものだった。鳥は籠に閉じ籠めることができても、美そのものにとって籠は無意味だ。籠に納めきれるものではないからな。籠のなかにとらえられている神秘などあり得ない。神麗守のほうだって、もう女神となれば人間のつくった籠のなかにいるわけにはゆかない」

そしてにいさんは、「もう籠は壊れている」と言った。

「壊れたものはそのままにしておけばいい。或る意味、それは爺さんの達成なのだ」

「達成？」

　籠が壊れたというのに達成という評価に違和感があって、私はききかえした。

「考えてもみろ、初め爺さんが神麗守をここに連れてきた時、かれの理想美はかれの頭のなかだけだった。実際に理想美を造形するため、この屋敷を鳥籠にした。だが、籠の鳥はどれだけ美しかろうと、所詮人のコントロール下にあり、人間により程度が量られるものだ。本物の美は人の規定する時空を超えて自在の存在でなければならない。そのように、美がおのれ自身のかがやきにより終に籠を熔解《ようかい》し、自在な飛翔が可能になったということこそ、爺さんが頭のなかで描いていた理想美が愈々《いよいよ》本物の美となった証《あか》しだということなのだ。尤も、爺さんのこの達成は、最初に二羽の鳥を一緒に入れた見込み違いがあったおかげなのだが」

「おじさんは目的を達したということでしょ？　だったら、神麗守ちゃんをおかあさんにかえすというのはなんにも問題ないじゃない。だのに、にいさん、おじさんのこと、ひどいように言って――」

「おまえはなんにもわかっていないな」

「わかってないって？」

「いいか。籠が壊れたということは、同時に、爺さん自身が籠から解放されたということでもあるのだ。籠のなかで大事に飼って面倒をみていたって、それがいつ本物の美になるかはわからない。一つの汚点でも見《み》出《いだ》されれば本物の美は壊れてしまう。完璧を目指せば目指すほど、籠の外には出せない。しかし、籠のなかに入れられるのは愛玩物《あいがんぶつ》であり、美の紛《まが》い物にすぎない。自分が手をかけてやらねば一人前にはならないという不遜《ふそん》の心は美を卑しめている。爺さんがもし藝《げい》術《じゅっ》家《か》なら、そういう心があるかぎり、二流の作品しか仕上がらない。だから、籠が壊れたというのは、そうした作為の心を持つことなく、純粋に美と向き合えるということだ。ところが、爺さんはそれに気づいていない。いや、爺さんは、自分が壮大な野望を持って営々ときずいてきた美の造形が砂上の楼閣と化して脆《もろ》くもくずれさったと感じている。紅麗緒と比較して神麗守の美がおよばないことに敗北感を味わっている。しかし、その敗北感は筋が違っている。紅麗緒に敗北したのは神麗守じゃない。そうときめつける爺さんこそ、紅麗緒には勿論のこと、その本物の美を評価できない神麗守にも敗北している。爺さんに評価できるのは、おのれの所有にかかる小さな美だけだということになる。飼い主の優位性を失ってしまうと、籠から出て自在の存在になった本物の美と面と向き合う自信がないのだ。鳥籠に入れた美しい鳥は愛せるが、自然のなかで舞い飛ぶ本物の美に対してどうしたらよいかわからない。唯爺さんができたことと言えば、ワケに紅麗緒の絵を描かせ、模写した美を所有することだけだ。そして、もう自分を超えた美は自分のもとにかえってこないと諦めたかのように、神麗守を実の親のもとに引きわたすという選択をした。何度も言うが、それは爺さんの衰退であり、自分を廃墟となすことに等しい」

にいさんの言うように、神麗守と紅麗緒の二人がこのお屋敷からいなくなったら、和邇のおじさんの元気が持続するか、私が考えても懸念《けねん》をおぼえるところだった。お屋敷にいる人たちも心配しあっていた。尤も、おじさんがそうきめてすぐに神麗守たちを実家の小稲羽家にかえしたわけではなかった。まず、二人を引き取って——実際には二人の身のまわりの世話をする隠綺のおねえちゃんも含めて三人になるのだが——新たな家族で一定のレベル以上の生活ができるような家を用意する必要があった。そうした諸々の準備もあるから、まだ二人ともこのお屋敷にいた。だから、基本的にはおおきな變化はなにもなかったはずだった。

けれども、和邇のおじさんのからだに想定もしない異變《いへん》が起こった。和邇のおじさんが突然失明したのだ。事故かなにかあったのではなく、まったく急に。おじさんはもう終わったみたいに言っていたにいさんの予言が当たっているような感じがして、私は背筋に寒気をおぼえた。

勿論、にいさんの予言はおじさんの失明そのものを言い当てていたわけではなかったし、はっきりした原因の心当たりもなく、いきなり生じたこの事態は、にいさんにしてもおもいもよらなかったことのようだ。ところが、おじさんのほうは突如視力を失ったにもかかわらず、前からそれを予期していたかのようにおちついていた。医者をしている隠綺のおおきいおねえちゃんは和邇のおじさんや神麗守も含めてこのお屋敷の総ての人たちのホームドクターなので、すぐさま専門医に診《み》てもらう手筈《てはず》をしようとしたが、それにはおよばないとおじさん自身が固辞した。逆に、中途視覚障碍者《しょうがいしゃ》のリハビリテーションの計画化とできるだけ早い実行を求められたのだ。もともと盲目の神麗守が住まうにあたって、お屋敷は視覚障碍者用に改造されており、点字本も豊富に揃っていたから、ほかに特別な指示はなかった。このように和邇のおじさんのおちつきぶりをみると、私たちには隠していたが、おじさんが糖尿病かなにかの持病を有していて、自分が近々失明することを知っていたのかもしれないとおもわれもしたが、それをおおきいおねえちゃんが知らなかったというのは奇妙だし、第一、それがわかっていて紅麗緒の絵をワケに描かせるなんていうことはおよそ考えにくいことでもあった。というのも、紅麗緒の絵が完成した後も、それはほかの誰も立ち入れないおじさんの部屋にあって、おじさん以外の誰かのためにその絵を残したとは考えられないからだ。実際、その絵を眼にしたのも、おじさんとワケを除いては、(神麗守は眼が見えないから)隠綺のおねえちゃんだけだろう。したがって、生きているかぎりはずっと紅麗緒の絵を鑑賞したいという考えがあったはずだから、失明するおそれは想定していなかったにちがいないのだ。とすれば、どうしておじさんはこのようにおちついておられるのか、まったく理解できない。あれだけ理想の美を手に入れようと追い求めてきた人が視力を失っては、美を眼にすることは永遠にかなわない。かりに神麗守を手放すことをきめた時に総てを諦めたのだとしても、それなら紅麗緒の絵をワケに描かせた意味はなんだろうか。彫像ならまだわからないでもないが、絵ではどうしようもない。おじさんが失明を肯定的に受け容れているようなのは、単に威厳や面目をを守る強がりなのか。或いは、神麗守を盲目にした罪の報いと甘受しておられるところもあるのだろうか。

しかし、問題は和邇のおじさんに起きた異變《いへん》にとどまらなかった。実はその後を追うように、もう一人に失明の連鎖が起こった。ワケだった。すると、原因に心当たりができる。この二人に共通して言えることというのは、紅麗緒と長い時間接していることだ。おなじお屋敷にいながら、隠綺のおねえちゃんを除いてはほかの誰も紅麗緒と接触することがない。だから、その二人だけがおなじことになる理由は、まさに紅麗緒のあまりに美しいかがやきに眼を焼かれたとしか考えられない。まさしく眼が潰《つぶ》れたのだ。

それならば、圧倒的に長い時間紅麗緒と接している隠綺のおねえちゃんはどうなのだろう。紅麗緒がお屋敷を出た時も一緒についていった。誰よりも長い時間、誰よりも間近で紅麗緒を見ているのに、かの女の眼はなんともなっていない。ということは、隠綺のおねえちゃんだけが特別に耐性のようなものを持っているということなのか。それとも、女性は大丈夫で男性だけ眼がやられてしまうのか。生物学的にはそんなことはあり得ない。男女差とか個体差とかではないということで考えると、隠綺のおねえちゃんも過去に一時的に失明状態になったのだが、それは一時的で、また見えるようになった、というのはどうだろう。すると、おじさんやワケの失明も今だけの一過性の現象に過ぎない、という可能性もある。でも、そのことについては隠綺のおねえちゃんに否定された。お屋敷を出て、自分まで眼が見えなくなったら、どうやって紅麗緒ちゃんとくらしてゆけるの？　そう言われると、そうだ。もうあとは妄想を逞《たくま》しくするばかりだけれども、古代の神話ではよく美しい女神の沐浴《もくよく》している裸身を見た男が神罰を受けて醜い動物に姿をかえられたり、命をおとしたりする例がおおくある。それとおなじように、和邇のおじさんもワケも、絶対見てはいけない紅麗緒の裸を見てしまったがために、その罰を蒙って失明したということは？　もしそうだったとしたら、絵は紅麗緒のヌードか、セミヌードなのか。私はその絵を見ていないから、いくらでも想像を膨《ふく》らませることができるが、隠綺のおねえちゃんからは、「そんなことあるわけないでしょ。紅麗緒ちゃんは裸になるより前に隠れちゃうわよ」と、また一笑に付されてしまった。

紅麗緒はかくれんぼう好きのおんなの子だ。このお屋敷のなかでもおおかたかくれんぼうしている。なにかの化身《けしん》？と非現実なこともおもってしまう。かの女の姿を眼にすることはほとんどなく、見かけても、あまりに美しいことにはっとしている間に、また隠れてしまう。かの女のことをじっと見つめることはないから、失明もしないで済んでいる。

でも、そのかくれんぼう好きのおんなの子の肖像を描くということを考えた場合、絵のモデルになっている間は隠れるわけにはゆかない。描き手は紅麗緒をよく見ないといけない。そのことでどういう結果が起きるかということについて、隠綺のおねえちゃんはわかっていたのだろうか？　隠綺のおねえちゃん自身は眼に異常はないから、和邇のおじさんやワケが失明するなんてことは予想外だったろう。それでは、紅麗緒自身はどうなのだろう。でも、かの女だって本来人目から隠れようとしているのを無理に絵のモデルにさせられているわけだから、罪はない気がする。そうだったら、少なくとも隠綺のおねえちゃんは紅麗緒の意思を尊重して、いくら和邇のおじさんの言うことでも、かの女を絵のモデルにすることをきっぱり断わるべきだったのではないか。そうしていれば、和邇のおじさんはともかく、ワケはこんなことに巻き込まれて失明することはなかったはずだ。隠綺のおねえちゃんはどう考えて、紅麗緒の絵を描くことを認めたのだろう。そして、実際に二人が失明するという結果が起こったこと——二人の失明は紅麗緒にかかわりのあることなのは推測がつく——をはたして隠綺のおねえちゃんはどう受けとめているのだろう。

「紅麗緒ちゃんは絵のモデルになるべきではなかったわよね」

私は言った。

「べきだったかどうか論じる問題じゃないとおもうわ」と、おねえちゃんは言った。

「紅麗緒ちゃんは絵のモデルになることをＯＫした。だって、そう望まれたんだから。そして、絵を描いてもらった。そういうことでしかない」

「でも、おかげで檍原くんは失明した。絵を描く仕事なのに、もう絵を描けなくなった」

「おかげかどうかはなんとも言えないけれども、心配におもって、本人にきいてみた。かれはそうなるのがわかってたみたい」

「そうなるのがわかってたって？」

「かれが言うには、こんなに美しいものにながい時間触れたら、眼の機能としてはもう味わい尽くしたみたいなものだって」

「變なこと言うのね」

私は首をかしげた。

「味わい尽くしたって言っても、まだ命があるのに途中から美しいものが見えなくなってしまうのよ。それを絵に描きたいとおもっても描けないし、描いたものを見ることもできない。それでいいのかしら」

「それが不思議なことに、眼が見えなくなったといっても、いま眼の前にあるものを見ることができないだけで、これまで見てきて印象が強かったものは心のなかで映像として再現されて、それは見ることができるんだって。例えば、紅麗緒ちゃんや神麗守ちゃんのきれいな姿はいつでも心のなかで見られるそうよ。ほかにも、これまで美しいと感じたものは、その美しさの程度に関係なく自分の心のなかに残っていて、見ることができると」

「うーん」

容易には呑み込めない話だ。おねえちゃんは続けた。

「だからね、現在の視覚はもう機能しないんだけど、過去に眼が経験したもので、特に美と結びついたような印象の強い記憶は保存されていて、心のなかで映像として再現できると言うの。私と会話している時も、かれの心のなかで私の映像が蘇っていて、ちゃんと会っているのとかわりないのだとか」

「おねえちゃんもかれの記憶のアーカイブに保存されている美しいものになってるのね？　あ、勿論、おねえちゃんはきれいだから、当然なんだけど」

「嫌《いや》ね、そんなふうに分類されてたら。かれ、意外と残酷なこと言ってるかも」

おねえちゃんは苦笑した。

「眼が見えてる時はなんでも視覚に飛び込んでくるから、見たいものだけ見るってわけにゆかないけれども、眼が見えなくなったから、或る意味正直に、再生可能な記憶のアーカイブに入れるかどうかを自分が見たいもの——美の基準だけで選別できるってことなのかな。実際そうしていて、眼が見えなくなってるくせにきれいなものだけ心のなかでいつでも映像を蘇らせることができるって言ってるのよね。ちょっと嫌な奴」

「ネマちゃん、檍原さんにきびしいわね」

「どうでもいいわ、あんな奴。第一、感じ方がおかしいわ。失明して一大事なのに、どうしてそんな暢気《のんき》なことが言えるのかしら。普通、もっと悲観するものじゃない」

私は少し興奮した口調になった。

「でも、御当人は本当にそう感じているんじゃないかしら。かれは嘘言わないとおもう。それに、おじさまにも話をきいたら、似たようなことを言っておられたわ」

「似たようなこと？」

「ええ。眼が見えなくなっても、美しいものは記憶にとどまっていて、いつでも蘇らせることができるから、寧ろ今のほうが純粋に美を鑑賞できるって」

「なんかそれ、おじさまが負け惜しみで言ってるんじゃない？」

「でも、本当は失明するってとても大變なことで、普通は凄くおちこんでしまうとおもうの。でも、二人とも、生活上はおおきな支障をきたしているのに、心の状態はわりあい平穏なようなの。というのも、心のなかでは依然映像が描けるからのよう」

「でも、そんなの、想い出を食べて生きてるみたい。今はそれでなぐさめられても、そのうち虚しくなってくるにちがいないわ」

「その時はその時で見守って、助けてあげたらいいじゃない。今は今で、とてもおちついていて、心のなかでは私たちとも向き合えてるようだし、それは素直に喜んでいいことだとおもうわ」

「二人とも勝手なこと言ってりゃいい。でも、二人はさ、見てはならないもの、見るべきではなかったものを見た報いで失明したのよ。因果応報なのだから、失明したことがもっと――」

「紅麗緒ちゃんが見てはならないものって？　變《へん》よ、それ」

「でもそうでなきゃ、本人だって隠れないでしょ。紅麗緒ちゃんが姿を現わさないのは、見てはなりませぬ、見るのはタブーですよ、ということでしょ？」

「紅麗緒ちゃんは本当にかくれんぼう好きで、一緒にいるとおもっても、いつのまにか隠れてしまうのよ。あ、また隠れてる、っていうのが日常なの。私、いつも経験しているから」

「あら、おねえちゃんに対しても隠れちゃうの？」

私は意外に感じた。紅麗緒は人前になれないから、自分の姿を隠すが、ずっと傍に一緒にいるおねえちゃんは始終かの女のことを見ているのだとおもっていた。

「私だからって、関係ないわ。いつも姿を晦《くら》ませてしまう。勿論、小さい時はそうでもなかったけど。紅麗緒ちゃん自身あれだけの美しいかがやきだから、この世界のものとは違っていて、ちょっとの間はこの世界に姿を見せるけれども、普段は隠れている、って感じなのかもしれない。此頃《このごろ》そうおもうの」

「本当にそうなの？」

おねえちゃんの言っていることはまるで非現実的に感じた。そんなことあり得ない。それだと紅麗緒は人間ではない（少なくとも地球人ではない）という話になってしまう。慥かに、その美しさは超人的だけれども。

「それはわかんない。その正体をつかまえようとおもったら、そうおもった瞬間に隠れちゃって、ひょっとすると永遠に姿を現わさなくなるってこともあるかもしれない。かぐや姫みたいに、その美しさを自分のものにしたいと求婚する人間がたくさんいても、それをすり抜けるように月の世界にかえってしまう。そういうこと、昔も本当にあったんじゃないかしら」

「かぐや姫か。紅麗緒ちゃんも竹を切ったら出てきたみたいな話。じゃあ、おじさまが竹取の翁《おきな》？　なんか御伽噺《おとぎばなし》の世界じゃない」

自分にはそれは冗談としかおもえない。それに、かぐや姫は物語の主人公だけれども、紅麗緒は隠れることが半端ではないこともあるし、神麗守のお伴でしかない。

「誰も本気にとれないでしょうけど、紅麗緒ちゃんも神麗守ちゃんもファンタジーの世界のひとなのよ、本当に。ファンタジーは私たちには頭のなかだけの想像の世界だけれど、二人と一緒にいるとね、私たちもその世界に入り込むことができるわ。なにもかもがかがやいて美しく見える。ネマちゃんも紅麗緒ちゃんや神麗守ちゃんにつきあったら、私とおなじように感じるとおもう」

「うーん、私はいい。その二人と一緒にいたら、コンプレックスを感じて、自分の生き方ができなくなってしまうわ。私、もっと青春したいもの」

私はそういうお話の世界につきあうのがしんどくなってきた。紅麗緒や神麗守は自分につりあわない。おねえちゃんはよくつきあっていられるものだと感心する。

ともかく紅麗緒とかかわると、感覚が狂わされるのだ。和邇のおじさんもワケも、失明しておおきな不自由をかかえこんだのに、心のなかでは見えてるとかなんとか能天気なことで誤魔化しちゃって、ストレートに衝撃を表明しないというのも狂っている。失明しても紅麗緒の幻想を見られるから、それに酔っていられるということなのか。わけがわからない。それでは梦の世界の住人だ。紅麗緒の美しい梦を見ているから、自身闇に鎖《とざ》されているのも感じないのではないか。本人が幸せな気分ならそれでいいというわけにはゆかない。本人が失明したがために、様々な不自由が生じ、まわりにとってはお世話しないといけないこと、大變なことが増えるのだ。そのことだけでも、失明を引き起こした紅麗緒には(罪とは言えないまでも)問題がある。

ともかく、紅麗緒がどんなに美しかろうと、その顔を見ようとすれば、失明という代償を払わなければならないのだとすると、そうなっても本望だと感じるような變人《へんじん》(敢えてそう言う。和邇のおじさんやワケなんかやっぱりどこかおかしい)以外の人にとって、紅麗緒は唯危険すぎる存在にすぎない。美が尋常でないのと同時に、魔性もそなえている。近寄らないに越したことはない。どんなこともいともかんたんに取り扱い、平然としておそれることのないにいさんでさえ、紅麗緒は不可解で、手出ししかねているように感じられた。

結局、おねえちゃんとの話では、紅麗緒がひとを失明させる魔性の存在であることについての問題を追及できなかった。おねえちゃんに言ってもしかたがないことだし、紅麗緒のことはあまりに不思議すぎて、誰の手にもおえないのだ。にいさんが言う「神秘」そのものゆえ、扱いようがない。それが自分の身近で起こっていても、違う世界がそこにあって、この世界の常識や観念が通用しない。

しかし、失明というのは非常にインパクトのおおきい現実問題なのだ。そして、実際、それゆえに重大な事故が起きてしまった。

つい十日あまり前のことだ。和邇のおじさんがお屋敷の階段で転落して、腰の骨を折る大怪我《おおけが》で入院を余儀なくされてしまった。この時、神麗守もちょうど居合わせていて、一緒に転落した。わかかった所為《せい》か、腰や背中の怪我は比較的軽度で、一時意識を失ったので脳などの精密検査はしたが、特に異常はないということで、程なく退院する予定だという。一方、おじさんのほうは、命に別状はないものの、頭も強打したようで意識がはっきりしていないため、腰の手術後も脳神経系の検査と治療が継続しているという。このお屋敷の医療にかかわることは、橘井《きっせい》先生と、そのもとで医師をしている隠綺のおおきいおねえちゃんが取り扱うので、和邇のおじさんと神麗守は橘井病院に入院しているが、おじさんのほうは面会謝絶になっている。

このようにして、和邇のおじさんが神麗守を実の母親のもとにかえすということにしてから、大變なことが相次いで起こり、挙句《あげく》におじさんは病院に入って、このお屋敷の外に行ってしまった。神麗守にしても、これまで母親のところと往来はしていても、基本的にはまだかの女の部屋（紅麗緒の部屋でもあるのだが）はこのお屋敷にあり、退院したとしてもその後については、おじさんが入院している最中で本当にここを出てゆくのか、暫く見合わせるのかは不明だ。ともかく、私たちファミリーには、おじさんも神麗守もいない状態では本来の務めでなすべきことはほとんどなく、唯二人の一刻も早い無事の帰還を祈り、待ちわびるだけだった。

にいさんは、神麗守を実の親のもとに引きわたすということをきめた時に、和邇のおじさんの衰退が決定的になったのだ、だから、こういう事故は起こるべくして起こったのだという見方をしている。神麗守たちを手許《てもと》においておけない程、老いがきているのだ。それだけ気力がおちて、魂が抜けたので、からだ自体もねじが緩み、はずれたから、階段から落ちもするのだと。命に別状はないということだから、命脈を保っている間に神麗守が爺さんのところに戻る必要がある。そうすれば、再び気力が回復し、残りの人生を生き抜く活力が生まれる可能性があるだろう。なにより爺さんにとって神麗守は喜びの源泉なのだから。一方、このまま神麗守が去ってしまうなら、もう爺さんは回復の望みようがない。まだ死なないにしたって、お屋敷に戻ってくることは二度とないだろう。

爺さんを見殺しにするか、生きかえらせるか、それは神麗守次第なのだ。

しかし、椰藝佐《なぎさ》（註：隠綺のおねえちゃんの名前）は神麗守をお屋敷に戻らせはしないだろう、とにいさんは考えていた。爺さんが紅麗緒をお屋敷から出した時、かの女も紅麗緒についてお屋敷を出た。神麗守の傍にいなければならないはずなのに、その務めよりも唯一人になってしまう紅麗緒につくことを選択したのだ。かの女が忠義を尽くすのは紅麗緒や神麗守であって、爺さんではない。それにおんなの身で考えて、爺さんが神麗守を籠の鳥にしていたことは男の身勝手で、絶対にまちがったことだというおもいは強くあるはずだ。雛《ひな》である間はそれは養育上止《や》むを得ないと理由づけできても、もうりっぱに成長した十五歳の少女をまだ籠の鳥のままにするというのはおかしい。幸いにも爺さんは、神麗守を鳥籠から出して、親がいる本来の巣にかえすことをきめてくれた。そのために爺さんが元気をなくそうと、神麗守の問題ではない。そして、爺さんが瀕死の重傷を負い、神麗守を添わせるかどうかが爺さんの命脈の鍵をにぎるにしても、そのためにこのわかい少女の人生が犠牲になっていいという論理は、椰藝佐にはないのだ。とすれば、爺さんの復活の目が絶たれたことになるが、唯一可能性があるのは、爺さんを救うために神麗守自身が椰藝佐に逆らって爺さんのもとに戻ることを決断することだ。お世話になったひとの命の問題にかかわることゆえ、心優しい神麗守がそう判断する可能性は決して小さくはないとおもえる。だが、神麗守のことをおもえば、それは決してよいことではないという椰藝佐の考えはかわらない。そこで最終的にキャスティングボートをにぎるのは紅麗緒だ。この問題では、紅麗緒が神麗守に同調するというより、神麗守のほうが紅麗緒に従うだろう。椰藝佐も二人に合わせざるを得ない。

どちらにしたって、おじさんが回復して戻ってくるには、かなりの期間を要しそうだ。その間、にいさんはこのお屋敷をどうする考えなのだろうか。

このお屋敷には、和邇のおじさんと神麗守・紅麗緒以外では、根雨家（いま住んでいるのは、私と母）、隠綺家（おなじく、梛藝佐さんだけ）、和多家（おなじく、夫妻）、稲倉家（夫妻）、楠石家（夫妻）がくらしているが、親子で住んでいるのは私のところだけだ。隠綺さんのところは御両親が早くなくなられているし、和多家ではこのお屋敷に来る前にもう子供さんは独立して別のところに居を構えておられる。また、稲倉家、楠石家はもとから夫婦だけだ。

楠石さんのところは初めからずっとお子さんがいらっしゃらなかったのだが、稲倉さんのところは事情が違う。わかい頃に非常に困窮していて、生まれたばかりのおんなの子の赤ちゃんを手放さざるを得なかったという過去があるのだ。とうとう先の道も断たれたとおもわれたところを和邇のおじさんに救われた次第《しだい》のようだが、その恩義の大きさをおもって、おじさんにその手放した娘のことを打ち明けて相談することができなかった。ところが、去年突然、娘さんのほうから稲倉さんに連絡があり、まさに二十年ぶりの親子対面を果たすことになった。娘さんは養親をとおして仲介した施設から稲倉さんの情報を得たようだ。その後、稲倉さん御夫妻は和多のおじさんに相談した上で、和邇のおじさんに娘を紹介し、かの女をお屋敷で稲倉さんと一緒に住まわせることも認めてもらった。その頃、娘さんは、北海道から出てきて東京の大学にかよっており、ワンルームマンションに一人ぐらししていたので、養親もそれは望むところだった。

香納美《かのみ》というのがその娘さんの名前だが、私とおない歳だった。香納美は明るくチャーミングで、誰からも愛されるタイプのおんなの子だったので、私ともすぐなかよくなった。稲倉さんのところは和多さんと一緒の西邸で、私たちがいる東邸とはちょうど反対のがわにあって門の出入りは別々だが、食事などみんなが集まる時はわかい者どうしで一緒に配膳をし、となりあう席で食事をとりながらお喋《しゃべ》りをする。また、三つの敷地で地上は別々の邸宅だが、敷地を仕切る塀《へい》には蔦《つた》でカモフラージュされた戸口がある。また、地下もつながっている。それぞれ往来は自由なのだ。

香納美には既に養親も公認のボーイフレンドがいて、柘植《つげ》くんと言うが、誰が見ても好男子のかれは西邸の人たちに気に入られ、何度もまねかれていた。勿論、私も紹介されている。このお屋敷に柘植君のようなわかい男が出入りするのは、兄の家出以来絶えてなかったので、非常に新鮮だった。かれは体格も大きく、力があったので、男手として頼りになる場面もおおかった。実は、この香納美と柘植くんの両方とも、にいさんの息がかかった腹心なのだった。

初めは私はなにも知らず、にいさんもずっと教えてくれなかったのだが、ついこの前香納美が、「神上さんからきいた、ネマちゃんて神上さんの妹分なんだってね」と話しかけてきて、かの女がにいさんとつながっていることを知ったのだ。

「神上さんて――」

「あなたが『にいさん』と呼んでるひとよ」

香納美があまりにあっさりと言ったので、私は動揺した。『にいさん』て二人の間だけで呼んでる言い方も知ってるなんて。

「香納美ちゃん、いつからにいさんと？」

「勿論秘密守るわよね？」

香納美がいつになく声のトーンをおとした。

「守るもなにも、にいさんのこと、誰にも言えないわよ」

「おととしの五月からよ。私が大学生活をおくるために東京に出てきてまもない頃」

「え、嘘」

私より前だわ。私の前ににいさんが現われたのはおととしの九月。四カ月早い。

「嘘って、え、ひょっとして、ネマちゃんのほうが後輩？」

「いつ出会ったか、わすれたわ」

私は咄嗟《とっさ》に時期をぼやかすことにした。にいさんが私より前に香納美に接触していることを追認したくはなかった。

「それよりそんなに前から知り合ってたのに、あなたがここに来る時ににいさんがなにも言ってくれていなかったのがショックなの」

「神上さんが考えてることは私もわからない。でも、私だってあなたが神上さんと親しくしてるなんて、なにも情報を貰えていなかった。ほかのことは全部教えてもらってたんだけどね」

「で、今になってにいさんが教えてくれたの？」

「愈々《いよいよ》指示がありそうだから、これからはあなたと協力するようにってことじゃないかしら」

「指示？」

「私もここに来て、もう三カ月経ったもの。私自身充分勝手がわかってきたので、如何様《いかよう》にも動けますと神上さんに言ったの。即席の口頭試問も受けたけど、合格と認めてもらった。そしたら、あなたのこと、教えてもらったの」

「にいさんは私のこと妹分と言ったの？」

「ええ。あなたも神上さんを『にいさん』と呼んでるとも。特別扱いされてる理由があるんでしょうけど、神上さんにきいても答えてもらえないとおもったからきいてない。神上さんにかかわることだから、あなたもなかなか話せないでしょ？　関心はあるけど、そのうち教えてもらえたらとおもってる」

そう、にいさんのことは迂闊《うかつ》には話せない。

にいさんにかかわる香納美との最初の会話はそれで終わった。勿論、私としては、にいさんに香納美のことを確かめないではいられない。

「なんで香納美ちゃんのこともっと早くに教えてくれなかったの？」

にいさんを問い詰めても無駄だとおもってたけど、きかないではいられなかった。

「自然になかよくなってくれるに越したことはないからな。かの女がおまえのことをどう見るかで、あいつに任せる仕事もかわってくる」

「どうだったの？」

私は自分が香納美にどう見られているか気になった。

「香納美は正直なおんなだ。おまえのことも正しく見てる」

「正しく？」

「案ずるな。掛け値なしに好感を持たれている。それで充分だろ」

にいさんが話してくれるのはそこまでだった。

それから暫くして私と香納美がにいさんの前に呼ばれた。にいさんの前で二人揃うのは、勿論初めてだ。

その時に話に出たのがナコだった。

ワケに関する諸々《もろもろ》の情報はこれまでにくわしくきかされていた。ワケには棟方紀理子というかの女がいたが、精神的な病気で引き籠もり、別離することになった。したがって、ワケには、日常的に親しくしている人間はいなくなっていた。私はにいさんからワケにかかわるなときびしく言いおかれており、もう二度とにいさんの劇《はげ》しい怒りを買うわけにはゆかなかったので、にいさんから伝えられる情報以上にワケのことを詮索したり、本人と接触することもしなかった。だから、新しいおんながワケを訪ねてきたときいても、普通に一つの情報の伝達にすぎないと感じていた。

そのおんなの名前は檍原橘子というので、今度は身内かとおもったが、おなじ姓といっても本人は縁戚《えんせき》関係を認識していないくらい薄い関係らしい。小学校時代の一時期だけワケと隣家どうしになり、非常に親しくしていたようだ。それからは会うこともなく疎遠だったが、二月初めにワケが昔住んでいたところを訪ねた紀理子と出会ってワケのことをおもいだし、なつかしんだようだ。ワケを取り巻く人物についてはかなり情報収集できているが、檍原橘子というおんなはそのなかで位置づけが低かった。接点が小学校の一年程度であるし、ワケの家族は檍原一族とおりあいがわるく、家族が東京に戻ってからはお互いに接触がなかったからだ。にいさんもその程度しかナコのことに触れていなかった。だから、そんなおんながワケを訪ねるからといって、にいさんがいきなりワケになりすまし、桁木さんや私まで動員される理由がよくわからなかった。けれども、にいさんは知っていたのだ、ワケにとって永遠の聖女となる小鳥井和華子という女性との接点でナコが強くかかわっており、今に至ってもその意味が生き続けていることを。

　にいさんによると、自分はワケになりすまして直接檍原橘子に接触すると言う。非人称を強めるにいさんが表に出て行動しようというのは珍しい。ワケの関係は特別のようだ。橘子はこの四月に東京の会社に就職したのを機にワケのアパートを訪ねたという。生憎《あいにく》留守で、自分の連絡先を書いたメモを郵便受けに入れたのがにいさんの手にわたった。早い話が、にいさんが途中でくすねたということだ。にいさんは早速かの女の寮に電話して（なんとナコはこの時点では携帯電話を持っていなかったのだ）、日曜日に会う約束をとりつけたのだそうだ。

　ワケは紀理子が檍原橘子に会ったということを知らない。紀理子はワケに内緒に行動していたし、橘子と会った後は引き続き雑誌の取材旅行に赴《おもむ》いて、その行程でにいさんのわなにはめられ、そのまま転落したのだ。ワケは何年も会っていない檍原橘子が自分の前に登場する可能性があるということについて、なんの情報も得ていない。したがって、にいさんがワケにかわって檍原橘子に会っても、ワケは橘子との交友が侵害されたことに気づかない。橘子はワケに向かって情報を発信しているが、その情報はワケに届かず途中で奪取されているので、存在の認知がされないのだ。橘子は逆に、ワケにメモを残したから、自分は相手に認知されているとおもっている。そして、ワケのアパートを再訪し、そこで本人と称する若者が現われれば、その人間がワケだということに毫《ごう》も疑いを差し挟まない。橘子がワケとともに過ごす時間、ワケに与える好意もしくは愛情は、本物のワケがいないところで費やしているのだから、観客も共演の役者もいないところで演じる一人芝居《ひとりしばい》だ。橘子はワケの光に寄って来たつもりが、にいさんの網に引っかけられ、にいさんに弄《もてあそ》ばれる獲物になった。格好の遊び道具ができたから、私や香納美もつきあえということなのだろう。

にいさんはこれまでも私に何人ものおんなにそっくりにメイクして、本人になりすましてみせることをさせてきたが、この新たな獲物についてもおなじことをするよう求めた。或《あ》るおんなにそっくりに顔かたちをつくりかえ、なりすまして行動することはそれなりの準備の時間と手間を要するが、そこには騙すターゲットとなる相手がおり、ねらうからには大物がおおくなる。檍原橘子というおんなの場合、騙す相手はワケ以外にないとおもわれるが、年わかく、なんの力もないかれは、これまでターゲットにした人物と共通項はない。だから、私が檍原橘子になりすましたとして、ワケをどのようなわなにおとしいれるのかということも見当がつかない。にいさんは理由なく気紛れで事を行なうことがある。しかし、私も巻き込んでいるのだから、そういいかげんなものではないだろう。にいさんになにか企《たくら》みがあり、非常に重要な意味があるにちがいないのだ。それはおそらく、紅麗緒か神麗守にかかわるものではないかと私はおもう。或いは、かの女たちをとおして和邇のおじさんにもかかわってくるかもしれない。いずれにしろ、にいさんのおおきな企みに私を引き入れてくれているのは、とてもうれしいことだ。

私はいつナコになりすまし、ワケをわなにかける出番が来るか心待ちにしていた。尤も、ナコが会社勤めしているため、にいさんが会える機会は週一度程度であるから、ゴールデンウィークまで待たねばならないだろうと覚悟していた。ところが、ナコをワケのアパートで睡眠薬でねむらせた日の二日後に、ワケが失明してしまったのだ。失明した人間に対して、そっくりな人間を登場させても意味がない。私は自分が腕を揮《ふる》う機会を失ったことが残念でならなかった。

おもいかえして、小稲羽鳴海《なるみ》という少女を騙すことでワケも騙せるとおもい、にいさんに提案したが、忽ち却下された。おまえが如何に完璧に顔をコピーしたとしても、子供の鋭い勘で贋者と見破られてしまうという。私の腕は子供なんかに負けない、私を信用して、と訴えたが、にいさんにききいれてもらえなかった。

「じゃあ、私はなににもさせてもらえないの？」

レギュラーからはずされた選手のように私は悔しい気持ちを露《あら》わにした。

「なにができるか、自分で頭を使え」

にいさんには、どのように迫っても、かんたんに突き放されてしまう。

「香納美に檍原橘子の身辺の情報をとらせている」

「香納美ちゃんに？」

そう言えば、ワケの部屋を訪問した新しいおんなの話をにいさんがした時、香納美も一緒に呼ばれていた。

「どういうことかわかるな？　檍原橘子のアリバイづくりで活躍してもらう」

その言葉の意味はすぐにはピンとこなかったが、ちょっとして、欺《あざむ》くターゲットがかわることに気づいた。

「えっ？　私、ワケの前に登場できないの？」

「おまえのからだだって二つはないんだ。しかけは今度話す。メイクは完璧に仕上げるようにしておけ」

私は、本丸を攻める部隊から後方支援のチームに異動させられたような、格下げされた情けない気持ちを味わった。主役と張り合う科白が言えるはずだったのに、舞台の袖で脇役どうしの会話しか喋れないのだ。

しかし、にいさんがきめたことに逆らえない。

そして、きょう漸く私の出番が来た。にいさんから、ナコを拉致《らち》し、お屋敷の一室に監禁するようにとの指令が来たのだ。指令はそれだけであり、あと必要と考えることは自分で判断して行動しなければならない。

それで、私はきょうをなりすましの手始めとして、ナコそっくりのメイクをした上でかの女が着ていた衣服を身につけて、かの女の寮への侵入を行なうこととした。ナコがいつもどおり帰寮したように見せかけるとともに、ナコの部屋の様子を探るためだ。このなりすましは私にとってお安い御用で、寮監にも挨拶《あいさつ》したが、まったく怪しまれることはなかった。そして、今そこからかえってきたばかりで、衣装はかえたもののメイクはまだ残っているのだ。

しかし、これからの予定は不明だ。明日はワケとナコが会う約束をしているが、それに関してどうするのか、明日のことというのに、まだなんの指示もない。どういう指示が出ても対処《たいしょ》できるようにしておかなければならないが、これときめて動くことができないわけだから、これ以上考えても意味がないことだ。

今当座のことは、自分とナコの問題だ。私のなすべきことは、ナコそっくりにしているメイクをおとし、ナコの顔と分離すること。それで解決する。その上で、ナコを揺り動かし、覚醒させて、現実世界に引き戻す。ナコよ、ねむりから覚め、現実に戻ったあなたは、私の顔を見ても、もう他人の顔なのだから、再び失神することはない。そのかわり、あなたは今の自分の情況を察して、俗な恐怖と不安におびえることになる。あなたはまた無意味にじたばたする。私はその喜劇を鑑賞する。そのうちあなたは無力感に苛《さいな》まれ、もう足掻《あが》くことはできなくなる。そのようなあなたに対して、私は始終おちつきをもって優しく接する。最初はおそれていても、軈《やが》て私に頼らないわけにゆかない。おとなしく私の言うことをきいてくれるだろう。そのように私はあなたを飼いならす。

26 神の牧場と兎の穴

「おまえはおれに飼いならされたいのか？」

或《あ》る時ににいさんが私に向かって発したその言葉は、非常にショックだった。私はにいさんの本当のきょうだいだと確信している。にいさんだって、本当はそうなんだとわかっているはずだ。なのに、飼いならすという言い方をするなんて。私を妹と知っていながら、妹として考えない、扱わないということだろうか。

「私は妹よ」

そう言いかえす。

「勝手妹だろ」

にいさんは突き放すように言う。どう扱われようと、私はにいさんの妹でいる。

「勝手妹でも、妹よ」

そう言ってもにいさんはわらっているだけなので、私は「妹はペットじゃないわ」と言い足した。

「ペットなんておもっちゃいないよ」

「だって、飼いならすって」

「おれはおまえを飼いならすつもりはないさ。だけど、おまえはおれに飼いならされたいんじゃないのか？そう言ってるだけさ」

「妹なのに、どうして飼いならされたいのよ」

「妹であるかないかは関係はない。大勢《おおぜい》の人間は飼いならされたいとおもっているし、実際、飼いならされてもいる。人間は、明確に宗教を信じているという自覚があるかどうかにかかわらず、神の牧場に飼われる羊でありたいのさ。神の姿は直接見ることが難しいから、牧羊犬のように、おなじく神に飼われていながら、神の言葉を伝え、指図する者を実際の支配者として仕えることになる。そして、より権力を揮《ふる》う牧羊犬のほうが安心感があって、それに忠誠を誓う人間がおおい」

「にいさんも牧羊犬ということ？」

「おれは神の牧場を信じてはいないから、牧羊犬ではない。神の牧場は虚構だよ。だが、虚構だから、万人が信じる。動物は実際に眼に見えるもの、感覚でとらえられるものしか反応しない。しかし人間は実際に眼に見えるものではなく、虚構だからこそ、想像力が膨《ふく》らむ。その想像力は言語の力によるが、言語は人と人が通じ合うようにするものであり、お互いを結びつけるものだから、想像力は一人の人間にとどまるものではない。想像力は共同体のものとして世界をおおう。

そうした集団の幻想が神話というかたちで再構成されて、そこに見えない神が登場する。神は牧場という囲いを示してくれる。そのなかで牧場の民を守ってくれる。牧場で神は牧草というパンを用意してくれるから、そこで牧場の民は育てられ、子孫を反映させることもできる。集団でくらすには、牧場は不可欠のしくみさ。人から見れば、おれも神の牧場にいるということになるだろう。だが、おれは牧場は虚構だと知っているから、牧場なんてどうだっていい。他人の想像力に加担するなど馬鹿らしいことだ」

「にいさんがそうなら、私だってそうするわ。神の牧場なんて初めてきくし、それが虚構に過ぎないとも教えてもらったんですもの」

「おまえは今は和邇の爺《じい》さんの牧場に飼われている羊だ」

「今度はおじさんの牧場？」

「爺さんは世間に隠れて独自の牧場をつくっている。爺さんが神になって別の牧場をつくったというわけだ。神の牧場の制度やルールの柵《さく》からはみ出て、爺さんの想像力によるルールを柵として囲っている。そのなかにおまえたちはいる。おまえの親は牧羊犬で、爺さんを満足させるよう立ち働く。羊のおまえは牧羊犬に指図されて毎日をおくっているわけさ」

「ひどいわ、その言い方」

にいさんにとってもおかあさんなのに、犬のように言うなんて。

「言い方にこだわるな。偖《さ》て、おれは今、ここにいる。爺さんの牧場のなかにいる。牧場には柵があり、普通なかには入れないが、おれは柵を破って侵入したのだ。おれは柵のなかで飼われているおまえを解放することができる」

「解放。いい響きね」

そうだ、にいさんは解放者だ。私はこのお屋敷で何不自由ないが、にいさんが新しい世界に連れ出してくれて、自分の可能性に目覚めた。精神的にも、身体的にも。

「解放されたはいいが、おまえはどこに行く？」

にいさんは新たな問いを発した。

「どこって、にいさんと一緒にいるわ」

「おれの牧場に来るということか？」

「にいさんの牧場なら」

「おれに飼いならされたいのか？」

「初めの問いね？」

「はっきり言ってみろ」

にいさんは私に迫った。私はその迫力におされながら、それに負けまいと、強気で言った。

「私は、飼いならされたくない」

にいさんはにやりと笑みをうかべた。

「馬鹿だな」

「馬鹿ってなによ」

縦令《たとい》にいさんでも馬鹿呼ばわりはないわ。

「牧場に来るってことは、おまえはまだ羊じゃないか」

「羊じゃないわ」

「羊以外は牧場に用はない」

私は少し答えに窮《きゅう》した。

「いいえ、私は牧羊犬として――」

「犬も飼いならされてるぞ」

「それでも、レベルが違う」

にいさんに追い込まれながらも、私は言いかえした。

「安心しろ。おれは牧場は持たない。おれの想像力は牧場と無縁だ」

「でも、私を――あ、にいさんはさっき、私を飼いならすつもりはないと言ったわ。牧場がないからなのね？」

「牧場はないが、檻《おり》に入れて飼うこともできるぞ」

「嫌だ、にいさんたら。本気？」

「檻がいいのか？」

「嫌にきまってるじゃない。まさかにいさん、私を檻に入れたいの？」

勿論、私は冗談だとおもってる。

「檻はおまえには合わないな。鳥籠《とりかご》でもいいぞ」

「鳥籠って、まあ」

私は神麗守《かりす》を連想した。あの娘《こ》は――もしおじさんがあの娘を鳥籠で鑑賞しようと養育しているなら、わるい言い方をすれば、おじさんのペット。私とにいさんの関係は違う。

「わざわざ牧場は持たないが、鳥籠くらいならつくってもいいぜ」

「からかうのは止してよ、にいさん。第一、肉体トレーニングする小鳥なんていないでしょ」

「いてもいいかもしれない。だが、そんな小鳥は飼わないな」

「私のこと言うけど、桁木さんはどうなの？」

私はふと気になって、尋ねた。

「おまえはどうおもう？」

「わからないわ。にいさんと桁木さんの関係、くわしく知らないもの」

「直感があるだろ」

「答えてくれないなら、もういいわ」

「今はおれが尋ねてるんだ」

にいさんは語気を強めて言った。狡《ずる》い。ひとの質問を放ったらかしにして、自分のほうは答えろと求めるなんて。

「先に質問してるのは――」

「今はおれがきいてるんだ」

「わかったわ。桁木さんはきっと――」

桁木さんはあらゆる方面で能力の高いひとだから、にいさんに飼われるひとではない。そうおもう。だけど、にいさんの傍《そば》にいて、にいさんに逆らうことができるだろうか。おこりっぽく気紛れなにいさんに、いくら桁木さんでも……

「にいさんは私のことを飼いならすつもりはないと言った。桁木さんもおなじだわ。桁木さんも飼われているなんておもってないとおもう。桁木さんに対してもおなじ質問をしたの？」

「だから、どう答えたとおもうか、きいてるんだ」

「えっ？」

こんなことをきかれたら、普通のひとはおこる。妹だから、馬鹿にしてきけるのだ。でも、にいさんはなにを考えているかわからない、得体《えたい》が知れないひとだ。そのことを知ってるひとは、理不尽なことも受け容《い》れないといけない。とはいっても、桁木さんは――

「そんなことをきかれて、かなしくおもったとおもう」

「なにも答えずに、ということだな？」

「ええ、きっとそうよ」

「おまえもおなじ答えか？」

「私もかなしい」

「かなしそうには見えない」

ひとの心の内も知らないでそんなことを言われると、本当にかなしくて堪《たま》らなくなる。いや、にいさんは知っててそう言ってるのだ。なみだをながす奴は、男もおんなも見捨てる、と言われているから、にいさんの前でなみだは封印しなければならない。それで耐えている私をあおって、試《ため》しているのだ。

私はきゅっと唇《くちびる》をかんで、怺《こら》えた。

「無言でかなしくおもった、なんて最低の答えだ。そんな答えを紡《つむ》羽《は》がするものか」

にいさんは私を見下すように言った。桁木さんとまるでレベルが違うみたいに。唇をかむ力に悔しさが籠《こ》もった。

「いいさ、紡羽の答えを教えてやろう。おれに隙《すき》があれば、いつでも刺してやろうとねらっているそうだ。その時、一緒に刺し違えても、或《ある》いは、かえり討ちになっても、それは本望だと。紡羽らしい答えだ。おれは隙をつくるつもりはないから、一生それは続くだろうが」

「桁木さんが――」

私は桁木さんの答えに圧倒された。そして、胸が熱くなった。それって、にいさんと命を取り換えっこしたいってことじゃないかしら。冷静な桁木さんがそこまで言うとは。

「もういいだろう。おまえはおれの妹気分だから、紡羽とおなじ答えはできない。それはそれでいいさ」

「二人がかりでやったら?」

私に対して、もういい、と打ち捨てるみたいに言ったので、そんなにいさんに飛びかかっていくおもいで、おもわず挑発的な言葉が口を衝《つ》いて出た。

「おまえも匕首《あいくち》をいつも忍ばせておくというのか?」

「きょうからそうする」

私の覚悟はきまった。

「そうだわ。飼いならすなら飼いならしたっていいわ。にいさんは強いし、私はにいさんについてゆこうとおもうんだから、それを飼いならすと呼んでもらってもいい。でも、いつだってにいさんを刺す刃物《はもの》は身におびておくわ。それが身の破滅になっても、刃物の閃光《せんこう》を放つことだけはやる」

「紡羽はおまえにいい教育をしているな。紡羽に触発されたにしろ、よくおれに言いかえした」

私はにいさんの前だと自信を失うが、桁木さんと一緒にいる時は自信に満ちるのだ。

「身の破滅を賭けた刃物を懐《ふところ》に入れる覚悟をおれは承知した。おまえは羊でも犬でもないということだ。おまえは兎《うさぎ》だ」

「兎?」

私はにいさんが口にした動物の名前をきいて、ちょっと萎《な》えた。羊よりもっと弱いじゃない。

「集団で牧羊犬にされて動くのではなく、牧場の土の中に穴を掘って、単独で生きるのだ。おまえは兎だが、臆病《おくびょう》ではない。安全な牧場の柵のなかにじっとしてはいない。いつでも牧場の外に抜け出そうとする勝手精神を持った兎だ。そして、一見おとなしく見えるが、いざとなれば火に飛び込む覚悟を持った兎だ。火のなかに飛び込むといっても、慈悲の行ないではない、相手の中心めがけて命の火に飛び込み、相手諸共《もろとも》焼き尽くすということだ」

「アウトローの兎？」

　私は表現をかえて言った。

「そのとおりだ」

「でも、牧場のなかの穴に住むの？」

「穴はどこにも一杯掘ればいいさ。牧場の外にも穴を掘れ」

「わかった。兎の姿のままじゃ犬にねらわれるから、時々長い耳を隠して、狐《きつね》やら豹《ひょう》やらに變装《へんそう》してやる」

「それがおまえの特技だ」

「そうね。私は兎だわ。以前はこのお屋敷のなかでおとなしく従順にしていただけの兎。そのままおとなになったら羊になっていたわ。それをにいさんが誘い出して、外の世界で数知れない体験を積んだ。今はもう豹にもなり得る兎だわ」

「そういう気概を持っているなら、おれの勝手妹と名乗ることを許してやる。勝手妹の本領を発揮して、勝手放題自在に動け」

「わかった」

　にいさんが許可するしないにかかわりなく、私はにいさんの妹だわ、と心のなかで言った。

「おまえは美しく綽《しな》やかで、多彩にかわり身ができる勝手独立の兎だ。誰にも飼いならされない。それがおまえの答えだ。今の強気を持続し、おまえの才能にもっと磨きをかけて、更に誇り高く美しくなれ。そのようにしておれの勝手妹として相応《ふさわ》しい値打ちを上げてゆけ。唯、おまえが誰かに打ち負けて、飼いならされていいとおもうようなことがあったなら、その時はおれは容赦《ようしゃ》しない。おまえの強気が誰かにくじかれて醜くなる前に、おれがおまえを滅ぼしてやる。美しい玉でいられないなら、砕け散るよりほかないことをおぼえておけ」

「まさか、それって戀愛《れんあい》禁止ということ？」

「おまえに相応しい男がいるなら、そしてその男とつきあうことによっておまえが更に美しくなるなら、戀をすればいい。戀をした結果、飼いならされて醜くなるなら、おまえは終わりだ」

「承知よ。醜くなってしまったらその時が私の最期《さいご》、いえ、醜くなる前、まだ美しいうちにとどめを刺してほしい」

　私はわかく美しい間に自分の滅びが来ることを確信した。同時に、それを強く望んだ。美と滅びは一対なのだ。美の矜持《きょうじ》を失った時に、肉体の醜悪化と精神の空虚化が相俟《あいま》って進行する前に私の息の根を止め、甘んはそれを保証してくれた。私はとても喜んだ。

眼の前にいるこのおんなと私の決定的な違いは、いかに今は似た容姿をしていても、この先、美しいままに潔《いさぎよ》く滅びるか、緩慢《かんまん》に醜く侵《おか》し蝕《むしば》まれながら時をおくるか、の違いだ。このおんなは今でこそ私に似た容姿を持っていても、それは表層だけだ。私は美の密度と強度を追求するが、このおんなは徒《いたずら》に時をおくり、美をだらりと延ばしていくばかりで、そのうち目が粗《あら》くなり、すりきれる。私が飼いならし、言うことをきかせれば、その美は幾らか維持できるだろう。相手してやるのもわるくない。

私はメイクをおとすより先に自分の部屋に戻り、身につけていたこのおんなの衣装を脱いだ。このおんなの衣装を着ていたのは、かの女になりすまし、寮に入るためだ。そうして、部屋を見てかの女の情報をつぶさに探り、ついでに着がえなどを持ってきてやるための手段にすぎない。私もだんだん気紛れになっているから、自分の服をこのおんなに着せたくないとおもうかもしれない。着なれている自分の服もあったほうがいいだろう。私はナコの服を着る気はない。スカートの丈にしろ色にしろ、穏当すぎるのだ。

私は着がえた後で洗面所に行き、顔を洗った。

メイクをおとし、素顔に戻った自分を鏡で見て、私は驚愕《きょうがく》した。

あれ、これ、まだナコの顔じゃない？

え、なんで、私の顔がまだナコとおなじなのよ。

メイクをおとしたから、さっきまでの顔とは違う。つまり、ナコそっくりの顔ではなくなったはずだ。そうであるのが当然なのに、メイクをおとしてさっきと違う顔になっても、その顔もナコの顔なのだ。

ナコは薄い化粧で、ベース以外はおとなしい口紅程度。そのほとんど素のナコの顔に、自分はメイクしてそっくりに仕立て上げた。今、メイクをおとして自分が素の顔になった時、それでもそれはナコの顔にほかならないのを知る。

違う顔がどうして――

初めナコの顔を見た時は、一見自分と似ている雰囲《ふんい》気《き》はあるが、それ以上には感じなかった。にいさんは似ていると言ったが、冗談《じょうだん》言わないで。にいさんは、このおんなは使えるかもしれない、メイクして本当に橘子《きっこ》そっくりに仕上げてみろ、と私に命じた。言うとおりにやってみたら、にいさんは完璧《かんぺき》にそっくりだと言い、これまで以上に絶賛してくれた。その時は私の技量を披露《ひろう》したつもりにすぎなかった。そっくりにする技術を駆使したのだから、当然そっくりになる。メイクをおとせば、違う顔になる。当たり前のことだ。

本当に似ているのはにいさんとワケのほうで、ワケの戀人《こいびと》だった紀理子《きりこ》もそれで騙《だま》すことができたのだ。私はメイクによらなければ、ナコに似ることはない。

そのようにおもっていたが、メイクをおとしてもナコの顔とかわらないではないか。当然私の素顔で、とりもなおさずメイク前の私の顔。何度言い方をかえようと私の顔にまちがいない。そして、それはメイクしてナコそっくりに仕立てたさっきまでの顔とは違う。だから、ナコの顔ではもうなくなっているはず。それなのにまだナコの顔に見えるというのは、ナコの顔自体が幾つもあるということなのか。似た顔がいろいろあるような顔？　美人だけど、ありふれているみたいな、そんな種類の顔だっただろうか、ナコの顔は。

通常の感覚であれば、メイクによってコピーした顔はメイクをおとしてしまえばコピーは当然きえるから、私の顔は元のとおりナコの顔とは違って認識されて然《しか》るべきなのだ。ところが、今、ナコの顔が自分にかぶさっている。自分の顔ではあるけれども、ナコの顔にもなっていて、完全に自分に戻れてはいない。私は不信に取り巻かれた。鏡への不信。視覚への不信。私のアイデンティティへの不信。

私自身の危機だ。どうして私がナコから作用を受けて、感覚が變質《へんしつ》させられてしまうのか。かんたんに飼いならせるとおもった相手、しかも本人はねむったままでなにもしていないというのに、どうしてこういうことになってしまうのか。

私に飼いならされるにちがいないはずの実質性の薄いナコ如《ごと》きにどうして自分の顔を奪われてしまうのだろう。縦令《たとい》かの女の顔がかぶさってきても、そんなものにおかされはしない強さが私にはあるはずなのに。きっと静かなねむりについて神の世界のものになってしまったかのようなナコの顔にコンプレックスができてしまっているのだ。第三者から見れば、私の顔とナコの顔が違っているのは明確なはずなのに、私自身がそのように見られなくなっているだけだ。逆にナコから見ても、今の私の顔はさっきの自分そっくりの顔と違っていると見るはずだ。本当にかんたんなことなのだ。顔が違う証明にナコの力を借りるのは癪《しゃく》だが、ともかくナコを目覚めさせ、現実世界に引き戻さなくては。おなじ現実世界ではナコと私の違いは明らかなははずだ。

私はナコのいる部屋に戻った。

部屋には相かわらずベッドの隅で上体を凭《もた》れかけさせながら、シーツを巻きつけただけの姿でナコがねむっている。まだかの女はねむっているのだ。

私はそれをながめながら、不愉快を禁じ得なかった。ねむりのなかで静止したかの女の顔はまだ神の世界のもののようだった。しかし、私がいるこの空間は神の世界ではない。神がつくったものだとしても、それを神は自分のもとにおかず、ここに放っている。遺物もおなじなのだ。そんなもののために気をつかうのはまったく馬鹿らしい。

私はベッドに寄った。かの女は私の気配《けはい》を全然感じとることなく、ずっとかわらずねむりこけている。

ナコ。やっぱりあなたはきれいね。平和な寝顔だわ。初期化されたみたいに、愁《うれ》えもおびえもリセットされている。窯《かま》から出したての磁器のような、生地《きじ》そのものの艶《つや》やかさと造形の美しさに時間も静まる。胸をおさえた両手も、今は緩《ゆる》んで、宙にうかびそうなくらい重さを感じさせない様だ。両の脚だけが折り曲げられ、纔《わず》かにおびえの強張《こわば》りの名残《なごり》が見える。

けれども、あなた自身ねむりに自分を沈み込ませて、なんと無防備でいることか。手はもうシーツをおさえていないし、裾《すそ》もはだけている。もうあなたは神の世界にいるわけではないのだ。

ナコ自身はねむるかぎりは神の世界の時間にいて、この顔のおかしがたさはかわらない。だから、私は早くナコを目覚めさせ、かの女をつつむ神の世界の時間を打ち破らなければならない。シーツにくるまれている状態は、神による作品を保護しているように感じられるから、その包装を解いて、神の世界から切り離した上で目覚めさせないといけない。神が放置されたものでも、扱いは慎重にすることが大事だ。

私はシーツの端《はじ》っこを持って、はらりと半身《はんみ》に開く。ナコは相かわらず静かにねむっている。顔もまだ平和だ。

私はとりあえず脚のほうのシーツをはだけさせられるかぎりゆっくり剥がしてゆき、そうして太腿《ふともも》の上部まではだけさせた。太腿といっても、細く華奢《きゃしゃ》だ。ナコはまだ静かにじっとしている。

上体のほうももっと緩めてみる。何度かやってみると、ぶかぶかになり、ブラにつつまれた胸や裸のおなかも見えてくる。

腰のところも少しづつ緩めていける。おしりに上体の重みがかかっているといっても、ナコのからだも軽く、シーツの生地がなめらかなので、比較的するするという感じでシーツを手繰《たぐ》ることができる。

ナコの神経はどうなっているのだろう。まだ目覚めないのはどういうことだろう。もうすぐあなたのからだを守るはずのシーツが引ん剥《む》かれようとしているのに。

ナコは肉体の危機に瀕《ひん》しようという瀬戸際にも、相かわらずに平穏な美しさを保っている。その美しさは一体、心が空洞で、くもりもなにもないからだろうか。唯、意識が戻ったら、その美しさもかげることになる。それともひょっとして、意識は飛んだ時に風船のようにパンとわれて、もう戻りようもないのか。流石にあの失神でそれは考えにくいけれども。

空白域のおかげで微妙に保たれている奇蹟的な静寂は私の侵入でとっくに壊れてしまっていいはずなのに、ナコは一向に動きなくねむりにおちたままだ。まさか魔法がかかっているわけではない。そうおもわせるしぶといまでの鈍さを持っているのがナコなのか。とことんまでやらないとこのおんなはまともに反応しないのだ。

私は終《つい》に、もうつぎの一引っ張りでシーツを完全に解くところまできた。そして、その一引っ張りをすると、おしりの下敷きになっていたシーツの一方の端っこが引き抜けた。あとは胸から順々にめくっていくだけだ。そのようにして、とうとう全部、からだの下からはずしていった。ナコの全身が眼の前に曝《さら》される。

私はナコの姿を見て失望した。勿論、服を脱がせる時、丸裸に引ん剥《む》くことはしなかったから、下着姿で現われて当然だった。いや、シャツを着せたのだから、その姿で現われてくればなんの問題もない。ところが、かの女はシャツを脱ぎ捨て、シーツを纏った。シーツにくるまり、静かなねむりに入るなかで、かの女に神の手がくわわり、清らかで静かな彫像につくりかえられたはずなのだ。だから、くるんだシーツを取り去ったら、一糸纏《まと》わぬ姿になって現われてこなければならなかった。ヴィーナスのように。女神ではないにしても、神の世界からこの世におりたった處女《おとめ》として、なにも身に纏っているべきではなかった。ナコの姿は、しかしそうではなかった。かの女は、神の楽園から追放されたイヴだ。もう無花果《いちじく》の葉も放棄し、人工物のパンティーを纏っている。

憐かに、このおんなは弱い人間の象徴みたいだ。弱い人間は総《すべ》てがおおいなく曝されることに耐えられない。神の園にいる時はおのれの身を恥ずかしいとおもうことはなかったイヴも、楽園から追放され、死すべき者に堕《お》ちた身では、せめて無花果の葉一枚でもないと自分を保ちえなかった。イブのかわりはてた姿のナコは、楽園にはなかった下着を装着している。もう神が造形したものとは言えない。

まだナコは起きないでいる。私はかの女の両足を持って、一気にベッドの上を滑らせる。そうしてナコのからだをシーツから完全に取り払うことにした。こんなことをされては、流石《さすが》にナコだって目を覚まさずにいない。同時に悲鳴があがる。

私は笑みを浮かべて、ナコを見下《みお》ろす。

「あ、あなた」

ナコはおびえと混乱の表情で、あおむけにねたまま私を見た。

そして、自分が裸も同然になっていると気づいて、顔を赤らめ、手で顔をおおった。弱々しい人間のありさまに、こんなおんなに神の世界を感じていたのかと、自己嫌悪すら感じる。ナコは俯《うつぶ》せにからだの向きをかえつつ、からだを丸めた。白いパンティーにつつまれたおしりを此方に向け、顔と胸を隠すように縮こまっている。

「あなた、誰?」

顔を埋《うず》めながらナコが小さな声できいた。

「紀理子さんじゃないわね」

私は答えずに黙っていた。

「贋《にせ》の清躬《きよみ》くんのまわしもの?」

贋の清躬くん――にいさんがそう呼ばれるのは何度きいても滑稽《こっけい》だ。あのにいさんが。

「ねえ、服をかえして」

下着姿で俯せのままねていたってしようがないのがわかったのだろう、ナコが不意にからだを起こし、正面に向きなおった。私を睨んでもう一度「私の服、かえして」と言う。私はなにも答えず、暫くかの女の様子を見守ったが、ナコも意地でじっと見かえしてくる。私に対峙《たいじ》する覚悟ができているようだ。

「だったら、これ着ればいいじゃない」

私はそう言って、キユクンのオックスフォードシャツを手にとり、ナコに向かって投げた。シャツはナコの膝にかかった。続いて、私はベッドに残ったシーツを取り払い、ナコと反対方向へ抛《ほう》った。ナコが再びそれを手にしないように。

ナコは、「は、」と声を漏らした。そして、顔を上げて私を見た後、シャツを胸に当て、ベッドの隅っこに躙《にじ》り寄っていった。

「裸が恥ずかしいなら、ちゃんとシャツを着たら？」

ナコはシャツを手で持っているが、胸の前にかかげるようにして、からだと少し間隔をあけている。まるでシャツが濡れているか汚れていて（勿論、そんなことはない）、からだに触れるのを避けているみたいだ。下着姿が恥ずかしいからシャツを前に当てているだろうに、中途半端に隠しているから、裸をちらりとのぞかせているように見えて、かえっておかしな格好だ。

「それ、男物のシャツだから、ちゃんと腰まで隠れるのよ。ちゃんと着たらどう？」

私がそう言うと、もっとシャツを密着させるかとおもっていたら、意外にもナコはそれを胸から抛り投げた。シャツはナコと私の距離のほぼまんなかにおちた。

「なにするの」

私はむっとして言った。

「私の服をかえしてと言ってるの。ちゃんと上着とスカートをかえしてよ」

「シャツを着ないんだったら、そのままの格好でいればいい」

私は突き放すように言った。

「どうして私を裸にするの？」

「裸じゃないでしょ、下着をつけてるじゃない」

「恥ずかしい格好にはかわりないわ。ちゃんと服をかえして」

「だから、シャツをわたしてあげてるじゃない。それもちゃんと男物のシャツで腰までおおえるものを」

私はそう言いながら、立って、ベッドの前におちたシャツを拾いに行った。私が近寄ったためか、ナコは一層丸めたからだをベッドの縁におしつけるようにした。恥ずかしいなら、シャツを投げなきゃいい。理解できない。

「なんで男物なのよ」

私が席に戻った時、ナコが言いかえしてきた。意外に強気な調子におどろく。

「それもなかなかおしゃれなスタイルよ」

ナコが好きだといい、私も素敵だとおもうオードリー・ヘプバーンは、言うまでもなくおしゃれのミューズとも言える女優だが、デビューしたての頃はプライベートで男物のようなオーバーサイズのオックスフォードシャツを愛用していたようだ。かの女は妖精のように中性的な魅力があるので、メンズシャツも似合い、ジャケットもスカートもなしでシャツ一枚の究極のシンプルなスタイルでおしゃれ感を出せる。わかさの自由に溢れ、とらわれがない自然さが、妖精のイメージを持つかの女の魅力をきわだたせている。オードリーとおなじにはならないが、ナコだってシャツをちゃんと着れば、その一枚でおしゃれな感じも出せるはずだ。

「嫌よ。そのシャツは嫌」

ナコは首を振り、嫌悪感《けんおかん》を表わすように言った。

「え、どうして？」

返答がないので少し間をおいて、私は続けた。

「それ、あなたが好きなキユクンのシャツだよ」

「キユくん⁉」

ナコは大声をあげた。そして、顔を上げおおきく眼を見開いて、真剣な表情で私を見た。キユクンの名前がここまでかの女に作用するとはおもっていなかった。

「どうしたのよ」

ナコから意外な圧力を感じて、私はそれをおしかえすように言った。気を失っている間に、ナコになんの力が宿ったのだろうか。

「キユくんて、あなた、誰のことを言ってるの？」

ナコが咎《とが》めるように尋ねた。

「誰って一人しかいないじゃない」

わざと焦《じ》らすように言う。

「その呼び名、誰からきいたの？」

ナコは質問をかえてきた。

「キユクン本人にきまってるじゃない」

「嘘《うそ》」

勿論、嘘だ。ナコには通じない嘘とわかっている。けれども、易々《やすやす》と本当のことは言えない。

「嘘じゃない。ちゃんとかれが教えてくれたわ。第一、自分の呼び名、本人以外が教えてくれるわけないじゃない」

「そんなこと絶対にない」

ナコは強く首を振って否定した。あまりに断言口調で言うので、私も言いかえした。

「どうして絶対にないときめつけられるの」

「きめつけてるんじゃない。絶対にないから、絶対にないと言ってるだけだわ」

ナコには珍しい自信を持った言いようだ。

「ナコって意外に強気なところがあるんだね」

「ナコ！」

ナコがまた仰天《ぎょうてん》したような声を出して、眼を剥《む》いた。

「あなた、まさかキユくんに――」

ナコは眉《まゆ》をキッと寄せて、険しい顔で此方《こちら》を睨んだ。

「それより早くキユクンのシャツを着なさいよ。それとも裸が好きなの？」

私は余裕を持って冷《さ》めた口調《くちょう》で言い、もとの話に戻した。

「そんなわけないわよね。恥ずかしいとおもってなきゃ、そんなにからだを縮こめることもないもの」

「一体どうして――」

「ボーイフレンドシャツを着るなんて素敵なことじゃないの」

そんなことまで言ってあげても、ナコはなにも言いかえさず、相かわらずきつい眼でこちらを睨んだままだ。

「そう、裸のままがいいんだ」

返事がないので、私は反応を見るために更にこう言った。

「じゃあ、このシャツは処分《しょぶん》しちゃおう。折角あなたお気に入りのキユクンのシャツを用意してあげたんだけど、裸のほうが好きだと言うならしかたがないわね。着ないものはもう意味ないから」

「処分て？」

ナコがききかえしてきた。

「捨てるのよ。別に私にはキユクンのものは用はないからね」

「待って」

ナコは手で止めるようなしぐさをしながら言った。

今更そんなことを言っても、もうおそいわ。

「待ってってなにを？　あなたにも要らないものなんでしょ？　もうゴミでしかないわ、ほれ」

私はあっさりそう言うと、早速キユクンのシャツを丸め、傍《そば》にあったくずかごに投げ入れた。

ナコが「あっ」と叫んだ。と、矢庭にベッドから跳《は》ね起きて、こっちにやってきた。目的地はくずかごとわかったので、私はおもしろ半分にナコの目前でくずかごを蹴飛ばし、ころころ転がした。

「なにするの」

ナコが下着姿のまま部屋の端まで転がるくずかごをおいかけてゆく様子を見て、私はわらいころげた。

「なんて格好だろう。その格好、動画に撮って、キユクンに見せてやったら、かれ、どういう反応をするだろう。久しぶりに見るかの女がパンティー一枚でかけまわってるなんて」

「かの女じゃないわ。お友達よ」

ナコはそう反論し、私のほうを振りかえってキッと見た。

「どっちだっていい。それより、本当に撮っていいの？」

私がそう言って実際にスマホを構えても、ナコは反応しなかった。どうして動じないのだろう。

私のからかいをよそごとのように、ナコは黙ってシャツを拾い、くずかごをちゃんと元に戻した。そして、シャツを持ってまたベッドの隅っこにかえっていった。きびきびしつつも行儀のよい動作で、下着姿で恥ずかしがって縮こまっている素振りはもう見えなかった。私と同型なのだから、スレンダーできれいな体型で、下着姿であったってからだの美しさが映《は》えている。もっと愛想《あいそ》のいい顔をすれば申し分ないが、無表情でもさっきまでのおびえの影は見えなくなって、きりっとして美しい顔になっている。私と似ているだろうか。

ナコはもうからだを丸めることはせず、私に正対するようにベッドに正座していた。そこで、キユクンのシャツを両手で持ち、自分の顔の前にかかげた。真剣に見つめるナコの眼が次第に潤《うる》みだすのが見えた。泣くな。私はおもわずそう叫びそうになった。その顔で泣くな。

ナコは眼を閉じた。その眼からなみだはながれおちなかった。じっと眼を閉じ、ゆっくりシャツを胸に引き寄せた。暫く沈黙が続いた。

「これ、本当にキユくんのなの？」

おもむろにナコが言葉を発した。

「キユクン以外誰のだって言うの？」

何度もかれのだと言ってるわ。

「どうやって手に入れたの？」

「キユクンがくれたにきまってるじゃない」

「嘘ばかり言わないで」

ピシッとナコが言った。性根《しょうね》は臆病なのに強気な調子におどろく。

「どうして嘘だと言うのよ」

「誰も知ってるはずがないことをあなたが口にしてるからよ」

「誰も知ってるはずがないことって？」

察しはついたが、私は敢《あ》えてきいた。

「あなたが口にしたことよ」

「口にしたことって、なによ」

「だから――」

「キユクンやナコの呼び方のことなら、かれが教えてくれたと言ったでしょ。このシャツもかれがくれた。なにも疑うことじゃないわ」

「疑うんじゃない。否定するのよ」

「否定？」

私はおもわずわらってしまった。

「それって、思考停止よ。信じたくないから、信じない。事実だって否定する」

「あなたの言うことは絶対事実ではないわ。清躬くんは秘密を守るひとよ。ほかのひとに明かしたりしない。それなのにあなたが口にしているということは、あなたがその秘密を盗んでいるからなのよ。盗んだものをまるで自分のもののように口にしている。それって虚偽にほかならない。清躬くんにかかわってあなたが話をしているのは、そういうベースの上に乗っているから、嘘だとわかる」

「そういう理屈。なるほどね。論理的ではないけれども、そういう見方はできるわね」

秘密を盗んでいるとナコが面と向かっている相手にストレートに言いきったことに、私は感心した。怯むところなく、気持ちがいい。

「でも、これ、キユくんのなのね」

シャツを眼の前にかかげ持って、あらためて確認するようにナコがきいた。今、私の言うことは嘘だと断定したのに、一部信じるかのようにきいてきたので、ちょっと面食らった。

「何度もそう言ってるのに、また言わせる気？　でも、私の言うこと、嘘ばかりなんじゃないの？」

「嘘ばかりだったら、嘘の反対をとれば本当のことがわかる。それは嘘ばかり言うことにおいて正直なの。あなたは違う」

「違う？　嘘ばかり言うことにおいてさえ正直じゃないと言うの？　どこまでも私を否定したいってこと？」

「そういう意味じゃないわ。もし失礼な言い方をしているとしたら、謝ります。御免なさい」

「謝ってもらわなくていいわ。それよりちゃんと説明してよ」

「あなたは私たちの秘密を盗んでいるのに、清躬くんがそれを教えたというのは絶対に嘘よ。それははっきりしている。けれども、本当か嘘か、それほどはっきりしていないこともある。全部嘘とは言いきれない。きっと本当と嘘とが混ざっている。あなたがこれをキユくんから貰《もら》ったというのは嘘のがわにある言葉。だったら、これがキユくんのだというのは本当のがわにありそう」

「そうとも言いきれないじゃない」

「わかってる。でも、もし、これが本当にキユくんのだったら、私、疑ったまま疎略に扱ったりして、後でわかった時後悔してもおそい。逆に、キユくんのと信じて、実は騙《だま》されていたということだってあり得るけれども、本当なのに疑うほうが自分を赦《ゆる》せない」

「冷静に頭働いてるわね」

「このシャツ、抛り投げたり打ち捨てたり充分に邪慳《じゃけん》にした。もしあなたの言うことがやっぱり嘘で、これがキユくんのでない別の男性の物だとしても、シャツに罪はないもの。私が受け容れなきゃ、あなたに捨てられる。なおさら私、ちゃんと着る物として扱うわ」

ナコは自分に言い聞かせるようにそう言い、シャツの袖《そで》に手を通した。前のボタンを留め、膝立《ひざだ》ちして、後方もふりかえりながら裾の長さを確かめた。充分な長さだ。

それを見て、私は先に持ってきたカバンをごそごそした。

「それ、なあに?」

ナコは私の手にしている物を指して尋ねた。

「これ?　見てわかるように、スカートよ」

私は答えた。

「なんのために持ってるの?」

「まあ、あなたがシャツだけじゃ淋しいとおもうかもしれないからね」

キユクンのシャツでも丈《たけ》は充分で服装としてなりたつのだけれども、ナコにとってはスカートがないとおちつかないだろうと、用意していたのだ。勿論、私のスカートで、ミニだ。ナコはこういうのは着なれないようだから、着させてみるのもいい。もっと自分の魅力を発散させるように。

「そのスカート、貸していただけるの?」

「キユクンのシャツだけで本当は充分だけど、下を穿かないというのはあなたにはふしだらに感じられるというなら、まあ、かわいそうだから、スカートもわたしてあげてもいいわ」

「ふしだらって、そこまではおもわないけれども、やっぱりシャツだけじゃ恥ずかしいから」

「まあ、あなたのために持ってきたんだから、好きにしな」

私はそう言って、スカートをナコに向かって投げた。

「ありがとう。あなたは優しいひとなのね」

「優しいと言われるのは、私、好きじゃない」

「え、どうして?」

「優しさは自分勝手だし、欺瞞的《ぎまんてき》だからさ」

「わからないわ」

「人間は本質的に優しい存在じゃないからよ。昼間には動物をかわいいとなでていた手が、夜には肉を味わうナイフとフォークをにぎってるの」

「皮肉な言い方するのね」

「本当のことを言ってるだけよ」

「でも、私は私の感じ方を大切にする。あなたに言う時の言葉には気をつけるけれど」

そう言って、ナコは私に向かってにこっと微笑《ほほえ》んだ。ところが、そう言った端《はな》から、

「なに、このスカート短すぎる」

私から受け取ったスカートを顔の前で広げて、ナコは文句を言った。これくらいの短さで文句を言うとは、ミニスカートを全然穿かないんだな。あのミニのワンピースはやっぱり貰い物だ。

「慥かにミニだけど、私のスカートの丈とおんなじよ。あなたにも似合うわ」

私は自分のスカートを指さしながら言った。

ナコは私と眼を合わせず、無言でベッドからおり、スカートに脚をとおした。

「え、なに、ひどい」

ナコはまた文句を言った。だが、この時は私も、あっとおもった。シャツの裾がスカートからはみだしそうになっている。スカートは慥かに短いが、キュクンのシャツもおおきいのだ。やっぱりメンズシャツで裾が足りているのだから、ミニスカートは余計だ。

「ミニじゃなく、普通の丈のスカートを頂戴よ」

「そのシャツで充分に裾の丈があって、おしりも隠れるんだから、装《よそお》いはそれで過不足ないのよ。丈の長いスカートだってそのシャツには合わないわ」

「もういいわ」

ナコはシャツの裾を内がわにおりかえし、長さを調節してスカートの中に入れた。そして、ベッドの縁《へり》に腰をかけた。

「わるくはないわね」

私は感想を言った。

ナコは私の言葉など耳に入っていないように、両方の手で暫く頭をかかえた。眼を瞑って考え込んでいる様子だ。混乱した頭を整理しているのかもしれない。考えたってなんの情報もないのだから、答えなど出るはずがない。普通なら情報を求めて質問攻めしてくるはずだが、どうしてこのおんなはなにもきこうとしないのだろう。

いや、これからきいてくるはずだ。かの女は私から答えを貰うしかない。それにいくら反撥《はんぱつ》しても、答え

をにぎっている私の支配から自由になれない。そのうち弱気が出てきて、なにもかも私の言うとおりになるだろう。

27　希望という蜘蛛の糸

「私とそっくりなのは生まれつき？」

ナコが顔を上げたとおもうと、唐突に私に尋ねた。

私は不意をつかれた。

「えっ？」

なにを言うかとおもったら。

「生まれつきでないとしたら、整形か特殊メイクってこと言いたい？　それは――」

私はまともに答えそうになって、ハッと引き戻した。

「じゃない。なに妙なこと言ってるのよ」

もうそっくりにメイクした顔と違っているはずだ。

「おかしなこと言わないでよ。私とそっくりって、自分を何様とおもってるわけ？　烏滸《おこ》がましいにも程がある」

そう言いながら、ナコを正面に見て、ハッとした。

その顔は、さっきまでの無闇な強がりの表情（一方で、からだは縮こまっていたのだが）がきえ、おちつきを取り戻して私を正視している。その顔が――目覚めて、物を言っているナコの顔が、とてもきれいで、その美しさは私の顔と共通するように見える。唯、ナコのようにそっくりと言われると、抑々《そもそも》においてそれは違う。違うからそっくりにメイクしたのであって、今はそのメイクをおとしているのだ。

「あなたの顔、私とそっくりだわ。あなたもわかってるでしょ？」

ナコは私の言葉に首を振りながら、念をおすように言った。

「いいえ、違う」

私は強く撥《は》ね返すように否定した。おもわぬことを言われて混乱しかけているが、この私がナコに影響を受けることはないのだ。メイクをおとして鏡を見た時から、どうもおかしい感覚になって、今もそれを引き摺《ず》っているだけだ。

けれども、なぜナコが今の私の顔に対してそっくりだと感じるのだろうか。どう考えたっておかしい。メイクをおとした顔はさっきと違う。ナコの見え方がおかしいのでは。

「ひょっとして、あなた、眼がわるい？」

眼がわるいので、ぼうっとしか見えていないのに印象できめつけて言っている。きっとそうなのだ。

「眼？　眼はわるくないわ。１・５くらいはあるわ」

ナコはあっさり答えた。視力は私よりいい。

「それくらいはっきり見えてるんだったら、おかしいわ。さっき、あなたは私の顔を見て、忽《たちま》ち気絶したでしょ。それはあまりに自分とそっくりの顔だったからでしょ？　それは正解なのよ。だって、完全にそっくりになるようメイクしてつくったのだから。そういう腕前は、私、自信がある。でも今、私はそのメイクをおとしているのよ。あなたとそっくりな顔のメイクをとっちゃったの。だから、そっくりなはずないでしょ？」

「やっぱりメイクなんだ」

ナコはぽつりと言った。

「なにきいてるの。今はメイクをおとしていると言ってるじゃない」

「どうして私そっくりにメイクしたの？　メイクをおとしてると言っても、まだそっくりなんだったら、なにもメイクする必要なんかないじゃない」

ナコはメイクにこだわった。さらに、それでも、そっくりとまだ言う。

「そっくり、そっくりと言わないで。あなたの顔と一緒にされたくないわ」

「でも、メイクしたんでしょ？」

「違う顔だから、メイクしてそっくりにしたのよ」

私は、「違う顔」というところを強調した。

「メイクおとしてもかわらないというのは、メイクした顔が仮面のように貼《は》りついてしまったわけ？」

「仮面だって？」

なんとおそろしいことを言うんだろう。仮面なんてあり得ない。

「私だって嫌《いや》よ。私の顔が仮面になってひとの顔にくっついてるなんて」

「当たり前よ。なんて想像をするんだろう。第一、この顔のどこが仮面なのよ」

私はむっとして言った。

「あなたの眼は狂ってるわ」

「どちらが狂ってるかわからないわ。いえ、あなたが嘘《うそ》をついてる可能性だってある」

ナコは怯《ひる》まず反論してきた。

「また私を嘘つき呼ばわりするのね」

「紀理子《きりこ》さんになりすまして私を車に乗せたのもあなたでしょ？」

責めるように強い調子でナコは言った。

「そうよ。それがどうしたの」

相手が責めようと私は堪《こた》えない。

「だったら、あなた、贋《にせ》の清躬《きよみ》くんと共謀してるのね？」

「贋の清躬くんね」

にいさんが贋者になり下がるその呼び名をきいていると、何度きいてもおかしくて、わらってしまいそうになる。

「あのひとは清躬くんになりすます。あなたは紀理子さんになりすまし、きっと私にもなりすまそうとしている」

「で？」

「私になりすましてなんの意味があるの？」

ナコが問い糺《ただ》すようにきいた。

「どういう意味がありそうか想像して御覧」

私ははぐらかす。

「清躬くんとの関係？」

「さあ」

「どうせ教えてくれる気ないんでしょ」

「だったら、あなたの質問、意味ないわね」

「私のかわりに清躬くんに会う気？」

「教えてくれる気ないでしょってわかってるのに、きくわけ？」

「独り言よ」

「じゃあ、独り言続けてみなさいよ」

質問によって自分の窓をたくさん開けてみればよい。そのうち一つくらいは、光を射《さ》してあげるわよ。

「私をおもちゃにしたいの？」

言葉の意味に反して平静な調子でナコがきいた。

「独り言ね？」

「あのね、ひとの独り言にいちいち言葉を挟まないで」

ナコはおちつかなくなったのかいきなり立ち上がった。

このおんなの運動能力は私を上まわるほど特殊なものではないはずだ。だから、私になんの緊張を強《し》いるものではない。

といって、ナコが私に飛びつくように膝《ひざ》をついて抱きついてきたのには、はっとしないわけにゆかなかった。

「清躬くんに会わせて。本当の清躬くんに会わせて」

ナコは私の胸に顔をおしつけ、泣きながら懇願した。

「こら、こんなところで泣くな。服がなみだで汚れるだろ」

ナコが嗚咽《おえつ》に伴ってからだを震わせるのが、私の胸とおなかを揺すった。その気になればナコの華奢《きゃしゃ》なからだなどかんたんに突き放すことができるが、私に伝え来るかの女の震動が妙なくらいエネルギーの波動と熱を持っていたので、そのエネルギー量を見積もるのに私は神経を集中させた。無闇にすると意外な反動を受けて、私も弾《はじ》きかえされるかもわからない。

「清躬くんを——清躬くんを——」

ナコは間歇《かんけつ》的に名をくりかえした。

泣き虫のおんなであることは承知していたが、単に表情の變化にすぎない涕泣《ていきゅう》ではなく、かの女の心に核反応が起こったように爆発的にエネルギーが上昇して、なみだに噴《ふ》き上げ、からだを震わせているのがわかった。身中の泣き虫がなみだを起こさせているのではなく、かの女自身が中心に核を持った星であり、今安定が壊れて、心が地割れし、なみだのマグマを噴出させているのだ。

ナコは断続的に、しかし全身で、私の胸とおなかを揺すり続けた。

一個のちっぽけな存在にすぎないひとを天体に等しく感じたのは初めての経験だった。生きている天体は縦令《たとい》規模は小さくても、その内部に秘めるエネルギーの総量は途方もない。爆発するエネルギーは侮《あなど》れないのだ。それを感じさせたナコに私は敬意を懐《いだ》くのに吝《やぶさ》かではない。

唯、いつまでもかの女の噴き上げるエネルギーの震動を自分のおなかで受けとめるのは流石《さすが》につらい。服をなみだまみれにされるのも堪《たま》らない。

「ナコ、」

私は呼びかけ、ナコの肩に手をおいた。ちょっと腰を動かすと、おなかに当てられたナコの頭が持ち上がった。

「ベッドに座って話をきくわ。だから、あなたも起き上がって」

私はナコから解放されて立ち上がったが、ナコは眼《め》許《もと》に手を当てながらそのままじっとしていた。あっとおもって、私はスカートのポケットからハンカチを出して、ナコにわたした。

ナコは軽くお辞儀をして、ハンカチを受け取った。

私はかの女の背中に手をまわして促したが、ナコは膝を立てることができないようだった。

「いいわ。ベッドを背凭《せもた》れにして話しましょう」

私はナコをベッドのところまで誘導した。ナコの隣に私は腰をおろした。

ナコの横顔を見た。これが私の横顔なのだろうか。鏡で意識して自分の横顔を見たことがない。写真でも横顔のクローズアップはあまり記憶にない。

　だが、これは泣き顔の横顔だ。時々ハンカチを離すが、泣き腫《は》らした眼は痛々しい。鼻の頭も赤くなっている。なみだの跡が幾筋かついている。

　こんな顔を私はしない。けれども、横顔もそっくりだとしたら、泣いた時の私の顔はこんな感じになるのだろうか。

　横顔でもナコはきれいで、それは私を安心させた。細い首の上に乗った横顔の輪郭。正面から見ると眼も鼻も整っているように見えていながら、横顔では意外にメリハリがないという顔もおおいが、ナコは鼻もくっきりしていて、眉《まゆ》や眼も横からでもぱっちりしているのがわかる。

　どうもナコの美しさが自分と同種におもえてならない。どうしてかわからないが、はっきり違う顔なのだとおもっても、私たちは非常に似た美しさがあるようにおもえるのだ。だが、自分の顔が別に存在するというのは自分のアイデンティティをおかされたような気分になる。ドッペルゲンガーにも等しく、そういうものに出会ってはいけないのだ。もともとそっくりとは見做《みな》していなかった。メイクすることによってそっくりにした顔だ。これまでにそっくりにした顔はほかに幾つもある。メイクをおとせば、当然私は自分の顔に戻り、かの女らと違う顔になる。ナコもおなじはずだ。その顔が、まだナコとおなじに見える。ナコは仮面と言ったが、私の顔が仮面になっているわけはない。とすれば、ナコの顔のほうが私を写しとっているというのか。そうなのだろうか。

　からだつきの相似は大して気にならない。ナコのからだのサイズはあらゆるところを測定済みで、ほぼ私と一緒なのはわかっている。実際にこうして横ならびに座って、なおさらおなじなのがわかる。肩の位置はおなじだし、腕の細さもかわらない。

「あなたの名前を教えて」

　横でナコの声がした。小さいが、もうなみだ声ではない。

　私は、名前を知りたいというナコの真意をおしはかった。ナコの表情をうかがうのに顔を向けると、ナコもこっちを向いて、こうつけくわえた。

「話をしよ、って言ってくれたでしょ?」

　笑顔はないが、優しい声だった。

「話をするのに、名前を知る必要はないわ」

　私は敢《あ》えて突き放して言った。

「でも、あなたは私の名前を知ってるじゃない。一緒に話をするんだったら、相手のことを呼び合える関係は必要だとおもうわ」

ナコはもう心をおちつけているようだった。

「関係って、言っとくけど、あなたと私は対等じゃないのよ」

私は言った。

「ここはどこなのとか、そういう情報はきけないのはわかってる。本当はききたいけど、教えてくれないでしょ。そういう関係で話をするというなら、私のほうからだって、なにも言いたくはない」

「私を犯人のように見ているんだったら、その犯人が名前を明かすとおもってるの？」

「あなたが友達だったら、私はあなたを犯人と告発しない」

「それは、友達になりたいってわけ？」

「友達になれるとうれしいわ。あなた、親切だし」

そう言いながら、ナコは微笑みを私に投げかけた。

私はぞくっとした。友達、親切——そういう言葉も私に鳥肌を立たせる。

「あんたって能天気で馬鹿ね。ハンカチを差し出されただけで親切なひとと定義できるわけ？」

「意地悪だけど、親切よ」

「九つ意地悪されて、一つだけ親切があっても、その親切があと全部の意地悪を帳消しにするっていうの？」

「帳消しにはしないけど、一つの親切でも行なう心があれば、そこに希望が芽吹くとおもう」

「希望って、馬鹿が縋《すが》る蜘蛛《くも》の糸にすぎないじゃない」

「縋ってはいないし、糸じゃない。希望は光だとおもう。方向を指し示してくれる。歩くのは自分の足だわ」

「希望が光って、結局きれいごとしか言えないのね、あなたは」

「あなたこそ意地悪なことしか言えないのね」

ナコの大様《おおよう》な言いようは天然なのだろうが、鈍《にぶ》さにも映って、少し苛々《いらいら》する。理屈は言えるくせに性格は魯鈍《ろどん》だ。

「意地悪を大目に見るような言い方、やめなさい。そんな軽いものじゃないわよ」

「偽悪を気取らないで」

「そういう言い方は腹が立つわ」

「御免なさい」

ナコは本当に申しわけないように頭を下げた。

「あなたね、怖くはないの？　私のこと、拉致《らち》した犯人とおもってるんでしょ？」

「怖いわ」

ナコは正直に答えた。

そうだ。ナコは怖がりで臆病《おくびょう》な性格なのだ。つい此間《こないだ》までパニックを起こして、泣き続けていたではないか。さっきだって、メイクした私の顔を見た途端に失神する程に意気地《いくじ》がないのだ。

「でも、一緒に話をしよ、って言ったじゃない。今もこうして私の隣にいてくれるじゃない。そういうひととおもったら、怖く感じはしない」

ということは結局私を見くびってるのか。友達なんて同等なように呼びかけるのもその証拠《しょうこ》だ。

「で、また友達になりたいとか言うの？」

「なれればいいとおもうわ」

「それも、希望、願望と言うのね。へん、そんな生温《なまぬる》い希望のスープに誰が口をつけるものですか。熱々《あつあつ》の欲望に煮え滾《たぎ》るスープを用意しなよ」

「欲望なんか焚《た》きつけたら火傷《やけど》するわ。傍《そば》に寄りあえるのは人肌の温《あたた》かさがあるからでしょ。友達ってそういうところからできるんじゃない？」

「ま、いいわ。希望でも友達でも、なんでも好きなこと言っていればいい」

これ以上言い合いをして、無駄な時間を過ごす気はなかった。私はぷいと横を向いた。

こいつ、ストックホルム症候群にかかるにしては時間が早すぎるぞ。根っからのお人好しなのか。その温《ぬく》もり感が傍にいて私をおちつかなくさせる。

「で、あなたの名前、教えて」

一呼吸おいて、ナコはまたさっきの要望をくりかえした。

「名前は教えない」

私は言った。

「じゃあ、勝手に呼び名をつける」

私は即座に「認めないわ」とかえしたが、お構いなしにナコが続けた。

「そうね、そっくりのクリで、クリさん、クリコさん」

「なによ、それ」

クリだって――。クリはいけない。紅麗緒《くりお》と名前がかぶる。私が負けてしまう。どうしたって問題だ。それにクリコって、紀理子の二番煎《せん》じみたいで不愉快だ。いつまで「そっくり」にこだわり続けるのだ。

「クリなんてやめてよ」

私は強く言った。

「あ、クリって、あ、」

ナコもなにか引っかかったようだった。

「ああ、そう、クリオちゃん」

ナコは非常に素敵なことをおもいだしたように、笑顔をかがやかせて叫んだ。

「あなた、きいてるの、紅麗緒っていう少女のこと？」

私はナコがどれだけ知っているか確認したいとおもった。

「えーと、ナルちゃんのおねえさんよね、とってもきれいだという」

「ナルがあなたに話したの？」

私は反射的に質問した。

「ナルちゃん、あなたも知ってるの？　自分で先に言っててなんだけど」

「キユクンまわりのことは知ってるわよ」

「そう。ナルちゃん、頭のいいかわいい子よね」

ナコが感心したように言う。そういう子だけに気をつけないといけない。

「で、紅麗緒のこともきいてるのね？」

「ええ。あ、でも、そのおねえさんの名前は、贋の清躬くんが話してくれたんだわ」

「にいさんが？」

私はおもわず叫んだ。

「にいさん？　にいさんて、あなた、贋の清躬くんの妹なの？」

しまった。とんだへまをして、食い付かれてしまった。

「にいさんと呼んでるだけよ、兄貴分として」

私は咄嗟《とっさ》に言葉を繕《つくろ》った。

「でも、親密なのね。おにいさんからかわいがってもらってるんでしょう」

ナコが私を見て、にこっとわらう。

「なに言うの」

さっきは泣いていたくせに、今度は私をからかうなんて忌々《いまいま》しい。

私は眉根を寄せてキッと睨もうとしたが、ナコは顔を逸《そ》らせて少し考え込む仕種《しぐさ》に移っていた。

「あの、一つ教えてほしいんだけど」

ナコがまた此方《こちら》に顔を向けて、きく。

「なに」

「贋の清躬くん――あ、あなたがにいさんと呼んでるひとって、本当の清躬くんと顔は似てるの？」

贋の清躬くんという呼び方を途中で訂正して、ナコがきいた。にいさんのことを「贋の」なんて言われると、こっちも引っかかりがある。尤も、そう呼ばれてもしかたがないところだけれども。

「そっくりなんてもんじゃないくらい、瓜《うり》二つよ」

私は正直に答えた。もっと正確に言うなら、「ほとんど分身みたいよ」と言いたいくらいだ。だけど、流石《さすが》にそれは言えない。にいさんがワケと呼ぶのは分身を意識しているとおもうけれども、分身という言葉をストレートに使ったら、激怒されるにきまってる。ナコにもそれを言うわけにはゆかない。

「あ、じゃあ、清躬くんの顔――」

ナコはひとり前を向いて、感慨に浸《ひた》るように途中で黙り込んだ。

「そうか、清躬くんは――」

間をおいて、またぽつりと独り言を言う。見ると、眼からなみだが溢《あふ》れて、頰を伝っていた。

「なんだよ、勝手に一人でめそめそするな。隣で放ったらかしになってる私の立場がないだろ」

暫《しばら》くしても一人で泣いているので、私は呆《あき》れて不平を言った。

「だって、私が清躬くんと信じたあの顔は、本当に清躬くんのものだったのよ。そこはまちがっていなかった。清躬くんは昔とかわっていなかった。おとなになって、一層素敵になっていた。ああ、でも、でも、……」

ナコはなみだ声で反論してきた。その気持ちはわかるけれども、もう嗚咽まみれは勘弁してほしい。

「だけど、今のキユクンは顔かわってるよ」

私は冷《さ》めた調子で言った。かえた張本人は私だけど。

「かわってるって？」

泣き声を途中で止めて、ナコがきいた。

「紀理子からきいてるでしょ？」

「きいてる？　あ」

ナコの顔色がかわった。

「でも、それ、なおりかけでしょ？　だって、そんな大きな傷じゃあ」

にいさんの顔見て、ナコは判断してるんだ。にいさんは申しわけ程度のガーゼしかつけなかったし。

なおりかけなんてとんでもない。治療はされているが、瘢痕《はんこん》はなかなかきえないだろう。ナコは現実を知らないのだ。現実を知れば、ナコだって希望は光だなどと安易に言えないことを悟るだろう。

「百聞は一見に如《し》かず。実際に会えばわかるさ」

「え、会えるの？　清躬くんに、会えるの？」

ナコの顔がかがやいた。希望の光が灯《とも》ったんだ。でも、それは自分で擦《す》った燐寸《マッチ》の火にすぎない。燐寸が尽きてしまったら、もう灯せはしない。

「会えないことはないさ」

私はわざと曖昧《あいまい》に言った。

「本当に？　御免なさい。私、あなたたちが明日清躬くんと会うのを妨害するため、私をこんなふうに……でも、そうじゃないなら、」

「ナコってさ、本当、お人好しだね。会えないことはないというのと、明日会えるのとはおなじ意味じゃないでしょ」

「それって――」

ナコの表情がくもった。

「心配いらないよ。ちゃんと会わせるから。だけど、いつ会わせるか、それはあなたの態度次第」

ナコが不安になってまためそめそしては堪らないから、私はわざと希望を持たせるような言い方をした。けれども、私がＯＫとおもっても、最終的にきめるのはにいさんだ。保証はできない。

「私の態度次第――」

ナコは自分自身を納得させるためか、少しうなづく仕種を見せた。

「言うまでもないことだけど、私の気に入らない態度をとったりしたら、かれと会えないかもよ」

私の言うとおりになさい。あなたは無力なのだから、私に飼いならされるしかない。

私の言葉で神妙になったとおもったナコが、稍《やや》あって、不意に「あ」と叫んだ。

「あなた、シマさん――」

えっ？と振り向く私に、ナコはハンカチを顔の前に広げた。私は気づいた。ハンカチにShimaneと刺繍《ししゅう》が入っているのだ。

私ははっとした。間があいたため、即座に否定する機会を失った。

「シマさんと呼んでいい？」

「駄目。なに勝手に名前の一部分だけで呼んでるのよ」

「名前の一部？」

ナコは怪訝《けげん》そうに言った。

「刺繍にはshimaとあるけど。s―h―i―m―a」

ハンカチを眼の前にやって、ローマ字を一字づつ読み上げたが、そのあとをナコは続けなかった。

「なに途中で止めてるの」

「途中で？」

意味がわからないようにくりかえす。

その様子を見て、「ちょっとハンカチ貸して」と言って、ナコの手からハンカチを奪い取った。

「あ、そうか」

ハンカチの名前の刺繍を見ると、最後のｎとｅがすりきれたようになっていた。もとから小さい文字の刺繍だ。あとの文字も見えにくくなっている。Shimaと読めただけでも、りっぱだ。

「どうかしたの？」

ナコが暢気そうにきく。

「もう、ハンカチはいいだろう」

ナコの返事にかかわらず、ハンカチをかえす気はなかった。またためそめそするかもしれないが、勝手にしたらいい。

「あなたのお名前、教えてよ」

またさっきとおなじことを言う。名前は教えない。一度言ったことを私はくりかえさない。

「じゃあ、シマさんと呼ぶわ、これから」

ナコが笑みを浮かべて言った。

「駄目って言ってるでしょ」

「いいえ。シマさんて、あなたの名前の一部だというのはわかったから、私はシマさんと呼ぶ」

「呼ばないで」

「だって、お名前の一部でまちがってないんだから、呼んでおかしなことはないわ」

「でも、シマって變《へん》でしょ。苗字《みょうじ》みたいじゃない」

「じゃあ、下のお名前？」

また不用意に情報を与えてしまった。抑々《そもそも》名前の刺繍が入ったハンカチをわたしてしまったことがミスだったのだけど。

「なんだろう？」

ナコはそう言って、「シマコさん？」ときく。私は勿論、返事をしない。

すると、「シマヨさん？」、「シマミさん？」、「シマカさん？」と、おもいついた名前をきいてくる。

私は相かわらず返事をしない。

「あ、正解があっても返事しないのね」

ナコが腕組みをして言った。

「返事をする必要がない。第一、どうしてあんたが私に要求するの。その態度おかしい。腕組みまでしちゃってさ」

私は文句を言った。

「さっきも言っただろ、あなたの態度次第できまるって。キユクンに会えなくなってもいいの？」

「絶対よくない」

「だったら、もう言うな」

「じゃあ、もう、シマさんでいく」

「駄目だと言ってるのに従わないこと自体、態度として失格よ」

「じゃあ、呼ばないわ。でも、私のなかではあなたはシマさんということになった。それだけでもわかったから、もういい」

そう言われると、私のほうがおちつかなくなった。この子の頭のなかでいつも「シマさん」とおもわれているのかとおもうと、中途半端に認識されること自体鬱陶しい。

「わかった。下の名前だけ教えるよ。私の名前は詩真音。もう、シマさんは駄目」

とうとう教えてしまった。あとでにいさんにおこられるだろうか。ネーム入りのハンカチをわたしたことが決定的失敗だった。

「かわいい響きだわ、しまねさんて。どういう字を書くの？」

「あなた勝手にまちがった想像をしそうだし、そんなの困るから言うわ。ポエムの詩に、真実の真に、音で、詩真音」

「詩《し》、真《ま》、音《ね》——詩真音さん」

ナコは一字一字おもいうかべるように私の名前を発音した。

「漢字も素敵ね。美しい字ばかり。あなたにお似合い」

「あなたにお似合いって、つまり自分にもお似合いってこと？」

私は嫌味《いやみ》を言った。この手のおんなは自分が綺麗だというのをストレートに言わないのだから。

「ううん、だって詩真音さんは三字とも綺麗な字が連なってるし、意味もつながってる。私と違う」

「なに言ってるの。名前の字の美しいというのが綺麗な顔とお似合いということで言ったんでしょ？　あなたも私とそっくりの顔をしているんだったら、自分で綺麗な顔と認めているわけでしょ？」

「そんなことおもってないわ」

「そっくりだったら、そういうことになるでしょうが」

そっくりと言いながら、ひとのことは綺麗と言って自分のことは卑下《ひげ》する。言っていることがおかしい。

「あなたのほうが綺麗だわ」

「なにをヨイショして、今更。そっくりというのに、綺麗さに差があるわけ？」

「顔のつくりはそっくりでも、綺麗さは違う。詩真音さんのほうがずっと綺麗よ」

「意味がわからない」

そっくりというのを撤回してから、ひとのことを綺麗と言いなさいよ。

「私、自分の顔、鏡で見てもどうともおもわないけれども、詩真音さん見てて、とても美人だとおもう。それはやっぱり綺麗さが違う」

「説明になってないよ」

私がそう言っても、ナコは微笑みをかえすばかりだった。

「名前を教えてくれてありがとう」

屈託ない笑顔をうかべたままで礼を言う。私は不服なのに。また、おどしてやろうかとおもっていたら、続けて、とんでもないことを質問してきた。

「で、もう一つ教えてくれる、あなたのにいさんというひとの名前は？」

私はおどろき呆れた。ついでという感じでなにをきくんだ、という気持ちだった。

「それは言えない。知りたければ、にいさんに直接きくんだな」

まさしく言えないのだ。にいさんの逆鱗《げきりん》に触れるかもしれない。

「また意地悪言うのね。『贋の清躬くん』と呼ぶのはもう嫌だわ」

「その気持ちはわからないでもないけれども、でも、駄目。本当言うと、私もにいさんの本当の名前を知らない」

「えっ？」

「本当のことよ」

にいさんが私の本当の兄であれば（――そう信じているけれども）、本名は知ってる。でも、にいさんは認めてくれないから、建前的にはそう言うしかない。

「あなたにも名前教えないの？」

無神経にナコが言う。

「教えない。何度も言わせないで」

「なんで？」

「なんでか知らないわ」

「おかしいじゃない、あなたがにいさんと呼ぶひとなんでしょ？」

「関係ない」

私は腹を立ててきつく言った。

私のおこりようにナコはとまどっている。気が弱いくせに私とにいさんの関係を突っ込んでくる忌々しさに我慢がならなくなってくる。

私はナコをキッと睨《にら》みつけた。それを察してかナコも此方《こちら》を振り向く。平手打ちを食らわせようと瞬間的に手が動いたが、ナコの顔が鏡に映った自分に見えて、動作が静止した。自分の顔を傷《いた》められない。ナコは一瞬眼をつむり、首を引っ込めた。そうした顔を見せられるだけで嫌だ。

「暫く黙ってて。いいわね。喋《しゃべ》ったら、打《ぶ》つから」

私の脅《おど》しにナコはシュンとしたように正面に向きなおってうなだれた。

28

幽体と生霊

「ねえ、清躬《きよみ》くんのことは、きいていい？」

　私にどやされておとなしくなったとおもったナコがまた話しかけてきた。

「おにいさんのことはもうきかないから」

　ナコが小声でつけくわえた。

「喋《しゃべ》ったら打《ぶ》つ、と言ったの、わすれたのか？」

　私はナコのほうを見て、拳《こぶし》を上げた。ナコは少し首を竦《すく》め、からだを引いたが、声を張って言った。

「打ってもいいわ。でも、清躬くんのことはききたいの。打たれても、答えてくれるまできくわ」

「だったら打ってやる」

　私はナコの手をとって、指でおもいきり竹篦《しっぺ》をした。顔を打って痛めつけるのは自分を打つようで抵抗をおぼえ、躊躇《ちゅうちょ》したのだ。

「痛い」

「竹篦で済んでよかったとおもえ。もっと痛い目にあわすぞ」

「打ってもいい。だけど、清躬くんのことは教えて」

「まだ言うのか」

「清躬くんのことはいいでしょ」

「そんなに痛い目にあいたいのか」

　私はめげずに言いかえすナコの態度が癪《しゃく》に障《さわ》って、かの女の胸倉《むなぐら》を掴《つか》むと、横に振っておしたおした。からだが軽く、振っただけでナコの上体はかんたんにくずれ、床に伸びた。私はかの女の脚を跨《また》ぎ、その細い腰の上に位置をかえて馬乗りになる。からだの上に乗っかかった私を少しは撥《は》ね退《の》けようとしたらよいのに、ナコは全然抵抗しない。

　私はナコの顔と向き合う。ナコの顔は私の鏡になる。おなじ顔でないのに、どうして私の顔をそこに映すのか。私はかの女の顔を手で塞《ふさ》ぐ。私の指がナコのなみだで濡れる。「うう」という呻《うな》り声が洩《も》れる。手の甲がナコの洟水《はなみず》で湿る。ナコの涎《よだれ》が手に付く。ナコの顔が私の手の下でくずれているのがわかる。やめろ。私の顔をくずれさせるな。私は馬乗りになりながら、自分の乗っているのがまさしく自分のかたわれで、自分の心もそちらに移動してゆきそうな気分になって不快さに襲われた。

　私は立ち上がり、ティッシュボックスを取りに行った。私が離れたのに、ナコはたおれたままだ。私はまず自分の手をティッシュで拭《ふ》いた後、戻ってナコの上にからだを曲げ、数枚のティッシュを引き抜いてかの女の顔におしつけた。

「涙をかめ。なみだは持ってるハンカチで拭くんだ」

「ありがとう」

ナコは顔がぐちゃぐちゃに濡れているのに律儀《りちぎ》にお礼を言った。そして、ティッシュを鼻に当て、音を立てずにそのあたりを拭《ぬぐ》った。ナコは涙を拭った後、眼をおおうハンカチの上に両手を持ってゆき、その状態で静止した。

私は再びからだを起こして、ナコの全身を見おろした。顔だけ手が当てられているが、全体に足先まで一本の細い丸太のようにまっすぐ床に伸びきっている。ミニスカートから伸びた脚は随分細くてまっすぐなので、本当に棒のようだ。無防備なあおむけの姿勢で、なされるがままになるような体《てい》だ。あまりに無抵抗な体勢でかえって戦意を喪失する。

私は気疲れして、今度は自分がベッドに横たわった。ナコとは違う。大の字に脚を広げて、伸び伸びと横たわる。

私はベッドの上で手足を広げている。ナコは床にじかに棒のように伸びている。私はナコの顔を想像しないようにする。

私はふと、自分が幽体離脱して、ベッドの上の私のからだと、床にねているナコのからだの両方を俯瞰《ふかん》して一目でとらえている自分を想像する。私は生気溌溂《はつらつ》で顔もかがやいている。天井《てんじょう》近くで見ている自分からはより近いので、ベッド上の私は明るく、美しい。ねているけれども、全身にエネルギーが漲《みなぎ》っており、今にも長い手足が動いておどりだしそうだ。それに対して、一段低いところにいるナコは自分から遠く、暗い。からだも一本の棒のようにまっすぐで、地べたに転がっているだけだ。まるで抜け殻だ。

抜け殻？　幽体離脱だったら、抜けているのは私のからだであるはずで……でも、ナコのからだのほうが抜け殻っぽい。じゃあ、天井から見ているのは、ナコの幽体離脱した霊か。えっ、でも私も見ている。――どうして私が、そのナコの霊と一体となって、私とかの女の二つのからだを天井から見ているのだ？　やめて。どうしてナコの霊が私と重なるのよ。

變《へん》な想像をしたのがわるかった。

逆に、ナコこそ身も心も脆弱《ぜいじゃく》で、魂がかんたんに遊離しそうだ。実際今も、幽体離脱して、天井にいるのではないか。

私はハッとし、天井に目を凝《こ》らした。

人の姿は現われていない。電灯の光を受け、私の眼の前に幾重《いくえ》か光の輪ができているが、そこにも人の姿は映ってはいない。待って。幽体離脱した魂が人の姿で見えるわけはない。そういうのは漫画やイメージ映像ではあっても、理屈的にはあり得ない。だとしたら、ナコの幽体離脱した魂がいま天井にとどまって、私を見おろしているということは考えられる。見えないのだから、確かめようがない。だけれども、そうなっているのではないかと疑うほど、ナコは抜け殻のように静かで、動きがない。

まあ、幽体離脱した魂が天井から見ているにしたって、それがナコのものであるなら、所詮どうということはない。見ているだけで、なにもできないだろう。宿主のからだが頼りないので、ふわりと抜け出たにすぎないのだ。

私はもう天井にいない。もう私とナコのからだを俯瞰してとらえていない。

天井を意識して見ようとしたのだから、当然だ。でも、さっきまで天井から見ていた。戻ったのか。それとも、まだ天井にも……

なんかまた天井に戻って、自分のからだを見おろしそうだ。

私自身ベッドの上にいて、重力を感じる自分がいるのだが、自分の姿も見える。

天井を見る私と、天井から見おろす私が同時に存在？　だとしたら――私が分離している……そんなことは絶対にない。私はここにいる。天井にいるのは違う。

第一、幽体離脱って、私のこのからだは幽体なんかではない。ナコとは違うんだ。

幽体離脱しているのがナコだとしても、どうしてそれが私の意識と重なり、自分の映像が見えるのだろう。まるで天井にいるナコの魂が鏡になって、私の像を映しかえすのが自分に見えている、みたいな感じにもとらわれる。

私はナコを起こし、天井にいるナコの魂をからだに戻してやろうとおもった。そうやって戻れば、もう私は天井から見られない。

あれ、なに。

私はからだを起こそうとした。でも、起き上がれない。

金縛《かなしば》り。

嘘。どうして私が金縛りなんかに。

寝起きではなく、起きている最中に金縛りなんてかかるものかしら。

金縛りなんかであるはずがない。もしかりに金縛りだとしても、そんなものに負けはしない。私はかならずその縛りを解いてみせる。

私は一度からだをリラックスさせてから、一気の力を出して、からだを起こそうとした。からだに力が籠《こ》もった感覚はあったが、纔《わず》かに揺すぶることができただけだった。からだは縛りつけられたままだった。かなわない。——私は無力。

私はふと泣きそうになった。

泣く？　私が？

馬鹿。——私は私に対して、馬鹿という言葉をなげないわけにゆかなかった。泣くなんて、私のすることじゃない。それじゃあ、ナコとおんなじになる。私がナコのまねをして、どうなる。

まさか、私はナコに同化している？　まねる意識もないのにおなじようなことをしだすというのは。——あり得ない。絶対あり得ない。

私はそこでにいさんに教えてもらったことをおもいだした。

脳には、ミラーニューロンと呼ばれる神経細胞があり、それはほかの個体の行動を見て、まるで自身がおなじ行動をとっているかのような反応をするのだそうだ。まるで「鏡」のように。自分の脳のなかでミラーニューロンが働き、相手の動作を自動的にまねする。赤ん坊も、母親の表情筋の動きをミラーニューロンの働きによって模倣する。それによって表情を発達させながら、感情もおぼえていくのだという。

このミラーニューロンが非常に活性化すると、幽体離脱が起きる——そういう幻覚が起こる。

だから、おまえは幽体離脱するよ——にいさんは冗談めかしてそう言った。

（どうして？）——唐突に言われて、私はききかえした。

おまえは人に似せる才能があるだろう。実際、何人にも化《ば》けてきた。

（化けるって）

みごとな化け方だ。顔のおもてをそっくりにする腕があるだけでなく、内面の思考特性や感情、身のこなしまで、写しとり、再現する。勿論、意識的にその技術を駆使し、化けるのだ。

（化けるって、意地悪な言い方。いくらにいさんでも、私を妖怪のように言うなんて、ひどい）

人間はみんな妖怪さ。ミラーニューロンこそ妖怪細胞だからな。ミラーニューロンの働きで誰でもまねはするが、おまえのように化ける技術は持っていないから、化けようたって化けられない。それだけだ。おまえは化け方が堂に入っている美しい妖怪だ。

(「美しい」だけ戴《いただ》いておくわ)

ほら、「美しい」に反応して、美しい顔になった。

(嫌あね。もとからよ)

綺麗なおんなは鏡に自分を映し、その反映でおのが美を増幅させる。それがおまえのミラーニューロンの働きを更に強めているのだ。

(結局、ミラーニューロンなのね)

おまえは化ける技術において非常に優秀でも、まずおまえのミラーニューロンの働きが人にまさって勝《すぐ》れているから、その技術が生きるのだ。おまえは相手を観察してその所作風貌《しょさふうぼう》を盗む瞬間だけでなく、時間をおいた後でもそれをそのまま再現できる。

(ミラーニューロンはわかったわ。でも、幽体離脱なんて幻覚でしょ)

おまえはここにいる。ここにいるおまえを見ているおまえがいる。おまえにはその感覚がわかるはずだ。それを敢《あ》えて幻覚と呼ぶ必要はない。

(そういうのは自分でも意識することがある)

人に化けているおまえがいる。そのおまえをおまえ自身別の眼で見ていないだろうか。おまえは鏡に自分を映してメイクする。そこで鏡に映るおまえと、鏡を見るおまえ。鏡を見るおまえは、鏡に映るおまえからも見られているのではないか。

(鏡の像にも魂があるっていうこと?)

おまえの魂は鏡に移っているだけでなく、おまえのまわりの全方位に鏤《ちりば》められている。鏡はおまえの魂の発散を誘導し、また鏡面においてそれを収束する。そして、おまえ自身のうちにあるものと響きあう。おまえは見るというエネルギーを鏡に投げかけるが、そのエネルギーを受け取って、鏡もおまえに作用する。

(その鏡、ひょっとして、物としての鏡だけじゃないということ?)

よくわかっているじゃないか。それにおまえは、幾つもの顔に化け、幾つも鏡像を拵《こしら》えている。鏡像は増殖する。それを映す鏡はそこかしこに出来る。

(にいさんの言う幽体離脱の意味がわかってきたわ)

幽体離脱は誰にも起こり得ることだが、死との境界線でしか経験しない人間がおおい。おまえにだってかんたんに起こることではないが、そのうち確実に起こるだろう。

……

いま感じていることがにいさんが予言したことそのものかどうか。

だけど、ナコの幽体と重なりあっているようなのがひっかかる。

ナコはどうなんだ。ナコこそ幽体離脱しやすい体質だとしたら——にいさんが私について言うことがナコにも当てはまるのかしら。でも、ナコは化けるおんなじゃない。

突然、眼の前で影がちらついた。

えっ、とおもうと、顔が——私の、いや、ナコの顔。天井に幽体の？　違う。もっと近い。私の顔の上、間近だ。

私は脅威を感じて体を振ってその顔から遠ざかった。そして、肘《ひじ》を後ろにつき、胸から上を持ち上げて相手の顔を見た。

「きゃっ。御免なさい」

私の反応に相手もびくっとしたようだった。でも、「きゃっ」と言うべきは私のほうだわ。

「おどかさないで」

私は一喝《いっかつ》した。

「おどかすなんて、そんな。でも、びっくりさせて御免なさい」

ちょっと頭を下げて申しわけなさそうにナコが謝る。ナコは膝立《ひざだ》ちだった。私も上体を起こして、ナコに向かい合う。私が起き上がるのにおされたように、ナコは膝を屈しておしりを足につけた。ナコの顔の位置が下がって、此方《こちら》から見おろす格好だ。（あ、金縛りが解けている。なんだったのだろう、あれは。）

ナコを見ると、もう泣き止《や》んで普通の顔に戻っている。どれだけ時間が過ぎたのか。幽体離脱なんて變な想像をして無駄に時を過ごしてしまったようだ。

「いつから？」

「いつからって？」

「いつ泣き止んで、いつから私を見てたの？」

私の詰問口調《くちょう》のきびしい様にナコは少しおびえた表情で一瞬からだを引いたが、すぐ普通に戻った。

「時間を計っているわけじゃないからよくわからないけれども、」

一旦言葉を区切り、間をおいてから、ナコは続けた。

「一、二分くらいかしら、詩真音さんの様子が気になって。私が起きて傍《そば》で見ている気配《けはい》を全然感じておられないようだったので、つい手をかざしてしまって」

「ナコは——ナコはずっと起きてたの？」

　私は更にきいた。

「起きてたって？」

「意識をちゃんと保ってたのか、ということ。さっき私がおしたおした時泣いてたでしょ？　その時自分の意識を飛ばさなかったのかときいてんの」

　畳《たた》みかけるような調子になったが、今度は気おくれした様子もなくナコは答えた。

「泣いてたけど、普通よ。清躬くんのことききいれてほしいとおもって泣いたけど、でもいつまでも泣いていられないから、あとは清躬くんのことにおもいを馳《は》せて」

「キユクンばっかりだな。そのキユクンにおもいを馳せてるうちに意識が飛んだんだ」

「えっ？」

　私の言葉にナコはびっくりした眼をした。

「あなたが、幽体になって天井にいるのを見た」

「嘘」

「嘘なもんか。私は見た」

　嘘なのだが、私は敢《あ》えて言い張った。

「幽体って、幽霊のこと？」

「幽霊じゃない。生きてるナコの魂が、勝手にからだを抜け出て天井に上がったんだ」

「それは私じゃない」

　ナコがきっぱりと否定した。

「あれはナコよ」

「私はちゃんと自分自身の意識を持ってたわ。魂が抜けてなんかいない」

「幽体離脱したナコを私は見た」

「私が見えたって、私の顔が？」

「そうよ」

「あ、」

　ナコは急に口許《くちもと》を綻《ほころ》ばせた。

「それ、詩真音さん自身じゃない？」

「馬鹿。どうして私が」

「だって、私の顔だったら、それは詩真音さんの顔じゃない」

「えっ？」

　あまりにはっきりナコが断言したので、私は言葉に詰まった。

「意識がはっきりしてなかったのは詩真音さんのほうだとおもうわ」

「なにを言う」

「だって、私が起き上がった気配も感じておられなかったし、いま手をかざして漸《ようや》く気がついた――」

「おこらせたいの？」

私は腹が立って、からだが前のめりになった。

「御免なさい、そういうつもりは毛頭ないの。でも、詩真音さんが私だとおもってるのは違う、絶対」

ナコは平静に受け答えをした。おこっても、打《ぶ》っても、おびえはするが、堪《こた》えない。そうして、言うことは言う。一人かっかして馬鹿を見るのはもういい。

私が惑わされているのは、もうメイクをおとして違う顔になっているのは明らかなのに、ナコは自分の顔とおなじだというからだ。どうしてそんなことを平気なふうに言うのか。ナコだって、一等最初、そっくりにメイクされた顔を見て忽《たちま》ち失神したではないか。とんでもない衝撃だったからだろう。しかし、今は違うだろう。それなのにまだそんなことを言うのは、私をからかおうということなのか。

それなら、もうはっきりさせよう。

私はベッドを飛びおりた。そして、鏡台のところに行き、一度おろしたカバーを引き上げた。

「ナコ、こっち来て」

鏡台の前に腰をおろした私はナコを手招きして呼び寄せた。そして私の横に座らせた。


二人ならんで鏡に映っているのを見て、「しまった」とおもった。ヘアスタイルがおなじなので、自分の眼でも一見そっくりに見えたのだ。違いを明確にしようとしているのに、初めに相似のヘアスタイルで印象形成してしまったのはまずい。だったら、なおさら明らかに違うところを指し示さなければならない。

私は鏡に向けて目を凝《こ》らした。

あっ、とおもった。

鏡に映る二つの顔がまるで違っている。ヘアスタイルはおなじだけれど……

ナコは眼を少し細めて、口もちょっぴり開いて笑《え》みをうかべている。その平和そのものの顔は、キッと睨《にら》むような目つきをして、口をかたく結んでいる隣の顔とまったく対照的だ。これでは、顔のパーツの相違性を判じるのが難しい。どうして私の隣にいて、そんな安らいだような顔になれるのか。

私は横にいるナコの顔に直接まなざしを向けた。

さっきも確認したナコの横顔。私が間近で見ているのに表情がかわらない。と、私のほうへ小首をかしげてきた。

「あなた、自分の顔見て、とろんとなってるの？」

私はナコの不可解な様子にわざと嫌味《いやみ》な言葉をなげ

た。

「えっ？」

ナコは私の言葉にびっくりしたように此方を向いたが、すぐ微笑《ほほえ》んで答えた。

「小学校時代のこと、おもいだしてたの」

「小学校時代？」

「清躬くんも一緒だった」

またキユクンの話か。

「私が隣にいてもキユクンのことばっかりおもってるんだな」

「え、だって……」

ナコがちょっとはにかむように言いさしたので、私は追及した。

「御近所にとっても綺麗なおねえさんがいらっしゃって――」

「おねえさん？」

「本当に綺麗なおねえさん。奇蹟みたいな」

「奇蹟みたいな――」

そのような喩《たと》え方は紅麗緒《くりお》みたいだ。

「おねえさんの名前はなんと言うの？」

私は知っているが、ナコから直接情報をききだしたいとおもった。


「小鳥井和華子さん」

「小鳥井和華子さんか」

「お名前を言うだけで、和華子さんの綺麗なお顔が眼の前にうかびあがるわ」

また、ナコの顔が恍惚となる。

「で、そのとても綺麗なおねえさんが近所に住んでいたというのはわかったけれども、それがどうしたの？」

私は話を前に進めるよう促した。

「和華子さんはいつでもいらっしゃいと私たち二人をおうちによんでくださっていたの。それでいつものように遊びに行ってた或《あ》る時、和華子さんが部屋にあった鏡台のおおいを上げられて、この前に二人ならんで座ってみて、と言われたことがあったの。で、清躬くんと二人でならんで座って、鏡に自分たちを映したんだけど、いま鏡に映っている私もスカート短くて膝《ひざ》出てるでしょ、小学校の頃はいつも短いスカートだったから、その時のことをおもいだして」

「じゃあ、私が隣に座っていたキユクンという感じ？」

「そうね、清躬くんも半ズボンで膝出てたし」

私がキユクンか。でも、膝が出ているというだけで私のミニスカートを子供の半ズボンと一緒にされるのもどうかとおもう。

「二人が鏡台の前に座ったのはわかるけれども、おねえさんはどうしてたの？」

「私たちと少し離れて、傍で見ておられるだけだった。それで、私ふりかえって、おねえさんも一緒に入ってと言ったの。一番綺麗なおねえさんこそ鏡に映っていないとおかしいでしょ。でも、おねえさんは入られなかった。二人だけがいいのよ、って」

「なに、それ。あなたたちの熱々ぶりに遠慮されたんじゃないの？　もう小学生の時からお熱い仲だったわけ？」

「違うわよ」

ナコは顔を赤らめるでもなく即座に否定した。

「私たちなかよしだけど、おねえさんといる時はおねえさんもとっても大事だったもん。で、おねえさんはそう言ったけど、どうして二人だけがいいの、おねえさんが入ったほうがもっといいはず、ってきいたわ。そうしたら、おねえさんはわらって、鏡をよく見たらわかるでしょ、って」

「わかったの、それで？」

「私は、はてな？って感じだったけど、キユくんがね、不思議なことを言った」

「不思議なこと？」

子供時代のキユクンの登場だ。

「――ぼくの顔は鏡でないと自分では見えない。だから鏡でこうして見ているんだけど、でも、その顔は本当にぼくの顔かはわからない。鏡が勝手につくっていて、ほかの人が見ているぼくの顔とは違うかもしれない。けれども、横にナコちゃんが一緒に見える。鏡に映るナコちゃんの顔は、ぼくがいつも見て知っているナコちゃんの顔だ。すると、ぼくの顔もナコちゃんがいつも見て知っている顔なんだとわかる。一人で鏡を見てもわからないけど、こうして鏡の中でナコちゃんが一緒にいてくれるから、それがわかる」

「わざわざ言うまでもないことを言ってるような感じもするけど。キユクンて子供のくせに小難《こむつか》しいことを喋《しゃべ》る子だったのね」

「キユくんの話はまだあるわ」

「あ、そう。じゃ、続きを御拝聴しましょ」

「――鏡はもう一つのことも教えてくれる。ぼくが見るナコちゃんはぼくの外にいる。ぼくの外にいるから、ぼくと別々だ。鏡に映すと、ぼくだって実はぼくの外にいる。鏡を一人で見たら、それはぼくを離れて一人ぼっちだ。でも、今ここで二人で映っているのを見ると、ぼくは一人外にいるんじゃなくて、ナコちゃんと一緒にいる。ああ、ナコちゃんと二人で世界が出来上がっているんだ。そんな気がする。本当の世界はずっと広く果てしないけれども、広い世界も今のぼくたち二人から始まってる。二人だけの世界でも、なんて豊かなんだろう。二人だけの世界がこんなにきれいだから、本当の世界もきっと美しいんだとわかるくらいだよ。なんてとっても大切な世界を今ここで見ているんだろう。ぼくはそう感じてる。ナコちゃんもそう感じない？」

今の言葉は本当に小学生のキユクンが喋ったのだろうか。また、何年も経っているのに、その子供時代の言葉をすらすらと再現できるものだろうか。けれども、適当に創作して言っているにしては、淀みなく言葉が綴《つづ》られる。疑いを差し挟むのは野暮だ。本当にキユクンの言葉かどうかは関係なく、なにか不思議な力がナコにかたらせている。

「それでナコはどう返事したの？」

「私、びっくりしちゃって。普段あまり喋らなくて、特におねえさんの前では無口になりがちだったキユくんがこんなにお話をして——それも不思議なお話で。唯、キユくんの言葉をきいて、鏡を見つめると、本当に二人で世界が出来上がっているような気がして、その世界が本当に美しい、ああ、本当に大切な世界だわって——」

ナコはそうかたって、幸せそうな表情をうかべた。私でさえ羨《うらや》ましくなるようないい表情だ。

私はふと気になって、隣を向いた。私が見たのは、鏡のなかのナコの顔だ。実際のナコもそんな素敵な表情をしているのだろうかとおもったのだ。鏡が私を騙していることはないだろうか。

いや、隣のナコも素敵な表情なのがわかる。眼がかがやいている。

だが、私が隣で凝視しているにもかかわらず、ナコは私のほうを向かない。正面を向いて、鏡をじっと見ている。

ナコはなにを見ているのだろう。鏡を見て、そこにキユクンと二人で映った過去の像を投影しているのだろうか。

では、私は鏡のなかでもかの女の視界からきえているのだろうか。私が消されているというのはちっともおもしろくない。

こいつ、ひょっとして、今、幽体離脱しているのではないか。不意にそう感じて、私はナコの肩に手をかけようとした。しかしその瞬間、咄嗟《とっさ》に手を引っ込めた。幽体になっているかもしれないナコのからだに触って變《へん》なことが起きては堪《たま》らないとおもったからだ。

と、急にナコが右手を胸にやって、シャツをにぎった。手はぶるぶる震えている。私もはっとして、鏡のナコを見た。ナコの眼から大粒のなみだが零《こぼ》れている。

「ナコ、どうした？」

私はおもわず声をかけた。

「キユくん――キユくん――」

喘《あえ》ぐようにナコは幼馴染《おさななじみ》の名を呼んだ。

私はドキッとした。ナコは眼を瞑《つむ》り、恍惚な顔になって、軽く顔を持ち上げた。手は強くシャツをにぎったまま、かすかに震えている。

キユクンのゴーストがナコにとりついたのではないか。

もうやめてよ。

なによ、幽体離脱にゴーストまで、變な連想をさせないで。

私は眼を凝らし、鏡のなかになにか見えないかしっかり見ようとした。勿論、なにも見えはしない。おそるおそる首を横に向ける。少し怖《お》じ気《け》づいている自分を感じる。


直接見ても、見えるはずがない。第一、かれは生きているのだ。生き霊というのもあるが、キユクン自身念の強さをまるで感じないような人間なのだから、全然結びつかない。まさか、キユクンが幽体離脱？　ああ、わるい冗談。幽体離脱とかミラーニューロンとか、にいさんがとんでもないことを吹き込むから、變なことばかり考えてしまう。ナコはキユクンを呼び寄せたいと必死なんだろうけど、非現実の世界がここに現われるわけはない。意識だけあちらがわの世界に行ってるんだ。ナコを本当に正気に戻さないといけない。

「キユくん――キユくん――」

再びナコが名をくりかえして呼んだ。私は動きを封じられた。

反対にナコは右手をシャツから離し、ゆっくり下げた。かとおもうと、今度は両手を持ち上げ、交叉《こうさ》させて自分の胸を抱き締めだした。からだはおもむろに前に傾斜してゆく。

キユクンに抱き締められている気持ちなのだろうか。いや、前にからだが傾斜するのは、ナコがキユクンを抱き締めようとしているのだろう。キユクンはどこにもいない。ナコのおもいだけだ。

「御免なさい」

隣から声が洩《も》れた。そして、ナコの上体が再び起き上がった。

「どうしたっていうのよ」

ナコが一人勝手にトリップして、それに振りまわされているみたいに感じた私は不平口調《くちょう》で言った。

「御免なさい」

「御免なさい、じゃないわよ」

「御免なさい」

「いいかげんにしなさいよ」

私は腹が立って、叱りつけるように言った。

「私、鏡見て、あ、キユくんのシャツ着てるとおもって、キユくんに包まれてる、そんな感じが――」

「キユクンなんてどこにもいないよ。シャツだけでしょ」

「ええ。キユくんはいないの。でも、キユくんのシャツ――キユくんと一緒だったシャツにはキユくんがいる」

「そのシャツにキユクンがいるって?」

またわけのわからないことを言い出した。

「初めは、これはキユくんのシャツだというのからキユくんに想いを寄せていたのだけど、いま鏡の前に座って、小学校時代のことが蘇って、そうするうちにキユくんが本当にやってきたの」

「やってきた?」

それじゃあ本当にゴーストじゃないか。

「やってきて、このシャツと一緒になったの」

「シャツと一緒になる?」

「ええ、だから、シャツにキユくんがいるの」

「頭おかしくなってるよ、ナコ」

おもわずそう言わないわけにゆかなかった。

「本当よ。さっきも言ったけど、キユくん本人は勿論いないわ。本人ではないけど、キユくんは慥《たし》かに私の傍《そば》にきて、このシャツと一つになったの」

「キユクンのおばけがきたということ?」

「おばけじゃない。キユくん自身よ。ああ、でも、こうしてお話をしている間に、キユくんの存在は薄れてきた」

「薄れてきた? 話している間にどこかへ行ってしまったということか?」

「どこにも行っていないわ。キユくんの存在はこのシャツと一緒にあるの。唯、その存在が今はさっきほどには感じられなくなってきたということ」

「いるかいないか、どっちかじゃないの」

「だから、キユくんはこのシャツにいるの。だけど、さっきほどの存在は実感できなくなっている」

シャツにいる、という言い方も腑《ふ》におちないが、さっきは抱き締める程存在感を感じて、今はそうでなくなっているというのは、キユクンの霊がそこから離れたということだろう。でも、その原因をつくったのは私になる。ナコはキユクンと二人だけの世界にいたかったのに、私がそこにわりこんできて、おかげでキユクンは離れてしまった。それはナコの妄想にちがいないが、かの女にとって私は邪魔者というわけだ。失礼な話だわ。

「私が余計な話をして邪魔をしたから、そうなってしまったと言うの？」

「ううん、きっとそれは関係ないとおもうわ。私が身近に感じられるキユくんの存在は時とともに變化《へんか》している。だから、時を待てば、またキユくんの存在は強くなる」

「時を待つとは、なにか達観した言い方ね」

私が邪魔してキユクンの存在感が薄れたことに悲観し、不満を持っているのかとおもったら、ナコが意外にめげていないで、楽観的にとらえていることは、かの女の能天気さを再確認するおもいだったが、そこがナコの取り柄《え》かもしれない。振れ幅がおおきいので混乱させられるが、弱々しく内に籠もって、泣き言ばかりきかされるより、勝手なおもいこみでも自分で回復力を持ってくれるほうがずっといいにはちがいない。

「だって、そう実感するんだもの。キユくんはどこにも行っていない。ここにいる。それは確かだから。唯、二人の間の交信する力が強まったり、弱まったりするようなの」

「またキユクンの霊が戻ってきたら、あなたたち二人の世界に浸って、私を無視するんだね」

「無視なんかしないけど……御免なさい」

か細い声でナコがわびた。

「謝るってことはやっぱり無視するんだ」

「そういうつもりはないの。でも、キユくんに向き合うことで……」

「いいよ、無理しなくて。勝手にそっちの世界にトリップしていればいい」

「トリップ？」

「現実世界から離れて勝手に意識が飛んじゃってるということ。まあ、どうでもいいよ。あなたとキユクンの世界なんか知ったことじゃない。それよりさ、あなた、キユクンの霊がそのシャツに乗り移っているように言うけど——」

「乗り移るって、そんなのと違う」

「ナコの感覚がどうでも、世の中ではそういう表現になるんだ」

ナコの感覚自体おかしいのに、言葉の表現でも細かいことにつきあってはいられない。

「ともかくきいて。あなた、今はそのシャツがキユクンのだと信じきってるから、そのシャツにキユクンの霊が憑《と》りつくように感じるんだろうけど、もしそれが実はキユクンのシャツじゃないとわかったら、どうなるんだろうね？　あなた、とんだ馬鹿をみたことになるんじゃない？」

私は意地悪くいって、ナコの反応を見た。

「私もうわかってるから、そんな話通じないわ」

ナコは強い信念を発揮して言った。かの女にはそれを証明する手立てはないにもかかわらず。

「信じる者こそ救われる、ね」

「キユくんが教えてくれてるもの」

「へえ。キユクンとどういう対話をしているというの？」

今度は霊との対話という話か。

「いいえ、かたりあっているわけではなくて、私のからだ全体をつつんで伝えてくるというか、私もそれに応えて――」

ますますそっちの世界へ行ってしまう。そういう話はもういい。

「へん、あなたのキユクンて、いつからこの部屋に紛れ込んだんだろうね？　だって、そのシャツはキユクンのでないから、そこにキユクンが宿っているなんてことはないんだ。あなたが錯覚してるだけ。実はそのシャツは私のにいさんが着ていたシャツだよ。騙《だま》してわるかったね」

私ははっきり言いきった。嘘を。ナコをキユクンからきりはなすために。

「どうしてそんな意地悪なこと言うの？」

「意地悪にきこえるかもしれないけど、本当のこと言ってるの」

「ううん、私を困らせようとわざと嘘言ってる」

ナコは首を振った。まるで動じていない。

「ナコこそなに言ってるの。そのシャツ用意したのは私だからね。だから、それが誰のものか私は知ってるけど、あなたはなんにも知りようがない。考えてもみて御覧、キユクンのシャツ、どうして私が持ってるの。變じゃない」

「知らないわ。でも、どうにかしてキユくんのシャツを持ってきたのよ」

「どうにかって、馬鹿らしい」

「詩真音さん、あなたがどんなふうにおっしゃろうと、今現在、これはキユくんのシャツにまちがいないの。今これを着ている私は、誰よりもそれがわかる」

信念のかたまりのようにナコは言いきった。

もうキユクンとの世界に完全に入ってしまっている。なにを言ったってきく耳は持たないようだ。それならこっちも勝手にしなさいということになる。時間の無駄をしていられない。

「じゃ、そっとしといてあげるよ。キユクンと二人なかよく水入らずがいいだろ」

私はそう言って一人立ち上がった。そのまま扉のところまで行くと、

「詩真音さん、どこ行くの?」

流石《さすが》に暢気《のんき》なナコも尋ねてきた。

「ナコはこの部屋で自分の好きにしなさい、キユクンと一緒にね。私も自分の好きにするわ」

「え、まさか戻ってこないの?」

「どうだっていいじゃない。キユクンの存在が薄れてきたとか言ってたけど、私がいるから遠慮してるのよ。私がいなくなったら、キユクンの霊がまた強くなる」

「詩真音さん、待って。私、二十九日は朝から約束があるの。だから、ここから出してもらわないと」

ナコが鏡の前から立ち上がって、私のほうまできた。

「あら、急に現実世界の話に戻ったわね。キユクンはどうしたの」

「キユくんはいつも一緒よ。でも、実際のキユくんとの大事な約束はどうしたって——」

「なにわけのわからないこと言ってるんだろ」

「約束って言ってるでしょ」

「あなた、自分の今の情況、わかってる? あなたは拉致《らち》されたのよ。そして、暫くここに閉じ籠められるの。いくら鈍いあなたでも、それはわかってるはずでしょ?」

私がそう言うと、ナコは「犯罪になるわ」とつぶやいた。そんなことは勿論気にかけていることではなく、

「まあね、そんなのどうでもなるのよ」とかえした。

「キユくんとの約束は?」

「それもわかるでしょ? 私があなたになりすましてかたをつけたげる」

「なりすませないわ」

いつになく強い調子でナコが叫んだ。

「当の本人が自分の分身を見たみたいに失神してしま

うくらいそっくりにメイクできるんだから、わけはないわ」

「キユくんならわかる」

「それだけキユクンを信じているあなたであるのに、にいさんを本当のキユクンと見誤った。当てにならない」

「いいえ、今はもうそんなことないわ。私たち、言葉をかわしあったもの」

「ふん、どうだか。ナコはきっとまたにいさんをキユクンと信じてしまうよ」

「意地悪ね。そりゃ、私はまだうっかりするかもしれないけど、キユくんは絶対そんなことない」

自分自身についての自信のなさは正直に言う。けれども、キユクンについてはがんこに譲らない。

「どこまでもキユクンを信じているあなたになに言っても通じないから、無駄なことは言わない。とにかく」

私はそう言うと、「隙《すき》あり」と叫んで、矢庭にナコの首の後ろを抱き込んで柔道の腰車《こしぐるま》の技でかの女をなげた。ナコの軽いからだは空中をきれいに一回転して床に伸びた。キユクンのシャツを着たナコをなげたということは、キユクンと二人一遍に鮮やかになげた気分だ。二人といっても、ナコはやせっぽちだし、キユクンは霊で、精々シャツの重さくらいだから、滅茶苦茶軽いけれども。偖《さ》て、呆気《あっけ》にとられたナコの顔を確かめて、私は満足した。無駄話に晁《けり》をつけたし、大技をきめて快感だ。

「じゃあ、バイバイ」

私はそのまま部屋を出た。部屋は虹彩認証でセキュリティチェックされる仕組みが入っているが、敢《あ》えて鍵をかけた。この部屋から出られないことをナコにより意識させるためだ。私は暫く部屋の外にいて、閉じ籠められたナコがパニックを起こして叫んだり、扉を敲《たた》いたりする様子を楽しんでやろうと耳を澄ましたが、なにも音はきこえなかった。一人床に仰向《あおむ》けになりながら、声も出さずめそめそしているのだろうか。どうだっていい。またどうせ一人頭のなかでキユクンを呼び寄せて妄想に浸るのだろう。勝手にすれば。

29　赤い靴のおどり

「ネマ、派手に一本きめたね」

香納美《かのみ》が出会いがしらにそう言った。ナコがいる部屋にビデオカメラを入れてあるから、かの女はそれを見ていたのだ。

「今度はノカがあの娘《こ》につきあうの？」

お役交代で乗り込むつもりだろうか。もしそうだったら、香納美も物好きだ。

「冗談でしょ。あの娘の言ってること、全然理解できないわ。放っておけばいいんじゃない」

「ワケの相棒だから理解が難しいわね。といっても、本物のワケにはまだ会っていないのにああだから、ワケの感化力って凄《すご》い」

「感心してる場合じゃないわ。それよりあなたに伝えなくてはならないことがあるの。それで出張《でば》ってきたのよ」

「伝えたいこと？」

にいさんからの指令だろうか。でも、そんなことだったら、香納美をとおしてくることはないはずだ。

「オキンチョがね」

「隠綺《おき》のおねえちゃんがなに？」

このお屋敷のファミリーになって一ヵ月にならないうちから、香納美は隠綺のおねえちゃんのことをそんなくだけた呼び名で呼んでいる。勿論、私の前でだけだ。おねえちゃんを慕《した》っている私からすると、とんでもないことで、当然幾度も注意したのだが、一向に改まらない。いちいち言うのも馬鹿らしくて、此頃《このごろ》はもう匙《さじ》をなげている。

「ワケをこのお屋敷に呼んで、誰と会わせたとおもう？」

話がクイズにかわった。

「ちょっと待ってよ。おねえちゃんがワケをここに呼んだの？」

「おじさんが入院して、結構遠慮がなくなってるんじゃやない？」

「おねえちゃんは勝手な人じゃないから、なにか考えあってのことだとおもうわ。うちのおかあさんは勿論《もちろん》それを知ってるわよね？」

「勿論、ちゃんと話はとおしてる。でも、ここのひとたちはみんな甘いわ。ま、そんなこと今言ってもしょうがない。別にワケがここにやってきても大して問題じゃない。唯、今のかれは失明しているから、前と事情は違っているはずだけれども」

「そうね。もう絵を描くことはできないんだから、なんの用で来たんだろう？」

　隠綺のおねえちゃんのことだから、ちゃんとした理由があるのだろうが、私にはそれがなんなのかおもいつけなかった。

「だから、相手が問題なのよ」

「会わせたって言ってたわよね？」

「そう。だから、その相手とワケのやりとりの一部始終をこれからあなたにきいてもらおうとおもって」

「ちょっと待って。ワケはいつ来たの？」

「きょう、というか、もうきのうね。きのうの二時」

「二時？　もう十時間も経《た》ってるじゃない。なんで今頃言うのよ」

　伝えたいことと言うほどの重大事でありながら、昼間に起こっていることを真夜中になって話をするなんておかしい。私は香納美に抗議した。

「神上さんがあなたに伝えるのは少し待てと言われたのよ」

　それはそうだろう。香納美が知っていることは当然にいさんも知っている。私に対してどうするかはにいさんの指示があることで、香納美に一任されていることではない。

「それはわかるけれども、どうしてにいさんは――」

「あなたもナコとのやりとりで結構大變《たいへん》になるとおもわれたんじゃない？」

「ナコ」という呼び名は私のおもいつきでさっきから使いはじめたばかりなのに、香納美はもう自分のものにしている。最近感じてきたことだが、香納美は結構遠慮がなくなってきている。

「慥《たし》かにきょうはナコを拉致するため、大学からお屋敷には帰らずに、早くからかの女になりすまして準備していたけど、そんな大事なことは教えてくれなくちゃ。一、二時間くらい時間を割《さ》こうとおもえばできたんだから」

「私も逆の立場だったら、ネマとおなじようにおもうでしょうけど、実際自分の耳で録音を最初から最後までちゃんときいたほうがいいのよ。一度きき出したら、途中で停止することはできないわ」

「わかった。それだけインパクトのあることなのね。でも、これだけは教えて。その相手って、誰？」

「まずは『絵合《えあわせ》』の部屋に行って、それから」

和邇のおじさんの文学趣味から、お屋敷の部屋のおおくは『源氏物語』の帖の名がつけられていた。地下室も例外ではない。適当とおもわれる命名もおおいが、神麗守が舞踊《ぶよう》のレッスンをする部屋は、光源氏が青海《せいがい》波《は》を舞ったエピソードがある『紅葉賀《もみじのが》』だったり、音楽は『初音《はつね》』の部屋とか、目的に合わせたものもある。地下室は神麗守の稽古事《けいこごと》の種類に合わせて部屋があり、またその音響を調整したり、録画したりするための『絵合』のような部屋もあり、機材も揃《そろ》えられている。隠し部屋も拵《こしら》えてあって、『胡蝶《こちょう》』『蛍《ほたる》』『蜻蛉《かげろう》』と名づけられている。ほかに、大きなシェルターやそれに付属する貯蔵庫もある。ナコを監禁している隠し部屋は『蛍』という名の部屋だ。今から考えてみると、如《い》何《か》にも幽体離脱の起きそうな部屋の名だ。にいさんは予《あらかじ》めそういうおもわくを持って、部屋を指定したのだろうか。もしそうだとしたら、私も試されていることになり、気分がわるい。

「きょうあったことを少し説明するわ」

『絵合』の部屋におちつき、コーヒーサーバーでコーヒーを淹《い》れてから、香納美が説明を始めた。

「ワケが東邸にやってきたのは一時五十分くらいだった。オキンチョが自分で車を運転して迎えに行ったのよ。車に乗っていたのはワケ一人。学校がある日だから、余計なガキンチョはついてない」

「おねえちゃんが直接迎えに行ったってこと？」

「そうよ。オキンチョは此頃直接ワケや小稲羽《おとわ》の家とやりとりしてるのよ。唯、オキンチョには特別勘がいい小娘二人がついていて、しかけなんか仕組めないから、なかなか動きは追えないわ。きょうはかの女が車で出て行ったから、わかりやすかったけれど」

「それで、おねえちゃんが車で戻ってきたところも目撃しているの？」

「勿論。車は位置情報をとれるよう細工してあるからね」

「おねえちゃんの車も？」

「そりゃ、そうよ。なんだって情報は集めなくちゃ」

当然のように香納美が言う。そういう情報を香納美が知っていて、自分は教えてもらっていないのも心外なのだけれど。

「で、小稲羽の家に行っていたのは情報がとれていたから、ワケにかかわることだなとおもっていた。でも、すぐ戻ってきたからワケは留守《るす》だったのかとおもったんだけど、実はワケを連れて戻ってきたのよ。二人車からおりてきたところを私は偶然見つけたように装って、玄関で出迎えた」

「かれ、やっぱり眼が見えないの？」

失明したのが一週間程前だから、盲目となったワケを私は直接見ていない。

「見えてないようだった。オキンチョが横にくっついて一緒に歩行して誘導していたからね。オキンチョも感覚が鋭いから、傍《そば》にいて、本人がふりをしているか、本当に盲目なのかはきっとわかるとおもう」

「そりゃ、おねえちゃんならわかる」

「で、ワケは応接間に案内されたの。それから程なくもう一台車がお屋敷に入ってきた」

「それがワケに引き合わせた相手？」

「そうよ。偖《さ》て、それが誰か、これから音声をながすから、当ててみて」

そう言って、香納美がリモコンで機械を操作した。

一体誰なのだろうと私は気が焦ったが、当ててみろと言われている以上、きいても無駄なのはわかっている。私は身構え、耳に神経を集中させた。

トントン、と扉《とびら》を敲《たた》く音がした。「どうぞ」とワケの声。声も、にいさんそっくりだ。

扉を開けて誰かが入ってくる気配をとらえたとおもうと、矢庭に、「はあー」とも「ひやぁー」ともつかない、悲痛なおんなの呻《うめ》きがきこえた。

誰？

おんなとしかわからない、声にならない呻きなので、声の主の見当はつきようがないのだったが、その呻きはまもなく嗚咽《おえつ》にかわった。

なんということだろう。いきなり愁嘆場《しゅうたんば》とは。

――お嬢様。

別の女性の声がした。但《ただ》し、隠綺のおねえちゃんとは違う声だ。

――ああ、紀理子《きりこ》さん、よくきてくれたね。

ワケの声。なんと、紀理子なのか。

「棟方《むなかた》紀理子なの？」

確認するように私はきいた。実は信じられないおもいだ。しかし、ワケが名前を言った。おねえちゃんから相手が紀理子だと報《しら》されていたのだろう。

「そうよ。びっくりでしょ」

音声を一時停止して、香納美が答えた。

「まだ病気でしょ。出てこられたの？」

声の様子だけから考えても、病気がまだ癒《い》えていない状態のように感じる。

「棟方家のメイドが付き添ってきているわ、津島さんていう」

「お嬢様」と呼んでいたのはメイドだったのか。

「ちょっと飛ばすわね。暫《しばら》くは紀理子は泣いてるだけだし、ワケだって少し言葉をかけるけれども、きいてもしようがないことだから」

香納美が操作している間、どうしてまた紀理子が登場するのか、おねえちゃんはどういう意図でかの女を連れてきたのか、わざわざワケをお屋敷に呼んでそこで引き合わせるのか、つぎつぎ浮かぶ疑問に私は？マークを打つばかりだった。

「メイドの女性とワケとのやりとりで経緯《いきさつ》が説明されるから、そこから再開するわね。私は一度きいてるから、別室のモニターでナコの様子を観察してるわ」

香納美は音声を再生してから部屋を出て行った。私は今一度耳に神経を集中した。

——檍原《あわきはら》さん、本当はお嬢様御自身からお伝えしないといけないんですけれども、まだ病気でうまく伝えられないので、お嬢様のお気持ちを代弁して私から申し上げます。お嬢様になりかわって申しますので、檍原さんのことも清躬《きよみ》さんと呼ばせてください。清躬さん、本来は一切《いっさい》のことの謝罪からしないといけないところですが、お嬢様の一番の気持ちは、まだお嬢様のことをかわらずにおもってくださっていることへの感謝と喜びです。喜びの感情をわすれていたお嬢様がそのことを口にされたことは、私もどんなにうれしく感動的だったかしれません。

メイドの女性は非常にしっかりとした口調《くちょう》でおちついて話していた。しかし、それでも感情が籠《こ》もって、言葉尻は震えていた。どんな人でも情緒に訴えてくる場面だから、しかたがない。耳できいているだけの私でも、かれらの対面の情景がおもいうかんで、ぐっと込み上げてくるものがあった。

——ありがとう、紀理子さん。紀理子さんが感じてくれる喜びは今ぼくのからだを包んでくれて、幸せにしてくれているよ。

ワケが返答した。その言葉に反応して、うう一と呻き声がおおきくなり、しゃくり上げる声も混じってきた。

——お嬢様、よかったですね。清躬さん、個人的なおもいを挟んで申しわけないですが、私、非常にうれしいんです。だって、これまでお嬢様は泣く力さえなかったのですから。あなたにお会いして、お嬢様は泣く元気を取り戻したんです。だから、お嬢様をおもいきり泣かせてあげてください。立ち会っていただいている隠綺さんも、どうか諒解してくださいね。

——お気になさらず、おもうようにしてください。

おねえちゃんが答えた。おねえちゃんもこの場にいるんだ。

――ありがとうございます。お嬢様、もうがまんしないで、おもいきり泣いてくださいね。きっと泣くほどに元気が取り戻せて、喜びも回復しますわ。

紀理子の泣き声にかき消されないはっきりした声でメイドの女性が言った。

――清躬さん、不躾《ぶしつけ》なことと言って申しわけないですが、眼はやっぱり……

――視力がなくなったようです。ぼくの眼の寿命がきたのだとおもいます。

ワケが答えた。眼の寿命とは、たしか、ナコにもおなじように説明していたとおもう。

――ぼくは今の光が照らすものを見ることはできません。それでまわりの人の助けなしにはできないことも一杯あって、心苦しいこともありますが、でも、不幸には感じていないんです。なぜなら、これまで眼にしてきたもので印象に刻みつけられているものは、眼が見えなくなってから直接見えない分、眼の前にうかび上がらせることができるのがわかったのです。だから、紀理子さんの姿もちゃんと見ています。声もきこえるので、今どういう姿勢なのか察することもできます。さっきうずくまったからだに触れたので、どんな感じの服を着ているかも。服の模様や色はわかりませんが。

――お嬢様はパステルピンクのフレアワンピースに白のカーディガンをお召しです。

メイドの女性（話し方は丁寧だが、声のトーンや張りから、わりあいわかそうだ）が紀理子の服装について説明したので、その衣装に身を包んでいる紀理子の姿が眼の前にうかんだ。如何にも紀理子が好みそうなフェミニンな衣装だ。唯、うずくまっているというから、見せ甲斐がない状態のようだが。

――ああ、その服はおぼえています。ぼくのアパートに初めて訪ねて来られた時もその服でした。ありがとう御座います。教えてくださったおかげで、一層よく紀理子さんが見えています。

――心配いらないのですね？

――ええ。今は小稲羽《おとわ》さんのところでお世話してもらって助かっていますが、なんとか自分でやってゆけることをおおくするようにしたいとおもいます。

――清躬さんの御様子を見て、安心しました。鳴海《なるみ》ちゃんから清躬さんが失明されたときいた時は私たち自身もおおきな衝撃に見舞われて、その時も鳴海ちゃんは心配しなくても大丈夫と言いましたが、心が騒いでしかたがなかったのです。お嬢様は自分の所為《せい》で檍原さんにおおきな事故が起きてしまったと御自身を責められながら、でも自分以上に大變《たいへん》なことになられた清躬さんをなんとかお助けしないととおもわれ、私に相談されました。私はずっとお嬢様のお傍についていて身のまわりのお世話もしていますが、その私とさえ話すことはお嬢様には容易でない毎日でしたから、その時は本当に精一杯の力を振り絞って私に、どうしたら清躬さんをお助けできるだろう、知恵と力を貸してほしいと訴えられたのでした。そうして相談を持ちかけられてすぐ、清躬さん、あなたに直接お会いしなければとお嬢様はおっしゃったのです。御病気になって以来、お嬢様は一度だって外に出ることができなかったのですから、いくらお嬢様がそのお気持ちでも到底無理だとおもったのですが、お嬢様は自分がどんな状態でも会いに行く、これ以上逃げを重ねるつもりなら死ぬしかないけれども、それが一番の裏切りになるから、どんな病気でも死の床にあるわけでないのだったら会いに行けるはずだとおっしゃったのでした。

メイドの女性はそこで一旦説明を区切った。

――来てくださって本当によかった。御病気だから紀理子さんに無理をさせてしまっているとおもうけれども、それでもこうしてお会いできているから、ぼくは紀理子さんの気持ちを少しでも感じとることができます。

清躬が応答した。

――眼が見えない分、紀理子さんの息づかい、鼓動、からだの震えを直接的に感じます。心身両方非常にお辛い状態だけれども、でも紀理子さんの心の奥にあるものの温かさと揺るぎのない強さを感じとることができます。そして今、紀理子さんはぼくに幸せをくださっていますよ。それはとても温かくて、豊かな広がりがあって、ぼくを包み込んでくれます。そんな心豊かな紀理子さんは、きっと御自身で元気を回復されるにちがいありません。ぼくは確信しています。本当に来てくださってよかった。

――ありがとう御座います。あなたの優しいお言葉こそ、お嬢様にはなによりの薬だとおもいます。

――ぼくこそ、紀理子さんが御病気になってしまったのになにもできなくて、一体どうしたらいいんだろうとおもっていました。ぼくも心の病気になったことがありますが、そんな状態でも絵が描けるのは救いとなりました。でも、本当に重い病気は、自分の大好きなこともできなくなるときいています。そこまで自分のエネルギーがきえていて、苦しいと感じる心しかないのは、本当に辛いですね。そういう時に、ぼくなんかが近寄っては余計にぐあいがわるくなるとおもいました。ぼくにできるのは、紀理子さんの恢復《かいふく》を祈ることだけでした。そういうぼくがなにか重苦しいものを自分のなかに閉じ籠めているのを、鳴海ちゃんは感づいたんです。それで、なにに苦しんでいるのか、ぼくにきいてきました。鳴海ちゃんはまだ九歳なのですが、嘘《うそ》が通用しない子です。ですから、どういうことも正直に答えないといけないとおもい、紀理子さんのことを話しました。すると、鳴海ちゃんは自分が紀理子さんに会って、話をきくと言ったのです。といっても、鳴海ちゃんはまだ小さくて、一人で紀理子さんのおうちを訪ねるわけにゆきませんし、何度もお断わりされているぼくがついて行ってもしようがない。それで、隠綺さんに御相談したのです。

——相談というよりおねがいでしたけど、鳴海ちゃんの気持ちが強かったので、力になることにしました。

これまで黙っていた隠綺のおねえちゃんが後を続けた。

——鳴海ちゃんと一緒に初めてお訪ねして、津島さんが私たちを中に入れてお話をきいてくださったので、とてもありがたかったです。

——小さなお子さんも一緒なんですもの、おいかえせませんよ。

——でも、最初からお話をよくきいていただきました。

——お嬢様の御病気に関しては、清躬さん御自身には咎《とが》がないことですし、此方《こちら》のほうから一方的に音信を絶ったことで辛いおもいをさせてしまっているとも感じております。それでもお嬢様の病状の行く先も見えない今は、棟方の家に清躬さん御自身に来ていただくわけにはまいりませんでした。申しわけないことですが、一切遮断させていただくしかしようがなかったのです。けれども、清躬さんの代理で、しかも小さなお嬢さんがお越しになったことに対しては、私だってお嬢様の代理の立場ですし、代理人どうしの間ではなんとかいい方向に向けてお話しできることもあるのではないかとおもいました。お互いにきっとおなじことを望んでいるわけですから。実際にお話をうかがって、清躬さんのお嬢様をおもい、心を痛めていらっしゃる気持ち、その清躬さんを心配する鳴海ちゃんの気持ちはよくわかりました。ですが、今の御病状ではうかがったお話はお嬢様にお伝えできないとおもいました。清躬さんのおもいが伝わる程、それに応えられない無力無念さが更にお嬢様を追い込んでしまうのは明らかでした。ですから、清躬さんもお苦しいだろうけれど、がまんしていただくしかないとおもいました。それ一回だったらもうそのままで終わったのですが、それから一週間経って、此間《こないだ》の土曜日ですね、もう一度お二人で訪ねて来られて、そこで清躬さんの眼のことをおききした時は――そう、この一週間の間に清躬さんがまさか失明されることになろうとは予想もできないことで、物凄《ものすご》くおおきな衝撃でした。流石《さすが》に、清躬さんの身に起きた一大事をお嬢様に黙っているわけにはゆきませんでした。お嬢様を一層お辛くすることになるかもしれないけれども、でも失明されても光を失ったわけではないという清躬さんのことを話す鳴海ちゃんを見ていると、此方が勇気を与えられました。この時は、鳴海ちゃんが神様のお使い、小さな天使のような感じがして、私が受け取ったものをお嬢様にちゃんとお伝えしないととおもったのです。実際、お話ししてよかったのです。先程お話ししたように、お嬢様からも勇気が出たのです。鳴海ちゃんはやっぱり天使だったのかもしれません。

――そうですね。純粋な鳴海ちゃんが精一杯の気持ちで、でも信頼や希望の光も籠めて話をしたからこそ、それが津島さんを動かし、棟方さんにも受けとめていただけたのだとおもいます。

隠綺のおねえちゃんのその言葉で会話に一区切りがつき、少し沈黙の時間となった。

と、その時、

――あ、どうしたの、紀理子さん。

唐突にワケの声がした。

――紀理子さんがぼくの手を引いています。

ワケがそう言うと、うう、うう、という呻き声が耳にはっきりとらえられた。

――ああ……見えない……

おねえちゃんとも津島さんとも違うおんなの声がした。私はどきりとした。紀理子の声ではないか。

――見え、ない、のね?

言葉尻は完全になみだ声だった。

――ああ、紀理子さん。

――御免、なさい、清躬、さん……

――紀理子さん、今はなにも喋らなくていいよ。喋らなくても、紀理子さんの声はきこえている。眼に光はなくても、紀理子さんのお顔は見えているよ。

ワケの優しい言葉に私も胸をきゅっとさせられる。

——嫌《いや》、こんな、ひどい顔。ひどい……本当に、ひどい……

——きれいだよ、紀理子さん。お顔はちゃんと見えてるんだ。……お顔を触らせて。もっとはっきり見えるから。……ああ、なんて、あったかい。あったかいね、紀理子さんのなみだ。あったかい。

——ああ、はな、洟《はなみず》が……嫌、ハンカチ…つ、津島さん、ハン、カチ……

紀理子が途切れ途切れに呻いた。

——ぼくが拭《ふ》いてあげる。さあ、安心して。

——ああ、いけない……

——いいんだよ。気にしないで、どんどんながしたらいい。

私は二人の光景が眼の前にうかんだ。紀理子は床に座り込み、清躬がすぐわきに座って上体を抱きかかえ、支えている。紀理子の顔は眼が痛いほどになみだにまみれ、口許《くちもと》のまわりは洟が垂らし放題になっている。清躬はそれを二枚のハンカチでそれぞれ優しく拭いてやっている。まわりで二人の女性が無言で優しく見守っている。実際に眼にしているわけではないが、その場に私もいるような感覚だ。いや、ちょっと距離をおかないと。とおもったところに、紀理子の声が飛び込んできた。

——ああ、清躬さん。

相かわらず弱々しいが、今までとは違う、鮮明な声だ。

——こんなに間近に、あなたの、お顔。

——そうだね、ぼくも紀理子さんの温かい息を浴びて、頰《ほ》っぺたがくすぐったい。

——嫌、恥ずかしい。變《へん》なもの出して、私、あなたを、一杯、汚してる。

——變なものじゃない。いいんだ、どんどん出して。紀理子さんのものを一杯浴びて、吸い込んで、ぼくのなかにも循環する。紀理子さんの膚の温《ぬく》もり、息の温かい湿り、なみだの潤い、洟だって汗だってなんでも浴びさせてくれるといい。紀理子さんがおくりこんでくれるものをぼくは受け取る。紀理子さんの命をぼくのからだのなかで感じとる。

——ああ…ああ……

紀理子とワケが顔をくっつけあって、お互いに擦《す》り寄せている光景がうかぶ。沈黙の時間に移った時、私は二人がキスをしているのを確信した。長く、深い、キス。音声では拾われないが、きこえないからこそ、お互いに声を吸収するような唇の直接の触れ合いが繰り広げられているのが確信される。吐息《といき》、溜息《ためいき》も洩《も》れきこえないのは、二人がキスだけに集中しているからだろう。

その時間は長かった。実際どうだったかわからないが、心理的にはとても長く、途中で、いつまでも果てしがないように感じた。私はふと、ナコのことをおもった。幻《まぼろし》を見るくらいに自分がおもいをかけているワケがおんなを抱き、深く長くキスしているのを、かの女は想像できるだろうか。もし実際にこの光景を眼にしたら、いや、この音声をきくだけでもいい、ナコはどういう反応をするだろうか。

——お手洗いをお借りしてもよいですか？

沈黙の時間を破ったのは津島さんの声だった。

——ええ、勿論。

隠綺のおねえちゃんが答えた。

——お嬢様、お化粧《けしょう》をなおしにまいりましょう。きれいにして、また清躬さんに会ってあげましょう。

——ええ。

紀理子が、短いけれどもくっきり返事する声がきこえた。

——檍原さん、お疲れ様。さあ、此方《こちら》の席に。

——清躬さん、ありがとうございました。あ、お嬢様！

——私の前に、清躬さん。

紀理子の声がした。はっきり言えてる。

——私ので一杯汚してしまった。私の前に清躬さんをきれいにしてあげないと。

——まあ、お嬢様。はっきりお喋りになれるようになって。身動きも。

——本当。

津島さんやおねえちゃんが感嘆した（津島さんは泣いていた）ように、人がかわったように言葉が言えている。動作もかわったのだろう。

——私、清躬さんのお顔を洗ってあげたい。いいですか？

自分の意思の表明もできている。

——ええ、勿論ですとも。是非そうしてあげてください。

——清躬さん、お顔洗わせて。

——紀理子さん。

——私が手を引きますから。隠綺さん、洗面所に御案内いただけますか？

——じゃあ、まいりましょう。

なんとしっかり喋れるようになったのか。あんな絶え絶えで一言を口にするのが精々だった紀理子がここまで回復するとは、驚異的だった。ワケを見なおした。床に突っ伏した紀理子を抱き上げ、顔をひっつけあい、かの女のなみだも洟も自分の顔にくっつけて、一緒に汚して、キスまでした。そうしてワケは自分のエネルギーを紀理子にわけあたえ、逆に紀理子の病毒を吸い取ってやったのだろう。紀理子は浄化され、生まれかわった。

みんな部屋を出て行ったようだ。一度幕が引かれた。また、数分後に第二幕が始まる。本当に舞台劇みたいだ。

幕間《まくあい》に私もトイレに行っておこう。顔も洗いたい。あ、嫌だ、私の顔も濡れている。なんでこれくらいのことで。ああ、なんだろう、きょうは調子が狂いっぱなしだわ。

私は洗面台の鏡を見る時、またナコの顔が映ったりしたら嫌だとおもって、先に顔を洗い、タオルで顔を拭いた。きょうは鏡を見ない。今の精神状態は決して良くないので、また變なものが眼に映ってしまうのをおそれた。いつまでも引き摺《ず》ることはないだろうから、明日になったらまたかわる。きょうだけはやめておこう。

トイレの帰りに『蛍』の部屋に立ち寄り、耳を澄《す》ませた。物音はなにもきこえない。まあ、どうでもいい。ナコのことを扱いやすい羊のように高をくっていたが、調子はずれの羊ではこっちもおかしくなってしまう。あそこまでワケにおもいいれているナコだが、そのワケは紀理子と縒《よ》りを戻しそうだ。ついさっきナコが一緒にいると感じたワケは、その時点で既に紀理子と深いキスを済ませていたのであり、それがナコのもとに自分からやってくるはずがない。シャツにキユクンがいるなどとはまったくもって妄想の産物にすぎないのだ。

ナコとワケと紀理子。この三角関係はこれからどうなるのだろう。紀理子がこんなに早くワケの前に戻ってくるとはナコはおもってもみないだろう。尤も、こういう情況はにいさんだって想定外だろう。ナコをとらえてワケに対してなにか目論んでいたのだろうけど、にいさんはこれからどうするつもりなのか。もう新しいゲームのシナリオをつくっているだろう。そのシナリオは、今度こそ教えてもらわないと。私がなにも報《しら》されなかったのは、シナリオの書きかえがあるからなのか。それだったらしかたがない。にいさんからの指示を期待して待っていよう。

私は『絵合』の部屋に戻った。

向こうもトイレ休憩だからと再生テープをつけっ放しにしておいたが、第二幕がもう始まっていた。私は急いで巻き戻した。それでわかったのだが、トイレ休憩で空白になっていた時間についてはカットされていた。録音は既に編集済みだった。にいさんの指示で香納美が行なったのだろう。無駄を嫌うにいさんだから、こういうことは直ちに行なわれる。それにしても、どうして私だけ時間おくれでこれをきいているのだろう。

——お嬢様、大丈夫ですか？

第二幕の開始の合図のように、津島さんが確認をとった。

——ええ。

紀理子の返事だ。声は小さいが、覚悟をきめたような、きっぱりとした言い方にきこえた。しかし、その後、沈黙が暫く続いた。

——き、清躬、さん。

紀理子の声がした。舌の筋肉が硬直しているみたいに、声もかたまっている。

——き、き、清躬さん。

少しほぐれてきた。声のながれを生み出す源泉が暗い洞窟の奥で凍りついていて、それが少しづつ温まってきて、解《と》けてきたような印象を受けた。

——き、清躬さん。

マイクテストのようにくりかえす。しかし、テストしているのはマイクではなく、本人自身の声の融解度合いだ。だから、私もじれったいのをがまんしてきく。

——清躬さん。

漸く語尾まではっきりした声になった。

——私、あなたに会えてうれしいわ。

紀理子は感情の籠もった声で一気に言いきった。

——ありがとう。ぼくも本当にうれしい。

清躬が答える。

——長かったわ……本当に、長かった……もう何年も経ったみたい。

辛いことをおもいだしているように、紀理子が呟《つぶや》き気味に言った。

——遠い旅をしたんじゃない？　遠い、長い、旅。

——旅……旅、なのかもしれない……清躬さんの言うように。

——一人で長い旅をしたんだね。ぼくがついてあげられなかったから。

清躬のかなしげな物言いに、きいている自分もしんみりしてくる。

――そう、一人っきりだったわ。

暫く間をおいて、紀理子が言った。

――でも、みんなをおきざりにしたのは私なの。私が勝手に一人で……ああ、地獄めぐりを――

――もう、そこには行かないよ。

清躬が優しく言った。

――わかってるの。私、自分で、光を怖がって、闇の穴倉に入ったの。初めは、なにからも逃げたくって。それだけだった。

紀理子から少し長めに言葉が続いた。そこまで話して、長い息継ぎをしているようだった。少し間があいた。

――ちょっと穴倉で籠もる気だった。それだけのつもりだった。けれど、きっと穴倉が傾いているのか、一旦入った私は、少しづつ奥にからだが動いて行ったの。気がつくと、どんどん中に入って行って――本当に傾いているのかもしれないけど、見えない力が私を引っ張って――

紀理子が一人で喋っている。また、間をおく。

――闇の穴倉だから、あたり総て真っ暗。だから、本当は奥のほうなのか、どっちなのか、わからない。

ああ、そのまま闇のままだったら、よかったんだけど……。でも、なにか見えてくるの。いえ、見えないけれども、なにかが私のまわりを取り巻いてる。なにかがいることだけわかる。なにかがじっと息を潜《ひそ》めている。だけど、今にも騒ぎ出しそう。それは確かだとわかる。

おそろしげな調子が紀理子の声に籠もる。また沈黙の間。

――ああ、すると、いろんなものが見えてきたの。暗いから、色は見えない。かたちもはっきりしない。でも、動いている。上に行ったり、おちたり……近づいたり、おおきく膨らんだり、ぱっと弾けたり、私を包み込んだり、私のからだのなかを通過したり……音もする。嫌な音。音が私を引っかくよう。とおもうと、じゅるじゅる、なにかが溶けてゆくような……きぃーと、引き裂くような……ざわざわ、なにか動いているような……どん、と本当におおきい音、なにかおちたみたい……がたがたがた、となにかが揺れて、此方《こちら》に仆《たお》れてくるような……

――お嬢様、もう、そういうお話は――

津島さんが話を制止しようとした。精神的な病気の只中にいる紀理子がまた自己妄想のなかに入ってゆくのは危険だと私も感じた。

――いいえ、大丈夫なの。今の話は、まだ地獄じゃない。もっと先がある。でも、もうここまでにするわ。

紀理子が静かなおちついた声で言った。

――本当、私、大丈夫なのよ。清躬さんもいてくれるから。それにね、地獄って言ってるけど、それ、まやかしなの。地獄めぐりかとおもってた。でも、そうじゃない。唯の一つの旅にすぎなかったの。

一呼吸おいて紀理子が続けた。

――清躬さんにまた会える、会っていいんだ、そうおもってふりかえるとね、あれは地獄なんかじゃない。だって、地獄におちてしまったんだったら、帰れるわけないもの。そう、一つの旅だったの。今、清躬さんがそれを教えてくれたわ。だから、もう大丈夫よ。

紀理子は得心したように言った。

――今まで、憑《つ》き物に憑かれていたのとおなじ。その憑き物が私にまやかしの地獄を本物の地獄のように見せていたの。憑き物といっても、私自身の影なんだけど。

そこで、ふっと、紀理子は溜息を漏らした。

――清躬さん、私の影って、醜いの。私の表向きの顔の裏にはその影がいつもちゃんと潜んでいるの。その影はとても臆病《おくびょう》で、誰の前にも出てくることはしないんだけど、私にだけは、自分を主張してくる。その存在を見せつけてくる。でも、その影は私を楽にしてくれることもあるの。表向きの顔は良《い》い子ぶるから、窮屈で疲れる。御免なさい。清躬さんには、表向きの顔で繕《つくろ》ってばかりいたわ。裏の影の顔もひっくるめて、私なのにね。

そう言われた清躬はどういう反応をしたのだろう。清躬の声はまったくききとれない。

――でも、表向きの顔だって本当は大したことないのはわかってるのよ。それでも、いい顔するには、裏の影が出てきては駄目。当たり前だけど。オモテとウラをわけるでしょ、はっきりわけると、オモテは光を当てて、とても感じがいいものを集めればよくて、逆にウラは影、醜いもの、見せたくないものをその穴倉に押し込むの。穴倉には光は当たらない真っ暗闇だから、押し込んだものはなにも見えない。実際にはあるんだけど、見えないから、ないことにしてしまえる。オモテのほうは人に褒《ほ》めてもらえそうなものとか見てくれのいいのだけ集めてるから、いいように見えるわ。みんなにそういういい顔を見せてるから、褒めてもらえたり、気に入ってもらえたりすることもおおかった。

勿論、清躬さんにも、一杯気に入ってもらいたかった。

声は小さく、抑揚も乏しいが、ほとんど途切れもせず、紀理子は喋った。耳できいているかぎりは、話をするエネルギーは回復している感じだった。紀理子の話は続いた。

――私、世間様向けのオモテの顔で普段とおしているのだけど、清躬さんともっと一緒にいたいとおもったら、清躬さんが本当に気に入ってくれるようなオモテの顔をちゃんとしないといけないとおもった。家族には家族向けのオモテの顔、つまり、両親の期待に副《そ》う「いい子」の顔を持っているように。世間様向けには、学校の成績が優秀で、いいお友達とおつきあいし、ボランティアや出版社でのお仕事など社会性をみがくことも含めてまじめに取り組んでいる。外ではそういう誰からも受けがいい「よくできたお嬢さん」が出来上がっている。家族向けには、家のきまりをしっかり守って、毎日笑顔で明るく振る舞い、両親の計画に率先して協力する「いい子」。たまに津島さんの前では、その家族向けのオモテの顔を脱いで愚痴を言ったりするけど、あ、そういう意味では、それは仮面みたいで、家族と顔を合わせる、合わせないで、つけはずしする。そういう仮面は友達向けだってある。でも、私の大事な親友向けのオモテの顔は、私が本当にそうありたいとおもう顔で、決して仮面じゃないつもり。清躬さんに対してもおなじ。一緒にいて素直な喜びに満たされる時、精一杯いい自分であろうとし、ありったけの心づかいをしたいとおもう。そうおもう時、未熟で至らないところがあると、自分が許せないわ。そういう意味で、いつもの普通にいい顔のオモテでは不足なの。もっと磨きをかけて芯《しん》からいい顔にならなくちゃならないわ。そのレベルをもっと上げようとすると、私は自分のなかにあるものを総動員する必要があった。つまり、影にも助けてもらわないといけなかった。と言うより、影の力なしではオモテの顔は、あなたに対して普通のいい顔すら保つことが難しかった。オモテは偉《えら》そうに、もっとレベルを上げると言うけれど、ながくつきあっている親友の場合と違って、清躬さんのことはわからないこともおおいので、どうしていいか、すぐ不安に襲われる。その不安は当たり前のことだってできなくさせてしまう。オモテの顔が調子よくいってない時には、影に力を借りたいとおもって、呼び出すことがよくあった。影にカバーしてもらったり、助けられたりしたことは何度もある。だから、影はありがたい存在で、その力はオモテも認めるんだけど、でも、影に出てもらうのは非常時の一時的な場合だけだとおもってるの。オモテの顔はプライドが高くて勝手だから、普段は影なしでもりっぱにやっていけているとおもってるのよ。

テンポはゆっくりで、声も充分安定しているわけではないが、淀みなく話をしていて、内容もよくききとれる。自己批判のきびしいニュアンスがまじって感情の乱れはあるが、きくほうが心配になる話し方はもうなくなっている。

——清躬さんはこれまで出会った誰とも違うひとでした。

紀理子の話し方が少しかわった。お行儀よくなった。

——私は初め、清躬さんの絵のほうに先に出会いました。その美しさは美しいだけで素晴らしいのだけれども、もっと不思議な魅力も感じました。そして、それを描いたひとは眼の前にいました。私がハッとおもったのがあなたに伝わったのか、あなたは私のほうを振りかえりました。あの時のあなたの眼の美しさは一生わすれません。それ程に美しい眼だからこそ、美しいものをその眼に宿し、それを美しい絵にできるのだとわかりました。私は自分もあなたの睛《ひとみ》のなかに映り込んだような錯覚もおぼえました。それらのことは全部一瞬のうちなのですが、私はカメラの連写をショット毎《ごと》に見分けがきくような不思議な感覚でそういうことをとらえたのです。こういうことを言うのは本当に初めてで、杵島さんにもお話ししたことはないのですけれども、清躬さんの眼に宿った自分自身を見て、自分は美しいとおもい、清躬さんも私の美しさを認めた表われのように感じたのです。そして、私は清躬さんに描いてもらうことになると確信もしました。私はもうあなたと離れようがないと、その時に感じたのです。だから、あなたを出版社の出口で待ち伏せして、自分から話しかけもしたのです。そういうことは自分の行動パターンにはないことでした。実際に清躬さんとお話をし、絵ももっとよく見せてもらうと、あなたは絵そのままに美しい心の持ち主だとわかりました。心のなかが見えるひとなんて滅多にいないのに、あなたの心は本当に眼で見えるようでした。そういうひとが本当に美しい絵を描けるのは当然だとおもわれました。私もあなたに描いてもらえるのだとおもうことは、自分の最高の評価を受けているように感じました。私の絵を描きましょうとは、あなたはちっともおっしゃっていないのに、自分のなかでは自明のことのようにストーリーが出来上がっていたのです。清躬さんにほかの絵を見せてほしいとおねがいすると、そのまま希望する答えがかえってきます。心と心の触れ合いは、普通、お互いの間に媒介するものが幾つもあって、それが抵抗にあって歪《ゆが》められたり屈折させられたりするものでしょうけど、あなたにはすっと受け容れられて、そのまま素直な応答としてかえってくるのです。そう、私に見えているもの、私が答えを知っているものは、清躬さんから期待するものがそのままかえしてもらえるのです。でも、私が知らないものについて、清躬さんのほうから教えてくれたり、なにか見せてくれるわけでもないのです。杵島さんがおられる時は、杵島さんにきくと教えてもらえました。私は杵島さんに気に入ってもらえたようで、おかげで随分と清躬さんのことを理解する手助けを戴きました。そうするうちにも、私のなかで唯一引っかかりができたのは、和華子さんのことでした。

そこで、紀理子は間をおいた。それにしても、また調子がかわって、紀理子はなんときっちりとおちついた話のしかたになっているのだろう。描写的な語りを聞くと、かの女の精神状態がかなりのレベルで安定しているようにおもわれる。これがついさっきまで一言を発するのでさえ苦しみ喘《あえ》いでいたひとと同一人物だろうか。私は音声だけきいているので、途中で人が入れ替わっていたとしても、わからない。唯、オモテと影とか言っているひとだから、このような調子のおおきな變化《へんか》は考えられないことではないかもしれない。

——和華子さん。ああ、その名をあなたの前で発するのは、本当はとても躊躇《ためら》われるのです。易々とそのお名前をあなたの前では一杯そのお名前を口にし、相談もしましたけれども。でも、結局のところ、和華子さんは一時期だけ天から舞いおりて清躬さんに絵のインスピレーションを与えられた天女のような方で、それからずっと姿を見せておられない。一方、私はいつも清躬さんの傍《そば》にいる人間だ。いつも傍におられた杵《き》島《しま》さんは、なにも和華子さんと対立されることはありませんでした。私だって、清躬さんとの関係で和華子さんのことが障害になるようなことはないはずです。私は唯、清躬さんを純粋にまごころから愛しさえすればいい。本物の愛はちゃんと清躬さんに伝わると、杵島さんもおっしゃいました。杵島さんが熊本に去られてからも、その言葉は私の支えになりました。実際暫くは、充実したおもいで清躬さんとおつきあいできたようにおもいます。あなたは仕事にかかわらず精を出し、その仕事ぶりを私にも見せてくださいました。杵島さんがいらっしゃる時はそこまで踏み込めなかったのですが、あなたは仕事をされるお部屋に私が入るのを許して、ありのまま見せてくださった。あなたの仕事に触れて、その素晴らしいクォリティーと真摯《しんし》で熱心な姿勢に、あなたへの尊敬の念が生まれました。自分も学業と仕事にしっかり取り組まないという気持ちにもなりました。もとから私は、大学の勉強も、出版社から戴くお仕事も、とてもやりがいがあって、まじめにやってきたつもりでしたが、ちょっといいとこどりみたいな甘えも自分のなかにあるなとおもいました。あなたときちんとおつきあいする上では、自分も本分である学業と責任を持たされたお仕事をしっかりやらないといけない。清躬さんにもそれを尊重してもらえるだろうし、私もあなたのお仕事を尊重する。それによって二人はお互いに自立でき、自立した二人だからこそ一人前に交際を発展させることができる――清躬さんは自分ではおっしゃられないから、私のほうから原則めかして言いました。そういう優等生的なことを言うのはオモテの得意技でした。私は自分の言葉どおり学校生活は楽しく、お仕事も充実して、その上であなたといいおつきあいができていると感じていました。

あなたも大事なお仕事に精を出されている。でも、何度もあなたのお仕事を見せていただくうちに、そのおおくは美しい女性の絵やイラストであり、そういうものにあなたの才能が一番発揮され、だからお仕事の依頼もきているのだと、今更ながらに気づきました。しかも、それらの女性は描きわけはされていても、美しさはどれも和華子さんに由来するように感じられたのです。私の心に不安が兆《きざ》しました。清躬さんはずっと和華子さんに心を奪われているのではないかと。私とおつきあいしてくれても、それは優しさで、本当のおもいは今も和華子さんに向けられているのではないだろうか。

紀理子の口から和華子さんの名前が出てくると、本人の緊張度が私にも伝わってくる。

――ああ、その時、私は、自分が清躬さんから愛を囁《ささや》かれたことも抱いてもらったこともないのをおもいだしました。それは、杵島さんがおられる時、何度もぶつけた疑問でした。それがまたぶりかえしたのです。「美」というのは清躬さんにとって和華子さん以外あり得ないけれども、「愛」というのは違うのではないかと、一縷《いちる》の希望を持ってその問いを何度も自分のなかで反芻《はんすう》しました。清躬さんの場合、美への愛がなにより勝《まさ》っているから、美と愛は一致する。そういう考え方とは別の考え方もありました。いえ、和華子さんという美はいくら追い求めても獲得はできない。絵という藝術《げいじゅつ》のかたちにかえて手に入れるしかないけれども、それは愛を手に入れたことにはならない。だから、獲得されるべき愛はそれとは違う。その愛の可能性を一番持っているのは私自身だ。その可能性を早く現実として実現しなければならない。この考え方に私は縋《すが》りたいとおもうのですが、本当に和華子さんに対抗できるのかと考えると、忽《たちま》ち自信を失ってしまいます。プライドの高いオモテも、高いがゆえに、和華子さんにかないようがないのがわかると一気に自信を喪失してしまうのです。こういう時、影が出番と現われてきます。これまでは、調子よくいかない時だけ呼び出してカバーしてもらえればいいとおもっていたけれど、清躬さんが和華子さんに結びつくと、オモテはあまりに力不足で立ち尽くすしかないのでした。そこで初めて、影も私であると認めたのです。もともと私のなかでは、オモテと影をきっちりわけていて、オモテこそ本当の私であり、影は私のなかで飼っているもの――猟犬みたいな感じで、ねらいたい獲物《えもの》がある時にパワーを発揮してハントする――そういうものでした。傲慢《ごうまん》なオモテは、そういうふうに自分と影を主従の区別をつけて考えていたのです。そう考えていたのはオモテだけで、きっと本当に力のある影は、そういうオモテの浅はかさを見透かし、裏でわらっていたのでしょう。オモテなど上《うわ》っ面《つら》にすぎず、いつでもとってかわれると。でもその上っ面で、ずっと自分を騙し続けていました。それが、清躬さん、あなたに接して、わかってきたんです。あなたは、純粋な水のように清《す》んでいるので、あなたのことを見ている自分が、鏡の面のように映しかえされます。そこに、私が見せかけようとした表向きの顔は映っていません。影の姿がそのまま見えてくるわけでもない。その二つは区別されないで一つになったものとして、見えました。そう、わけられないものを、私はオモテの都合でわけていただけで、本当の私の姿はそれが一つで、更に醜いものになっているのがわかったのです。そういう顔を私は、清躬さんに見せていました。ああ、あなたは美しいものを志向されているのに、私はあなたの傍にいて、醜悪なものを曝し続けていたの。

紀理子はそこで一息ついた。まわりの者は誰もなにも言わない。言うことができない。喋り続けている間、かの女は自分の精神世界を遍歴している。過去の遍歴をふりかえっているのではなく、今もぐるぐると遍歴し、その遍歴の歩みは途中で止められないのだ。もし無理矢理に止めてしまうと、鰹《かつお》や鮪《まぐろ》のような外洋性回遊魚みたいに泳ぎ止めるのが窒息につながって、かの女は仆《たお》れてしまうだろう。だから、少し一息入れて間をおいても、また喋り出さなくてはならなかった。

——正直言いますと、私はばらばらになってしまったようです。地獄では、ばらばらな自分が、ばらばらに苛《さいな》まれ、そのばらばらな経験が、棟方紀理子という名前の人間にくっついては、棟方紀理子をまた違うばらばらにしていました。ばらばらになると、棟方紀理子という人間もなくなってしまいますね。ですが、さっきも言いましたけど、地獄なんてまやかしで、私はばらばらになって自分がなくなったようにおもったけど、今はちゃんと棟方紀理子という人間で、ここに存在しています。そうでないと、あなたの前に姿を現わせません。私は棟方紀理子。あなたの前だと言えるのです、私は棟方紀理子と。自分でそれが言えないならどうしようもないではありませんか。私は病気で、ほかのひとの前ではまだ自分が保てません。私のなかはぐちゃぐちゃで、棟方紀理子という人間もいるのかどうか怪しいです。だけど、清躬さん、あなたは私を、棟方紀理子という一人の人間にしてくれます。というのは——あ、今わかった、いえ、あなたがわからせてくれた——、私の中心にあなたへの愛の火が燃えている、その愛の火は、私に力を取り戻させてくれた。そうなの、あなたを前にしたから、私は凍りついていたからだにまた火が燃えているのを感じることができたのです。そこが私の中心だとわかるのです。ああ、その愛の火がどうしてこれまで見えなかったのかしら。それをしっかり見つめていれば、私は闇の穴倉に入り込まなくてもよかった。中心が見えていれば、私はばらばらにならないでもよかった。唯、まだおそれがあるのです。愛の火は私の穢《けが》れを浄化してくれると知りながら、身を焼かれる痛みが怖かったりするようです。でも、だからこそ私は勇気を今、持たなくちゃとおもうのです。おそれがあっても、勇気で打ち勝たないとおもうのです。こうして喋っているのは自分の勇気を振り絞るためです。私が喋ることが愛の火にくべる薪《まき》になるのです。それは自分の身を焼くことでもあります。影がまだ私にくっついていると言いましたが、影も焼いてやります。影だけ焼くのではありません。影以外の自分も焼きます。

私は録音をきいているだけなので、紀理子がどういう表情で話しているのか、見えないのが残念だった。表情も分裂気味になっているのか、勇気を振り絞ってきりっと引き締めているのか。尤も、前者ならかの女のお喋りも破綻《はたん》して、誰かが止めるだろう。

——愛の火が私の力です。その火で、私のなかにある醜いもの、穢れたもの、まやかしのものを焼かないといけません。きっと私のほとんどがそういうものでしょうけど、そういう自分に眼を背《そむ》けています。私はばらばらでありながら、渾然一体《こんぜんいったい》となっていて、切り離すことができなさそうですけれど、でも、それを切り分けて火の前に持ってこなければなりません。そうして、一つ一つ焼いてゆかないと。ああ、だから、順番に言葉にしてゆきます。かたってゆきます。今からかたること——声になって出てくるのは言ったそばから空気にきえてゆきます。それは実はもう、私の心のなかで愛の火に燃やされて灰になってしまったものが空気に出て行っているだけなのです。おききぐるしい話です。だから、御免なさい。でも、今、燃やして、私のなかから消してゆかないと。あなたの前だから、愛の火は力強く燃えます。その火を利用させてくださ い。

こんな口上を言って、一体なにを話そうというのだろう。私も、身構えないではいられなかった。

——杵島さんは、熊本空港での私とのわかれぎわにこんなことをおっしゃったの。あなたと私の間にいつか神聖な時間が訪れる。それはあなたが私を抱く時間のこと。いつかしれないけれど、その時間はかならず来る。あなたが本当に抱けるのは私しかいないから、と。私はそれを予言とききました。杵島さんがいなくなられたら、私はあなたを独占するのでもあるし、じっくり機が熟すのを待てばいいという感覚でした。あなたは杵島さんという保護者がいなくなっても、りっぱに仕事に精を出し、同時に私との交際も大事にしてくれていたので、心配なことはなかったのです。さっき言ったように、あなたの仕事のなかに和華子さんの像を見てしまうまでは。あなたの隅々にまで和華子さんがいらっしゃるとわかると、私はもうあなたと神聖な時間は持ちようがないように感じました。——そんな意気地なしではどうしようもないな。影が出てきました。いつまで経っても抱いてもらえるわけはない。意気地がないくせに、おまえは潔癖性にこだわっている。清躬さんにも清く美しい女性に見てもらいたい。だから、おまえから求めない。しかし、そういうおまえが、自分だって神《みわ》さんのように攻めれば、優しい清躬さんは応じてくれるだろうとわかっている。おまえも、神《みわ》さんとおなじように攻めるしかないのだ。唯、攻め方を工夫しないといけない。おまえにもうまくできる攻め方を。露骨に真正面から当たる攻め方ではなくて、清躬さんに隙《すき》をつくらせる攻め方ならある。まずは變化《へんか》をつくれ。そういって私が一番最初にしたことは、髪形からポニーテールにして、清躬さんの前に現われることでした。

ポニーテールだって？　影が囁くことだから期待したのに、まるでお嬢ちゃんじゃないの。

――一目でわかる變化で、決して清潔感を損なうことがない影のその提案を私はすぐ受け容れ、実行したのでした。やってみると、ちょっと子供っぽく見えましたが、みんな――津島さんもキャンパスの友達も出版社のひとも、私を知っているひとはみんな、すぐに注目して、似合っている、かわいい、など素敵な言葉を言ってくれました。心境の變化を邪推して異性関係に結びつけようとする友達には困りましたけど。でも、清躬さんは私になにも言いませんでした。気づいているのかどうかさえわからない反応のなさです。清躬さんは絵を描くひとで、よく見るひとなので、私がいつもと違う髪形にかえてきたのは眼に留めているはずです。唯それだけで、それでどうしたとはならないようです。そういう清躬さんに、私は自分からアピールすることはしなかったので、結局、なにもかわりませんでした。二日目も、清躬さんからなにもありません。ですから、そのつぎはもう前の髪形に戻しました。両親の前では、髪形の變化を見咎《みとが》められるのが嫌《いや》で、前の髪形のままにしていたので、清躬さんが見てくれないなら外出時にいちいちポニーテールに結《ゆ》う必要もなくなったのです。もとに戻した時も、清躬さんからなにもありませんでした。髪形の變化みたいなおとなしいものでは、まるで効《き》き目がなかったな。そんな程度では、清躬さんから見たおまえはちっともかわっていないのだ。もっとインパクトのある變化でなければ駄目だ。つぎの策は、清躬さんをプールに誘うことでした。去年の九月に、清躬さん、あなたをホテルのプールに誘ったでしょ？　もうシーズンが終わっていて、不自然だったけれど、私は勇気を奮《ふる》ってあなたに言いました。あなたと泳ぎに行こうと新しい水着を買ったの、でも、杵島さんが熊本に戻られることになって、その後もあなたは杵島さんがいない生活になれないといけないし、なにかとバタバタしている時に誘うのは気が引けたから、時期がずれてしまった。だけど、今年一度も泳がないのは心残りだし、新しい水着も着てみたい——とかいいかげんな理由をでっち上げて言いましたけど、本当の理由はね、私のビキニの水着姿を見せつけて、あなたをどきっとさせる策略。影がそれを言い出した時、それはやってみてもいい、と私もおもった。神《みわ》さんは自分の戀人に対してやっている。私だってあなたが戀人だから、初めてのビキニを見せるのは当たり前だし、あなたもうれしくおもうだろう。唐突な話だったのに、あなたはいいよと言ってくれました。それはあなたの優しさからだったのに、清躬さんも私の水着姿を見るのを楽しみにしているだろうと勝手に解釈していた。でも、プールでのデートの当日、私ったら、いつまでもパレオがはずせなかった。人はそんなにいなかったけれども、それでも何人か男の人がいて、その人たちの私への視線が気になってしまって。一方、私はあなたの水着姿というか、上半身裸の姿を初めて見て、そちらのほうで舞い上がってしまった。折角の初めてのプールでのデートだったのに、私、どのように会話をしたのかおぼえていない。気がつくと、からだは濡れていたので、プールには入ったんだろうけど、どういう遊びをしたのか、泳いだのかも、記憶を辿《たど》れない。パレオがはずれていて、ビキニのボトムがそのまま見えているのに気づいて、焦《あせ》った。それをいつはずしたのか、或いは清躬さんがはずしたのかもわからない。唯、物凄くその格好が恥ずかしくてならなくなった。どうしてこんなになにもかもわけがわからなくなるのかしら。自分でしかけていながら、自分でわなにかかって、焦りまくっているようでした。当然そんな私は清躬さんに心配をかけるばかりです。私は不安で、プールサイドのベンチで清躬さんに寄りかかりました。すると、あなたは優しく私の肩に手をまわしてくれました。私の裸の肩を清躬さんが抱いてくれたのは確かです。正面からではありませんが、私のからだは清躬さんの裸の胸と密着したのでした。腰や太腿《ふともも》も、清躬さんの裸の腰や太腿と。それがまったくの初めての体験でした。期待したプールでのデートはこんなはずじゃなかったとミスばかり悔やむオモテに対し、作戦自体は成功さ、と影が言いました。肩であっても、清躬さんは抱いてくれたではないか。しかも上半身裸で。とにかくプールのデートに誘い出せたからこその収穫だ。清躬さんは人の頼みを拒みはしない。そこにあのひとの隙がある。影は得意げに言いました。清躬さんに対し、失礼にも程がありますよね。御免なさい。でも、あの時は私——それは影だと逃げてはいけません、影も私ですから——、私は、そんな考えを持っていたんです。

紀理子は具体的な自身の体験を開示し始めた。客観的にみるならば、それはとてもみっともなく残念な失敗体験だった。しかし、それを収穫だったと言いかえる傲慢さも露《あら》わにしている。こんな話は慥《たし》かに火にくべて燃やしてよいような話だ。このように過去の穢れを話し、火にくべて、自分を浄化しようというのだろうか。それだからこそか、かの女の話しぶりは勢いづいて、もう饒舌《じょうぜつ》と言っていいくらいになっている。それはかなり危うさを感じさせもする。これからもっと火にくべる薪を用意し、話さなくてはならない。紀理子は赤い靴を履《は》いて、もう止められない告白のダンスを始めてしまったのではないだろうか。

——影は、つぎはもっと攻めて、本当におまえを抱いてもらうんだ、と言いました。私もおろかにもその気になっていいかもとおもっていました。けれども、そんなのは梦《ゆめ》だとすぐにわかりました。私はあなたの部屋で、和華子さんの絵、それも描きかけの新しい絵をみつけてしまったのです。それから、いつもきちんとした身なりの運転手の車にあなたが何回も乗り込むのを見ました。私も車で、どこに行くか尾《つ》けようとしたけど、いつも感づかれて、巻かれてしまったので、あなたがどこに行っているのか、全然掴《つか》めませんでした。あなたに直接きいても教えてもらえません。私はもう、和華子さんがあなたの前に現われたんだとおもいました。あなたの心のなかにずっといらっしゃった理想の美である和華子さんが、とうといま現実に登場されたのだ。そう確信した私は、どうしていいかわからなくなってしまいました。途方もない不安が心のなかに広がると、また影が現われてきました。手後《ておく》れにならないうちになんとかしないと、清躬さんを永遠に奪われてしまうぞ。いざとなるとなにも行動できないおまえでは埒《らち》のあきようがない。そうして、影が自ら行動も引き請けると言ってきました。実際の影の企《たくら》みをきいた時、そんなことはできないと私は尻込みしたけど、行動するのは自分だと影が言うので、もう影に身を預けることにしたんです。影は天気予報に注意して、午後に雨が降り出す日をねらっていました。その日、私はわざと傘を持たずに出かけ、清躬さんのアパートに行く前に駅前の喫茶店で時間をつぶし、雨の降り出しを待つようなことをしました。ぽつぽつ降り出してきたのを確認してから、私は喫茶店を出ました。この時、行動するのは影ということになっていたけれど、実はオモテは、自分の席を実力のある影に明けわたしてしまったらそのまま乗っ取られてしまうんじゃないかという不安が拭えず、やっぱりオモテの顔のままでいたんです。影にしてみれば、表面はオモテの顔であっても全然構わない、唯、操《あやつ》ることができれば充分なのです。歩き出しても最初は雨も小降りだったので、あなたのアパートに向かう間、影はこんな雨では駄目だ、もっと濡れないといけないと言い、でもオモテとしてはあまり濡れないうちにアパートに着いてしまいたいと、私のなかでその二つが鬩《せめ》ぎ合っていました。でも、行動を制御するのは影のほうでした。小降りだった雨もそのうちだんだんと普通の雨になってきました。傘なしで歩いているのですから、からだがどんどん濡れてきます。オモテは心配になり、雨宿り先を探しかけました。いい調子になってきたんだから、迷わず歩け、と影が命じます。それに、雨宿りしたって、すぐに雨はあがらない。からだを冷やすだけだぞ、と影が忠告するのです。すると、その時——

紀理子はそこで久しぶりに間をあけた。

かの女の話は少しづつだが段々に早口になってきて、今は話をしながら実際に駆け足をしているかのように、息が少し乱れ気味にもなっていた。つぎからつぎに話を繰り出して、せっせと火にくべている。だから、そこで唐突に間があいたのは、炭が爆《は》ぜるのが突然止んだみたいで、どうしたのかとはっとした。だが、赤い靴の音楽は、ポーズを挟んで、また続きが始まった。紀理子は話を再開した。

——何者かに、私、手を、掴まれたんです。

これまでの急いた感じから、ちょっとゆっくりした調子にかわっている。

——私は、はっとしました。わるい企みを持っているのを見透かされて、誰かが止めにかかったのかとおもいました。でも、その掴む力はちっとも強くないんです。そして、手に感じる相手の手が小さいのです。それに気づいた時、私は同時に「おねえさん」という声に呼びかけられているのがわかりました。そして、眼の前にビニール傘が差し出されていました。透明な傘越しに、小さなおんなの子の姿が見えます。「このカサ、持って行ってください」——おんなの子が言いました。そして、「どうぞ」と言って、私の手に傘をにぎらせます。まだ十歳にもなっていないかもしれないかわいいおんなの子でした。にこやかな笑顔が愛らしくて、私は素直に傘を受け取りました。「あなたの傘は？」私はききました。すると、「いいの」と少女は答えました。「あたし、うちが近所なの。走ってかえればすぐだわ。ぬれたって、かえってすぐ着がえする」少女はそう言うと、私の手首をにぎって上にあげました。「ちゃんとささないと、ぬれちゃうわ。おねえさんはきれいな服を着てるから、その服がぬれちゃうのはいけないわ。それに、びしょびしょだとかみの毛もひどいことになる。おねえさん、きれいなんだから、ちゃんとカサさして」少女は当たり前のことを言ったのです。こんな雨のなかを傘も差さずにびしょ濡れで歩くなんて、誰が見てもおかしい、みっともない姿なのです。でも、そう言う少女はもう雨にずぶ濡れになっていました。私を見上げているので、顔じゅう雨に濡れ、前髪を伝って雨が幾筋もながれをつくって顔を滑りおちています。おおきな眼にも雨粒が入って、ぱちぱちさせています。それでもにこやかな笑顔を絶やさないで、顔を真上に向けて全面に雨を受け、両の手も顔の横にくっつけて広げ、そこでも雨を一杯受け取るような仕種をします。「楽しそうね」私はおもわずつぶやいていました。「うん、たのしい。シャワーあびてるみたいよ。おうちでは服きてシャワーあびないから、お外で服のままシャワーあびるのって、おもしろい」屈託なくうれしそうに少女はそう言いました。それから「こどものとっけん」と言って、私に向かってにこっとわらいます。そう、子供の特権。私も子供でいる気ならずぶ濡れになったっていいだろうけど、おとなのおしゃれをしていてずぶ濡れなのは駄目だと感じました。「あたし、かえります」と少女は言いました。それから、「あ、そのカサ、駅のおきがさなので、使いおわったら、駅にかえしておいてくださいね」とつけくわえ、「バイバイ」と笑顔で私に手を振ります。そうしてさっと身を翻《ひるがえ》して、少女は走り去って行きました。本当にかわいいおんなの子でした。私は少女を見送ってから、傘を差して歩き出しました。傘があっても足許はかなり濡れてきましたが、傘がなかったらとんでもないことになるとおもいました。少女のおかげで私は助かりました。まわりを見ると、歩いている人はみんな傘を差しています。走っている人で傘がない人が稀《まれ》にいますが、頭も肩もびしょ濡れでひどい状態です。黒っぽい服を着ている男性はまだいいです。でも、女性は見るのも憚られます。まして私のように薄いワンピースでびしょ濡れはあり得ません。想像もしたくない程です。だから、少女に助けてもらって本当によかったのです。気分よく清躬さんのもとへ行けると、お天気はわるいのにうきうきして歩いていると、待て、と影が私を止めました。途中で雨が降り出す日をねらい、わざと傘も持たずに出てきたのに、どうして傘を差すんだ、と影が言います。初めはそうするつもりでしたが、雨にずぶ濡れになってもを歩いているのは、本当にみっともない格好になるし、外とてもおかしいのです。そうおもっていたのに、影はもっと突っ込んで言います。普通にしていて、清躬さんに抱いてもらえるわけがないだろう。だから、大變だとおもってもらえる情況にするのじゃないか。傘を捨てろ。そして、ずぶ濡れのまま、清躬さんのアパートにかけてゆくんだ。はあはあ言って、胸が高鳴り、雨の槍を避けて逃げ込んだ子猫のように、かれに優しく抱き締めてもらうんだ。そう言われても、かわいいおんなの子が親切にくれた傘を捨てるなんてできません。おんなの子は自分の傘を私に譲ってくれたのです。雨のなかをびしょ濡れになっている私を見るに見かねて、素直な気持ちで助けてくれたんです。けれども、影は、子供の行為を善意に解釈しても意味がない、と言いました。あの子は初めから雨に濡れてみたかったんだ。雪遊びする子供のように、雨降りで遊びたかったんだよ。だから、邪魔な傘をおしつけただけさ。親切なんて、本人もおもっちゃいないさ。そうは言いますが、あの子は私によいことをした、私が喜んでくれているとおもっているにちがいありません。それなのに、その傘をポイと捨ててしまうなんて、もしそのことを少女が知ることになったら、どんなに心が傷つくだろうか、考えるだけで胸が痛くなります。なにがよいことなものか。余計なことをしてくれただけじゃないか。第一、そんな安っぽいビニール傘なんか、おまえに似合わない。どこか道端においておけ。ほら、今、人通りはないぞ。傘を閉じて、その電柱に立てかけておけ。それより大事なことは清躬さんに抱かれることだろう。子供に助けてもらうのじゃなく、清躬さんに助けてもらわなくちゃいけないいんじゃないか。影にそう言われて、自分が清躬さんのアパートからそう遠くないところまで来ているのを知りました。走れる距離です。私はまわりを見まわしました。慥《たし》かに、人の姿が見えません。私はさっと傘を閉じ、電柱に立てかけると、走りました。カサッと音がして、傘はすぐ地面におちたのがわかりましたが、私は構わず走っていました。私の心臓はどきどき音がしました。総て打ち捨てて身一つで清躬さんに抱いてもらうのだ。その期待の高鳴り。でも、一方で、少女の親切を徒《あだ》にし、あの子がくれた傘を捨てて道端のゴミにしてしまった気の咎めも同時に感じているのでした。でも、次から次に雨は私を襲ってくるので、ひとのことを気にかけている余裕もなくなり、ともかく早く、早くと、あなたのアパートに駆《か》け急ぎました。

一度は少女との出会いで言葉もゆっくりになったが、また駆け足するような調子で一気に喋り続けた。そして、一息つき、一旦息を整えて、紀理子は話を再開した。

——インターフォンを押してあなたが扉を開けてくれた時、オモテはあなたの胸に飛び込んで行きたかったけれど、影は私を制しました。そして、私を扉の外にじっと立たせ、あなたのほうから駆け寄って、私の肩を抱き、部屋のなかに入れてくれるように仕向けました。影がおもったとおりにはあなたは肩を抱いてくれなかったけれども、でも、あなたは私の手をとってくれました。その手の温かさを感じて、私は自分のからだがすっかり冷えているのがわかりました。その時の私の服は薄いクリーム色のワンピースでしたが、部屋に入れてもらって、あらためて自分のからだに眼を移すと、ワンピースは濡れてからだに貼りつくだけでなく、薄い生地《きじ》で膚《はだ》の色まで透けて見えているのでした。まるでワンピース越しに自分の裸が映っているような気になりました。裸の部分は透け、逆に下着は露骨なくらいにくっきりそのかたちが浮き出ていました。ワンピースは着ていても、こんなにからだのなかを透けさせてしまっては服を着ている意味がないのでした。いいえ、それどころか、おしゃれな装いの意味が崩壊した服は余計にみっともないのでした。清躬さん、御免なさい。清躬さんにはあの時の私の、みっともない様子についてまた話をされてもお困りになるだけだとおもいます。でも、私自身の言葉でちゃんと話しておかないといけないとおもうんです。私は話をすることでもう一度自分を映して見かえし、その時の自分を乗り越えていかないといけない気がするんです。わかってくださいね。

紀理子はそう言ったが、誰も言葉は発しなかった。告白の内容の重さ、自身の恥ずかしい体験を再現する自虐的な情況に遭遇して、誰も反応できなかったのではないだろうか。ともかく少しの間だけ沈黙が支配した。その後、紀理子は話を再開した。初めはまた穏やかな口調になっていた。しかし、話の内容は先程の情況を引き継いでおり、更なる波瀾《はらん》を予感させるものだった。

——ああ、それから清躬さんはびしょ濡れの私にタオルを持ってきてくれました。髪の毛を拭くタオルと足を拭くタオルを順番にわたされて、私はまっさらのタオルを使う申しわけなさを感じながら、なるべく大事に扱って頭と足を拭こうとしたのはおぼえていますが、その後自分がどうしたのかまるっきりおぼえていないのでした。オモテはこんなありさまでどう振る舞ってよいかわからずぼうっとしている状態で、影に身を移譲していたのです。気がつくと、私は洗面所の鏡の前に立っていて、大きなサイズの白いシャツを上に羽織っているのを眼に留めたのでした。シャツの下は太腿が映っていました。下はなにも穿いている感覚がありません。はっとおもってシャツの裾を持ち上げると、パンティーが見えました。やっぱりなにも穿いていないのでした。まわりを見ると、使用済みのバスタオルとさっきまで着ていたワンピースが干してあったので、シャワーを使わせてもらって、いま着がえたのだとわかりました。脱衣籠《だついかご》には自分のバッグが入っていて、開いた口からランドリー袋がのぞいていました。なかを確認してみると、下着の上下とソックスがあり、どちらもびしょびしょでした。私は着がえの下着とソックスを用意して持ってきていたので、シャワーの後、それに着がえたのでしょう。シャツは清躬さんのものだとおもわれます。大きくゆったりしていて、サイズから言っても、きっとそうなのです。長い袖《そで》は捲《まく》り上げています。だったら、下に穿くスカートかズボンがどこかに——。そういうものはないよ、と影が言いました。スカートが清躬さんのところにあるわけないだろ。ズボンだって、清躬さんのはサイズが合わない。この格好でいいんだ。清躬さんのシャツを貸してもらって、まさしくボーイフレンドシャツのおしゃれってわけさ。女性物の下はないんだから、しようがない。でも、オードリー・ヘプバーンもわかい時は、部屋のなかでオーバーサイズのメンズシャツを愛用していた。下はなにも穿いていなくて、痩《や》せっぽちのかの女だが、あらわな太腿がとても健康的で、女性らしいセクシーさも感じさせる。白いシャツの清潔感でオードリーの清純な印象はかわらない。おまえだって、憬《あこが》れのオードリーのようにチャーミングな魅力を振り撒《ま》ける。清躬さんは初めパジャマを用意してくれようとしたのだけれど、自分からこう言ったんだ。清躬さんのパジャマは私にはだぶだぶだから、下がいつ脱げそうになるかと気になって、おちつきません、と。それに、ズボンの長い裾《すそ》に足を引っかけて転んでしまうかもしれないし、ちょっと怖いんです。ですから、清躬さんのシャツを貸していただけるといいなとおもいます。男のひとのものだから、オーバーサイズで充分丈《たけ》があって、ワンピースみたいな感じで着られるとおもいます。その一枚で充分で、ほかはいりません。白い無地のシャツがあったら、それが一番いいです。そのようにはっきりと言っておねがいをしたから、清躬さんは自分のシャツを快く貸してくれた。一往、ショートパンツもあったらとねだっておいたよ。でも、清躬さん、ショートパンツは持っていないということだった。ショートパンツがあったとしても、腰まわりが合わないから、結局、着ていないだろうけれど。よく見て御覧、このシャツを。オーバーサイズで大丈夫といっても、実際着てみれば、太腿が丸出しだし、下着がいつ見えてもおかしくない刺戟的《しげきてき》な格好だ。オードリーも写真ではキュートに見えたが、実際にこの格好で眼の前にいたら、物凄くセクシーでハラハラするだろう。おおきなシャツだから充分に隠れているけれども、下着姿に近接している。太腿はプールで見せているけれども、下着はまだお披露目《ひろめ》していない。じっと立っていれば見えることはないが、動いたり座ったりすれば、シャツからちらりとパンティーがのぞいて見えることがあるだろう。そういう、ぎりぎりのきわどさがあるのだ。シャツ一枚のぎりぎりの姿でいることで、日常の空間だった部屋の空気が秘密を孕《はら》んで張り詰めたものとなる。いつも清楚な装いのおまえがこれまで見せたことがない姿だから、なおさらだ。ぎりぎりに張り詰めて、どの瞬間かで空気が乱れ、隠れていた秘密が眼前のものとなる危うさ。その秘密は、この部屋にいるかれとおまえの二人だけのもので、この場の時間・空間が秘密の世界に生まれかわる。秘密と一緒に自分のことをしっかり守ってほしいと、おまえがかれに身を寄せれば、かれはおまえを抱擁するだろう。秘密を差し出しているおまえを抱かないなんて、そんなひどいことはできないよ。抱擁によっておまえはかれと一つになる。誠実なかれはおのれの腕に抱いたおまえへの愛を認めざるを得なくなる。おまえが提示した秘密とは二人の愛のことだったと、かれは気づくのだ。そうなれば、かれを捕らえている理想の美への愛など実体がないもので、生きている愛は今ここに抱き締めている生身のおまえの肉体、その肉体に宿る心に対してしか存在しないことが、かれにもわかるだろう。もう準備は調《ととの》った。今この場に生まれる秘密の世界にかれを引き込み、自分を抱かせるのだ。かれを虜《とりこ》にし、理想の美の幻想をかれから追い出してしまうのだ。

　お嬢様の紀理子が隠微な企《たくら》みを露骨にかたっている。ワケ本人を前にかれを獲物としてねらいをつけた話を洗い浚《ざら》い吐き出しているのだ。本来は心のうちに隠されていて、決しておもてには現わされない悪魔的な考えが暴露《ばくろ》されている。しかし、これも吐き出さないといけないのだ。そして、火にくべないといけない。心のうちに隠し持っているかぎり、その毒にまたおかされてしまう。すると、まだまだ紀理子の心のうちに秘められたどす黒いものがこれからも吐き出されるということだろう。かの女は更に転落してゆくのだから、もっともっとひどいもの、おそろしいものが吐き出されてくるだろう。

　ところで、ワケのシャツがまたここでも登場しようとはおもいもしなかった。紀理子もワケのシャツ一枚の姿でいたとは。しかし、ナコとは対照的だ。ナコは最初は恥ずかしがったが、ワケのシャツとわかって、子供時代の夢に浸っている。紀理子は自ら企んでワケのシャツを手に入れ、ワケの心と体を誘惑しようとしている。

　――私は影の言葉に圧倒されました。ここまで迫力が籠もって、私を突き動かす影の言葉はきいたことがありませんでした。これまでも、命令的であったり策略的であったりして、圧力をかけて私に抗《あらが》えないようにすることはありましたが、今きいた影の言葉にはなにより本気を感じたのでした。その影の力強さに私は支配されました。

　――それから私は、影に誘導されるまま、洗面所を出て清躬さんのいるリヴィングに戻りました。この私の格好に眼を留めた時、清躬さんはどういう反応をするだろうか。清躬さんが私のほうをできるだけ見ないようにしていたら、私の勝ちだとおもいました。見てはいけない姿で私が現われたと、清躬さんが感じているのです。秘密を孕んだ空気が清躬さんの意識に作用していることになります。もし、清躬さんが眼を逸らさないとしたら、どうだろう。それは私の姿に惹きつけられているということだ。だとしたら、なおさら二人は結びつきやすくなる。どちらにしても、秘密の世界にかわって、清躬さんは私を守るためにこの身を抱かないわけにゆかないのです。私は成功を確信して内面で笑みをうかべながら、外面では俯きがちに顔を赤らめて羞《は》じらいを演出し、あなたの前に登場したのでした。

　――ところが、あなたは私が部屋に戻ってきたのを見てさっと立ち上がり、「ソファーにどうぞ座って」と声をかけました。それは優しさの籠もった普通の声かけでした。それに続いて、「寒くない？」とききました。更に、「からだを冷やさないようにこれをおいておくから、使って」と、ジャージーと毛布をソファーの上においてもくれたのでした。私は直進しようとしたところをすかされたように感じました。でも、そんなことで怯《ひる》んでしまってはいけません。

――私はソファーの前で立ち止まり、自分から言いました。「どう？　このシャツ、似合ってるかしら？」普通のひとにはなんでもない言葉ですが、私は自分からひとに感想を求めるようなことはあまりしていなかったので、こんなことでも勇気が要りました。清躬さんは口数の少ないひとなので、こんなイエス、ノーだけかえせばいいような問いかけにも慎重になって、答えがかえってくるまで時間がかかったりするかもしれません。それでは私も不安になるので、自分からつぎの言葉を続けました。「男のひとのシャツを着たのは初めてよ。おおきいから、袖まくらせてもらってるね。丈があるから、ミニのワンピースみたいとおもえなくもないわ。清躬さんは短いスカートの妖精の少女をおおく描いてるでしょ？　私がミニスカートを穿いたら、かわいい妖精と比較されてしまうとおもって、今まで勇気が出なかったの。だけど、いま清躬さんのシャツを着せてもらうことになって、意図せずミニ姿になっちゃった。でも白いシャツは清潔感があって、おおきくゆったりしてるのが、おもいのほか安心して着られる。私はいい感じにおもうんだけど、どう、おかしくはないわよね？」言ってみて、こんなに気安く物言いができたことに自分でもおどろいてしまいました。とはいっても、言った後で、自分の顔が熱《ほて》るのを感じましたが。私は清躬さんの答えを期待して待ちました。すると、清躬さんは私に近づいて、「紀理子さんがいい感じにおもってるならよかった。でも、その格好のままじゃ冷えるから、なにか上に羽織ったほうがいいよ。とにかくソファーに座ったら？」と言いました。御自分のシャツなので、おしゃれのことは言いにくいにしても、普段にない格好の私にもう少し関心を払ってくれていいだろうにと、とても残念な気になりました。もう少しアピールしたくて、私は言いました。「このシャツを着た時ね、清躬さんが私を包んでくれてる、という感じがして、安らぐ気分もおぼえたの。そうおもうと、清躬さんのシャツがほんのり私を温めてくれるようにもおもえた。でも、清躬さんが寒そうに見えるなら、あなたの体で直接抱き包んで頂戴。その後で、その温かさを逃がさないよう、上から羽織らせてもらうわ。だから、清躬さん、あなたの体でちょっと私を温めて」

――終《つい》に影は、しっかり堂々と清躬さんに私を抱くことを求めたのでした。なんて影は強いんだろうと、私はあらためて感心してしまいました。影の言葉は、今こそ決戦の時だというのを告げていました。勝負に出たのだから、確実に勝利をものにしなくてはならない。影のことだから、しっかりやってくれるだろうとおもうものの、頼りきりになってはいけない。オモテも影と一つになって、自分が闘う気でいなくてはなりません。オモテの気持ちも高ぶりました。

――私はもう迷いなくごく自然にすぅーとあなたにすり寄って行きました。すると、あなたのほうもゆっくり手を広げ、優しく私の背中にまわして、そっと抱いてくれました。私もここぞとぎゅっと抱きつきました。私はあなたの首筋に頭を、胸に顔をおしつけ、自分の腕にも力を籠めました。私は清躬さん――あなたを捕まえた、とおもいました。勝負をものにした。そうおもったのはオモテだけでした。

――なんに勝ったというのだ。まだ勝ちきっていないぞ。影は不満そうに心のなかで咎めました。此方がいくら抱き捕まえたって、手を離せば清躬さんはもとにかえってゆく。清躬さんは傍《そば》に来たおまえを唯受けとめているだけで、本当の意味で抱擁してくれてはいない。おまえの鼓動は劇《はげ》しいが、かれはまだおちついていて、なにもかわりがないではないか。

――影にそう言われても、私はとまどうばかりでした。慥かに、あなたの手は私の背中にまわされたまま、ちっとも動きません。私の胸は清躬さんのからだに押し当てているけれども、あなたは静かなままです。いつ清躬さんの手が私の無防備なおしりにやってくるのかとどきどきしていましたが、そういう気配はまるでありません。すると、影が私を動かしました。少し背伸びして首を横に向けながら、唇を清躬さんの首筋におしつけさせたのです。そうして私は上を見上げて、清躬さんをうかがいました。そうした一連の行為が清躬さんにキスを促す算段なのだとオモテにもわかりました。動悸が亢進《こうしん》して息苦しくなってきます。そこで漸く清躬さんの手が動きました。そして、清躬さんのほうから眼を合わせてきました。一瞬、私ははっとしました。ところが、清躬さんは私のおでこに手を当てたのです。

――「熱っぽいよ」私の唇とすぐ近い距離にあったあなたの唇は、私に接近するのではなく、その一言で私の夢を覚ましたのです。それどころか、あなたは冷静にドクターストップを発したのでした。私は気が遠くなりそうでした。がくんと膝《ひざ》が折れ、あなたに凭《もた》れかかると、からだが抱き上げられて、ソファーに横たえられたのでした。そして、あなたは枕を宛がってくれ、足元のほうにあった毛布を広げて、私の体をくるむようにかけました。

――私は本当に風邪《かぜ》をひいてしまったようでした。雨に打たれ、濡れた体で歩いていたのだから、当たり前です。温かい毛布にくるまっていると、ますます体の寒気を感じて、熱が上がってくるようでした。私は心配になりました。このまま清躬さんの部屋で寝込んでしまうことになったら大變だわ。清躬さんと一緒にいられることはうれしいけれども、私のうちのほうはとんでもないことになる。門限を破ることはできません。私ははっとして、清躬さんに私のカバンをとってくれるようおねがいしました。それから、スマホを出して、津島さんに電話をかけました。その日の私の予定では、清躬さんのところに行くことは話していませんでした。それに、普段の私なら天気予報のことも気にかけるところなのに、午後に雨が降ることもお構いなしに傘の用意もしないで出かけたことも、話しづらいことでした。でも、言うしかありません。津島さんは少し呆《あき》れられたとおもいますが、私が熱が出てきたと言い、一人でかえるのは不安なので迎えに来てほしいとも言うと、すぐ参りますと言って、電話を切られました。津島さんに迎えに来てもらうことを話した時、あなたもほっとしたようでした。あなたは私の額に冷たいタオルを当ててくれ、温かいレモネードもつくってくれました。自業自得で風邪をひいた私に対してかわらぬ優しさを示してくれるあなたに、私は胸が詰まるおもいでした。とんでもない迷惑をかけている申しわけなさに、あなたになんと言ったらよいかわからなかったけれども、横にならせてもらっているのをいいことに、じっと眼を瞑《つむ》って、早く津島さんが迎えに来てくれればとねがうばかりでした。私自身が体力も気力もなくしている状態で、私はもう影に構うことができず、影も後ろに引っ込んで、もうなにも言ってこなくなりました。

――突然スマホの着信メロディが鳴って、津島さんから、あと十分程で行きますという連絡を受けました。その時になって、今の自分の格好で津島さんに会うのはとても問題があることに気がつきました。いくら大きなサイズのシャツとはいっても、シャツだけで下になにも穿いていない格好というのは、到底あり得ないことでした。とにかくそんな格好の私を見たら、津島さんがどんなにおどろかれるかしれません。それで私は毛布から抜け出て、急ぎ洗面所に行きました。そして、そこで清躬さんのシャツを脱いで、干させてもらっていたワンピースを身につけました。ワンピースは一見かわいているように見えましたが、実際に着てみると、まだ湿り気がかなり残っていました。膚に貼りつく感じで冷たくてちょっと嫌だったけど、これ以外に着る服はないんですから、しかたがありません。部屋に戻ると、あなたは私が再びワンピースを着ているのにおどろかれ、ワンピースは脱いでぼくのパジャマに着がえたほうがいいと言ってくれました。本当はそのほうがいいと私もわかっているのです。だけど、一度お断わりしたパジャマを着るんだったら、シャツのままでいればよかったのです。それをワンピースに着がえたんだったら、それが私には正しいことで、それをやりなおす理由はないし、一度着がえたのをすぐにまた脱ぎ着するのはとても浅はかな振る舞いに感じました。それで私は、ワンピースはもうかわいているから全然大丈夫と、あなたに嘘を言いました。あなたが確認のためにワンピースに触ろうとしたのを、私は身をかわしてよけました。あなたに対してそんなことをするなんて不本意でしたが、嘘がわかるほうがもっと避けたかったのです。まもなく玄関のチャイムが鳴りました。津島さんが部屋に入って、私に眼を留められると、「そんな濡れたものを着て、なにしてるんですか。早く着がえてください」と、きびしい声で私を叱《しか》られました。津島さんが私を叱るのは余《よ》っ程《ぽど》のことなのです。そして、その顔と声はまさに真剣でした。そこまで心配させて、私は津島さんに大變申しわけないおもいで一杯でした。

——津島さんは私の着がえを持ってきてくれていました。着がえをさせてもらうため、私と津島さんは清躬さんに断わりを入れて、再び洗面所に移動しました。私は自分のバッグは持ってゆきませんでした。もし津島さんが私のバッグのなかみを調べられて、さっき脱いだ下着が入っているのを見つけられたりしたら、説明がつかないからです。洗面所に入るや否《いな》や、「お嬢様、どうして着がえさせてもらわなかったんですか？」と津島さんに言われて、私ははっとしました。だってそれは、私が濡れた服の状態でずっといるのを、清躬さんがなにも気をつかわずにいたかのように、津島さんに誤解されている可能性があるとおもったからです。清躬さんにはひどい濡れ衣《ぎぬ》で、そんな嫌疑をかけられて申しわけないかぎりです。私はすぐ津島さんに、清躬さんの部屋に入れてもらってすぐシャワーをさせてもらったこと、そしてその後パジャマをお借りしてそれに着がえ、毛布にくるまって休ませてもらったことを説明しました。清躬さんがパジャマをわたしてくれたのは事実で、清躬さんに関しては嘘はありません。「パジャマのままいらっしゃったらよかったのに、どうして濡れたワンピースをまた着なおしたのですか？」とまた言われてしまい、私は答えに窮《きゅう》しました。「こんなに熱が出ているのに無茶をしないでください。とにかく早く着がえましょう」と、津島さんは早速私のワンピースを脱がせました。そして、下着も着がえてくださいと、私に新しい下着をわたされました。下着はさっき自分で替えたばかりですが、それを言うわけにゆかないので、おとなしく私は従おうとしました。子供の時からずっと世話していただいている津島さんの前で素裸になることは普段はなんともないのですが、その時の私は物凄い羞恥心に襲われました。熱がさらに上がった気がして、私はふらふらして、下着を穿きかえるのさえ津島さんに手伝っていただかないといけなくなりした。津島さんは私のパンティーに触られて、ちっとも濡れていないので、予備の下着を持っておられたんですかと尋ねられました。私はなにも答えられず、蹲《うずくま》るばかりでした。そのまま私はあとの記憶が途切れてしまったようです。影が引っ込んだだけでなく、オモテも雲隠れして、自分の醜態の後始末を全部津島さんにおしつけてしまったのです。結局、その後の一切《いっさい》のこと——自分がどんな服に着がえたか、洗面所を出て清躬さんにどう対応したか、アパートを出て帰路につく道中や、家に帰って自分の部屋で休んでいた時間も、まるっきりおぼえていません。ところが、夕食の席について両親と顔を合わせる時は、無理しながらもいつものようにちゃんと振る舞い、そこからの記憶はあるのです。両親に向き合う時は、私は家族向けの顔を拵《こしら》えるので、それまでがどんなに襤褸《ぼろ》襤褸《ぼろ》であったとしても、オモテは復活できるのです。

——それが自分の正体なのかとおもいしらされました。アパートにやってきた時から、一杯迷惑をかけ、失礼なことをしていた清躬さんに対し、せめてさようならする時に、感謝と謝罪の気持ちを自分でしっかり言葉にしていなければならないのに、その記憶を飛ばしてしまって、時間差はあるにしても、両親との夕食では気丈に自分をたてなおしているなんて、お話になりません。本当にひどく身勝手な話です。本当に、本当に、あの日のことは清躬さんにおわびしないではいられません。今更ながらのことですけれど。私自身おもいかえして、なんて恥ずかしいまねをしたのだろうとおもいます。本当に、恥ずかしい。ああ、恥ずかしいのは清躬さんに対してだけではない、雨で濡れている私に自分の傘を差し出してくれたあの優しいおんなの子の親切に対する自分の仕打ち。しかも、そのことを今の今になるまですっかりわすれはてていました。清躬さんに対する後悔で頭は埋め尽くされてしまったにしても、あの少女のまごころを無にしたことの罪意識が丸ごと飛んでいて、今お話をしてゆくなかで、その記憶が出てきたのです。きっと最も情けなく恥ずかしいのは、このことです。このお話をする今の今までおもいだしもしなかった、それ自体が病気のようです。今、本当に気がつきました。あの時以来、私はずっと精神の病気におかされていたのです。

紀理子は精神的に病んで引き籠もってから、地獄の風景に苛まれたと言っていたが、今かたられている話こそ地獄めぐりを再現しているように感じられた。本人自身が火にくべて浄化すると言っていたが、自分の内面にある毒を吐き出して、解毒《げどく》しているつもりなのか。尤も、かたられていることはまだ地獄の序の口にすぎない。もっと深い地獄がある。本当の地獄めぐりはこれからだ。毒はまだ沢山残っている。

――その日の夕食が終わってからまた高熱がぶりかえしたのですが、つぎの日にお医者様に診てもらって注射を打ってもらったら、熱はきれいさっぱり引きました。けれども、気分は塞いだままです。つぎの日も雨が降り続いていました。私は大学を休みました。

紀理子の話はまだ続くようだ。いや、これまでの話は佳境にも入っていない。本当に地獄を最後までめぐろうというのだろうか。

――体調は回復しても勝《す》れない気分で、ずっと部屋に籠《こ》もるつもりでいました。いつまで籠もることになるのか、自分でもわかりませんでした。出版社の方と予定している打ち合わせの日程が一週間後にありましたが、キャンセルさせていただくしかありません。とても残念で、情けない話ですが、自分が自分でなくなったのだから、どうしようもないのです。そんな状態だったのに、お昼を過ぎてから津島さんが、まだ雨が降っているにもかかわらず、御自分の用事につきあってほしいと言われ、とうとううまく説得されて外に連れ出されました。病み上がりの私を連れ出すなど、いつもの津島さんがすることとおもえないのでしたが、実は、行った先に清躬さんが待っていたのでした。その後、三人で映画館に入り、勇気がわくアニメーション映画を見て、お茶をしました。お話をきくと、清躬さんが私のことを心配して津島さんに電話され、二人で相談しあって、この日の計画をきめたということでした。清躬さんからの行動というのをきいて、とてもうれしくありがたかった。清躬さんにまだ直接おわびをしていない私は、今ここで誠実に謝罪しないととという気持ちに急《せ》かされたのですが、言葉にしようとすると泣き出してしまいそうで、それを察した津島さんにうまくその場を取り繕《つくろ》っていただきました。日を改めて、また津島さんの協力を戴きながら、おわびの気持ちの手紙を清躬さんに出させてもらいました。つぎのデートは――あ、清躬さん。

――紀理子さん。ちょっと休憩を入れよう。

ワケの言葉が差し挟まれた。言葉とともに、実際にワケはからだごと、延々と赤い靴の舞踏を続ける紀理子を抱きとったのにちがいないだろう。もうきっと限界に近いのだ。病んでいる身でもあるのだから。これまでも津島さんが言葉を挟んで紀理子の話を制止しようとしたのは何度か耳に入ったが、そんな言葉かけでは回転する紀理子を止められない。回転を丸ごと受けとめながら、柔らかに抱き上げるワケの力と優しさしか、紀理子を赤い靴の魔力から引き離せないのだ。

――あら、どうして清躬さんが隣にきているの？　私、全然気づかなかった。

きっと津島さんと入れかわったのだ。そうしないと、紀理子をからだごと受けとめられない。ワケは眼が見えないから、おねえちゃんが手引きしたのだろう。

――新しいドリンクで一服しましょう。紀理子さん、清躬さんに一つわたしてあげて。

おねえちゃんの声がした。

――清躬さん、これ。ちょっと冷たいわよ。

――ありがとう。

――ああ、あなたの眼。見えないのね？　それなのに、痣がまだ……

――紀理子さんの前では隠さないことにしたから。

――そう、私がおねがいしたの。それなのに私はあなたから離れた。漸くお会いできたのに、眼が見えなくなられたなんて。

――ぼくはかわりないよ。それに、かわりのない紀理子さんの顔が見えている。紀理子さんは苦しい時間をおくったから、見かけの變化に恐怖をおぼえるのかもしれない。でも、かわりはないんだよ。

——優しいわ、あなた。あなたと一緒に飲む、このジュースも、とてもおいしい。

——おいしいね。

――おいしい。

少し間があった。まだ途中だけれども、紀理子の話もここで終わるのだろう。私も休憩しよう。そうおもった時、

——清躬さん、私の話、まだここで止められないの。さっきの続き、話させて。

なにを言うのだろう。まだ続けるなんて正気の沙汰か。でも、誰も制止できない。

——清躬さんにはつぎも映画に誘っていただいたんですよね。その後、食事もして。もう前とかわらない関係になって、私もすっかり調子を取り戻したのです。影はもう出てこない、出てこようにももう私に作用する力は持ち得ない——そういう安心感もありました。そうして二回デートした後、私のほうもお仕事と学校行事が続いて少しちょっとブランクが空いたのですが、外でデートしようとすると、その計画を打ち合わせるのに日を費やしてしまってまた日《ひ》にちが開くことになるので、つぎは清躬さんのお部屋を訪ねさせていただくことになりました。

——お部屋を訪ねるのはあの痛い失敗以来でしたが、もう私はリフレッシュできていて不安はなく、久しぶりということもあって、清躬さんに迎えていただけるのが楽しみでならなかった。ちらっと和華子さんへの意識が頭を掠《かす》めましたが、もう影に煽《あお》りたてられることはないので、きっと冷静に対處できるとおもっていました。それより、評判のお店のおいしいケーキも買ってきてゆっくりティータイムを一緒にできること、それから、清躬さんのその後のお仕事を見せてもらえることなど、楽しい時間が一杯あるとおもって、まったく心配の気持ちはなかったのです。

——私はチャイムを押して、程なくドアが開きました。私がこの時間にくるからちゃんと待ってくれていたような、ちょうどいいタイミングでした。「ようこそ。さあ、どうぞ」と言う清躬さんの声は、自宅に迎えているからということもあるのでしょうが、いつも以上に親しげで、私を安らがせてくれる——けれども、清躬さんの顔が……いつもと違ったのです。眼の下

——眼はいつもとかわりない優しい素敵な眼ですが、

その下に、なにか變《へん》なものが。玄関は少し暗いので、中に入って、私はどきどきする心をおさえながら、清躬さんの顔をはっきり見ようとしました。ああ、それは、大きなガーゼ。左の頬《ほ》っぺたのところに大きく。会わない時間がちょっと長くなった間に、こんなことになっていたなんて。一体なにが清躬さんに起こったの？　真っ先にそれを知らねばならないとおもいながら、私は清躬さんの顔がとんでもないことになったことに気持ちが怯んでしまって、どのように話をきけばいいかわかりませんでした。

清躬の顔――私がしたことだ。今もまだその痣は残っている。にいさんの顔とは別物になっている。ワケがにいさんに似ているという、あってはならないことを正しただけだ。だけど今、紀理子の話をきいて、なぜかどきどきする自分にとまどう。なにも臆《おく》することはない。にいさんにはひどく叱られたけれども、それも一回だけだ。おねえちゃんには私がしたこととは知られていないし、知られたって、なにかの勢《はず》みだったと言うだけだ。私は正しいことをしたという信念に今も揺るぎはない。第一、ワケ自身たいしたことと考えていないようだから、被害者は発生していないのだ。なのに、いま紀理子がする話がそれに触れるのをきいて、気分がおちつかなくなっている。ああ、きっと、きょうナコとかかわって、私自身調子が狂わされているからだ。いや、それとも、紀理子の地獄遍歴に私のしわざによるものが出てきたので、不穏に感じるのか。紀理子の新しい地獄が清躬の顔の變形《へんけい》によって起きているというのは、そのとおりだから止むを得ない。だが、地獄は紀理子の心象風景であって、私にはなんのかかわりもない。

――私は、清躬さんを正視することも躊躇《ためら》われ、なにも言えずにいたので、清躬さんのほうから、「御免ね。ちょっと事故で傷を負ったんだ。自分でも説明しにくいんだけど、お医者さんに診てもらって、きちんと處置《しょち》いただいているから」と言いました。清躬さんが「説明しにくい」と言われたことは、直感的に和華子さんに関係することとおもわれました。それは和華子さんのもとにかよう清躬さんを不都合におもうひとが妨害か腹癒《はらい》せにしたことではないかという気がしたのです。なにをきいても怖いような気がしましたが、漸く「いつから？」とききかえしました。二週間前だというお答えに、そんなに長い間、私は清躬さんに起きた事故も知らず、なにもしてあげることができずにいたのかと、後ろめたい気持ちになりました。「あの、あちらのところへは？」気になって尋ねると、「今も行ってるよ」という御返事でした。ああ、まだ行っていらっしゃるのか、と私は暗然とした気持ちになりました。と同時に、自分のためにそういう傷害を受けた清躬さんのことを和華子さんはもっと愛おしくおもい、今後更に関係を深められるのではないかということもおもわずにいられませんでした。もう行かないでください。行ってはいけません。私は眼で訴えました。そして、言葉でもはっきり清躬さんに伝えようとおもいました。でも、その前に、清躬さんの手が私の顎《あご》の下に宛がわれ、顔を上に向けられました。「顔色がわるい」清躬さんはそう言うと、次はおでこに手を当てられました。「熱はないね」そう言われた清躬さんでしたが、「でも、休んだほうがいい」。そして、私をソファーに誘導して、横にならせてくれました。スカートのベルトも緩めてくれましたが、清躬さんが私に触れたのはその程度でした。

――前にお部屋を訪ねた時とおなじようなぐあいになりました。清躬さんの顔の異常に動揺し、和華子さんの存在を感じて気分を害しましたが、でもどうして横にならないといけない程に体調をわるくしてしまったのか。自分でもわかりませんでした。弱い自分を恥じて身を隠したい気持ちで腕に顔をうずめました。誰かに触られて、おどろいて眼を開けると、清躬さんが見えました。「もうそろそろ、起きたほうがいいかもしれない」清躬さんがかたわらに座って私を助け起こそうとするしぐさを見せたので、私は自分で起き上がろうとしました。その時、清躬さんの手助けにからだが過剰に反応したのか、私はバランスをくずしてソファーから前のめりに仆《たお》れそうになり、清躬さんに凭《もた》れかかってしまいました。清躬さんも不意のことで私を受けとめきれず、私が清躬さんをおしたおすような格好で二人は胸が合わさり、抱き合うようなかたちになりました。とおもったのも束《つか》の間《ま》、二人ともバランスがくずれて、ああーという間にソファーからずりおちると、私は引っ繰りかえされて、清躬さんを上にあおむけに見るようなかたちになりました。見上げる、見おろす、という位置関係のなかで、こんなふうに間近に清躬さんを見たことがなく、顔の半分はガーゼがおおっているけれども、清躬さんの眼がとてもきれいに見えて、陶然としてしまうくらいでした。と不意に、清躬さんの顔のガーゼがめくれて、私のほうに垂れ下がってきました。私はおもわず、きゃーっと叫んでしまいました。それは、清躬さんの顔のひどい痣《あざ》を見たために起きた悲鳴か、それともガーゼが急におちてくるように見えて恐怖感が生じて叫んでしまったのか、清躬さんとずっと見つめ合っていた緊張感が破裂したのが叫びになったのか、自分でもわかりません。唯、私の悲鳴と清躬さんのガーゼがはずれたのは同時でした。清躬さんもびっくりされて、上体を起こされると、「御免」と言って立ち上がり、そのまま部屋を出て行かれました。後に残された私は、かなしみが込み上げ、なみだが迫《せ》り上がってきました。後悔してももうおそい。私はとんでもなく弱い自分がとんでもなく残酷なことに気づいたのでした。

清躬がにいさんにすりかわっている。私は確信した。最初からなのか、紀理子がソファーでねむってしまった最中にかわったのかはわからない。けれども、ソファーにねていた紀理子を巧みに床に引き摺《ず》りおろし、からだを接触させるようにしたのは、偶然とはおもわれない。顔のガーゼがおちるようにしたのも、企んだことなのだろう。それからさっと姿を隠すなんて。この後、にいさんはどんなしかけをするのだろう。

――私はあおむけのまま両手で眼をおおって、ずっと泣いていました。泣き出したら起き上がりもできない子供とおなじでした。

――清躬さんはずっと戻ってこられませんでした。いいかげん私は起きるしかありませんでした。そして、清躬さんを探さないといけません。ともかくも私はふらふらとしながらも、立ち上がりました。スカートのベルトが緩んでいたので締めなおし、上着も整えました。それから歩き出そうとした時、状差しが床におちているのを見つけました。清躬さんが部屋を出て行く時に当たっておとしてゆかれたものかもしれません。それ程までに清躬さんに冷静さを失わせたのかと、私は申しわけない気になりました。状差しには、清躬さんの作品に対して出版社にきたファンの方の封書やはがきがびっしり詰まっていて、それらを私も読ませてもらうのが楽しかったのですが、清躬さんにとってとても大切に扱わないといけないものなのは私にもわかりました。そういうものをおとしてゆかせる原因をつくったことの自責の念からも、私は状差しをもとの場所に戻そうとおもいました。状差しに入れられていた郵便物は大体束《たば》になっていたので、あまり散らばっていませんでしたが、数枚程は少し飛び散っていました。拾い集めたそのなかに、一枚、私の注意を惹《ひ》くものがありました。絵はがきで、京都の五山の送り火の図柄でした。ふと引っ繰りかえしてみると、見たこともない程きれいな優しい字で、明らかにおんなのひとからのものと見ていると、「小鳥井和華子」と書かれているのが眼にとまったのです。ああ、これは、和華子さんからの——。和華子さんの直筆。こんなにも美しい。和華子さんの美しいお顔を知っているから、なおさらそういうひとでしか書けないきれいな字に見える。読んではいけないとすぐに感じたものの、読まないわけにはゆきませんでした。内容を見て、清躬さんが小学生の時のものとわかりました。「ナコちゃん」というおんなの子の名前も書かれていました。宛先の住所が東京でなく、あら、とおもいました。私はともかくカバンからスマホを出して、そのはがきを写し撮りました。盗み撮りですが、和華子さんが書かれた清躬さんへの文章以上に、その住所が気になってしかたがなかったのです。この絵はがきは最近状差しに入れられたのかしら。前に見た時は、このはがきは混じってはいなかったはずなのです。もう何年も昔のこのはがきをわざわざ状差しに入れなおしたというのは、また私の心を騒がせることでした。でも、もうそのことにとらわれていてもしようがありません。私は状差しをもとのようにして、柱にかけなおしました。

ナコとの接点がここにあったのか。この絵はがきがなければ、紀理子がナコに辿《たど》り着くことはないのだ。にいさんはこの時から計算して、紀理子がナコに会いに行くように仕向けたのか。

——それからまた清躬さんを探そうと進んだところで、私は二度目の悲鳴をあげることになりました。部屋から洗面所に向かうコーナーのところに、人が仆《たお》れていたのです。私は急いでかけより、膝まづきました。清躬さんの顔がかげっている感じに見えました。痣——清躬さんの美しい顔におおきな痣が黒々と広がっているのが見えました。その痣が不気味で醜いもの、おそろしいものと感じられてしまい、そう感じる自分を情けなくおもいました。醜いのは自分のほうでした。清躬さんの痣は醜く見えても尊く美しい、そう感じなければとおもいました。醜く見える外見は受難を受けた印であり、受難の苦悶《くもん》を耐え忍ぶ美しい魂の現われにちがいないのです。それを私は悲鳴をあげて拒否してしまったのでした。その過《あやま》ちを償うのは、その痣に自分から口づけし、自分の心のうちに迎え入れないといけないとおもいました。自分のキスを捧げる、清躬さんの美しい唇ではなく、おそろしく見える黒い痣のほうに。これは聖なる時間になる。杵島さんは、聖なる時間が私にもかならず訪れると予言されました。今がその時。私は心を引き締めました。そして、あらためて視線を上げ、清躬さんの顔を間近に見ました。痣のために清躬さんの顔はすっかりかわってしまっていました。だからこそこれまで以上に愛さなくてはいけない、ここまで愛せるのは私以外にいないことを証明しなくてはならない、とその決意をかためたのでした。

——私は唇を少し突き出し気味にし、眼を閉じました。その時、どうして眼を閉じる、なぜ正視しない、と諌《いさ》める心の声がきこえました。そうだわ、眼を閉じるなんていけないわ。私はちゃんと眼を開いて、痣に焦点を合わせました。大丈夫。おそろしくない。その時、清躬さんの眼が私のほうに向きました。どきっとしました。清躬さんは上体を起こされて、私を見られました。

——「ひどいものを見せてしまって、御免」清躬さんがそう言われるのに、私は夢中で首を振りました。「きょうきてくれたのに台なしにしてしまった」私は、そんなことないとはっきり打ち消したかったのに、清躬さんの悲痛な声と表情にショックを受けて、声が出ませんでした。いつも静かでおちついている清躬さんがこのように心傷《いた》んで弱っているのを見たことがなかったのです。私自身居づらくなったし、清躬さんに辛い時間を過ごさせるのも気の毒で、そこで失礼することにしました。一緒に楽しもうとおもって買ってきたケーキは自分で持ちかえり、いけないことですが、駅のごみ箱に捨てました。私は一駅乗った後、そこで駅を出て、タクシーで家にかえりました。気持ちの整理もつかないで電車のなかの大勢の人と一緒にいるのが耐えられなかったのです。

——帰宅した時、津島さんは外出されていて、私は独り自分の部屋に籠もりました。もうそこで泣くことはありませんでした。いつもは自分の弱気に苦しくなってなみだをながすのですが、きょうは清躬さんの弱気こそ眼にして、逆に、私は気丈にならないといけないと感じたのです。清躬さんが昔かかられた病気のことをおもい、本質的に繊細でナイーブなひとなのにもっと気をかけねばならないとおもいました。杵島さんがいらっしゃったらどうされただろうと考えて、自分が面倒をみないといけない。私は清躬さんから謝罪されたけれども、清躬さんの痣を醜く感じて悲鳴をあげた自分こそわびねばならず、それができなかったことは後できちんと償わないといけない。そして、私は自分からまた清躬さんと連絡をつけて、もう三日後に部屋を訪問させてもらうことにしたのでした。

紀理子がいつのまにか強気の態度にすっかりかわってしまい、また部屋を訪ねたというので、私は嫌な予感がした。二度あることは三度ある。地獄めぐりだから、どんどん深みにはまるばかりだ。

——今回は初めからねらいがはっきりしていました。清躬さんの顔の痣をちゃんと受け容れて、聖なるものとして私の唇を捧げるということでした。そのためにどうやって顔のガーゼを剥《は》がせるだろうか、私は前もっていろいろ考えていました。私は、コンタクトレンズがおちてしまったのと言って、清躬さんにも床の上を探してもらうようにしました。そうして四つん這いになられたところ、私も四つん這いで探すふりをしながら、清躬さんのからだと接触し、隙を見て、顔のガーゼを剥がすことにしました。そうやってチャンスを見つけて、清躬さんの顔のガーゼをつかんで剥がそうとしたのです。けれども、この時はガーゼは意外にしっかり貼りついていて、手を引っかけただけではおちませんでした。この前とおなじことにならないよう、清躬さんがしっかり貼りつけるようにされたのかもしれません。「どうかした？」清躬さんがきかれました。「御免なさい。手がガーゼに当たってしまったけれども、痛くなかった？」そう言った後で、「もし傷をつけてしまっていてはいけないから、確かめさせて」と言い、「ガーゼを剥がさせてもらっていいかしら」と諒解を求めました。清躬さんがどういう態度をとられるか、少し心配したけれど、自分からガーゼをとられたのでした。やっぱり清躬さんは優しい方で、私の言うことをきいれてくださったのです。間近にあらためて痣になったところを見ると、荒れているばかりか、黒っぽくなっていて、痛々しい感じがしました。「コンタクトレンズを先に探したほうがいいんじゃない？」と清躬さんに言われて、私ははっとしました。コンタクトレンズをおとしてしまってはっきり見えないはずなのに、違和感なく見ようとしている自分に気づいたからです。「あ、でも、片方はちゃんと見えるから、後でもいいわ」と誤魔化し、私は愈々キスをするつもりで唇を清躬さんの顔に近づけました。すると、清躬さんは素早い反応で顔を避《よ》けられました。「触っちゃ駄目だよ。薬がついているし、よくないよ」私は一瞬怯みましたが、「おどろかせちゃって、御免なさい。もっとよく見ようとしただけなの。もう一度ちゃんと見せて」と更におねがいしました。清躬さんはもう一度痣を此方《こちら》に向けてくれました。私は少し距離を縮めて、ここが勝負とばかり唇を付けにゆきました。

しかし、今度も清躬さんの反応の速さが私を上まわりました。清躬さんに「どうしたの？」ときかれて、私は意を決して、「あなたの顔の傷が早くなおってほしい。私、ずっとそう祈ってるの。心のなかで祈るだけでなく、その祈りの気持ちを持ってあなたに直接触れ合い、キスを捧げないと。祈りと愛の行為であなたの傷を回復させるの」と言いました。キスの理由づけは前もっていろいろ考えていたので、咄嗟《とっさ》でもちゃんとしたことが言えました。「紀理子さんの気持ちはとってもありがたいけど、直接触れるのは無謀だよ。触ったところがよくないことになってしまうおそれもあるんだから、絶対しちゃ駄目だよ」清躬さんは最後まで応じず、とうとうガーゼをつけなおされました。顔の痣を塞《ふさ》がれてしまっては、そこにキスするのを断念せざるを得なくなりました。けれども、それで引き下がったら、結局自分のしたことはこれまでの失敗にまた新たな失敗を重ねるだけのことにしかなりません。私は開きなおりました。「じゃあ、私はあなたのためにほかになにができる？　できることをさせて」と強い言葉で言うと、「もう充分にしてくれてる」という清躬さんの言葉に耳を貸さず、「いいわ。私にできることをさせてもらえないんだったら、清躬さんが私の気持ちを引き取ってよ。キスに祈りの力を籠めようとした私の気持ち」私は「キス」という言葉に力を籠めて言いました。そして、清躬さんの手をぎゅっとにぎったのです。私は心持ち顔を上げて清躬さんのほうを向き、眼を閉じて唇を差し出してました。稍《やや》あって、なにかが私の頰っぺたに軽く触れました。はっと眼を開けると、清躬さんの顔が近くから少し離れてゆくのが見えました。「今のは？」「御免なさい」「どうして謝るの？　なにかした？」そうきくと、「頰っぺたにキスした」と、清躬さんが答えました。「キス？」キスだとはわかっていましたが、私はあれがキスと呼べるレベルじゃないと、私は不満でした。でも、これが普通の人だったら、私のことを馬鹿にしてるとおもうぐらいでした。清躬さんにそういうことはおもいませんが、でも淋しい気持ちが起きました。私が清躬さんの痣のある頰っぺたにキスしようとしたから、清躬さんも私の頰っぺたにキスしなくちゃとおもわれたのはわかります。しかし、それは等価ではありません。痣のある頰にキスしようとした私の勇気に対して、清躬さんは私の唇にキスをする勇気を奮ってくれなくてはいけなかったのです。

——「謝ったら台なしですよ」私はわざと丁寧語で

言いました。「私の気持ちに応えて、と言ってるのに、御免なさいをかえされても困るじゃないですか。じゃあ、元に戻しましょう」私は提案をしました。「どこまで戻るかというと、清躬さんがガーゼをつけなおす前。私がさっきしようとしたことはわすれてください。それもね、なかったことにしていただく。逆に言うと、ガーゼをはずされても、私はさっきのようなことはもうしません。あなたが禁止されたことだもの。ちゃんと従います」そう言うと、私は清躬さんにガーゼをはずしてもらいました。「ありがとう、清躬さん。あのね、清躬さん、これから私の前ではね、そのガーゼはつけないままでいてほしいの。勿論、外に出る時とか、ほかに人がいる時とかはつけられたほうがいいけれど、私と二人きりの時は、なにもおおわないで、あなたの素顔そのままを見せてほしいの」「紀理子さんの言うとおりにする」清躬さんはいつもなんの疑問も差し挟まず、私の言うことをきいてくれます。

――清躬さん、もし私があなただったら、ガーゼははずしません。あなたに懇願されたって。なぜなら、あなたには損傷している顔を見てほしくないから。ガーゼをつけている状態でもうきれいな顔ではなくなっているけれども、素の顔自体傷ついているのがあなたの眼に映るのがとっても怖い。それはあり得ないのです。だから、私は、あなたがガーゼを素直にはずされたことに対して、胸中とっても複雑だったのです。かんたんにガーゼをはずされたのは、どんな状態の顔でも私に見せたっていい、というか、私がどう感じるかについても無頓着だからではないでしょうか。そうだとしたら、とてもかなしいことです。そうは言いましたが、けれども、もしあなたがもっと深く私のことを考えてくださって、それに応えるためにしてくださったのだとしたら、それはなんと尊い愛の行為でしょう。その時、あなたは、私がどうしてガーゼをはずしてほしいとおねがいしたのか、なにもおおわないあなたの素顔をそのまま見たいと言ったのか、それをちゃんと考えてくださったということだからです。あなたの顔が傷ついたのは、私の心もとても傷められることでした。でも、それをマイナスのままにとらえては、お互いに苦しさから解放されません。からだがどこか損傷したとしても、あなたはあなたとしてかわることはない、寧《むし》ろ、見た目に傷がついてマイナスを生じても、内なるものはより価値を高め、尊くなっている。見た目だけにとらわれる人にはマイナスしか見えない、けれども、本当の価値に気づいている者は内なる尊さが高まっていることを感じるのです。それをわかってくれるという信頼感があるからこそ、私がガーゼをはずしてほしいというおねがいの真意を理解されて、それに応じてくださった――尊い愛の行為とはまさにそのことなのです。

――そんなことを考えている時、不意に私の膝がこつこつとつつかれました。「紀理子さんのスカートの下にあるんじゃないかなあ?」清躬さんが言いました。私には唐突にきこえ、「えっ? なにが?」とききかえしました。「コンタクトレンズ」私はすっかりわすれていました。清躬さんにそう言われて、私はぺたんと床に座り込んでいたのを、膝から上を立てて上体を起こしました。まだスカートが床についていたので、裾をちょっと持ち上げました。コンタクトレンズをおとしたというお芝居はもう終わりにすることにしました。私は左目からコンタクトレンズをはずし、自分自身も探すふりをしながら、適当な場所にそれをおとしました。そこで、「あった」と叫びました。清躬さんはすぐ振りかえって、私のほうに来てくれました。「本当だ。よかった」その声には、純粋な喜びと安堵が籠もっていました。ああ、私の嘘にまったく気づいていない、清躬さんの純真さ。それにつけこんで嘘をついた私の心の醜さといったら。もう自分が情けなくて、恥ずかしくて、どうしようもありませんでした。「洗面所でつけてくるわ」私は一刻も早く逃げ出したいおもいでした。洗面所に移動し、コンタクトレンズをつけなおした後、きょうも駄目だったな、と私はおもいました。きょうこそと強気で臨んだけれども、またしても駄目だった。「紀理子さん、大丈夫?」その声に振り向くと、清躬さんの姿が見えました。私は清躬さんに手をとってもらい、部屋に戻りました。清躬さんは私のからだを気づかって言葉をかけ、紅茶を淹《い》れてくださいました。これまでは私が先に話をしていて、その途中や後で清躬さんが質問されるのがほとんどですが、この時は、清躬さんから質問をきりだされたのです。清躬さんと会う時、自分の仕事のことは二の次でしたので、自分からは話をしませんでした。でも、清躬さんが興味を持ってきいてくださるのはうれしいことでした。

――私はそれがきっかけで、もっと自分の仕事に精を出すようになりました。お仕事だと評価をきちんとかえしていただけますし、本に出たら、私が書いたものがおおくの方々の眼にとまり、読んでもらえるのです。本当は学生で大目に見てもらっているのにちがいないとおもいながらも、私の意見やアイデア、書いた文章などを誉《ほ》めていただけるのはとてもうれしいことです。私よりずっと世の中のことを知っていらっしゃる出版社の方に認めてもらうということが、自分の価値を新たに見いだすことにつながるのです。そうやって清躬さんの前では弱気になりがちな私にとって、自分の誇りを取り戻すことができる素晴らしい活動です。毎回少しづつ内容もかわり、新しいことにも挑戦させていただけたりすると、自分の成長も感じます。そうして、清躬さんにお話しできることもそれだけ増えてきます。それから、仕事をしていると、様々な方々とお知り合いになれます。私より目上の方々ばかりで、みなさん頭がよくて高い社会的評価を受けておられます。そういう方々からきいたお話を清躬さんにお伝えできるのも、とても楽しいことなのです。

紀理子の話は続いたが、私は一旦音声を止めた。

紀理子の仕事の話をきいても、つまらない。優等生で受けのいい紀理子は、きっとかわいがられているのだ。

紀理子のほうは一向に語りやめない。精神的に病んで引き籠もってから、地獄の風景に苛まれたと言っていたが、その地獄を語ることでまた再現している。その体験を口に出して火にくべ、おのれを浄化しようとしている。紀理子の地獄はにいさんに会う前からあった。紀理子を地獄に迷わせたのは、にいさんというよりワケのほうなのだ。地獄におちていながらその自覚がなかった者に決定的に地獄の苦しみを与えるのは、にいさんだけれども。

最初は呻くことぐらいしかできなかった紀理子がここまで自分の内面を曝け出して延々と喋り出すとは、その變貌《へんぼう》ぶりにはおどろかされる。とはいっても、まだかの女は病気の最中《さなか》だ。いくらテンションが上がってるとはいえ、これだけ長く喋り続けて体力を相当に消耗しているのではないだろうか。病気の時はおとなしくしていないといけないのに。

おねえちゃんがそういうことに気がついていないはずはない。唯、紀理子が赤い靴を履いた踊り子のように話を止められなくなっている時、その途中で中断させるには物理的な力が必要だ。童話では赤い靴を誰も脱がせることができなくて、首斬《くびき》り役人によって足ごと切断するしかなかった。おねえちゃんでもそこまではできないということだろう。

音声を再開すれば、また紀理子のかたりの舞踏が始まる。あとどれだけ続くのだろうか。レコーダーの表示を見ると、残りの時間は二十五分だった。二十五分？　紀理子の話があと二十五分で終わるはずがない。流石にもう喋り続ける体力がなくなって、途中で打ち切らないといけなくなったのかもしれない。まさか気絶したのか？　ああ、それは不穏な終わり方だ。地獄めぐりがまだ途中なのに、そこで卒倒しては、出口に抜けるのにもっと長い行程が必要になる。だが、抑々《そもそも》、そういうことをくりかえしはさせられないだろう。抑々、病気であったのに、こんなことをさせたのがまちがいなのだ。紀理子についているメイドの女性からすれば、とりかえしのつかない重大事態で、もう二度と紀理子を清躬に会わせるわけにはゆかないだろう。おねえちゃんがいるのだから、それなりのおさまり方をしたのだろうと考えていたが、おねえちゃんでもどうにもならないことがあったのだ。

でも、それにしてはお屋敷にその騒ぎの余波が感じられない。いくら深夜に帰ったからといって、なにか尋常でない空気を感じるはずだ。それくらいの感覚は、にいさんや桁木《けたき》さんに学んで身につけている。しかも、この出来事をその場で体験している香納美の様子も特に普段とかわらない。いや、第一、紀理子に問題が発生した現場にいて、ワケこそ甚大なショックを受けているはずだ。明日の朝、ナコと会うことなど無理ではないか。家にかえってきたワケの様子を見て、あの利口な鳴海《なるみ》がナコに連絡をしないはずがない。けれども、そういうことも起きていない。一体どうなったのだろう。

録音を再び再生すれば、その一部始終はわかる。とはいっても、退屈な話まで逐一《ちくいち》きく気はない。私は早送りボタンを押し、少し進めて、再生に戻した。

音がきこえなかった。まだ残り時間は十五分程度ある。時間のカウントが刻まれているから、止まってはいない。でも、一切なにもきこえてこない。誰もいなくなったように、静かだ。

巻き戻そうか。そうしようとレコーダーに手を持って行こうとした時、

――紅麗緒ちゃん？

ワケの声がした。

紅麗緒ちゃん？

私は自分の耳を疑った。

――ええ、清躬さん。紅麗緒ちゃんがきてくれたの。

おねえちゃんの声。

紅麗緒が登場した？　まさか、あの子が顔を出すなんて。それで、みんな声を失ったのか。紅麗緒のあの美しさなら、そのかがやきに打たれて、皆の言葉を失わせるだろう。此頃《このごろ》姿を見せず、おねえちゃんの振舞いをとおしてしかその存在を確認できなかった紅麗緒が、こんな場面で登場したというのか。

——あ、あなた、なのね？

紀理子の声。力が尽きて気絶しているわけではなかった。

——紅麗緒です。初めまして。

紅麗緒の声だ。清《す》みきって、録音をとおしてさえ声のかがやきが伝わる、美しい声。紅麗緒以外には考えられない。

写真には写らないが、録音はできるのか。視覚的美しさと聴覚的美しさの違いなのだろうか。

——紀理子さん、もうわかっているとおもうけど、ぼくがあなたに秘密にして、美しいことにかかわる絵の仕事としか言っていなかったのは、紅麗緒ちゃんの絵を描こうとしてたんだ。

紀理子の返事はきこえなかった。紅麗緒と会って、かの女の時間は止まっているのだ。そのなかで動くことができるのは、おねえちゃんとワケだけだ。

時間が止まるなかで、紀理子も静止する。言葉も不要になる。赤い靴はもう魔力を失い、かの女の足から脱げたのだ。童話の少女は首斬り役人に懇願して自分の足を斬ってもらうことで、赤い靴から解放されたのだけれども、紀理子は紅麗緒が訪れてくれたことで救済されたのだ。

きっとおねえちゃんが紅麗緒を連れてきたのだろう。紀理子はもう赤い靴を脱いだが、それはもう地獄めぐりも終わっていいということだろうか。でも、これでは地獄の入り口のところで終わったことにしかならない。地獄をめぐりきって、再び生まれかわる。その効果が期待されたはずだけれども。赤い靴の童話の少女カーレンは、最後には天使が訪れて法悦のうちに天に召されるが、それは二本の足を失い、継ぎ足と松葉杖の不自由なからだで教会の仕事に奉仕し、信仰に篤《あつ》い生活をおくるなかで、贖罪《しょくざい》が認められたからだ。紀理子はワケを裏切った。そのことについてまだなにもかたっていない。かの女がワケとつきあっていた頃から、嘘や芝居でかれを欺く影を宿していたことを告白したが、事件はかたっていないのだ。そこを紀理子自身が明らかにし、ワケの赦しを得たいというのが、きょうかの女がワケに会いに来たおおきな目的の一つだったのではないだろうか。もともと、かの女の内にある毒は依然としておおく残されているはずだ。それらはワケへの愛と小鳥井和華子への嫉妬感情に由来するものだが、かの女の傷つきやすさから生じた裂け目に邪悪なものが入り込み、それが膿《う》んで、おおきくなってしまったのだ。これらかの女が内にかかえる毒を浄化するには、きっとワケの力が必要なのだ。実際に、今の今までわすれていたという、傘を差し出してくれた小さな少女のことは、きっと眼の前のワケがいたからおもいだせたのだろう。それによって紀理子は自分の病気を自覚しなおしたのだが、だからこそ、まだ本当に苦しい地獄めぐりが先に控えていることから逃げないで、これを通り抜けることが必要だ。きょうはもう限界だった。きょうこれ以上話をするのは、紀理子の脳と心を焼ききってしまうだろう。それを心配して、おねえちゃんが紅麗緒を連れてきたのだ。紅麗緒の美は紀理子の異様に亢進《こうしん》した熱を鎮《しず》めた。もう赤い靴は消滅した。つぎに再び地獄をめぐっても、もう赤い靴に支配されることとなく、穏やかにかたれるのではないだろうか。

沈黙の時間が続いていた。なぜ沈黙が生まれているか、わかっていたので、その時間をおくる間、私も平静だった。

どれくらいの時間が経ったか、わからない。

——お嬢様が、おやすみになられています。

津島さんの声だった。やはり紅麗緒の姿を見て、紀理子は安らぎにつつまれ、深いねむりに入ったのだ。尤も、津島さんもおなじように少しねむりにつつまれていたのにちがいない。沈黙の間にかなりの時間がながれていて、紀理子がねむりにおちてからも相当の時間が経っているはずで、ねむりから覚めた津島さんが今それに気づいて、そう言ったのだろう。

きっとこの間に紅麗緒はおねえちゃんに連れられて、もうこの部屋を出てしまっていることだろう。

——清躬さん、そのまま抱いてあげてくださいね。

紀理子がまた床に膝まづいてねむり、それをワケが静かに抱きかかえている図が眼前に浮かんだ。

もうきょうは終わりだ。このまま紀理子は家に連れてかえされるだろう。これ以上は、なにも起こらない。今、私は録音をとおして紅麗緒の声を、それも一言きいただけで、勿論その姿を見てはいない。それでも、私を取り巻く空気に神秘の波動が伝えられ、心がきゅっとして、身も引き締まった。私自身、紅麗緒のの身近でくらしながら、ずっと暫く紅麗緒に接していない。だから、直接接したかれらが紅麗緒によってどれほど清められ、安寧を得たのか、想像するだけだが、静まった平和な時間で充分感じとれた。

録音の残り時間を見ると、あと十秒もなかった。もう音はながれてこない。私は無言でカウントダウンし、時間表示が0になるのを見届けた。

それから私は少し移動して、一台のモニターのスイッチを入れた。そして、『蛍』の部屋のカメラの一つと接続し、今の部屋の様子を映し出させた。

部屋は真っ暗だった。私は赤外線カメラに切り替えた。それで見ると、ベッドの上でナコが横になっていた。シャツだけでねむっている。私がわたしたミニスカートは脱いでいた。もうねむることにきめて、消灯する前にスカートを脱いだのだろう。律儀《りちぎ》な性格だ。ねむってくれれば、少なくとも今夜はもうかの女の相手はしなくてもよい。これ以上調子を狂わされたくない私は安堵した。

私のほうも自分の部屋にかえってねむることにした。紀理子の一人語りをきいて、予定外の時間を過ごしてしまった。しかも、非常に重い話だった。だから、もう休まないといけない。ナコのことで明日もいろいろ忙しいだろう。にいさんから具体的な指示はきていないが、おおよその見当はついていて、それに対する自分のシナリオもほぼ準備できている。

とその時、私のスマホに電話がかかってきた。香納美だ。

——終わった？

——ええ、ちょうど今。

——じゃあ、私、そっち行くわ。

その一言とともに、あっさり電話がきれた。

来るって、もう夜中もおそい。私ももうねむろうとおもっていたけれど、香納美だって明日もいろいろ用事があって、少しでも睡眠をとったほうがいいだろうに。尤も、紀理子とワケの面会の様子をきいた私に、なにか言っておかないといけないことがあるのだとしたら、私もきいておかないといけない。

「ネマ、あったかいコーヒー、飲むでしょ？」

香納美は部屋に入ると、コーヒーサーバーでコーヒーを二つ淹れて、一つを私に差し出した。

「サンキュー」

私はコーヒーを一口啜ってから、「私がききおわる頃合いまで待っててくれてたの？」ときいた。

「わざわざ待ってたわけじゃないわ。別にあなたがきいている最中にきたっていいわけだし。ちょっとナコのところに寄ってたのよ」

「ナコのところに行ったの？」

私はちょっとおどろいた。香納美はさっき、ナコにはかかわらないと言っていた。それなのに、実際にはナコのいる部屋に行っている。どういうことなのか、

「そりゃ行っとかないとまずいでしょ。柔道技でなげられて、あの娘、怪我《けが》してるかもわかんないんだから」

「だったら、さっきそう言ってくれたら――」

私はかの女の言葉と行動が一致していないことに不満を持った。

「見事な投げ技がきまったんだから、本当に感心したのよ。やっぱり神上《かがみ》さんと桁木さんの二人に物凄く鍛《きた》えられたんだなって。お見事！って言った後に、怪我してないかしら、なんて言ったら、折角あなたの技に喝采《かっさい》したのが台なしになるじゃない。あなたへの礼儀よ」

「私は、怪我しないように投げてるわ」

不意打ちで投げているのだから、怪我をさせてしまったらおおごとだ。技をつかう資格はない。前にかの女のからだを桁木さんと一緒に調べた時、柔軟で反応がよく、怪我をしにくいからだをしているのがわかっている。そのあたりも勘定に入れて、技をかけているつもりだ。

「かもしれないけど、こっちは柔道の素人《しろうと》だから、あんなに派手にからだが一回転しておちるのを見たら、大丈夫かしらとおもうわ」

「わかったわ。私が至らなかったわ」

これ以上言い合いしてもつまらないので、私から折れた。

「ナコには自分のこと、なんて話したの？」

また別のおんながやってきて、ナコもおどろいただろうから、なんて説明したのだろうか。

「なにも言うわけないじゃないの」

「でも、きくでしょ？　その前に、助けを求めてきたんじゃない？」

「言っとくけど、あなたと違って、私は素顔を見せてないから。勿論、名前なんか言うわけないし」

きょうはなにかと引っかかる言葉遣《づか》いをしてくる。私のようなメイクの技をかの女は持っていないだろうから、おそらくマスクかなにかで顔を隠したのだろう。そんなことはきいてもしかたがない。

「ナコはでも――」

「普通にしてたわ。部屋に入ったら、あの娘、シーツをベッドに敷きなおそうとしてるところだったみたい」

「別に怪我なんかしてなかったんでしょ?」

「そのようだったわね」

香納美はあっさり答えた。

「私に気づいて、——それに私、ドミノマスクで變装《へんそう》してたこともあるかもしれないけど、——あの娘、びくっとしてベッドに跳《と》び上がって隅に引っ込んだ。結構敏捷《びんしょう》だった。唯、小動物みたいに身を縮めながら、不安げな眼をこっちに向けてたわ。最初に私から、質問は厳禁よ、それを守っておとなしくしていれば、協力もしてあげるから、と声をかけた。そしたら、わかったという合図のようにうなづいた。泣きついてくるかとおもったら、意外におちついてて、ずっとおとなしくしてた」

「ナコは泣きつくようなおんなじゃないとおもうわ。で、なにか話はしなかったの?」

「話より前に、もっと問題なことがあったわ」

「問題なこと?」

そうきいても、さっきモニターで見たらナコはもう横になってやすんでいたし、そう大層なことには感じなかった。

「ネマ、あんた、ナコにトイレに行かせなかったでしょ」

「えっ?」

そういうことを言われるとは全然想定していなかった。

「ナコがかわいそうじゃないの。あんたって結構冷たいのね」

香納美が皮肉っぽく言った。

「え、でも、あの部屋にはちゃんとトイレとシャワー・ルームが」

隠し部屋はもとからそういう設計がされている。

「でも、トイレのドアの前に大きな姿見がおいてあったら、気づかないでしょ?」

「待ってよ。その姿見は私がおいたわけじゃないわ」

普段から『蛍』の部屋に出入りしているわけじゃない。姿見がどうおかれているかをわざわざ把握してはいない。

「でも、かの女を一人にしておくなら、もっと気をつかってあげるべきよ」

「あなたの言うとおりだわ」

私は神妙に認めた。少し私は疲れている。

「まさか粗相を?」

「本当に、世話が焼けるわ」

「御免。言いわけにならないけど、うっかりしてて」

「うっかりって言葉、通用しないの、わかってるでしょ」

香納美は楽しむように私の不注意を責めたてた。

「わかってるわ。後始末は私がする」

ナコもナコだ。どうして自分で言わないんだろう。キユクンのシャツにくるまれてぼうーっとしていたのか。それを腰車で投げたのがぐあいわるかったのかな。

「大丈夫よ、私がちゃんとしておいたから」

「えっ、でも、洗濯物とか」

「洗濯物？」

香納美が怪訝《けげん》そうにききかえした。

「だって着がえはしてるんでしょ？」

「ネマったら、誤解してるわね」

香納美が急にけらけらわらいだした。

「誤解？」

「私、あの娘《こ》が粗相したとは一言も言ってないわ。世話が焼けると言ったのは、ナコがトイレの場所教えてもらってないと言うから、そんなことも私が言わないといけないの、ということよ。ともかく、こっちのドアにサニタリー・ルームがあるのよと教えてあげたら、とっても安心した様子だったわ」

「私の所為《せい》で、あなたに手間をかけさせてしまったわね」

香納美の言葉が曖昧で、取り違えを誘うようなものであったけど、それに引っかかった私がいけなかった。唯、これが「問題なこと」だろうか。香納美は、ちょっとおおげさに言い立てて、私を惑わそうとしている。

「ところで、あなたは明日どういう予定なの？」

私は話をかえた。

「明日も紀理子がこっちに来る予定だから、その監視をする必要があるわ」

「えっ？」

私はおどろいた。明日もって、二日連続なんて紀理子の身がもつのだろうか。

きょうは紅麗緒によって最後は穏やかなねむりについて安んじることができたが、それまで異様な熱に浮かされるように赤い靴でおどりまわっていたのだ。それはからだも心もおおいに疲弊させているにちがいないはずだ。病気をかかえている身だから、回復には相当の時間を要するのではないか。それに、かの女が本当に告白すべきことは、きょう話したこととの比ではない。

「きょうの続き？」

私は確かめるように尋ねた。

「そうよ」

あっさりした返事が香納美からかえってきた。

「きょうの紀理子の話の様子をきいてたら、相当にエネルギーを使ってるわ。その回復は明日にはまだ無理じゃないかしら。本人はともかく、まわりの人たちが止めなかったのかしら」

「さあ、知らないわ。オキンチョにきいたら、明日も来るんだって」

「おねえちゃんが？」

「そう言うんだもの、きっと大丈夫なんでしょう」

おねえちゃんも承知しているということは、紀理子の状態で明日も大丈夫と判断されているのだろう。きっとまた紅麗緒も一緒に伴い、紀理子を平安に導くつもりなのだろうとおもう。おねえちゃんは紅麗緒の力をそこまで信頼しているのだろうか。そうでなければ、紀理子に対してあまり無理をしないようにとか、焦らず体調を回復させてからまた機会をつくりましょうとか、慎重なおねえちゃんなら普通そのように話を進めるだろうし、紀理子のほうにも良識を持ったメイドがいるから、二人の間でそういう話し合いになるはずなのだ。しかし、明日も紀理子がやってきて、きょうの続きをすると、おねえちゃんが言っているというのだから、おそらく心配する必要はないのだろう。

「紀理子が来るのは明日の何時？」

ワケが同席しないと意味がないのだから、どうしたって午後のはずだ。朝はナコと約束してるのだから。

「きょうとおなじ時間よ」

「二時？」

「そう」

「じゃあ、午前中はノカ、なにするの？」

「ゲッ君《くん》とデート」

ゲッ君とは柘植《つげ》君のことだ。

「朝から？」

私は疑わしそうにきいた。

「いいじゃない、朝からだって。ま、実際のところは、こっちに来てもらって力仕事してもらうんだけど。私はその現場監督。で、ネマのほうはナコになりかわってワケと会うのね？」

今度は香納美から確認してきた。

いつものことではあるが、実は、明日の予定はまだにいさんからなにも指示が来ていない。にいさんは前もって告知して早めに準備を調《ととの》えさせることもあるにはあるが、そういう場合は桁木さんを通じて伝えられることがおおい。しかし、桁木さんを経ないで直接にいさんが命じてくるケースは大抵直前にある。こういう時は桁木さんもおなじタイミングでしかきかされていないようだ。直前でも的確に指示を理解し、情況を判断して機敏に応じることがにいさんのクルーであるための要件だ。それができるはずだと信頼されている証《あかし》なのだとおもうが、唯、にいさんの要求レベルが上がっていくから、いつまでついてゆけるか不安もある。そういう弱気になるのが私の弱点だ。元来の性格で、まだ鍛錬が足りないのだろう。今回についても、ナコを拉致《らち》し、かの女に明日の約束があることもわかっているので、なんらかの指示がかならずあるはずだが、もう暦では日付がかわったというのに、今はまだなんの指図《さしず》もない。そういうものだとして、自分なりの準備はしておかなければならない。

とにかくもう明朝九時には、ナコは鳴海と＊＊駅で待ち合わせし、ワケと会う予定になっている。その約束のためにナコを解放することはまず考えられないから、誰かがナコになりすましてワケと会い、最後まで見破られないようにするか、それとも、鳴海もしくはワケにキャンセルの連絡をするか、どちらかを実行しなければならない。どちらを実行するにしても、ナコになりすました人間が鳴海かワケに接触する必要があるが、その役は私にしかできないことだ。予定の二時間前、もしくはぎりぎりの一時間前になって、にいさんから指令が来る可能性はあるが、どちらでやれと言われても、問題なくやりおおせるようにしないといけない。私はその準備ができているつもりだ。万が一にも、にいさんからの指令がまったくなかった場合——にいさんは指示を全部出すことはないし、意図してまったく指示しない場合だってあるのだ——には、どちらを実行するかを自分できめて、そのとおり行動する必要があるが、それでも大丈夫だ。

唯、香納美がまるで私の予定がそうときまっているような言い方で、明日のことについて確認してきた。香納美はにいさんからそう伝えられたのだろうか。指示を待っている私としては引っかからないわけにゆかない。

「え？　ノカがなんでそれを？」

「だって、あなた自分でナコに言ってたじゃない」

「おもいだした。御免。さっきあの娘《こ》に話したばっかりだったわ。私は唯、にいさんからも明日の予定についてノカに話があったのかとおもって」

紀理子とワケの突然の再会について、香納美とにいさんの間では情報が共有されているのに、私だけ十時間も埒外《らちがい》におかれた不信感がある。だから、明日のことでも自分だけ報《しら》されていないことがあるのではないかと疑うのだ。

「神上さんからはなにもないわ」

「あ、そう」

「ひょっとして、ネマにもないの?」

香納美の反問に、「ま、よくあることだけど」と私は肩を聳《そび》やかした。

「ふうん。ところで、ネマは明日の朝ナコになりすましてワケに会うというけど、でもさ、かれ眼が見えないんでしょ? なりすますったって、なりすまし甲斐《がい》がなくはない?」

「そうね。声と話し方だけよね」

慥かに、いくらメイクの技術を発揮しても、盲目の人間には効果がない。

「でも、眼が見える相手は顔をそっくりにして同一人物と刷《す》り込んだら、あとは楽だけど、眼が見えない相手は視覚で騙せないし、ほかの感覚は鋭敏に働くから、かえってハードルが高いのよ。なりすまし甲斐がないというわけじゃない」

尤も、駅での待ち合わせでは鳴海が来るから、もう一つ困難なのは子供の勘だ。とりわけ鳴海は利発だし、勘も一際《ひときわ》鋭く働くようだ。にいさんは子供の前でなりすますのはやめておけと言った。けれども、なりすましのメイクは、ナコの寮に侵入するだけの目的ではないはずだ。ターゲットはワケであろうことはまちがいないのだから、そこに子供がいようがいまいが関係はない。それに今、本人さえ自分自身と見違えて失神するくらいそっくりにつくれているのが証明できた。愈々《いよいよ》本番というところでこの能力を発揮しないでいい理由はない。

「そう言われればそうね。眼が見えない相手のほうが難しいかも」

「難しくたってちゃんとやりおおせるわ。これができなければ、なんのために技術をみがいているかわからない」

私は自信を誇示するように言った。

その時だった。私のスマホが振動した。取り出してみると、にいさんからの電話だった。

——もしもし。

——ネマ、今どこだ?

にいさんは知っているはずだが、そうきいてくる。

「『絵合』の部屋」と答えると、「近くに誰かいるか？」ときかれる。

――あ、香納美ちゃんが一緒。

――それなら、スピーカーをオンにして香納美にもきかせろ。

――うん、わかった。

私はにいさんの指示に従った。

――にいさん、スピーカーをオンにしたわ。

――きょうって、あの。

――おれがこれから言うことは、おれがいいと言うまで黙ってきけ。

一方的な命令はにいさんのいつもの調子だ。妹分の私に対してそういう調子だから、残念でかなしい気分になる。

――ワケは朝からここに呼ぶ。そして、橘子《きっこ》に会わせる。

――えっ？

にいさんは黙っていろと言ったが、おどろきの声をあげずにはいられなかった。ワケとナコを会わせるというのだ。

――おまえは梛藝佐《なぎさ》になりすまして、朝の八時半に小稲羽の家に電話しろ。

――え、隠綺のおねえちゃんになりすますの？

――まだ喋っていいぞとは言っていない。それまで、黙ってきけ。おれはそう言った。

私はにいさんに叱られた。「そんなの無理よ」と反論したかったが、きょうの私はナコとのやりとり以来調子が狂っているので、にいさんの反感を買って、今までにないひどい言葉を浴びせられないとはかぎらなかった。にいさんと二人きりならよいが、香納美のいる前でにいさんから傷つけられるのは御免蒙《こうむ》りたいと私はおもった。私は、黙れというにいさんの命令に黙って従うことにした。

――電話したら、ワケに取り次いでもらって、あいつにこう伝えろ。檍原橘子さんがきのうから和邇家《わにけ》に来ている。橘子さんは紀理子さんと知り合いだときいて、連絡をとってみたら、会社の帰りに会ってくれた。夜おそくまで話し込んでしまい、タクシーで一緒に帰ってうちに泊まってもらった。かの女から九時に小稲羽さんの家で清躬さんと会う約束だときいているが、清躬さんに朝から此方に来て、橘子さんに会ってもらってはどうかとおもう。橘子さんもそのほうがいいと言っている。そうすれば、二人でお昼も一緒にしながらゆっくり話をすることもできる。九時に私が車で迎えに行くから、準備しておいてほしい。伝えることは以上。ききたいことがあれば、言っていいぞ。

にいさんの話はあまりに唐突だった。ききたいことだらけだが、それが一杯ありすぎて、なにからきいていいかわからないくらいだった。

——質問がないなら、次は朝に電話する。

——あ、待って。

私は咄嗟《とっさ》に声を出した。なんでもいいから、おもいついたことから確かめていかないと、疑問がないものとして処理《しょり》されてしまう。

——本当に、橘子にワケと会わせるの？

——言ったとおりだ。

——じゃあ、どうして橘子を拉致したの？

きのうの指示があった時に拉致の目的について返信で質問したのに、まだ答えを貰っていなかった。

——橘子は贋物《にせもの》のワケに騙されていたことに気がついた。会社の先輩にもその話をしている。そのまま放置していいわけはない。

——ええ、それはわかる。じゃあ、拉致しているかの女をどうしてワケと会わせるの？　私が橘子になりすましてワケと会うこともできるのに。

これは私の一番の疑問であるとともに、私がにいさんに信頼されているかどうかにもかかわってくることだ。どうしてにいさんは私に任せてくれないのだろう。

——おまえがまねられるのは上辺《うわべ》だけだ。その技術は勝《すぐ》れているから、これまでの相手はそれだけで充分に騙すことができた。しかし、どれだけ上辺をそっくりにできたところで、ワケには意味をなさない。

——眼が見えないから？

——それだけじゃない。ワケは波動を感じることができる。ワケが共鳴する波動をおまえはつくりだせない。

——波動と言われても、意味がわからないわ。

——だから、おまえには無理だ。

——なによ、波動って。

私は食い下がった。意味不明のことで切って捨てられるような言い方をされても、納得がゆかない。

——ワケは十年前に小学生の橘子が発していた波動を今もおぼえている。橘子もおなじ頃のワケの波動を記憶の根っこに宿しているが、普段のあいつは浅いレベルでしか感知しない。それで、おれがワケになりすまして接触したら、ころりと騙された。しかし、橘子はおとといの電話で、ワケの伝える波動の記憶を瞬間的に蘇《よみがえ》らせた。これから二人がやりとりする時は、無意識でお互いの波動をキャッチしあうようになる。二人の関係はそれだけ特殊なのだ。

——にいさんがそう言うなら、きっとそうにちがいないんでしょう。あの二人は非常にかわっているものね。どっちにしたって、眼が見えないワケが相手じゃ、私だって腕の揮《ふる》いようがない。

私はさっき香納美に対して言ったことと矛盾《むじゅん》しているのは承知の上で、そう言った。にいさんには強がりを言ったって通用しない。傍できいている香納美は、「なによ、それ」とおもっていることだろう。

——でも、二人を予定どおり会わせる意味がわからないわ。だって、橘子を拉致したのは——

私はそう言いかけて、拉致の目的について自分ではやっぱり理解できていないことにおもいあたった。

——おまえは橘子を拉致した目的を質問したな。だが、おれは答えなかった。それをおまえは知る必要がないからだ。当然、事が進むうちに幾つかわかってくる。それでいい。大事なのは事を進めることだ。事を進めるようにおれが指示する。必要な場合は理由を教えるが、今はその必要がない。そういうことだ。

——理由や目的をちゃんと教えてもらったほうが、私は動きやすい。

——それはおまえの判断だ。そうやって余計な判断が入ることが邪魔なのだ。

——にいさんは手足がほしいだけなのよね。

——お喋りで時間の無駄をするな。いいか、拉致の目的をおまえが一つでもちゃんと言い当てたなら、おまえを認めてやるよ。話を続けてもいい。だが、それは今でなくてもいい。

時間の無駄だと言われれば、もうこれ以上は言えない。私は「わかった」と返事をして、そこで引き下がった。

——で、車でワケを迎えに行くのも私の役目ね？

——おまえはまだ梛藝佐になりすましたことはないだろ？　一度やってみろ。ガキに見破られるな。

——心してやるわ。

私は謙虚にそう言った。別にナコにこだわらなくてもいい。寧《むし》ろ、隠綺のおねえちゃんのほうが身近すぎてやりにくいから、チャレンジングな経験になる。ともかくにいさんは私に出番をくれているのだから、文句は控えないといけない。

——二人を会わせるのはどの部屋にするの？

——おまえはどこの部屋がいいとおもうんだ？

——橘子は『蛍』の部屋から出すわけにはゆかない

とおもうわ。

私はそう答えながら、一方で、ワケをわざわざ橘子のいる地下の隠し部屋に誘導するのも不自然だとおもった。

――でも、紀理子の時とおなじように応接間に通さないと、ワケも怪しむんじゃない？　私、隠綺のおねえちゃんになりすましてもいるんだし。

――じゃあ、どうして応接間と答えないんだ？

――ちょっと疑問を感じただけ。結論はかわらない。橘子は『蛍』から出せないんだから、ワケを『蛍』の部屋に連れてくるしかない。ワケは眼が見えないし、おねえちゃんを信頼しているから、きっとなんとかなる。

――なんとかなるじゃなく、二人が会う部屋についてワケにどう説明するんだ？

――えっ？

――いくら眼が見えなくても、地下室におりるくらいはわかるだろう。あいつが絵を描くのに使っていた部屋は自然光が取り入れられる二階で、地下にはおりたことがない。おまえもそれは知っているだろう。

――それはわかってるけれども……

部屋のことについて余計な気をまわさなければ、にいさんにここまで言われなかったのに。それにしても、きょうのにいさんは追及がきびしい。

――それより、橘子がこの屋敷に来ていることについて、ワケになんと説明する？　抑々、その説明ができなければ、ワケをここに連れてくること自体できないだろう。おまえは梛藝佐になりすまして、どう話をするんだ？

そうだ。私がおねえちゃんになりすましても、その説明ができなければ、ワケだっておかしくおもうだろう。それは迂闊だったが、といって、ナコをワケに会わせるなんて私はおもってもみなかったことなのだ。今にいさんからきいたばかりなんだから、即答を迫られても困る。

――わからないわ。

にいさんに気に入られなくても、そういう答え方しかできない。

――わからないなら、余計なことに気をまわすな。指示されたことをしっかりやれ。そのために必要なことは自分の頭で考えろ。きょうのおまえは徒口《むだぐち》がおおい。

徒口。そう言われてしまって、私は喉《のど》から出かかった言葉が一瞬で石のようにかたく冷え切るのをおぼえた。私は息が詰まり、冷や汗が出た。

――これ以上言うことはない。

にいさんは言った。私の息苦しさは続いていた。

――もう早く休め。明日もワケと橘子につきあうのだから、頭をすっきりさせておくんだ。わかったか。

返事を求められた私は声を出そうとしたが、私の喉は無価値な石と化した言葉が蓋《ふた》をしてしまっているようだった。かすれ声さえ出なかった。

――なんだ、返事がないな。返事くらいしたらどうだ。

にいさんのきびしい声が耳を打つ。黙っているのが一番いけない。それは痛い程わかるのだが、どうしてか声が出ない。全然。「ええ」とだけ言えばいいのに、喉まで石のようにかたまってしまったみたいだ。

――ネマ、ちゃんと返事しなさいよ。

香納美も私を責める。

私はなんとか返事をしようとおもっているがそれができないことを伝えたくて、頭を小刻みに振った。いや、振ろうとした。けれども、頭が重たくて、がくんがくんとしか動かせなかった。頭も石になっていきそうだ。

――まあいい。徒口を敲くよりは黙っているほうが賢明だ。やることをやれば、おれはなにも言わない。

やることをやれば――私は心のなかでにいさんの言葉を反復した。やることはやる。これまでもちゃんとやってきたもの。にいさんに言われたとおりのことをするのは、なにも大したことではない。ちゃんとメイクして隠綺のおねえちゃんになりすまし、小稲羽の家に行って、ワケに……

不意に、私のなかでなにかが、破裂した。とおもうと、一気に口を衝《つ》いてわれしらず声が飛び出ていた。

――嫌、おねえちゃんになりすますことなんか、できない。

それは自分自身を欺《あざむ》く言葉だった。そんなことを言うつもりはなかった。いや、それよりも、にいさんに対して前言を翻《ひるがえ》すなんて、していいわけはなかった。だが、意外なことに、私はすっきりしている自分に気がついた。喉を痞《つか》えさせていた石がきえ、喉が元どおりになったから。それに、自分の出した言葉が、実は自分の本心であることに気づいたから。

「なに言ってるの、ネマ」

私は、信じられないという顔でかたまっている香納美のほうを向いて、今度はちゃんと頭を小刻みに振った。

――ちゃんと、やることはやるわよ。

それからにいさんに向けて言った。

――にいさん、ワケはちゃんと連れてくるわ。でも、私が私としてかれを呼びに行く。

――よく言った。おれの指図に頼らずに自分で動くと言うんだな。おまえは勝手妹なのだから、その本領を発揮して、勝手放題自在に動くがいい。見ておいてやる。

にいさんの反応はとても意外だった。私はにいさんが最も嫌っている「できない」という言葉を発してしまったし、にいさんが指示したことに逆らいもしている。だから、どんな雷をおとされるか、場合によっては、おまえははずれろ、と言われてしまうことだってあると覚悟した。けれども、喉に生じた石からからだの各部が石化していくおそれを目《ま》の当たりにした私は、その恐怖を破裂させる程におもいきった発言が必要だったのにちがいない。私のその覚悟をにいさんは評価してくれたのかもしれない。私は、にいさんが「勝手妹」と言ってくれたことがなによりうれしかった。

にいさんの話はそれだけだった。

電話を切った時、香納美が「勝手妹ってなんのことよ？」ときいてきた。


「さあ。にいさん、時々私をそう呼ぶの。どう勝手なのかわかんないけど」

私ははぐらかすように答えた。

「そりゃ勝手じゃない、勝手に妹と名乗ってるんだから。でも、勝手にしたって、神上さんがあなたのこと妹と呼ぶのは凄いことじゃない？」

香納美が感心したように言った。香納美は、私とにいさんがきょうだいの関係かどうかについて、どうおもっているのだろう。

「私が『にいさん』と呼ぶから、つきあってくれてるのよ」

「神上さんはそういうつきあい方はしないひとだとおもうけど。なんにしてもあなたは特別なようね」

「そうかな？　今だって、きついこと言われて、本当に弱ったわ」

「でも、あなたも結構言いかえしてたじゃない。傍できいていて、冷や冷やしたわ。神上さんが爆発しなくてよかった」

「爆発」という言葉をきいて、私はワケの顔に薬品をぶっかけて害した後に、にいさんの激怒の的となったことをおもいだした。あの時にいさんは、「おまえは、おれの顔にもおなじことができるというのだな」

と言って、私の胸をつかんでそのまま持ち上げ、ベッドに向けてぶん投げたのだ。私はそこで、自然の猛威同様に激越苛烈さを爆発させた非人称のにいさんに遭遇した。非人称のにいさんの前では私は妹という関係を消去され、無名の存在だった。あんなことはその後ずっとなかったし、きょうも爆発してしまったわけではないけれども、でもにいさんは私の言動に明らかに機嫌《きげん》を損ねていた。私に対してもだんだん非人称のにいさんになってゆくのかとおもうと、怖くて、かなしい。

「ああ、私も疲れた。ワケとナコを会わせるなんて、一体どうなるんだろうね。明日も大變だ。神上さんに言われたように、ネマ、早くねなさい。私も、もうねる。お休み」

そう言って、香納美は立ち去った。

結局、にいさんは香納美になにも頼まなかった。かの女がおなじ場にいることがわかっていてなにも言葉がなかったことに不満を感じているらしいことは、香納美の様子からうかがえた。

私は香納美が飲み残したコーヒーも一緒に給湯室で水洗いしてかたづけた。夕方からはナコのことで動きっ放しだったので、シャワーを浴びるのはまだこれからだった。さっさと浴びて、ねむりに就《つ》こう。

著者紹介

山本杜紫樹（やまもと としき）

京都市出身、在住。愛読書は、『紅楼夢』、『老子』、『魔の山』、『チボー家の人々』、『大菩薩峠』、ドストエフスキー、夏目漱石、石川淳、武田泰淳、村上春樹の小説群。

相生《あいおい》 上《じょう》

2021年1月28日　第1刷発行

著　者　　山本杜紫樹
発行人　　久保田貴幸

発行元　　株式会社 幻冬舎メディアコンサルティング
〒151-0051　東京都渋谷区千駄ヶ谷4-9-7
電話　03-5411-6440（編集）

発売元　　株式会社 幻冬舎
〒151-0051　東京都渋谷区千駄ヶ谷4-9-7
電話　03-5411-6222（営業）

印刷・製本　シナジーコミュニケーションズ株式会社
装　丁　　鳥屋菜々子

検印廃止

Printed in Japan
ISBN 978-4-344-93294-4 C0093
幻冬舎メディアコンサルティングHP
http://www.gentosha-mc.com/